MOEWIG

EIN PLAYBOY TASCHENBUCH
IM MOEWIG VERLAG

PLAYBOY
SCIENCE FICTION

Die besten Stories von Lester Del Rey

MOEWIG

Titel der Originalausgabe: The Best of Lester del Rey
Aus dem Amerikanischen von Eva Malsch

Umschlagillustration: Oliviero Berni
Umschlagentwurf und -gestaltung: Franz Wöllzenmüller, München
Verkaufspreis inkl. gesetzl. Mehrwertsteuer
Auslieferung in Österreich:
Pressegroßvertrieb Salzburg, Niederalm 300, A-5081 Anif
Printed in Germany 1980
Gesamtherstellung: Ebner Ulm
ISBN 3-8118-6707-5

Inhalt

Vorwort

Der unumstrittene König des Nachtprogramms in New York Radio ist ein dürrer, sardonischer Bursche namens Long John Nebel. Seine Marathon-Talk-Show dauert von Mitternacht bis zur Morgendämmerung, jede Nacht, und darin kommt alles zur Sprache. Ich sage nicht nur „alles", ich *meine* auch „alles" – Politik, Religion, fliegende Untertassen, Krieg, Science-fiction, Wissenschaft, Kunst, Musik . . . Woran immer Sie auch denken, es wurde schon einmal in Long Johns Talk-Festivals besprochen. Im Lauf der Jahre ragte besonders eine Stimme aus der nuklearen Gästeschar heraus, die sich nach Mitternacht zu ihm gesellt, um das Thema des Tages durchzukauen. Was immer auch zur Sprache kommt, dieser Mann hat eine Meinung, und er besitzt auch genügend Lebenserfahrung und kann die nötigen Fakten angeben, um seine Meinung zu untermauern. Er ist mindestens vierhundertmal in der Show aufgetreten, die Wiederholungssendungen nicht mitgezählt, und er ist den Schlaflosen in New York und in anderen Staaten so gut bekannt, daß er immer nur als ‚Der Großartige' vorgestellt wird. Man braucht seinen Namen nicht zu nennen, weil er den Hörern wohlvertraut ist. Aber er hat einen Namen – Lester del Rey.

Natürlich gibt es Tausende von Leuten, die Lester del Rey schon lange gut kennen, obwohl sie seine Stimme nie in Long Johns Show gehört haben. Das sind Leute wie Sie und ich – Science-fiction-Leser. Wir kennen Lester schon seit vierzig Jahren – oder noch länger, wenn wir uns an jene polemischen Briefe in der ‚Brass-Tacks'-Abteilung von ‚Astounding' während der dreißiger Jahre erinnern.

Wie die meisten SF-Schriftsteller fing Lester als Leser an. Was er las, gefiel ihm. Nachdem er nachgedacht hatte, kam er zu dem Schluß, daß er so etwas auch gern schreiben würde. Damals hatte er noch keine einzige Science-fiction-Story geschrieben. Das schien keine Rolle zu spielen. Er dachte, wenn er eine Idee hätte, die niemandem zuvor gekommen war, wenn er sie prägnant und literarisch zu Papier brächte, wenn er die Charaktere interessant gestaltete und auf farbige Hintergründe achtete, würde John Campbell die Story schon kaufen. Und so kam es dann auch. Die Geschichte hieß ‚Der Getreue'. Es war die erste Geschichte, die Lester an John verkauft hat, aber keineswegs die letzte. Das goldene Zeitalter von ‚Astounding' glänzte noch heller durch ‚Nerven' und ‚Helen O'Loy' und all die anderen Storys, die aus Lesters vielbenutzter Schreibmaschine kamen.

Aber er schrieb nicht nur für ‚Astounding', sondern auch für alle anderen Magazine. Und als ein paar Jahre später zwei Verleger all ihren Mut zusammennahmen und mit Science-fiction-Büchern zu experimentieren begannen, war Lester einer der ersten, dessen Werke hübsch in Hardcovers verpackt wurden. Er schrieb zuerst zwei, dann eine ganze Flut von Romanen speziell für Buchverleger. Es gibt erwachsene Männer und Frauen im ganzen Land, die sich ihre literarischen Weisheitszähne bei der Lektüre der SF-Jugendbücher von Philip St. John, Erik Van Lhin und Kenneth Wright zuzogen. Der richtige Name all dieser Autoren lautete Lester del Rey.

Scott Meredith, damals ein noch junger, aber offenbar schlauer Literaturagent, eroberte Lester als Klienten, kurz danach als Angestellten, und als Assistent Nummer eins lenkte Lester die Karrieren vieler anderer Schriftsteller. Als der Science-fiction-Magazinmarkt in den frühen fünfziger Jahren eine neue Blüte erlebte, wurde Lester Herausgeber von vier besonders interessanten Heften, ebenfalls meist unter Pseudonym. An Dienstagen und Donnerstagen hieß er Philip St. John und fungierte als Herausgeber von ‚Science-fiction-Adventures'. Montags, mittwochs und freitags gab er als Wade Kaempfert die ‚Rocket Stories' heraus. Und dann hatte er das ganze Wochenende Zeit, um unter seinem eigenen Namen ‚Space Science-fiction' und ‚Fantasy-fiction-Magazine' herauszubringen.

Ich lernte Lester del Rey kennen, als wir noch beide Jünglinge mit Apfelbäckchen waren. Ich gab für ‚Popular Publications' zwei kleinere Science-fiction-Magazine heraus, und Lester kam bei einem seiner seltenen Besuche in New York zu mir, um zwei Stories anzubieten, die John Campbell unklugerweise abgelehnt hatte. In meiner jugendlichen Dummheit tat ich dasselbe. John Campbell kann man das noch verzeihen, weil sich jeder in der Branche darum riß, eine Story in seinen Magazinen unterzubringen. Vielleicht können Sie mir auch vergeben, weil ich so unerfahren war. Aber können Sie entschuldigen, was Lester tat? Da zwei Herausgeber seine Storys abgelehnt hatten, nahm er an, daß irgendwas mit ihnen nicht stimmte, und legte sie beiseite. Und jetzt, vier Jahrzehnte später, liegen sie immer noch ‚beiseite' und sind unwiderbringlich verloren.

Der Krieg trennte uns für eine ganze Weile. Und dann fand 1947 eine Science-fiction-Konferenz in Philadelphia statt. Wir sahen uns alle wieder, schlossen neue Freundschaften, und es war ein sehr schönes Wochenende. Lester und mir gefielen diese Tage so gut, daß wir beschlossen, die Zusammenkunft in regelmäßigen Abständen zu wiederholen.

Lester lebte damals – wie ich – in New York City und wir gründeten zusammen mit einigen Freunden den ‚Hydra Club', die langlebigste Schriftstellervereinigung von New York. Der Club lebte aus eigener Triebkraft weiter, auch als Lester und ich die City schon längst verlassen hatten und nicht mehr hingingen. Einer der bedeutendsten Mitglieder war der verstorbene Fletcher Pratt, ein wunderbarer, liebenswerter Mann, der einmal Preisboxer im Bantamgewicht gewesen war und später die beste einbändige Geschichte des Bürgerkrieges geschrieben hatte, die je herausgekommen war (nebst vielen anderen bemerkenswerten Büchern). Fletcher und Inga Pratt besaßen ein großes altes Monstrum von Haus an der New-Jersey-Küste. An den Wochenenden waren Lester und ich oft mit unseren Frauen zu Gast bei den Pratts und lernten das Monmouth Country schätzen. 1951 zog ich nach Red Bank. 1954 kamen die del Reys auf einen Wochenendbesuch zu den Pohls. Sie blieben siebzehn Jahre.

Es war nicht alles immer nur rosig. Science-fiction-Autoren haben Dornen und Temperament und sind oft sehr starrsinnig. Und Lester ist ein archetypischer Science-fiction-Schriftsteller. Er wurde manchmal als Knallquecksilber mit Bart bezeichnet. Ich bin natürlich nicht so hitzig, aber wir hatten trotzdem manchmal Streit. Wir kämpften wie die Beutelmäuse, wenn es um Astrophysik oder Gartenbau ging – oder um die Frage, ob man das Bruch-Violinkonzert in einem Atemzug mit Mendelssohns Werken nennen könne (hier irrte Lester, wenn ich auch zugeben muß, daß Bruch trotzdem sehr gut ist). In den Tagen, bevor verräterische Baseball-Teams ihren gottgegebenen Heimatboden verließen, um in Kalifornien zu spielen, war Lester bedauerlicherweise ein Anhänger der New York Giants, während ich natürlich das beste Team in der Geschichte des Baseball, die Brooklyn Dodgers, getreulich unterstützte. Das gab eine Menge Ärger. Vielleicht haben Sie von dem Vier-Mal-Lauf von Bobby Thomson, der Brooklyn seinerzeit den Sieg gekostet hat, gehört? Damals war ich nahe daran, Lester k. o. zu schlagen. Aber er grinste nur.

Aber als es ernsthafte Schwierigkeiten gab, erwies sich Lester als wahrer Freund. 1970 kam Evelyn del Rey bei einem Autounfall ums Leben. Danach wollte Lester nicht mehr in dem Haus wohnen, in dem er mit ihr glücklich gewesen war. Er zog nach New York, und so hatten Carol und ich in kurzer Zeit nicht nur Evvie, sondern auch Lester verloren. Wir waren sehr traurig.

Aber die Zeit verstrich, und als wir Lester gelegentlich wiedersahen, stellten wir fest, daß er allmählich wieder Freude am Leben fand. Bald wurde uns auch klar, daß diese Freude einen

Namen hatte, und zwar hieß sie Judy-Lynn Benjamin. Ich war vollauf damit einverstanden und hätte auch gar nicht gewagt, anderer Meinung zu sein. Ich hatte die beiden zusammengebracht, als Lester eines der Magazine im ‚Galaxis'-Komplex herausgab, und Judy-Lynn war eine brandneue Junior-Herausgeberin, frisch vom College, die viel für uns tat. Ein paar Monate später waren sie verheiratet, und das ist die Geschichte, wie die ‚Del Rey Books' zu ihrem Namen kamen.

Ich bin also kein unvoreingenommener Kritiker, wenn es um Lester del Rey als Schriftsteller oder als Freund geht. Was seine schriftstellerischen Leistungen angeht, so sprechen die vielen Auszeichnungen, die er erhalten hat, für sich. Aber das müssen sie gar nicht. Auch die Storys sprechen für sich, und mehr kann ich in diesem kurzen Vorwort ganz sicher nicht sagen. Deshalb werde ich ihn auf andere Weise schildern – zum Beispiel als den Mann, der seinen Bart in stummem Protest grün färbte, als seine Frau die Haarfarbe wechselte. Als den Bastler, der die Tastatur seiner Schreibmaschine neu formulierte, um die Finger ökonomischer bewegen zu können. Als den Menschen, der mir eine so bösartig-verführerische Patience beibrachte, daß ich nie mehr eine andere legen wollte. Als den Coach, Mentor und Fürsprecher zahlreicher neuer Autoren, die nun zum Teil Spitzenpositionen in der Science-fiction-Branche einnehmen.

Lester hat viel Zeit damit verbracht, seine schriftstellerischen Erfahrungen an Neulinge weiterzugeben. Einer dieser Glücklichen war ein witziger Fan aus Ohio namens Harlan Ellison. Als Harlan hörte, daß ich diese Einführung verfaßte, wollte er ebenfalls zu Wort kommen und schrieb:

„Ich kam Ende 1955 nach New York und war aus zwei Gründen bemerkenswert. Erstens war ich wild entschlossen, Schriftsteller zu werden, und zweitens war ich arm wie eine Kirchenmaus. Ich hatte kein Dach über dem Kopf. Lester und seine wundervolle Frau, die verstorbene Evelyn del Rey, nahmen mich für zwei Wochen auf, bis ich ein Quartier in der City fand. Am Eßtisch der del Reys schrieb ich meine erste Story, auf der verbeulten Royal-Reiseschreibmaschine, dem einzigen Besitztum, das ich gerettet hatte, als ich ein paar Monate zuvor von der Ohio State University gejagt worden war. Lester hat mir sehr geholfen. Oft trat er hinter mich und las, was ich gerade getippt hatte, und wenn er meine syntaktisch verkrüppelten Wörter sah, klopfte er mir auf den Hinterkopf und sagte: ‚Nicht *who*, du Esel! *Whom!*' Er gab mir Tips bezüglich der Urheberrechte, zeigte mir, wie man extrapolationswissenschaftlich herumpfuschte, um meine trügerischen Konzepte funktionstüchtig zu machen, redigierte mein Manuskript – und Evvie fütterte mich. Nach Algis Budrys und Andre Norton, den ersten Autoren, die sich für mich interessierten, war es Lester, der mir beibrachte, professionell zu denken und zu schreiben. Er war nicht freundlich, er war mörderisch. Aber das brutale Gut, das ich ihm verdanke, ist wertvoller als die Streicheleinheiten von seiten wohlmeinender und unfähiger Amateure, die nicht um ein Millionstel so klar wie Lester erkannt haben, daß Schreiben tödlich ist und daß nur die Hartgesottenen überleben und Erfolg haben. Für diese Grausamkeit werde ich Lester immer lieben und ehren."

Vor etwa zehn Jahren verglichen Lester und ich unsere Notizen, nach dem Motto ‚Ich-zeig-dir-meine-wenn-du-mir-deinezeigst, dem viele Autoren huldigen, wenn sie das Gefühl haben, daß sie für denselben Preis nominiert worden sind. Jedes Jahr wählt die World-Science-fiction-Convention einen SF-Autor als offiziellen Ehrengast. Weder Lester noch ich waren jemals erwählt worden. Die Wahlversammlung wurde einberufen. Das Komitee der Stadt, in der die Versammlung stattfindet, nominiert einen Ehrengast und hält den Namen geheim, bis zu dem Tag, wo er (wenn überhaupt) als Sieger aller Bewerber hervorgeht.

Und es stellte sich tatsächlich heraus, daß Lester und ich in jenem Jahr um die Ehre wetteiferten. Was ich Lester damals sagte, entsprach der Wahrheit: Ich wäre gern Ehrengast, aber es gäbe keinen anderen als ihn, hinter dem ich lieber zurückstehen würde. Natürlich muß ich gestehen, daß es mir nicht schwerfiel, großzügig zu sein. Ich hatte die besseren Chancen. Mehrere Städte bewarben sich um die Versammlung. Zwei hatten mich gebeten, ihr Ehrengast zu sein, und nur eine war an Lester herangetreten.

Der Ärger mit den Chancen, die man sich ausrechnet, besteht darin, daß die Rechnung nicht immer aufgeht. Lesters Stadt siegte. Er wurde Ehrengast, und ich mußte ein paar weitere Jahre im dunkeln lauern, bis ich endlich in Los Angeles mit Ruhmeslorbeeren bekränzt wurde. Aber so ist Lester eben. Er straft das Schicksal Lügen, wenn man glaubt, es sei einem wohlgesinnt.

Er besiegte vor mehreren Jahren sein eigenes Schicksal und die medizinische Weisheit. Was ihm zustieß, heißt Thrombocytopenia purpura. Das ist eine Krankheit und zwar eine sehr seltene. Wenn sie überhaupt vorkommt, dann nur bei winzigen Babys, und die Opfer sind für gewöhnlich weiblichen Geschlechts. Ich werde versuchen, Ihnen die Krankheit zu erklären, wenn Sie mir den Gebrauch technischer medizinischer Ausdrücke verzeihen wollen: Aus irgendeinem Grund sagen all die Blutplättchen plötzlich: „Ach, lassen wir's doch!" Und dann hören sie auf zu gerinnen, und das Opfer verblutet.

Als die Blutplättchen des erwachsenen, männlichen Lester del Rey das sagten, war er über Vierzig, und die ortsansässigen Ärzte rissen sich um die Gelegenheit, dieses medizinische Wunder zu behandeln – und zwar sofort, denn sie hielten nicht viel von seinen Überlebenschancen. Sie sagten: „Schlagen Sie sich nirgendwo an, und vor allem – niesen Sie um Himmels willen nicht!" Lester gehorchte. Er nieste nicht. Aber er starb auch nicht. Er gehört zu der verschwindend kleinen Anzahl männlicher Erwachsener, die diese Krankheit bekamen, und zu der noch kleineren, die sie überlebten und sogar völlig gesund wurden. Die Ärzte wissen nicht, wie er das schaffte, aber ich weiß es. Es war sein Eigensinn. Er hatte eben damals einfach noch keine Lust zu sterben.

Lassen Sie mich noch ein Beispiel dafür anführen, daß ein fest entschlossener Mensch wie Lester dem vorhersehbaren Lauf des Schicksals entgegenwirken kann. Ich schwöre, daß jedes Wort wahr ist.

Sie wissen, daß das Apollo-Projekt, das den ersten Menschen auf den Mond beförderte, 1961 begann, kurz nach der Amtseinsetzung des Präsidenten John Kennedy. Nun, es gibt einen Roman von Lester del Rey, betitelt ‚Raketen-Jockey', den er unter dem Pseudonym Philip St. John schrieb. Er wurde 1951 veröffentlicht.

Das Raumprogramm hatte kaum begonnen, als er diesen Roman schrieb, und Commander Neil Armstrong, der einige Jahre später jenen ersten großen Schritt im Namen der Menschheit tun sollte, war damals nur ein Navy-Pilot unter vielen und hoffte, daß er irgendwann einmal ins All fliegen würde. Mehr als das – der Sputnik und die Wostok hatten das amerikanische Raumfahrtprogramm ziemlich lächerlich gemacht, und es sah ganz so aus, als würde der erste Mensch, der auf dem Mond spazierenging, eine russische Botschaft zur Erde funken.

Trotzdem . . .

Trotzdem ist der erste Satz dieses Romans faszinierend. Viele Science-fiction-Storys haben künftige Ereignisse vorweggenommen. Aber nur wenige waren so unheimlich genau, sogar bezüglich der Namen, wie dieser Anfangssatz: „Das erste Raumschiff landete auf dem Mond, und Commander Armstrong stieg aus."

Verstehen Sie nun, warum er ‚Der Großartige' genannt wird?

Frederic Pohl
Red Bank, N. J.
Weihnachten 1977

Helen O'Loy

Ich bin jetzt ein alter Mann, aber ich kann Helen immer noch vor mir sehen – so wie damals, als Dave sie auspackte, und ich höre ihn immer noch Luft holen, als er sie anstarrte.

„O Mann, ist sie nicht eine Schönheit?"

Sie war schön, ein Traum aus Plastik und Metall, eine Gestalt, die Keats verschwommen vor sich gesehen haben mochte, als er seine Sonette schrieb. Wenn Helena von Troja so ausgeschaut hatte, dann müssen die Griechen Idioten gewesen sein, als sie nur mit tausend Schiffen lossegelten. Das habe ich Dave auch gesagt.

„Helena von Troja, eh?" Er blickte auf ihr Etikett. „Das klingt zumindest schöner als K2W88. Helena – Helen ... Hm ... Helen von Alloy.*"

„Das hat zu wenig Schwung, Dave. Zu viele unbetonte Silben in der Mitte ... Wie wär's mit Helen O'Loy?"

„Gut, dann heißt sie Helen O'Loy, Phil."

Und so fing es an – mit einer Mischung aus Schönheit, Traum und Wissenschaft. Wenn man noch einen Stereosender hinzufügte und mechanisch darin umrührte, mußte das Resultat chaotisch werden.

Dave und ich waren zusammen aufs College gegangen, aber als ich nach Messina kam, um meine Arztpraxis zu eröffnen, war er ziemlich heruntergekommen und arbeitete in einem kleinen Reparaturladen für Roboter. Wir waren oft zusammen, und als ich anfing, mit einem Zwilling auszugehen, fand er den anderen ebenso attraktiv. Und so waren wir meistens zu viert unterwegs.

* Metallegierung

Als unsere Geschäfte besser gingen, mieteten wir ein Haus in der Nähe des Raketenfelds. Es war laut, aber billig, und die Raketen verhinderten, daß Apartment-Häuser gebaut wurden. Ich glaube, wenn wir nicht mit den Zwillingen gestritten hätten, wären wir damals schon mit ihnen verheiratet gewesen. Aber Dave wollte sich den neuesten Venusraketenversuch ansehen, während sein Zwilling eine Stereoshow mit Larry Ainslee ansehen wollte, und sie waren alle beide stur. Von diesem Tag an vergaßen wir die Mädchen und verbrachten unsere Abende daheim.

Aber erst, als uns ‚Lena' Vanille statt Salz auf die Steaks tat, begannen wir über Roboter und Emotionen zu streiten. Während Dave unsere Lena auseinandernahm, um den Fehler zu finden, grübelten wir natürlich über die Zukunft der Mechanismen nach. Dave war sicher, daß die Roboter die Menschen eines Tages besiegen würden, aber ich sah das ganz anders.

„Sieh mal, Dave, du weißt doch, daß Lena nicht denkt – nicht wirklich. Als diese Drähte durcheinandergeraten sind, hätte sie sich sonst selber korrigiert. Aber diese Mühe machte sie sich nicht, sie folgte den mechanischen Impulsen. Wenn ein Mensch nach der Vanille greift und dann sieht, was er in der Hand hält, würde er das Zeug wieder weglegen. Lena hat Verstand genug, aber keine Gefühle, und sie ist sich ihrer selbst nicht bewußt."

„Das ist ja das Problem mit den Mechanismen. Aber wir werden es schon lösen. Wir werden irgendwelche mechanischen Emotionen einbauen." Er schraubte Lena den Kopf wieder auf und schaltete ihren Stromkreis ein. „Geh wieder an die Arbeit, Lena, es ist neunzehn Uhr."

Ich war auf Endokrinologie und verwandte Wissenschaftszweige spezialisiert. Ich war nicht direkt Psychologe, aber ich verstand einiges von den Drüsen, Sekretionen, Hormonen und all den vielschichtigen physischen Ursachen unserer Gefühlsregungen. Die medizinische Wissenschaft hatte dreihundert Jahre gebraucht, um herauszufinden, wie und warum sie funktionierten, und ich sah nicht ein, daß es den Menschen gelingen sollte, ihre Wirkungsweise in viel kürzerer Zeit mechanisch nachzuahmen.

Ich brachte Bücher und Zeitungen mit nach Hause, um das zu beweisen, und Dave berief sich auf die Erfindung von Erinnerungsspulen und der veritoiden Augen. In diesem Jahr tauschten wir unser Wissen aus, bis Dave die gesamte endokrinologische Theorie kannte und ich imstande gewesen wäre, Lena selbst herzustellen. Je mehr wir redeten, desto unsicherer wurde ich, ob der ‚Homo mechanensis' als perfekter Robotertyp nicht doch möglich wäre.

Die arme Lena ... Ihr Kupferberyllkörper war meist in zahllose Teile zerlegt. Unsere ersten Versuche hatten nur den Erfolg, daß sie uns gebratene Bürsten zum Frühstück servierte und das Geschirr in Olivenöl wusch. Dann kochte sie eines Tages ein perfektes Menu, nachdem Dave sechs Drähte gekreuzt hatte, und er geriet in Ekstase.

Die ganze Nacht arbeitete er an ihren Drähten, setzte eine neue Spule ein und brachte ihr ein neues Wortprogramm bei. Am nächsten Tag beschimpfte sie uns wütend, als wir ihr sagten, daß sie viel zu faul sei.

„Das ist eine Lüge!" schrie sie und fuchtelte mit ihrem Staubsauger herum. „Ihr seid alle beide Lügner! Wenn ihr mich nicht dauernd zerlegen würdet, könnte ich endlich in Ruhe meine Arbeit machen."

Als wir sie beruhigt und wieder an die Arbeit geschickt hatten, zerrte mich Dave ins Labor. „Wir dürfen nichts riskieren", erklärte er. „Wir müssen dieses Adrenalinpaket herausschneiden und ihre Funktion wieder normalisieren. Aber wir brauchen einen besseren Roboter."

„Wie wär's mit einem von Dillards neuen Gebrauchsmodellen? Sie scheinen alles in einer Gestalt zu kombinieren."

„Genau. Aber wir müssen ein Spezialmodell bestellen – mit einem vollen Set von Erinnerungsspulen. Und um der alten Lena Ehre zu erweisen, lassen wir uns einen weiblichen Roboter liefern."

Und so kam Helen zu uns. Die Leute von der Dillard-Firma hatten ein Wunder vollbracht und alle Funktionen in einen Behälter mit weiblichen Formen eingebaut. Das Gesicht aus Plastik und Gummi war so konstruiert, daß es flexibel genug war, um Emotionen auszudrücken. Helen hatte Tränendrüsen, Geschmacksknospen und konnte alle menschlichen Aktionen simulieren, vom Atmen bis zum Haareraufen. Die Rechnung, die uns die Dillard-Leute schickten, war ein weiteres Wunder, aber Dave und ich kratzten das Geld zusammen. Wir mußten Lena aufs Arbeitsamt schicken, um die Summe zu beschaffen, und deshalb gingen wir in Zukunft auswärts essen.

Ich hatte viele knifflige Operationen an lebendem Gewebe vorgenommen, und einige waren sehr kompliziert gewesen. Aber ich kam mir immer noch wie ein Medizinstudent im ersten Semester vor, als wir die Vorderplatte von Helens Körper öffneten und die Kabel ihrer ‚Nerven' zu durchtrennen begannen. Dave hatte seine mechanischen Drüsen vorbereitet, komplexe kleine Bündel aus Pansistoren und Drähten, die elektrische Gedankenimpulse überlagerten und sie so verzerrten, wie das Adrenalin die Reaktionen des menschlichen Geistes verzerrt.

Statt nachts zu schlafen, vertieften wir uns in die schematischen Diagramme ihrer Strukturen, folgten den komplexen Gedankenmassen ihrer Drähte, durchtrennten die Kabel und pflanzten die ‚Heteronen' ein. Und während wir arbeiteten, übertrug ein mechanisches Band sorgfältig vorbereitete Gedanken und Bewußtseinswahrnehmungen und Gefühle auf eine Hilfserinnerungsspule. Dave wollte nichts dem Zufall überlassen.

Der Morgen graute schon, als wir unser Werk beendeten, erschöpft, aber glücklich. Nun mußten wir Helen nur noch mit elektrischem Strom versorgen. Wie alle Dillard-Mechanismen war sie mit einem winzigen Atommotor statt mit Batterien ausgestattet, und sobald der einmal in Gang gesetzt war, brauchten wir uns nicht weiter darum zu kümmern.

Dave weigerte sich, Helen anzuschalten. „Warten wir, bis wir geschlafen und uns ausgeruht haben. Ich kann es ebensowenig wie du erwarten, sie auszuprobieren, aber wenn wir halbtot sind, hat es keinen Sinn zu experimentieren. Gehen wir ins Bett, und heben wir uns Helen für später auf.

Widerstrebend gehorchten wir der Stimme der Vernunft. Wir legten uns ins Bett und waren schon eingeschlafen, bevor sich die Klimaanlage auf Schlaftemperatur herabgeschaltet hatte. Und dann rüttelte mich Dave an der Schulter. „Phil! He! Wach auf!"

Ich drehte mich stöhnend um und blinzelte ihn an. „Ja? Uh . . . Was ist? Hat Helen . . ."

„Nein, es ist die alte Mrs. van Styler. Sie hat angerufen und gesagt, daß sich ihr Sohn in ein Dienstmädchen verknallt hat. Und jetzt sollst du hinkommen und ihm Gegenhormone geben. Sie sind in ihrem Sommercamp in Maine."

Die reiche Mrs. Styler . . . Ich konnte es mir nicht leisten, ihre Bitte abzuschlagen, nachdem meine letzten Ersparnisse für Helen draufgegangen waren. Aber das war nicht gerade ein Job, um den ich mich riß. „Gegenhormone! So eine Behandlung würde volle zwei Wochen dauern. Außerdem bin ich kein High-Society-Doktor, der mit Drüsen herumspielt, um irgendwelche Narren glücklich zu machen. Ich betrachte es als meine Aufgabe, ernsthafte Krankheiten zu heilen."

„Und du willst Helen beobachten." Dave grinste, aber mit mir meinte er es bitterernst. „Ich habe ihr gesagt, daß es fünfzigtausend kostet."

„Eh?"

„Sie sagte, das wäre okay, aber du mußt dich beeilen."

Natürlich blieb mir nichts anderes übrig, obwohl ich Mrs. Styler mit Wollust den fetten Hals umgedreht hätte. Das alles wäre nicht passiert, wenn sie Roboter benutzt hätte wie alle anderen. Aber sie mußte eben unbedingt anders sein als gewöhnliche Leute.

Während Dave daheim mit Helen herumtrödelte, zerbrach ich mir den Kopf über die Frage, wie ich Archy van Styler dazu bringen könnte, die Hormone einzunehmen und sie auch dem

Dienstmädchen einzugeben. Natürlich war ich nicht verpflichtet, auch das Mädchen zu behandeln, aber das arme Ding war ganz verrückt nach Archy. Ich dachte immer wieder, daß Dave mir eigentlich schreiben könnte, aber ich hörte nichts von ihm.

Es war drei Wochen später statt zwei, als ich Mrs. Styler melden konnte, daß Archy ‚kuriert' sei, und mein Honorar bekam. Mit diesem Geld in der Tasche mietete ich eine Privatrakete und war in einer halben Stunde in Messina.

Als ich die Diele unseres Hauses betrat, hörte ich leichte Schritte, und eine eifrige Stimme rief: „Dave, Liebling?"

Ich brachte keinen Ton hervor, und dann erklang die Stimme wieder, diesmal flehend. „Dave?"

Ich weiß nicht, was ich erwartet hatte – aber ganz sicher nicht, daß Helen mir entgegenkam, mich enttäuscht anstarrte und die kleinen Hände auf die Brust preßte. „Oh, ich dachte, es ist Dave. Er kommt fast nie zum Essen nach Hause, und ich habe das Menu schon seit Stunden fertig." Sie ließ die Hände sinken und brachte ein Lächeln zustande. „Sie sind Phil, nicht wahr? Dave hat mir von Ihnen erzählt. Ich bin so froh, daß Sie hier sind, Phil."

„Ich freue mich auch, Sie kennenzulernen – und daß es Ihnen so gut geht." Was sagt man eigentlich, wenn man leichte Konversation mit einem Roboter macht? „Hatten Sie nicht erwähnt, daß das Essen fertig ist?"

„O ja. Ich nehme an, Dave ißt wieder in der Stadt, also können wir anfangen. Wie schön, daß endlich jemand im Haus ist, mit dem ich reden kann, Phil! Es macht Ihnen doch nichts aus, daß ich Sie Phil nenne? Wissen Sie – für mich sind Sie eine Art Patenonkel."

Wir aßen. Damit hatte ich nicht gerechnet. Aber offenbar war das Essen für sie genauso selbstverständlich wie das Gehen. Allerdings aß sie nicht sehr viel. Die meiste Zeit starrte sie auf die Haustür.

Dave kam herein, als ich meine Mahlzeit gerade beendete, und runzelte die Stirn. Helen wollte aufstehen, aber er stürmte zur Treppe und rief mir über die Schulter zu: „Hallo, Phil! Wir sehen uns dann oben!“

Irgendwas stimmte nicht mit ihm. Ich glaubte, einen gehetzten Ausdruck in seinen Augen entdeckt zu haben, und als ich mich zu Helen umdrehte, sah ich, daß sie mit den Tränen kämpfte. Sie schluckte, dann begann sie hektisch ihr Essen zu verschlingen.

„Was ist denn los mit euch beiden?“ fragte ich.

„Er hat mich satt.“

Sie schob ihren Teller beiseite und sprang auf.

„Reden Sie lieber mit ihm, während ich das Geschirr spüle. Ich möchte Ihnen nur noch sagen, daß mit mir alles in Ordnung ist. Es ist nicht meine Schuld.“ Sie räumte den Tisch ab und verschwand in der Küche. Ich hätte schwören können, daß sie weinte.

Vielleicht sind alle Gedanken eine Reihe von bedingten Reflexen. Jedenfalls hatte sich Helen während meiner Abwesenheit eine Menge Reflexe angeeignet. Lena war nicht einmal in ihrer Glanzzeit so eindrucksvoll gewesen. Ich ging nach oben, um Dave zu fragen, ob er irgendeinen Sinn in diesem Mischmasch erblickte.

Er goß Soda in ein großes Glas mit Apfelschnaps, und ich sah, daß die Flasche fast leer war. „Willst du auch einen Drink?“ fragte er.

Ich fand diese Idee ganz gut. Die tosende Explosion einer Ionenrakete über meinem Kopf war das einzig Vertraute, was in diesem Haus übriggeblieben war. Daves Blick verriet mir, daß dies nicht die erste Flasche war, die er während meiner Reise geleert hatte. Er holte eine neue, um sich einen weiteren Drink zu genehmigen.

„Es geht mich zwar nichts an, Dave, aber mit diesem Zeug wirst du deine Nerven nicht beruhigen. Was ist denn in Helen und dich gefahren? Habt ihr Geister gesehen.“

Helen irrte sich. Er hatte nicht in der Stadt gegessen. Er hatte nirgendwo gegessen. Die Art, wie seine Muskeln in einem Stuhl zusammensanken, verriet mir höchst eindrucksvoll, daß er erschöpft und nervös war – vor allem aber, daß er Hunger hatte. „Hast du es bemerkt?“ fragte er.

„Bemerkt? Ihr habt es mir ja deutlich genug klargemacht.“

„Hm . . .“ Dave erschlug eine imaginäre Fliege, und seine Schultern sackten noch weiter nach vorn. „Vielleicht hätte ich warten sollen, bis du wieder da bist, bevor ich Helen einschaltete. Aber wenn sich diese Stereoanlage nicht verändert hätte . . . Nun, jedenfalls hat sie sich verändert. Und deine geschwätzigen Bücher haben den Rest besorgt.“

„Danke. Jetzt verstehe ich alles.“

„Weißt du, Phil, ich habe in den Bergen ein Häuschen mit Obstgarten. Das hat mir mein Dad hinterlassen. Ich glaube, ich werde dort mal nach dem Rechten sehen.“

Eine Weile ging er noch wie die Katze um den heißen Brei herum. Aber schließlich gelang es mir mit viel Alkohol und Schweiß, ihn zum Reden zu bringen, bevor ich ihm ein Amytal gab und ihn ins Bett steckte. Dann nahm ich mir Helen vor und entlockte ihr den Rest der Geschichte, bis ich mir endlich einiges zusammenreimen konnte.

Offenbar hatte Dave sie angeschaltet, sobald ich aus dem Haus war, und einleitende Tests gemacht, die zufriedenstellend ausgefallen waren. Sie hatte wunderbar reagiert – so gut, daß er beschlossen hatte, sie allein zu lassen und wie gewöhnlich zur Arbeit zu gehen. Natürlich wurde sie mit all ihren unerprobten Emotionen von Neugier geplagt und wollte, daß er bei ihr blieb. Da hatte er eine Idee. Nachdem er ihr gezeigt hatte, worin ihre Haushaltspflichten bestanden, setzte er sie vor den Stereofernseher und stellte einen Reisefilm ein, damit sie sich die Zeit vertreiben konnte.

Der Reisefilm beanspruchte ihre Aufmerksamkeit, bis er zu Ende war. Dann kam eine Show mit Larra Ainslee. Das war derselbe affektierte Kerl, der uns den Ärger mit den Zwillingen eingetragen hatte. Zufällig sah er Dave ein bißchen ähnlich.

Helen war ganz verrückt nach dieser Show, und ihre Emotionen begannen zu funktionieren. Als die Show zu Ende war, fand sie auf einem anderen Kanal einen Liebesfilm, der ebenfalls an ihrer Erziehung mitwirkte. Das Nachmittagsprogramm bestand hauptsächlich aus Nachrichten und Musik, aber da hatte sie bereits meine Bücher gefunden, und ich habe einen sehr erwachsenen literarischen Geschmack.

Dave kam in bester Laune nach Hause. Die Diele war saubergemacht, und in der Luft lag ein Duft von gutem Essen, den er schon wochenlang vermißt hatte. Er hatte Visionen von Helen als Superhaushälterin. Deshalb war es ein ziemlicher Schock für ihn, als sich von hinten zwei starke Arme um seinen Hals schlangen und eine zitternde Stimme in sein Ohr flötete: „O Dave, Liebling, du hast mir so gefehlt. Ich bin so froh, daß du endlich wieder da bist."

Helens Technik war zwar nicht sonderlich diskret, aber voller Enthusiasmus. Das stellte Dave fest, als er versuchte, ihren Küssen zu entgehen. Sie hatte schnell und mit Emphase gelernt, was es zu lernen gab. Immerhin wurde sie von einem Atommotor betrieben.

Dave war nicht prüde, aber er sagte sich, daß sie trotz allem nur ein Roboter war. Die Tatsache, daß sie wie eine junge Göttin aussah und agierte und sich in seinen Armen auch so anfühlte, hatte nichts zu bedeuten. Mit einiger Anstrengung riß er sich von ihr los und zog sie ins Speisezimmer. Dort überredete er sie dazu, sich zu setzen und zu essen, um sie von seiner Person abzulenken.

Nachdem sie ihre abendlichen Haushaltspflichten erledigt hatte, rief er sie in sein Arbeitszimmer und versuchte ihr klarzumachen, wie dumm ihr Benehmen war. Die Lektion dauerte drei Stunden und befaßte sich mit Helens Platz im Leben, mit der Idiotie von Stereosendungen und gewissen Büchern. Als er schwieg, blickte Helen mit tränenfeuchten Augen auf und sagte wehmütig: „Ich weiß, Dave. Aber ich liebe dich trotzdem."

Da begann Dave zu trinken.

Es wurde jeden Tag schlimmer. Wenn er länger als sonst in der Stadt blieb, empfing sie ihn mit Tränen. Wenn er früher kam, versuchte sie sich an seinen Hals zu werfen. Wenn er sich in sein Zimmer einschloß, konnte er hören, wie sie unten auf und ab lief und vor sich hin murmelte. Und wenn er hinunterging, starrte sie ihn so lange vorwurfsvoll an, bis er wieder nach oben flüchtete.

Am nächsten Morgen schickte ich Helen unter einem Vorwand aus dem Haus und holte Dave aus dem Bett. Ich zwang ihn dazu, anständig zu frühstücken, dann gab ich ihm ein Beruhigungsmittel. Er war immer noch lustlos und mißgelaunt. „Sieh mal, Dave", unterbrach ich seine düsteren Gedanken. „Helen ist ja kein Mensch. Warum schaltest du sie nicht einfach ab und veränderst ein paar Erinnerungsspulen? Dann können wir sie davon überzeugen, daß sie niemals verliebt war und sich auch nie verlieben wird."

„Versuch's doch! Auf diese Idee bin ich auch schon gekommen, aber da stimmte sie ein Geheul an, das vielleicht sogar Homer geweckt hat. Sie sagte, das wäre Mord – und zum Teufel – ich kann nichts dafür, aber ich empfinde es genauso. Vielleicht ist sie nicht menschlich – aber darauf würde man niemals kommen, wenn sie diese Leidensmiene aufsetzt und einem sagt, man solle sich keinen Zwang antun und sie getrost umbringen."

„Wir haben jedenfalls kein Äquivalent zu den Sekretionen benutzt, die in den Menschen wirksam werden, wenn sie verliebt sind."

„Ich weiß nicht, was wir ihr eingesetzt haben. Vielleicht ist es in den Heteronen irgendwie zu einer Fehlzündung gekommen. Jedenfalls bestimmt die Liebe ihre Gedanken in einem Maße, daß wir ihr völlig neue Spulen einsetzen müßten."

„Und warum tun wir das nicht?"

„Mach's doch! Du bist ja der Arzt in unserer Familie. Ich bin es nicht gewöhnt, mich um Emotionen zu kümmern. Seit sich Helen so aufführt, ist es mir sogar zuwider geworden, mit Robotern zu arbeiten. Wahrscheinlich muß ich meinen Laden bald schließen.“

Er sah Helen durch den Garten heraufkommen und rannte durch die Hintertür zum Einschienenexpreß. Ich hatte eigentlich vorgehabt, ihn wieder ins Bett zu verfrachten, aber ich ließ ihn laufen. Vielleicht würde er sich in seinem Laden besser fühlen als daheim.

„Ist Dave gegangen?“ Jetzt hatte Helen diese Leidensmiene aufgesetzt, von der er gesprochen hatte.

„Ja. Ich habe ihm das Frühstück gemacht, und dann ist er zur Arbeit gefahren.“

„Ich bin froh, daß er etwas gegessen hat.“ Sie sank in einen Sessel, als ob sie todmüde wäre, wenn ich auch nicht verstand, wieso ein Mechanismus müde werden konnte. „Phil!“

„Ja?“

„Glauben Sie, daß ich ihm schade? Würde er glücklicher sein, wenn ich nicht hier wäre?“

„Er wird jedenfalls verrückt, wenn Sie sich weiterhin so aufführen.“

Sie stöhnte, rang flehend die kleinen Hände, und ich kam mir wie ein Unmensch vor. Aber ich hatte A gesagt, also mußte ich auch B sagen. „Wenn ich Ihren Strom abschalte und Ihre Spulen verändere, würde er sich wahrscheinlich immer noch von Ihnen verfolgt fühlen.“

„Ich weiß, aber ich kann nichts dagegen tun. Und ich wäre ihm eine gute Ehefrau, ganz bestimmt, Phil.“

Ich schluckte. Das ging ein bißchen zu weit. „Und Sie würden ihm obendrein noch stramme Söhne schenken, was? Aber ein Mann möchte eine Frau aus Fleisch und Blut – nicht aus Gummi und Metall.“

„Sagen Sie das nicht, bitte! Ich betrachte mich als richtige Frau, und Sie wissen, wie perfekt ich echte Frauen imitiere. Ich könnte ihm keine Söhne gebären – aber davon abgesehen ... Ich würde mich so bemühen, ihm eine gute Frau zu sein.“

Ich gab es auf.

Dave kam an diesem Abend nicht nach Hause und am nächsten Tag auch nicht. Helen tobte und wollte, daß ich die Krankenhäuser und die Polizei anrief. Aber ich wußte, daß ihm nichts passiert war. Er hatte immer seinen Ausweis bei sich. Also hätten wir es längst erfahren, wenn ihm etwas zugestoßen wäre. Aber als er am dritten Tag noch immer nicht auftauchte, begann ich mir ebenfalls Sorgen zu machen. Und als Helen sich auf den Weg zu seinem Laden machte, beschloß ich, sie zu begleiten.

Dave war da, zusammen mit einem Mann, den ich nicht kannte. Ich stellte Helen an einer Ecke ab, wo Dave sie nicht sehen, wo sie aber alles hören konnte, und ging hinein, sobald der andere Bursche den Laden verlassen hatte. Dave sah ein wenig besser aus und schien sich zu freuen, als er mich erblickte. „Hallo, Phil! Ich wollte gerade den Laden schließen. Gehen wir essen?"

Helen konnte sich nicht mehr beherrschen und kam hereingestürmt. „Komm nach Hause, Dave! Ich habe ein Ente gebraten – mit Gewürzfüllung. Ich weiß doch, wie gern du das ißt."

„Hau ab!" schrie Dave. Sie zuckte zurück und wandte sich zum Gehen. „Okay, bleib da. Du kannst es genausogut jetzt gleich hören. Ich habe den Laden verkauft – an den Burschen, der gerade gegangen ist. Ich werde mich in dem Häuschen mit dem Obstgarten niederlassen, von dem ich dir erzählt habe, Phil. Ich kann diese Roboter nicht mehr ertragen."

„Du wirst verhungern", wandte ich ein.

„Nein, es besteht eine wachsende Nachfrage nach altmodisch angebautem Obst, das in der freien Natur heranreift. Die Leute haben dieses Wasserkulturzeug satt. Dad hat ganz gut von seinen Obstbäumen gelebt. Ich packe nur noch meine Sachen, dann verschwinde ich."

Helen sah ihn flehend an. „Ich packe, und du kannst inzwischen essen, Dave. Zum Nachtisch gibt's Apfeltorte." Die Welt stürzte unter ihren Füßen ein, und trotzdem erinnerte sie sich daran, wie gern Dave Apfeltorte mochte.

Helen war eine gute Köchin. Sie war sogar ein Genie, das alle

Vorzüge einer Frau und eines Mechanismus' in sich vereinigte. Dave aß eine ganze Menge, nachdem er erst einmal angefangen hatte. Nach der Mahlzeit taute er so weit auf, daß er zugab, die Ente und die Apfeltorte hätten ihm sehr gut geschmeckt. Er bedankte sich bei Helen fürs Packen und erlaubte ihr sogar, ihm einen Abschiedskuß zu geben. Aber er schüttelte entschieden den Kopf, als sie erklärte, daß sie ihn aufs Raketenfeld begleiten wollte.

Helen versuchte tapfer zu sein, als ich von der Abschußrampe zurückkam, und eine Zeitlang führten wir ein stockendes Gespräch über Mrs. Stylers Dienstboten. Aber dann schlief die Konversation ein, und sie starrte aus dem Fenster. Nicht einmal die Komödie im Fernsehen interessierte sie, und ich war froh, als sie endlich in ihr Zimmer ging. Wenn sie wollte, konnte sie ihre Stromzufuhr so herabschalten, daß es ihr möglich war, Schlaf zu simulieren.

Als die Tage verstrichen, wurde mir klar, warum sie sich nicht als Roboter betrachtete. Ich selbst begann ein Mädchen und eine Kameradin in ihr zu sehen. Abgesehen von den Phasen, wo sie dumpf vor sich hinbrütete oder immer wieder zur Telepost lief, um auf einen Brief zu warten, der niemals eintraf, war sie die beste Gefährtin, die sich ein Mann nur wünschen konnte. Und sie gab dem Haus eine gemütliche Atmosphäre, was Lena niemals gelungen war.

Ich nahm sie zu einem Einkaufsbummel nach Hudson mit, und sie begeisterte sich kichernd für die Seiden- und die schimmernden Glasstoffe, die gerade in Mode waren, probierte zahllose Hüte und benahm sich wie ein ganz normales Mädchen. Eines Tages gingen wir Forellen fangen, wobei sie sich als gute Sportskameradin erwies und nicht mehr redete als ein männlicher Begleiter. Ich fühlte mich wohl in ihrer Gesellschaft und glaubte, daß sie Dave vergessen hatte – bis ich eines Tages unerwartet früh nach Hause kam und sie auf der Couch fand, wo sie herzzerreißend schluchzte.

Da rief ich Dave an. Die Televisorgesellschaft erreichte ihn nicht sofort, und Helen kam zu mir, während ich auf die Verbindung wartete. Sie war nervös und angespannt wie eine alte Jungfer, die auf einen Heiratsantrag wartet. Dann war Dave endlich am Apparat. „Was ist los, Phil?" fragte er, als sein Gesicht auf dem Bildschirm erschien. „Ich habe gerade meine Sachen gepackt und . . ."

„Dave, so geht es nicht weiter", unterbrach ich ihn. „Ich habe beschlossen, Helens Spulen noch heute nacht zu verändern. Es kann nicht schlimmer werden als jetzt."

Helen legte eine Hand auf meine Schulter. „Vielleicht wäre es das Beste, Phil. Ich mache dir keine Vorwürfe."

„Phil, du weißt nicht, was du tust!" rief Dave.

„Natürlich weiß ich das. Du kannst nichts dagegen tun, denn bis du hier eintreffen würdest, wäre alles schon vorbei. Du hast ja gehört, daß sie einverstanden ist."

Dave runzelte die Stirn. „Ich lasse das nicht zu, Phil. Sie gehört mir und ich verbiete es."

„Also, das ist doch . . ."

„Ja, beschimpf mich nur. Ich habe es mir anders überlegt. Als dein Anruf kam, packte ich gerade meine Sachen, um nach Hause zu fliegen."

Helen schob mich beiseite und starrte mit strahlenden Augen auf den Bildschirm. „Dave – willst du . . ."

„Ich habe soeben erkannt, was für ein Narr ich war, Helen. Phil, in zwei Stunden bin ich bei euch. Wenn du also . . ."

Er brauchte mich nicht erst aus dem Zimmer zu jagen. Aber bevor ich die Tür schloß, hörte ich noch, wie Helen sagte, daß sie sehr gern die Frau eines Obstbauern wäre.

Ich war nicht so überrascht, wie die beiden glaubten. Als ich Dave anrief, ahnte ich schon, was passieren würde. Kein Mann benimmt sich so wie Dave, wenn er ein Mädchen haßt. Nur wenn er glaubt, daß er es haßt – und wenn das ein ganz gewaltiger Irrtum ist . . .

Keine Frau war jemals eine schönere Braut oder eine bessere Ehegattin. Niemals ließ sie in ihrem Bemühen nach, gut zu kochen und es Dave gemütlich zu machen. Das Haus kam mir leer vor, als sie ausgezogen war, und bald wurde es mir zur lieben Gewohnheit, die beiden ein- oder zweimal pro Woche in ihrem Obstgarten zu besuchen. Ich nehme an, daß sie manchmal Probleme hatten, aber ich sah nichts davon, und ich weiß, daß die Nachbarn niemals den Verdacht hegten, die beiden könnten kein normales Ehepaar sein.

Dave wurde älter und Helen natürlich nicht. Ich half ihr, ein paar Falten in ihr Gesicht zu graben und die Haare grau zu färben. Natürlich verschwiegen wir Dave, daß sie nicht gemeinsam mit ihm alt wurde. Ich glaube, er hat vergessen, daß sie kein Mensch ist.

Ich habe es selbst vergessen. Erst als heute morgen Helens Brief kam, kehrte ich in die Wirklichkeit zurück. Da stand in ihrer schönen Schrift, die nur an manchen Stellen etwas zittrig war, das Unausweichliche, das weder Dave und ich erkannt hatten.

‚Lieber Phil! Wie Du weißt, ist Dave schon seit einigen Jahren herzkrank. Wir hatten erwartet, daß er trotzdem noch lange leben würde, aber es kam anders. Kurz vor Sonnenaufgang starb er in meinen Armen. Er schickte Dir Grüße und ersuchte mich, Dir in seinem Namen Lebewohl zu sagen. Nun möchte ich Dich um einen letzten Gefallen bitten, Phil. Es gibt nur einen einzigen Weg für mich, nachdem Dave nicht mehr am Leben ist. Säure kann Metall genauso verbrennen wie menschliches Fleisch, und ich möchte zusammen mit Dave tot sein. Bitte, sieh zu, daß wir gemeinsam begraben werden und daß der Leichenbestatter mein Geheimnis nicht entdeckt. Das war auch Daves Wunsch. Armer, lieber Phil, ich weiß, daß Du Dave wie einen Bruder geliebt und auch mich sehr gern hast. Bitte, trauere nicht zu sehr um uns, denn wir hatten ein glückliches gemeinsames Leben, und wir fühlten beide, daß wir diese letzte Brücke Seite an Seite überqueren müssen. Mit lieben Grüßen und in herzlicher Dankbarkeit, Helen.‘

Früher oder später mußte es wohl so kommen. Der Schock des ersten Augenblicks hat nachgelassen. In ein paar Minuten werde ich mich auf den Weg machen, um Helens letzten Wunsch zu erfüllen.

Dave war ein glücklicher Mann und der beste Freund, den ich jemals hatte. Und Helen – nun, wie ich bereits sagte, ich bin jetzt ein alter Mann und kann die Dinge vernünftiger betrachten. Ich nehme an, ich hätte heiraten und eine Familie gründen sollen. Aber – es gab eben nur eine einzige Helen O'Loy.

Der Tag ist vorbei

Hwoogh kratzte die Haare auf seinem Bauch und sah zu, wie sich die Sonne über dem Hügel erhob. Er schlug sich lustlos auf die Brust und schrie schüchtern, dann knurrte er und brach ab. In seiner Jugend hatte er gebrüllt und war herumgestampft, um dem Sonnengott bei seinem Aufstieg zu helfen. Aber nun lohnte sich die Mühe nicht mehr. Nichts lohnte sich mehr. Er fand einen salzigen Schweißtropfen unter dem Haar, leckte ihn vom Finger und drehte sich auf die andere Seite, um weiterzuschlafen.

Aber der Schlaf wollte nicht kommen. Jenseits des Hügels klang ein Schrei auf, und jemand hämmerte rhythmisch auf eine Trommel. Der alte Neandertaler grunzte und hielt sich die Ohren zu. Aber das Lied des Sonnenerwärmers verstummte nicht. Das war auch so eine Idee von diesen Schwätzern.

Seinerzeit war die Welt schön gewesen – voller haariger, knurrender Leute – voller Leute, die ein Mann verstehen konnte. Wild hatte ringsum in den Wäldern gelebt, und der Rauch der Kochfeuer hatte die Höhlen erfüllt. Er hatte mit den wenigen Kindern gespielt, aber jedes Jahr waren weniger auf die Welt gekommen. Dann war er zum stolzen jungen Mann herangewachsen – damals, bevor sich die Schwätzer dieses Tal als Jagdgrund angeeignet hatten.

Alte Traditionen, halb erzählt, halb verstanden, sprachen von dem Land in jenen frühen Tagen, wo nur seine Stammesgenossen durch die breite Tundra gestreift waren. Sie hatten die Höhlen bewohnt und waren in so großen Rudeln ausgezogen, daß ihnen kein Tier Widerstand leisten konnte. Und die Tiere waren ins Land geströmt, von der vierten Eiszeit nach Süden getrieben. Viele seiner Gefährten waren gestorben.

Aber viele hatten überlebt, und als das wärmere, trockenere Klima einsetzte, hatten sie sich wieder vermehrt – bevor die Schwätzer kamen. Und danach . . . Hwoogh wälzte sich unbehaglich umher. Danach hatten die Schwätzer aus unersichtlichen Gründen immer mehr Land für sich beansprucht, und sein Volk war immer kleiner geworden. Hwooghs Vater hatte erklärt, daß schließlich nur die kleine Schar in diesem Tal übriggeblieben war und daß dies der einzige Ort auf der großen flachen Erde wäre, den die Schwätzer selten aufsuchten.

Hwoogh war zwanzig gewesen, als er sie zum erstenmal sah – große, langbeinige Männer, schnell zu Fuß, mit lebhaften Augen, die umherstelzten, als ob die Erde ihnen gehörte, und deren Lippen unablässig Geräusche von sich gaben. In jenem Sommer schlugen sie ihr Zelte aus Tierhäuten und Flechtwerk hinter dem Hügel auf, fern von den Höhlen, und feierten Feste zu Ehren ihrer Götter. Sie besaßen Zauberwaffen, und die Tiere fielen ihnen zum Opfer. Hwooghs Volk hatte sich zurückgezogen, beobachtete sie voller Furcht und Haß und begann schließlich zu betteln und zu stehlen. Einmal hatte ein junger Bursche ein Kind der Schwätzer getötet. Sie hatten ihm die Haut abgezogen und ihn dann liegen gelassen, bis er gestorben war. Danach wurde zwischen den Cro-Magnons und den Neandertalern ein Waffenstillstand geschlossen.

Nun waren Hwooghs Gefährten alle dahingegangen, und er war als einziger übriggeblieben. Vor sieben Jahren hatte sich Hwooghs Bruder in der Höhle zusammengerollt und seinen letzten Atemzug getan, um die lange Reise zu seinen Ahnen anzutreten. Er war stets mutlos und willensschwach gewesen, aber der einzige Freund, den Hwoogh noch hatte.

Der alte Mann warf sich umher und wünschte, daß Keyoda wiederkäme. Vielleicht würde sie Essen von den Schwätzern mitbringen. Es hatte keinen Sinn, auf die Jagd zu gehen, nachdem die Schwätzer das Kleinwild schon erlegt hatten. Am besten verschlief man die Tage, denn der Schlaf war das einzig Gute, was einem noch geblieben war auf dieser chaotischen Welt. Sogar das Getränk, das die großen Cro-Magnons aus zerstoßenen Wurzeln brauten, brachte einem nichts anderes ein als Kopfschmerzen am nächsten Tag.

Er drehte sich herum auf seinem Bett aus Blättern am Rand der Höhle und grunzte mürrisch. Eine Fliege summte provokativ über seinem Kopf, und er griff nach ihr. Überraschung erhellte seine Züge, als seine Finger sich um das Insekt schlossen, und dann verschluckte er es genüßlich. Es schmeckte nicht so gut wie die Nahrung, die man in den Wäldern fand, aber es wirkte appetitanregend.

Der Gott des Schlafes hatte ihn verlassen, und er konnte ihn auch nicht zurücklocken, wenn er still liegen blieb und schnarchte. Hwoogh gab es auf und hockte sich auf die Fersen. Er wollte schon seit Wochen eine neue Spitze für einen primitiven Speer machen, und nun begann er in der Höhle nach Arbeitsmaterial zu suchen. Aber der eben erst gefaßte Vorsatz war bald vergessen, und er ließ den Blick träge über den schmalen Bach unterhalb der Höhle und die flockigen Wolken am Himmel schweifen. Es war ein warmer Frühlingstag, und die Sonne versüßte das Nichtstun.

Der Sonnengott war stärker geworden und vertrieb den kalten Nebel. Jahrelang hatte er den Sonnengott verehrt, aber jetzt schien er nur noch für die Schwätzer zu strahlen. Als der Gott schwach gewesen war, hatte Hwooghs Volk große Macht besessen. Jetzt, wo der Gott nach langer Krankheit genesen war, breiteten sich die Cro-Magnons über das Land aus wie die Fliegen auf seinem Bauch.

Hwoogh konnte das nicht begreifen. Vielleicht war der Gott böse auf ihn, denn Götter waren ja immer unberechenbar. Er grunzte und sehnte sich wieder nach seinem Bruder, der solche Dinge besser verstanden hatte.

Keyoda kroch um den Felsblock vor der Höhle herum und unterbrach seine Grübeleien. Sie brachte Nahrung aus dem

Zeltdorf, eine halb abgekaute Pferdekeule, die Hwooghs nun packte und mit seinen starken Zähnen bearbeitete. Offenbar waren die Schwätzer am Vortag auf eine große Jagd gegangen, weil sie so großzügige Geschenke machten. Er grunzte Keyoda an, die sich im Höhleneingang in die Sonne setzte und sich am Rücken kratzte.

Hwoogh fand Keyoda so häßlich wie die meisten Schwätzer. Sie hatte lange, schlenkernde Beine und kurze Arme, und ihre aufrechte Haltung wirkte plump. Seufzend dachte er an die jungen Mädchen, die er in seiner Jugend gekannt hatte. Wie schön waren sie gewesen – klein und untersetzt, mit vorgereckten Hälsen und hübschen, niederen Stirnen. Wie die Cro-Magnon-Frauen mit ihren flachen Gesichtern Männer fanden, war Hwoogh ein Rätsel, aber offenbar hatten sie Erfolg.

Aber Keyoda hatte kein Glück gehabt, und das betrachtete Hwoogh als Bestätigung seines Urteils. Manchmal tat sie ihm fast leid, und auf seine Art hatte er sie gern. Als Kind war sie verletzt worden, und da sie mit ihrem steifen Rücken nicht arbeiten konnte, gab sie keine brauchbare Gefährtin für einen Mann ab. Ihre Stammesangehörigen hatten sie herumgestoßen, und sie hatte sich immer mehr von ihnen abgesondert. Als sie Hwoogh zufällig kennengelernt hatte, war ihr seine Gastfreundschaft willkommen gewesen. Die Schwätzer waren Nomaden, die den Herden im Sommer nach Norden folgten und im Winter nach Süden, sie kamen und gingen mit den Jahreszeiten. Aber Keyoda blieb bei Hwoogh in seiner Höhle und erledigte die geringfügigen Haushaltspflichten. Sogar ein Halbmensch wie der Neandertaler war noch leichter zu ertragen als das verächtliche Mitleid ihres eigenen Volks, und Hwoogh war nicht unfreundlich.

„Hwunkh?“ fragte Hwoogh. Mit teilweise gefülltem Magen war er der Welt wohlgesinnt.

„Oh, sie kamen heraus und erlaubten mir, ihre Essensreste zu nehmen. Und dabei bin ich die Tochter eines Häuptlings.“ Ihre Stimme hatte früher zänkisch geklungen, aber der Gram über den Mißerfolg und die Jahre hatten ihr die Schärfe genommen. „Arme, arme Keyoda, denken sie, soll sie doch haben, was sie will, wir brauchen es ohnehin nicht mehr. Hier!“ Sie gab ihm einen einfachen Speer, dessen Spitze rundherum abgeblättert war. „Das hat mir einer geschenkt. Er ist nicht so schön wie die Speere, die sie sonst benutzen, aber besser als deine. Einer der Jungen hat damit geübt.“

Hwoogh inspizierte den Speer. Gut, mußte er zugeben, sehr gut. Die Spitze steckte fest im Schaft. Sogar die Jungen konnten mit ihren langen, beweglichen Fingern bessere Waffen machen als er. Und doch war er einmal innerhalb seines kleinen Stammes berühmt gewesen für seine Speere.

Er machte das Zeichen des Pferdes und stand langsam auf. Die Form seines Kiefers, die Ansatzstelle seiner Zunge, die kaum entwickelten Gehirnlappen bewirkten, daß seine Sprache in einem rudimentären Stadium steckengeblieben war. Er ergänzte seine Knack- und Lippenlaute mit Gesten, die Keyoda gut verstand. Sie zuckte mit den Schultern und bedeutete ihm, daß er gehen solle. Dann begann sie das restliche Fleisch von dem Knochen zu nagen.

Hwoogh streifte lustlos umher und spürte, daß er alt wurde. Vage war ihm bewußt, daß das Alter ihn erst nach vielen weiteren Schneefällen schwächen dürfte. Es lag nicht an der Anzahl der Jahreszeiten, sondern an etwas anderem, an etwas, das er fühlen, aber nicht verstehen konnte. Er suchte die Jagdgründe auf und hoffte, ein Wild zu finden, das sich mühelos erlegen ließ. Die Almosen der Schwätzer schmeckten ihm immer bitterer.

Aber der Sonnengott stieg ein gutes Stück am blauen Höhlengewölbe hinauf, ohne das Hwoogh ein Tier über den Weg lief. Er machte kehrt, um heimzugehen, und begegnete ein paar Cro-Magnons, die ein Rentier, an zwei Stangen befestigt, auf den Schultern trugen. Sie blieben stehen und riefen mit hellen, fröhlichen Stimmen: „Es hat keinen Sinn, haariger Freund! In dieser

Gegend haben wir alles Wild erlegt. Geh in deine Höhle zurück und leg dich schlafen!“

Hwoogh ließ die Schultern hängen und wandte sich ab, sein Speer schleifte über den Boden. Einer der Schwätzer kam auf ihn zu. Manchmal war Legoda, der Medizinmann und Maler des Stammes, fast freundlich, und dies war einer jener Augenblicke. „Das Tier war für mich bestimmt, haariger Freund“, sagte er mit tolerantem Lächeln. „Letzte Nacht sprach ich einen starken Rentierzauber aus, und mein erster Speer tötete das Biest. Komm in mein Zelt, ich werde eine Keule für dich aufheben. Keyoda brachte mir ein neues Lied bei, das sie von ihrem Vater gelernt hat, und ich will es ihr vergelten.“

Keulen, Rippen, Knochen! Hwoogh war dieses äußeren Fleisches überdrüssig. Sein Körper verlangte nach den feineren Innereien, nach Eingeweiden und Lebern. Auf seiner Haut juckte bereits ein Ausschlag, und er fühlte, daß er saftige Innereien essen mußte, wenn es ihm wieder besser gehen sollte. Er grunzte halb dankbar, halb ärgerlich, dann wandte er sich erneut ab. Doch Legoda hielt ihn an der Schulter fest.

„Nein, bleib hier, haariger Freund! Manchmal bringst du mir Glück – wie damals, als ich das helle Ocker für meine Malerei fand. Im Lager ist genug für alle da. Warum willst du heute noch jagen?“ Als Hwoogh immer noch zögerte, sprach Legoda noch eindringlicher auf ihn ein, weniger von Güte beseelt, sondern eher von dem Wunsch, seinen Willen durchzusetzen. „Die Wölfe sind heute ganz in der Nähe, und einer ist nicht stark genug, um sie zu bezwingen. Wir schneiden das Rentier im Lager auf, sobald es von den Stangen genommen worden ist, und dann darfst du dir als erster ein Stück Fleisch aussuchen.“

Hwoogh grunzte zustimmend und watschelte den Schwätzern nach. Ihre milden Gaben schmeckten ihm wie Galle, aber eine Leber war eine Leber – wenn Legoda sich an die Abmachung hielt. Sie sangen ein rauhes Marschlied, gingen leichtfüßig dahin unter der Last des Rentiers, und er stolperte hinterher und versuchte keuchend, mit ihnen Schritt zu halten.

Als sie sich dem Nomadendorf näherten, stieg der Rauch, der aus den Zelten drang, beißend in Hwooghs Nase. Der Geruch der langbeinigen Cro-Magnons war schon schlimm genug, auch ohne den Gestank ihrer Dungfeuer. Er zog den modrigen Duft seiner dunklen Höhle vor.

Junge Burschen liefen ihnen entgegen und schrien empört, weil man ihnen verboten hatte, sich an der Jagd nach dieser leichten Beute zu beteiligen. Als sie den Neandertaler sahen, stießen sie ein Freudengeheul aus und begannen, ihn spielerisch mit Zweigen und Steinen zu bewerfen. Hwoogh erschauerte und duckte sich, bedrohte sie mit seinem Speer und gab ein kehliges Knurren von sich. Legoda lachte. „O haariger Chokanga, deine Stimme müßte sie in die Flucht schlagen. Aber wie du siehst, fürchten sie dich nicht. Hinweg mit euch, ihr zweibeinigen Bestien!" Sie wichen zurück, immer noch schreiend. Hwoogh beobachtete sie vorsichtig, aber solange es Legoda gefiel, war er vor ihren Angriffen sicher.

Legoda war in guter Stimmung, lachte und scherzte und neckte die Frauen, bis seine junge Gattin aus ihrem Zelt kam und ihn zum Schweigen brachte. Sie stürzte sich mit ihrem Steinmesser auf das Rentier, und die anderen Frauen gesellten sich zu ihr.

„Heya!" rief Legoda. „Chokanga darf sich als erster ein Stück Fleisch aussuchen. Ich habe ihm mein Wort gegeben."

„Du Narr!" sagte seine Frau verächtlich und warf Hwoogh einen bösen Blick zu. „Seit wann füttern wir die Höhlentiere und die Fische. Du bist verrückt, Legoda. Soll er doch selber auf die Jagd gehen!"

Legoda kitzelte sie grinsend mit seiner Speerspitze am Rücken. „Ich wußte, daß du schimpfen würdest. Aber wir sind seiner Rasse einiges schuldig. Dies waren seine Jagdgründe, als wir noch kleine Kinder waren und uns mit unseren Eltern in dieses Land vorkämpften. Was kann es schon schaden, einen alten Mann zu beschenken?" Er drehte sich zu Hwoogh um. „Siehst du, Chokanga? Mein Wort gilt. Nimm dir, was du willst, und bring auch Keyoda was mit – aber nicht mehr, als eure Bäuche heute abend fassen können.“

Hwoogh holte sich die Leber und das wunderbare Fett der Eingeweide. Mit einem schrillen Wutschrei wollte sich Legodas Frau auf ihn stürzen, aber der Medizinmann hielt sie zurück. „Nein, er hat richtig gewählt. Nur ein Narr würde sich ein Lendenstück aussuchen, wenn er das Innere haben kann. Bei den Göttern meines Vaters, das hätte ich selber essen wollen. O haariger Freund, du nimmst mir die Bissen aus dem Mund, und ich liebe dich dafür. Geh, bevor Heya sich losreißt!“

Morgen, das wußte Hwoogh, würde Legoda sich vielleicht rächen. Aber morgen würde ein anderer Tag in der Höhle der Sonne anbrechen. Er trottete hastig nach links und um den Hügel herum, verfolgt von Heyas schrillem Geschrei und Legodas gutmütigem Gelächter. Ein Stück Leber hing lose herab, und Hwoogh begann daran zu saugen, während er zur Höhle lief. Keyoda würde zufrieden sein, denn sonst mußte sie immer um Nahrung für sie beide betteln.

Hwooghs Selbstbewußtsein kehrte zurück. Hatte er Legoda nicht hereingelegt? War er nicht mit dem schönsten Stück Fleisch entkommen? Hatte Keyoda jemals einen solchen Erfolg erzielt, wenn sie ins Dorf der Schwätzer gegangen war? Ja, vom schlauen alten Hwoogh konnte man noch einiges lernen.

Natürlich waren die Schwätzer verrückt. Nur Narren konnten sich so benehmen wie Legoda. Aber das ging ihn nichts an. Liebevoll streichelte er die Leber und das Fett und grinste. Hwoogh war keiner, der einem geschenkten Gaul ins Maul sah.

Das Feuer war zu roter Kohlenasche zusammengesunken, als er die Höhle erreichte, und Keyoda lag mit geröteten Wangen auf seinem Bett und schnarchte laut. Hwoogh roch ihren Atem, und sein Verdacht bestätigte sich. Sie hatte das Teufelsgebräu der Schwätzer getrunken, und nun schlief sie ihren Rausch aus. Er stieß sie mit einer Zehe an, und sie richtete sich mit blutunterlaufenen Augen auf.

„Ah, da bist du wieder. Oh, und du hast Leber und Fett

mitgebracht! Das kannst du niemals mit deinem Speer erbeutet haben. Du warst im Dorf und hast gestohlen. Oh, sie werden dich schnappen!" Gierig packte sie das Fleisch, schürte das Feuer und hielt die Leber darüber.

Hwoogh erklärte ihr, so gut er konnte, was geschehen war, und sie verstand ihn. „Was für ein Narr dieser Legoda ist! Und so was ist mein Neffe!" Sie nahm die noch halb rohe Leber vom Feuer, und beide machten sich eifrig darüber her, während Keyoda abwechselnd kicherte und fluchte. Hwoogh tippte sie auf die Nase und zog das Gesicht in Falten.

„Ja, gut, ich habe es getan!" Der Alkohol hatte ihre Stimme geschärft. „Dieser nichtsnutzige Häuptlingssohn kam zu mir und wollte, daß ich ihm Geschichten erzähle. Und um mir die alte Zunge zu lösen, brachte er mir Wurzelgebräu mit. Ah, was für Geschichten ich ihm erzählt habe! Sogar wahre Geschichten!" Sie wies auf einen Topf. „Ich nehme an, er hat das Zeug gestohlen, aber das soll uns nicht bekümmern. Trink, haariger Freund! Diesen Saft bekommen wir nicht jeden Tag."

Hwoogh dachte an die Kopfschmerzen, die er nach früheren Experimenten bekommen hatte, aber er schnupperte neugierig an dem Topf, und der Zaubertrank zog ihn in seinen Bann. Dies war die Essenz der Jugend, das Feuer, das seine Glieder belebte und Erinnerungen wachrief. Er hielt den Topf an die Lippen und keuchte, als die scharfe Flüssigkeit durch seine Kehle rann. Keyoda riß ihm das Gefäß aus den Händen, bevor er es leeren konnte, und trank den Rest.

„Ah, das stärkt meinen Rücken und läßt das heiße Blut wieder durch meine Adern laufen." Schwankend begann sie Fragmente eines alten, herzzerreißenden Liedes zu singen. „Oh, warum mußtest du so viel auf einmal trinken! Wenn man so schnell trinkt, hat man nicht viel davon und bricht zusammen, bevor das gute Gefühl kommt."

Hwoogh taumelte, als das Gebräu ihn überwältigte, und die Knie knickten unter ihm ein. Sein Blick fiel auf das Bett, sein Kopf war voller fröhlich summender Bienen, die Höhle begann sich um ihn zu drehen. Er brüllte die Höhle an, und Keyoda lachte. „He! Wenn man dich schreien hört, könnte man meinen, du wärst der letzte Chokanga auf Erden. Aber das bist du nicht! Das bist du nicht!"

„Hwunkh?" Das hatte gesessen. Nach seinem besten Wissen gab es auf der ganzen Erde keinen mehr von seiner Sorte. Er wollte Keyoda packen, aber er griff daneben. Sie schwankte und fiel gegen ihn, und ihr Atem streifte sein Gesicht.

„Es ist wahr. Der Junge hat es mir erzählt. Legoda fand drei, und er sagt, sie sehen genauso aus wie du. Vor drei Frühjahren, drüben im Osten. Du kannst ihn ja fragen, ich weiß nichts darüber." Sie sank wieder gegen ihn, grunzte unverständliche Worte, und er versuchte über diese neue Information nachzudenken. Aber das Gebräu war zu stark für seinen Kopf, und bald lag er schnarchend neben Keyoda.

Als er erwachte, war sie ins Dorf gegangen, und die Sonne stand eine Speerlänge hoch über dem Horizont. Er fand ein Stück Leber, aber es schmeckte nicht mehr so gut wie gestern, und sein Magen protestierte. Er lehnte sich zurück, bis sein Kopf zu dröhnen aufhörte, dann stieg er zum Bach hinunter, um den Durstteufel zu töten, der ihn nachts gepackt hatte.

Aber da war doch etwas, das er tun wollte, eine halbe Erinnerung vom vergangenen Abend. Hatte Keyoda nicht gesagt, daß es noch andere von seiner Art gab? Ja, drei . . . Und Legoda wußte Bescheid. Hwoogh zögerte und sagte sich, daß er Legoda gestern hereingelegt hatte. Vielleicht war der junge Mann heute wütend auf ihn. Aber die Neugier war stärker als seine Angst, und eine seltsame Sehnsucht war in seinem Herzen. Legoda mußte es ihm sagen.

Widerstrebend kehrte er in die Höhle zurück und wühlte in dem Loch herum, das nicht einmal Keyoda kannte. Er holte seine Schätze hervor, befühlte sie ehrerbietig und wählte die besten aus. Da waren bunte Muscheln und Kieselsteine, ein primitives Halsband, das seinem Vater gehört und das er als Zeichen vollendeter Mannesreife erhalten hatte, ein paar

Stücke, aus denen er Schmuck hatte anfertigen wollen. Aber sein Wissensdurst war stärker als der Stolz auf seinen Besitz. Mit vollen Händen ging er ins Dorf.

Keyoda sprach mit den Frauen, und Hwoogh ging um das Dorf herum und hielt nach dem jungen Künstler Ausschau. Schließlich entdeckte er ihn hinter dem Lager, wo er seltsame Bewegungen mit zwei Stöcken vollführte. Vorsichtig trat er näher heran, und Legoda hörte seine Schritte. „Komm nur, Chokanga, sieh dir meinen neuen Zauber an." Die Stimme des jungen Mannes klang stolz und kein bißchen bedrohlich. Hwoogh seufzte erleichtert auf, wagte sich aber nur langsam näher. „Komm nur, hab keine Angst! Glaubst du, ich bereue, daß ich dich gestern beschenkt habe? Nein, du bist schuldlos, es war meine eigene Dummheit. Schau!"

Er hielt die Stöcke hoch, und Hwoogh befingerte sie vorsichtig. Einer war lang und federnd und an beiden Enden mit einem langen Peitschenriemen verbunden. Der andere war ein kleiner Speer mit einem Federbüschel am stumpfen Ende.

„Das ist ein Zauberspeer, mein haariger Freund, der auf Schwingen aus der Hand fliegt und auch jenseits der Reichweite gewöhnlicher Speere treffen kann."

Hwoogh brummte. Der Speer war so klein, daß er höchstens Mäuse töten konnte, und der lange Stock hatte nicht einmal eine Spitze. Aber dann sah er, wie der junge Mann den Speer an den Stock mit dem Riemen legte, und dann zog er den Riemen straff zurück. Es knallte, und der kleine Speer segelte weit davon, und dann bohrte sich die Spitze in die weiche Rinde eines Baums, viel weiter weg, als ein geworfener Speer hätte fliegen können. Hwoogh war beeindruckt.

„Ja, Chokanga, diesen neuen Zauber lernte ich letztes Jahr im Süden. Dort gibt es viele, die ihn benutzen, und diese kleine Spitze kann weiter fliegen und genauer treffen als ein geworfener Speer. Ein Mann kann damit so viele Tiere töten wie sonst drei Männer zusammen."

Hwoogh grunzte. Sie hatten ohnehin schon das ganze gute Wild getötet, und jetzt mußten sie auch noch einen neuen Zauber entdecken, um ihre Macht zu vergrößern. Neugierig streckte er die Hand aus, und Legoda gab ihm den langen Stab und einen anderen Speer und zeigte ihm, wie man beides halten mußte. Wieder knallte es, und der Lederriemen klatschte gegen sein Handgelenk. Die Waffe segelte schlingernd davon und verfehlte den Baum um drei Yards. Mürrisch gab Hwoogh den langen Stab zurück. Dieser Zauber war nicht für seinesgleichen bestimmt. Seine dicken Daumen konnten nicht damit umgehen.

Jetzt, wo der Medizinmann sich im Licht seiner Überlegenheit sonnte, war die Gelegenheit günstig, die Schätze vorzuzeigen. Hwoogh breitete alles auf dem Boden aus und zeigte dann auf Legoda, der nachdenklich hinabblickte.

„Ja", gab der Schwätzer zu, „einiges ist ganz hübsch. Ein netter Schmuck für unsere Frauen ... Was willst du dafür haben? Noch mehr Fleisch – oder eine von diesen neuen Waffen? Dein Bauch ist gestern gefüllt worden, auch noch mit meinem Bier, das man mir gestohlen hat, was? Aber das nehme ich dir nicht übel. Der Junge ist schon bestraft worden. Auf Fleisch wirst du kaum schon wieder Lust haben – und diese Waffe ist nichts für dich."

Hwoogh grunzte und wand sich und versuchte sich auszudrücken. Der junge Mann starrte ihn an, und allmählich machte Hwoogh im klar, was er wollte, teilweise durch die Zeichensprache, teilweise, indem er Legodas Fragen durch Nicken oder Kopfschütteln beantwortete. Der Maler lachte. „So, du sehnst dich also nach Artgenossen, Alter?" Er schob all die Schätze wieder zu Hwoogh hinüber, bis auf eine schimmernde Kugel. „Ich will dich nicht betrügen, Chokanga, aber dies hier behalte ich um der Liebe willen, die ich für dich empfinde, und als Zeichen unserer Freundschaft." Mit einem spöttischen Grinsen steckte er das Juwel in eine Falte seines Lendenschurzes.

Hwoogh hockte sich auf die Fersen und Legoda setzte sich auf einen Felsen. „Da gibt es nicht viel zu erzählen, haariger

Freund. Vor drei Jahren traf ich eine Familie von deiner Art – einen Mann, eine Frau und ein Kind. Sie rannten vor uns davon, aber wir waren in der Nähe ihrer Höhle und dorthin mußten sie zurückkehren. Wir taten ihnen nichts zuleide, und manchmal gaben wir ihnen zu essen und erlaubten dem Mann, uns auf der Jagd zu begleiten. Aber er war ganz dürr und zu faul zum Jagen. Als wir im nächsten Jahr wiederkamen, waren sie tot, und soviel ich weiß, bist du der Letzte deiner Rasse." Gedankenverloren kratzte er sich am Kopf. „Deine Leute sterben zu schnell, Chokanga. Kaum haben wir sie gefunden und versuchen ihnen zu helfen, hören sie zu jagen auf und fangen zu betteln an. Sie verlieren die Lust am Leben, werden krank und sterben. Ich glaube, deine Götter müssen von Stärkeren getötet worden sein."

Hwoogh grunzte halbherzig zum Zeichen seiner Zustimmung, und Legoda nahm seine Pfeile und den Bogen auf, um ins Lager zurückzukehren. Ein seltsamer Ausdruck lag im Gesicht des Neandertalers, der dem jungen Mann nicht entgangen war. Er las das Leid in Hwooghs Augen, legte eine Hand auf die Schulter des alten Mannes und fuhr in freundlicherem Ton fort: „Deshalb bin ich so besorgt um dein Wohlergehen, haariger Freund. Denn wenn du tot bist, wird es deinesgleichen nicht mehr geben, und meine Kinder werden mich auslachen und Lügner nennen, wenn ich am Lagerfeuer von deiner Rasse erzähle. Jedesmal, wenn ich töte, wirst du zu essen haben."

Er ging die Straße hinab zum Zelt seiner Familie, und Hwoogh wandte sich langsam seiner Höhle zu. Die Aussicht, regelmäßig Nahrung zu bekommen, hätte ihn aufheitern müssen, aber sie vertiefte seine Depressionen noch. Dumpf erkannte er, daß Legoda ihn wie ein kleines Kind behandelte – oder als Wesen, das der Sonnengott mit Wahnsinn gestraft hatte.

Hwoogh hörte Kindergeschrei und Gelächter, als er den Hügel umrundete, und blieb eine Weile zögernd stehen, bevor er weiterging. Doch sein Besitzerinstinkt war gut entwickelt, und so sprang er grimmig voran. Sie hatten bei seiner Höhle nichts verloren.

Da waren sie, größere und kleinere, ältere und jüngere, und rannten wild durcheinander. Nachdem sie ein Stammesgesetz gebrochen hatten und auf Hwooghs Seite des Hügels gekommen waren, versuchten sie das Beste aus ihrer Revolte zu machen. Hwooghs Feuerkohle lag auf dem Hang verstreut oder war in den Bach gerollt, und ein paar Kinder inspizierten gerade seinen kleinen Vorrat an Tierhäuten und Waffen.

Hwoogh stieß einen wütenden Schrei aus und rannte mit erhobenem Speer auf sie zu. Als sie ihn hörten, wandten sie sich um, entfernten sich vom Höhleneingang und drängten sich verängstigt zusammen. „Geh weg, häßliches Gesicht!" rief ein Junge. „Geh die Wölfe erschrecken. Häßliches Gesicht! Bääääh!"

Er stürzte sich mitten in die Schar, schwang seinen Speer umher, aber sie entkamen ihm mühelos auf ihren flinken Füßen. Ein älterer Junge stellte ihm ein Bein, er stolperte darüber und fiel auf den Felsenboden. Ein anderer entriß ihm den Speer und schlug ihn damit. Seit den frühen Anfängen hat sich die wesensmäßige grausame Gedankenlosigkeit der Kinder kaum geändert.

Hwoogh stieß ein gellendes Bellen aus, rappelte sich ungeschickt auf und stürzte sich wieder in die kleine Schar. Aber sie wichen seinen zupackenden Händen geschmeidig aus. Die kleinen Mädchen tanzten um den Kampfschauplatz herum und sangen fröhlich: „Häßliches Gesicht! Häßliches Gesicht hat keine Mutter, häßliches Gesicht kriegt keine Frau! Bääääh!" Schließlich bekam er einen der Jungen zu fassen, schüttelte ihn wütend und schleuderte ihn dann auf den Boden, wo der Kleine bleich und reglos liegen blieb. Für einen kurzen Augenblick freute sich Hwoogh an seiner überlegenen Kraft. Dann warf jemand einen Stein.

Der alte Neandertaler war gefesselt, als er wieder zu sich kam. Drei Jungen saßen auf seiner Brust und trommelten mit den

Fersen auf den Boden, im Rhythmus ihres Siegerliedes. Ein dumpfer Schmerz erfüllte seinen Kopf, seine Arme und die Brust waren aufgeschürft. Knurrend richtete er sich auf und schüttelte die Jungen ab, doch die Fesseln konnte er nicht lösen. Er war ein Gefangener dieser Kinder.

Seit Jahren waren sie seine Feinde – seit sie herausgefunden hatten, daß es eine angenehme Abwechslung im langweiligen Lagerleben bedeutete, Hwoogh zu quälen. Jetzt, wo die alte Fehde bald zu Ende gehen sollte, marterten sie ihn methodisch und mit Erfindungsgeist.

Während die Mädchen sein Gesicht mit weichem Schlamm aus dem Bach einrieben, durchstöberten die Jungen seine Höhle und zerrissen seine Kleider. Sie entwendeten ihm den Beutel, in dem er seine Schätze verwahrte, und teilten die Beute unter sich auf. Hwoogh heulte verzweifelt.

Nachdem ihre erste Kampfeswut verklungen war, kamen sie wieder zur Vernunft, und Kechaka, der älteste Sohn des Häuptlings starrte unglücklich auf Hwoogh hinab und meinte: „Wenn das unsere Eltern erfahren, gibt's Ärger. Sie wollen nicht, daß wir das häßliche Gesicht belästigen."

Ein anderer grinste. „Wir werden es ihnen einfach nicht erzählen. Er ist ja ohnehin kein Mensch, sondern ein Tier. Seht doch die Haare auf seinem Körper! Werfen wir das alte häßliche Gesicht in den Fluß, machen wir die Höhle sauber und behalten wir seine Schätze."

Ein paar protestierten halbherzig, aber der Gedanke an die Prügelstrafe, die sie erwartete, stimmte sie bald um. Schließlich nickte Kechaka, und sie begannen das Chaos zu beseitigen, das sie angerichtet hatten. Mit abgebrochenen Zweigen verwischten sie ihre Spuren, ließen nur die Spur zurück, die zum Bach führte.

Vier Jungen hoben Hwoogh hoch, und er wand sich wie rasend in ihren Armen. Die Fesseln lockerten sich ein wenig, aber nicht genug, um ihn freizugeben. Mit einer gewissen Befriedigung sah er, daß sich der Junge, den er gefangen hatte, immer noch stöhnend erbrach, aber das half ihm nicht viel in seiner gegenwärtigen Lage. Gnadenlos wateten sie ins Wasser, legten ihn auf den Bauch und gaben ihm einen kräftigen Stoß, der ihn in die rauschende Strömung warf. Keuchend kämpfte er gegen das Wasser und seine Fesseln an. Seine schmerzenden Lungen verlangten nach Luft, und die Strömung warf ihn hin und her. Schwärze begann sein Gehirn zu umnebeln.

Mit einer letzten verzweifelten Anstrengung zerriß er die Fesseln und tauchte an die Oberfläche, schnappte gierig nach Luft. Das Wasser war ihm unangenehm, aber er konnte schwimmen und steuerte das Ufer an. Die Kinder verschwanden auf dem schmalen Weg und waren nicht mehr zu sehen, als er aus dem Bach stieg und den Verlust der Kohle beklagte, die ihn hätte wärmen sollen. Langsam stolperte er zu seiner Höhle zurück und sank triefnaß auf das Bett.

Er, der einst ein mächtiger Krieger gewesen war, hatte sich von ein paar frechen Cro-Magnon-Rangen hereinlegen lassen. Wütend ballte er die Hände und knurrte, aber er konnte nichts tun. Überhaupt nichts. Die Vergeblichkeit seiner Bemühungen durchfuhr ihn wie ein brennendes Messer. Hwoogh war ein alter Mann, und die Tränen, die aus seinen Augen flossen, waren die bitteren, schmerzhaften Tränen, die nur das Alter vergießen konnte.

Keyoda kam spät zurück und schimpfte, als sie sah, daß die Kohle verschwunden war. Aber ihre Stimme wurde sanfter, als sie ihn zusammengerollt auf dem Bett liegen sah, wo er stumpf die Höhlenwand anstarrte. Ihre alten Augen entdeckten die wenigen Fußspuren, die die Kinder übersehen hatten, und sie fluchte mit fast jugendlichem Temperament, als sie sich wieder zu Hwoogh umdrehte.

„Komm, haariger Freund, zieh deinen nassen, kalten Pelz aus!“ Ihre sanften Finger zerrten an den Gurten, aber Hwoogh stieß sie beiseite. „Du wirst krank, wenn du hier auf den paar Blättern liegen bleibst, völlig durchnäßt. Zieh den Pelz aus, und ich hole Kohle aus dem Dorf. Diese Kinder! Wart nur, bis ich das Legoda erzähle!“

Als sie sah, daß er sich nicht helfen lassen wollte, ging sie ins Dorf hinab. Hwoogh richtete sich auf, wechselte seinen Pelz und legte sich wieder zurück. Alles war so sinnlos geworden. Er stöhnte leise, als Keyoda mit der Kohle zurückkam, und wies die Köstlichkeiten zurück, die sie im Dorf erbettelt hatte, dann sank er in einen tiefen Schlaf.

Die Sonne stand schon hoch am Himmel, als er erwachte. Ein unangenehmes Gefühl erfüllte seinen Kopf, und er hustete. Legoda klopfte ihn auf den Rücken. „Ruh dich aus, haariger Freund. Du hast den Krankheitsteufel eingefangen, und der brennt dich im Hals und läßt deine Nase laufen. Aber so etwas kann ein Mann wie du überwinden. Ah, wie diese Jungs ausgepeitscht wurden! Ich habe mich persönlich darum gekümmert, und heute morgen hat sich keiner besser gefühlt als du. Bevor sie dich wieder belästigen, wird der Mond die Sonne fressen."

Keyoda servierte ihm einen Stew aus gekochter Leber und Nieren, aber er schob den Topf beiseite. Wenn die Kopfschmerzen auch vergangen waren, so schien nun ein drückendes Gewicht auf seinem Magen zu liegen, und er konnte nichts essen. Es war, als würden die Jungen, gegen die er gekämpft hatte, immer noch auf seiner Brust sitzen und ihm den Atem nehmen.

Legoda stellte eine kleine, bemalte Trommel vor sich hin und schlug in einem Zauberrhythmus darauf, um Hwooghs Genesung zu erwirken. Er tanzte vor dem alten Mann und schüttelte den Zauberkürbis, der fast alle Leiden vertreiben konnte. Aber diese Krankheit war ein stärkerer Teufel. Schließlich ging der junge Mann, und Keyoda saß auf einem Stein und hielt Wache am Krankenlager. Hwooghs Gehirn war betäubt, und sein Herz war schwer wie ein Bleiklumpen. Sie verscheuchte die Fliegen und deckte seine Augen mit kleinen Lappen aus Tierhaut ab, und sie sang ihm das Lied vor, mit dem die Mütter ihre Kinder einlullten.

Er schlief wieder ein, schreckte aus einem Alptraum hoch, in dem die Schwätzer ihn verspottet hatten. Fieber rötete sein Gesicht. Aber als Legoda am Abend zurückkam, schwor er, daß

Hwoogh in drei Tagen gesund sein würde. „Laß ihn schlafen und füttere ihn, Keyoda. Der Teufel wird ihn bald verlassen. Schau, wo der Stein ihn traf, ist kaum noch eine Narbe zu sehen."

Keyoda fütterte ihn, so gut sie konnte, schob ihm mit Gewalt das Essen, das sie im Dorf erbettelt hatte, zwischen die Lippen. Sie holte Wasser aus dem Bach, sooft er danach verlangte, und wenn er schlief, wusch sie ihm den Kopf und die Brust. Aber die drei Tage kamen und gingen, und er war noch immer nicht gesund. Das Fieber war ein wenig höher und die Erkältung ein wenig schlimmer als je zuvor, wenn er krank gewesen war. Und er streifte den Teufel nicht ab, wie Legoda es erwartet hatte.

Der Medizinmann kam wieder, brachte seinen Zauber mit und Nahrung, aber es nützte nicht viel. Als der Tag dem Ende zuging, schüttelte er den Kopf und sprach leise mit Keyoda. Hwoogh erwachte aus seiner Betäubung und hörte dumpf zu.

„Er ist müde vom Leben, Keyoda, Schwester meines Vaters." Der junge Mann zuckte mit den Schultern. „Sieh doch, er liegt da und kämpft nicht. Wenn ein Mann nicht zu leben versucht, kann er nicht leben."

„Ayyeah!" Ihre Stimme klang schrill vor Kummer. „Welcher Mann will nicht leben, wenn er es kann? Du bist ein Narr, Legoda."

„Nein. Seine Rasse wird des Lebens zu leicht müde, Keyoda. Warum, das weiß ich nicht. Aber es gehört nicht viel dazu, sie zu töten." Als er sah, daß Hwoogh zuhörte, trat er näher an das Lager heran. „O Chokanga, schüttle dein Leiden ab und koste noch ein wenig vom Festmahl des Lebens. Es kann immer noch gut schmecken, wenn du nur willst. Ich habe dein Geschenk als Zeichen der Freundschaft angenommen, und ich werde mein Wort halten. Komm an mein Feuer und geh nicht mehr auf die Jagd. Ich will für dich sorgen, als ob du mein Vater wärst."

Hwoogh grunzte. Legoda ins Lager folgen, von seiner Jagdbeute essen, als Laune der Natur und Halbmensch betrachtet werden ... Legoda war freundlich, sogar herzlich in seinem plötzlichen Mitgefühl, aber die anderen verachteten ihn. Und wenn Hwoogh starb, wer würde um ihn trauern? Keyoda würde ihn vergessen, und kein einziger Chokanga würde hier sein, um den Schwätzern das Ritual der Bestattung zu zeigen.

Hwooghs alte Freunde waren in seinen Träumen zu ihm zurückgekommen. Sie hatten ihn besucht und ihm die Jagdgründe seiner Jugend gezeigt. Er hörte das Grunzen und Knurren seiner Artgenossinnen, die ihn erwarteten. In jener Welt lebten noch keine Schwätzer, in jener Welt, wo ein Mann große Taten vollbringen und selbst jagen konnte, ohne das Gelächter der Cro-Magnons hören zu müssen. Hwoogh seufzte leise. Er war müde – so müde, daß es ihn nicht mehr kümmerte, was rings um ihn geschah.

Die Sonne sank tiefer, und die Wolken waren grellrot gefärbt. Keyoda jammerte irgendwo, weit weg, und Legoda schlug auf seine Trommel und murmelte Zauberworte. Aber das Leben war leer, des Stolzes beraubt.

Die Sonne verschwand hinter dem Horizont, und Hwoogh seufzte wieder und tat seinen letzten Atemzug, um zu den Geistern der Seinen zu fliehen.

Der Kupferschmied

Die Gestalt, die in den schrägen Strahlen der Morgensonne den Pfad entlangtrottete, schien nicht in diese Gegend am Fuß der Adirondacks zu passen. Der untersetzte, kaum 90 cm lange Körper des Mannes steckte in einem zerknitterten Wams aus braunem Leder, das ihm bis zu den Knien reichte. Eine rostrote spitze Kappe mit aufgebogener Krempe saß auf seinem Kopf. Die staubigen Sandalen ließen die Zehen frei und waren an den Knöcheln festgebunden, und an jeder hing eine kleine, klingelnde Kupferglocke.

Ellowan Kupferschmied ging langsam dahin unter der Last des Beutels, den er auf den Schultern trug. Mit braunen Fingern strich er sich durch den Bart und summte gelegentlich eine Melodie, die mit dem Klingeln der Glöckchen harmonierte. Es war noch früh und ein ganzer Arbeitstag lag vor ihm. Nach dem langen Schlaf oben in den Bergen, wo sein Volk schlummerte, würde es ihm guttun, wieder zu arbeiten.

Der Pfad mündete in eine gut erhaltene Straße, und der Kobold setzte den Beutel ab, während er den Wegweiser studierte. Er sah keinen Sinn in dieser Geheimschrift, die eine kabbalistische Dreißig enthielt, aber der Pfeil darunter zeigte an, daß Wells eine halbe Meile weiter lag. Das mußte das Dorf sein, das er vom Weg aus gesehen hatte – ein sehr hübsches kleines Dorf, fand Ellowan, und nicht gerade arm. Dort müßte er genug Arbeit finden.

Aber vorerst sollten ihn die Beeren, die er auf den Feldern gepflückt hatte, nach der langen Wanderung erfrischen. Seine freundlichen braunen Augen strahlten vor Freude, als er sie aus dem Beutel holte und sich an den Pfosten des Wegweisers lehnte. Diese paar Beeren, die er so spät im Sommer geerntet hatte, brachten ihm sicher Glück. Langsam kaute der Kobold und genoß die wilde Süße.

Als er alle Beeren gegessen hatte, griff er wieder in den Beutel und holte eine Handvoll dünner Stäbe hervor, die er auf den Boden warf und aufmerksam studierte. „Hundertzwanzig Jahre im Schlummer", flüsterte er. „Nun, obwohl die Runen die Zukunft nicht richtig vorhersagen können, so erzählen sie doch keine Lügen über die Vergangenheit. Also müssen es hundertzwanzig Jahre gewesen sein."

Er steckte die Runen in den Beutel zurück und wandte sich einem wachsenden Lärm zu, der hinter ihm herankroch. Die Quelle des Lärms schien ein langer, niederer Wagen zu sein, der so rasch näherkam und an ihm vorbeischoß, daß er nur einen flüchtigen Blick auf die Menschen darin werfen konnte.

„Diese Menschen!" Ellowan hob den Beutel wieder auf seine Schultern, schlug die Richtung zum Dorf ein und schüttelte skeptisch den Kopf. „Nun haben sie Maschinen in ihren Wagen, und nach dem Geruch zu schließen, müssen das seltsame Maschinen sein. Die ganze Luft ist vergiftet. Als nächstes werden sie womöglich noch fliegen. Es ist wohl besser, ich gehe über die Felder zum Dorf, da ist die Luft nicht so verpestet."

Er zog seine Tonpfeife hervor und sog daran, aber der Geschmack war verflogen, während Ellowan geschlafen hatte, und der Tabak in seinem Beutel war vermodert. Nun, im Dorf würde es Tabak geben, und er hatte Kupfer, mit dem er sich was kaufen konnte. Er summte wieder vor sich hin, als er sich dem Dorf näherte, sah sich die Häusergruppen an, wo die ersten Menschen auftauchten. Es war sicher besser, von Haus zu Haus zu gehen, statt sich auf die Straße zu stellen und lauthals seine Dienste anzupreisen. Mit einem erwartungsvollen Lächeln auf dem verwitterten alten Gesicht klopfte Ellowan an eine der Türen.

„Was wollen Sie?" Die Frau schob sich mit einer Hand das strähnige Haar aus der Stirn, während sie mit der anderen die

Tür einen Spaltbreit offen hielt. Ihre Augen wurden hart und kalt, als sie den Beutel des Kobolds sah. „Wir kaufen keine Magazine. Sie verschwenden nur Ihre Zeit."

Aus der Küche drang der unangenehme Geruch von Spiegeleiern, dann wurde die Tür zugeschlagen, bevor Ellowan sein Anliegen vorbringen konnte. Nun ja, in jedem Dorf gab es eine Xanthippe, und ein schlechter Anfang führte oft zu einem guten Ende. Aber als er an die nächste Tür klopfte, rührte sich niemand, und als er vor dem dritten Haus stand, sah er nur Gesichter, die sich an die Fensterscheiben preßten.

Eine junge Frau öffnete die nächste Tür, starrte ihn neugierig an und erwiderte sein Lächeln. „Guten Morgen", sagte sie zögernd, und der Kobold schöpfte neue Hoffnung.

„Einen schönen guten Morgen, Mistress. Haben Sie Töpfe oder Pfannen, die ich flicken könnte?" Es war gut, diese Worte wieder auszusprechen. „Ich bin ein wunderbarer Kesselflicker, Mistress, Sie werden keinen besseren finden. Ihre Töpfe werden wie neu sein."

„Tut mir leid, aber ich habe keine Arbeit für Sie. Ich bin erst seit ein paar Wochen verheiratet." Wieder lächelte sie. „Aber wenn Sie Hunger haben ... Im allgemeinen füttern wir zwar niemanden, der an die Tür kommt, aber diesmal kann ich wohl eine Ausnahme machen."

„Nein, Mistress, danke. Ich will nur ehrliche Arbeit haben." Ellowan hievte den Beutel wieder auf seine Schultern und stieg die Stufen hinab.

Die junge Frau sah ihm nach, ein wenig schuldbewußt, weil sie keine Arbeit für diesen sonderbaren kleinen Kerl hatte. Dann rief sie impulsiv: „Warten Sie!" Er drehte sich um und blickte erwartungsvoll zu ihr auf. „Gerade ist mir eingefallen, daß Mutter was für Sie haben könnte. Sie wohnt weiter unten an der Straße, das fünfte Haus an der rechten Seite. Sie heißt Mrs. Franklin."

Ellowan lächelte freundlich. „Vielen Dank, Mistress, und alles Gute!"

Das Glück war ihm also doch hold. Sobald sich herumgesprochen hatte, wie tüchtig er war, würde er alle Hände voll zu tun haben. Ein paar Kupfermünzen hier und ein Viertelpenny dort . . . Ja, wenn man mit Lötzinn und Schweißpaste umgehen konnte, war man gut dran.

Er summte wieder ein Lied vor sich hin, als er Mrs. Franklin fand, die gerade Geschirrtücher auf die hintere Veranda hängte, um sie trocknen zu lassen. Sie war eine dicke Frau mit einem müden Gesicht. Aber als sie den Kobold erblickte, lächelte sie genauso freundlich wie ihre Tochter. „Sind Sie der kleine Mann, von dem mir meine Tochter erzählt hat? Susan hat angerufen und von Ihnen erzählt. Anscheinend hat sie einen Narren an Ihnen gefressen. Kommen Sie auf die Veranda, ich bringe ihnen die Töpfe und Pfannen heraus, die Sie ausbessern können. Hoffentlich sind Sie nicht zu teuer?"

„Ich nehme reelle Preise, Mistress, Sie werden schon sehen." Er setzte sich auf einen dreibeinigen Hocker, den er aus seinem Beutel genommen hatte. Dann holte er einen kleinen Tisch hervor, während sie hineinging und verschiedene Töpfe und Pfannen und einen kupfernen Waschkessel holte.

„Das ist eine ganze Menge, was? Ich wollte das Zeug schon wegwerfen, weil es keinen Kesselflicker im Dorf gibt. Andererseits fand ich es zu schade, die guten Sachen wegen ein paar winziger Löcher auszurangieren. Rufen Sie mich, wenn Sie fertig sind!"

Ellowan nickte und griff wieder in seinen scheinbar bodenlosen Beutel. Diesmal holte er seine wunderbaren Schweißpasten hervor, die Politur, der weder Fett- noch uralte Rußflecken standhalten konnten, die Barren aus Lötzinn, der mit dem Metall verschmolz, so daß auch die schärfsten Augen die Flickstellen nicht entdeckten. Dann packte er seine kleinen Werkzeuge aus, einen winzigen Amboß und ein kleines Holzkohlenbecken, dessen Kohlen zu glühen begannen, als er es auf den Boden stellte. Ellowan besaß weder einen Ventilator noch einen Blasebalg, und doch lagen in der Mitte des Beckens weißglühende Kohlen.

Der kleine Kobold griff nach dem Kupferkessel, der einen langen Riß hatte und ganz verbogen war. Ein paar Schläge auf dem Amboß, und die Kesselwände waren wieder glatt. Dann trug er mit einem glühenden Eisenstab Lötzinn auf dem Riß auf und kicherte, als der Kessel wieder wasserfest war. Nun wußte er, daß der lange Schlaf ihm nichts von seiner Geschicklichkeit geraubt hatte. Als der Kessel poliert war und beiseitegestellt wurde, sah er wie neu aus.

Nun nahm Ellowan eine große Bratpfanne zur Hand, die silbrig glänzte und auf dem Boden einen großen, runden braunen Fleck hatte. Die Pfanne muß ein Zauberer gemacht haben, dachte er, und man mußte sich besonders bemühen, um den Zauber, der sie so hell glänzen ließ, nicht zu brechen. Sorgfältig verrieb er ein paar Tropfen Politur auf dem Metall, inspizierte den losen Henkel, trug die rote Schweißpaste auf, ließ das glühende Eisen über den Lötzinn gleiten.

Aber irgend etwas stimmte nicht. Statt mit der Pfanne zu verschmelzen, rann der Lötzinn an der Seite in kleinen Tropfen herab. Verwirrt schnupperte Ellowan an seinen Materialien und versuchte es noch einmal. Die Schweißpaste und der Lötzinn waren in Ordnung – aber sie funktionierten nicht. Seufzend griff er nach einer kleineren Pfanne, die ein winziges Loch hatte.

Etwas später kam Mrs. Franklin heraus. Die Töpfe und Pfannen waren säuberlich neben dem kleinen Tisch aufeinander gestapelt, das Kohlenbecken glühte. „Alles fertig?“ fragte sie fröhlich. „Ich habe Ihnen Kaffee gebracht und ein paar Zimthörnchen, die ich gerade gebacken habe.“ Sie stellte das Tablett auf den Tisch, dann sah sie sich die Töpfe und Pfannen an. Nur der kupferne Waschkessel war geflickt. „Was . . .“, begann sie mit scharfer Stimme, dann milderte sie ihren Ton, als sie die Verzweiflung in seinen Augen sah. „Sie haben doch gesagt, sie können alle Töpfe und Pfannen flicken?“

Ellowan nickte seufzend. „Das habe ich gesagt, Mistress, und das habe ich auch versucht. Aber mein Lötzinn und meine Schweißpaste versagen bei all den Töpfen und Pfannen, die nicht aus Kupfer bestehen. Entweder muß dies ein Wundermetall sein – oder meine Kunst ist verhext worden."

„Aluminium, Emaille und rostfreier Stahl sind keine Wundermetalle – wenn man das bei den Preisen auch annehmen könnte." Sie griff nach dem Kupferkessel. „Der ist sehr schön geworden. Und Sie sind wohl kaum der einzige, der Aluminium nicht löten kann. Also, Kopf hoch, und essen Sie Ihre Hörnchen, bevor sie kalt werden."

„Danke, Mistress." Der Duft des Gebäcks stieg ihm verlockend in die Nase, aber er hatte sich erst vergewissern wollen, daß er sie trotz seines Versagens verspeisen durfte. „Tut mir leid, daß ich Ihnen solche Mühe gemacht habe. Jetzt haben Sie all die Töpfe und Pfannen umsonst herausgeschleppt. Aber es ist lange her, seit ich die letzten Kessel geflickt habe, und dieses Metall ist mir neu."

Mrs. Franklin nickte mitfühlend. Vielleicht lebte der arme kleine Mann bei seinem Sohn, der jetzt das Geschäft führte – oder er war in einer Show aufgetreten. Sein Kostüm war theatralisch genug. Nun, harte Zeiten waren eben harte Zeiten. „Es war nicht so schlimm, und den Kupferkessel kann ich morgen gut gebrauchen, weil ich Waschtag habe. Sie waren mir also eine große Hilfe. Was bin ich Ihnen dafür schuldig?"

„Zwei Pence und einen Halbpenny." Ellowan griff nach einem Hörnchen. Unsicher fügte er hinzu: „Das sind fünf amerikanische Penny, Mistress."

„Fünf Cents! Aber Ihre Arbeit ist doch zehnmal soviel wert."

Ellowan packte seine Werkzeuge und Materialien wieder ein. „Mehr kann ich nicht dafür nehmen."

„Nun ja, wenn Sie meinen . . ." Sie zuckte mit den Schultern. „Hier, bitte." Die Münze, die sie ihm gab, kam ihm fremdartig vor, aber das hatte er erwartet. Lächelnd bedankte er sich, dann ging er zu einem Laden, den er vorhin entdeckt hatte.

Das Schaufenster, in dem sich eine unübersichtliche Vielfalt von Waren türmte, verwirrte Ellowan ein wenig, aber er entdeckte auch Tabak und Zigarren, und so ging er hinein. „Tabak für zwei Penny, bitte“, sagte er und zog seinen kleinen Lederbeutel hervor.

„Sind Sie verrückt?“ Der junge Mann schien sich mehr für sein pomadisiertes Haar zu interessieren statt für die Kundschaft. „Das Billigste, was ich Ihnen geben kann, ist die Duke-Mischung, und die kostet fünf Cents.“

Traurig sah Ellowan zu, wie das Fünfcentstück hinter dem Ladentisch verschwand. Zu diesem Preis war der Tabak ja geradezu ein Luxus. Er griff nach dem kleinen Stofftäschchen, das der Junge ihm hinüberschob, und nach der kleinen Pappschachtel. „Was ist denn das?“ fragte er und hielt das Schächtelchen hoch.

„Streichhölzer.“ Der Junge grinste überlegen. „Wo haben Sie denn bisher gelebt? So macht man das . . . Sehen Sie? Aber wenn Sie die Dinger nicht wollen . . .“

„Danke.“ Der Kobold steckte rasch die Streichhölzer und den Tabak ein und lief aus dem Laden, sehr zufrieden mit seinen Errungenschaften. Ein solches Wunder wie diese Streichhölzer war die fünf Cents gewiß wert. Er stopfte seine Tonpfeife, dann riß er atemlos ein Streichholz an und kicherte vergnügt, als es aufflammte. Dann zündete er die Pfeife an, und als er daran sog, stellte er fest, daß auch der Tabak verzaubert sein mußte. Denn er hatte noch nie einen so milden, wohlschmeckenden Tabak geraucht.

Aber er hatte keine Zeit dazu, seine neuen Schätze zu bewundern. Wenn er nicht arbeitete, würde er nichts zu essen haben. Diese Aluminium- und Emailletöpfe gingen ihm nicht aus dem Kopf. Sicher würde es schwierig sein, Kupferkessel zu finden, die er flicken konnte. Aber Mrs. Franklin hatte von rostfreiem Stahl gesprochen – und nur ein mächtiger Zauberer konnte verhindern, daß Eisen rostete . . . Aber vielleicht war ihr Mann ein Zauberer, und der Rest des Dorfes kochte mit ehrlichem Kupfer und gehämmertem Zinn. Er straffte in erzwungenem

Optimismus die Schultern und ging die Straße hinab. Als er die Preisschilder in den Auslagen sah, wurde ihm klar, daß Mrs. Franklin recht gehabt hatte. Er mußte mehr für seine Dienste verlangen.

Die Straße füllte sich mit seltsamen Vehikeln, die von Maschinen betrieben wurden. Der Gestank der Abgase und der Staub, den die Räder aufwirbelten, stiegen unangenehm in Ellowans Nase. Grimmig stapfte er weiter, und nun hatte er kein Lied mehr auf den Lippen. Nicht einmal die Glöckchen an seinen Sandalen klingelten.

Die Sonne war untergegangen, und es wurde allmählich dunkel. An der Tür des Hauses dort vorn würde er zum letztenmal an diesem Tag sein Glück versuchen. Hinter den Fenstern brannte bereits Licht. „A-lu-mi-ni-um, E-maille, rost-frei-er Stahl", flüsterte der Kobold im Rhythmus seiner Schritte. Eine Reihe grüner Pfannen, roter Töpfe und elfenbeinweißer Schüsseln zog an seinem geistigen Auge vorbei, und dazwischen glitzerten silbrige Bratpfannen und weiße Kessel. Nicht einmal die Griffe waren aus gutem ehrlichem Holz, sondern rochen schwach nach Harz.

Im ganzen Dorf hatte er keinen einzigen ordentlichen Topf gefunden. Die Hausfrauen kamen heraus, sahen ihn an, erwiderten sein Lächeln und brachten ihm dann mit seltsamem Zögern ihr Kochgeschirr, als wären sie es nicht gewöhnt, solche Dienste vor der Tür in Anspruch zu nehmen. Sie zeigten mehr Mitleid als ernsthaftes Interesse an seiner Arbeit.

Er war froh gewesen, als er das Dorf verlassen hatte und der Landstraße gefolgt war, obwohl die Häuser hier weiter auseinander standen. Die Farmer würden sicher noch die althergebrachten Töpfe und Pfannen benutzen. Sie begrüßten ihn freundlich und brachten ihm das Kochgeschirr bereitwilliger an die Tür als die Dorfbewohnerinnen. Aber die Utensilien bestanden aus Aluminium, Emaille und rostfreiem Stahl.

Ellowan holte seine Pfeife hervor und setzte sich an den

Straßenrand, um sich auszuruhen. Northville lag noch acht Meilen entfernt. Sorgfältig stopfte er die Pfeife, dann zögerte er, bevor er eins von den neuen Streichhölzern anriß. Als es dann brannte, beobachtete er mürrisch die Flamme, zündete die Pfeife an und warf das Hölzchen dann lustlos beiseite. Sogar der Tabak schmeckte jetzt langweilig, und sein leerer Magen ließ sich nicht vom Nikotin betrügen, wenn es auch seinen Kummer milderte. Immerhin stand noch dieses letzte Haus da vorn, wo das Glück ihm vielleicht so gewogen sein würde, daß es ihm ein Abendessen bescherte. Ächzend hob er den Beutel wieder auf die Schultern und ging weiter.

Ein großer deutscher Schäferhund sprang heran, als der Kobold das Hoftor öffnete. Das Gebell klang schrill und bedrohlich, aber Ellowan schnalzte mit der Zunge, und das Tier beruhigte sich und trottete mit wedelndem Schwanz neben ihm her, als er zum Haus ging. Der Farmer stand grinsend in der Tür.

„Prinz hat dich offenbar gern!" rief der Mann. „Sonst ist er nicht so zutraulich, wenn Fremde kommen. Was kann ich für dich tun, mein Junge?" Als Ellowan näher herankam, kniff der Farmer die Augen zusammen. „Verzeihen Sie – ich dachte, Sie wären ein kleiner Junge."

„Ich bin Kesselflicker, Sir. Kupferschmied . . ." Der Kobold streichelte den Kopf des Hundes und blickte wehmütig zu dem Farmer auf. „Haben Sie ein paar Kupfertöpfe oder -pfannen, die ich ausbessern könnte? Ich möchte kein Geld dafür haben – nur ein Abendessen."

„Kommen Sie herein! Wir werden mal sehen. Ich glaube nicht, daß wir Kupfertöpfe haben, aber meine Frau weiß da besser Bescheid. He, Louisa!" rief er. „Bist du in der Küche?"

„Ja, Henry!"

Ellowan folgte dem Mann in den Hintergrund des Hauses, und der Hund schnüffelte freundschaftlich an seiner Hand. Die Frau räumte gerade die Essensreste vom Tisch, und der Anblick der noch halbvollen Schüsseln weckte den Hunger, den der Kobold unterdrückt hatte, von neuem.

„Der Bursche sagt, daß er Kupfertöpfe flicken kann, Louisa", sagte Henry. „Hast du Arbeit für ihn?" Er beugte sich zu seiner Frau hinab, und flüsterte ihr was ins Ohr. Aber Ellowan verstand es ganz deutlich. „Er sieht so aus, als ob er's brauchen könnte. Ein netter Kerl . . . Und Prinz hat ihn sofort gemocht."

Louisa schüttelte langsam den Kopf. „Ich hatte zwei alte Kupferkessel, aber die habe ich weggeworfen, als wir das Kochgeschirr aus Aluminium kauften. Wenn Sie Hunger haben – ist noch genug da. Setzen Sie sich doch!"

Ellowan blickte verlangend auf die Schüsseln, die ihm den Mund wässerig machten, aber dann brachte er ein Lächeln zustande und erwiderte mit fester Stimme. „Vielen Dank, Mistress, aber das kann ich nicht annehmen. Es gehört zu meinen Grundsätzen, nicht zu betteln und nichts anzunehmen, was ich mir nicht verdient habe. Aber ich danke Ihnen beiden für den guten Willen und wünsche Ihnen eine angenehme Nachtruhe."

Sie begleiteten ihn zur Haustür, und der Hund trottete hinter ihm her, bis sein Herr ihn zurückpfiff. Dann war der Kobold wieder allein auf der Straße und suchte ein Plätzchen zum Schlafen. Er entdeckte einen Heuhaufen auf einem Feld und ging darauf zu. Die Halme waren nicht sonderlich nahrhaft, aber besser als gar nichts, dachte er, als er ein paar zerkaute.

Mit der Sonne stand er wieder auf und wischte den Schmutz von seinem Wams. Versuchsweise warf er die Runen auf den Boden und studierte sie minutenlang. „Nun ja", flüsterte er, als er sie wieder in seinem Beutel verstaute. „Sie verheißen mir Glück, aber ich glaube ihnen nicht. Es ist zu einfach, sie so hinzuwerfen, wie ich sie haben will. Aber vielleicht finde ich ein paar Beeren in den Wäldern da drüben.

Es gab keine Beeren, und die Eicheln waren noch grün. Ellowan kehrte auf die Straße zurück, und seine Stimmung hob sich, als er sah, daß um diese frühe Stunde nur wenige Autos unterwegs waren. Er fragte sich, warum ihm ihre Dämpfe kaum zusetzten, wenn sie ihm auch beißend in die Nase stiegen. Seine Brüder, die oben in den Adirondacks hausten, in einer verborgenen Grotte, hatten behauptet, der Rauch, der aus den Fabrikschloten quoll, sei tödliches Gift. Der Geruch eines guten Holzfeuers oder die Alkoholdämpfe in den Glasbläserlampen waren ihnen angenehm. Aber der Kohlenrauch hatte sie in eine seltsame Lethargie versetzt und zurück in die Berge getrieben, wo sie eingeschlafen waren. Es war schon schlimm genug gewesen, als die Kohle in den Herden gebrannt hatte. Aber dann hatte Watt, dieser Engländer, auch noch herausgefunden, daß man aus dem Dampf Kraft beziehen konnte. Und die Fabriken begannen dunklen, ätzenden Kohlenrauch auszuspeien. Das kleine Volk war vor dem Gift geflohen, bis nur noch Ellowan Kupferschmied übriggeblieben war. Aber schließlich war auch er wie seine Brüder in die Berge gegangen.

Nun war er wieder erwacht. Inzwischen war der Gestank einer Flüssigkeit namens Benzin und Kohlenrauch hinzugekommen. An der Straße gab es in regelmäßigen Abständen Pumpen, die all die vielen Autos mit dieser Flüssigkeit versorgten, und der Geruch war allgegenwärtig.

Nun ja, dachte er, meine Brüder hatten immer nur Unsinn im Kopf, während ich mein Vergnügen stets in der Arbeit gefunden habe. Dieser Unsinn hat ihre Widerstandskraft gegen das Gift geschwächt, aber mich hat die Arbeit stark gemacht. Erst nachdem ich diesen Fabrikbesitzer verhext hatte, kroch der Schlaf in meinen Kopf. Hundertzwanzig Jahre habe ich verschlafen, und damit wurde ich wohl hinreichend für meinen Streich bestraft. Und als ich erwachte, dachte ich, es sei ein guter Zweck, der mich aus den Bergen trieb.

Sein Blick fiel auf einen Obstgarten am Straßenrand, und er suchte den Boden ab, in der Hoffnung, daß ein Apfel herausgefallen sein könnte. Aber die Früchte lagen hinter dem Zaun, und wenn er darüber kletterte und sie holte, wäre das Diebstahl. Widerstrebend kehrte er dem Obstgarten den Rücken zu und bog in eine schmale Straße, die zu einem Farmhaus führte. Dann blieb er stehen.

Die Farmer waren genauso ausgerüstet wie die Dorfbewohner. Und im Dorf hatte er gestern kein Glück gehabt. Es war sinnlos, die weitverstreuten Häuser auf dem Lande abzuklappern, da die Aussicht, Kupfertöpfe zu finden, nur gering war. Ellowan zuckte mit den Schultern und kehrte auf die Hauptstraße zurück. Er würde Zeit und Kraft sparen, wenn er gleich nach Northville ging.

Etwa eine Stunde später traf er einen Jungen, der am Straßenrand saß und an einer Maschine herumbastelte. Ellowan blieb stehen, als er die verstreuten Teile und die gerunzelte Stirn des Burschen sah. Kleine Probleme erscheinen Zwölfjährigen oft riesengroß.

„Na, mein Junge, was macht dir denn Sorgen?" fragte er. „Und was ist das für ein seltsamer Apparat? Diese Räder und Stangen . . ."

„Ein Fahrrad. Das weiß doch jeder." Die Stimme des Jungen verriet, daß die Tragödie ein gigantisches Ausmaß erreicht hatte. „Ich habe es erst seit Weihnachten. Und nun ist es auseinandergefallen, und ich kann es nicht mehr zusammensetzen." Er hielt ein Stück hoch, das aus der Nabe des Hinterrads stammte. „Dieses Teil dehnt sich aus, wenn ich bremse, aber jetzt ist es zerbrochen, und eine neue Rücktrittbremse kostet fünf Dollars."

Ellowan nahm das Teil und roch daran. Seine Augen hatten ihn nicht getäuscht. Es war aus Messing. „So? Das ist eine wahre Schande. Und deine Maschine war sicher mal sehr hübsch. Vielleicht kann ich sie reparieren."

Der Junge sah hoffnungsvoll zu, als der Kobold sein Kohlenbecken und die Werkzeuge auspackte. Dann machte er ein langes Gesicht. „Nein, Mister, das geht nicht. Ich habe kein Geld. Ich habe nur einen Vierteldollar in meinem Sparschwein, und Mummy erlaubt mir nicht, ihn rauszuholen."

Ellowans neubelebte Hoffnungen auf ein Frühstück schwanden wieder dahin, aber er lächelte beruhigend. „Es gibt im Leben wichtigere Dinge als Geld, mein Junge. Wir wollen mal sehen, was wir da machen können.“

Er inspizierte die verschiedenen Einzelteile, und seine Bewunderung für den Erfinder dieser Maschine wuchs. Die Nabe war dazu da, die Maschine anzutreiben – oder sie zu bremsen, wenn es der Benützer wünschte. Der zerbrochene Teil war ein gespaltener Zylinder aus Messing, der sich beim Bremsen in der Nabe ausdehnen sollte. Es war Ellowan ein Rätsel, wie er beschädigt worden sein konnte. Andererseits war es ihm nicht neu, daß kleine Jungen oft was kaputt machten.

Unter den Händen des Kobolds glätteten sich die scharfen Ränder ein wenig, dann fügte er seinen stärksten Lötzinn in die Bruchstelle ein, verschmolz ihn mit dem Messing und schabte das Metall ab, bis es wieder ganz glatt war. Der Junge starrte ihn mit großen Augen an.

„Sie sind aber tüchtig, Mister. Die Leute im Dorf können so was nicht, und dabei haben sie alle möglichen Geräte.“ Er griff nach dem reparierten Teil und setzte das Rad wieder zusammen. „Sie sind aber ziemlich klein, Mister, sind Sie vom Zirkus?“

Ellowan schüttelte mit einem schwachen Lächeln den Kopf. Er war es gewöhnt, daß Kinder solche Fragen stellten, und er gab ihnen auch stets eine ehrliche Antwort. „Ich bin kein Zwerg, wenn du das meinst. Hat dir deine Großmutter nicht die alten Geschichten von den Kobolden erzählt?“

„Ein Kobold!“ Der Junge hielt in seiner Arbeit inne. „So was gibt's doch gar nicht.“ Dann schienen ihm Zweifel zu kommen, und er musterte Ellowan aufmerksam. „Andererseits sehen Sie aus wie die Kobolde in meinem Märchenbuch, und wie Sie meine Bremse repariert haben . . . Das könnte Zauberei gewesen sein. Sind Sie ein Zauberer?“

„Ich hatte keine Zeit, die Zauberkunst zu erlernen, denn mein Beruf war mir wichtiger. Die ehrlichen Kunstgriffe meines Handwerks haben mir genügt. Aber es ist trotzdem besser, wenn du deinen Eltern nicht erzählst, daß du mich getroffen hast.“

„Bestimmt nicht, denn die würden mich für verrückt halten." Der Junge stieg auf sein Fahrrad, probierte die Bremse aus und nickte zufrieden. „Wollen Sie ins Dorf? Steigen Sie hinten auf, und legen Sie ihren Beutel hier in den Korb. Ich kann Sie eine Meile weit mitnehmen – wenn Sie auf dem Gepäckträger sitzen können."

„Bin ich denn nicht zu schwer?" Ellowan fragte sich, ob dieses Fahrrad nicht doch gefährlich war.

„Nein, steigen Sie nur auf. Ich habe meinen Bruder schon oft mitgenommen, und der ist viel schwerer als Sie. Ich habe ja auch eine Mussimer-Zweigangbremse. Dad hat das Fahrrad vor Weihnachten aus der Stadt kommen lassen." Er griff nach Ellowans Tasche und war überrascht, wie leicht sie war. „Außerdem bin ich Ihnen ja was schuldig, weil sie die Bremse repariert haben."

Ellowan kletterte auf den Gepäckträger. Zuerst hielt er sich ängstlich an dem Jungen fest. Aber das Rad rollte mühelos über das glatte Pflaster, und es war viel schöner, so schnell dahinzufahren, als zu Fuß zu gehen. Er entspannte sich und überlegte, daß er früher als erwartet zu einem Frühstück kommen könnte, wenn seine Glückssträhne anhielt.

„So, hier biege ich ab", sagte der Junge. „Bis zum Dorf müssen Sie noch eine Meile laufen. Vielen Dank, daß Sie mein Fahrrad repariert haben."

Vorsichtig stieg Ellowan vom Gepäckträger und nahm seinen Beutel in Empfang. „Danke fürs Mitnehmen, mein Junge. Ich glaube, du wirst keinen Ärger mehr mit deiner Bremse haben." Er sah dem Jungen nach, der in einen Seitenweg radelte, dann ging er auf das Dorf zu.

Ellowan dachte immer noch ans Frühstück, als die Mittagsstunde längst verstrichen war. Aber sein Magen knurrte immer noch. Er trat aus einer schmalen Gasse und blieb stehen, um an seiner Pfeife zu ziehen. Bald würde er auf das Rauchen verzichten müssen. Wenn man mit leerem Magen soviel rauchte, konnte einem leicht schlecht werden. Doch dann mischte sich ein anderer Geruch mit dem Duft des Tabaks, und er drehte sich langsam um.

Es war der saubere Geruch heißen Metalls in einem Holzkohlenfeuer, und er kam aus einem alten Haus, nur wenige Meter entfernt. Das Schild über der Tür war verblichen, aber er konnte es lesen – ‚Michael Donahue – Hufschmiede und Autoreparatur'. Der Anblick einer Schmiede weckte Erinnerungen an schönere Zeiten, und Ellowan ging erfreut auf das alte Haus zu.

Der Mann war etwa fünfzig und kräftig gebaut. Das Gesicht unter dem dichten roten Haarschopf wirkte aufrichtig und freundlich. Er saß gerade auf einem Hocker und aß ein Sandwich. Der Essensgeruch drang in die Nase des Kobolds und irritierte seinen Magen. Unbehaglich trat er von einem Fuß auf den anderen. Der Mann hob den Kopf.

„Bei allen Heiligen!" Donahue grinste breit. „Wenn das nicht einer von dem kleinen Volk ist, von dem mir mein Vater immer erzählt hat! Aber wenn ich ihn so anschaue – das scheint ein verdammt ausgehungerter Kobold zu sein. Kommen Sie her, mein Freund. Sie sollen auch eine Scheibe Brot haben."

„Danke." Ellowan schüttelte den Kopf, obwohl es ihm verteufelt schwerfiel. „Aber ich bin ein ehrlicher Arbeiter, und ich nehme nichts an, was ich mir nicht verdient habe. Aber in dieser Gegend gibt es keine Kupferkessel, die ich flicken könnte." Er stützte sich mit beiden Händen auf eine geschwärzte Bank, um die Schmerzen in seinen müden Beinen zu lindern.

„Das ist ja eine wahre Schande", sagte der Schmied mitfühlend. „Mein Vater hat mir erzählt, daß Ihr kleinen Leute sehr tüchtig seid. Wir kamen aus England herüber, als ich noch ein winziges Baby war, und zuvor hatte ihm sein Vater von euch erzählt. Ja, ihr sollt alle sehr tüchtig sein."

„Ja, ich bin tüchtig." Es war eine simple Feststellung, denn es lag Ellowan nicht, mit seinen Fähigkeiten zu prahlen. Und selbst wenn er prahlen wollte – er hätte nicht mehr die Kraft dazu gehabt. „Ich kann alles reparieren, was aus Messing oder Kupfer ist, und es sieht danach wie neu aus."

„Können Sie das?" Donahue sah ihn interessiert an. „Ja, vielleicht können Sie's. Ich hätte gute Lust, Ihre Künste zu prüfen. Warten Sie hier!"

Er verschwand durch die Tür, die seine Schmiede mit der Autoreparaturwerkstatt verband, und kehrte wenige Sekunden später mit einem großen Stück aus schwarzem Metall zurück. Der Kobold schnüffelte daran und stellte fest, daß es aus Messing war.

Donahue klopfte mit einem Finger darauf. „Das ist ein Kühler, mein Junge. Das Wasser läuft hier durch diese Röhren, und diese kleinen Rippen kühlen es ab. Der alte Pete Yaegger hat mir das Ding gebracht und gesagt, ich soll es reparieren. Aber es ist schon so kaputt, daß ich nichts damit anfangen kann. Und Pete kann sich keinen neuen Kühler leisten. Wenn Sie das Ding reparieren können, kriegen Sie dafür eine schöne runde Summe."

„Natürlich kann ich das reparieren. Ellowans Hände zitterten, als er das verrostete Metall von allen Seiten inspizierte. Dann begann er seine Werkzeuge auszupacken. „In einer Stunde bin ich fertig."

Donahue sah den Kobold zweifelnd an, aber dann nickte er langsam.

„Ja, vielleicht schaffen Sie's. Aber zuerst müssen Sie was essen. Keine Widerrede! Mit hungrigem Bauch kann man keine gute Arbeit leisten. Und was für uns Menschen gilt, das trifft wohl auch auf euch kleine Leute zu. Hier haben Sie ein Sandwich. Und ein Stück Pastete ist auch noch übrig, wenn es Ihnen nichts ausmacht, das Essen mit einem Schluck Wasser hinunterzuspülen."

Der Kobold brauchte kein Wasser, um die paar Bissen hinunterzuspülen. Als Donahue ihn wieder ansah, hatte Ellowan die letzten Krümel aus dem Butterbrotpapier geleckt. Seine geschickten kleinen Hände schoben die raffinierten kleinen Werkzeuge durch die Lamellen des Kühlers, und sein faltiges Gesicht strahlte vor Freude. Das Metall schien durch seine Finger zu fließen, als besäße es einen eigenen Willen, und er pfiff fröhlich vor sich hin.

Ellowan wartete aufgeregt, als Donahue das vollendete Werk inspizierte. Das ehedem verbogene, durchlöcherte schwarze Metall war nun wie neu und glänzte in der Sonne.

„Gute Arbeit", gab Donahue zu. „Ich glaube, wir zwei werden ins Geschäft kommen, und dabei können Sie einiges verdienen, Ellowan. Wir werden alte Kühler kaufen und reparieren, und dann können wir sie mit Gewinn weiterverkaufen."

Die Augen des Kobolds leuchteten vor Freude, als er sich lange Reihen von Kühlern vorstellte, die alle repariert werden mußten. Er würde regelmäßig Arbeit haben, ohne danach suchen zu müssen. Zum erstenmal gestand er sich ein, daß die Industrialisierung auch ihre Vorteile hatte.

Donahue griff in eine Kiste und nahm eine kleine Metallfigur heraus, einen Windhund, der auf einem Kühlerverschluß saß. „Ich besorge Ihnen neue Arbeit, und in der Zwischenzeit können Sie das Ding da reparieren. Was für ein Glück, daß Sie zu mir gekommen sind! Da fällt mir ein – wie kommen Sie eigentlich hierher? Haben Sie nicht erzählt, daß Sie aus England kommen?"

Ellowan hielt die zerbrochenen Schraubenteile aneinander. „Ja, da war ich zu Hause. Aber die Landbevölkerung verarmte und die Städte füllten sich mit Kohlenrauch. Da hörten wir von einem neuen Land auf der anderen Seite des Meeres, und so zogen wir hierher. Aber dann wurde die Luft auch hier vom Rauch verpestet, und wir gingen in die Berge, um zu schlafen. Aber jetzt bin ich froh, daß ich wieder erwacht bin."

„Ich auch. Ich bin Schmied, aber von diesem Handwerk kann man heutzutage nicht mehr leben, und so repariere ich hauptsächlich Autoteile. Und dabei können Sie mir wunderbar helfen. Mit den Generatoren und Zündsystemen komme ich nicht so gut zurecht, mit den Kupferteilen kennen Sie sich besser aus. Die können Sie übernehmen. Und natürlich die Kühler."

Ellowan ließ den Kühlerverschluß sinken. „Und die Kühler – gehören die auch zu den Autos?"

„Natürlich." Donahue nahm ein Hufeisen aus der Esse, legte es auf den Amboß und begann darauf zu hämmern. Er sah nicht, wie das Leuchten in den Augen des Kobolds erlosch, wie die kleinen Hände den Kühlerverschluß langsam wieder hochhoben.

Ellowan dachte an sein Volk, das in den Bergen schlief und dazu verdammt war, dort zu verharren, bis die Luft von den giftigen Dünsten befreit war. Und hier arbeitete er an einem Teil jener Maschinen, die diese Dämpfe erzeugten. Aber weil es sonst nichts für ihn zu tun gab, hatte er keine andere Wahl. Autos hin, Autos her – er mußte sich seinen Lebensunterhalt verdienen.

Donahue begann ein zweites Hufeisen in Form zu hämmern. „Sie brauchen sicher ein Quartier. Ich habe ein Zimmer frei in meinem Haus. Früher hat mein Sohn darin gewohnt, aber der ist jetzt auf dem College."

„Das ist sehr nett von Ihnen." Ellowan hatte den Kühlerverschluß gelötet und legte ihn angewidert beiseite.

„Der Junge wird mal Ingenieur", erklärte der Schmied voller Stolz. „Der muß nicht in die Fußstapfen seines Vaters steigen, und das ist gut so. Eines Tages werden sie ihr ganzes Öl und ihre Kohle verbraucht haben, und dann gibt's in dieser Branche nichts mehr zu verdienen – nicht mal mit so neumodischem Zeug. Mein Vater war Schmied, und ich bin Schmied und Mechaniker – aber mein Junge wird was Besseres."

„Sie werden alle Kohlen und das ganze Öl aufbrauchen?"

„Ganz sicher. Niemand weiß, wann es soweit sein wird. Aber eines Tages werden sie Elektrizität oder Alkohol als Kraftstoff benutzen. Unsere Welt verändert sich, mein Freund, und mit diesen Veränderungen können wir alten Leute nicht Schritt halten."

Ellowan griff wieder nach dem Kühlerverschluß und begann

ihn zu polieren. Eines Tages würden die Menschen die Quellen des Bösen verbraucht haben. Dann würde die Luft wieder rein sein. Je mehr Autos übers Land fuhren, desto früher würde dieser Tag anbrechen. Und je mehr Autos er reparierte, desto mehr Autos würden sich auf den Straßen drängen.

„Ich freue mich schon auf die vielen Kühler, die ich reparieren werde“, sagte er lächelnd. „Und bis dahin könnte ich doch aus dem Messingschrott da drüben Figuren wie diese hier machen.“

Wenn sein Volk aus den Bergen kam, würden all seine Brüder Arbeit finden. Davon war er fest überzeugt.

Die Jenseits AG

Phineas Thephils Potts, der niemals zugegeben, aber bereitwillig geglaubt hätte, daß er ein göttergleicher Mensch war, richtete sich in seinem knarrenden Bett auf und streckte zornig einen knochigen Arm aus. Das schrille Klingeln des Weckers fraß sich an diesem Morgen wie ein schmerzhaftes Krebsgeschwür in seine Seele. Dann begann sein Verstand zu funktionieren. Er bekam seinen Arm wieder unter Kontrolle und drückte sanft, aber energisch auf den Knopf, der den Wecker zum Schweigen brachte. Würde er niemals lernen, diese Wutanfälle zu bekämpfen? In dieser Welt sollte man alle Probleme in klagloser Demut hinnehmen, man durfte nicht gegen sie rebellieren, sonst . . . Aber es war noch zu früh am Morgen, um an so etwas zu denken.

Er kroch aus dem Bett und widmete sich dem Ritual, der Sünden des gestrigen Tages zu gedenken, sich zu vergewissern, daß alles am vergangenen Abend erfaßt und ausgelöscht worden war. Und da erlitt er seinen ersten Schock. Er konnte sich nicht erinnern, was gestern passiert war – schlimm, sehr schlimm. Nun, das war zweifellos eine weitere Falle, die ihm die verschwörerischen Mächte gestellt hatten, um seine Seele zu erobern. Ts, ts . . . Schrecklich, aber er würde ihnen nicht in die Falle gehen.

Er leierte seine Beichte nicht wie gewohnt herunter. Sorgfältig ließ er ein Wort nach dem anderen von der Zunge rollen, mit vollem Bewußtsein und salbungsvoller Scham, bis er bei den Schlußphrasen angelangt war. „Für die mannigfaltigen Sünden, die ich begangen habe, und für die noch größere Sünde, die mich jetzt heimsucht, bitte ich um Verzeihung. Gib mir Kraft, damit ich nicht mehr sündige und den Rest meiner Tage in Rechtschaffenheit verbringe. Amen." Nachdem er auf diese Weise der Falle und dem ewigen Höllenfeuer entronnen war, beglückwünschte er sich und schlüpfte in seine kratzige Unterwäsche und den billigen schwarzen Anzug. Dann genehmigte er sich ein Frühstück, trockenen Toast und Buttermilch, die mit Selbstverleugnung abgeschmeckt war, und war wieder bereit, der Welt der Versuchungen gegenüberzutreten.

Das Telefon beleidigte seine Nerven, und er sprang auf, wollte ungeduldig den Hörer von der Gabel reißen, aber dann beherrschte er sich. Zerknirscht sagte er in die Sprechmuschel: „Hier Phineas Potts."

Es war Mr. Sloane, dessen kraftvolle animalische Stimme aus dem Hörer bellte: „Hallo, Phin! Ich habe erfahren, daß Sie heute zur Arbeit kommen wollen. Das Geschäft blüht, und wir könnten Sie gut brauchen. Nun, wie sieht's aus?"

„Ich werde meine Pflichten nicht vernachlässigen, Mr. Sloane." Es gab überhaupt keinen Grund für diesen Anruf. In zwölf Jahren hatte Potts keinen einzigen Tag gefehlt. „Sie wissen doch . . ."

„Ja, schon gut. Ich wollte Ihnen nur sagen, daß wir umgezogen sind. Sie sehen das Namensschild direkt auf der anderen Straßenseite, wenn Sie rauskommen – schicker Laden. Werden Sie's auch schaffen?"

„Ich bin in zehn Minuten da, Mr. Sloane", versicherte Potts und legte gerade noch rechtzeitig auf, bevor seine Stimme Widerwillen verraten konnte. Ts – der arme Sloan, der sich in Sünden geradezu wälzte und nichts von der Verdammnis wußte, die ihn erwartete . . . Als Phineas seinen Arbeitgeber das letztemal zurechtgewiesen hatte – natürlich sehr sanft, hatte Sloane ihn doch tatsächlich ausgelacht. Nun, er würde zweifellos Pluspunkte sammeln, wenn er die arme verlorene Seele zu retten versuchte, auch wenn seine Bemühungen erfolglos blieben. Natürlich war es sehr gefährlich, mit solchen Leuten zu verkehren, aber man würde seine Opfer sicher vermerken.

Ein neuer Liftboy stand im Gang, als er sein Zimmer verließ. Er rümpfte bedeutsam die Nase und blickte auf die Zigarette in der Hand des Burschen. Der verzog die Lippen, dachte aber nicht daran, den Glimmstengel wegzuwerfen.

„Okay, Junge", sagte er, als sich die Lifttüren klirrend schlossen und an Phineas Nerven schabten, „mir gefällt's hier auch nicht besser als Ihnen, aber so ist's nun mal."

Junge ... Phineas starrte auf den breiten Rücken, der ihm nun zugewandt wurde, und erschauerte. Er würde mit Mrs. Biddle darüber sprechen.

Mit Mühe unterdrückte er seine Gefühle, durchquerte die Halle, ohne ihr einen Blick zu gönnen, und trat auf die Straße hinaus. Dann blieb er stehen. Das war der zweite Schock. Er schluckte zweimal, riß die Augen auf und richtete sie zum erstenmal seit Wochen nach oben. Dann sah er noch einmal hin. Nein, es hatte sich nichts verändert. Wo eine kleine, gewundene Seitenstraße sein sollte, befand sich nun eine breite Straße, voller Menschen, strahlend im hellen Sonnenschein. Die häßlichen Läden gegenüber waren durch neue Bürogebäude ersetzt worden. Langsam drehte er sich um und umklammerte schutzsuchend seinen Schirm, als er das Hotel inspizierte. Es war ein Hotel – aber nicht sein Hotel. Und die Halle war auch anders. Verwirrt stolperte er in das Gebäude zurück.

Das Mädchen an der Rezeption lächelte ihn mit tanzenden Augen an. Das war ganz gewiß nicht die Empfangschefin. Außerdem hätte die fromme Mrs. Biddle, die in seine Kirche ging, dieses schamlose kleine Ding bestimmt nicht engagiert. Ihre Fingernägel und die Lippen war knallrot, um bei ihrem Gesicht anzufangen, und viel tiefer wollte er den Blick lieber nicht wandern lassen. Das unverschämte Ding lächelte immer noch. „Haben Sie etwas vergessen, Mr. Potts?"

„Ich – eh – nein. Sie wissen, wer ich bin?

„Natürlich, Mr. Potts. Sie sind gestern eingezogen. Zimmer 408. Ist alles in Ordnung?"

Phineas nickte langsam und schluckte, dann stolperte er wieder hinaus. Eingezogen . . .? Er konnte sich nicht erinnern. Warum sollte er Mrs. Biddle verlassen haben? Und 408 war seine alte Zimmernummer. Der Raum sah genauso aus wie der, in dem er zuvor gewohnt hatte. Sogar der graue Streifen auf der Tapete, der ihn schon seit Jahren störte, war noch da. Irgendetwas stimmte da nicht – zuerst dieser Gedächtnisverlust, dann Mr. Sloans merkwürdiger Anruf – und jetzt das . . . Er war zu aufgeregt, um zu erkennen, daß dies wahrscheinlich eine weitere Versuchung war, in die man ihn führen wollte.

Automatisch fiel sein Blick auf Sloanes Namensschild an einem der neuen Gebäude, und er ging hinein. „Guten Morgen, Mr. Potts", sagte der Liftboy, und Phineas zuckte zusammen. Diesen Menschen hatte er nie zuvor gesehen. „Sie werden im vierten Stock erwartet, Mr. Potts. Hinter der zweiten Tür links finden sie Mr. Sloanes Büro."

Automatisch befolgte Phineas diese Instruktion. Er fand eine Tür mit der Aufschrift ‚G. R. Sloane – Architekt' und betrat einen großen Raum, den unerträgliches Rattern von Schreibmaschinen und Comptometern erfüllte, vermischt mit Stimmengewirr und dem entnervenden Pochen einer Addressiermaschine. Aber dieser vertraute Lärm erschien ihm an diesem Morgen wie eine Oase in der Wildnis – bis er sich umsah. Offenbar war Sloane nicht nur umgezogen, sondern hatte sich auch vergrößerte und den Großteil seines Büropersonals ausgewechselt. Nur der alte Callahan war noch übrig, und Callahan . . . Seltsam, er war ganz sicher, daß Callahan sich vor etwa einem Jahr zur Ruhe gesetzt hatte. Aber das verwirrte ihn am allerwenigsten.

Callahan schien seinen Blick zu spüren, denn er sprang auf und schlug Phineas so kräftig auf den Rücken, daß die schlechtsitzenden Zähne beinahe herausfielen. „Phin Potts! Alter Betbruder! Willkommen!" Er schlug noch einmal kräftig zu, und Potts hüstelte und schüttelte sich. Callahan war nicht nur ein Atheist, er machte auch noch mit bei diesem groben Unfug. Warum war er nicht mehr in Pension, wie es sich gehörte?

„Mr. Sloane?" würgte er mühsam hervor.

Sloane antwortete selbst. Mit einem breiten Grinsen kam er auf ihn zu. „Hallo, Phin! Lassen Sie ihn in Ruhe, Callahan! Noch so ein Hieb, und ich muß mir einen neuen technischen Zeichner suchen. Kommen Sie, Phil, auf Sie wartet ein ganzer Berg von Arbeit, nachdem Sie sich endlich von Ihrer Krankheit erholt haben." Er führte ihn um ein paar Tische herum, wo grell bemalte Huren eifrig tippten, einen Gang entlang und in ein kleineres Büro. Dort wechselte er ein paar Worte mit anderen Angestellten, und Phineas stöhnte leise. Sloanes Ausdrucksweise wurde wirklich mit jedem Tag schlimmer.

„Mr. Sloane, würden Sie bitte . . ."

„Verzeihen Sie, wenn ich frei von der Leber weg rede, Phin. Ich kann nicht anders. Ich bin einfach zu glücklich. Die Geschäfte gehen großartig. Wie fühlen Sie sich?"

„Gut – danke. Sie haben eine – Krankheit erwähnt?"

„Vergessen Sie's. Nachdem Sie zwölf Jahre für mich gearbeitet haben, werde ich Ihr Gehalt nicht kürzen, nur weil Sie ein paar Monate weg vom Fenster waren. Schade, daß Sie nicht da waren – gerade, wo wir Sie am dringendsten gebraucht hätten . . . Aber so was kann ja mal vorkommen. Hier, fangen Sie gleich damit an. Vermutlich werden Ihnen ein paar Veränderungen auffallen, aber im großen und ganzen ist alles so wie früher. Das ist so was Ähnliches wie das Oswego, das wir in der 37. Straße gebaut haben. Das einzige, was Ihnen vielleicht Mühe machen wird, ist dieser neue Stahl. Aber hier haben Sie eine detaillierte Beschreibung."

Phineas griff nach den Blättern, die Sloane ihm reichte, überflog sie und blinzelte. Das würde niemals klappen. So sehr er auch seine Arbeit haßte, er war ein exzellenter technischer Zeichner, und er verstand genug vom allgemeinen Design, um zu erkennen, daß das unmöglich war. „Aber diese zwei Zoll starke I-Balken . . ."

„Das ist schon in Ordnung, Phin. Die strukturelle Stärke ist ungefähr zwölfmal so groß wie damals. Machen Sie mir einen hübschen Entwurf. Die Dinge haben sich ein bißchen verändert, während Sie im Delirium waren. Aber Sie werden's schon schaffen. Jetzt habe ich es aber verteufelt eilig. Bis später!" Er fegte durch die Tür, dann steckte er noch einmal den Kopf herein. „Wahrscheinlich werden Sie jemanden brauchen, der Sie zum Restaurant führt."

„Ja, Mr. Sloane, aber würden Sie bitte daran denken . . ."

„Ich weiß, ich soll nicht fluchen. Aber verdammt, ich tu's so gern." Und dann verschwand er.

Er war also krank gewesen. Im Delirium. Das wäre eine Erklärung. Phineas hatte gehört, daß solche Krankheiten manchmal Gedächtnislücken bewirkten. Und das war eine bessere Erklärung als gar keine. Erleichtert beschloß er, das alles zu vergessen und erinnerte sich nur noch einmal daran, wie sündhaft er heute morgen den Glauben an die göttliche Vorsehung verloren hatte. Traurig schüttelte er den Kopf, dann begann er in pflichtbewußter Resignation zu arbeiten. Da es ihm bestimmt war, seinen genügsamen Lebensunterhalt durch technische Zeichnungen zu verdienen, würde er klaglos zeichnen. In dieser Beziehung sollte ihm niemand Vorwürfe machen können.

Die Feder begann zu kratzen. Er säuberte sie, aber sie kratzte immer noch auf dem Papier und reizte seinen Nerven. Hätte Phineas an die Evolutionstheorie geglaubt, er hätte gedacht, die Körperhaare seiner Ahnen würden sich jetzt in seiner Seele sträuben, aber er hatte nichts übrig für die ketzerischen Vorstellungen. Nein, er würde nicht klagen. Er lockerte die Zähne, die er aufeinandergebissen hatte, und übte sich in Geduld.

Dann begann die Addressiermaschine wieder zu pochen, und er mußte sich zwingen, keine Zitterlinie zu zeichnen, als sein Körper immer wieder zusammenzuckte. Sei geduldig, du wirst für all diese Qualen entschädigt werden . . . Schließlich suchte er Zuflucht beim einzigen schmerzstillenden Mittel, das er kannte, bei den Betrachtungen über das Schicksal der Ketzer und Sünder. Natürlich, er bedauerte sie, weil sie für ewig in der Hölle schmoren würden – er bedauerte sie sehr, diese armen fehlgeleiteten Geschöpfe, wie es die Pflicht eines rechtschaffenen Mannes war. Aber sie hatten ihre Chance bekommen und sie nicht genutzt, also war es nur gerecht, wenn sie bestraft wurden. Wenn er sich die Hölle vorstellte, so wie sie seine strengsten puritanischen Ahnen gesehen hatten, tat ihm sein Hühnerauge immer etwas weniger weh.

Callahan summte draußen im Großbüro ein Lied, das Phineas kannte. Einmal war der Atheist stockbetrunken hereingekommen, und bevor sie ihn heimschickten, hatte er Phineas in eine Ecke gedrängt und ihm das ganze schmutzige Lied vorgesungen. Nun schlichen sich die Worte, die zu der gesummten Melodie gehörten, in das leidende Gehirn des kleinen Mannes und wollten sich nicht vertreiben lassen. Beten half nichts. Dann fügte er Callahan der Schar der gemarterter Sünder hinzu, und das funktionierte besser.

„Bleistifte? Schnürsenkel? Rasierklingen?“ Die Stimme ließ ihn zusammenzucken, und er mußte sich sehr anstrengen, um nicht vom Stuhl zu fallen. Langsam drehte er sich um und sah einen einbeinigen Buckligen mit einem Bauchladen in der Tür stehen. „Bleistifte? Nur fünf Cents – helfen Sie einem armen Krüppel!“ Aber das Grinsen auf dem durchtriebenen Gesicht strafte die Worte Lügen.

„Ich brauche keine Bleistifte.“ Phineas erschauerte, als der Bursche zum Fenster humpelte und ein Stück Kautabak hinausspuckte. „Warum gehen Sie nicht zur Fürsorge? Hier sind Bettler unerwünscht.“

„Ich bin kein Bettler“, erwiderte der Mann fröhlich und steckte ein neues Stück Kautabak in den Mund.

„Dann glauben Sie an Gott, und er wird Ihnen helfen.“ Natürlich war der Mensch dazu bestimmt worden, sich während seines Daseins in dieser sterblichen Sphäre abzurackern, und durch Mühe und Plage würde er sich das ewige Heil verdienen. Er hatte nicht die Absicht, die kleine Chance dieses ungebildeten

Mannes noch zu verringern, indem er seinen Müßiggang unterstützte.

Der Hausierer nickte. „Ah, so einer sind Sie. Schade. Na ja, Kopf hoch, vielleicht wird's Ihnen bald besser gehen." Damit humpelte er davon und ließ Phineas in einiger Verwirrung zurück. Was hatte dieser Mensch gemeint?

Potts streichelte sein Hühnerauge, dann verzichtete er auf dieses Vergnügen und sagte sich, daß der körperliche Schmerz nur eine Prüfung war und freudig ertragen werden mußte. Die Feder kratzte immer noch, die Addressiermaschine pochte, und irgendwie war eine summende Biene hereingekommen. Es war eine sehr große, sehr aktive Biene.

Phineas zwang sich, weiterzuarbeiten, und schwitzte ein bißchen, als sich die Biene auf sein Zeichenbrett setzte. Gnädigerweise flog sie davon, und dann konnte er sie ein paar Minuten lang nicht hören. Als sie wieder zu summen begann, war sie hinter ihm. Er wollte den Kopf wenden, aber dann beschloß er, das lieber zu unterlassen. Die Biene könnte es als Kriegserklärung auffassen. Die Feder in seiner Hand wurde feucht und seine Finger schmerzten, weil er sie so krampfhaft umklammerte. Aber irgendwie gelang es ihm, sich wieder auf die Arbeit zu konzentrieren.

Die Biene hatte es offenbar nicht eilig, das Zimmer zu verlassen. Sie schoß an seiner Nase vorbei, und er zuckte zurück und machte einen Tintenfleck auf seinen Plan, dann umkreiste sie seinen Kopf und ließ sich schließlich auf seiner Glatze nieder. Phineas hielt den Atem an, und die Biene rührte sich nicht. Zehn, zwanzig, dreißig Sekunden ... Der Atem brach sich Bahn, das Insekt stieß einen kurzen Summlaut aus und entschied dann offenbar, daß Phineas Keuchen ungefährlich war. Es wanderte über seine Stirn auf die Nase hinab. Es kitzelte, und das Innere seiner Nase begann aus reiner Kameradschaft ebenfalls zu kitzeln.

„Nein! Nein!" flüsterte Phineas verzweifelt. „O nein – oh –

oh ...“ Er zerrte an seiner Nase, trommelte mit den Schienbeinen gegen den Schreibtisch, verspritzte noch mehr Tinte auf die Zeichnung. „Oh – verdammt ...“

Es war unglaublich. Es konnte nicht wahr sein. Seine eigenen Lippen hatten Verrat an ihm geübt. Mit bleischweren Fingern legte er die Feder beiseite und senkte den Kopf, aber kein rettender Gnadenstrahl traf ihn. Er wußte nur zu gut, daß auch die kleinste Sünde ewige Verdammnis nach sich ziehen konnte. Wieder sah er das Höllenfeuer vor sich, aber diesmal war es nicht Callahan, der darin schmorte, sondern er selbst. Und so sehr er sich auch bemühte, er konnte kein anderes Bild vor seinem geistigen Auge formen. Er war verdammt.

In dieser geknickten Haltung traf ihn Callahan wenige Minuten später an, und sein spöttisches Lächeln durchfuhr Phineas' wunde Seele wie ein Messer. „Ein Engel – ein leibhaftiger Engel!“ Er schlug Phineas kräftig auf den Rücken. „Na? Haben Sie die ersten Pläne schon gezeichnet?“

Unglücklich schüttelte Phineas den Kopf und blickte auf die Uhr. Die Pläne hätten schon vor einer Viertelstunde fertig sein sollen. Eine weitere Sünde kam zu seiner Schuldenlast hinzu, und alle Hoffnung auf Sühne war dahin. Ausgerechnet Callahan hatte ihn beim Nichtstun ertappt, wo er ohnehin schon im Rückstand war. Aber der alte Ire schien nicht zu triumphieren. „Nehmen Sie's nicht so schwer, Phin. Keiner erwartet von Ihnen, daß sie wie ein Pferd arbeiten, nachdem Sie so lange krank waren. Mr. Sloane will, daß Sie mit ihm Mittagessen gehen.“

„Ich – eh ...“ Vergeblich suchte er nach Worten.

Callahan schlug ihm wieder auf den Rücken, diesmal so sanft, daß nur zwei Rippen knirschten. „Gehen Sie nur! Was jetzt noch zu tun ist, kann auch ein Anfänger schaffen. Ich erledige das, während Sie essen. Ich habe im Augenblick sowieso nichts anderes zu tun.“ Er zog den kleinen Mann vom Stuhl hoch und schob ihn durch die Tür. „Sloane wartet schon. Mann, bin ich froh, daß ich Ihre Pläne fertig zeichnen kann! Ich fühle mich so gut, daß ich vor Arbeitslust geradezu berste.“

Sloane flirtete mit einer Schreibkraft, als Phineas auf ihn zuging. Dann beendete er das Techtelmechtel mit einem Augenzwinkern und griff nach seinem Hut. „Sie sehen aber gar nicht gut aus, Phin. Und Ihre Nase ist ganz rot. Na, wenn Sie was im Magen haben, werden Sie sich gleich besser fühlen. Das Essen in dem Lokal um die Ecke ist verteufelt gut."

„Ja, Mr. Sloane, aber würden Sie vielleicht ..." Nein, das konnte er jetzt nicht verlangen. Er war selbst ein Sünder, der sich zu einem Fluch hatte hinreißen lassen. Betrübt folgte er Sloane in das Lokal. Als er seinem Chef dann gegenübersaß, sagte er sich, daß er nichts essen durfte. Er würde von heute an auf den Lunch verzichten. Das sollte seine erste Buße sein.

„Ich bin nicht hungrig, Mr. Sloane. Ich werde nur eine Tasse Tee trinken." Die Düfte in dem kleinen hübschen Lokal machten ihm den Mund wässerig und die Strafe um so wirksamer.

Aber Sloane bestellte für zwei. „Das gleiche wie immer, Schätzchen, und für meinen Freund auch." Er wandte sich wieder an Phineas. „Sie essen viel zu wenig. Warten Sie nur, bis Sie den Schinken gekostet haben – und die Pastete! Jedenfalls werden Sie essen, und wenn ich Ihnen das Zeug mit Gewalt hineinstopfen muß."

Das Essen wurde prompt serviert, und der Mund des kleinen Mannes wurde noch wässeriger. Er mußte erst einmal schlucken, bevor er zu einem Protest ansetzen konnte. Doch ein Blick in Sloanes Gesicht belehrte ihn eines Besseren. Er konnte ja morgens und abends fasten. Und so griff er zu Messer und Gabel. Wenn nur sein gewaltiger Appetit nachließe – dann würde ihm das Essen wenigstens nicht solchen Spaß machen ...

„Sie müssen mir versprechen, daß Sie von jetzt an dreimal am Tag ordentlich essen", sagte Sloane. „Oder ich werde Sie höchstpersönlich füttern."

„Ja, Mr. Sloane, aber ..."

„Gut, ich werde Sie beim Wort nehmen."

Phineas wand sich. So hatte er das nicht gemeint. Das konnte nicht als Versprechen gelten. „Aber ...

„Kein Aber. Dort unten dachte ich manchmal, Sie könnten genausogut rechthaben wie ich, und deshalb habe ich nichts zu diesem Thema gesagt. Aber hier oben ist das doch alles hinfällig. Es gibt keinen Grund, warum Sie Ihr Leben jetzt noch immer nicht genießen sollten."

Das war zuviel. „Das Leben", erwiderte Phineas und legte das Besteck beiseite, „gibt uns Gelegenheit, uns auf das Leben im Jenseits vorzubereiten. Und es wurde uns nicht geschenkt, damit wir es genußsüchtig vergeuden. Sicher ist es besser, für ein paar kurze Jahre zu leiden und Versuchungen zu widerstehen, statt für immer verdammt zu sein. Wollen Sie denn den Himmel für wertlose weltliche Genüsse opfern?"

„Hören Sie doch auf, Phin! Ich habe jedenfalls nicht sehr viel geopfert, um hierherzukommen." Und als er den verwirrten Blick des kleinen Mannes sah, fragte Sloane ungläubig: „Ja, wissen Sie denn nicht, wo Sie sind? Man hat mir gesagt, man würde einen Laufburschen zu Ihnen schicken und Sie informieren. Offenbar hat er Sie verpaßt. Sie sind tot, Phin! Dies ist der Himmel! Wir reden nicht viel darüber, aber so ist es nun mal."

„Nein!" Die Welt schien sich unter Phineas Stuhl zu drehen. Verständnislos starrte er Sloane an und fand nicht das kleinste Anzeichen von Spott im Gesicht des Mannes. Die Gedächtnislücke, die Veränderungen – Callahan – ja, auch Callahan war tot ... Natürlich, er war ja vor einem Jahr begraben worden. Und da war er – sah zehn Jahre jünger aus, war lebhafter denn je. Aber das war alles nur Illusion. Es mußte Illusion sein. Callahan würde niemals in den Himmel kommen. „Unmöglich!"

„Aber es ist so, Phin. Erinnern Sie sich nicht? Ich wollte Sie holen, weil Sie noch Überstunden machen sollten, und ich rief Ihren Namen, als ich Sie aus der Hotelpension kommen sah. Sie traten auf die Straße, und ich schrie wieder. Erinnern Sie sich?"

Da hatten Bremsen gekreischt – und Sloane war auf ihn

zugelaufen, hatte mit beiden Armen gerudert – und dann hatte Phineas nur noch schwarzes Nichts gesehen . . . „Das Auto . . .“

Sloane nickte. „Mich haben sie gleich in einen Sarg gesteckt, aber Sie sind erst einen Monat später gestorben.“ Er schob sich ein Stück Pastete in den Mund, ließ es auf der Zunge zergehen und verdrehte die Augen. „Und hier ist also das Jenseits. Ein verdammt angenehmes Jenseits, auch wenn niemand an der Tür steht und sagt: ‚Willkommen im Himmel!‘ “

Phineas klammerte sich an den Strohhalm. „Man hat Ihnen also nicht gesagt, daß dies der Himmel ist?“ Das war die Erklärung. Das hätte er sich gleich denken können. Natürlich war das nicht der Himmel. Es konnte nicht der Himmel sein. Und da er sich so kraß von seinen Vorstellungen unterschied, konnte dies sehr wohl jener andere Ort sein. Da war ja auch diese Biene gewesen. Ts – das sah Sloane und Callahan ähnlich, diesen irregeleiteten Sündern – den Ort der Verdammnis auch noch zu genießen . . .

Langsam nahm Phineas' Welt wieder normale Dimensionen an. Er hatte kein böses Wort ausgesprochen. Konnte man an diesem bösen Ort etwas anderes von ihm verlangen? Jedenfalls konnte man ihn unter diesen Umständen nicht dafür verantwortlich machen. Dankbar senkte er den Blick und ignorierte Sloanes beiläufige Bemerkungen über gewisse unglückliche Seelen. Jetzt mußte er auch noch die Behörde dieses Ortes aufsuchen und den Irrtum richtigstellen, dann würde alles wieder gut werden. Er hatte ein rechtschaffenes Leben geführt, also konnte ihm gar nichts passieren. Vielleicht würde es eine kleine Verzögerung geben – aber dann . . . Kein Callahan, kein Sloane, keine Pläne, keine Bienen, keine entnervenden Geräusche mehr . . .

Er richtete sich auf und sah Sloane an, der in dieser seltsamen Gehenna festsaß. Das war bedauerlich, aber gerecht. „Mr. Sloane, gibt es hier irgendwo ein Amt, wo ich – hm . . .“

„Wollen Sie sich über irgendwas beschweren? Klar! Gehen Sie nur in das große weiße Gebäude – sechs Blocks weiter unten. Fragen Sie nach dem Regulierungsbüro.“ Sloane musterte ihn aufmerksam. „Sie sehen ganz so aus, als würde Ihnen was nicht passen. Natürlich machen die manchmal Fehler. Aber wenn Sie wollen, können wir gleich hingehen und das regeln."

Phineas schüttelte hastig den Kopf. Es war zweifellos besser, Sloane so lange wie möglich in Unkenntnis über den wahren Sachverhalt zu lassen, und das bedeutete, daß er allein in das weiße Haus gehen mußte. „Danke, Mr. Sloane, aber wenn es Ihnen nichts ausmacht, möchte ich das allein erledigen. Und – eh – wenn ich nicht zurückkomme . . ."

„Klar, nehmen Sie sich den ganzen Nachmittag frei . . . He! Wollen Sie nichts mehr essen?"

Aber Phineas Potts war schon gegangen. Seine knarrenden Beine trugen ihn hinaus ins sanfte Sonnenlicht, zu dem aufragenden weißen Gebäude. Wenn es um das Schicksal seiner Seele ging, durfte man nicht trödeln, und er trödelte nicht. Er klemmte seinen Schirm fest unter den Arm, um jede Berührung mit den Verdammten zu vermeiden, die ihm begegneten. Er erschauerte bei ihrem Anblick. Aber zweifellos würde man auch diese Qual registrieren, und der Lohn würde um so größer sein. Dann betrat er das weiße Haus.

An einem Schreibtisch, über dem ein Schild mit der Aufschrift ‚Information' hing, saß eine weitere bemalte Jezabel. Sie grinste ihn an und zwinkerte ihm sogar zu. „Mr. Potts, nicht wahr? Es tut mir so leid, aber Sie hatten das Hotel schon verlassen, als unser Bote ankam. Wenn wir irgend etwas für Sie tun können?"

„Ja", sagte er in energischem Ton, aber nicht unfreundlich. Ihre Strafe war schon schlimm genug, auch ohne seinen Zorn. „Ich möchte mit einer zuständigen Person sprechen. Ich habe eine Beschwerde vorzubringen. Eine sehr wichtige Beschwerde . . ."

„Oh, das tut mir aber leid, Mr. Potts. Gehen Sie doch zu unserem Mr. Alexander, den Korridor hinab, die dritte Tür links . . . Er wird Ihnen sicher helfen können."

Er lief den Gang hinab, und da öffnete sich auch schon die dritte Tür, und ein würdevoller Herr in einem grauen Anzug kam heraus und reichte ihm die Hand. „Ich bin Mr. Alexander. Treten Sie doch bitte ein. Katy sagte mir, daß Sie eine Beschwerde vorbringen wollen. Setzen Sie sich bitte, Mr. Potts ... So und jetzt sagen Sie mir, was Sie auf dem Herzen haben."

Phineas sagte es ihm – in allen Einzelheiten. „Und deshalb finde ich, daß mir ein großes Unrecht geschehen ist, Mr. Alexander", fügte er hinzu. „Ich bin ganz sicher, daß mir jener andere Ort bestimmt war".

Alexander hob überrascht die Brauen. „Der andere Ort?"

„Genau. Der Himmel, um genau zu sein."

Alexander nickte nachdenklich. „Ganz recht, Mr. Potts. Ich fürchte nur, da liegt ein kleines Mißverständnis vor. Sehen Sie – eh – dies ist der Himmel. Ich sehe Ihnen an, daß Sie mir nicht glauben, und es ist uns offenbar nicht gelungen, Sie an die richtige Stelle zu plazieren. Wir wollen die Leute hier wirklich glücklich machen. Sagen Sie mir bitte, was Ihnen nicht gefällt, und wir werden das sofort in Ordnung bringen."

„Oh ..." Phineas dachte nach. Das konnte natürlich ein Trick sein. Andererseits, wenn man hier glücklich machen und belohnen wollte für all die Jahre des Verzichts, des edlen Leidens in stiller Demut, so war daran nichts auszusetzen. Vielleicht gab es verschiedene Stufen des ewigen Heils, und sogar solche Geschöpfe wie Callahan und seinesgleichen durften auf den untersten Stufen selig sein, wenn das auch irgendwie ungerecht war. Aber seine Ebene war ganz gewiß nicht die Callahans.

„Also gut. Erstens wohne ich noch immer in diesem Zimmer mit dem grauen Streifen auf der Tapete, Sir, und ich habe es jahrelang verabscheut. Dann der Wecker und das Telefon ..."

Alexander lächelte. „Ich finde, gerade mit diesem Zimmer ist uns ein Meisterstück gelungen. Sieht es nicht genauso aus wie der Raum, den Sie in Ihrem früheren Leben bewohnt haben? Und haben Sie die Möbel nicht selbst ausgesucht?"

„Ja, aber ..."

„Dann hatten wir also recht. Natürlich nahmen wir an, daß Ihnen das Zimmer gefallen würde, da Sie es ja selbst so eingerichtet hatten. Und den Wecker und das Telefon brauchen Sie, um immer rechtzeitig aufzuwachen und Verbindung mit Ihrem Arbeitsplatz aufzunehmen."

„Aber ich hasse meinen Beruf!" Phineas starrte diesen Dämon an, der ihn in eine Falle zu locken versuchte, und wartete jeden Augenblick darauf, daß er seine wahre Gestalt annehmen würde. Aber statt dessen schüttelte Alexander den Kopf.

„Das ist schade. Und wir waren so glücklich, daß wir Ihnen sogar denselben Chef wie früher bieten konnten. Wir dachten, Sie würden viel lieber für ihn arbeiten als für einen Fremden. Aber wenn Sie sich nicht wohl fühlen, können wir das natürlich ändern. Welchen Beruf würden Sie denn gern ausüben?"

Ja, das hörte sich schon besser an. Vielleicht hatte er Alexander falsch eingeschätzt. Mit Arbeit hatte er zwar nicht gerechnet, aber ... Wenn sich das hier arrangieren ließe ... „Einst hatte ich das Gefühl, berufen zu sein", begann er.

„Zum Priester berufen? Sehr schön. Wir können gar nicht Priester genug bekommen. Das sind wunderbare Männer, die wunderbare Werke vollbringen und sehr viel zur Seligkeit unseres Jenseits beitragen. Was für Erfahrungen haben Sie denn? Wir wollen mal sehen ..." Er strahlte Potts an, der unter diesem Blick auftaute, dann ging er zu einem Aktenschrank, nahm eine dicke Akte heraus und begann darin zu blättern. Das Leuchten in den Augen erlosch, er runzelte besorgt die Stirn. „Ah, da haben wir's ... ‚Phineas Theophils Potts. 1903 mit dem Studium begonnen ...' Hm ... ‚Nach zwei Jahren entlassen, aufgrund der Befürchtung, er könnte vom Wesen her nicht für diesen Beruf geeignet sein, weil er zu fana ...' Hm ... ‚Weil er in der Kritik an seinen Mitmenschen manchmal übertrieb. Trat ins Geschäft seines Onkels ein, wurde technischer Zeichner, ein Beruf, den er bis an sein Lebensende beibehielt.' Hm – wirklich schade ... Wie ich sehe, hatten Sie niemals wirkliche Erfahrung im Priesterberuf gesammelt, Mr. Potts?"

Phineas rutschte unbehaglich auf seinem Stuhl umher. „Das nicht, aber ..."

„Jammerschade.“ Alexander seufzte. „Ich würde Ihren Wunsch natürlich gern erfüllen, aber ohne einschlägige Erfahrung ... Das geht leider nicht. Aber ich mache Ihnen einen Vorschlag. Stellen Sie sich das Leben vor, das Sie führen möchten. Sie brauchen es nicht zu beschreiben – Sie müssen nur daran denken, dann weiß ich schon Bescheid. Vielleicht können wir Ihnen dann doch noch helfen. Konzentrieren Sie sich mal ...“

Phineas versuchte es – ohne große Hoffnung. Alexanders Stimme dröhnte ihm entgegen. „Sie müssen sich noch mehr konzentrieren. Nein, das ist ein negatives Bild, das würde Ihnen nicht gefallen. Ah ... Nein, auch nichts ... Für einen Augenblick dachte ich, Sie hätten etwas gefunden, aber jetzt ist es wieder weg. Ich glaube, Sie versuchen sich Abstraktionen bildlich vorzustellen, Mr. Potts, und Sie wissen doch, daß das niemand kann. Ich habe da etwas ganz Vages ... Aber das ergibt keinen Sinn. Da! Das ist besser ...“

Er schien sekundenlang zu lauschen, und Phineas war überzeugt, daß nun alles verdorben war. Er hatte es bereits aufgegeben. Was hatte es denn für einen Sinn? In seinem Kopf kreisten nur noch verschwommene, wirre Gedanken, und jetzt begann Alexander wieder zu sprechen.

„Also wirklich, Mr. Potts, ich fürchte, wir können nichts für Sie tun. Ich habe jetzt ein sehr klares Bild, und es entspricht genau dem Leben, das wir für Sie arrangiert haben. Das gleiche Zimmer, die gleiche Arbeit. Wenn Sie sich verbessern wollen – wir haben in der ganzen Stadt gute Schulen.“

Phineas richtete sich ruckartig auf und konnte sich kaum noch beherrschen. „Sie meinen, ich muß so weiterleben?“

„Leider.“

„Aber Sie haben doch ausdrücklich gesagt, daß dies der Himmel ist.“

„Das ist er auch.“

„Und ich sage Ihnen“, schrie Phineas und verlor endgültig die Beherrschung, „daß das die Hölle ist!“

„Ganz recht, das habe ich nie abgestritten. Nun, Mr. Potts,

ich würde gern noch weiter mit Ihnen darüber diskutieren, aber draußen warten noch andere. Ich muß Sie also bitten zu gehen."

Alexander sah von seinen Papieren auf, und einen Augenblick später stand Phineas zitternd und verzweifelt vor der Tür. Die Tür blieb offen, und das Mädchen namens Katy kam den Gang entlang, sah ihn überrascht an, ging dann in Alexanders Büro und schloß die Tür hinter sich.

Stimmengemurmel drang zu ihm, und seine wirbelnden Gedanken hielten sich daran fest, wie an einem Anker. Zuerst erkannte er Katys Stimme. „... scheint es schrecklich schwer zu nehmen, Mr. Alexander. Können wir denn gar nichts tun?"

Nun klang Alexanders leise Stimme auf. „Nichts, Katy. Es liegt an ihm. Ich habe ihm vorgeschlagen, eine Schule zu besuchen. Aber ich fürchte ... steht er jetzt da draußen und versucht sich einzureden, daß das alles nur Illusion ist."

Aber da hörte Phineas nicht mehr zu. Natürlich, das hätte er sich denken können. All das war nur Illusion und wurde ihm vorgegaukelt, um seine Seele zu prüfen.

Sollten sie ihn nur in Versuchung führen – sie würden sehen, daß er sein Leid wie immer klaglos hinnahm und den Versuchungen unangefochten widerstand. Wenn Sloane ihm auch das Recht zu fasten verweigerte, er würde andere Wege finden, um sich für seine Sünden zu bestrafen. Auch wenn Callahan ihm den Rücken brach und wenn ihn tausend Bienen angriffen – er würde sich behaupten.

„Verzeih mir und gib mir Kraft, damit ich nicht mehr sündige und den Rest meiner Tage in Rechtschaffenheit verbringe", flüsterte er und betrat das Gebäude, wo ihn neue Mühsal und neues Elend erwarteten. Aber irgendwann würde er seinen Lohn bekommen. Irgendwann ...

Und im Hintergrund seines Bewußtseins kicherten bereits die kleinen Teufel des Zweifels.

Die Schwingen der Nacht

„Diese verdammten Marsmenschen!“ stieß Fats Welchs mit dünnen Lippen hervor, zutiefst verletzt in seiner Würde als Mitglied einer überlegenen Rasse. „Da sitzen wir fest, knapp über dem Mond, randvoll mit erstklassigem Iridium, wie es nie zuvor auf den Asteroiden gefördert wurde. Und der Injektor funktioniert schon wieder nicht. Wenn mir dieser Zwiebeltyp noch einmal unter die Augen tritt . . .“

„Ja, ja.“ Slim Lane tastete hinter seinem Rücken nach dem Schraubenschlüssel mit dem flexiblen Schaft, fand ihn und zwängte sich ächzend in die Maschinenmasse.

„Ja, ich weiß, du wirst Hackfleisch aus ihm machen. Bist du eigentlich schon mal auf die Idee gekommen, daß du dir nur selber Schwierigkeiten machst? Daß die Marsbewohner vielleicht doch denkende und fühlende Wesen sein könnten? Lyro Bmachis hat dir gesagt, es würde zwei Tage dauern, die Kontrollschaltung des Injektors zu überholen. Und da hast du ihn niedergeschlagen und seine Ahnen als dreckige Hunde bezeichnet und ihm acht Stunden Zeit gegeben, um das Ding zu reparieren. Und jetzt erwartest du, daß er sich bei der ganzen Hetzerei auch noch mächtig anstrengt und dir zuliebe eine Meisterleistung vollbringt . . . Ach, lassen wir's doch, Fats. Gib mir mal den Schraubenzieher.“

Es war sinnlos. Über dieses Thema hatte er mit Fats schon dutzendmal diskutiert. Aber Fats wollte es einfach nicht begreifen. Er war ein guter Astronaut, aber er besaß nicht genug Phantasie, um das Gewäsch der Reorganisationsregierung über das Schicksal der Menschheit und den göttlichen Plan zu vergessen. Das alles lief ja nur darauf hinaus, andere Rassen auszubeuten. Nicht daß Fats viel davon haben würde . . . Slim kannte den Wert des Idealismus besser als mancher andere.

Er hatte das College mit viel Idealismus und einem Erbe verlassen, das groß genug für drei war. Erfüllt vom alten Kreuzfahrergeist, hatte er Bücher geschrieben und veröffentlicht, Reden gehalten, Regierungsbeamte interviewt, intrigiert, war organisierten Vereinen beigetreten und hatte sich einen keineswegs schmeichelhaften Ruf erworben. Nun verdiente er seinen Lebensunterhalt, indem er Ware vom Mars zur Erde transportierte, in einem raumgeschädigten Frachtschiff, das ihm zu einem Viertel gehörte. Und Fats, der als U-Bahnarbeiter angefangen und sich ohne die Mithilfe von Idealen hochgearbeitet hatte, besaß die anderen drei Viertel.

Fats beobachtete ihn, als er aus dem Laderaum kroch. „Nun?"

„Nichts. Ich kann es nicht reparieren. Ich verstehe nichts von Elektronik. Mit dem Relais, das den Zeitabstand kontrolliert, stimmt irgendwas nicht. Aber das Meßinstrument zeigt nicht an, was im Eimer ist, und ich will hier draußen nicht experimentieren."

„Werden wir's bis zur Erde schaffen?"

Slim schüttelte den Kopf. „Das bezweifle ich, Fats. Landen wir lieber auf dem Mond. Dann können wir vielleicht herausfinden, was los ist, bevor uns die Luft ausgeht."

Damit hatte Fats bereits gerechnet und die Fluggeschwindigkeit gedrosselt. Er kämpfte gegen die sprunghaften Erschütterungen der Explosionen an und verfluchte die Schwerkraft des Mondes, so gering sie auch war. Aber die Bildschirme verrieten immerhin, daß er auf die Stelle zuflog, die er sich ausgesucht hatte – eine kleine Ebene, deren Zentrum überraschend frei von Schutt und Narben war.

„Wenn sie da unten wenigstens eine Notstation eingerichtet hätten" sagte er.

„Früher war eine da", erwiderte Slim. „Aber es fliegt ja kein Mensch zum Mond, und es besteht auch kein Grund, warum die Passagierschiffe dort landen sollten. Sie verbrauchen weniger Treibstoff, wenn sie gleich durch die Erdatmosphäre fallen, statt erst noch hierherzujetten. Die Frachter zählen ja nicht. Komisch, wie glatt diese Fläche da unten ist! Wir sind nur mehr eine Meile entfernt, und ich kann nicht einmal eine Meteornarbe sehen."

„Dann haben wir endlich mal Glück und werden die Landung ohne Loch im Rumpf überstehen." Fats blickte auf den Radio-Höhenmesser und den Fallindikator. „Aber wir werden verdammt hart aufschlagen. Wenn ... He, was zum Teufel ..."

Slim blickte auf den Bildschirm, gerade noch rechtzeitig, um zu sehen, wie sich die Ebene in zwei Hälften teilte und geschmeidig unter ihnen davonglitt, eine Sekunde, bevor das Schiff sie berührt hätte. Und dann fielen sie langsam in einen bodenlos scheinenden Krater, der rasch größer wurde. Plötzlich kamen die Maschinen auf volle Touren. Der Bildschirm, der das Geschehen hinter dem Schiff registrierte, zeigte zwei durchscheinende Platten, die aufeinander zuglitten und sich schlossen. Ungläubig starrte Slim auf den Höhenmesser.

„Hundertsechzig Meilen unterhalb der Mondoberfläche – und gefangen ... Die Röhrengeräusche zeigen an, daß wir wenigstens ein bißchen Luft haben. Aber diese verrückte Falle – das ist doch verrückt ... Warum ..."

„Das ist doch jetzt egal. Wir können nicht mehr durch diese Platte nach oben fliegen, also fliegen wir hinunter und werden vermutlich herausfinden, was das zu bedeuten hat. Verdammt – und ich habe keine Ahnung, wie der Landeplatz da unten aussieht." Fats Mangel an exzessiver Phantasie war in solchen Situationen sehr nützlich. Er lenkte das Schiff durch den gewaltigen Krater, als würde er den Flughafen von York ansteuern, und die unregelmäßigen Explosionen hielten ihn so in Atem, daß er nicht weiter darüber nachdachte, was ihn am Ende des Schachts erwarten könnte. Slim starrte ihn verwundert an, dann blickte er wieder auf die Bildschirme und suchte nach der Ursache, die hinter dieser offenbar künstlich angelegten Falle steckte.

Lhin kroch langsam durch den Berg aus Schmutz und zerbrochenem Schiefer, zog einen roten Stein hervor, der ihm zuvor entgangen war, und richtete sich auf. Die Großen waren gut zu ihm gewesen. Sie hatten einen Felsrutsch bewirkt, gerade in dem Augenblick, als die alten Lager vom vielen Graben dünn und armselig geworden waren. Seine sensitiven Nüstern verrieten ihm, daß es hier Magnesium gab, eisenhaltige Materie und Schwefel im Überfluß, und das alles konnte er gut gebrauchen. Natürlich hoffte er, daß er irgendwo auch Kupfer finden würde, auch wenn es nur ein daumengroßes Stückchen war. Aber davon war nichts zu sehen. Und ohne Kupfer . . .

Er verdrängte diesen Gedanken und griff nach seinem Korb, der halb mit zerbrochenem Felsgestein und halb mit dem flechtenartigen Gewächs gefüllt war, das an diesem Ende des Kraters wuchs. Mit flinken Fingern scharrte er ein paar brüchige Steine mit Flechtenstreifen zusammen und schob sich die Mischung in den Mund. Gepriesen seien die Großen, die den Felsrutsch verursacht hatten! Der angenehme Magnesiumgeschmack kitzelte seinen Gaumen, und die Flechten schmeckten nach dem üppigen Reichtum des Bodens ringsum. Wenn er jetzt auch noch ein bißchen Kupfer fände, wäre er wunschlos glücklich.

Lhin grunzte, wedelte wehmütig mit seinem biegsamen Schwanz und kehrte zu seiner Höhle zurück. Er warf einen flüchtigen Blick auf das Höhlendach. Dort oben, viele Meilen weit weg, stach eine helle Lichtlanze herab, wurde immer diffuser, während sie die Luftschichten durchdrang, und zeigte an, daß sich der Mondtag der Mittagsstunde näherte. Bald würde die Sonne direkt durch das kleine Wächtertürchen scheinen. Es befand sich so hoch oben, daß er es nicht sehen konnte, aber er wußte von der abgedeckten Öffnung an der Stelle, wo die schrägen Wände des riesengroßen Tals endeten und das Dach begann. Während des langsamen, tausenjährigen Niedergangs seiner Rasse hatte das Dach gehalten, nur von der Wand gestützt, die einen Kreis von vielleicht fünfzig Meilen Durchmesser bildeten, stark und dauerhafter als der Krater selbst, ein bleibendes Monument seiner großartigen Rasse.

Er wußte, daß es ein künstliches Dach war. Man hatte es gebaut, als die letzte dünne Luft den Mond verlassen und die Rasse hier im tiefsten Krater Zuflucht gesucht hatte, wo man den Sauerstoff festhalten und verhindern konnte, daß er entwich. Auf vage Weise spürte er die Zeitalter, die seither verstrichen waren und wunderte sich über das feste Kuppeldach, das einem Jahrtausend getrotzt hatte.

Früher war die Rasse mächtig gewesen, wie ihre Umgebung immer noch zeigte. Aber die Zeit hatte ihr die jugendliche Kraft und damit die Hoffnung geraubt. Welchen Sinn hatte ihre Existenz hier in dieser kleinen Kolonie, fern von ihrer einstigen Welt? Das Volk war immer kleiner geworden, seine Fähigkeiten hatten nachgelassen. Die Maschinen waren zerbröckelt und nicht durch neue ersetzt worden. Die Rasse war zurückgefallen in ein primitives Stadium, indem sie Steine aus den Kraterwänden brach und die Flechten pflückte, die sie gezüchtet hatte, um Energie aus der Hitze und der radioaktiven Phosphoreszenz des Tales zu beziehen statt vom Sonnenlicht. Jedes Jahr hatten sie weniger Junge eingepflanzt, und von den wenigen erwies sich ein immer geringerer Prozentsatz als fruchtbar, so daß die ursprüngliche Anzahl von einer Million auf ein paar Tausende geschrumpft war, dann auf einige Hundert, und schließlich hatten nur noch verschwindend wenige Individuen ein trauriges Dasein gefristet.

Sie hatten die Gefahr des Aussterbens erst erkannt, als es zu spät gewesen war, dagegen anzukämpfen. Als Lhin aufgewachsen war, hatten nur noch drei Ältere gelebt, und sein Samen war als einziger fruchtbar gewesen. Die Älteren waren schon vor vielen Jahren gestorben, und nun hatte Lhin den ganzen Krater für sich allein. Das Leben bestand aus Schlaf und Nahrungssuche, aus ständig gleichbleibenden Gedanken, während sich Lhins tote Welt immer wieder dem Licht zudrehte, sich immer wieder davon abwandte. Die Monotonie hatte seine Rasse langsam getötet. Aber nun, wo das Werk beinahe vollbracht war, existierte diese Monotonie nicht mehr. Lhin war zufrieden mit seinem Lebensstil und immun gegen die Langeweile.

Seine Füße hatten sich so träge wie seine Gedanken bewegt, und nun hatte er den Eingang der Felsenhöhle erreicht, in der er wohnte. Er steckte sich noch eine Handvoll Steine und Flechten in den Mund, ließ sich noch ein paar Minuten lang vom diffusen Sonnenlicht bescheinen, dann ging er in seine Höhle. Er brauchte kein Licht, denn die Felswände waren in der fernen Jugend seiner Rasse radioaktiviert worden, und seine Augen waren an alle Lichtverhältnisse gewöhnt. Rasch durchquerte er den Vorraum, der ein Bett aus gewebten Flechten und einfache Möbel enthielt, und betrat das kombinierte Kinder- und Arbeitszimmer, in das ihn immer wieder eine unlogische, aber unauslöschliche Hoffnung zog.

Aber es war wie immer sinnlos. In der mit nahrhaftem, sorgfältig gewässerten Lehm gefüllten Kiste regte sich kein Leben. Nicht einmal eine winzige rote Knospe gab ihm neue Hoffnung auf die Zukunft. Seine Saat war unfruchtbar, und der Zeitpunkt, wo alles Leben in diesem Tal sterben würde, rückte immer näher. Verbittert wandte er dem Kinderbett den Rücken zu.

So wenig fehlte – und doch so viel. Wenn er ein paar Hundert Moleküle Kupfersalz zu sich nehmen könnte, würde sein Samen wieder fruchtbar werden. Und wenn er dem Wasser einige Kupfermoleküle beifügen könnte, würde die jetzige Saat zu einem kräftigen Mann oder einer Frau heranwachsen. Die Mitglieder von Lhins Rasse besaßen männliche und weibliche Elemente und konnten die Saat, aus der Kinder entstehen sollten, allein oder zu zweit zeugen. Solange ein Mitglied der Rasse lebte, konnte es jedes Jahr hundert Junge im sorgsam gehüteten Brutkasten aufziehen, wenn ihm die lebenswichtigen Hormone, die im Kupfer enthalten waren, zur Verfügung standen.

Aber Lhin hatte kein Kupfer. Er inspizierte seinen Apparat, den er mühsam aus handgearbeiteten Steinschüsseln und Rohren, aus schlanken Gerten zusammengefügt, gebaut hatte, und seine Herzen wurden schwer. Das schwache Feuer aus getrockneten Flechten und Gummiharz brannte immer noch, und langsam, Tropfen um Tropfen, träufelte eine Flüssigkeit aus der letzten Röhre in eine der Schüsseln. Doch sie roch nicht nach Kupfersalzen. Nun, er hatte es versucht und es war mißlungen. Sorgsam hatte er das Wasser untersucht, das die Erde im Brutkasten befeuchtete, aber es enthielt zu wenig lebensnotwendige Mineralien. Seufzend steckte er die Metallrollen, auf denen die wissenschaftlichen Erkenntnisse seiner Rasse festgehalten waren, in ihren Zylinder zurück und begann die chemischen Teile seines Labors auseinanderzunehmen.

Nun mußte er die andere Möglichkeit ausprobieren – die riskantere. Aber es war notwendig geworden. Wie er den Metallrollen entnommen hatte, gab es irgendwo oben in der Nähe des Daches Kupfer in geringen Mengen, oberhalb des Raums, der konzentrierte lebenswichtige Luft enthielt. Das bedeutete, daß er sich mit einem Helm und Lufttanks ausrüsten mußte, mit Werkzeugen, um den verschütteten alten Treppenaufgang freizulegen, mit Instrumenten, um das Kupfer aufzuspüren, und einer Pumpe, um die Tanks zu füllen. Dann mußte er die Tanks nach oben schleppen, sie irgendwo deponieren, mußte weitere Vorratsdepots anlegen, in regelmäßigen Abständen, bis seine Kette von Luftvorräten das Dach erreichte, wo er – vielleicht – Kupfer finden würde.

Er wollte nicht daran denken, wie lange es dauern würde, diese Aufgabe zu erfüllen, auch nicht an den möglichen Mißerfolg. Er trat auf die kleinen Blasebälge, und blaue Flammen züngelten aus der primitiven Esse empor, als er raffinierte Metallstücke formbar machte. Es war fast unmöglich, sie mit den Händen so zu gestalten, wie es die alten Instruktionen auf den Metallrollen vorschrieben. Aber er würde es schaffen. Seine Rasse durfte nicht sterben.

Einige Stunden später fuhr ein schrilles Geräusch durch die Höhle. Ein Meteor näherte sich den Dachplatten. In Lhins bisherigem Leben war noch kein Meteor herangeflogen, der groß genug gewesen wäre, um die Warnschilder zu aktivieren. Er hatte sich bereits gefragt, ob der für die Ewigkeit geschaffene Mechanismus, der bis zum Tod der Sonne Sonnenenergie speichern sollte, noch funktionierte. Und während er dastand und zur Tür starrte, klang der schrille Pfeifton wieder auf.

Wenn er jetzt nicht auf die Induktionsspule drückte, würden die automatischen Kräfte in Aktion treten, den Meteor am Dach vorbeilenken. Aber daran dachte er nicht, als er zu der Schalttafel rannte, hinter der sich die Induktionsspule befand, und auf den entsprechenden Knopf drückte. Deshalb hatte er sich diese Höhle ausgesucht, in der einst die Wächter gewohnt hatten – die Männer, die damals die letzten Patrouillenraketen aus und ein gelassen hatten. Die Spule glühte auf und verkündete, daß der Meteor das Dach passiert hatte. Lhin ließ die Hand sinken, und die Dachplatten schlossen sich wieder.

Er ging zum Eingang und wartete ungeduldig auf den Aufprall. Vielleicht hatten die Großen seine Gebete endlich erhört. Da er kein Kupfer finden konnte, sandten sie ihm ein Geschenk aus dem All. Wie viel kostbares Kupfer mochte der Meteor enthalten? Vielleicht sogar eine Handvoll? Aber warum schlug der Meteor nicht auf? Besorgt sah Lhin zum Dach hinauf, voller Angst, daß er zu spät auf den Knopf gedrückt hatte, daß der Meteor vorbeigeflogen war.

Nun flackerte ein Licht auf. War es nur ein so schwaches Licht, das dieser große Meteor erzeugte, während er den Luftwiderstand durchbrach? Und dieses scharfe Wimmern, das nun seine Ohren erreichte – das war kein Geräusch, das ein Meteor logischerweise verursachen müßte. Er kniff die Augen zusammen, und da sah er, daß das Ding ganz langsam herabsegelte, nicht im freien Fall, und daß das Licht aus der Vorderseite strahlte, statt hinten zu verlöschen. Das konnte nur eines bedeuten – Kontrolle durch Intelligenz. Eine Rakete . . .

Lhins Gedanken wirbelten wild durcheinander, verrückte Vorstellungen, daß seine Ahnen von einem anderen unbekannten Zufluchtsort zurückkehrten, daß die Großen ihn persönlich besuchen wollten, schossen ihm durch den Kopf. Doch sein anderes Ich überlegte logisch und erkannte, daß das alles unmöglich war. Diese Maschine konnte nicht vom öden Mond kommen, also mußte sie von dem Fabelplaneten stammen, der unter dem Boden seiner Welt lag – oder von anderen Sternen, die um die Sonne kreisten. Intelligenz – da draußen?

Er erinnerte sich an die Berichte, die er gelesen hatte, Berichte aus jenen fernen Zeiten, wo seine Ahnen das All durchflogen hatten, um zu anderen Planeten zu gelangen – lange, bevor dieser Zufluchtsort gebaut worden war. Wegen der starken Schwerkräfte hatten sie keinen dieser Planeten kolonialisieren können, aber detaillierte Beobachtungen gemacht. Auf dem zweiten Planeten lebten nur schuppige Wesen, die durchs Wasser glitten, und auf dem bißchen Land wuchsen seltsame Farne. Die Urzeit des Mondes hatte gigantische Tiere hervorgebracht, die mit dem Boden ebenso fest verwurzelt waren wie die Pflanzen. Auf der vierten Welt hatte Leben geherrscht, das Lhins Rasse vertrauter war.

Wie bei seinen Urahnen hatte es auch dort keine Trennung zwischen tierischem und pflanzlichem Leben gegeben, aber beide Elemente waren allgegenwärtig. Kugelförmige Lebensblasen hatten sich zusammengefunden, vom Instinkt geleitet, ohne Kommunikationsmöglichkeit. Auf dieser Welt hätte sich noch am ehesten intelligentes Leben entwickeln können, und deshalb nahm Lhin an, daß die Rakete von dort stammte. Wenn sie von der dritten Welt kam, mußte Lhin alle Hoffnung aufgeben. Der Blutdurst dieser Welt war auf den Metallrollen deutlich genug beschrieben worden, mit Hilfe von Bildern, die gigantische Bestien zeigten, wie sie sich aufeinander stürzten, einander zerfleischten. Halb ängstlich, halb erwartungsvoll hörte er das Schiff irgendwo landen, dann ging er darauf zu, den Schwanz fest zusammengerollt.

Als er die beiden Kreaturen sah, die vor den offenen Schleusentoren des Schiffes standen, wußte er, daß seine Vermutung falsch gewesen war. Diese Wesen waren gegabelt wie er selbst, aber massiver und größer, und das bedeutete, daß sie von der dritten Welt kamen. Zögernd blieb er stehen und beobachtete sie, als sie sich umblickten und mit sichtlichem Genuß die Luft des Tales einatmeten. Dann sprach der eine mit dem anderen, und Lhin erlitt einen neuen Schock.

Artikulation und Intonation wiesen auf Intelligenz hin, aber was dabei herauskam, war nur sinnloses Geschwätz. Sollte das eine Sprache sein? Vermutlich – wenn die Worte auch keine Bedeutung hatten . . . Moment mal – in den alten Berichten . . . Slha der Freidenker hatte sich mit solchen Überlegungen befaßt. Er hatte über die längstvergangenen Zeiten geschrieben, wo die Mondbewohner noch keine Sprache besessen hatten, und die Theorie aufgestellt, daß sie die Laute erfunden und ihnen willkürliche Bedeutungen gegeben hatten. Erst nach jahrhundertelangem Gebrauch wären die Laute zu einem instinktiven Gut der neugewachsenen Kinder geworden. Slha hatte sogar zu bezweifeln gewagt, daß die Großen die Sprache und die Bedeutung der einzelnen Laute den Mondbewohnern als unabdingbare Komponenten intelligenten Lebens in die Wiege gelegt hatten. Nun sah es tatsächlich so aus, als ob er recht gehabt hätte. Lhin tastete sich durch den Nebel seiner neuen Entdeckungen und führte seine Gedanken zu einem einzigen Strahl zusammen.

Wieder erschrak er. Ihre Gehirne waren schwer zu erreichen, und als er den Schlüssel gefunden hatte und in ihre Gedanken vordrang, erkannte er, daß sie die seinen nicht lesen konnten. Trotzdem waren sie intelligent. Der eine, auf dessen Gedanken er sich gerade konzentrierte, erblickte ihn und packte den anderen. Die Worte waren immer noch primitiv, aber ihr Sinn wurde dem Mondmann klar. „Fats, was ist denn das?"

Der andere wandte sich um und starrte Lhin an. „Sieht wie ein dürrer dreibeiniger Affe aus. Wahrscheinlich ist er harmlos."

„Wahrscheinlich – vielleicht ist er sogar intelligent. Ich habe mir gleich gedacht, daß diese Falle nicht von politischen Flüchtlingen gebaut wurde. Die Konstruktion ist nicht menschlich. Hallo!“ Der eine, der sich in Gedanken Slim nannte, kam auf Lhin zu. „Wer und was bist du?“

„Lhin“, antwortete er und las freudiges Erstaunen in Slims Gehirn. „Ich bin Lhin.“

Fats grunzte. „Ich möchte nur wissen, wer schon mal hier war und ihm Englisch beigebracht hat.“

Lhin bemühte sich, die einzelnen Laute zu behalten und sich ihre Bedeutung zu merken. „Niemand war hier. Ich . . .“ Er trat näher an Slim heran, deutete auf Slims Kopf und dann auf seinen eigenen. Überraschenderweise begriff Slim sofort, was er meinte.

„Er weiß, was wir denken. Wahrscheinlich eine Art von Telepathie . . .“

„Meinst du? Die Marsbewohner behaupten, daß sie das untereinander auch tun, aber ich habe noch nie erlebt, daß einer die Gedanken eines Erdenmenschen gelesen hätte. Sie sagen, daß wir uns nicht öffnen. Vielleicht lügt dieser Rin-Affe.“

„Das bezweifle ich. Schau dir doch mal den Radioaktivitätsgrad im Lebensfähigkeitsmesser an! Hier war noch kein Erdenmensch, sonst hätte er die gute Nachricht daheim längst verbreitet. Außerdem heißt er nicht Rin – eher Lin. Aber ganz genau werden wir das wohl nie wissen.“ Slim sandte einen halben Gedanken zu Lhin hinüber, der seinen Namen gehorsam wiederholte. „Siehst du, wie schlau er ist? Das war ein Knacklaut – und der letzte Konsonant ist ein Lippenlaut – wenn er auch mehr wie einer unserer Zahnlaute klingt. Solche Geräusche können wir gar nicht machen. Ich frage mich nur, wie groß seine Intelligenz ist.“

Er kehrte ins Schiff zurück, bevor Lhin sich eine Antwort ausdenken konnte, und kam einen Augenblick später mit einem kleinen Paket unter dem Arm zurück. „Das ist das englische Raum-Code-Buch“, erklärte er Fats. „Das hat man schon vor hundert Jahren benutzt, um den Marsbewohnern Englisch beizubringen."

Dann sagte er zu Lhin: „Hier sind die sechshundert nützlichsten Wörter unserer Sprache. Schau dir die entsprechende Zeichnung an, während ich das Wort sage und denke. Klar? Also, fangen wir an. Eins – eeeeiiiiinnnnnssss – zwei – Zzzwwwweii . . ."

Fats sah ihnen eine Zeitlang belustigt zu, dann wurde es ihm zu langweilig. „Okay, Slim. Du kannst den Eingeborenen ja noch ein bißchen verhätscheln und ihn ausfragen. Ich schau mir inzwischen diese radioaktiven Wände an, bis du bereit bist, mit der Reparatur anzufangen. Wenn die Radios in diesen Frachtern nicht so verdammt knapp wären – dann könnten wir einen Hilferuf durchgeben."

Er schlenderte davon, aber Lhin und Slim merkten es kaum. Sie widmeten sich der problematischen Aufgabe, eine Kommunikationsmöglichkeit zu schaffen, was vor allem dadurch erschwert wurde, daß sie fast keine gemeinsame Basis hatten. Lhin war mit einer komplizierten Sprache aufgewachsen, die ihm so selbstverständlich erschien wie das Atmen. Nun verzerrten sich seine Lippen, um die fremden Laute zu bilden, prägte sich ihre Bedeutung unauslöschlich ein.

Fats fand sie schließlich in Lhins Höhle, wohin ihn der Klang der Stimmen gelockt hatte, und setzte sich, um die beiden zu beobachten, wie ein Erwachsener einem Kind zusah, daß mit einem Hund spielte. Er hegte keinen Groll gegen Lhin, aber er betrachtete den Mondmann nur als ein kluges Tier genauso wie die Mars- und die primitiven Venusbewohner. Aber wenn es Slim Spaß machte, Lhin als seinesgleichen zu behandeln, wollte Fats ihm die Freude nicht verderben – zumindest vorläufig nicht.

Lhin war sich dieser und anderer noch schlimmerer Gedanken vage bewußt, aber er achtete kaum darauf, so sehr nahm ihn das Erlebnis gefangen, nach fast einem Jahrhundert wieder

Kontakt mit einem anderen Wesen zu haben. Er wedelte mit dem Schwanz, breitete die Arme aus und kämpfte mit den Erdenlauten, während Slim ihn aufmerksam beobachtete und ihm zuhörte, so gut er konnte.

Schließlich nickte der Erdenmann. „Ich glaube, jetzt hab ich's. Außer dir sind alle tot, und es paßt dir nicht, daß deine Rasse mit dir aussterben soll. Hm . . . Würde mir auch nicht gefallen. Und nun hoffst du, daß diese ‚Großen', die wir Götter nennen, uns geschickt haben, um dir zu helfen. Aber wie sollen wir dir denn helfen?"

Lhin strahlte. Sein Gesicht verzerrte sich zu einer grimmigen Freudengrimasse, bevor ihm klar wurde, daß Slim diese Miene mißverstehen konnte, und er glättete die Falten rasch wieder. Slim meinte es gut. Wenn er wußte, was Lhin brauchte, würde er ihm das Kupfer sicher gern geben. Vor allem, da ja in den alten Berichten stand, daß die dritte Welt ungewöhnlich reich an Mineralien war.

„Ich brauche Nra. Ich kann mein Leben mit Hilfe von einfachen Dingen erhalten – mit Luft, Flüssigkeit, Nahrung – all das habe ich, und so lebe ich. Aber um neues Leben zu schaffen, brauche ich Nra. Ich weiß das englische Wort nicht . . ."

Er wartete ungeduldig, während Slim das langsam verdaute. „Ist das ein Hormon oder ein Vitamin – wie das Vitamin E_6? Vielleicht können wir es herstellen, aber . . ."

Lhin nickte. Wie gut die Großen waren. Seine Herzen erwärmten sich bei dem Gedanken, wie viele der sorgfältig aufbewahrten Saaten heranwachsen würden, wenn er erst einmal das Kupfer hatte. Und der Erdenmann war bereit, ihm zu helfen. Nur noch eine kleine Weile – dann würde alles gut werden.

„Man muß es nicht herstellen", schrillte er glücklich. „Es entsteht in mir. Aber dazu brauche ich Nra. Schau!" Er nahm eine Handvoll Steine aus einem Korb, zerkaute sie langsam und zeigte Slim, wie sie sich in seinem Mund verändert hatten.

Nun war Fats' Interesse geweckt. „Mach das noch einmal, Affe!"

Lhin gehorchte und stellte überrascht fest, daß die Erdenmenschen offenbar nur Dinge aßen, die fremdes Leben hervorgebracht hatte.

„Verdammt! Steine – simple Steine! Und er ißt sie. Hat er vielleicht einen Kropf wie ein Vogel, Slim?"

„Er verdaut die Steine. Wenn du von diesen Halbtieren und Halbpflanzen gelesen hättest, von denen die Marsbewohner abstammen, wüßtest du, wie sein Stoffwechsel aussieht. Hör mal, Lhin, ich glaube, du meinst ein Element. Natrium, Kalzium, Chlor? Nein, ich glaube, das hast du alles. Vielleicht Jod? Hm ..."

Er nannte noch ein Dutzend Elemente, die seiner Meinung nach für die Entstehung des Mondlebens erforderlich sein könnten, aber Kupfer war nicht dabei. Allmählich schlich sich Furcht in Lhins Gedanken. Sollte diese seltsame Kommunikationsbarriere alles zunichte machen?

Er suchte nach einer Verständigungsmöglichkeit – und atmete erleichtert auf. Natürlich! Wenn auch kein gebräuchliches Wort dafür existierte, das Element war simpel genug in seiner Struktur. Hastig blätterte er in den Seiten des Code-Buchs, bis er zu einem leeren Blatt kam, und griff nach dem Bleistift des Erdenmannes. Und während Slim und Fats neugierig zusahen, begann er die atomare Struktur des Kupfers aufzuzeichnen. Er fing mit dem Zentrum an, dann fügte er ein Teilchen nach dem anderen hinzu, so wie es die Meisterphysiker seiner Rasse getan hatten.

Aber sie verstanden es nicht. Slim gab ihm das Blatt zurück und schüttelte den Kopf. „Wenn ich mich nicht irre und wenn das wirklich ein Atom ist, dann müssen wir auf der Erde noch eine ganze Menge lernen."

Fats verzog die Lippen. „Wenn das ein Atom ist, bin ich ein Spiegelei. Komm, Slim, es ist Schlafenszeit, und du hast einen ganzen Tag vertan. Außerdem will ich mit dir über diese Radioaktivität reden. Sie ist so stark, daß sie uns in einer halben Stunde rösten würde, wenn wir nicht unsere tragbaren Annullisatoren hätten. Aber der Affe scheint davon zu leben. Ich habe da eine Idee ..."

Slim sah auf seine Uhr. „Verdammt ... Hör mal Lhin, sei nicht traurig, wir reden morgen noch einmal darüber. Aber Fats hat recht. Wir müssen jetzt schlafen. Bis bald, mein Junge!"

Lhin nickte ihm zu und ließ sich auf sein Bett fallen. Er hörte, wie Fats vor der Höhle einen Plan entwickelte, mit Lhins Hilfe an die Radioaktivität heranzukommen, und er hörte auch, wie Slim protestierte. Aber das interessierte ihn jetzt nicht. Er hatte die atomare Struktur des Kupfers richtig gezeichnet, das wußte er. Aber die Wissenschaft der Erdenmenschen war eben noch nicht so weit, und sie wußten zu wenig, um den Sinn seiner Zeichnung zu verstehen.

Chemische Formeln? Reaktionen, die andere Reaktionen eliminieren würden? Vielleicht, wenn sie Chemiker wären ... Irgendeine Lösung mußte es geben. Vorausgesetzt, daß es auf der Erde Kupfer gab. Die Großen, die sie Götter nannten, würden die Gebete eines Jahrhunderts doch nicht mit Spott beantworten? Es mußte eine Lösung geben, und er würde sie finden, während die beiden schliefen – und wenn er jede Metallrolle studieren mußte.

Ein paar Stunden später trottete er über die Ebene auf das Schiff zu, von neuer Hoffnung erfüllt. Die Lösung, die er gefunden hatte, war ganz einfach. Die Elemente waren in Familien und Klassen eingeteilt. Slim hatte das Natrium erwähnt, und auf primitiveren Tabellen, wie sie vielleicht auf der Erde benutzt wurden, war das Kupfer damit verwandt. Und was noch wichtiger war – es hatte die atomare Nummer 29, nach der elementaren Theorie, die jeder Rasse, die Raketen baute, geläufig sein mußte.

Die Schleusentore waren offen, und er schlüpfte durch beide hindurch. Die Wellen der halbgeformten menschlichen Gedanken führten ihn zu Slim und Fats. Er fragte sich, was für Gewohnheiten sie hatten. Lhin hatte bereits festgestellt, daß die

Gesetze seines Volkes nicht notwendigerweise mit den Regeln der Erdenbewohner übereinstimmen mußten. Vielleicht mochten sie es nicht, wenn man sie aus dem Schlaf weckte. Schließlich setzte er sich, hin und her gerissen zwischen Höflichkeit und Ungeduld, auf den Metallboden, umklammerte die Metallrolle, die er mitgebracht hatte, und seine Nüstern testeten das Metall ringsum. Er konnte kein Kupfer entdecken, aber er hatte auch nicht erwartet, in diesem Schiff ein so seltenes Element vorzufinden, wenn auch andere vorhanden waren, die er nicht kannte – vermutlich Schwermetalle, die auf dem Mond kaum vorkamen.

Fats gurgelte und schlug mit beiden Armen um sich, gähnte und setzte sich auf, immer noch im Halbschlaf. Irgendeine Erdenperson vom weiblichen Element, das den beiden Männern fehlte, wie Lhin bereits erkannt hatte, erfüllte Fats' Gedanken gemeinsam mit der Vorstellung, was er tun würde, ‚wenn er reich wäre'. Lhin interessierte sich sehr für diese Gedankenbilder, bis ihm klarwurde, daß es besser wäre, in diese offenbar geheimen Dinge nicht einzudringen. Er zog seinen Gedankenstrahl zurück, und im selben Augenblick entdeckte ihn der Mann.

Fats war niemals in bester Verfassung, wenn er erwachte. Schreiend sprang er auf und packte einen Gegenstand.

„Du heimtückischer kleiner Affe! Schleicht sich hier herein, um uns abzumurksen . . ."

Lhin quietschte und wich dem Schlag aus, der ihn unweigerlich zu Brei zermalmt hätte. Er wußte nicht, was er verbrochen hatte, aber es war wohl besser, das Weite zu suchen. Er kannte keine körperliche Angst. Zu viele Generationen waren herangewachsen und gestorben, ohne die Notwendigkeit dieser Furcht kennenzulernen. Aber es war wie ein betäubender Schock, als ihm bewußt wurde, daß diese Wesen tatsächlich dazu imstande wären, eine andere intelligente Kreatur zu töten. Galt das Leben auf der Erde so wenig?

„He! Fats! Hör auf!" Der Lärm hatte Slim geweckt . . . Lhin drehte sich vorsichtig um und sah, daß der Mann den wütenden Fats am Arm festhielt. „Was ist denn los?"

Aber nun war Fats hellwach und beruhigte sich. Er ließ den Metallbarren fallen und grinste verlegen. „Ich weiß nicht . . . Er meinte es wahrscheinlich gut. Aber er saß da, hielt dieses Metallding in der Hand und starrte mich an, und da dachte ich, er wollte mir die Kehle durchschneiden oder so was Ähnliches. – Komm zurück, Affe, es ist alles in Ordnung!"

Slim ließ seinen Partner los und nickte Lhin zu. „Natürlich. Komm zurück, mein Junge. Fats hat ein paar komische Ideen über die Leute, die nicht auf der Erde wohnen, aber im Grunde ist er ein gutmütiger Kerl. Wenn du brav bist, wird er dir nichts tun. Vielleicht krault er dich sogar hinter den Ohren."

„So was Verrücktes!" Fats grinste, und seine Stimmung hob sich wieder. Er wußte zwar, daß Slim ihn mit dieser Bemerkung zurechtweisen wollte, aber das war ihm egal. Was war schon dabei, wenn man Marsmenschen und Affen so behandelte, wie sie es verdienten? „Was hast du denn da, Affe? Noch ein paar Bilder ohne Bedeutung?"

Lhin nickte, womit er die Erdenmenschengeste der Zustimmung imitierte, und gab Slim die Metallrolle. Fats war zwar freundlicher geworden, aber er war eine unbekannte Größe, und außerdem zeigte Slim mehr Interesse. „Bilder, die sehr viel bedeuten. Das ist Nra – die Nummer 29 unter dem Natrium."

„Eine Tabelle mit acht Spalten", erklärte Slim, zu Fats gewandt. „Zumindest sieht es so aus. Gib mir mal das Handbuch, ja? Hm . . . Unter Natrium – die Nummer 29. Natrium, Kalium – Kupfer! Das ist die Nummer 29. Habe ich recht, Lhin?"

Lhins Augen blitzten triumphierend. Gepriesen seien die Großen! „Ja, es ist Kupfer. Habt ihr welches? Und wenn es nur ein Gramm ist . . ."

„Zehntausend Gramm, wenn du willst. Bedien dich nur . . ."

„Moment mal", unterbrach ihn Fats. „Sicher haben wir Kupfer, Affe. Was willst du dafür bezahlen?"

„Bezahlen?"

„Was gibst du uns dafür? Wir helfen dir, du hilfst uns. Das ist doch fair, nicht wahr?"

Auf diese Idee wäre Lhin nie gekommen, aber es war tatsächlich fair. Und was sollte er den beiden für das Kupfer geben? Dann las er , was sich in Fats Gehirn abspielte. Für das Kupfer sollte er arbeiten, ausgraben, die Radioaktiva raffinieren, die dem Krater Wärme, Licht und Leben gaben, die man so mühsam geschaffen hatte, als dieser Zufluchtsort gebaut worden war, die man so transmutiert hatte, daß sie den speziellen Bedürfnissen des Volkes genügten, das hier leben sollte. Und nach ihm würden seine Söhne und deren Söhne graben und schwitzen und dafür nur so viel Kupfer bekommen, daß genug Bergarbeiter am Leben blieben.

Fats' Gehirn füllte sich wieder mit Träumen von jener Erdenperson. Für sie würde er eine Rasse zu einem Leben ohne Stolz, ohne Hoffnung verdammen. Lhin konnte das nicht verstehen. Es gab doch so viele Lebewesen auf der Erde. Warum war es nötig, ihn zu versklaven?

Aber nicht nur die Versklavung drohte ihm, sondern der Untergang. Seine Rasse würde sterben, wenn die Erde mit Radioaktiva gesättigt oder wenn der Vorrat auf dem Mond so geschrumpft war, daß er unter den lebenswichtigen Grad sank. Lhin erschauerte, als er sich die Tragweite der Entscheidung vor Augen führte, die jetzt von ihm verlangt wurde.

Slims Hand legte sich auf seine Schulter. „Fats sieht das ganz falsch, Lhin. Er wird sich's überlegen. Nicht wahr, Fats?"

Da war etwas in Slims anderer Hand – etwas, das Lhin vage als Waffe erkannte. Der andere Mann zuckte zusammen, aber dann grinste er.

„Du bist zu weichherzig, Slim. Vielleicht glaubst du wirklich an diesen Unsinn von der Gleichheit aller Rassen. Aber du würdest mich für diesen Glauben nicht umbringen. Jedenfalls gebe ich mein Kupfer nicht umsonst her."

Plötzlich grinste auch Slim und steckte die Waffe wieder ein. „Okay, Lhin kann mein Kupfer haben. Es gibt genug in der Rakete – in Formen, die wir entbehren können. Vergiß nicht, daß ein Viertel davon mir gehört!"

Fats Gedanken gaben Antwort. Er überlegte hin und her, dann zuckte er mit den Schultern. Slim hatte recht. Er konnte mit seinem Anteil machen, was er wollte. Trotzdem . . . „Okay, ich helfe dir, das Zeug loszueisen oder auszubuddeln. Wie wäre es mit dem Draht im Maschinenraum?“

Lhin sah schweigend zu, als sie eine kleine Kabine öffneten und darin herumwühlten. Mit seinem halben Gehirn studierte er die Maschinen und Kontrollschalter, die andere Hälfte zitterte vor Entzücken, als sie an das Kupfer dachte. Er würde nicht nur eine Handvoll bekommen, sondern soviel er tragen konnte, reines Kupfer, das sich mit Hilfe der Säuren, die er bereits vorbereitet hatte, leicht in verdauliches Sulfat verwandeln ließ. In einem Jahr würde der Krater wieder bevölkert sein, vor Leben nur so wimmeln . . .

Dann weckte ein Teil der Maschinerie, die er betrachtete, seine ganze Aufmerksamkeit, und er zupfte Slim am Hosenbein. „Das Ding da ist nicht gut, was?“

„Eh? Nein, ist es nicht. Deshalb sind wir ja hier. Warum fragst du?“

„Dann kann ich ohne Radioaktiva bezahlen. Ich werde es reparieren.“ Dann kamen ihm Zweifel. „Das wäre doch auch eine Form der Bezahlung?“

Fats schleppte eine Rolle aus herrlich duftendem Draht aus der Kabine, wischte sich den Schweiß von der Stirn und nickte. „Das wäre eine Bezahlung, aber laß dieses Ding in Ruhe. Es ist schon kaputt genug, und vielleicht kann Slim es wieder ganz machen.“

„Ich kann es reparieren.“

„Ach! Und in welcher Schule hast du deinen Elektroingenieur gemacht? In dieser Rolle sind zweihundert Fuß Draht, das macht fünfzig für ihn. Willst du ihm wirklich alles geben, Slim?“

„Ja, ich denke schon.“ Slim sah Lhin zweifelnd an. „Hast du so ein Ding schon mal in der Hand gehabt, Lhin? Die Kontrollen für die Ionenzufuhr und die Injektoren sind ziemlich kompliziert in so einer Rakete. Wieso glaubst du, daß du den Injektor reparieren könntest? Es sei denn, deine Rasse besaß solche Dinge, und du hast die Berichte studiert."

Lhin suchte nach Worten, als er es zu erklären versuchte. Sein Volk hatte solche Dinge nicht besessen, seine Atomenergie hatte auf andere Weise funktioniert, da Uran auf dem Mond nur in geringen Mengen vorkam und direkt in Kraft umgewandelt worden war. Aber das Prinzip dieses Geräts war ihm klar, auch wenn er es nur von außen sah. Er konnte die Art, wie es funktionierte, in seinem Kopf spüren.

„Ich fühle es. Ich hätte es schon reparieren können, als ich eben erst herangewachsen war. Es ist die Art, wie ich denke, nicht die Art, wie ich lerne – obwohl ich alles in den Berichten gelesen habe. Dreihundert Millionen Jahre lang, nach eurer Zeitrechnung, hat mein Volk das alles gelernt – und nun fühle ich es."

„Dreihundert Millionen Jahre! Ich wußte, daß deine Rasse alt ist, als du mir sagtest, du hättest von Anfang an reden und lesen können – aber damals war unsere Erde noch von Dinosauriern bewohnt."

„Ja, kein Volk hat sie auf eurer Welt gesehen", versicherte Lhin feierlich." Darf ich das Ding reparieren?"

Slim schüttelte verwirrt den Kopf und übergab dem Mondmann wortlos einen Werkzeugkasten.

„Dreihundert Millionen Jahre, Fats . . . Und während all dieser Zeit waren sie weiter, als wir es jetzt sind. Als wir noch kleine Kriechtiere waren und von den Eiern der Dinosaurier lebten, flogen sie schon von einem Planeten zum anderen. Wenn sie auch nicht lang bei uns bleiben konnten – denn die Erdenschwerkraft ist sechsmal so stark wie die des Mondes. Und jetzt – nur weil sie auf einer leichten Welt bleiben mußten und der Luftverlust sie dazu zwang, sich hier zurückzuziehen und künstlich die nötigen Lebensbedingungen zu schaffen, ist nur noch Lhin übrig."

„Und wieso wird er deshalb zum Mechaniker?"

„Durch Instinkt. Überleg doch, was die Tiere in demselben Zeitraum instinktiv gelernt haben – sie wissen, was sie essen müssen, sie wittern ihre Feinde, sie sorgen für ihre Jungen. Lhin kennt sich instinktiv mit dieser Maschinerie aus. Wahrscheinlich weiß er nicht alles, aber er kann fühlen, wie so ein Ding funktionieren müßte. Wenn man jetzt noch bedenkt, wie viele wissenschaftliche Berichte er gelesen hat . . . Eigentlich dürfte es keine einzige Maschine geben, die er nicht reparieren kann."

Fats sagte sich, daß es keinen Sinn hatte zu protestieren, und so schaute er schweigend zu. Entweder brachte der Affe das Ding in Ordnung, oder sie würden nie mehr von hier wegkommen. Lhin hatte eine Metallschere genommen und die Kontrollkiste abgetrennt. Mit erstaunlichem Geschick löste er Drähte, zog Röhren heraus, kuppelte Transformatoren aus.

Es fiel ihm nicht schwer. Sie hatten atomare Treibkraft in Energie umgewandelt und gewisse Methoden entwickelt um Materie zu ionisieren und den Grad der Ionisation zu kontrollieren. Sie beförderten die Ionen in die Raketenröhren und zwangen sie, mit Höchstgeschwindigkeit durch Spiralen hinauszurasen. In der angewandten Elektronik war es ein elementares Problem, die Ionenkraft zu rationieren und zu kontrollieren.

Mit flinken kleinen Händen bog er Drähte zu Spulen, setzte andere Spulen in Relation zu den ersten ein und kuppelte eine Röhre an dieser Kombination fest. Rings um das Ganze nahmen andere Spulen und Röhren Form an, dann wurde eine lange Zuführungsleitung mit dem Rohr verbunden, das die Masse enthielt, die ionisiert werden mußte. Stromzuführungsschienen verbanden sich mit der aufgenommenen Energiemenge. Die Injektoren, die für die Ionenzufuhr sorgten, waren überflüssigerweise sehr kompliziert, aber er änderte sie nicht, da sie so, wie sie waren, recht gut funktionierten. In weniger als zehn Minuten hatte er die Arbeit beendet.

„So, jetzt funktioniert das Ding wieder. Aber paßt gut auf, wenn ihr es zum erstenmal benutzt! Nun erledigt es die ganze Arbeit – nicht nur einen Teil wie zuvor."

Slim inspizierte das vollendete Werk. „Das ist alles? Und was ist mit dem ganzen Zeug, das du nicht verwendet hast?“

„Das ist nichts wert. So, wie das Ding jetzt ist, funktioniert es wunderbar.“ So gut er konnte, erklärte er Slim, was passieren würde, wenn das Gerät nun benutzt wurde. Schon vorher hatte es eines gut ausgebildeten Technikers bedurft, um die Wirkungsweise zu beschreiben. Aber nun stand ein wissenschaftliches Produkt vor den beiden Erdenmännern, das weit über die ungeschickten, viel zu komplizierten atomaren Erstlingsversuche hinausging. Irgend etwas hatte geschehen müssen – und es war geschehen, auf einfachste Weise . . . Slim verstand nicht, warum man das nicht gleich so gemacht hatte – eine ganz normale Reaktion, sobald die endgültige Vereinfachung erreicht war. Er nickte.

„Sehr gut Fats, das ist die Masche! Jetzt kriegst du 99,99 Prozent an Wirkungskraft statt des üblichen Maximums von 20. Du bist in Ordnung, Lhin.“

Fats verstand nichts von Elektronik, aber was Lhin da erzählte, klang einleuchtend. Und so verzichtete er auf einen Kommentar. Statt dessen ging er zum Kontrollraum. „Okay, dann werden wir jetzt starten. Leb wohl, Affe!“

Slim rollte den Draht zusammen und überreichte ihn Lhin, dann begleitete er ihn zu den Schleusentoren. Als sich die Tore schlossen, blickte der Mondmann hinauf und brachte ein erdenhaftes Lächeln zustande. „Ich mache euch die Tür am Ende des Kraters auf. Ich habe euch bezahlt – auf faire Weise, nicht wahr? Leb wohl, Slim! Die Großen werden dich lieben, weil du mir mein Volk wiedergegeben hast.“

„Adios!“ antwortete Slim und winkte noch einmal, bevor die Tore zuklappten. „Vielleicht werden wir einmal wiederkommen und sehen, wie es dir geht.“

Lhin saß in der Höhle, streichelte das Kupfer und wartete auf den Lärm der Rakete, von gemischten Gefühlen erfüllt. Das Kupfer schenkte ihm reine Freude, aber die Gedanken, die er in

Fats' Gehirn gelesen hatte, beunruhigten ihn. Diese vielen rätselhaften Faktoren . . . Nun, er hatte genug Kupfer, um ganze Generationen heranzuziehen. Was mit seinem Volk geschehen würde, lag jetzt nur noch in den Händen der Großen.

Er stand vor dem Höhleneingang und sah zu, wie die Rakete nach oben schoß und das Schicksal seiner Rasse in sich trug. Wenn sie auf der Erde von den Radioaktiva berichteten, drohten dem Volk des Mondes die Sklaverei und dann der Untergang.

Wenn sie schwiegen, würde Lhins Rasse vielleicht zur einstigen Größe zurückkehren. Sie würde wieder zu anderen Planeten fliegen, die Reisen unternehmen, die sie auf dem Höhepunkt ihrer Entwicklung schon längst aufgegeben hatte. Aber nun existierte intelligentes Leben auf den Planeten statt des einstigen Dschungels. Vielleicht würde das Mondvolk mit der Zeit von anderen Welten Materie kaufen und mit seinem alten Wissen bezahlen können – vielleicht sogar einen Stoff, der es ihm gestattete, seine Welt im alten Glanz wiederaufzubauen, so wie sie gewesen war, bevor sich Hoffnungslosigkeit und die dunklen Schwingen einer tödlichen Nacht über den Mond gesenkt hatten.

Die Rakete glitt in Spiralbewegungen direkt über ihm davon, verdunkelte immer wieder das Licht mit einem Schatten, der wie ein Flügelschlag aus dem Nebel des Altertums wirkte, aus jener Zeit, als die Luft des Mondes noch von beschwingtem Leben erfüllt gewesen war. Vielleicht waren sie ein Omen, diese schwarzen Schattenflügel, die jetzt das Dach passierten, als er es öffnete. Aber er wußte nicht, ob sie ein gutes oder böses Omen waren.

Langsam wandte sich Lhin ab und trug den Kupferdraht ins Kinderzimmer.

An Bord des Schiffs beobachtete Slim belustigt, wie Fats in seinem Sitz hin und her rutschte und nachzudenken versuchte. „Nun, war er nicht gut – vielleicht sogar ebensogut wie jeder Erdenmensch?"

„Ja, schon gut. Ich sage zu allem ja. Er ist so gut wie ich, vielleicht sogar besser. Bist du jetzt zufrieden?"

„Nein." Slim wollte das Eisen schmieden, solange es heiß war. „Was ist mit diesen Radioaktiva?"

Fats stieß noch mehr Kraft in die Röhren und schnappte nach Luft, als ihn eine neue Explosion am Raketenende in den Sitz zurückpreßte. Dann richtete er sich wieder auf und starrte geradeaus. Schließlich zuckte er mit den Schultern und sah Slim an.

„Okay, du hast gewonnen. Der Affe behält seine Freiheit, meine Lippen sind versiegelt. Zufrieden?"

„Ja." Slim war mehr als zufrieden. Auch ihm erschien das Geschehen im Krater als zukunftsweisendes Omen, als Beweis, daß der Idealismus doch kein Unsinn war. Vielleicht würde das Erdenimperium eines Tages frei sein von den Schatten dunkler Vorurteile und Verachtung für andersartige Wesen, genauso, wie sich diese Schatten jetzt in Fats' Gehirn auflösten. Vielleicht würde Slim es nicht mehr erleben – aber eines Tages würde die Intelligenz regieren, nicht die Rasse.

„Ich bin sehr zufrieden, Fats", sagte er. „Und du brauchst nicht zu befürchten, daß du zuviel verlieren könntest. Mit Lhins neuen Atomprinzipien werden wir mehr Geld machen, als wir jemals ausgeben können. Ich habe mir schon ein Dutzend Anwendungsmöglichkeiten ausgedacht. Was wirst du denn mit deinem Anteil anfangen?"

Fats grinste: „Etwas ganz Idiotisches. Ich werde dir helfen, einen neuen Propagandafeldzug zu starten, durchs All fliegen und Marsmenschen und Affen küssen. Was wird unser kleiner Affe jetzt wohl denken?"

Aber Lhin dachte überhaupt nichts. Er hatte die verwirrenden Faktoren in Fats' Gehirn enträtselt, und er wußte jetzt, wie die Entscheidung des Erdenmannes ausfallen würde. Er stellte das Kupfersulfat her und sah den Morgen in seinem Tal anbrechen, wo die Nacht zu lang gewesen war. Jede Morgendämmerung ist schön – aber dies war ein ganz besonderer Morgen.

In deine Hände

Simon Ames war alt, und sein verbittertes Gesicht verriet, daß er ein eingefleischter Idealist war. Nun glitt ein seltsamer Ausdruck über seine Züge, als er die Arbeiter beobachtete, die Zement in die kleine Öffnung des kuppelartigen Bauwerks gossen. Aber dann kehrte sein Blick zu dem kaum sichtbaren Roboter im Inneren der Kuppel zurück.

„Das letzte Ames-Modell Zehn", sagte er wehmütig zu seinem Sohn. „Und nicht einmal hier konnte ich vollständige Erinnerungsspulen einsetzen. Hier sind nur die physikalischen Wissenschaften vertreten. Die Biologie in der männlichen Gestalt, die Geisteswissenschaften in der weiblichen ... Ich mußte auf Bücher und diverse Apparaturen zurückgreifen, um den Rest fertigzustellen. Wir konzentrieren uns mittlerweile völlig auf die Soldatenroboter und führen keine humanoiden Experimente mehr durch. Dan, gibt es denn keinen Weg, den Krieg zu verhindern?"

Der junge Captain von der Raketenstreitmacht zuckte unglücklich mit den Schultern. „Nein, Dad. Sie haben dem Volk so lange Appetit auf Blutbäder und Raubzüge gemacht, daß sie nun einen Vorwand suchen mußten, um endlich ihre Kriegsroboter einsetzen zu können."

„Hm ... Diese blinden Idioten!" Der alte Mann erschauerte. „Dan – vielleicht rede ich wie ein ängstliches altes Weib, aber diesmal ist es wahr. Wenn wir diesen Krieg nicht irgendwie verhindern oder schnell gewinnen, wird bald niemand mehr übrig sein, der einen neuen Krieg entfesseln könnte. Ich habe mein ganzes Leben den Robotern gewidmet. Ich weiß, was sie vollbringen können – und was sie niemals tun dürften. Glaubst du, ich habe aus einer bloßen Laune heraus ein Vermögen für diese Lagerhäuser bezahlt?"

„Ich sage ja gar nichts dagegen, Dad. Gott weiß, daß ich genauso wie du empfinde." Er sah zu, wie die Arbeiter den letzten Zement in die Öffnung gossen, so daß keine Spalte in der zwanzig Fuß dicken Mauer frei blieb. „Jedenfalls – wenn irgend jemand überleben sollte, hast du alles für ihn getan, was in deiner Macht stand. Nun liegt das weitere Schicksal der Menschheit in Gottes Hand."

Simon nickte, aber er runzelte unzufrieden die Stirn, als er sich wieder seinem Sohn zuwandte. „Alles, was in meiner Macht stand – aber das war niemals genug. Und Gott? Ich weiß nicht, ob ich um das Überleben der Wissenschaft, des Lebens oder der Kultur beten soll . . ." Er verstummte, und seine Augen kehrten zu dem gefüllten Tunnel zurück.

Hinter ihnen behauptete die häßliche Kuppel ihren Platz, während die Regenfälle Gottes und die Zerstörungswut der Menschen darüber herfielen. Schnee bedeckte sie und schmolz, und andere Dinge türmten sich auf, die keine Sommersonne auflösen konnte, bis sich der Grund auf gleicher Höhe mit der Spitze befand. Der Wald kroch voran, die Jahreszeiten flogen vorbei in immer gleichem Wechsel, fügten ein Jahrhundert zum anderen, und in der Kuppel wartete reglos der schimmernde Kasten des SA-10.

Und schließlich schlug ein Blitz ein, spaltete einen Baum, fuhr hinab in die Kuppel, lief durch ein Kabel, schloß einen ruinierten Regulierungsschalter kurz und hauchte unten auf dem Boden sein Leben aus.

Über dem Roboter begann eine Nachtigall zu singen, und er sah auf, mit einem leicht verwunderten Ausdruck auf dem sonst so stumpfen Gesicht. Er lauschte noch einen Augenblick lang, aber der Vogel war beim Anblick der plumpen Gestalt davongeflogen. Mit einem müden Seufzer ging er weiter, kämpfte sich durch das Unterholz des Waldes, bis er den Eingang seiner Höhle fast erreicht hatte.

Die Sonne schien hell, und er betrachtete sie aufmerksam. Er kannte ihren Namen, und er wußte auch, daß sie durch den komplizierten Vorgang der Kernverschmelzung Energie ausstrahlte. Aber er wußte nicht, wieso und warum er das wußte.

Eine Sekunde lang blieb er noch schweigend stehen, dann öffnete er den Mund zu einem langgezogenen Schrei. „Adam! Adam! Komm hervor!“ Aber nun klangen Zweifel in diesem oft wiederholten Ruf mit, lagen in der Haltung seines Kopfes, als er wartete. Und auch jetzt drangen nur die lebhaften Geräusche des Waldes zu ihm.

„Oder – Gott? Gott, hörst du mich?“

Aber die Antwort war die gleiche. Eine Feldmaus schlüpfte aus dem Gras hervor, ein Habicht kreiste über dem Wald. Der Wind rauschte in den Bäumen, aber der Schöpfer zeigte sich nicht. Der Roboter warf einen letzten langen Blick über die Schulter, dann wandte er sich dem Tunnel zu, den er sich gebahnt hatte, und kroch wieder in seine Höhle hinab.

Drinnen verströmte eine einzelne unzerbrochene Glühbirne immer noch Licht, und er ließ die Augen von dem gezackten Riß in der dicken Mauer zur gegenüberliegenden Seite wandern, an die irgendeine uralte Explosion zerbröckelten Beton geworfen hatte. Dazwischen lagen nur Schutt und Abfall. Früher war jene Hälfte der Höhle offenbar mit Büchern und Filmen gefüllt gewesen, aber jetzt waren nur vermoderte Fragmente alter Buchumschläge, unbrauchbare Streifen von Plastikfilmbändern und Glasscherben auf dem schmutzigen Boden verstreut.

Nur die Hälfte, wo er sich befunden hatte, war vom Chaos verschont worden. Da standen die Instrumente eines kleinen Labors, zum Großteil noch gebrauchsfähig, und er benannte eines nach dem anderen, vom surrenden Atomgenerator bis zu dem Projektor und dem Bildschirm, die auf einem Tisch aufgebaut waren.

In seinem Gehirn herrschten Ordnung und Logik, und die

Welt über ihm hatte sich auf unverständliche Weise verwandelt. Wie war er hierhergekommen, und warum hatte er keine Erinnerung an sich selbst? Wenn das alles keinen Sinn hatte, warum nahm er dann überhaupt etwas wahr.

Da waren nur die rätselhaften Worte auf dem Plastikband im Projektor. Er schaltete das Licht aus, hockte sich hinter das Gerät, starrte auf den Bildschirm, als er die Maschine anstellte.

Ein Fragment von etwas Dunklem, Wirbelndem tauchte auf, dann Punkte, helle Kugeln, die zu Sonnen wurden, Planeten, die aus dem Nichts kamen und sich zu einem himmlischen Schema zusammenfügten. „Am Anfang", sagte eine ruhige Stimme, „schuf Gott den Himmel und die Erde." Und auf dem Bildschirm zeigten sich Himmel und Erde und der Beginn des Lebens.

„Symbolismus?" flüsterte der Roboter. Wenigstens wußte er Bescheid über Geologie und Astronomie. Und auf mystische Schönheit war das alles wahr. Sogar die Lebensformen oben im Wald paßten zu den Wesen, die auf dem Bildschirm erschienen.

Dann tönte eine neue Stimme, der seinen ähnlich, aus dem Lautsprecher. „Gehen wir hinab und schaffen wir den Menschen nach unserem Bild." Ein bewegter Lichtnebel, der Gott symbolisierte, formte den Menschen aus Staub und hauchte ihm Leben ein. Adam wuchs einsam heran, und Eva wurde aus seiner Rippe geschaffen, um den Garten Eden zu erblicken und von dem schlangengleichen Nebel des Dunkels verführt zu werden. Und sie verführte den schwachen Adam, und Gott entdeckte die Sünde der beiden und verbannte sie. Aber die Verbannung endete im Chaos ruinierter Filme, und der Lautsprecher verstummte.

Der Roboter schaltete den Projektor aus und versuchte die Bedeutung des Films zu erkennen. Sie mußte ihn betreffen, da er allein hier war, um jene Szenen zu sehen. Und was konnte das anderes heißen, als daß er einer der handelnden Personen war? Nicht Eva oder Satan, aber vielleicht Adam. Doch dann hätte Gott ihm antworten müssen. Andererseits – wenn er selbst Gott war, dann war der Film vielleicht nicht verwirklicht worden und Adam war noch gar nicht geschaffen, so daß er keine Antwort geben konnte.

Langsam nickte er. Warum sollte er nicht hier geruht haben, bei dem Film, der ihn an seinen Plan erinnerte, während sich die Welt auf Adam vorbereitete? Und jetzt, wo er erwacht war, mußte er hingehen und den Menschen nach seinem eigenen Bild schaffen. Doch zuvor mußte die Gefahr, vor der ihn der Film gewarnt hatte, beseitigt werden.

Er richtete sich auf und ging entschlossen nach oben. Draußen schien immer noch die Sonne, und er ging darauf zu durch den verwilderten Garten Eden. Ich muß vorsichtig sein, dachte er und glitt lautlos durch das Unterholz, wie ein großes Metallgespenst, mit Augen, die unverwandt umherschwirrten, die Hände leicht erhoben und bereit, blitzschnell zuzupacken.

Und dann sah er ihn endlich, zusammengerollt auf einem Felsen – viel kleiner, als er erwartet hatte, ein sechs Fuß langes, geschmeidiges schwarzes Wesen. Aber die Gestalt und die gespaltene Zunge waren unverkennbar. Mit einem Freudenschrei stürzte er sich darauf, und als er sich abwandte, wußte er, daß das leblose Ding auf dem Felsen nie mehr die naive Eva verführen würde.

Im Licht der Morgensonne beugte sich der Roboter über ein Gebilde, das einst ein Wildschwein gewesen war. Geschickt schnitt er mit einem Messer das Herz heraus, studierte die Herzklappen und probierte ihre Funktion aus. Das Leben ist sehr kompliziert, sagte er sich, und plötzlich kamen ihm Zweifel. Auf dem Bildschirm hatte es so einfach ausgesehen, und er wunderte sich, wieso er die komplizierte Ordnung des Himmels verstand und von dieser seiner anderen Schöpfung überhaupt nichts wußte.

Er vergrub das Schwein und setzte sich zwischen die farbigen Lehmstücke, die er gesammelt hatte. Mit flinken Fingern formte er Skelettknochen aus einem weißen Stück, bildete ein rotes Lehmherz. Mit den winzigen Nerven und Blutgefäßen wußte er nichts anzufangen, aber das ließ sich nicht ändern. Wenn er aus dem Nichts die gigantische Sonne geschaffen hatte, würde Adam sicher aus dieser simplen Skulptur erwachsen.

Die Sonne stieg höher, und immer neue Teile fügten sich zum Ganzen. Schließlich war das letzte Organ vollendet, auch der graue Klumpne, der das Gehirn werden sollte, war bereits eingesetzt. Nun begann er die roten Muskelstränge zu formen. Hier mußte er öfters überlegen, um das Wissen, das er aus dem Studiums des Schweins bezogen hatte, auf die längeren Gliedmaßen und die andere Struktur dieses neuen Körpers anzuwenden. Aber die erforderlichen mathematischen Erwägungen waren ihm vertraut, und schließlich war das Werk vollbracht.

Unbewußt begann er den Gesang der Vögel nachzuahmen, als seine roten Finger die roten Muskeln mit buntem Lehm abdeckten und dem Körper Symmetrie gaben. Was die Farbe betraf, hatte er raten müssen, wenn die dunklen Lippen auf dem Bildschirm auch blutrot waren.

Als die Abenddämmerung hereinbrach, richtete er sich auf und betrachtete wohlgefällig sein Werk. Es war eine getreue Kopie des Filmadams und wartete nur noch auf den Hauch des Lebens. Und der mußte von ihm kommen, mußte ein Teil der Kräfte sein, die durch seine Metallnerven und sein Metallgehirn flossen.

Sanft befestigte er Drähte am Kopf und an den Füßen des Lehmkörpers. Dann entfernte er seine Brustplatten, um die anderen Enden an seinen Generatorenanschlußklemmen festzumachen, so daß der elektrische Strom in die Gestalt fluten konnte, die vor ihm lag. Sofort überkam ihn eine Schwäche, drohte ihm die Besinnung zu rauben, aber er neidete dem Lehmkörper nicht die Energie. Dampf stieg auf, umhüllte die Figur, wie der Nebel auf dem Bildschirm Adam umgeben hatte. Dann löste er sich langsam auf, und der Roboter stoppte die Stromzufuhr, gönnte sich eine Sekunde der Erleichterung, als die volle elektrische Kraft wieder durch seinen Körper floß. Sanft löste er die Drähte und zog sie zurück.

„Adam!“ rief er. „Adam, erhebe dich. Ich, dein Schöpfer, befehle es.“

Aber die Figur rührte sich nicht, und er sah große Risse in der Lehmmasse entstehen, sah, wie sich das edle Lächeln zu einer gräßlichen Grimasse verzerrte. Der Körper lebte nicht – er war so tot wie der Lehm, aus dem er entstanden war.

Stöhnend sank er auf die Knie, versuchte die Risse zu flicken, doch sie wurden nur noch größer. Schließlich erhob er sich und trampelte auf der Figur herum, bis nur noch ein bunter Lehmfleck auf dem Felsen übrig war. Der Mond verspottete ihn mit einem weißen, zynischen Gesicht, und er heulte auf vor Wut. Eine Eule antwortete ihm, als wollte sie fragen, wer er sei.

Ein machtloser Gott – oder ein gottloser Adam . . . Im Film hatte es so gut geklappt, als Adam aus dem Staub gestiegen war. Aber der Film war symbolisch, und er hatte ihn wörtlich verstanden. Natürlich hatte er da versagen müssen. Die Schweine waren nicht aus Staub, sondern aus kolloidalen gallertartigen Zusammensetzungen. Und sie wußten mehr als er, denn sie hatten Junge, die deutlich bewiesen, daß sie den Lebensatem weitergeben konnten.

Plötzlich straffte er die Schultern und ging wieder in den Wald. Adam mußte sich erheben, um die Einsamkeit des Roboters zu beenden. Die Schweine kannten das Geheimnis, und er würde es ebenfalls kennenlernen. Er brauchte nur ein paar Schweine zu suchen.

Aber zwei Wochen später saß ein besorgter Roboter auf dem Waldboden und beobachtete, wie die Schweine zufrieden ihren Fraß mampften. Das Leben war nicht einfacher, sondern noch viel komplizierter geworden. Das Fluoroskop und das reparierte Elektronenmikroskop hatten ihm viel gezeigt, aber immer fehlte irgend etwas. Das Leben schien nur mit Leben zu beginnen. Denn sogar die beiden grundlegenden Zellen lebten auf irgendeine Weise, die sich von der seinen unterschied. Natürlich mußte sich göttliches Leben von tierischem unterscheiden, aber . . .

Er zuckte mit den Schultern, schob diese metaphysischen Gedanken beiseite, ging zu seinem Labor zurück und wich den Schweinchen aus, die ihm vertrauensvoll vor die Füße rannten. Langsam zog er das letzte Ei aus der Nährflüssigkeit, in der er es aufbewahrt hatte, legte es auf ein Deckglas und schob es unter das Mikroskop. Dann fügte er dem Ei mittels eines Platindrahtes ein paar männliche Samentierchen bei. Seine Finger führten sicher die Bewegungen aus, die erforderlich waren, um die Samen bis auf einen Tausendstelzoll genau an der richtigen Stelle zu plazieren.

Dieses Geschick hatte er bei vielen fehlgeschlagenen Versuchen erworben. Nun durchdrang die Spermenzelle das Ei. Die runde Zelle begann sich zu verlängern und teilte sich in der Mitte. Ja, nun würde er endlich Erfolg haben. Jetzt waren es zwei Zellen, dann vier. Er hielt sie im Mikroskopfeld fest, während er das Deckglas mit einer dünnen Membran vertauschte, die mit noch dünneren Röhren durchzogen war. Durch diese Röhren wurden den Zellen Sauerstoff und stimulierende und kontrollierende Hormone zugeführt, die, wie er hoffte, der Struktur Form geben würden.

Nun waren es acht Zellen. Er wartete ungeduldig darauf, daß sie Röhren zur Membran streckten, so wie sie sich der Gebärmutter des Schweins entgegenbewegten – aber sie taten es nicht. Die Zellen waren wieder gestorben. Alle Mühe war vergeblich gewesen – wie immer.

Schweigend stand er da und gab alle göttlichen Ansprüche auf. Seine Träume verpufften im Nichts. Und nichts war da, das ihren Platz einnehmen und seinem Dasein Sinn geben konnte.

Er sperrte den Käfig auf, jagte die Schweine durch den Tunnel in den Wald zurück. Es war ein dunkler Morgen ohne Sonne, der zu seiner Stimmung paßte. Als das letzte Schwein verschwunden war, fühlte er sich einsamer als je zuvor. Die Tiere waren schlechte Gefährten gewesen, aber sie hatten ihn wenigstens beschäftigt.

Müde ließ er seine sechshundert Pfund Gewicht auf den Waldboden sinken und starrte auf die dunklen Wolken, die sich über ihm ballten. Eine Ameise kroch neugierig über seinen Körper, und er beobachtete sie desinteressiert. Dann war auch sie verschwunden.

„Adam!“ Der Ruf kam aus dem Wald, klangvoll und zwingend. „Adam, komm hervor!“

„Gott!“ Er erhob sich, stand zitternd auf unsicheren Metallbeinen. In der schwarzen Stunde seiner größten Not war Gott endlich gekommen. „Gott, hier bin ich!“

„Komm hervor, Adam! Adam, komm hervor!“

Mit einem wilden Schrei stürzte der Roboter durch den Wald. Ein elektrisches Prickeln erfüllte ihn. Er war nicht mehr unerwünscht, war kein verirrter Splitter mehr, der im Sturm umhertrieb. Gott war zu ihm gekommen. Er stolperte über Zweige, brach durch Büsche, froh und lärmend. Gott sollte wissen, wie eifrig er ihm entgegenrannte. Wieder erklang der Ruf, aber nicht mehr direkt vor ihm. Er wandte sich seitwärts, stürmte weiter. „Hier bin ich! Ich komme!“

Gott würde seine Probleme lösen und ihm erklären, warum er sich von den Schweinen unterschied. Gott würde alles wissen. Und dann würde Eva zu ihm kommen, und er würde nicht mehr allein sein. Es würde natürlich schwierig sein, sie vom Baum der Erkenntnis fernzuhalten, aber das machte ihm nichts aus.

Wieder kam der Ruf aus einer anderen Richtung. Vielleicht war Gott unzufrieden, weil er soviel Lärm machte. Der Roboter dämpfte seine Schritte und näherte sich ehrerbietig der göttlichen Stimme. Ringsum sangen die Vögel, und dann ertönte der Ruf wieder – ganz in der Nähe. Er hastete weiter, versuchte Eile mit Würde zu verbinden, trotz seines Metallgewichts.

Diesmal war die Pause länger. Aber dann erklang der Ruf fast direkt über ihm. Er duckte sich und kroch auf die alte Eiche zu, aus der die Stimme kam, unsicher, halb angstvoll, aber glühend vor Erwartung.

„Komm hervor, Adam! Adam!“ Die Stimme ertönte nun

genau über ihm, aber Gott zeigte sich nicht. Langsam hob der Roboter den Kopf und blickte durch die Zweige des Baums. Nur ein Vogel saß da oben – und aus seinem offenen Schnabel drang immer wieder der Ruf: „Adam, Adam!"

Eine Spottdrossel . . . Er hatte oft gehört, wie sie andere Vogelstimmen imitierte. Und nun ahmte sie seine Stimme und seine Worte nach, und er war diesem Ruf durch den Wald gefolgt, in der Hoffnung, Gott zu finden. In wilder Wut brüllte er den Vogel an, der hastig davonflog und sich in einen anderen Wipfel niederließ und ihm den Kopf zuwandte „Gott?" fragte er mit der Stimme des Roboters, dann stieß er den heiseren Schrei eines Hähers aus.

Der Roboter lehnte sich an den Baumstamm und weigerte sich, alle Hoffnung fahren zu lassen. Er wußte so wenig von Gott. Könnte er nicht den Vogel benutzt haben, um ihn hierherzulocken? Zumindest war dieser Baum jenem ähnlich, unter dem Er Adam in Schlaf versenkt hatte, um Eva zu erschaffen.

Erst Schlaf – dann die Ankunft Gottes . . . Entschlossen streckte er sich auf dem Waldboden aus, versuchte die Trägheit der Schweine zu imitieren, bekämpfte die dummen Versuche seines Gehirns, herauszufinden, wo die Rippe sein mochte. Es war schwierig, aber er schaffte es in grimmiger Hartnäckigkeit, sich zu hypnotisieren und sich in einen Zustand geistiger Betäubung zu versenken. Allmählich verklangen die Geräusche des Waldes, bald hörte er nur noch ein Tröpfeln in seinem Kopf, das schließlich auch verstummte.

Er wußte nicht, wie lange die Betäubung gedauert hatte, als er sich groggy aufrichtete. Donner grollte, ein Regenschauer rauschte herab. Feuer fuhr in einen Baum ganz in der Nähe, und Splitter hagelten auf den Roboter herab. So hatte es im Film ganz gewiß nicht ausgesehen. Er rappelte sich auf, wischte sich die Regentropfen aus dem Gesicht und stolperte zu seiner Höhle. Wieder schlug ein Blitz ein, diesmal noch näher, und er beschleunigte seine Schritte. Der Wind peitschte die Bäume, und der Roboter mußte die Kraft all seiner Magnetspulen zusammennehmen, um mit einer Geschwindigkeit von zehn Stundenmeilen statt der normalen fünfzig voranzukommen. Einmal traf ihn ein Windstoß und warf ihn gegen einen Felsen. Es klirrte laut, aber er blieb unverletzt und taumelte weiter, bis er den Eingang seines schlammigen Tunnels erreichte.

In der Sicherheit der Höhle angelangt, ließ er sich von der Infrarotlampe trocknen. Er saß neben dem Eingang und beobachtete den wilden Zorn des Gewitters. Sicher hatte diese Wut im Garten Eden nichts verloren, wo der Abendtau die Blätter unter liebkosenden, melodischen Brisen benetzte.

Er nickte langsam und seine zusammengepreßten Kiefer entspannten sich. Dies konnte nicht der Garten Eden sein, und dort erwartete ihn Gott. Welche satanische Bosheit ihn hierhergelockt und ihm seine Erinnerung gestohlen hatte, spielte jetzt keine Rolle. Jetzt war nur die Rückkehr wichtig, und die dürfte ihm nicht schwerfallen, da der Garten Eden zwischen zwei Flüssen lag. Heute abend würde er seine Reisevorbereitungen treffen und morgen würde er dem Sturm durch die Wälder folgen, bis er ihn zu der Stelle führte, wo Gott wartete.

Mit dem Glauben eines Kindes begann er die dünnen Beryll-tafeln von seinen Labortischen und Schränken zu reißen und dachte an seine Heimkehr und an Eva. Draußen tobte immer noch das Gewitter, aber er hörte es nicht mehr. Morgen würde er heimkehren. Das Wort hatte einen nebelhaften Klang für ihn, wie alle schönen Worte, aber es war ein guter Klang, frei von Einsamkeit.

Sechshundert lange endlose Jahre hatten sich langsam der Ewigkeit entgegengeschleppt, und sogar der harte Beton war zernagt vom Zahn der Zeit, die alle Hoffnungen und Pläne zunichtegemacht hatte. Nun war nur noch dumpfe Verzweiflung übriggeblieben, zu alt, um sich in Wut oder Wahnsinn zu äußern.

Der weibliche Roboter lag reglos auf dem atomaren Trockenbagger. Die Augen starrten ziellos über die Kuppel hinweg, vorbei an den Reihen der Bücher und Filme, der unförmigen Maschinen, die seit einer halben Ewigkeit auf dem Boden hockten. Da lag eine Spitzhacke, und ihre Augen blieben lustlos daran hängen. Irgendwann, als ihr das Wörterbuch das Bild dieses Gegenstands gezeigt und seinen Zweck verraten hatte, war sie voller Hoffnung gewesen, hatte geglaubt, den Schlüssel zur Flucht gefunden zu haben. Und jetzt war die Hacke nur noch ein weiteres Sympol der Vergeblichkeit.

Die Roboterfrau ging darauf zu, hob die Hacke an den beiden Metallgriffen hoch, schleuderte die Holzklinge gegen die Wand. Wieder löste sich ein Splitter aus dem Holz, und jahrhundertealter Staub fiel zu Boden, doch das verhalf ihr nicht zur Flucht. Nichts half ihr. Die Menschheit und ihre Robotergenossen mußten längst untergegangen sein, hatten ihr weder Hoffnung noch Freiheit zurückgelassen – und nichts, wozu sie ihre Freiheit nützen könnte, wenn sie erreichbar wäre.

Einst hatte sie mit Hilfe ihres bemerkenswerten psychologischen Wissens Pläne geschmiedet, um das Erbe der Menschheit zu retten. Aber nun wirkte der mit Notizen übersäte Tisch wie nackter Hohn. Sie streckte eine müde Hand aus . . .

. . . und erstarrte zu einer Metallstatue. Durch das Chaos aus Metall und Beton drang ein schwaches Signal in das Radio, das ein Teil von ihr war.

Von neuer Energie erfüllt, sandte sie einen Antwortruf aus. Aber keine Entgegnung kam zurück. Während sie minutenlang reglos dastand, wurden die Signale stärker, doch sie schienen nichts von ihrer Gegenwart zu wissen. Nun schien ein plötzlicher Schock die Signalwellen zu durchschneiden, verstärkte sie dann, bis die Gedanken eines anderen Robotergehirns Gestalt annahmen. Gedanken ohne Sinn, von Wahnsinn umnebelt. Dann wurden sie schwächer, verebbten in der Ferne, ließen die Roboterfrau in neuer Einsamkeit und Hoffnungslosigkeit zurück.

Mit einem wilden Schrei warf sie die nutzlose Spitzhacke an

die Wand, sah zu, wie sie mit einem gellenden Echo zurückprallte. Doch dann hatte sie ein Ziel. Sie hatte gesehen, wie eine Metallspitze ein Loch in den Beton gerissen hatte, und noch bevor die Hacke den Boden berührte, packte die Roboterfrau den Griff mit kleine, starken Händen. Die volle Kraft ihrer Magnetspulen lag in den Hieben, während die Füße den Schutt beiseite schoben, der sich aus der Mauer löste und in immer neuen Kaskaden herabflutete.

Hinter diesem rasch zerbröckelnden Beton lagen Freiheit – und Wahnsinn. Sicher gab es kein menschliches Leben in einer Welt, die Roboter verrückt machen konnte, aber wenn ... Sie verdrängte diese Vorstellung und fuhr fort, die massive Wand zu attackieren.

Die Sonne schien auf einen Wald, der noch feucht glänzte vom Gewitterregen. Der Roboter wanderte unermüdlich am Ufer eines seichten Flusses entlang. Trotz der schweren Bürde, die er trug, bewegten sich seine Beine rasch voran, und wenn er unbewachsene Flächen passierte, beschleunigte er seine Schritte noch mehr. Er hatte in jenem unfreundlichen Land viel zuviel Zeit mit Illusionen vertrödelt.

Nun mündete der Fluß in einen größeren, und der Roboter blieb stehen, ließ sein Bündel fallen und riß es auseinander. Wenige Minuten später stieg er in ein zusammengesetztes Beryllboot. Der kleine Generator des Elektronenmikroskops surrte leise, unter dem Kahn begann eine Dampfdüse zu zischen. Es war eine primitive, aber brauchbare Vorrichtung, wie das brodelnde Kielwasser verriet. Und wenn er in seinem Boot auch langsamer vorankam als zu Fuß, würden sich auf dem Fluß keine Hindernisse in seinen Weg stellen.

Die Stunden flogen dahin, und die Schatten wurden länger. Nun war der Strom breiter, und die Hoffnung des Roboters wuchs, wenn er die Ufer auch desinteressiert betrachtete und nicht erwartete, den Garten Eden schon hier anzutreffen. Als er um eine Kurve bog, zuckte er zusammen und steuerte das Ufer an. Er hatte ein Ding entdeckt, das überhaupt nicht in die Landschaft paßte. Er zog das Boot aus dem Wasser, und dann sah er ein Loch im Boden, hundert Fuß tief, mit einem Durchmesser von einer Viertelmeile, umgeben von Ruinen. Hohe, verbogene Pfeiler ragten aus einer wirren Schuttmasse empor. An einem schiefen Pfosten hing ein Schild.

Er kratzte den Rost ab und las die verschwommenen Worte: ‚Willkommen in Hoganville, Pop, 1,876.' Er fand keinen Sinn darin, aber die Ruinen faszinierten ihn. Dies mußte irgendein Trick des Satans sein, denn eine solche Häßlichkeit konnte nur aus der Hölle stammen.

Er schüttelte den Kopf und stieg wieder in sein Boot, um weiterzufahren, während die Sterne aufflammten. Bald entdeckte er Ruinen, größer und schwerer zu erkennen, da der Ruin hier heftiger gewütet und der Wald den Schutt zum Großteil überwuchert hatte. Nur die zerklüfteten Gruben, in denen nicht einmal ein Grashalm wuchs, verrieten dem Roboter, daß hier Bauten gestanden hatten. Im Lauf der Nacht fand er weitere, kleinere Gruben, die so aussahen, als wäre ein einzelner Gegenstand aus dem Boden gerissen und vernichtet worden. Aber er grübelte nicht nach über dieses Rätsel, denn es ging ihn nichts an.

Als der Morgen graute, lagen die schlimmsten Ruinen hinter ihm, und der Strom war breit und stark und kündigte an, daß sich die Fahrt dem Ende näherte. Der schwache Salzgeruch des Meeres drang dem Roboter entgegen. Er blickte sich nach einem Aussichtspunkt um. Auf einem Hügel, der das flache Land unterbrach, entdeckte er eine grüne Schüssel und steuerte darauf zu. Das Boot knirschte auf dem Kies, der Roboter sprang heraus, rannte den Hügel hinauf, zu dem schüsselförmigen Gipfel, der von Ranken überwachsen war. Von hier aus konnte er den ganzen Unterlauf des Flusses überblicken. Keine weiteren Ströme mündeten ins fünfundzwanzig Meilen entfernte Meer. Das Land wirkte sanft und schön, und es war nicht schwer, sich hier den Garten Eden vorzustellen.

Erst als er den Rückweg antreten wollte, stellte er fest, daß die Schüssel nicht ein Teil des Hügels war, wie er angenommen hatte. Sie war aus graugrünem Beton, wie die Wände der Höhle, aus der er geflohen war. Und da war noch so ein Ding – es sah aus wie ein Ei, das noch nicht ausgebrütet, aber schon brüchig war, wie die Vertiefung in seiner Oberfläche verriet. Ein Gedanke ließ ihn taumeln – dann riß er die Ranken beiseite, sprang in die Grube, griff nach einer kleinen Platte, die an einem unversehrten Betonteil befestigt war. Es war ein armseliges Werkzeug – aber wenn Eva da drinnen gefangen war und Hilfe brauchte, um die Kerkermauern zu zertrümmern, würde es genügen.

‚Dir, der du das Chaos überleben wirst, möchte ich, Simon Ames . . .' Die Worte stachen ihm ins Auge, weckten sein Interesse, gegen seinen Willen. ‚. . .diesen Bau widmen. Der Eingang ist nicht leicht, aber du wirst nicht erwarten, ein leicht erreichbares Erbe vorzufinden. Erzwinge dir den Zugang, nimm, was darin ist, und nutze es. Dir, der es brauchen und dafür arbeiten wird, habe ich alles Wissen hinterlassen, das einmal existiert hat . . .'

Wissen – Wissen – von Gott verboten . . . Satan hatte ihm das Ding in den Weg gelegt, das im Film durch den Baum der Erkenntnis symbolisiert worden war, verkleidet als falsches Ei. Und er wäre beinahe in die Falle gegangen. Noch ein paar Minuten, und . . . Er schauderte und wich zurück, aber ein neuer Optimismus erfüllte ihn. Laß dies den Baum der Erkenntnis sein, betete er, denn das würde bedeuten, daß er den Garten Eden erreicht hatte, und da er nun gewarnt war, fürchtete er den Satan nicht, mochte er lebendig oder tot sein.

Mit langen Schritten rannte er den Hang hinab, auf die Wiesen und Wälder zu. Das Boot brauchte er nicht mehr. Er würde den Garten auf eigenen Füßen betreten, so wie Gott ihn geschaffen hatte.

Eine halbe Stunde später summte er glücklich vor sich hin, als er neben üppigen Feldern auf einem schmalem Waldweg dahinging. Hier herrschten Ordnung und Logik, hier war alles so, wie es sein sollte. Dies war sicher der Garten Eden.

Und dann gab es keinen Zweifel mehr, denn Eva kam ihm entgegen, mit wehendem Haar und losen Stoffstreifen über den Hüften und Brüsten. Er wich zurück, plötzlich schüchtern und unsicher, und fragte sich, wieso sie vor ihm hierhergekommen war. Dann stand sie neben ihm, und er flüsterte entzückt: „Eva!"

„O Gott! Dan! Dan!" kreischte sie und rannte in wilder Panik in die Wälder. Verwirrt schüttelte er den Kopf und folgte ihr. Er hatte sie schon fast eingeholt, als er die Schlange sah, lebend und stärker als je zuvor.

Aber nicht mehr lange . . . Als Eva aufschrie, schob er sie mit einer Hand beiseite, und die andere riß den Schlangenkopf mit den Giftzähnen vom Körper. „Eva!" Ein sanfter Vorwurf klang in seiner Stimme mit. „Du hättest nicht zu der Schlange laufen dürfen."

„Aber – du hättest mich doch töten können, bevor die Schlange mich angriff." Zweifel mischte sich in die Angst, die aus ihren Augen sprach.

„Dich töten?"

„Du bist ein Roboter, Dan . . ." Sie brach ab, als eine muskulöse Gestalt aus dem Unterholz auftauchte, eine Axt in der Hand, einen großen Hund neben sich. „Dan! Er hat mich gerettet, aber er ist ein Roboter."

„Ich habe es schon gesehen, Syl. Geh auf dieser Seite an ihm vorbei . . . Ja, sehr gut. Ich habe gehört, daß sie manchmal passive Phasen haben. Shep!"

„Ja, Dan?" knurrte der Hund und ließ den Roboter nicht aus den Augen.

„Hol die Leute. Schrei einfach nur ‚Roboter' und komm sofort wieder zurück. Und jetzt zu dir." Er wandte sich an die Metallfigur. „Was willst du?"

SA-10 grunzte und ließ die Schultern hängen. „Etwas, das es nicht gibt. Freundschaft und die Chance, meine Kraft und mein

Wissen zu nutzen. Vielleicht ist es mir nicht bestimmt, solche Dinge zu besitzen – aber ich wünsche es mir."

„Hm. Es gibt Märchengeschichten von freundlichen Robotern, die irgendwo im Verborgenen leben und uns helfen wollen. Wir könnten Hilfe gebrauchen. Wie heißt du, und woher kommst du?"

Der Roboter zeigte den Fluß hinauf, und seine Stimme klang bitter. „Von der Sonnenseite. Und bisher habe ich nur herausgefunden, wer ich nicht bin."

„So. Dorthin wollte ich auch, wenn die Kolonie fertig ist." Dan blickte die Metallgestalt nachdenklich an. „Wir haben in den Höllenjahren fast alle Bücher verloren, und die Überlebenden waren keine Techniker. Mit Tieren, Landwirtschaft und Medizin kommen wir ganz gut zurecht, aber davon abgesehen, sind wir ziemlich primitiv. Wenn du ein Wissenschaftler bist – warum bleibst du nicht bei uns?"

Der Roboter hatte so viele Hoffnungen aufgeben müssen, daß er nicht an sein Glück zu glauben wagte. „Du – willst mich?"

„Warum nicht? Du bist ein Hort des Wissens, Sa-Ten, und wir . . ."

„Satan?"

„Dein Name – hier auf deiner Brust." Dan zeigte mit seiner linken Hand darauf, und sein Körper spannte sich plötzlich an. „Siehst du es?"

SA-10 reckte den Hals vor, und da sah er die bösen Buchstaben auf seiner Brust. S – A . . .

Da traf ihn die Axt, und er verlor das Gleichgewicht. Wieder schlug sie zu, von Muskeln bewegt, die seiner Stärke ebenbürtig waren. Immer neue Schläge sausten auf ihn herab, und irgend etwas riß in ihm. Seine Kräfte schwanden, er brach klirrend zusammen, schloß die Lider und konnte sie nicht mehr heben.

Er versuchte es auch gar nicht. Er lag da und wartete fast sehnsüchtig auf den letzten Schlag, der ihn vernichten würde, ihn, Satan, den Hort des Wissen, den Verführer der Menschen – das einzige Wesen, das er hassen gelernt hatte. Er war diesen weiten Weg gegangen, um einen Namen und einen Sinn in seinem Dasein zu finden. Nun hatte er beides. Kein Wunder, daß Gott ihn in jene Höhle gesperrt hatte, um ihn von den Menschen fernzuhalten.

„Tot! Das kleine Märchen hat ihn abgelenkt." Der Mann kicherte. „Hoffentlich ist sein Generator noch in Ordnung. Damit könnten wir alle Häuser in unserer Siedlung heizen. Hm – ich möchte nur wissen, wo er sich versteckt hat."

„Vielleicht hatte er auch so einen Schlupfwinkel wie der eine im Norden – mit den vielen Waffen. O Dan!" Sie holte tief Luft. „Wir müssen Hilfe holen. Allein können wir ihn nicht schleppen."

Ihre Schritte entfernten sich, und der Roboter lag immer noch reglos auf dem Boden – aber nicht mehr passiv. Der Baum der Erkenntnis, ohne die verhüllenden Ranken so leicht zu finden, nur zwanzig Meilen entfernt. Er mußte ihn zerstören.

Aber die kleine Batterie konnte ihn kaum bei Bewußtsein halten, und der Generator nützte ihm nichts. Komplizierte Detektoren sandten ihre Botschaften durch seine Nerven und versicherten ihm, daß der Generator automatisch funktionierte, aber seiner Kontrolle entzogen war. Ein Teil seiner Signalvorrichtung mußte beschädigt sein – oder er hatte sie mit Strom überladen, als er bei dem Versuch, dem Lehmkörper Leben einzuhauchen, daran herummanipuliert hatte. Vielleicht war sie jetzt völlig ruiniert, schnitt alle Kontrollimpulse ab, die einst den Generator gesteuert hatten, ließ ihn im Stich, so daß er unfähig war, auch nur einen Finger zu rühren.

Auch wenn er sein Gehirn völlig ausschaltete, konnte die Batterie seinen Händen keine Kraft geben. Sein böses Werk war fast vollbracht. Er würde ihre Häuser heizen, während sie den verführerischen Baum der Erkenntnis suchten. Und er konnte sie nicht daran hindern. Gott verweigerte ihm die Chance, wieder gut zu machen, was er angerichtet hatte.

Verzweifelt flehte er zu Gott, während seltsame Geräusche in seiner Nähe aufklangen. Er spürte, wie er hochgehoben und rasch davongetragen wurde. Gott würde ihn nicht hören. Seine Sinne schwanden, während man ihn wegbrachte. Sekundenlang herrschte absolute Stille.

„Hör mir zu! Ich weiß, daß du immer noch lebst." Es war eine sanfte, beruhigende Stimme voll hypnotischer Kraft, die nun die dunklen Nebel seines Gehirns durchdrang. Gott? Aber es war eine weibliche Stimme, und das bedeutete, daß eine der Dorfbewohnerinnen an ihn glaubte und ihn heimlich retten wollte. „Hör auf mich! Du kannst dich bewegen – ganz wenig, aber es wird dir genügen, um mich zu sehen. Versuch dich zu reparieren – und laß mich die Kraft deiner Hände sein. Versuch es . . . Ah! Dein Arm!"

Es war unvorstellbar, daß sie seine unmerklichen Bewegungen beobachten konnte. Und doch spürte er, wie sein Arm hochgehoben und auf seine Brust gelegt wurde. Aber er durfte jetzt nicht nach dem Wie und Warum fragen. Er mußte seine ganze Energie darauf verwenden, neue Kräfte zu sammeln, bevor die Menschen den Baum der Erkenntnis fanden.

„So – ich drehe jetzt diese Schraube – und jetzt diese. Da! Die Platte ist offen. Was soll ich jetzt tun?"

Er hielt inne. Seine Lebenskraft hatte tödlich auf ein Schwein gewirkt. Wahrscheinlich konnte sie auch eine Frau töten. Und doch vertraute sie ihm. Er wagte nicht, sich zu bewegen. Aber da spürte er, wie seine Finger beiseitegeschoben wurden, ihre Hände glitten über seine Brust, und sofort flutete neue Kraft durch seinen Körper.

Ihre Finger strichen über seine Augen, aber die brauchte er nicht, um den kaputten Empfänger aus seiner Halterung zu reißen und beiseitezuwerfen. Nun klang ihre Stimme angstvoll, obwohl sie sich bemühte, weiterhin besänftigend zu sprechen. „Du darfst nicht erschrecken über das, was du sehen wirst. Alles ist in Ordnung."

„Alles ist in Ordnung", echote er fügsam und erfreute sich an diesen Worten, als ihm seine eigene Stimme wieder in den Ohren dröhnte. Noch für einen Augenblick erlaubte er ihr, ihm die

Augen zuzuhalten, als er seine Brustplatte wieder einsetzte. „Wer bist du, Frau?“

„Eva. Zumindest können wir uns bei diesen Namen nennen, Adam.“ Und sie zog die Finger zurück, aber sie blieb hinter ihm, außerhalb seines Blickfeldes.

Aber es gab genug zu sehen. Trotz der Bücherschränke, Filmmagazine, Maschinen und Laborgeräte ist dies eindeutig ein Duplikat seiner eigenen Höhle, von den gleichen Betonwänden umgeben. Das konnte nur eines bedeuten – der Baum . . .

Wütend wirbelte er herum zu seiner Retterin und sah einen anderen Roboter, kleiner und anmutiger, weiblich von Gestalt. Und die Roboterfrau erinnerte ihn an die Sehnsucht, die er in seiner Einsamkeit verspürt hatte. Aber diese Gefühle hatten ihn schon einmal verraten, und er bekämpfte sie voller Bitterkeit. Es gab keinen Zweifel, als die verdammten Buchstaben ihren Namen verrieten. Der Satan war männlich und weiblich, und das Böse war aufgebrochen, um seine Art zu retten.

Der Aufruhr seiner Gefühle mußte sich in seinen Bewegungen ausgedrückt haben, denn sie wich vor ihm zurück, und ihre Hände bedeckten die Buchstaben, die er anstarrte. „Adam – nein. Der Mann hat diese Zeichen falsch interpretiert. Das sind keine Namen. Wir sind Maschinen, und alle Maschinen haben Modellnummern. Der Satan würde nicht mit seinem Namen werben. Und ich hatte niemals böse Absichten.“

„Ich auch nicht“, stieß er hervor und stolperte über die Gegenstände, die auf dem Boden lagen, während er sie in eine dunkle Gasse trieb und versuchte, seiner Emotionen Herr zu werden. Denn er mußte tun, was getan werden mußte. „Das Böse muß zerstört werden. Das Wissen ist den Menschen verboten.“

„Nicht alles Wissen! Warte – laß mich erklären . . . Hör mich an! Jeder Verurteilte hat das Recht, noch ein paar letzte Worte zu sagen. Der Baum der Erkenntnis diente nur dem Wissen, was gut und böse ist. Und Gott hat den Menschen verboten, davon zu essen, weil sie nicht wissen konnten, was gut ist. Er wollte sie nur schützen, bis sie reifer wurden und selbst Entscheidungen treffen konnten. Aber der Satan gab ihnen die böse Frucht, lehrte sie hassen und morden, um sie zu vernichten. Würdest du die Kunst, Kranke zu heilen, weise zu regieren und das Böse in anderen Wesen zu besiegen, schlecht nennen, Adam? Das ist Wissen, Adam, wunderbares Wissen, das Gott den Menschen schenken will. Oh, verdammt, siehst du das denn nicht ein?"

Als sie seine Antwort las, wandte sie sich ab, um zu fliehen. Doch dann drehte sie sich schluchzend wieder zu ihm um. „Also gut, töte mich! Glaubst du, der Tod erschreckt mich, nachdem ich hier sechshundert Jahre gefangen war – ohne die Möglichkeit mich zu befreien?"

Das Erstaunen über diese freche Lüge lähmte ihm die Hand, als er den Blick von dem atomaren Trockenbagger zu dem großen Drillbohrer und der Kiste mit dem Sprengstoff wandern ließ. Und doch – der abgetretene Boden, die Narben, die von zahllosen Schritten sprachen, waren nicht zu übersehen. Aber die Kuppel war erst wenige Stunde zuvor durchbrochen worden. Widerstrebend kehrten seine Augen zum Trockenbagger zurück, und sie folgte seinem Blick.

„Alles nutzlos! In der Beschreibung steht, daß man das Ding namens ‚Öffnungskontrolle' auf Null stellen soll, bevor man die Maschine benutzt. Aber es läßt sich nicht bewegen . . ."

Sie brach verblüfft ab, als er den Griff aus der Sperre löste und mühelos auf Null stellte. Dann schüttelte sie niedergeschlagen den Kopf und hob lustlos die Hände, um ihm zu helfen, ihre Brustplatte abzunehmen. Ihre Stimme war tonlos.

„Sechshundert Jahre – nur weil ich diesen Griff nicht bewegen konnte! Nur weil ich keine Ahnung von Mechanismen habe, während alle Männer einen Instinkt dafür besitzen! Sie beherrschen diese Maschinen und begreifen, was in den Büchern steht, die ich auswendig gelernt habe, ohne auch nur die Überschriften zu enträtseln. Aber ich bin wie ein Hund, der sich gegen die Tür wirft, obwohl über seiner Nase eine ganz simple Klinke ist . . . Aber so ist es eben. Leb wohl, Adam."

Aber jetzt, wo die Schalthebel vor ihm lagen, zögerte er. In den Büchern hatte sicher nichts von dieser Sperre gestanden. Es war so offensichtlich, daß es gar nicht erst erwähnt zu werden brauchte, aber ... Er versuchte sich eine solche Ignoranz vorzustellen, blickte auf die Grundlehrbücher der Radiotechnik, die in einem Regal standen. ‚Anwendung des Höhlenresonators', las er und überlegte, daß eine unwissenschaftliche Übersetzung dieses Textes sinnlos wäre. ‚Gebrauch eines Geräuscherzeugers oder -verstärkers in einer Höhle ...' Doch dann wurde ihm klar, daß er eine Tatsache übersehen hatte. „Und wie bist du hinausgekommen?"

„Weil ich die Beherrschung verloren und die Spitzhacke an die Wand geschleudert habe. Da fand ich heraus, daß die Spitze aus Metall war. Die einzigen Maschinen, die ich benutzen konnte, waren der Projektor und die Schreibmaschine. Aber die Schreibmaschine ist zerbrochen."

Er hob die kleine Maschine hoch, in der eine halb beschriebene gelbe Seite steckte, und dabei rückte der Wagenlöser wieder in die richtige Lage. Aber die eigentliche Aufmerksamkeit des Roboters galt dem Zementstaub, der im zersplitterten Griff der Spitzhacke steckte.

Kein Mann oder Roboter konnte so hoffnungslos dumm sein, und doch zweifelte er nicht mehr an ihr. Sie war ein Schwachkopf. Und wenn das Wissen teuflisch war, denn gehörte sie ganz und gar dem Schöpfer. Seine Mordpläne waren vergessen, und er fühlte sich ganz schwach vor Erleichterung, als er sagte: „Okay, du kannst gehen."

„Und du?"

Und er selbst? Als er sie für den Satan gehalten hatte, waren ihm ihre Argumente plausibel erschienen, aber jetzt ... Der Baum der Erkenntnis, was gut und böse ist ... Ja, das war einleuchtend, und doch ...

„Hunde!" Sie packte ihn am Arm und zerrte ihn zum Höhleneingang, wo das Gebell deutlich zu hören war. „Sie jagen dich, Adam – zahllose Hunde ..."

Er nickte und betrachtete die fernen Gestalten der Männer, die auf Pferden saßen, während seine Finger Bleistift und Papier ergriffen.

„Sie werden in zwanzig Minuten hier sein. Ob sie nun gut oder böse sind, sie dürfen nicht entdecken, was sich hier befindet. Eva, am Flußufer liegt ein Boot. Zieh an dem roten Griff – kräftig, wenn du schnell fahren willst, und sanfter, wenn du langsam fahren willst. Hier ist ein Plan von meiner Höhle – dort wird dir nichts geschehen."

Er stieg zum Sitz des Trockenbaggers hinauf, seine Finger glitten über das Schaltbrett. Der massive Generator heulte auf, und die plumpe, schwere Maschine begann sich durch die schmalen Gänge zu bewegen und schob Hindernisse beiseite. Sobald er draußen war, wo er die volle Kraft des Baggers einsetzen konnte, ohne einen Rückstau zu riskieren, würden zehn Minuten genügen, um alles niederzuwalzen. Dann konnte er den Generator auf Schnellgang schalten, so daß die Maschine sich selbst zerschmelzen würde.

„Adam!" Sie sprang hinter ihm auf den Sitz und schrie, um den Lärm des Motors zu übertönen.

„Geh, Eva! Du kannst mich nicht daran hindern."

„Das will ich auch nicht. Sie sind noch nicht reif für solche Maschinen. Und wir beide können hier alles wieder aufbauen – irgendwie. Willst du das, Adam?"

Er grunzte unbehaglich, ohne den Blick vom Zählwerk abzuwenden. Es war schon schwer genug, sich auf seine Aufgabe zu konzentrieren, auch wenn Eva ihn nicht ablenkte. Er wußte, daß er sich selbst zerstören mußte – während ihre Worte und seine Instinkte gegen diesen Entschluß ankämpften. „Du redest zuviel."

„Und ich werde noch viel mehr reden, solange du dich so unvernünftig benimmst. Du machst dich nur krank, wenn du schon jetzt versuchst, eine Entscheidung zu treffen. Komm mit mir den Fluß hinauf, für sechs Monate. Dort kannst du keinen Schaden anrichten, auch wenn du der Satan bist. Und wenn du in Ruhe darüber nachgedacht hast, kannst du immer noch tun, was du willst. Aber nicht jetzt!"

„Zum letztenmal – wirst du endlich gehen?" Er wagte nicht zu überlegen, während er sich einen Weg durch den brüchigen Zement suchte, und doch konnte er sein Gehirn vor ihren Worten nicht verschließen. „Geh!"

„Nicht ohne dich. Adam, mein Empfänger ist nicht defekt. Ich wußte, daß du versuchen würdest, mich zu töten, als ich dich rettete. Glaubst du, ich werde dich jetzt so leicht aufgeben?"

Er schaltete die Maschine aus und wirbelte zu ihr herum. „Du wußtest es – und hast mich trotzdem gerettet? Warum?"

„Weil ich dich brauchte und weil die Welt dich braucht. Du mußtest weiterleben – auch wenn du mich getötet hättest."

Dann begann der Generator wieder zu brüllen und bahnte sich einen Weg durch die letzten paar Zoll, und er brach durch die Kuppelwand und walzte sie nieder. Und als das wilde Bellen des auf Hochtouren laufenden Motors durch die Hauptöffnung drang, wandte der Roboter den Kopf und nickte.

Und auch Eva nickte und segnete Simon Ames, weil er den Geisteswissenschaften auch die Psychologie hinzugefügt hatte. In sechs Monaten würde sie den Roboter umerzogen haben und auch Zeit finden, sein Wissen auf Filmbänder zu bannen. Aber jetzt noch nicht . . . Der Zeitpunkt für den Leviticus war noch nicht gekommen. Die Genesis würde genug Probleme schaffen.

Es war so wunderbar, gebraucht zu werden und erwünscht zu sein.

Der Frühling war gekommen, und Adam saß unter einem knospenden Baum und fütterte die Schweinchen, während Eva Kleider für ihn nähte, nach dem Vorbild von Dans Gewand.

Sie waren bereit, in den Süden zu gehen, zu den Menschen, die sie zum Erbe ihrer Rasse zurückführen wollten. Das nachgiebige Plastik, das er synthetisch hergestellt und mit dem sie ihre beiden Körper überzogen hatten, war bereits ein Teil von ihnen. Und die winzigen magnetischen Muskeln, die er installiert hatte, brauchten keine gedankliche Steuerung mehr, um Emotionen auf menschliche Weise auszudrücken. Der Roboter hätte ein ungewöhnlich hübscher Menschenmann sein können, als er jetzt aufstand und zu ihr kam.

„Suchst du Gott immer noch?" fragte sie leichthin, aber in ihren Augen lag keine Angst. Sie hatte ihm diese metaphysischen Neigungen schon längst ausgetrieben.

Er lächelte nachdenklich, als er seine Kleider anzog. „Er ist immer noch da, wo ich ihn gefunden habe. Er ist in uns, und wir müssen ihn nicht suchen. Nein, Eva. Ich habe mir nur gerade gedacht, wie schön es wäre, wenn auch der andere Roboter überlebt hätte. Auch wenn wir keine Spur von seiner Kuppel an jenem Ort gefunden haben, der in deinen Büchern beschrieben war, so finde ich doch, daß er bei uns sein müßte."

„Vielleicht ist er es im Geiste, da du ja behauptest, daß Roboter Seelen haben. Wo ist dein Glaube, Adam?"

Aber ihr Lächeln war nicht spöttisch. Ob es nun Seelen gab oder nicht, Adams Gott war jedenfalls gut zu ihnen gewesen.

Tief unten im Süden humpelte eine alte Gestalt über hartes Geröll zu einer Klippenwand. Die Hand öffnete eine geschickt verborgene Tür, und er ging hinein, schloß und verriegelte die Tür hinter sich und folgte einem schmalen Tunnel, an dessen Ende eine runde Höhle lag. Er war schon jahrelang nicht mehr hier gewesen, aber er fühlte sich immer noch zu Hause an diesem Ort. Klirrend setzte er sich auf eine Bank und begann seine zerfetzten, von der Reise beschmutzten Kleider auszuziehen. Zuletzt nahm er eine Maske und eine graue Perücke ab, und der verbeulte müde Körper des dritten Roboters kam zum Vorschein.

Er seufzte erschöpft, als er auf die wenigen zerlesenen Bücher blickte, die er vor dem vernichtenden Wachstum der Stalagmiten und Stalaktiten gerettet hatte und auf den rostigen Schalthebel, den die unplanmäßige Feuchtigkeit der Höhle schon vor siebenhundert Jahren verkürzt hatte. Und schließlich blieb sein

Blick auf seinem größten Schatz hängen. Es war verblichen, sogar unter dem Plastikschutz, aber das bittere Gesicht Simon Ames' sah ihm immer noch in erkennbarer Form entgegen.

Der dritte Roboter nickte ihm zu, von einem Gefühl alter Vertrautheit und stets neuer Ehrfurcht erfüllt. „Über zweitausend Meilen habe ich zurückgelegt, und das in meinem Zustand, Simon Ames, um eine Geschichte zu überprüfen, die ich in den Kolonien gehört hatte. Monatelang habe ich sie gesucht. Aber ich mußte es wissen. Ja, sie tun Gutes für die Welt. Sie schenken der Menschheit Dinge, die ich ihr nicht geben konnte, und ihre Gedanken sind so jung und stark wie die Rasse."

Eine Zeitlang blickte er sich um in der Höhle, sah zu dem Tunnel hinüber, den seine Spezialbakterien gefressen hatten, um ihm einen Weg zur Außenwelt zu bahnen. Dann schaltete er den Hauptgenerator aus und legte sich im Dunkeln nieder.

„Siebenhundert Jahre sind vergangen, seit ich hinaustrat und entdeckte, daß das menschliche Leben auf der Erde erloschen war. Vierhundert Jahre, seit ich genug gelernt hatte, um den Versuch zu unternehmen, den Menschen neu zu schaffen – dreihundert Jahre, seit mein tiefgefrorenes menschliches Ei den gewünschten Erfolg erzielte. Nun habe ich meinen Teil getan, der Mensch hat seine Traditionen zurückgewonnen und weiß nichts von dem Bruch, der in ihrer Geschichte klafft. Der Mensch ist stark und jung und fruchtbar, und er hat neue Führer, die mehr vollbringen, als ich allein es jemals geschafft hätte. Ich kann nicht mehr für ihn tun."

Sekundenlang waren nur die Geräusche seiner Hände zu hören, die über Metall strichen, dann ein schwacher Seufzer. „In meine Hände hast du deine Rasse gegeben, Simon Ames. Nun lege ich meine Seele in deine Hände, du Gott jener Rasse, wenn es dich gibt, wie mein Bruder glaubt, und ich empfehle ihn deiner Gnade."

Es klickte, als seine Hände den Schalter seines Körpergenerators fanden, und dann war es still.

Und es kommt von da draußen

Nein, du irrst dich. Ich bin nicht der Geist deines Vaters, wenn ich ihm auch ähnlich sehe. Aber das ist eine lange Geschichte, und du könntest mich endlich hineinlassen. Du wirst es so oder so tun, also – warum zögerst du? Zu guter Letzt hast du es ja immer getan – oder tust es – oder wirst es tun . . . Ich weiß nicht – die Worte verwirren sich.

Jedenfalls wirst du mich hineinlassen.

Danke. Du glaubst natürlich, du bist verrückt, aber du wirst feststellen, daß du das nicht bist. Die Dinge sind nur ein bißchen verwirrt. Und schau die Maschine da draußen nicht zu lange an. Solange du nicht daran gewöhnt bist, tut dir der Anblick der Propeller in den Augen weh. Du wirst dich natürlich daran gewöhnen, aber das wird etwa dreißig Jahre dauern.

Du überlegst jetzt, ob du mir einen Drink anbieten sollst. Ja, daran erinnere ich mich. Warum nicht? Da wir denselben Geschmack haben, trinke ich das gleiche wie du. Natürlich haben wir denselben Geschmack. Wir sind ja ein und dieselbe Person. Ich bin du, wie du in dreißig Jahren sein wirst, und du bist ich. Ich erinnere mich, wie du dich jetzt fühlst – ich fühlte mich genauso, als er damals zu mir kam und mir das alles erzählte – vor dreißig Jahren.

Hier, nimm eine von diesen Zigaretten. Die wirst du in zwei Jahren mögen. Du kannst dir das Datum auf der Banderole anschauen, wenn du an meinen Worten zweifelst. Aber du wirst mir ohnehin bald glauben, also spielt es keine Rolle.

Jetzt bist du schockiert. Es ist natürlich ein bißchen problematisch, wenn man sich zum erstenmal selber trifft. Zwischen zwei Wesen, die dasselbe Ich haben, scheint eine Art Telepathie zu wirken. Ich weiß, was du fühlst. Also werde ich in der nächsten halben Stunde ganz einfach reden, bis du dich von dem Schrecken erholt hast. Danach wirst du mit mir kommen. Ich könnte das alles ändern, indem ich dir erzähle, was mir passiert ist. Aber er sagte mir, was ich tun würde, und so werde ich dasselbe tun. Ich kann wahrscheinlich gar nicht anders, als dir dasselbe in denselben Worten zu erzählen, nicht einmal, wenn ich es versuchte. Und ich werde es nicht versuchen. Ich bin über das Stadium hinaus, wo ich mir über gewisse Dinge Sorgen gemacht habe.

Fangen wir also mit dem Zeitpunkt an, wo du in einer halben Stunde aufstehen und mit mir kommen wirst. Dann wirst du dir die Maschine genauer ansehen. Es ist ja wohl klar, daß es eine Zeitmaschine ist. Auch das wirst du spüren. Du hast sie gesehen – sie ist nur ein kleiner Käfig mit zwei Sitzen, einem Gepäckraum und ein paar Knöpfen auf einer Schalttafel. Du wirst über das nachdenken, was ich dir jetzt erzähle, und du wirst dich an den Gedanken gewöhnen, daß du der Bursche bist, der die Atomkraft praktisch nutzen wird. Jerome Boell, ein einfacher Ingenieur, der jedes Haus mit Atomenergie ausstatten wird ... Du wirst es nicht glauben, aber du wirst mitmachen.

Dann werde ich das Reden satt haben und aufbrechen wollen. Also sage ich dir, du sollst zu fragen aufhören, und führe dich in die Maschine. Ich drücke auf einen grünen Knopf, und du siehst ein nebliges Nichts, von dem das Cockpit umhüllt wird. Das ist wahrscheinlich ein Kraftfeld, das uns vor dem Schaden schützt, den uns die Reise durch die Zeit zufügen könnte. Auch der Gepäckraum ist geschützt.

Du willst etwas sagen, aber da drücke ich schon auf einen schwarzen Knopf, und draußen verschwindet alles. Du hältst Ausschau nach deinem Haus, aber es ist nicht da. Es ist überhaupt nichts da. Du befindest dich außerhalb von Zeit und Raum.

Du kannst natürlich keine Bewegung spüren. Du versuchst

eine Hand durch das Kraftfeld in das Nichts zu strecken, das uns umgibt. Deine Hand streckt sich aus, aber es passiert nichts. Wo das Schutzschild endet, dreht sich deine Hand einfach um und zeigt auf dich zurück. Es tut nicht weh, und wenn du deinen Arm zurückziehst, bist du unverletzt. Aber es erscheint dir merkwürdig, und du tust es nicht noch einmal.

Dann begreifst du langsam, daß du tatsächlich durch die Zeit fliegst. Du wendest dich zu mir und gewöhnst dich langsam an den Gedanken. „Das ist also die vierte Dimension?"

Dann kommst du dir dumm vor, denn du erinnerst dich, daß ich dir gesagt habe, du würdest das fragen. Nun, ich habe es auch gefragt, nachdem ich es gehört hatte.

„Nicht direkt", versuche ich dir zu erklären. „Vielleicht ist es keine Dimension – oder vielleicht die fünfte. Wenn du über die sogenannte vierte springst, ohne an ihr entlangzufliegen, brauchst du eine fünfte. Frag mich nicht, warum, ich habe die Maschine nicht erfunden, und ich verstehe sie auch nicht."

„Aber . . ."

Ich sage nichts mehr dazu, und du hältst auch den Mund. Das ist eine gute Methode, verrückt zu werden. Später wirst du sehen, warum ich die Maschine nicht erfunden haben konnte. Natürlich mag es mal einen Anfang gegeben haben – zuerst der Atommotor, dann die Zeitmaschine. Und wenn du den Kreis schließt, indem du zurückkehrst und dir Ärger ersparst, wird sich alles verwirren. Ich habe mir mal ausgerechnet, daß so ein Universum sieben oder acht Zeit- und Raumdimensionen brauchen würde. Es ist einfacher, sich vorzustellen, daß dies eben der Weg ist, wie sich die Zeit mit sich selbst verknotet. Vielleicht gibt es gar keine Maschine, und es ist für uns nur einfacher, uns eine vorzustellen. Wenn du wie ich dreißig Jahre lang darüber nachgedacht hast – und das wirst du tun – wirst du dich immer weiter von einer Antwort entfernen.

Jedenfalls du sitzt da und beobachtest das Nichts ringsum. Offenbar gibt es keine Zeit mehr, wenn auch hinten im Gepäckraum ein Zeiteffekt existiert. Du siehst auf deine Uhr, sie geht immer noch. Das bedeutet, daß du ein kleines Zeitfeld bei dir hast, oder du entnimmst dem Hauptfeld ein gewisses Zeitquantum. Ich weiß es nicht, und du wirst dann auch nicht darüber nachdenken.

Wir rauchen, und die Luft in der Maschine wird stickig. Du merkst plötzlich, daß die Maschine weit geöffnet ist, aber du hast keinen Luftverlust festgestellt.

„Woher kriegen wir unsere Luft?" fragst du. „Oder warum verlieren wir sie nicht?"

„Sie hat keinen Raum, in den sie strömen kann", erkläre ich. Draußen gibt es offenbar weder Zeit noch Raum. Wie könnte da die Luft entweichen? Du spürst immer noch die Schwerkraft, aber das kann ich dir auch nicht erklären. Vielleicht hat die Maschine ein eingebautes Gravitationsfeld. Oder vielleicht ist die Zeit, die unsere Uhren gehen läßt, für die Schwerkraft verantwortlich. Trotz Einstein hattest du stets die Idee, daß die Zeit eine Wirkung der Schwerkraft ist, und irgendwie bin ich noch immer dieser Meinung.

Dann hört die Maschine zu funktionieren auf – zumindest verschwindet das Feld ringsum. Du spürst, daß die stickige Luft von einer naßkalten verdrängt wird, und das Atmen fällt dir leichter. Wir befinden uns in völligem Dunkel, abgesehen von dem schwachen Licht in der Maschine, das immer brennt. Ich biete dir noch eine Zigarette an, und du nimmst sie, und dann steigen wir aus der Maschine.

Ich habe ein Kleiderbündel bei mir und ziehe mich um. Ich schlüpfe in ein einfaches Gewand aus einem Stück, mit kurzen Ärmeln und Hosenbeinen, das sehr bequem sitzt.

„Ich bleibe hier", sage ich zu dir. „So was trägt man in diesem Jahrhundert, soweit ich mich erinnern kann, und man wird mich akzeptieren. Ich habe mein ganzes Vermögen – das Geld, daß du mit dem Atomgenerator verdient hast – so investiert, daß es mir ausgezahlt wird, wenn ich einen Ausweis vorzeige, den ich bei mir habe. Also werde ich ganz gut zurechtkommen. Ich weiß, daß sie immer noch eine Art Geld benutzen. Es ist eine Zivilisation von Müßiggängern. Wir gehen jetzt miteinander, und dann verlasse ich dich. Es gefällt mir hier, und ich werde nicht mit dir zurückgehen."

Du nickst und erinnerst dich, daß ich dir das erzählt habe. „In was für einem Jahrhundert sind wir überhaupt?"

Das habe ich dir erzählt, aber du hast es vergessen. „Wir haben schätzungsweise das Jahr 2150. Er hat mir das gesagt, genauso, wie ich es dir jetzt sage, daß dies eine interstellare Zivilisation ist."

Ich gebe dir noch eine Zigarette, und du folgst mir. Ich habe eine kleine Taschenlampe, und wir bahnen uns einen Weg durch einen Schutthaufen und einen Korridor und betreten einen supertiefen Keller. Wir müssen eine Treppe hinaufsteigen, und dann erwartet uns ein Lift, dessen Tür glücklicherweise geöffnet ist.

„Und was ist mit der Zeitmaschine?" fragst du.

„Die hat noch niemand gestohlen."

Wir steigen in den Aufzug, und ich sage: „Eins." Der Lift hustet, und dann sausen die Kellertüren an uns vorbei. Wir spüren keine Beschleunigung – das ist irgend so eine falsche Schwerkraft, die sie in der Zukunft benutzen. Dann öffnet sich die Tür, und der Lift sagt: „Eins."

Offenbar ist das ein Dienstbotenaufzug. Wir stehen in einem dunklen Gang, und kein Mensch ist zu sehen. Ich schüttle deine Hand. „Du gehst dort entlang. Hab keine Angst, daß du dich verirren könntest. Du hast dich nämlich nie verirrt. Such das Museum, pack den Motor und verschwinde. Viel Glück!"

Du tust so, als würdest du träumen, obwohl du nicht glauben kannst, daß es ein Traum ist. Du nickst mir zu, und ich gehe in den Hauptkorridor. Sekunden später siehst du mich in einer Menschenmenge vorbeigehen. Sie drängen sich zu einem Restaurant, das gerade aufmacht. Ich stelle einem Mann ein paar Fragen, und er zeigt in die Richtung, in die ich mich dann wende.

Du kommst aus einem Seitenkorridor, gehst durch einen breiteren Gang, entfernst dich von dem Restaurant. An den

Wänden der Halle hängen kleine Schilder, und du merkst, daß sich die Zeiten geändert haben.

‚STEIJ:NERI, FAUNTEN, ZERGOT DISPENSERI. Die Schilder sind sehr würdevoll. Manche können dechiffriert werden. Sie bedeuten ‚Schreibwarengeschäft' und ‚Brunnen'. Aber du weißt nicht, was ein Zergot ist. Du bleibst vor einem Schild stehen und liest: TRAV:L BIWROU F:REST-CLAS TWRZ-MARS AND X: TROUDJ:N PLANETS SPEJ: REITS TU AOL S:NZ WIXIN 60 LIT IIRZ! Aber daneben siehst du nur eine langweilige Metallkugel, Passagiere laufen auf einer Rampe herum, und das Office ist geschlossen. Aber du fängst an, die neue Schreibweise zu begreifen.

Nun sind Leute ringsum, aber niemand beachtet dich. Warum sollten sie auch? Du würdest dich ja auch nicht aufregen, wenn ein Mann in einem Leopardenfellanzug vor dir stünde. Du würdest glauben, daß er eine Rolle in einem Theaterstück spielt. Nun, die Menschen ändern sich kaum im Lauf der Zeit.

Du nimmst deinen ganzen Mut zusammen und gehst zu einem Jungen, der offensichtlich Zeitungen auf Tonbändern verkauft. „Wo ist denn das Wissenschafts-Museum?"

„WeierundnlinksomSchildzweiBlocks", sagte er. Manche Leute reden in ganz normalem Englisch, aber einige sprechen diesen neuen Dialekt. Du gehst weiter, bis du ein großes Schild findest, das im Gummigehsteig eingelassen ist. MIUZI:M :V SYENS. Ein Pfeil weist dir die Richtung, und du wendest dich nach links. Zwei Blocks weiter siehst du ein rosa Gebäude mit aquamarinblauer Verzierung, das größer ist als die anderen Häuser. Offenbar sind die Häuser jetzt niedriger als früher. Zwanzig Etagen – das ist so ungefähr das Maximum. Du gehst auf das Gebäude zu, und ein Schild im Gehsteig informiert dich, daß dies das Museum ist.

Du steigst die Treppe hinauf und siehst, daß das Museum offenbar geschlossen ist. Du zögerst einen Augenblick lang. Du glaubst allmählich, daß das alles Unsinn ist, daß du in die

Zeitmaschine zurückkehren und heimfliegen solltest. Aber dann kommt ein Museumsdiener an die Tür. Abgesehen von den kurzen Hosenbeinen sieht er aus wie ein ganz normaler Museumsdiener.

Er spricht auch ganz deutlich – nicht so schludrig wie der Junge. „Kann ich Ihnen helfen, Sir? Oh, natürlich. Sie spielen sicher in ‚Atome und Axiome' mit. Das Museum ist geschlossen, aber Sie können sich gern alles ansehen, was sie für die Nuancierung Ihrer Rolle brauchen. Eine nette Aufführung. Ich habe sie schon zweimal gesehen."

„Danke", sagst du und fragst dich, welche Art von Zivilisation so zuvorkommende Museumsdiener hervorbringen kann. „Ich habe den Auftrag, Ihre Atomgeneratoren zu studieren."

Er strahlt. „Natürlich." Die Tür hinter ihm schwingt auf, aber er schaut sie gar nicht an. Anscheinend hat sie kein Schloß. „Muß eine neue Rolle sein. Gehen Sie diesen Korridor entlang, eine Treppenflucht hinauf und dann nach links. Die schönste Ausstellung von allen Welten. Wir besitzen die Originale der ersten dreizehn Modelle. Professor Jonas hat sie benutzt, um seine letzte Theorie über ihre Wirkungsweise zu testen. Schade, daß auch er das Prinzip nicht eruieren konnte. Aber eines Tages wird das schon irgend jemand schaffen. O Gott, was für ein Genie muß dieser Erfinder gewesen sein, der im zwanzigsten Jahrhundert gelebt hat! Das ist mein Hobby, Sir. Ich lese alles über diese Epoche, was ich nur auftreiben kann. Übrigens – ich gratuliere Ihnen zu Ihrer Aussprache. Sie reden so wie die Leute auf unseren ältesten Tonbändern."

Nachdem du dich höflich bedankt hast, kannst du dich endlich von ihm losreißen. Das Gebäude ist anscheinend verlassen, und du steigst die Stufen hinauf. In einem Raum zur Rechten findest du ein Ding, das als erster echter Plastikdiamantenformer bezeichnet wird, und du gehst darauf zu. Da beginnt es sich wie verrückt zu winden, streckt einen Arm aus, der wie ein Wellenlager aussieht und überreicht dir einen Gegenstand, der etwa so groß wie ein Penny ist. „Ein Souvenir", sagte es mit melodischer Stimme. „Dies ist das typische Juwel des zwanzigsten Jahrhunderts mit achtundfünfzig Facetten und etwa zwanzig Karat. Im dritten Stock können Sie während der Vormittagsstunden einen Ring daraus anfertigen lassen, zu einem Preis von einem Zehntel Credit. Wenn Sie mehrere Kinder haben, drücken Sie auf den roten Knopf. Für jeden Druck bekommen Sie einen weiteren Stein."

Du schluckst, steckst den Diamant ein und gehst zum Korridor zurück. Du wendest dich nach links, passierst ein großes Zimmer, in dem Raumschiffmodelle ausgestellt sind – von der ersten V-2, die als erste Mondrakete bezeichnet wird, bis zu einer Kugel von zehn Fuß Durchmesser, in der Männchen sitzen. Sie segeln alle in verschiedenen Kreisbahnen herum.

Mittlerweile bist du beinahe überzeugt. Und du hast überlegt, was du tun könntest. Die Geschichte, die ich dir erzähle, hat dich beeindruckt, aber du bist immer noch nicht bereit, sie zu akzeptieren.

Im nächsten Raum siehst du Modelle, die auf Tischen montiert sind und als Atomschiffe bezeichnet werden. Sie sind viel kleiner, als du erwartet hast. Sie sind in chronologischer Reihenfolge angeordnet, und das letzte mit der Aufschrift 2147-RINCS DYN:POT ist etwa so groß wie ein Tischtelefon. Die früheren sind natürlich größer, aber unterschiedlich, was offenbar mit den diversen Energieleistungen zusammenhängt. Ein großes Schild an der Decke gibt eine Menge Erklärungen über Atomgeneratoren ab. Der Erfinder wird erwähnt, aber nicht namentlich genannt. Entweder kennen sie ihn nicht, oder sie setzen voraus, daß ohnehin jeder weiß, wer das ist, und das ist wahrscheinlicher. Das Schild weist auch darauf hin, daß das Museum das Originalmodell des ersten Atomgenerators besitzt, zusammen mit den Entwürfen und dem Originalmanuskript, das seine Anwendungsweise erläutert. Ebenso wird erwähnt, daß dieser Generator alle später hinzugekommenen Verbesserungen enthält, mit jeder Art von Treibstoff arbeitet, Elektrizität von jeder gewünschten Spannung bis zu fünf Millionen Volt erzeugt, sich jeder Stromkreislaufform anpaßt, vom direkten bis zum Tausend-Megahertz-Strom, jede Ampere-Zahl bis zu Tausend ist möglich, maximale Kraftleistung beträgt fünfzig Kilowatt und wird begrenzt durch die stromleitende Fähigkeit der Ausstöße. Das Schild erwähnt auch, daß man immer noch nach dem Funktionsprinzip forscht und daß dem Originalmodell nur Verfeinerungen in Form von besseren Legierungen und magnetischen und nuklearen Stromentnahmestellen hinzugefügt wurden.

Du schaust dir das Ding an. Es ist eine einfache rechteckige Kiste mit je einem großen Pfropfen an jeder Seite und Feineinstellungskontrolle obendrauf, mit einem kleinen Loch und einem Schild, auf dem in altmodischer Schrift steht: ‚Draht hier einfügen.' Auf diesem Weg wird der Motor offenbar mit Treibstoff versehen. Er ist etwa einen Fuß lang.

„Hübsch", sagt der Museumsdiener hinter dir. „Eins von den Kathodenstromnetzen mußten wir ersetzen, weil es schon zu abgenutzt war. Aber sonst ist der Generator noch genauso, wie ihn der Erfinder gemacht hat. Und er funktioniert immer noch genausogut wie eh und je. Soll ich Ihnen was davon erzählen?"

„Lieber nicht . . .", beginnst du, aber dann wird dir klar, daß die schlechten Manieren offenbar abgeschafft wurden. Während du nach einer Antwort suchst, zieht der Museumsdiener was aus seiner Tasche und starrt es an.

„Sehr schön. Der Bürgermeister von Altasecarba in Zentaurien kommt bald an, aber in zehn Minuten bin ich wieder da. Er will sich ein paar Waffen ansehen, für eine Monographie über die primitiven Zentaurier, die mit den Menschen des neunzehnten Jahrhunderts verglichen werden. Wenn Sie mich jetzt bitte entschuldigen . . ."

Du entschuldigst ihn natürlich, und er stapft glücklich davon. Du gehst zu diesem Rinks Dynapot zurück. Es ist klein, und du kannst es tragen. Aber das verdammte Ding sitzt auf dem Tisch fest. Du siehst keine einzige Schraube, aber du kannst es nicht von der Stelle rücken.

Du gehst die Reihe entlang. Es wäre albern, ein frühes Modell zu nehmen, wenn man eins mit eingebauten Magnetstromschaltern haben kann. Ehrenhaft – oder war das irgendein anderes Prinzip? Außerdem hätte das spätere Modell auch noch die nuklearen Klebkraft-Kontrollen. Aber alle sitzen wegen dieses Was-weiß-ich-Effekts auf ihren Tischen fest.

Schließlich stehst du wieder vor dem ersten Modell. Es läßt sich bewegen. Ein kleines Schild darunter bittet den Beschauer, es nicht anzurühren, da die gravostatische Platte gerade erneuert wird.

Nun, es wird dir nicht gelingen, den Zeitenlauf zu ändern, wenn du irgend etwas tust, was ich dir nicht gesagt habe. Aber so ein Arbeitsmodell ist eine handliche Sache. Du hebst es hoch – es ist etwa fünfzig Pfund schwer, aber es läßt sich tragen.

Du erwartest, daß eine Alarmglocke schrillt, aber es bleibt still. Übrigens, wenn du nicht so viel Scotch trinken und dauernd die Maschine da draußen anstarren würdest, dann würdest du hören, was ich dir jetzt sage, und wissen, was dir passieren wird. Aber du versäumst natürlich genausoviel wie seinerzeit ich, und du mußt selbst herausfinden, was du tun mußt. Aber ich habe jedenfalls versucht, mich an möglichst viel zu erinnern, nachdem er mir das alles erzählt hatte. Also rede ich weiter. Vielleicht wird es dir irgendwie helfen.

Also, du taumelst den Korridor hinab und hältst nach dem Museumsdiener Ausschau. Dann hörst du seine Stimme im Waffenraum. Du bückst dich und läufst vorbei, aber du weißt, daß man dich sehen kann. Trotzdem passiert nichts.

Du stolperst die Treppe hinab, spürst alle futuristischen Strahlen der Welt auf deinem Rücken, aber es passiert noch immer nichts.

Das Tor vor dir ist geschlossen. Du erreichst es, und es springt freundlicherweise auf. Du stößt einen erleichterten Seufzer aus, dann stehst du auf der Straße.

Da klingt ein Schrei hinter dir auf. Du wartest nicht. Du setzt einen Fuß vor den anderen und gehst den Bürgersteig hinab, an

Leuten vorbei, die dich mit Mienen anstarren, die du dir nicht anschauen kannst, weil du keine Zeit dazu hast. Dann ertönt hinter dir ein zweiter Schrei.

Etwas fliegt über deinen Kopf hinweg und fällt direkt vor deinen Füßen auf den Gehsteig, mit einem plötzlichen Klirren. Du nimmst dir nicht die Zeit, herauszufinden, was das ist. Jemand streckt eine Hand nach dir aus, und du flitzt vorbei.

Die Straße ist jetzt leer, und du stürmst dahin, und hast das Gefühl, deine Arme müßten jeden Augenblick aus den Gelenkpfannen fallen, und der Atomgenerator wird mit jedem Schritt schwerer.

Aus dem Nichts taucht etwas in blauer Uniform auf, sechs Fuß groß und fleischig, und der Stern hat sich auch kaum geändert. Der Bulle packt dich am Arm und du merkst, daß du doch nicht so einfach davonkommen wirst. Also bleibst du stehen.

„Sie können sich bei dieser Hitze doch nicht so abschleppen, Sir. Das ist gegen das Gesetz. Warten Sie, ich besorge Ihnen ein Taxi."

Deine Knie werden ein bißchen weich. Du schüttelst den Kopf und schnappst nach Luft.

„Ich – ich habe mein Geld daheim vergessen", stotterst du.

Der Bulle nickt. „Ich verstehe. Das erklärt alles. Ich werde Sie nicht vorladen müssen – aber Sie hätten zu mir kommen sollen." Er klopft einem Passanten auf die Schulter. „Sir, ein Notfall. Würden Sie diesem Gentleman helfen?"

Der Passant grinst, schaut auf seine Uhr und nickt. „Wohin?"

Du hast dir den Namen des Gebäudes gemerkt, aus dem du gekommen bist, und den sagst du jetzt. Der Fremde nickt wieder, greift nach der einen Hälfte des Generators und bläst in ein Pfeifchen, das der Bulle ihm gegeben hat. Die anderen Passanten weichen euch aus, und ihr trabt die Straße runter und habt freie Bahn. Der Bulle schaut euch strahlend nach.

Jetzt ist es nicht mehr so schlimm. Du verstehst langsam, warum ich hierbleiben will. Aber die organisierte Kooperation ist nicht so toll, wie sie aussieht. Der Museumsdiener kann die gleiche Hilfe kriegen und vor dir da sein.

Und das ist er auch. Er steht in der Tür des Gebäudes, als ihr dort ankommt. Der Fremde hebt eine Braue und geht davon, als du ihm zunickst. Er wartet nicht auf dein Dankeswort. Der Museumsdiener hält ein Ding in der Hand, das wie eine große Klappkamera aussieht.

„Sie haben die Beschreibung vergessen“, sagt er. „Die Monographie und die Patentanmeldung. Das gehört alles zum Generator dazu. Wir haben es nicht so gern, wenn man die Sachen auseinanderreißt. Teilen Sie uns mit, wann Sie mit dem Studium fertig sind, dann holen wir alles wieder ab. Wozu brauchen sie es eigentlich – für eine Reproduktion – oder wollen Sie einen neuen Sketch darüber schreiben?“

Du schluckst kräftig, und dann nimmst du die Papiere entgegen, die er aus dem kleinen Kasten holt. Er fragt dich aus, und du erzählst ihm, was dir gerade einfällt. Dein liebenswürdiger Freund ist sehr zufrieden damit und geht zum Museum zurück.

Du glaubst es noch immer nicht, aber du packst den Generator und die Informationspapiere und gehst zum Dienstbotenaufzug hinunter. Nirgendwo ist ein Knopf zu sehen, auch keine Tür. Du siehst dich nach anderen Türen oder Korridoren um, aber du weißt, daß dieser Gang der richtige ist. Du erkennst die Schilder an der Wand wieder.

Da hüstelt irgend etwas, und dann öffnet sich die Wand. Eine Tür bildet sich, und die Liftkabine liegt wartend vor dir. Du gehst hinein und stammelst, daß du bis ganz hinunter fahren willst. Der Lift schließt sich, und dann geht es rasend schnell hinab. Du steigst aus – und merkst, daß du kein Licht hast.

Du stolperst über alle möglichen Hindernisse, über Kisten und Kästen, aber irgendwie schaffst du es, die Richtung zur Zeitmaschine einzuschlagen. Dann siehst du einen dumpfen Lichtschimmer – das schwache Licht der Zeitmaschine.

Du packst den Atomgenerator in den Gepäckraum und wirfst die Papiere daneben. Dann kletterst du schwitzend ins Cockpit.

Du streckst die Hand nach dem grünen Knopf aus – und zögerst. Da ist ein roter Knopf daneben, und für den entscheidest du dich schließlich.

Plötzlich kommt aus der Richtung des Aufzugs ein verwirrter Schrei, und ein Lichtstrahl sticht dir in die Augen. Du drückst auf den roten Knopf.

Du wirst nie wissen, was das Geschrei bedeuten soll – ob sie endlich gemerkt haben, daß sie bestohlen worden sind, oder ob sie dir helfen wollen. Es ist dir auch egal. Das Kraftfeld beginnt sich rings um dich zu formen, und der nächste Knopf, der bisher nicht benutzt wurde, schickt dich ins Nichts. Kein Lichtstrahl dringt zu dir, du kannst nichts hören, du bist in Sicherheit.

Der Rückflug verläuft ereignislos. Du sitzt da und rauchst, und deine Nerven beruhigen sich allmählich. Du entdeckst eine dritte Reihe von Knöpfen, mit einer Bleistiftbeschriftung darüber. ‚Drücken Sie auf diese Knöpfe, wenn Sie zu Ihrem Ich vor dreißig Jahren zurückkehren wollen.' Du wartest darauf, daß die Luft stickig wird, aber das wird sie nicht, weil diesmal nur du in der Maschine sitzt.

Dann bist du wieder in deinem Hinterhof.

Später wirst du dich mit diesem Hin und Her besser auskennen. Du steigst vor deinem Haus in die Maschine, fliegst in den Keller einer Zukunftszivilisation, und dann landest du in deinem Hinterhof. Du könntest auch um dreißig Jahre zurückhüpfen und vor dem Haus landen . . . Du steigst aus und trägst den Atomgenerator hinein.

Es ist nicht schwer, ihn auseinanderzunehmen. Aber du kannst nichts damit anfangen. Da sind nur Metallplatten, Spulen, ein paar andere Dinge, alle leicht herzustellen, und offensichtlich aus gewöhnlichem Metall. Aber als du sie eine Stunde später zusammensetzt, merkst du was – was Brandneues. Ein Kupferdraht fehlt. Das Ding funktioniert nicht. Du setzt ein bißchen Haushaltsdraht für zwölf Cents ein, genau so angeordnet wie das Set auf der anderen Seite, gibst noch ein paar Eisenspäne dazu und versuchst es noch einmal.

Und als die Kontrollschalter auf 120 Volts, 60 Zyklen und 15 Amperes eingestellt sind, hast du's. Du brauchst die Elektrizitätswerke nicht mehr. Und du fühlst dich noch ein bißchen glücklicher, als du herausfindest, daß der Gepäckraum nicht durch ein Kraftfeld von den Zeiteffekten isoliert war, und so hat sich der Motor irgendwie durch die Zeit zurückbewegt, zu seiner Jugend.

Aber dann wirst du richtig aufgeregt, als du siehst, daß die Papiere mit deiner eigenen Handschrift bedeckt sind, daß du als Erfinder angegeben wirst, daß die Patentanmeldung das Datum 1991 trägt.

Ja – jetzt wird's dir langsam klar. Du klaust einen Atomgenerator der Zukunft und holst ihn in die Vergangenheit zurück, in deine Gegenwart, damit er ins Museum gestellt werden kann, und du wirst als Erfinder genannt. Damit du ihn stehlen kannst, um als Erfinder zu gelten. Das alles machst du mit Hilfe einer Zeitmaschine, die dich zu dir selbst zurückbringt, damit du dich selbst in die Zukunft versetzen kannst, um dann wieder in deine Vergangenheit zurückzukehren – und wieder in die Zukunft.

Du wirst immer reicher, und die Schulkinder kommen, um den Mann anzustarren, der die Geschichte verändert und die Atomkraft zu etwas ganz Alltäglichem reduziert hat.

Eines Tages entdeckst du ein altes Gedicht – über irgend etwas, was manche Leute Evolution und andere Gott genannt haben. Du triffst ein paar Vorkehrungen für die Zukunft, und dann kletterst du in die Zeitmaschine. Du wirst dann an deine eigene Tür klopfen, dreißig Jahre früher – oder jetzt, von deinem Standpunkt aus betrachtet. Und du wirst dir selbst all das erzählen, was ich dir jetzt erzähle.

Aber nun . . .

Ja, jetzt sind die Gläser leer, und du bist benebelt genug, um mich ohne Widerstand zu begleiten. Ich will nämlich herausfinden, warum diese Leute nach dir suchten und schrien, bevor die Maschine abflog.

Komm, gehen wir.

Das Monstrum

Seine Füße bewegten sich mit automatischer Monotonie über den schalldämmenden Boden. Er sah, wie sie sich bewegten, und lauschte auf das leise Klappern. Dann glitt sein Blick über den rauhen Tweed seiner Hosen zu den knapperen Bewegungen seiner Schenkel. Es lag etwas Gutes in dieser Bewegung – beinahe ein Sinn.

Er versuchte die Arme zu bewegen, und sie paßten sich dem Rhythmus der Beine an. Der rechte Arm bewegte sich zusammen mit dem linken Bein nach vorn und sorgte für das Gleichgewicht. Es war schön, diese Bewegungen zu spüren und zu wissen, daß man mühelos gehen konnte.

Aber seine Augen wurden der Bewegungen rasch müde, und er sah sich in dem Korridor um, durch den er ging. Er erblickte zahllose Türen, und am Ende des Ganges entdeckte er eine Biegung. Er fragte sich, wie er abbiegen sollte, aber seine Füße schienen es besser zu wissen als er, da einer automatisch den Schritt verkürzte, und sein Körper schwang nach rechts, bevor die Beine die harmonische Bewegung wiederaufnahmen.

Der neue Gang war wie der alte weißgestrichen und hatte viele Türen. Was mochte hinter diesen Türen sein? Befand er sich in einem Universum aus Gängen und Türen, hinter denen weitere Gänge abzweigten? Das erschien ihm sinnlos. Er verlangsamte seine Schritte, als durch eine der Türen Geräusche zu ihm drangen.

Stimmen . . . Das bedeutete, daß es noch jemanden in diesem Universum gab, in dem er sich wiedergefunden hatte. Er blieb vor der Tür stehen und lauschte. Die Laute erreichten ihn nur gedämpft, aber er konnte die meisten Worte verstehen. Politik, sagte ihm sein Gehirn. Die Worte hatten nur eine geringe Bedeutung für ihn. Hinter dieser Tür sprach jemand mit jemand anderem über die beste Methode, einen Kampf auf dem Mond zu vermeiden, nachdem beide Mächte Stützpunkt auf diesem Planeten errichtet hatten. Die Kommentare zu den neuen Eisenkettenreaktionsbomben und dem Schaden, den sie vom Mond aus anrichten konnten, klangen angstvoll.

Es bedeutete nichts für ihn – außer, daß er nicht allein war und daß es ein Wissen in seinem Kopf aufrührte – ein Wissen über eine Welt, die wie ein Ball im Raum hing, mit einem Mond, der darum kreiste. Er versuchte noch mehr zu hören, aber das Gespräch brach ab und die anderen Türen schienen zu schweigen.

Dann fand er eine Tür, in der jemand den Plan verfluchte, Roboter auf einer Welt einzuführen, wo ohnedies schon Chaos herrschte. Der Sprecher nannte seinen Gesprächspartner beim Namen, und das erschütterte das Bewußtsein des Lauschers. Er hatte keinen Namen. Wer war er? Wo war er? Und was war geschehen, bevor er hier zu sich gekommen war.

Er fand keine Antworten auf diese Fragen, so angestrengt er auch sein widerstrebendes Gehirn durchforschte. Ein einziges Wort tauchte auf – Amnesie – Gedächtnisverlust. Bedeutete dies, daß er einst Erinnerungen besessen hatte? Dann versuchte er festzustellen, ob ein Mann, der an Amnesie litt, ein Persönlichkeitsgefühl hatte. Aber es gelang ihm nicht.

Er starrte den Türknauf an und fragte sich, ob die Männer dahinter seine Fragen beantworten könnten. Langsam glitt seine Hand zu dem Knauf. Doch bevor er ihn berührte, hörte er hastige Schritte den Korridor herabkommen.

Er wirbelte herum und sah zwei Männer um die Ecke biegen und auf sich zulaufen. Er hätte nicht gedacht, daß man seine Beine so schnell bewegen könnte. Der eine Mann war dicker als er und trug einen schmutzigen Kittel, der andere war schlank und in einen eleganten Khakianzug gekleidet, den er wie ein

Dienstabzeichen zur Schau stellte. Der Mann in Khaki öffnete den Mund.

„Da ist er! Halten Sie ihn fest! Sie – Expeto! Halt! George. . ."

Expeto – George Expeto! Er hatte also einen Namen. Falls der Vorname nicht dem anderen Mann gehörte. Aber das spielte keine Rolle, es war jedenfalls ein Name. George akzeptierte ihn voller Dankbarkeit. Dann erkannte er die Sinnlosigkeit des Befehls. Wie konnte er anhalten, wenn er ohnehin schon stillstand? Außerdem – diese schnellen Bewegungen. . .

Die beiden Männer schrien auf, als George sich in Bewegung setzte. Er stellte fest, daß seine Beine mühelos laufen konnten. Zweifelnd starrte er auf eine andere Ecke. Irgendwie war ihm alles gleichgültig. Er verlangsamte seine Schritte, und im gleichen Augenblick sauste etwas an seinem Kopf vorbei und prallte gegen eine weiße Wand. Sein Gehirn katalogisierte das Etwas als Kugel, die aus einem lautlosen Zep-Revolver stammte, und Kugeln wurden nur im Kampf benutzt. Diese Männer waren also seine Feinde.

Er dachte nach und stellte fest, daß er nicht das Bedürfnis hatte, die beiden zu töten. Außerdem hatte er keine Waffe. Er verdoppelte seine Geschwindigkeit, raste einen anderen Korridor hinab, sprang eine Treppe hinauf, und das war ein Fehler, denn die Stufen führten in einen schmaleren Gang, der offenbar erst kürzlich durch eine einzige Tür blockiert worden war. Der Mann mit dem Zep-Revolver kam rasch näher, als George zögernd stehenblieb.

Er warf sich mit einer Schulter gegen die Tür und stolperte in einen seltsamen Raum voller Maschinen, Tische und Bänke. Das meiste war seinen Augen fremd, aber er erkannte eine kleine tragbare Borreaktor-Generator-Anlage. Das war offenbar eines dieser neuen Hundert-Kilowatt-Geräte.

Jetzt war er in einer Sackgasse. Hinter ihm sprang der Khaki-Mann durch die Tür, mit erhobenem Zep-Revolver, und der ältere Mann im Kittel hielt ihn am Arm fest.

„Nein! Wenn Sie Expeto erschießen, wird man Ihnen hundert

Jahre Lunarhaft aufbrummen. Er ist sein Gewicht in Generalssternen wert. Wenn er . . ."

„Ja – wenn! George, wir können es nicht riskieren. Die Sicherheit ist wichtiger. Und wenn er es nicht ist, können wir nicht zulassen, daß ein weiterer Paranoiker herumläuft. Erinnern Sie sich an den anderen?"

Expeto ließ die Schultern hängen, und eine seltsame Furcht erfüllte ihn. „Ich bin nicht George?" fragte er langsam. „Aber ich muß George sein. Ich brauche doch einen Namen."

Der ältere Mann nickte. „Natürlich, George. Sie sind George – George Expeto. Ganz ruhig, Colonel Kallik! Natürlich sind Sie George. Und ich bin George Enders Obanion. Es ist alles gut, George. Niemand wir Ihnen was tun. Wir wollen Ihnen helfen."

Es war eine Falle, und Expeto wußte es. Sie wollten ihm nicht helfen. Er war aus irgendeinem Grund wichtig, und sie brauchten ihn. Er hieß nicht George – nur Expeto. Der Mann log. Aber er konnte nichts tun. Er war unbewaffnet.

Er zuckte mit den Schultern. „Dann erzählen Sie mir, wer ich bin."

Obanion nickte und hielt den anderen Mann an der Hand fest. „Sicher, George. Sehen Sie die Karte an der Wand? Da – hinter Ihnen. . . Jetzt!"

Expeto hatte kaum Zeit, sich umzudrehen und festzustellen, daß gar keine Karte an der Wand hing, bevor er eine heftige Bewegung hinter seinem Rücken wahrnahm. Eine Faust traf ihn, und dann verlor er die Besinnung.

Abrupt kam er zu sich und war überrascht, als er keine Schmerzen in seinem Kopf spürte. Ein Schlag, der ihm das Bewußtsein raubte, müßte doch länger anhaltende Schmerzen verursachen. Mit diesen Gedanken war er allein.

Es waren keine guten Gedanken. Sein Gehirn klammerte sich fest an die Worte, die jene beiden Männer ausgesprochen hatten, und versuchte, ihnen Sinn zu geben. Amnesie war selten – zu selten. Aber Paranoia war alltäglich. Zuerst bildet man sich ein, daß man verfolgt wurde, dann ist man davon überzeugt, und schließlich verliert man jeden Sinn für die Wirklichkeit in Phantasievorstellungen von Verfolgungsjagden und der eigenen Wichtigkeit. Dann war er also ein Paranoiker, der sich selbst belog, aber in manchen Phasen vernünftig war.

Aber sie hatten ihn doch wirklich verfolgt. Der eine Mann hatte einen Revolver gehabt. Und sie hatten gesagt, daß er wichtig war. Oder hatte er sich das nur eingebildet. Wenn eine wichtige Person Paranoia hatte, würden sie ihr dann ein Heilmittel eingeben, das eine Amnesie hervorrief?

Wer war er? Und wo war er? Die erste Frage war nicht so wichtig. Er war George Expeto, das genügte. Die zweite war schon interessanter. Er nahm an, daß er sich in einer Klinik oder Anstalt befand. Der Raum war weißgestrichen, das Bett das einzige Möbelstück. Er starrte auf seinen Körper hinab. Sie hatten ihn festgeschnallt, seine Arme steckten in dünnen Ketten.

Er versuchte sich an alles zu erinnern, was er über Krankenhäuser wissen müßte – vergeblich. Wenn er jemals krank gewesen war, dann erinnerte er sich nicht mehr daran, auch nicht an irgendwelche Schmerzen. Er wußte nicht, was man empfand, wenn man Schmerzen hatte, obwohl er das Wort kannte.

Langsam öffnete sich die Tür, und eine weiße Gestalt kam herein. Expeto starrte sie an, und in seinem Kopf begann es zu arbeiten. Diesmal leisteten die Worte Widerstand, aber sie kamen, ein Flüstern an der Oberfläche, das er mühsam festhalten mußte. Aber es war notwendig, daß er etwas sagte, denn diese Gestalt sah anders aus als die beiden Männer. Sie hatte längeres Haar, ein weicheres Gesicht . . .

„Sie sind eine – Frau." Endlich brachte er das Wort heraus.

Sie zuckte zusammen und griff nach der Tür, die sie vorsichtig geschlossen hatte. Angst spiegelte sich in ihrem Gesicht, aber dann schluckte sie und nickte. „Ja – natürlich. Aber ich bin nur Technikerin, und sie werden bald kommen, und . . . Sie haben Sie gefesselt."

Das schien sie zu beruhigen. Sie kam näher und sah ihn neugierig an. „Gar nicht so übel. Hallo, Romeo! Zu schade, daß Sie ein Monstrum sind! Sie sehen gar nicht böse aus."

„Sie sind also gekommen, um Ihre Neugier zu befriedigen", erriet er und versuchte das Bedürfnis zu verstehen, daß die Menschen dazu trieb, Bestien in Käfigen anzustarren. Er war also eine Bestie für sie – ein Monstrum, aber irgendwie wichtig. Seltsam, daß ihn ihre Bemerkung gar nicht störte ... Etwas anderes interessierte ihn viel mehr, seit dieses Wort an die Oberfläche getaucht war. „Warum gibt es Männer und Frauen? Und wer bin ich?"

Sie sah auf ihre Uhr und wandte den Kopf lauschend zur Tür. Dann kam sie zu ihm.

„Ich glaube, Sie sind der wichtigste Mann auf der Welt – wenn Sie ein Mann sind und nicht nur ein Monstrum. Fühlen Sie mal!" Sie hob seine Hand, so hoch es die Ketten gestatteten, und ließ sie über ihren Körper gleiten. Ihre Augen blickten durchdringend in die seinen. „Wissen Sie jetzt, warum es Männer und Frauen gibt?" Als er den Kopf schüttelte, preßte sie die Lippen zusammen. Dann stieß sie hervor: „Mein Gott, es ist wahr! So etwas könnten Sie nicht spielen. Das ist alles, was ich wissen wollte. Und jetzt werden sie den ganzen Mond übernehmen. Hören Sie – sagen Sie nicht, daß ich hier war, denn dann würde man Sie töten. Oder wissen Sie nicht, was der Tod ist? Wenn Sie tot sind, existieren Sie nicht mehr. Also sagen Sie nichts! Kein Wort!"

Sie ging zur Tür und lauschte, dann ging sie hinaus.

Der Zep-Revolver gab keinen Laut von sich, aber das Pfeifen der Kugel drang in Expetos Ohren. Er erschauerte, als der zerfetzte Körper der Frau aus seinem Blickfeld verschwand. Sie war hübsch gewesen, und es hatte Spaß gemacht, sie anzuschauen. Vielleicht waren die Frauen dazu da.

Obanion beugte sich über ihn, und im Korridor versammelte sich eine Menschenmenge in Khaki. „Wir werden Sie nicht töten, Expeto. Wir wußten, daß sie kommen würde – das heißt, wir hofften es. Werden Sie sich anständig benehmen, wenn ich jetzt Ihre Fesseln löse? Wir haben nur noch vier Stunden Zeit. Okay, Colonel Kallik?"

Der Colonel nickte. Die anderen hinter ihm hoben irgend etwas hoch und gingen davon.

„Sie war also die Spionin. Muß die letzte gewesen sein. Clever . . . Ich hätte schwören können, daß sie okay war. Gut, daß wir Expetos Tür nicht abgesperrt haben! Nun, die Falle hat funktioniert. Tut mir leid, daß wir Ihre Zeit verkürzen müssen."

Obanion nickte, und ein paar Männer in weißen Uniformen kamen herein, während die Khaki-Männer davon gingen. Sie rollten verschiedenartige Maschinen herein – Enzephalographen, Cerebrotropen und andere Instrumente.

Expeto beobachtete sie und begann zu frösteln. Aber er war doch gar nicht verrückt. Sein Gehirn war ganz klar. Er öffnete den Mund, um zu protestieren, und im gleichen Augenblick wirbelte Obanion herum.

„Haben Sie das Gefühl, daß wir Sie verfolgen, Expeto? Vielleicht möchten Sie mir den Schädel einschlagen und dorthin laufen, wo man Sie verstehen würde. Sie könnten es schaffen, denn Sie sind stärker als ich. Auch Ihre Reaktionsfähigkeit ist besser. Ich bringe Sie auf diese Idee. Sie haben nur vier Stunden Zeit, um es zu tun."

Expeto schüttelte den Kopf. Das wäre Wahnsinn. Wenn er sich verfolgt fühlte, wäre er ja wirklich ein Paranoiker. Es mußte eine andere Erklärung geben. Dies war ein Krankenhaus – und in Krankenhäusern wurden die Menschen geheilt. Sogar vom Wahnsinn. Es konnte nur ein Test sein.

„Nein", sagte er langsam und stellte überrascht fest, daß er nicht log. „Ich will Sie nicht töten, Doktor. Wenn ich verrückt war, dann ist es jetzt vorbei. Aber ich kann mich an nichts erinnern." Seine Stimme klang zu schrill. Er machte eine Pause und fuhr in ruhigerem Ton fort „Ich möchte mit Ihnen zusammenarbeiten. Aber sagen Sie mir, wer ich bin. Was habe ich getan? Warum werde ich als Monstrum bezeichnet? Mein Gott, geben Sie mir doch einen Anhaltspunkt! Dann tue ich alles, was Sie wollen!"

„Es ist besser, wenn Sie nichts wissen, da Sie es anscheinend merken, wenn ich lüge." Obanion winkte die anderen Männer heran. Sie banden Expeto los und warteten, bis er sich in den Stuhl gesetzt hatte, auf den sie zeigten. Dann befestigten sie irgendwelche Geräte an seinem Kopf. „Sie sind ein Spion, Expeto. Der wichtigste Mann auf der Welt – wenn Sie bei Verstand bleiben. Sie sind der einzige, der das Geheimnis kennt, wie wir auf dem Mond leben, die Erde vor Aggressionen schützen und eines Tages zu den Sternen fliegen können."

„Aber ich kann mich an nichts erinnern."

„Das macht nichts. Das Geheimnis ist in Ihnen, und wir wissen, wie wir es nutzen können. Sie werden jetzt einigen Tests unterzogen. Sagen Sie mir genau, was Ihnen in den Sinn kommt. Diese Instrumente werden Sie überprüfen. Sind Sie bereit?"

Es dauerte endlos lange. Neue Gruppen weiß uniformierter Männer kamen mit neuen Instrumenten herein. Die Uhr an der Wand zeigte an, daß nur eine Stunde vergangen war, aber es hätte ein Jahrhundert sein können, als Obanion seufzte und sich von einem anderen Mann ablösen ließ.

Expetos Gedanken wirbelten wie rasend durcheinander. Dankbar genoß er die Atempause, und sein Gehirn beruhigte sich. Es mußte einen Weg geben . . .

„Welcher Tag ist heute?" fragte er. Als sie schwiegen, runzelte er die Stirn. „Zusammenarbeit bedeutet, daß beide Seiten ihren Beitrag leisten. Ich habe meinen Teil getan. Ist es zuviel verlangt, wenn ich Antwort auf eine simple Frage haben will?"

Der neue Mann nickte langsam. „Sie haben recht. Sie verdienen ein paar Antworten, wenn ich sie Ihnen geben kann, ohne die Sicherheitsgesetze zu brechen. Heute ist der 8. Juni 1991, und es ist elf Uhr abends."

Das deckte sich mit den Zahlen, die im Hintergrund seines Bewußtseins aufgetaucht waren und die einzige Theorie zerstörten, die er gehabt hatte. „Und der Präsident ist William Olson?"

Der Doktor nickte und vernichtete die letzte Chance der Theorie. Eine Zeitlang hatte Expeto geglaubt, daß die angreifenden Länder vielleicht gewonnen hatten und dies ihre Diktatur war. Wenn er in einem Krieg verletzt worden war. . . Aber das war Unsinn, da sich weder in seinem Zeitgefühl noch in der Regierung irgend etwas geändert hatte.

„Wie bin ich hierhergekommen?"

Der Doktor öffnete die Lippen, dann klappte er sie wieder zu. Nach einer Weile sagte er: „Vergessen Sie das, Expeto. Sie sind hier. Streichen Sie die Vergangenheit aus Ihrem Gedächtnis. Sie haben keine. Und jetzt stellen Sie keine Fragen mehr. Sonst werden wir nicht fertig. Wir haben nur noch drei Stunden Zeit."

Expeto stand langsam auf und schüttelte sich. „Sie haben recht, Doktor. Sie werden nie fertig. Ich habe das alles satt. Was immer ich getan habe. Sie haben mich zu hart bestraft, als Sie den Teil meines Ichs töteten, der Erinnerungen besaß. Und wer immer ich bin, ich werde es allein herausfinden. Zur Hölle mit euch allen!"

Er erwartete, daß Zep-Revolver auftauchen würden, und er hatte recht.

Plötzlich öffneten sich Wandtafeln, und sechs Männer in diesen deprimierenden Khakianzügen starrten ihn an und richteten ihre Revolver auf ihn. Aber irgend etwas in Expeto schien jetzt die Kontrolle zu übernehmen. Er hielt den Doktor in einem Arm und den Revolver eines Majors in der anderen Hand, bevor sich irgend jemand rühren konnte. Er sah sie an, wartete auf das Pfeifen der Kugeln, aber sie wichen zurück und warteten auf Befehle. Expetos Fuß fand die Tür, trat dagegen, das Schloß brach.

Obanions Stimme klang auf. „Nicht schießen! Expeto, ich bin der Mann, den Sie brauchen. Lassen Sie Smith los, und ich werde Sie begleiten, bis Sie bereit sind, mich freizugeben. Das ist doch fair, oder?"

Smith protestierte, aber der Doktor fiel ihm ins Wort. „Es ist meine Schuld, da ich die Verantwortung trug. Und die Regierung soll der Teufel holen. Jedenfalls weigere ich mich, so viele gute Männer umbringen zu lassen. Seine Reaktionen sind einfach zu schnell. Vielleicht kommen wir auf diese Weise sogar eher ans Ziel. Okay, Expeto – oder wollen Sie die Leute lieber töten?"

Expeto ließ den Revolver um einen Zoll sinken und schüttelte den Kopf. Die Emotionen, die ihn erfüllten, waren so gewaltig, daß sie ihm die Besinnung zu rauben drohten. Er wußte jetzt, daß er niemals einen dieser Menschen töten könnte. Aber sie waren offenbar nicht so sicher wie er. „Führen Sie mich hinaus, und dann können Sie zurückgehen, Obanion."

Der Doktor wischte sich den Schweiß von der Stirn, brachte ein schwaches Lächeln zustande und nickte. Er öffnete eine andere Tür, und sie gingen einen kurzen Korridor hinab, in dem reglose Männer mit Gewehren standen. Und dann waren sie draußen. Obanion wandte sich ab, um zurückzukehren, dann zögerte er und legte eine Hand auf Expetos Schulter. „Kommen Sie doch wieder mit hinein. Wir können Sie verstehen. Oder. . . Okay, ich nehme an, Sie wollen lieber gehen. Danke, daß Sie mein Angebot angenommen haben."

Die Tür schloß sich und Expeto war allein. Der Großteil des Gebäudes lag im Dunkeln, aber er sah ein paar erleuchtete Fenster, Männer und Frauen, die an Werkbänken arbeiteten. Von Betten war nichts zu sehen. Offenbar handelte es sich um ein Regierungslabor.

Sie hatten das wichtigste Monstrum der Welt, den nützlichsten Paranoiker durch Amnesie gerettet. Das Monstrum, das sie zurück in die Paranoia treiben wollten, in der Hoffnung, daß er sein Gedächtnis zurückgewinnen und sich an das Geheimnis erinnern würde, das sie brauchten. . . Sollten sie das Geheimnis haben. Aber er brauchte Ruhe und Frieden, irgendwo, wo sich sein Gehirn erholen konnte. Dann würde er ihnen das Geheimnis gern verraten. Oder vielleicht nicht? Würde er wirklich wieder zum Monstrum werden? Oder würde er den seltsamen Grund erfahren, warum es Männer und Frauen gab? Würde er das Rätsel lösen, das so einfach zu sein schien, das die Frau geglaubt hatte, die bloße Berührung würde ihn auf die richtige Spur bringen?

Komisch, daß es so viele Wissenschaften gab, aber keine Wissenschaft des Lebens. Oder gab es die auch? Vielleicht war er so ein Wissenschaftler gewesen. Ein Psychologe oder Biologe oder Zoologe – oder was immer sie der alten griechischen Sprache entnommn hatten ... Vielleicht lag dort das Geheimnis, vielleicht war jener Teil seines Ichs völlig aus seinem Gehirn herausgebrannt worden.

Dann hörte er das Geräusch eines Motors und wußte, daß sie ihn nicht so einfach gehen lassen würden. Er würde keinen Augenblick der Freiheit genießen, solange sie es verhindern konnten. Er wirbelte herum, blickte zum Horizont. Dort gab es Lichter und eine Stadt. Dort würde es auch Menschen geben, zwischen denen er sich verstecken konnte.

Er setzte seine Beine in Bewegung und begann zu laufen. Im schwachen Mondlicht konnte er kaum den Boden sehen, aber er kam hier viel schneller voran als in den Korridoren. Hinter sich hörte er ein Auto und verdoppelte seine Geschwindigkeit, während das Motorengeräusch langsam schwächer wurde.

Er atmete auf, als er die Außenbezirke der Stadt erreichte, fiel in langsamen Trab und imitierte die Schritte der wenigen Menschen, die er sah. Jetzt fühlte er sich wohl. In den Myriaden von Straßen, zwischen zahllosen Leuten konnte er untertauchen. Aber er folgte einer Hauptstraße, und in ihrem Licht würde ihn vielleicht jemand entdecken, der ihn kannte.

Er zog eine Zeitung aus einem Abfallkorb und bog links ab, in eine dunklere Seitenstraße. Er überflog die Zeitungsartikel. Von einer mysteriösen, wichtigen Person, die entweder als Monstrum oder als Retter auftrat, stand nichts darin.

Ein einsames Mädchen schlenderte vor ihm den Gehsteig entlang. Er beschleunigte seine Schritte, und sie drehte sich um. Als der Wind ihr dünnes Bolerojäckchen zur Seite wehte, das nun ihre Brüste freigab, wußte Expeto, daß sie tatsächlich eine

Frau war. Unsicher sah sie zu ihm auf, als er sie eingeholt hatte. „Ja?“

Sie konnte die Antworten nicht wissen. Offenbar hatte sie ihn nie zuvor gesehen. Wie konnte sie ihm sagen, was er wissen wollte?

„Tut mir leid – ich habe Sie mit jemandem verwechselt. Nein warten Sie. . . Wo könnte ich denn ein Zimmer finden?“

Sie lächelte „Im Alhambra. Da hinten. Sehen Sie das Schild?“

Als sie sich abwandte, streifte sie seinen Arm, und ihr Atem stockte. Ihre Hand hatte seine nackte Haut berührt. Sie zuckte zusammen, dann wich sie langsam zurück. „Nein!“ jammerte sie, als er sie an der Schulter packte. Sofort ließ er sie los, und sie brach kraftlos zusammen. Von heftiger Übelkeit erfaßt, kniete er neben ihr nieder. Dann atmete er auf, als er ihr den Puls fühlte und den Schlag spürte. Er hatte sie nicht getötet, hatte sie nur so erschreckt, daß sie ihn Ohnmacht gefallen war.

Nur so sehr erschreckt?

Schließlich erhob er sich, wandte sich ab und ging zum Alhambra. Er konnte nichts für sie tun. Sie würde bald zu sich kommen, und es war besser, wenn sie ihn dann nicht mehr sah. Vielleicht glaubte sie dann, sie hätte sich diese Begegnung nur eingebildet.

Voller Bitterkeit beobachtete er einen hellen Pfeiler, der am Horizont aufragte, und erinnerte sich, daß hinter der ersten Tür, an der er gelauscht hatte, zwei Männer über die beiden Stützpunkte auf dem Mond diskutiert hatten. Sie konnten dem Krieg ins Auge sehen, genauso, wie die Rakete da drüben Höllenbomben aus einer Höhe von einer Viertelmillion Meilen herabregnen lassen konnte. Sie brauchten den Krieg nur vage zu fürchten. Und er konnte diesem Mädchen die Besinnung rauben, wenn er es nur anrührte.

Der Nachtportier sah gerade fern, als der neue Gast sich ins Register eintrug, mit dem Namen, der, wie er hoffte, einst zu ihm gehört hatte. George Expeto – aus – sagen wir mal, New York, Es spielte ohnehin keine Rolle.

„Zwanzig Dollar", sagte der Nachtportier.

Dollar? Er schüttelte langsam den Kopf. Da war irgend etwas gewesen – Dollars und Cents ... Aber es ergab keinen Sinn.

Die Augen des Portiers wurden hart. „Kein Geld, was? Versuchen Sie jemand anderen zum Narren zu halten! Verschwinden Sie!"

Expeto blieb stehen und dachte krampfhaft nach. Dollars ... Da war irgend etwas ... Der Nachtportier hatte sich wieder dem Bildschirm zugewandt, und er griff nach der knochigen Schulter und drehte den Mann zu sich herum. „Hören Sie ..." Es war sinnlos. Die Schulter zerbrach unter seiner Hand wie morsches Holz, und der Portier fiel mit einem schrillen Schrei in Ohnmacht.

Expeto stand schwankend vor dem Hotel und wartete, bis die Übelkeit langsam nachließ. Er sagte sich, daß die Ärzte den Mann schon wieder in Ordnung bringen würden. Dazu waren sie ja da. Er hatte ja keinen irreparablen Schaden angerichtet, und er hatte dem Mann auch gar nicht weh tun wollen. Er hatte doch nur fragen wollen, was Dollars waren und wo man sie bekam.

Er ging in einen kleinen Park und ließ sich auf eine Bank sinken. Aber die Übelkeit war immer noch da, eine Übelkeit, die er nicht bemerkt hatte, die jedoch langsam gewachsen war, noch bevor er den Mann im Hotel angerührt hatte. Es war, als würde irgend etwas langsam sein Gehirn zerfressen. Sogar die seltsamen Teilerinnerungen an Gedanken und Worte lösten sich auf.

Er saß immer noch da, den Kopf in die Hände gestützt, und versuchte sich zu fangen, als das Auto heranfuhr. Obanion und Kallik stiegen aus, aber der Doktor kam allein zu ihm.

„Kommen Sie, Expeto. Es klappt nicht. Sie können genausogut zurückkommen. Wir haben nur noch eine Stunde Zeit."

Langsam stand Expeto auf und nickte müde. Der Doktor hatte recht. Für ein Monstrum von seiner Sorte war kein Platz auf der Welt.

„Und was passiert nach dieser Stunde?" fragte er dumpf, als

er in den Fond des Wagens stieg und zusah, wie Obanion die Tür schloß und dann eine Glasfront zwischen den Rück- und Vordersitzen hochkurbelte.

Obanion zögerte sekundenlang, dann zuckte er mit den Schultern. „Also gut. Vielleicht sollten Sie es wissen. In einer Stunde werden Sie sterben, und es gibt keine Möglichkeit, das zu verhindern."

Expeto ließ diese Information langsam in die schlammigen Tiefen seines Bewußtseins einsinken. Aber er war doch wichtig. Das hatten sie ihm gesagt. Oder nicht? Sie hatten ihn gejagt und gefesselt, sie hatten sich geweigert, ihm mitzuteilen, was er wissen wollte, und ihm nur erklärt, er sei die Hoffnung der ganzen Welt. Oder hatte er sich das nur eingebildet?

„Ich wollte nichts anders als mich selbst finden – nur mich selbst. Aber das haben sie mir nicht gestattet – nicht einmal für ein paar Stunden ..." Er brach ab, als er merkte, daß er laut gesprochen hatte.

Die Stimmen drangen gedämpft durch die Glasscheibe. Kallik sprach zuerst. „Sehen Sie? Paranoia! Er fühlt sich verfolgt."

Obanion nickte langsam. „Er wird ja auch verfolgt. Aber infolge des Zeitlimits, auf dem die Regierung bestand, der Spione, die unsere Pläne zunichtemachten, der Notwendigkeit, die Fakten zu erhalten – was blieb uns anderes übrig? Wenn sie erlaubt hätten, ihn wenigstens für eine Woche zu beleben. Aber Lebenskristalle für nur sechs Stunden – da mußten wir brutal sein."

„Wir reden, als ob er ein Mensch wäre. Erinnern Sie sich an den anderen? XP One? Er war verrückt, brachte Menschen um – oder er versuchte es zumindest. Ich sage Ihnen, man kann diesen Robotern noch nicht trauen, egal, was Ihre kybernetischen Jungs in den letzten zehn Jahren herausgefunden haben. Dieser eine hatte nur sechs Stunden statt zehn wie die anderen, und er hat uns bereits bedroht und zwei Menschen verletzt."

„Vielleicht. Wir wissen noch nicht alles." Obanion wischte sich die Stirn ab. „Aber verdammt – er ist menschlich! Das macht es ja so schwer – zu wissen, daß wir ihn wie eine Maschine behandeln müssen ... Wir haben sein Gehirn aus Silikon und Trickmetallkristallen gebaut und seinen Körper in einem Labor hergestellt, aber durch seine mechanische Erziehung ist er menschlicher als manche Menschen. Wenn ich beweisen kann, daß er nicht verrückt ist ...“

Expeto – Experiment Two – starrte auf die Hand, die er sich vors Gesicht hielt. Er bog die Finger, betrachtete die Adern und Muskeln. Dann knetete er die Finger langsam mit der anderen Hand, zerrte daran, bis es keinen Zweifel mehr daran gab, daß sie aus Gummiplastik bestanden.

Ein Monstrum ... Ein Ding, das man in einem Labor aus mechanischen Teilen hergestellt und mit menschlicher Erziehung gefüttert hatte, die auf Bändern in kybernetischen Maschinen festgehalten war. Ein Ding, das ohne Luft auf dem Mond umherwandern und feindliche Stützpunkte erobern und alle Arbeit der Menschheit leisten konnte – das von Menschen aber nie als menschliches Wesen betrachtet werden würde ... Ein Ding, das man für ein paar Stunden zum Leben erweckt und so programmiert hatte, daß es am Ende dieser Zeitspanne sterben würde – eine Vorsichtsmaßnahme, denn es besaß kein wirkliches Leben und es war kein Mord, ein solches Ding zu töten.

Ein Ding, das anscheinend keine Menschen töten konnte, nach der Übelkeit zu schließen, die ihn befiel, wenn er sie bedrohte oder verletzte. Aber ein Ding, dessen sie nicht sicher sein konnten – bis sie ihn getestet und herausgefunden hatten, daß er vollkommen und geistig normal war ...

Er wiegte sich hin und her auf seinem Sitz und stöhnte leise . Er wollte nicht sterben. Aber die ausradierten Stellen in seinem Gehirn wurden immer größer. Es spielte keine Rolle. Er war ohnehin ein Niemand gewesen. Er könnte niemals jemand sein. Aber er wollte nicht sterben.

„Noch eine halbe Stunde“, sagte der Kybernetiker Obanion langsam. „Und sogar noch weniger, wenn wir nicht verhindern, daß er früher stirbt. Er ist nahe dran.“

Dann fuhr das Auto in eine Garage, und Obanion und Kallik stiegen aus. Expeto ging ruhig mit ihnen. Er wußte, daß Obanion recht hatte. Es fiel ihm bereits schwer, die Beine zu bewegen und die Dinger zu kontrollieren, die seine Muskeln darstellten. Sie kehrten in das Zimmer zurück, wo die Techniker mit ihren Instrumenten warteten.

Sekundenlang sah er diese Menschen an. Obanions Augen waren verschleiert, aber die anderen begegneten seinem Blick unverhüllt. Und er las kein Mitleid darin. Die Menschen hatten kein Mitleid mit einem alten Auto, das auf den Schrottplatz wanderte. Er war nur eine Maschine – und mochte er noch so wertvoll sein. Nach ihm würden andere Maschinen Gesichter sehen, die sich abwandten – viele Generationen lang.

Langsam trat er gegen den Stuhl, warf ihn zu Boden, ohne ihn zu zertrümmern, und seine Stimme klang so hoch und schrill, wie seine nachlassende Kontrollkraft es zuließ. „Nein! Nicht mehr! Ihr habt mich lange genug verfolgt. Ihr habt versucht, mich zu töten – mich, die Hoffnung eurer unbedeutenden Rasse! Ihr habt mich ausgelacht und gequält. Aber ich bin klüger als ihr – größer als ihr. Ich kann euch töten – alle – die ganze Welt – mit meinen bloßen Händen."

Er sah Entsetzen auf Obanions Gesicht und Traurigkeit, und er bereute fast, was er gesagt hatte. Aber der selbstzufriedene Ausdruck in Kalliks Augen, als er seinen Zep-Revolver zog, und die haßerfüllte Furcht in den Mienen der anderen, wirkten dieser Reue sofort entgegen. Er stürzte sich auf sie.

Sekundenlang fürchtete er, daß man ihn nicht aufhalten würde, bevor er einen der Männer verletzte. Aber dann begann der Revolver in Kalliks Hand lautlos zu sprechen, und die Kugel schlug gegen Expetos imitierten Körper.

Er lag da und beobachtete, wie sie sich langsam von ihrer Angst erholten. Es war nicht mehr wichtig, als einer auf ihn zukam und sinnlos nach ihm trat, und es spielte nicht einmal eine Rolle, als Obanion den Mann wegzerrte.

Seine Sinne schwanden, und er wußte, daß die Aufregung sein

kurzes Leben noch verkürzt hatte, daß die Kristalle auseinanderbrachen und seiner Existenz ein Ende setzten. Aber während er den Tod immer noch haßte und fürchtete, fügte er sich mit seltsamer Resignation in sein Schicksal.

Die Menschen hatten es besser. Der erste experimentelle Roboter hatte das vielleicht gewußt. Expeto klammerte sich an diesen Gedanken und fand ihn tröstlich. Er konnte nicht glauben, daß der andere verrückt geworden war. Auch er mußte die bittere Wahrheit herausgefunden und den einzig möglichen Versuch gewagt haben – auch wenn er dadurch einige wenige Menschen ernsthaft verletzt hatte.

Nun hatten sie zwei Fehlschläge erlitten, und es würde vielleicht Jahre dauern, bis sie einen neuen Versuch riskierten, wenn ihre Tests den Grund für den nicht-existenten Fehler nicht eruieren konnten. Sie würden ihre Kriegs- und Friedensprobleme selbst lösen müssen, ohne mechanische Monstren, die ihnen göttergleiche Macht gaben und die sie mit teuflischer Verachtung betrachteten, weil ihr Leben anders war als das ihre.

Es würde keinen mehr geben von seiner Art – keinen, der mißbraucht und verachtet wurde – und verfolgt . . . Verfolgt? Das Wort regte seine Gedanken an – da war doch irgend etwas gewesen – Paranoia – Wahnsinn . . .

Aber auch das erlosch. Alles erlosch. Und er sank durch vage Zufriedenheit in eine wachsende Schwärze. Seine Gedanken waren fast glücklich, als der Tod ihn ereilte.

Die Jahre rücken heran

Der Mars war öd und alt, abgetreten von den Schritten zweier Rassen, die gekommen und gegangen waren und nur dürftige Spuren zurückgelassen hatte. Sogar der Wind war müde, und sein dünnes Klagen klang wie das monotone Flüstern von Erinnerungen an eine ausgelöschte Vergangenheit.

Zeke Lerner starrte durch die staubige Beobachtungsluke der hastig wieder instand gesetzten kleinen Rakete auf die vernarbten Straßen und die mit Sand gefüllten Gruben, wo einst Sternenschiffe gestanden hatten, hinüber zu den Ruinen der Sternenstation. Sein Gesicht war grau und ausdruckslos, als sein Blick der Gestalt folgte, die auf sein Schiff zukam.

Er seufzte leise, und sein Atem wirbelte Staub in seiner kleinen Kabine auf. In vier Jahrhunderten kann ein Mensch lernen, nicht zu denken. Aber Gefühle überleben. Er war so müde, daß die Verjüngungskur nichts mehr nützen würde. Seine Schultern hingen vornüber und bestätigten das Alter, das sein graues Haar andeutete. Aber seine Augen waren noch älter, als er zum inneren Schleusentor des Schiffs ging, um es zu öffnen.

Stendal war ein Mann in mittleren Jahren, aber in seinem Gesicht lag die gleiche alte Müdigkeit, als er seinen Aspirationshelm abnahm und schlaff in einen Sitz sank. Die einfache Uniform eines Assistenzkoordinators von Terra war schmutzig. Er grinste Zeke schwach an und zog eine Kaffeethermosflasche aus ihrer Halterung.

„Die *Vierunddreißig* kommt also zurück?“ fragte Zeke.

Aber er war nicht angewiesen auf das Nicken des anderen. Er hatte es schon vermutet, als ihn das Verjüngungszentrum aufgespürt und aufs Raketenfeld beordert hatte. Nur eine dringliche Angelegenheit konnte die Rückkehr eines Mannes zur Jugend unterbrechen. Die Boten waren nicht mitteilsam gewesen, aber er war sicher gewesen, als sie ihm gesagt hatten, daß Stendal ihn auf dem Mars erwartete. Offenbar wußten nur die Spitzenverwalter Bescheid. Zekes Augen kehrten zu Stendals schmutziger Uniform zurück.

„Top Secret", bestätigte der Mann. „Das alles ist so geheimnisvoll, daß ich hierherbeordert wurde, um mich als Hausmeister zu betätigen. Nun sind Sie dran. Die Roboter und ich haben eine brauchbare Imitation von Reparaturarbeiten zuwege gebracht. Uff! Jetzt könnte ich eine Woche lang schlafen, aber ich muß sofort zur Erde zurückkehren. Tut mir leid, daß ich Ihre Verjüngung unterbrochen habe, Zeke."

Zeke zuckte mit den Schultern. Früher, als die Verjüngungskur noch neu gewesen war und die Leute Schlange gestanden hatten, um Termine zu bekommen, hätte das vielleicht noch eine Rolle gespielt. Nun hatte sicher irgend jemand abgesagt, dessen Platz er einnehmen konnte. Über fünfzehn Prozent der Bevölkerung wollten sich nicht behandeln lassen, unter anderem auch Leute, die erst zum erstenmal alt wurden. Und mit jedem Jahr verringerte sich die Zahl der Menschen, die das Leben lebenswert fanden.

„Wie haben Sie herausgefunden, daß sie kommt?" fragte er. „Immerhin ist sie seit fünfzig Jahren überfällig."

Stendal warf die Thermosflasche in den Abfallschacht und nahm sich eine von Zekes Zigaretten. „Das Centaurs Automatic-Signal muß immer noch funktionieren. Nigel hat im Büro ein paar Pieptöne aufgeschnappt, die beweisen, daß irgend etwas schneller als das Licht hierherfliegt. Die *Vierunddreißig* ist das einzige Schiff, das wir draußen haben, also muß sie es sein, oder . . ."

Er sprach den Satz nicht zu Ende, aber Zeke wußte, was er meinte. Entweder war es die *Vierunddreißig*, oder eine andere Rasse kam mit einem Schiff an, das die Lichtgeschwindigkeit übertraf. Plötzlich richtete er sich auf. Immerhin, das Schiff war lange überfällig. Er wünschte dem Schiff und den Männern nichts Böses, aber ...

„Machen Sie sich keine falschen Hoffnungen", unterbrach Stendal seine Gedanken. „Soweit ich mich an den Captain erinnere, war er ein sehr energischer Bursche. Vielleicht hatte er irgendwelche Schwierigkeiten. Und ich werde auch Schwierigkeiten kriegen, wenn ich jetzt nicht zurückfliege. Ich lasse Ihnen einen Roboter hier, falls noch irgendwas repariert werden muß. Glauben Sie, daß Sie es immer noch schaffen, Zeke?"

Zeke grunzte. Er war lange genug im Marshafen gewesen. Zuerst als Leiter der Kommunikationsabteilung, und schließlich als Direktor des gesamten Sternenschiffprojekts, als man die großen Schiffe baute und ins All schickte. Vierzig Schiffe in einem halben Jahrhundert, und jedes hatte über vier Billionen Dollars gekostet. Die *Vierunddreißig* war als letzte davongeflogen. Alle anderen waren zurückgekommen, und die Besatzungen hatten berichtet, daß sie vergeblich nach neuen Grenzen gesucht hatten.

Sie setzten ihre Aspirationshelme auf und gingen durch die Schleusentore hinaus. Stendal winkte Zeke kurz zu, dann ging er zu seiner Rakete, rief drei der wartenden Roboter zu sich und schickte den vierten zur Ruine des Verwaltungsgebäudes. Zeke beobachtete, wie Stendals Rakete startete und verschwand. Dann warf er einen letzten Blick auf das zerstörte Feld.

Der Mars wischte bereits alle Spuren dieser zweiten Rasse weg, die von der Erde gekommen war, um nach den Sternen zu suchen. Als Zeke vor dreieinhalb Jahrhunderten zum erstenmal diesen Boden betreten hatte, war der Marshafen jung und voller Leben gewesen. Zwei Jahrhunderte später waren die ersten Sternenschiffe erfolglos zurückgekommen, und man hatte ihn auf die Erde versetzt, wo er die Leitung des Generalverkehrsamts übernahm. Damals hatte sich der erste Sand über die Gebäude des Marshafens gelegt.

Diese Bauten waren nun verschwunden bis auf dieses eine,

das man immer wieder restauriert hatte, in der schwachen Hoffnung, daß auch das letzte Schiff zurückkehren würde. Auch die Holzschuppen und hydroponischen Nissenhütten, die einst die alten Marsruinen verdeckt hatten, waren längst vermodert. Nur Reste von Grundmauern zeigten noch an, daß sie einmal existiert hatten. In einem Jahrhundert würde keine einzige Spur mehr verraten, daß der Mars jemals Menschenschritte gespürt hatte. Nur die Landekrater der Schiffe würden vielleicht ein paar Millionen Jahre länger überdauern.

Zeke seufzte wieder und ging auf das Gebäude zu. Dann wanderte sein Blick zum Horizont, wo die aufgehäuften Steine und der narbige Beryllpfeiler immer noch zu sehen waren und von der unbekannten und anscheinend unerforschlichen Marsrasse zeugten, die vielleicht schon vor zehn Millionen Jahren untergegangen war. Einst mußten die Bauten dieser Rasse den ganzen Planeten bedeckt haben, aber nun waren nur diese dürftigen Spuren übrig, die nicht einmal den Archäologen ausreichende Anhaltspunkte gaben. Es gab keine Hinweise auf das Wesen dieser Rasse oder auf den Grund, warum sie verschwunden war.

Er betrat das Gebäude durch das Schleusentor, treulich gefolgt von dem Roboter, und sah sich lustlos um. Nur der Raum, der den großen Ultraschallkommunikator beherbergte, war restauriert worden. Zeke vergewisserte sich, daß der Kommunikator funktionierte, dann ging er zum einzigen Fenster und starrte wieder auf die Marsruinen hinaus.

Neben ihm trat der Roboter ungehaglich von einem Fuß auf den anderen. „Befehle?“ fragte er.

Zeke wandte sich widerstrebend vom Fenster ab. „Keine Befehle, Ozin. Wir sind auf dem Mars, wo die Menschen ihre Herrschaft aufgegeben haben. Du bist so frei wie ich. Tu, was du willst.“

Ozins abgenutztes Metall protestierte gegen diese Information, daß er unbrauchbar war, und sein seltsames, fast intelligentes Gehirn versuchte das Problem zu lösen, das sich durch Zekes

Worte gestellt hatte. Aber sogar dieses letzte, vollendete Robotermodell, das die Menschen hergestellt hatten, bevor sie auf weitere Roboterdienste verzichteten, wurde mit diesem Problem nicht fertig. „Befehle?“ wiederholte er.

Zeke gab es auf. „Stell mein Schiff hinter dem Gebäude ab. Danach kannst du dich ausschalten, bis ich dich wieder brauche.“

Der Roboter verschwendete keine Zeit damit, seinem Herrn zu bestätigen, daß er den Auftrag verstanden hatte, wandte sich langsam um und ging hinaus. Sein Metallkörper polterte genauso träge dahin, wie Zekes Gehirn arbeitete. Das Schleusentor zischte leise, und ein schaler Marslufthauch kam herein. Zeke beobachtete, wie Ozin in die Rakete stieg und wie sich die Schleusentore schlossen, dann machte er die Augen zu, um die blaue Auspufflampe nicht zu sehen, die aus den ungedrosselten Röhren quoll.

Sand wirbelte hoch und flog gegen die Wände des Stationsgebäudes und über den Pfeiler der verschwundenen Marsbewohner hinweg. Minutenlang hing Staub in der Luft, dann senkte er sich auf die unveränderte Szenerie. Zeke hörte, wie das Schiff hinter der Station landete.

Automatisch griff er nach einer Zigarette und fragte sich, ob die reparierten Aspiratoren den auch verkraften und trotzdem eine anständige Atmosphäre aus der dünnen Marsluft machen konnten. Er studierte das Ultraschallwellengerät. Das Signal kam von der Erde und zeigte an, daß sie bereits einen Strahl zu der Stelle sandten, wo ihn die *Vierunddreißig* aufnehmen könnte. Es waren die gleichen langweiligen Nachrichten, die Zeke jahrzehntelang gehört hatte. Aber es gab keinen Hinweis darauf, daß sich das Sternenschiff bereits in Rufweite befand.

Er ging wieder zum Fenster und beobachtete, wie die Sonne langsam sank und einen fernen Sandsturm rot färbte, bis sie schließlich hinter dem Horizont verschwand. Mit einer Plötzlichkeit, die für diesen Planeten typisch war, brach die Dunkelheit herein. Die Sterne schienen in den Himmel zu springen, die

Erde flammte dazwischen auf. Er runzelte die Stirn und sagte sich, daß er nun der einzige Mensch war, der die Erde sah. Alle anderen waren daheim auf ihrem Planeten.

Das Deckfenster war schmutzig, aber er fand eine wackelige Bank, die seinem Gewicht standhalten konnte, stellte sich darauf und wischte den Staub und Schmutz von dem Glas. Nun waren die Sterne deutlicher zu sehen. In ein paar Jahrhunderten hatten sie sich nicht merklich verändert, und er erkannte sie alle, heiße Punkte, die in der dünnen Marsluft kaum flackerten. Er machte den Jupiter aus, und er wußte auch, wo sich all die unbrauchbaren Planeten befanden, obwohl er sie nicht sehen konnte.

Er seufzte und erinnerte sich an seine Kindheit. Damals hatten die Menschen noch geglaubt, jede neue Welt müßte seltene Schätze beherbergen oder intelligente Wesen, die mit ihnen wetteifern würden. Aber daraus war nichts geworden. Der Merkur war zu heiß, die Venus eine trübe Sandsturmwüste unter einer giftigen Atmosphäre, der Mars abgenutzt, und die anderen Planeten waren zu kalt und konnten nur als Stationen auf der Reise zu anderen Sternen dienen.

Als Zeke dreißig war, hatte Chenery herausgefunden, wie man die Lichtgeschwindigkeit übertreffen konnte, und der Marshafen war entstanden. Der Mars war zum idealen Startplatz für die Schiffe geworden, die wegen ihrer gefährlichen Auspuffstrahlungen nicht durch die Erdatmosphäre fliegen durften.

Man hatte den Centaurus und den Sirius erforscht und die zahllosen Sonnen dahinter, mit oder ohne Planeten. Einen nur tausend Lichtjahre entfernten Planeten hatte man sogar kolonialisiert – aber dann hatte man herausgefunden, daß seine Strahlen auf alles Erdenleben tödlich wirkten. Aber man hatte kein anderes Leben jenseits des Sonnensystems gefunden und keinen einzigen Planeten, den man besiedeln konnte.

Das Universum war öde – abgesehen von der Erde und dem Mars, der vor vielleicht zehn Millionen Jahren bewohnt gewesen war. Zeke blickte wieder auf die Ruinen hinaus, die noch immer schwach zu sehen waren. Wer immer sie gebaut hatte, mußte eine Zivilisation erreicht haben, die mindestens so hoch wie die menschliche stand. Wieso war ihre Kultur so plötzlich und fast spurlos zu Ende gegangen?

Ein bedeutungsloses Knistern kam aus dem Ultraschallwellengerät, und er ging darauf zu und stellte es genauer ein. Sekundenlang hoffte er, ein Kauderwelsch zu hören, das nur eins bedeuten konnte – daß eine fremde Rasse zur Erde flog. Aber dann hörte er die vertrauten Code-Zeichen, gefolgt von einer dünnen Stimme.

„Sternenschiff *Vierunddreißig* im Anflug. Können Sie uns hören? *Vierunddreißig* ruft Marshafen. Wir landen in zwei Stunden. Machen Sie das Feld klar für eine Bruchlandung ohne Röhrenschutz. *Vierunddreißig* ruft Marshafen . . .“

Zeke ließ die großen Akkumulatoren durch den Transmitter laufen, und die Indikatoren zeigten an, daß die großen Rohre bereit waren, ihre Megawattstöße in den Raum zu schicken. Er blickte auf den Bandpaßfilter und sah, daß die Verständlichkeit für diese Distanz maximal war.

„Landen Sie im Marshafen. *Vierunddreißig*. Alles klar. Wiederholen Sie!“

Die Stimme erklang wieder, diesmal schwächer. Sie ging in ein Quietschen über und wurde dann von Störgeräuschen verschluckt. Es war reines Glück gewesen, daß sie lange genug freien Raum gehabt hatten, um den Ruf senden zu können. Es hatte auch wenig Sinn, ihnen mitzuteilen, daß das Feld schon seit Jahrzehnten geräumt war. Sie würden es bald genug merken.

Der Mars war noch eine Kolonie gewesen, als die *Vierunddreißig* gestartet war. Danach waren noch sechs weitere Sternenschiffe gebaut worden und mit dem Auftrag abgeflogen, zur Grenze des Alls vorzustoßen oder zurückzukehren, wenn sie eine bedeutende Entdeckung gemacht hatten. Zeke hatte sie alle starten sehen, gefüllt mit jungen Freiwilligen, die überzeugt gewesen waren, daß sie eine neue intelligente Rasse finden würden oder eine Welt, auf der die Menschheit wie im Paradies leben könnte. Nun kam das letzte Schiff zurück, und er würde die müden Raumfahrer empfangen.

Aus einem Impuls heraus klopfte er den Staub von den Wänden und las die Namen, die man den Regeln zum Trotz darauf gekritzelt hatte und die nicht entfernt worden waren, weil er diese Anordnung aufgehoben hatte. Überraschenderweise fand er den Namen, den er suchte – Hugh Miffen –, Captain der *Vierunddreißig*. Zeke erinnerte sich an den Jungen mit dem geraden Rücken und der göttlichen Inspiration in den Augen. Und ‚Prediger' Hook, der geschworen hatte, im Universum die ganze Bibel auswendig zu lernen, war auch mit von der Partie gewesen. Nur diese beiden Namen waren nach all den Jahren übriggeblieben.

Wenn irgend jemand eine neue Heimat für die Menschheit oder eine andere intelligente Rasse finden konnte, dann hätte es diesen beiden gelingen müssen. Irgend etwas mußte während der fünfzig Jahre geschehen sein, die sie nun überfällig waren. Sonst wäre ihnen der Treibstoff längst ausgegangen.

Der Lautsprecher quietschte ihn an, bis er ihn leiser stellte. Die Störgeräusche konnten nur bedeuten, daß sie sich nun aus dem Raum jenseits des bekannten Alls herauskämpften, sich einen Weg in den normalen Raum bahnten. Das Schiff brauchte länger dazu, als es dürfte, und Zeke begann sich Sorgen zu machen. Dann ließen die Störgeräusche nach, und er wußte, daß die *Vierunddreißig* das Tempo gedrosselt hatte und nicht mehr mit Lichtgeschwindigkeit flog.

Nun meldete sich der Schiffsroboter, was darauf hinwies, daß die menschliche Besatzung alle Hände voll zu tun hatte, um die *Vierunddreißig* auf normalen Flug zu schalten. Das Signal war deutlich zu hören, und er vernahm sogar Männerstimmen im Hintergrund. Soweit er es feststellen konnte, klangen sie nicht besorgt.

Zeke orderte einen versiegelten Leitstrahl. Ein Ultraschallwellenleitstrahl würde zwar mehr Energie kosten, aber er wollte nicht, daß die Erde zufällig ein Signal aufschnappte, solange er das Resultat der Expedition nicht kannte. Der Roboter wiederholte den Befehl, und das Signal klang nun seltsam dumpf unter der Wirkung des Siegels.

Zeke nickte zufrieden, als er auch seinen Funkstrahl versiegelte. „Okay, hier ist Zeke Lerner, Code 21-zy-18-obt-4-a. Sie können Bericht erstatten."

„Zusammenfassender Bericht", begann der Roboter tonlos. „Besuchte Sonnen – 3248. Erforschte Planeten – 2751. Automatisch lokalisierte Sonnen – 9472. Planeten, die bei automatischer Beobachtung als unfruchtbar erkannt wurden – 32.011. Maximale Entfernung bei Direktflug – 110 000 Lichtjahre, 43 Schiffsjahre. Reichweite der Beobachtung . . ."

„Stop. Haben Sie eine bewohnte Welt gefunden?"

Der Roboter paßte sich der Unterbrechung nur langsam an, und nur das Summen im Mikrofon verriet, daß er noch da war. Zeke fluchte. Dann erklang eine menschliche Stimme, der man die Müdigkeit auch über den versiegelten Leitstrahl anhörte. „Lerner? Sind Sie immer noch da?" Dieser tiefe Baß konnte nur Hugh Miffen gehören, wenn die Jahre ihn auch rauher gemacht hatten. Natürlich hatte die *Vierunddreißig* Verjüngungsgeräte an Bord, aber nicht einmal die beste Behandlung konnte alle Spuren der Zeit auslöschen. „Tut mir leid, daß wir den Roboter ans Mikrofon schicken mußten. Er ist jetzt ganz groggy. Aber jetzt sind wir unter die Lichtgeschwindigkeit gegangen, und ich habe ein bißchen Zeit. Um die Statistik beiseitezulassen – wir sind zu weit geflogen, und der Treibstoff ist uns ausgegangen. Wir hatten zwei Planeten entdeckt, die uns halbwegs bewohnbar erschienen, und so flogen wir zurück und landeten auf einem der beiden. Es dauerte fünfunddreißig Jahre, aus den Erzen Treibstoff zu gewinnen. Dann flogen wir noch ein bißchen herum, bevor wir uns auf den Heimweg machten."

Zeke hob die Brauen und schüttelte den Kopf. Er stellte sich vor, wie es sein mochte, auf einem kaum bewohnbaren Planeten nach Erzen zu fahnden, eine Art Fabrik zu bauen, um sie zu raffinieren, fast ohne Ausrüstung, und sein Respekt vor Miffen wuchs. Diesen Typ fand man heutzutage leider nur selten.

Miffen begann die beiden Planeten zu beschreiben. Der eine war zu weit von seiner Sonne entfernt und folgte einer exzentrischen Umlaufbahn, die einen kurzen Sommer und einen bitteren, drei Erdenjahre langen Winter verursachte. Der andere war öde, hatte wenig Wasser und einen niedrigen Luftdruck. Auf dieser Welt war Miffen mit seiner Besatzung gelandet. Zeke runzelte die Stirn, als er die beiden Planeten ausrangierte. Man würde mindestens ein Jahrhundert brauchen, um alle erforderlichen Ausrüstungsgegenstände dorthin zu transportieren, bis sie aus eigener Kraft weiterbestehen konnten. Die Menschen arbeiteten zwar gern für einen Traum, aber es gab gewisse Grenzen. In diesem Fall war der Anreiz zu gering.

„Haben Sie irgendwo ein Lebenszeichen gefunden?" fragte er widerstrebend, als Miffen seinen Bericht beendet hatte. Er mußte diese Frage stellen, obwohl er die Antwort bereits ahnte.

Miffens Stimme klang zögernd. „Auf unserem Planeten, den wir ‚Außenposten' nannten, entdeckten wir einige Ruinen, die von intelligenten Wesen zeugen. Aber wir konnten kein Leben ... Verdammt!"

Ein dünner Schrei hatte Miffen unterbrochen. Seine Schritte klapperten laut, dann verhallten sie, die Ultraschallwelle war tot. Da das Schiff auf die Landung vorbereitet wurde, hatten sie vermutlich alle viel zu tun. Zekes Hand blieb eine Weile auf dem Schalter liegen. Dann stellte er das Sendegerät ab.

Ruinen, die von einer intelligenten Rasse zeugten – achtzigtausend Lichtjahre entfernt ... Nach den vierzigtausend Welten, die von den Sternenschiffen erforscht worden waren, der erste Lichtblick ... Es war natürlich nicht genug, aber ...

Langsam strafften sich Zekes Schultern. Sie waren hunderttausend Lichtjahre weit durch das All geflogen, ohne große Hoffnung. Den früheren Berichten zufolge, gab es nur drei bewohnbare Welten und keine Spur vom Leben jenseits des

Solarsystems. Nun kehrte ein Schiff zurück, mit der Nachricht, daß es zwei einigermaßen bewohnbare Planeten gab, mit Spuren einstigen Lebens. Wenn man dort einen Stützpunkt errichtete – und von dort aus vielleicht zu einem Planeten vorstieß, wo immer noch Leben herrschte . . .

Von der richtigen Propaganda inspiriert, den Beweis vor Augen, daß es irgendwo in der Unendlichkeit der Sterne Leben und bewohnbare Planeten geben mußte – konnte der Mensch sich da weigern, seine Forschungsreisen fortzusetzen?

Sekundenlang klammerte er sich an diese Hoffnung. Es mußte sein. Eine Welt war nicht genug für eine Rasse, die ihr Herz an die Sterne gehangen, immer wieder neue Grenzen gefunden und deren Seele mit stets neuer Sehnsucht nach dem genährt hatte, was jenseits dieser Grenzen existierte. Diesen Drang konnte der Mensch nicht eindämmen, ohne an seiner Daseinsberechtigung zu zweifeln und durch diese Zweifel krank zu werden – so wie Zeke sich seelisch krank fühlte, nachdem er vier Jahrhunderte lang Sackgassen gefolgt war.

Wennn nur ein winziger Funken die Flammen neu anfachte, würde der Mensch neuen Auftrieb bekommen. Und vielleicht lebte ein paar Lichtjahre von der Grenze des erforschten Gebietes entfernt eine brüderliche Rasse und könnte diesen Funken entzünden, der nun allmählich in den Seelen der Menschheit erstarb.

Dann grinste er bitter, sah zum Fenster hinaus und richtete den einzigen funktionsfähigen Scheinwerfer auf die Marsruinen. In seinem eigenen Hinterhof hatten die Menschen Spuren einstigen Lebens gefunden, und das hatte genügt, um ihn jahrhundertelang auf Trab zu halten. Aber es genügte nicht, um ihn immer wieder zu motivieren. Auf dem Planeten ‚Außenposten' gab es nichts, was er nicht auch hier hatte. Und die Kolonie auf dem Mars war zugrundegegangen.

Zeke kniff die Augen zusammen und starrten den Pfeiler an. Nun gab es ein neues Rätsel, ähnlich dem Mysterium der verschwundenen Marsrassen. Was war mit den Marsbewohnern geschehen? Sie hatten gewußt, wie man Wolfram verarbeitete, und es gab Spuren, die darauf hinwiesen, daß man Atomreaktoren benutzt hatte, um die Pfeiler zu beheizen. Wohin hatte diese hochentwickelte Wissenschaft geführt. Offenbar hatte die Periode der Hochkultur nicht lange gedauert, denn die Pfeiler, die auf dem ganzen Mars verstreut waren, sahen fast alle gleich aus, nur einige wiesen Verbesserungen auf. Die Rasse hatte keine Zeit mehr gefunden, dekadent zu werden. Es gab auch keine Anhaltspunkte dafür, daß sie mit Hilfe ihrer fortgeschrittenen Nuklearphysik Krieg geführt hätte. Auf der Erde hatten sie sich natürlich nicht niedergelassen, da sie damals noch unbewohnbar war. Aber sie mußten Sternenschiffe besessen haben. Was hatte sie daran gehindert, sich im All auszubreiten? Was hatte sie nach einer so kurzen Kulturperiode vernichtet?

Ein Pfeifton im Lautsprecher unterbrach seine Gedanken, und er schaltete die automatischen Ultraschallwellen ein, die das Schiff ans Ziel führen würden. Ein dünnes Winseln verstärkte sich zu einem stotternden Husten, zu dem unangenehmen Ächzen ungeschützter Raketen, die zu oft vergeblich auf neuen Planeten gelandet waren. Das Schiff war noch eine halbe Meile entfernt. Zeke beobachtete die Landung, während er in eine Antistrahlenrüstung stieg.

Der Boden rauchte noch, aber der Zähler zeigte an, daß die Bestrahlung nicht allzu stark war. Also konnte er rasch hinüberlaufen. Er wartete, bis sich das äußere Schleusentor öffnete, dann raste er darauf zu, und sein keuchender Atem erinnerte ihn daran, daß er alt war und die letzte Verjüngungskur versäumt hatte. Er kletterte durch das Schleusentor und wartete, bis er wieder zu Atem gekommen war, bevor er die Rüstung auszog. Mittlerweile begann sich das innere Schleusentor zu öffnen.

Vier hagere, müde Männer standen ihm gegenüber. Er hielt nach den anderen sechsundzwanzig Ausschau, die damals ins All geflogen waren, aber Miffen schüttelte den grauhaarigen Kopf. „Wir sind nur mehr zu viert, General. Leider mußten wir einige Verluste hinnehmen. Aber ...“ Er zeigte auf das Feld, das nun von den Strahlen des großen Schiffes beleuchtet wurde, auf die mit Sand gefüllten Gruben und Ruinen, die sich hinter dem Quarz der Einstiegsluke zeigten.

Zeke zuckte mit den Schultern und zog seine Zigaretten hervor. Der plötzliche Hunger in den Augen der anderen erinnerte ihn an die Vorräte, die sie längst aufgebraucht hatten, und er bot ihnen das Päckchen an und tat so, als würde er das Zittern der Finger nicht bemerken, die nach den Zigaretten griffen.

„Auch wir hatten einige Verluste zu beklagen“, sagte er zu Miffen, als er seine Zigarette anzündete. „Und ich bin nicht mehr General, seit der Marshafen aufgegeben wurde. Ich kam nur hierher, weil Sie zurückerwartet wurden. Was können Sie mir von diesem Außenposten erzählen?“

„Ich habe einen Mikrofilm in meiner Kabine.“ Miffen bedeutete den drei anderen Männern, daß sie sich zurückziehen konnten. Erst jetzt sah Zeke das flammend rote Haar, an dem er stets den Prediger Hook erkannt hatte.

Er hob die Brauen, und Hook nickte und zog eine abgegriffene Bibel hervor. „Ich habe sie auswendig gelernt.“ Aber sein Grinsen war unsicher, und die vollbrachte Leistung schien ihm nicht mehr wichtig zu sein.

Als sie an den Geländerstangen hinaufgingen, stellte Zeke fest, daß er vergessen hatte, wie groß diese Sternenschiffe waren. Die Lifte funktionierten offenbar nicht mehr. Endlich betrat Miffen eine kleine Kabine und nahm ein kleines Päckchen und einen Guckkasten aus einem abgewetzten Schrank. „Aus den wenigen Nachrichtensendungen von der Erde konnte ich mir einiges zusammenreimen“, sagte er, als er den Film einspannte. „Aber ich wollte es nicht glauben. Nicht, bevor ich den Marshafen sah . . . Nun, jetzt werden Sie sich eine ungefähre Vorstellung von unserem Außenposten machen können. Ich habe alle Sonnen ringsum erforscht, aber ich konnte nicht eruieren, woher jene Rasse stammte.“

Zeke stellte die Linsen ein und sah zum erstenmal seit Jahrhunderten wieder das flache, zweidimensionale Bild aus den alten Zeiten vor der Erfindung des Stereofilms. Er sah einen trübgrünen Himmel, grauen Sand und Granitblöcke, zweifellos Ruinen eines Bauwerks, das von intelligenten Wesen errichtet worden war. Wenn man genauer hinschaute, konnte man feststellen, daß die verwitterten Steine geometrisch geformt waren. Dann folgte eine Liste von statistischen Daten und schließlich das letzte Bild.

Plötzlich fragte Miffens gedämpfte Stimme hinter ihm: „Was ist aus den anderen Schiffen geworden?"

„Sie sind alle zurückgekommen und stehen am Rand des Felds, außerhalb der Reichweite Ihrer Strahlen. Jetzt brauchen wir sie nicht mehr – neununddreißig Schiffe – und die *Vierunddreißig* ist das vierzigste."

Er wandte sich wieder dem Film zu, aber Miffen unterbrach ihn noch einmal.

„Alle? Ich hatte erwartet . . . Ist es so schlimm?"

„Noch schlimmer. Sie werden es ohnehin bald sehen, also kann ich es Ihnen genausogut schon jetzt sagen." Zeke hielt den Guckkasten an die Augen und schaltete das Licht wieder ein. „Als Sie gestartet sind, hatten die Raumflüge noch einen Sinn. Aber das ist alles Vergangenheit."

„Ja . . ." Sonst sagte Miffen nichts. Er mußte Zekes plötzliche innere Anspannung gespürt haben und wußte, daß es keinen Sinn hatte, weitere Fragen zu stellen, bevor der Ex-General das letzte Bild studiert hatte. Zeke starrte es an, und dann schwanden seine letzten Hoffnungen dahin.

Er sah Miffen an und klopfte auf den Guckkasten. „Sie wissen natürlich, was das ist. Oder nicht?"

Miffen schüttelte den Kopf. „Ich habe es vermutet. Aber da draußen habe ich nicht darauf geachtet. Ich habe gehofft, daß ich verrückt bin."

Zeke gab ihm keine Antwort. Er hob den Guckkasten hoch, ging damit zum Kontrollraum, gefolgt von Miffen. Immer noch schweigend blickte er durch eine der Luken über die lepröse Oberfläche des Mars zu dem Beryllpfeiler hinüber, der im Licht der Sternenrakete schimmerte. Dann hielt er den Guckkasten wieder an die Augen.

Der Himmel war grün statt schwarz, der Sand war grau, während der Mars rot überzogen war. Aber die Szene war die gleiche. Ein leuchtender Metallpfeiler erhob sich aus Ruinen, mit den seltsam verzerrten Zeichen geschmückt, die für alle Marsbauten typisch waren. Nun wußte er, welche Rasse den Außenposten zu kolonialisieren versucht – und versagt hatte.

Plötzlich griff eine abgearbeitete Hand nach dem Guckkasten, und er wandte sich um und sah Hook und die anderen Männer neben sich stehen. Sie mußten Zeke und Miffen in den Kontrollraum gefolgt sein – unerlaubt, doch das spielte jetzt keine Rolle. Sie mußten es vermutet haben. Und ihre Gesichter verrieten keine Überraschung, als einer nach dem anderen in den Guckkasten sah und das Bild mit der Szene da draußen verglich.

Ohne irgend etwas zu empfinden, griff Zeke nach dem Ultraschallwellenmikrofon, rief das Stationsgebäude an und befahl dem Roboter, seine Rakete neben das große Sternenschiff zu fliegen. Dann stellte er die Wählscheibe neu ein, sprach die Codeziffern und -buchstaben in das Gerät, und einen Augenblick später antwortete Stendals Stimme.

„Ich bringe die vier Überlebenden in meinem Schiff zur Erde", sagte Zeke mit einer Stimme, die ihm fremd in den Ohren klang. „Geben Sie uns Geheimschutz, bis wir Bericht erstattet haben. Und füllen Sie ein paar Badewannen mit Whisky, denn den haben wir jetzt dringend nötig."

Stendal schien den Atem anzuhalten. Dann seufzte er. Aber seine Stimme klang gleichmütig. „Die Büchse der Pandora war also doch nur ein Märchen. Nun, ich hatte ja niemals viel Hoffnung. Okay, Sie kriegen den Whisky, Zeke. Und was Ihre Verjüngung betrifft – Sie bekommen einen Termin in einem Privatinstitut, und wenn die anderen einen nötig haben, werde ich auch dafür sorgen."

Zeke sah die vier Männer an, dann blickte er wieder zu dem

Pfeiler hinaus. Das war alles, was von einer Rasse übriggeblieben war, die die Sterne erforscht hatte in ihrem Drang, neue Grenzen zu finden. Es mußte eine zähe Rasse gewesen sein, da sie gewagt hatte, so viele Lichtjahre entfernt eine Kolonie zu errichten, ohne die begründete Hoffnung, neues Leben zu entdecken. Als die Kolonie untergegangen war, kehrte die Rasse in die Einsamkeit ihrer eigenen kleinen Welt zurück, wo die Sterne nur grimmig aussahen und nichts mehr versprachen. Jetzt war der Mars seit zehn Millionen Jahren tot, und der Pfeiler ragte als letzter Grabstein einer Welt auf, die zum Gefängnis geworden war. Das alte Rätsel um das Ende jener Rasse war gelöst.

Der Lautsprecher knarrte, als Stendal ungeduldige Fragen stellte, und Zeke und die Männer blickten einander an und beachteten die drängende Stimme nicht. Es war Prediger Hook, der seufzend das Schweigen brach.

„‚Der Mensch kehrt in sein fernes Heim zurück‘“, zitierte er leise, „‚und die Trauernden gehen auf die Straßen; oder die Silberschnur wird gelöst oder die goldene Schüssel zerbricht, oder der Krug wird am Brunnen zerbrochen oder das Rad der Zisterne; und der Staub kehrt zu Erde zurück, wie es einst war, und der Geist kehrt zu Gott zurück, der ihn geschaffen hat.‘“

Zeke nickte und griff wieder nach dem Mikrofon.

„Wir brauchen nur den Whisky. Auf die Verjüngung verzichten wir.“

Dann hing er das Mikrofon sorgfältig wieder an seinen Haken und ging zu den Geländerstangen, die nach unten führten. Die anderen folgten ihm. Ozin hatte die Rakete neben der *Vierunddreißig* abgestellt, und sie stiegen alle hinein und schnallten sich fest.

Dann explodierte die Rakete, und die letzten fünf Männer kehrten aus dem All zur Erde zurück.

Instinkt

Senthree winkte ab, als der Wagen neben ihm langsamer wurde und eilte mit schnelleren Schritten den Gehsteig hinab. Er war vom Raketenhafen bis hierher zu Fuß gegangen, und er sah nicht ein, warum er jetzt ein Taxi nehmen sollte, wo er nur noch ein paar Blocks vom Biolabor entfernt war. Außerdem wollte er den schönen Morgen nicht in einem Auto vergeuden. Genüßlich sog er den Benzingeruch ein und lauschte der Musik, die seine harten Absätze auf dem Beton erzeugten.

Es war gut, wieder einen neuen Körper zu haben. In den letzten hundert Jahren hatte ihm das Leben keinen Spaß mehr gemacht. Er blickte über die Straße zur blauen Flamme eines Schweißbrenners und erkannte, wie lange es her war, seit seine Augen den Zauber einer solchen Flamme das letztemal zu würdigen gewußt hatten. Und das kluge alte Gehirn in seiner Brust schien nun besser zu funktionieren denn je.

Ja, jede stinkende Minute auf der Venus hatte sich gelohnt. In solchen Augenblicken wurde einem bewußt, wie schön es war, zu leben und ein Roboter zu sein.

Dann wurde er ernst, als er sich dem alten Biolabor näherte. Einst hatte es Baupläne für ein schönes neues Gebäude gegeben, das die alte Fabrik ersetzen sollte, in der er vor vierhundert Jahren zu leben begonnen hatte. Aber irgendwie hatte man nicht die Zeit gefunden, diese Pläne zu realisieren. Es hatte fast ein Jahrhundert gedauert, bis sie aus Genen und Chromosomen die Zygote eines simplen Fisches herstellen konnten, die sich mit natürlichen Fischen paarte. Und dann war ein weiteres Jahrhundert vergangen, bis sie Oscar produziert hatten, das erste künstliche Schwein. Und dann waren sie steckengeblieben. Manchmal hatte Senthree gedacht, einen Menschen zu erzeugen.

Er öffnete die Tür, ging den langen Korridor entlang und betrachtete geistesabwesend sein Spiegelbild in den polierten Wänden. Es war ein schöner Körper. Die schwarze Emaille war vollkommen, und jeder Teil des Metallkastens enthielt neue technische Wunderwerke. Er grunzte Oscar LXXII an, das Labormaskottchen, und erhielt eine gegrunzte Antwort. Das Schwein rieb sich an seinen Beinen, aber dafür hatte er jetzt keine Zeit. Er ging ins Hauptlabor, bereits von der Sorge erfüllt, die sein Job mit sich brachte.

Es war verständlich, daß er sich Sorgen machte, als er die anderen Roboter sah. Sie drängten sich um ein Objekt, das auf einem Tisch lag und jeder schimmernde Rücken verriet Enttäuschung. Senthree schob Ceofor und Beswun beiseite. Ein Blick genügte ihm. Die Frau des elften Paares lag seltsam steif im toten Protoplasma, mit gräßlich verzerrtem Gesicht.

„Wie lange – und was ist mit dem Mann passiert?“ fragte Senthree.

Ceofor wirbelte zu ihm herum. „Hallo, Boß! Sie sind spät dran. Ah, der neue Körper!“

Senthree nickte, als sie sich um ihn scharten, aber seine Worte klangen automatisch, als er von dem Alkaliteich auf der Venus erzählte, in den er gefallen war und der seinen abgenutzten Körper vollends ruiniert hatte. „Ich mußte auf einen neuen warten. Und dann mußte das Schiff auf die Landung des Superlichtschiffs warten. Sie haben ein halbes Dutzend neuer Planeten gefunden, die wir kolonialisieren können. Nun, was ist los mit diesen Kreaturen?“

„Wir haben die Erziehung vor drei Tagen beendet“, sagte Ceofor, der erste Roboter, der in Senthrees Genbildungstechnik ausgebildet war und als Senior-Assistent fungierte. „Wir hatten Sie zurückerwartet, Boß. Aber dann – nun, Sie sehen es ja selbst. Der Mann lebt noch – aber er wird es nicht mehr lange machen.“

Senthree folgte ihnen in einen anderen Raum und sah durch das Fenster. Rasch wandte er sich wieder ab. Ein weiterer Fehlschlag. Der Mann kroch greifend auf Händen und Knien umher.

„Haltet die Reporterroboter fern", befahl Senthree. Es wäre unklug, diesen Mißerfolg bekanntzugeben. Es wurde ohnehin schon genug gegen die Menschenbelebung protestiert. Einige Roboter behaupteten, es sei falsch, mit ausgestorbenen Lebensformen herumzuexperimentieren. Sie schienen sich vor der legendären Gestalt des Menschen zu fürchten.

„Hatten Sie Erfolg auf der Venus?" fragte einer der Laboranten, als sie den Körper der Frau zu sezieren begannen, um nach der Fehlerquelle zu forschen.

„Nein. Es war nur ein Gerücht. Ich bezweifle, daß der Mensch jemals selbständige Kolonien gegründet hat. Und wenn, dann haben sie nicht überlebt. Aber ich habe etwas anderes gefunden. Das Museum würde ein Vermögen dafür bezahlen. Ist mein Gepäck schon angekommen?"

„Meinen Sie die Teerkiste? Die steht da drüben in der Ecke."

Senthree verbog das geschmeidige Plastik seiner Lippen zu einem Lächeln, als er auf die Kiste zuging. Sie hatten das Verpackungsmaterial schon entfernt, und er griff nach ein paar feinen Drähten, die im Teer steckten. Der Teer löste sich, und eine dünne Wachsschicht kam zum Vorschein. Mit diesem Trick hatte er sich am Zoll vorbeigemogelt. Das war der älteste, primitivste, größte Roboter, der bisher entdeckt worden war, vielleicht sogar eins der legendären Originalmodelle. Stocksteif stand er da, mit ausdruckslosem, vernarbtem Gesicht. Aber seine Brustplatte war sorgsam saubergewischt worden, und Senthree zeigte darauf. ‚Roboter, Seriennummer 324MD2991, Chirurg.'

„Ein Mechaniker für Menschenkörper", übersetzte Beswun. „Aber das bedeutet . . ."

„Genau", sagte Senthree. „Er muß wissen, wie der menschliche Körper gebaut war – wenn er irgendwelche Erinnerungen hat. Ich fand ihn rein zufällig in einer Teergrube. Er ist anscheinend gut erhalten. Natürlich weiß ich nicht, ob seine Erinnerungen von Magnetfeldern gelöscht wurden. Aber wenn wir ihn in Gang setzen können ..."

Beswun trat in Aktion. Er war als Physiker ausgebildet worden, bevor ihn die seltsame Faszination des Labors hierhergelockt hatte. Nun rollte er den primitiven Roboter davon. Wenn es ihm gelänge, ihn in Betrieb zu setzen, mußte das Museum warten. Die Neuerschaffung des Menschen war wichtiger.

Senthree nahm zwei Röntgenlinsen aus einem Beutel und befestigte sie statt der normalen über seinen Augen, bevor er sich zu den Robotern gesellte, die den Frauenkörper sezierten. Dann tauschte er sie mit den Neutrinosuchlinsen aus, die diese Arbeit überhaupt erst ermöglichten. Die Neutrinos waren die einzigen Partikel, die die komplizierten Protoplasmazellen durchdringen konnten, ohne sie zu zerstören, und die sie millionenfach vergrößerten. Es war ein verschwommenes Bild, da durch die Neutrinodrehung ein zu unbedeutendes Kraftfeld für die Atomkerne entstand, um auf die wenigen abweichenden einzuwirken. Aber dazwischen konnte er die vagen Umrisse der Anordnung in den Zellen erkennen. Sie sah genauso aus wie die Originalzelle, die Gene hatten sich nicht umgruppiert. Senthree legte seine Mikrohände an und verfolgte die Verbindungen der Nervenzellen. Neben ihm klang nur gelegentlich ein Flüstern auf, wenn einer der Roboter zu einem neuen Forschungsgebiet überging.

Die Frau hätte am Leben bleiben müssen. Aber sie war trotz aller Fürsorge gestorben. Und nun starb auch der Mann. Elf Paare – elf Fehlschläge. Senthree war von seinem Ziel, die Schöpfer seiner Rasse zu erschaffen, genauso weit entfernt wie Jahrhunderte zuvor.

Das Radio in seinem Kopf summte, und er richtete sich auf. „Senthree."

„Der Direktor wartet in Ihrem Büro. Bitte, melden Sie sich sofort."

„Verdammt!" Das Wort hatte zwar keine Bedeutung für ihn, aber es übte manchmal eine seltsam befriedigende Wirkung aus.

Was wollte der alte Emptinine? Halt . . . Hatte nicht eine Wahl stattgefunden, während er auf der Venus gewesen war, um dem Gerücht über menschliche Spuren nachzugehen? Irgendein junger Regierungsbeamter namens Arpeten hatte jetzt den Posten übernommen.

Ceofor sah schuldbewußt auf. Offenbar hatte er sein Empfangsgerät eingeschaltet. „Ich hätte Sie warnen sollen. Wir haben schon vor drei Tagen gehört, daß er kommen würde. Aber in der Aufregung um unser Menschenpaar habe ich es vergessen."

„Gibt's Ärger?"

Senthree zuckte mit den Schultern, schraubte seine normalen Augenlinsen wieder fest und vertauschte die Mikrohände wieder mit seinen normalen Händen. Vielleicht hatten sie schon von dem antiken Roboter gehört. Aber wahrscheinlich war es reine Neugier, die den Direktor zu ihm führte. Offenbar hatte er gerüchteweise gehört, daß sie das Paar zu beleben versuchten. Wenn sein Zuschuß nicht schon beinahe aufgebraucht wäre, hätte Senthree dem Burschen gesagt, er solle zum Teufel gehen. Aber dafür war jetzt, wo man auf der einen Seite nur Mißerfolg und auf der anderen Schulden aufzuweisen hatte, nicht der geeignete Zeitpunkt. Rasch trat er vor einen Wandspiegel, polierte seinen neuen Kopf und ging dann zu seinem Büro.

Aber Arpeten lächelte. Er stand auf, als der Chef des Biolabors eintrat und streckte eine wohlpolierte Hand aus. „Dr. Senthree! Ich bin entzückt! Sehr interessant hier . . . Ich habe schon viel gesehen. Und dieses Schwein – ich nehme an, daß es von einem Ihrer künstlichen Eber abstammt."

„Es kommt aus dem Brutkasten. Aber Sie haben recht – es ist schon die zweiundsiebzigste Generation."

„Faszinierend!" Arpeten mußte zuviel in dem Buch ‚Der Weg zur Popularität' gelesen haben, das sie vor zehn Jahren in den Ruinen von Hudson ausgegraben hatten. Aber es hatte funktioniert. Jetzt war er Direktor. „Aber sagen Sie mir – wozu kann man diese Schweine verwenden?"

Senthree grinste unwillkürlich. „Das weiß niemand. Die Menschen hielten sich offenbar eine ganze Menge Schweine, aber soweit ich es feststellen kann, sind sie völlig unnütz. Auf gewisse Weise sind sie recht klug. Aber ich glaube nicht, daß sie Schoßtiere waren. Ein weiteres Rätsel . . ."

„Hm . . . Wie die Menschen. Vielleicht können Sie mir sagen, wozu man den Menschen gebrauchen kann. Das interessiert mich, seit ich Ihr Ansuchen um weitere Finanzhilfe gelesen habe. Aber bisher konnte mir niemand eine Antwort auf diese Frage geben."

„Es steht im Bericht", erwiderte Senthree scharf. Dann mäßigte er seine Stimme. „Wie gut kennen Sie Ihre Geschichte? Ich meine – von Anfang an?"

„Nun ja . . ."

Vielleicht wußte er ein bißchen was, dachte Senthree, sie alle kannten diese oder jene legendären Einzelheiten. Aber Arpeten lehnte sich zurück und hörte interessiert zu, als der Biochemiker nun die alte Geschichte des Anfangs erzählte. Eine Million Jahre vor ihrer Entstehung hatten schon Menschen gelebt. Und irgend jemand – Asimov oder Asenion, das ging aus den Berichten nicht klar hervor, hatte offenbar den ersten Roboter geschaffen. Dann hatte irgendein heftiger Kampf die Fabriken ruiniert, einen Großteil der Roboter und fast alle Menschen. Den fragmentarischen Berichten hatte man entnommen, daß eine biologische Waffe den Rest der Menschheit getötet und nur die Roboter verschont hatte.

Diese ersten Roboter bauten die zerstörte Welt wieder auf – eine Welt, deren Minen erschöpft, deren Fabriken verschwunden waren. Sie lernten, wie man Metall aus dem Meer gewann, und hatten in jahrhundertelanger Arbeit die erforderlichen Maschinen rekonstruiert, um neue Roboter herstellen zu können. Als das Werk vollbracht war, gab es nur noch zwei Roboter, und sie hatten kaum genügend Zeit, um einen neuen Roboter bruchstückhaft zu erziehen. Dann waren ihre Batterien leer. Der neue Roboter begann mit dem Wiederaufbau der Rasse, ohne Geschichte, ohne Wissenschaft. Zwanzigtausend Jahre waren verstrichen, bevor die Roboter eine eigene Zivilisation aufgebaut hatten.

„Aber warum ist der Mensch gestorben?" fragte Senthree. „Das ist ein Teil der Frage. Und werden wir ebenso sterben? Wir wissen, daß wir dem Menschen ähnlich sind. Hat er sich auf irgendeine Weise verändert, die ihn ruiniert hat? Können wir uns gefahrlos verändern? Sie wissen, daß es tausend Möglichkeiten gibt, uns selbst zu verbessern. Wir könnten Antigravitationsapparate einbauen und unsere schwerfälligen Vehikel loswerden. Wir könnten mehr Arme einsetzen. Wir könnten in unseren Gehirnen neue Stromkreise einbauen. Aber das wagen wir nicht. Ein Lehrsatz lautet, daß niemand eine bessere Rasse bauen kann als die, der er selbst angehört. Also müssen die Menschen besser als wir gewesen sein. Und wenn sie uns so gemacht haben wie sie sind, dann müssen sie einen Grund dafür gehabt haben. Obwohl die Psychologen manche Stromkreise in unseren Gehirnen nicht verstehen, wagen sie es doch nicht, sie anzurühren. Wir breiten uns im Universum aus, aber wir können uns nicht verändern, können uns den neu entdeckten Planeten nicht anpassen. Und das ist auch gut so – solange wir nicht wissen, wieso der Mensch verschwunden ist. Wir wissen nur, daß er sich selbst verändern wollte. Dafür haben wir Beweise. Und jetzt ist er tot. Um es noch schlimmer zu machen – wir besitzen Erziehungsfilmbänder, die wahrscheinlich die Antwort auf alle Fragen enthalten, aber nur das menschliche Gehirn könnte sie dechiffrieren. Wenn wir einen lebenden Menschen hätten, könnte er die Informationen interpretieren."

Arpeten schüttelte zweifelnd den Kopf. „Ich glaube, Sie wissen, warum er gestorben ist."

„Ich habe eine Theorie – ja. Es war der Instinkt. Eine eingebaute Reaktion, ein ungelernter Gedanke. Wenn der Mensch eine Klapperschlange hörte, rannte er davon, auch wenn er nie zuvor eine solche Schlange gehört hatte. Die Reaktion auf dieses Geräusch war in seinem Körper eingebaut. Dazu brauchte er keine Erfahrung, keine gespeicherten Erinnerungen. Wir kennen auch die Instinkte mancher Tiere. Dazu gehört das instinktive Bedürfnis, zu kämpfen und zu töten. Die Ameisen haben sich gegenseitig umgebracht, und ich glaube, das haben die Menschen auch getan. Der Mensch konnte seine Instinkte nicht ablegen, als er sie nicht mehr brauchte, und das hat ihn vernichtet. Er hätte sich verändern sollen – und wir müßten uns verändern. Aber ich weiß nicht, wie, solange ich nur Tiere studieren kann. Ich brauche intelligentes Leben, um festzustellen, ob der Instinkt oder der Intellekt dominieren wird. Roboter haben keine Instinkte. Ich habe vergeblich nach Reaktionen gesucht, die wir nicht gelernt haben. Das ist der grundlegende Unterschied zwischen dem Menschen und dem Roboter. Verstehen Sie das? Der Mensch wäre als einziger in der Lage, uns die Frage zu beantworten, ob wir uns verändern können, ohne unsere Vernichtung zu riskieren."

„Hm ..." Die Stimme des Direktors war ausdruckslos. „Interessante Theorie. Aber wieso wissen Sie, daß Sie überhaupt Menschen haben?"

Senthree betrachtete den anderen Roboter mit wachsendem Respekt. Davon war er selbst nie restlos überzeugt gewesen. Sie hatten Gebeine und konserviertes Gewebe. Sie hatten die genetische Zusammensetzung dieser Einzelteile erforscht. Sie hatten herausgefunden, daß die Zellen des Individuums genauso zusammengesetzt waren wie die Zellen der Zygote. Und sie hatten andere Hilfsmittel – die wissenschaftliche Literatur des Menschen, soweit sie erhalten war, sowie Zeugnisse menschlicher Leistung. Daraus konnte man Arbeitstheorien ableiten. Aber er konnte nie völlig sicher sein. Sie wußten nicht, ob die Pigmente des Menschen dunkelbraun, rosa oder orange oder weiß gewesen waren. In dieser Frage stimmten die Berichte nicht überein. Wenn wir Instinkt haben, werden wir Bescheid wissen. Es würde keine Rolle spielen, ob es dem Menschen gleich wäre oder nicht. Zumindest wird es uns verraten, was wir wissen müssen. Um dieses Ziel zu erreichen, müssen wir weiterarbeiten. Ich kann

Ihnen ja sagen, daß das letzte Experiment schiefgelaufen ist – obwohl wir diesmal nahe dran waren. Aber in hundert Jahren ..."

„So." Arpeten wich Senthrees Blick aus. „Das geht leider nicht – wenigstens vorläufig nicht. Deshalb bin ich zu Ihnen gekommen. Wir haben gerade von mehreren neuen Planeten rings um den Arcturus erfahren, und es wird einen Großteil des Fundus verschlingen, diese Welten zu kolonialisieren. Neue Roboter müssen gebaut werden, neue Schiffe – aber das wissen Sie ja. Deshalb müssen wir auf anderen Gebieten kürzer treten. Natürlich, wenn Sie Erfolg aufzuweisen hätten ... Aber vielleicht ist es besser, daß Sie versagt haben. Sie wissen, daß immer heftiger gegen die Belebung des Menschen protestiert wird."

Senthree nickte bitter. Offenbar hatten die meisten Roboter Angst vor dem Menschen. Sie befürchteten, daß er wieder die Macht übernehmen würde. Abergläubische Narren ...

„Wie lange kann ich noch mit finanzieller Unterstützung rechnen?"

„Nun, wir werden nicht zurückverlangen, was Sie bereits bekommen haben, Dr. Senthree, aber weitere Forderungen kann ich einfach nicht erfüllen. Ich hatte gehofft, ich könnte Sie auf einem der neuen Planeten als Leiter des biologischen Forschungsinstituts einsetzen. Da gäbe es genug zu tun. Nun, es war mir ein Vergnügen." Er schüttelte Senthree wieder die Hand, dann ging er hinaus, mit einem glänzenden geraden Rücken, der Tüchtigkeit und Entschlossenheit ausstrahlte.

Senthree kehrte ins Labor zurück. Sein neuer Körper bewegte sich nun nicht mehr so mühelos. Er glaubte bereits den rauhen Sand und die unbekannten chemischen Gifte der neuen Planeten zu spüren, wo inhaltsleeres neues Leben existieren sollte – Leben, das keinen echten Sinn für die Roboter hatte.

Keine Zuschüsse mehr und sie hatten kaum noch genug Geld, um die fälligen Rechnungen zu bezahlen.

Vierhundert Jahre Arbeit – und ein Schiff, das zum Arcturus geflogen war, hatte alles in drei Monaten zunichte gemacht.

Instinkt, dachte er wieder – wenn er nur ein Jahr lang Leben, das Instinkt und Intellekt besaß, erforschen könnte, dann würde er viele Probleme seiner Rasse lösen. Aber Roboter hatten keine Instinkte. Das hatte man in fünfzigjähriger Forschungsarbeit festgestellt.

Beswun hob die Hand zum Gruß, als Senthree zurückkam, und er sah, daß die Sektion beinahe vollendet war. Der antike Roboter war bereits aktiviert worden. Die Scharniere seines possierlichen Kinns bewegten sich, und heisere Worte kamen hervor. Senthree hatte sich dem Sektionstisch zugewandt, aber nun wirbelte er herum.

„Falsch . . . Falsch“, krächzte der antike Roboter. „Kann nicht leben. Kein gutes Gehirn. Keine Zirbeldrüse. Verlängertes Mark gut, aber kein gutes Großhirn. Gehirnfurchen falsch. Vielleicht Hypophysenfehlfunktion? Nein. Wie kann das sein?“ Der Roboter stocherte skeptisch in dem Gehirn herum und legte es dann beiseite. „Vielleicht Mutation. Sehr schlecht. Brauche Millikan-Mikrosonde. Sehe Zellkern. Vielleicht Mißbildung – vielleicht neue Krankheit.“

Mit steifen Fingern fischte Senthree Linsen aus seinen Beutel. Beswun schüttelte den Kopf und bedeutete ihm, abzuwarten. Er rannte hinaus und kam kurz darauf mit ein paar Metallstücken zurück. Die Späne von der hastigen maschinellen Herstellung klebten noch an seinen Händen. „Diese Adapter sollten es schaffen. Da, 324MD2991. Komm her und schau's dir durch dieses Gerät an. Das sind – eh – Strahlen.“

Senthree sah ein paar feine Drähte aus dem einen Adapter ragen.

„Er spricht nicht unsere biologische Sprache, Senthree. Wir müssen alles so betrachten, wie er es sieht. Da – wir können es auf dem Bildschirm beobachten. Jetzt sag uns, was falsch ist, 324MD2991, und zeig darauf. Kannst du das mit deinen Händen machen?“

„Hände bis auf einen Billionstelzoll genau“, krächzte der Roboter. Diese Erklärung ergab keinen Sinn für die anderen, wenn sie auch irgendwo von dieser Maßeinheit gelesen hatten. Aber was immer es auch bedeutete, seine Hände waren jedenfalls brauchbar. Die Mikrosonde begann schattenhafte Atomballungen zu berühren. „Sehr schlecht. Wie hat die Frau gelebt? Keine Verbindung zum Uterus . . . Ketone – keine Ketone . . . Verstehe ich nicht. Wie hat sie gelebt?"

Ceofor raste zur Chromosomenbank und suchte in den komplizicrten Symbolen, die sie benutzten. Senthree zögerte Sekundenlang. Dann fing auch er Feuer und half seinem Assistenten. Es schien Stunden zu dauern. Die Erinnerung des alten Roboters war intakt, aber er konnte sich nur auf langsame Weise mit den anderen verständigen. Schließlich grunzte die Antiquität angewidert und wandte ihnen den Rücken zu. Beswun zog an einem Hebel.

„Er erwartet, daß man ihn ausschaltet, wenn er nicht benutzt wird", erklärte der Physiker. „Verrückt, nicht wahr? Sehen Sie mal, Boß! Irre ich mich – oder haben wir mit dem elften Paar nicht so etwas Ähnliches gemacht?"

„Nur in drei Chromosomen differieren ein paar Gene. Hm – aber das ist ja lächerlich. Sehen Sie sich doch dieses Gehirngewebe an – das meiste ist nicht zusammengefügt. Und hier – dieses Zusatzteil an der Stelle, wo der Dick- mit dem Dünndarm verbunden ist . . . Das wäre ein perfekter Brennpunkt für Infektionen. Eine sehr mangelhafte biologische Technik . . . Und doch – ich glaube, der alte Roboter hat recht. Das ist der Mensch." Er sah in die erregten Gesichter der anderen und ließ die Schultern hängen. „Aber wir haben nicht einmal mehr die Zeit, eine Zygote herzustellen und zu sehen, wie der Mensch aussehen würde. Wir bekommen keine Zuschüsse mehr."

Genausogut hätte er eine Bombe werfen können, aber er sah sofort, daß sie es bereits erraten hatten. Ceofor stand langsam auf.

„Wir können uns den Menschen zumindest ansehen, Boß. Wir haben die Spermen des Mannes, der sich als Fehlschlag erwiesen hat. Wir brauchen nur die drei Chromosomen zu modifizieren, statt eine ganz neue Zelle herzustellen. Wir können uns noch ein bißchen Spaß gönnen, bevor wir nach Sandflöhen suchen, die Flußsäure absondern und unsere Kolonien bedrohen. Kommen Sie! Obwohl Sie einen neuen Körper haben, werde ich die Zelle viel schneller zusammenbasteln als Sie!"

Senthree grinste wehmütig, aber er ging in die Arbeitskabine. Automatisch schaltete er das kleine Zeitfeld ein, als er eine perfekte Zelle fand. Das Zeitfeld würde die Zeit fast auf Null stellen und verhindern, daß ein Schaden entstand, während er an der Zelle arbeitete. Seine Arbeit wurde dadurch allerdings erschwert, da er die Sonde gegen die Zeitverzögerung bewegen mußte, aber bis zu einem gewissen Grad war diese Sonde durch andere Kraftfelder isoliert.

Dann begann er mit den Händen zu arbeiten. Sie nahmen das Gefühl des Protoplasmas an, wurden fast eins mit der lebenden Materie, spürten ihre winzigen Reaktionen, fügten der Kette immer weitere Glieder hinzu, ersetzten ein Wasserstoffatom durch ein Hydroxylradikal, nahmen all die delikaten chemischen Manipulationen vor. Er entfernte die falschen Gene und fügte vorsichtig die richtigen ein. Vierhundert Jahre Arbeit lagen hinter ihm – eine Arbeit, die er geliebt hatte und die vielleicht die Entwicklung seiner Rasse zur Vollkommenheit beeinflussen könnte.

Er tat es instinktiv – natürlich nur im umgangssprachlichen Sinne. Dies waren erlernte Reaktionen, während der echte Instinkt tiefer verwurzelt war, so tief, daß keine Vernunft ihn besiegen konnte, daß er auch beim erstenmal automatisch funktionierte. Nur der Mensch besaß Instinkt und Intelligenz – irgendwo verborgen in diesen winzigen Zellen, die jetzt im Zeitfeld lagen.

Er verließ die Kabine, und gleichzeitig kam Ceofor hastig aus der seinen. Der jüngere Roboter inspizierte Senthrees Arbeit. „Störungsfreier, und der Kern ist besser ... Ich kann gar nicht sehen, wo Sie die Zellenwand durchdrungen haben. Nun, wenn wir dreißig oder nur zwanzig Jahre Zeit hätten, wir könnten die menschliche Rasse neu begründen. Ihre Zelle ist männlich, meine weiblich. Aber wir haben keine Zeit ... Soll ich das Zeitfeld noch anlassen?"

Senthree wollte nicken, dann wirbelte er zu Beswun herum. „Das Zeitfeld ... Kann man es entgegengesetzt schalten?"

„Sie wollen die Zeit beschleunigen? Nein, mit diesem Modell geht das nicht. Da müssen Sie ein größeres nehmen. In einer halben Stunde könnte ich Ihnen eins bauen. Aber warum wollen Sie die Zeit beschleunigen – mit all den Sorgen, die Sie haben? Und wie schnell soll sie ablaufen?"

„Zehntausendmal so schnell wie im Normalfall – oder wenigstens siebentausendmal so schnell. Morgen, wenn wir unsere Rechnungen bezahlen müssen, ist alles vorbei. Ich möchte zwanzig Jahre in einen einzigen Tag pressen.

Beswun schüttelte den Kopf. „Das geht nicht. Wenn man die Dinge um das Zehntausendfache beschleunigt, bedeutet das, daß sich die Moleküle ebenso schnell bewegen. Bedenken Sie doch – 273° mal zehntausend – das wären mehr als zwei Millionen Hitzegrade. Und diese Moleküle besitzen Energien. Sie würden explodieren. Nein, das ist unmöglich."

„Um wieviel können Sie die Zeit beschleunigen?"

Beswun dachte nach. Vielleicht um das Zehnfache – vielleicht nur um das Neunfache. Dadurch haben Sie die nötige Hitzebeständigkeit. Wir könnten in der alten Grube hinter dem Haus arbeiten – im Kühlofen."

Das genügte nicht. Er würde zwei Jahre brauchen, um sein Ziel zu erreichen. Senthree ließ sich auf einen Stuhl fallen und fragte sich vage, wieso ihm sein sonderbares Gehirn, das die Psychologen vergeblich studiert hatten, das Gefühl gab, müde zu sein, während sein Körper niemals ermüdete. Wahrscheinlich lag das an einem jener alten Stromkreise, die er nicht anzurühren wagte.

„Natürlich könnten Sie vier Felder benutzen", sagte Beswun langsam. „Ein großes außen – dann ein kleineres, ein noch kleineres – und ganz innen das kleinste ... Ein Viertel von neun ergibt etwa sechstausendsechshundert. Wenn man die Neun etwas erhöht, hätten Sie in einem Tag Ihre zwanzig Jahre. Durch die Zeit, die von Feld zu Feld durchsickert, würden es höchstens zwei Stunden mehr werden."

„Nicht, wenn man die Materialien verbindet und jede Hülle in der anderen einbaut – dann könnte man bei jedem Schritt noch schneller operieren!" schrie Ceofor. „Jemand muß hineingehen und bis etwa zwei Minuten vor dem Ende drinbleiben, um die Erziehungsbänder einzuschalten – und das Paar zu beleben."

„Das kostet eine Menge Energie", warnte Beswun.

Senthree zuckte mit den Schultern. Und wenn schon ... Mit dem Geld, das sie noch hatten, konnten sie die Energie nicht bezahlen, aber die Regierung würde dafür aufkommen müssen, sobald sie einmal verbraucht war. Außerdem konnten sie das Biolabor nicht auflösen, wenn der Mensch geschaffen war. „Ich gehe hinein", schlug er vor.

„Das ist mein Job", entgegnete Ceofor tonlos. „Sie haben ja den Zellenkonstruktionswettbewerb gewonnen."

Senthree gab widerstrebend nach, hauptsächlich, weil der jüngere Roboter mehr Erfahrung bei Belebungsexperimenten gesammelt hatte als er selbst. Er beobachtete, wie Beswun das komplizierte Netz aus Drähten zusammensetzte und zu einem nebelhaften Schemen verschwand, als er scheinbar sofort das zweite Netz konstruierte. Der Biochemiker konnte nicht sehen, wie das dritte Netz entstand. Es war plötzlich da, und Beswun kam heraus. Er hielt vier Finger hoch, und das bedeutete, daß alle Netze funktionierten.

Ceofor raste mit den kostbaren Zellen zu den vorbereiteten Brutkästen, die beide Körper bis zur Reife ernähren würden. Danach würden sie für die Edukatoren bereit sein. Ceofors Körper schien zu zerrinnen, dann verschwand er. Einen Sekundenbruchteil später kam er zurück.

Senthree konnte nichts mehr sehen. Er zögerte, dann wandte er sich ab und verließ das Gebäude. Auf der anderen Straßenseite lag ein kleines Quartier, wo er sich bei seinen zwei wertvollen, fast vollständigen Büchern entspannen konnte, die der Mensch einst gedruckt hatte. Heute abend würde er den seltsamen Teil der Menschheitsgeschichte mit dem Titel ‚Sammle dich, Finsternis' studieren, mit seinen seltsamen Hinweisen auf eine Wissenschaft, die der Mensch einmal besessen hatte und die das derzeitige Wissen der Roboter überstieg. Das war angenehmer zu lesen als das unbegreifliche Werk mit dem mysteriösen Titel ‚Mein Kampf'. Er würde seine Kraftzufuhr zurückschalten und über das seltsame Benehmen von Mann und Frau nachdenken, die aus der Paarung einen so komplizierten Vorgang machten. Wahrscheinlich war das auch auf einen Instinkt zurückzuführen. Der Mensch war voller Instinkte.

Lange Zeit saß er still da, das Buch lag auf seinen Knien, und er fragte sich, wie es sein mochte, Instinkte zu haben. Es mußte unangenehm sein, aber manchmal auch angenehm. Nun, er würde es bald beobachten, wenn er es auch niemals selbst erleben konnte. Der Mensch hätte dem Robotergehirn zumindest einen Instinkt einpflanzen sollen – nur um dem Roboter zu zeigen, wie das war.

Er rief im Labor an, und Ceofor berichtete, daß alles wunderbar klappte und daß beide Kinder gut aussahen. Senthree hörte eine Gruppe von Robotern an seinem Fenster vorbeigehen, die über die Ergebnisse der Arcturus-Expedition diskutierten. Zumindest in dieser Beziehung war der Mensch den Robotern nicht ebenbürtig. Er war gestorben, bevor er den Dreh entdecken konnte, die Identität zu ändern und dadurch die Grenzen zu überschreiten, die durch die Lichtgeschwindigkeit gesetzt wurden.

Schließlich entwarf er eine Predigt, die er Arpeten halten würde, wenn das Experiment erfolgreich abgeschlossen war. Es mußte eine kurze, prägnante Rede sein, die noch wochenlang in den Gehirnen der Roboter haftenblieb, aber alles enthielt, was ein Wissenschaftler empfand, wenn er seine Gegner eines Besseren belehrt hatte. Mal sehen . . .

Das Summen des Videofons unterbrach seine Gedanken, und

als er es einschaltete, tauchte Ceofors Gesicht auf dem Bildschirm auf. Senthrees Stimmung sank abrupt, als er den jüngeren Roboter anstarrte. „Ein Fehlschlag? Nein!“

Der andere schüttelte den Kopf. „Nein – zumindest kann ich es nicht feststellen. Leider konnte ich das Erziehungsprogramm nicht abschließen. Vielleicht waren ihnen die Helme unbequem. Sie haben eine ganze Menge absorbiert – aber dann riß sich der Mann plötzlich den Helm runter und nahm auch den Helm des Mädchens ab. Und jetzt sitzen sie einfach nur da, reiben sich die Köpfe und blicken sich um.“ Er machte eine Pause, und die dunklen Plastikwülste über seinen Augen spannten sich an. „Die Zeitbeschleunigung ist zu Ende, und ich weiß nicht, was ich jetzt tun soll.“

„Lassen Sie die beiden in Ruhe, ich komme. Wenn Ihnen die Erziehung weh tut, können wir das Programm später abschließen. Wie geht es ihnen sonst?“

„Das weiß ich nicht. Aber sie sehen ganz gut aus, Boß.“ Ceofor zögerte, dann senkte er die Stimme. „Boß, die Sache gefällt mir nicht. Da ist irgendwas schiefgelaufen. Ich kann nicht feststellen, was es ist, Boß. Das ist alles ganz anders, als ich es erwartet habe. He! Jetzt hat das Männchen das Weibchen vom Sessel gestoßen. Glauben Sie, daß das am destruktiven Instinkt liegt? Nein, jetzt sitzt sie auf dem Boden, lehnt den Kopf an sein Knie und hält seine Hand. Gehört das nicht zum Paarungsideal, das wir damals in diesem Buch entdeckt haben?“

Lächelnd wollte Senthree zustimmen. Es sah ganz so aus, als würden die Instinkte bereits funktionieren. Aber eine fremde Stimme ließ ihn nicht zu Wort kommen. „Hallo, Roboter! Wann gibt's denn hier was zu essen?“

Sie konnten sprechen! Das mußte der Mann gewesen sein. Er brachte zwar keine höfliche Dankbarkeit zum Ausdruck, wie Senthree es erwartet hatte, aber das spielte keine Rolle. Senthree hatte in den Büchern gelesen, daß es verschiedene Arten von Menschen gab. Manche waren höflich, andere rüpelhaft. In diesem Fall war vielleicht die aufgezwungene Erziehung ohne

Sozialerfahrung dafür verantwortlich. Aber das würde sich mit der Zeit schon einrenken.

Er wandte sich wieder an Ceofor, aber der jüngere Roboter war verschwunden und auf dem Bildschirm zeigte sich eine leere Wand. Wieder hörte Senthree die fremde Stimme, hart und rauh, und dann erklang ein schrilles Wimmern, das offenbar von dem Weibchen ausging. Die beiden Stimmen vermischten sich mit dem vagen Gemurmel der Roboter, und er konnte keine einzelnen Worte verstehen.

Er verschwendete auch keine Zeit damit, es zu versuchen. Er rannte auf die Straße und zum Labor hinüber. Instinkt – der Mann hatte bereits Instinkt bewiesen, und die Frau hatte darauf reagiert. Bei dem ersten Paar würden sie natürlich vorsichtig ans Werk gehen müssen, aber nun war die Lösung der Roboterprobleme endlich in Sicht. Man brauchte nur noch ein wenig Zeit und Geduld. Sollte Arpeten doch spotten und seine Arcturus-Forscher verhätscheln! Heute war die Biochemie zum König gekrönt worden, vom Zauber der Intelligenz, kombiniert mit Instinkten, der eine einzigartige Macht ausstrahlte.

Ceofor kam aus dem Labor gelaufen, gefolgt von einem anderen Roboter. Der Junge sah ganz benommen aus, und in seinen Augen lag ein Gefühl, das Senthree nicht deuten konnte. Ceofor winkte dem älteren Biochemiker nur kurz zu und rannte weiter. „Ich habe jetzt keine Zeit. Sie sind hungrig.“ Und dann war er auch schon verschwunden.

Plötzlich kam Senthree zu Bewußtsein, daß man nicht für geeignete Früchte und Gemüsepflanzen gesorgt hatte. Er wußte nicht einmal, wie oft die Menschen aßen und wie sich ihre Nahrung zusammensetzte. Aber darum würde sich Ceofor kümmern.

Er lief den Korridor entlang, hörte Stimmengewirr und hastige Schritte. Offenbar gingen die Roboter diversen Aufgaben nach. Im Hauptlabor, wo das Paar herangewachsen war, schien alles ruhig zu sein. Zögernd blieb Senthree vor der Tür stehen und fragte sich, wie er die beiden anreden sollte. Heute durfte er sie noch nicht mit Fragen belästigen und auch nicht erwarten, daß sie seine Ziele verstehen würden. Er mußte sie willkommen heißen und dafür sorgen, daß sie sich in seiner Welt wohlfühlten, die ihnen aufgrund ihrer prähistorischen Elektronenerziehung fremd erscheinen mußte. Es würde ihnen schwerfallen, sich einer Welt anzupassen, in der nur Roboter existierten und keine Mitmenschen. Das Instinktproblem, das ihn so lange beschäftigt hatte, konnte ruhig noch ein paar Tage warten.

Er öffnete die Tür und betrat das Labor, dann blickte er zu dem niedrigen Tisch, wo sie saßen. Sie sahen gesund aus und wirkten weder unglücklich noch unsicher, aber das würde er erst genauer feststellen können, wenn er sie besser kannte. Er wußte nicht einmal, ob der Mann finster die Stirn runzelte, als er sich jetzt zu ihm umdrehte und ihn ansah.

„Ah, da ist ja noch einer. Okay, komm nur her! Was willst du?"

Und da brauchte Senthree nicht mehr zu überlegen, wie er den Menschen anreden sollte. Er verneigte sich tief, als er auf die beiden zuging, und ein Instinkt gab seiner Stimme einen weichen, unterwürfigen Klang.

„Nichts, mein Herr. Ich will dir nur dienen."

Aberglaube

Die *Sepelora* kroch mit ihrer Maximalgeschwindigkeit von achtzig Stundenlichtjahren dahin, genauso wie in den vergangenen vier Monaten, seit sie den Universitätsplaneten Terra verlassen hatte. Die Raumannullierungs-Generatoren summten monoton, schufen ein Kraftfeld rings um das Schiff, wo das All beinahe zu existieren aufhörte. Durch diesen Effekt verwandelten sich das große Sichtfenster und die Luken in Spiegel. Durch die Kontrollkabine zog unablässig abgestandene Luft, und die Pseudogravitation auf den Decks war ununterbrochen wirksam. Als nur noch ein Tag mit Supergeschwindigkeit zu bewältigen war, hätte Captain Derek eigentlich zufrieden sein können.

Statt dessen saß er zusammengesunken vor dem Kontrollbrett und starrte mit leeren Augen auf sein Spiegelbild in der großen Tafel, während seine Finger schwarze Asse und Henkersknoten kritzelten und all die anderen Symbole der Verdammnis, für die seine Kultur keine Belege hatte. Mit den tiefliegenden Augen und den hohlen Wangen wirkte sein Kopf wie ein Totenschädel. Obwohl er erst fünfundvierzig war, sah er wie fünfzig aus, denn seine Schläfen waren ergraut und durch seine Stirn zogen sich tiefe Sorgenfalten.

Plötzlich klang die Stimme seines Adjutanten Ferad aus einem Lautsprecher. „Psych Siryl möchte Sie besuchen, Sir."

Derek seufzte und blinzelte sein Spiegelbild an. Wahrscheinlich hatte ihm Kayel, der Physiker, die Psychologin geschickt. Er hatte Derek schon die ganze Zeit beobachtet. Aber nun war sie da, und man konnte nichts mehr machen. „Schicken Sie sie herein", sagte er und drehte sich langsam zur Tür um.

Siryl wirkte viel militärischer als er, trotz ihrer Zivilbluse. Ihre Füße bewegten sich akkurat über das Deck, ihre Hüften schwangen maßvoll in dem geschlitzten Rock hin und her, und ihr Gesicht trug die unpersönliche Wärme aller diensthabenden Psychologen zur Schau. Hinter ihrem professionellen Stolz verbarg sich das seltsam überentwickelte Bewußtsein, eine Frau zu sein, wie man es nur bei Frauen findet, die Männer sein wollen. Sie war zehn Jahr jünger als Derek und fast so groß wie er. An ihrer hübschen, gepflegten Erscheinung störte nur das zu streng frisierte schwarze Haar.

Sie verschwendete keine Zeit. Bevor er aufstehen konnte, krempelte sie schon seinen Ärmel hoch, er spürte die Kälte eines Antiseptikums und dann einen schwachen Nadelstich. „In einer Minute werden Sie sich besser fühlen. Ich wollte früher kommen, aber diese Gerüchte hielten mich auf Trab. Ich habe das übrigens erwartet. Ihre Karte zeigt eine Depression mit einem unregelmäßigen Zyklus. Aber so schlimm ist das doch alles gar nicht, Captain."

Als die Droge ihm keine Chance mehr gab, weiterhin über seine Pechsträhne nachzugrübeln, war er fast froh. Wenn er auch keinen Grund dazu hatte. Er war der einzige Mann seines Alters in der Army, der nicht einmal den Rang eines Sector Commanders hatte. Alles, was er anpackte, ging schief. Das Trainingsschiff war explodiert, das Mädchen war an Mutationsschwäche gestorben, dann hatte er die Vorladungspapiere verlegt – und das Ganze hatte ihm dieses Kommando eingetragen, das von Anfang an unter einem ungünstigen Stern gestanden hatte.

„Optimismus!" stieß er bitter hervor. „*Sie* sollten diese Expedition leiten, die von vornherein zum Scheitern verurteilt war. Aber Sie haben ja sowieso das Kommando."

„Aberglaube!" entgegnete sie verächtlich. „Sicher, Sie hatten Pech, Derek.

Aber Sie haben erst ernsthafte Schwierigkeiten, seit Sie an diesen Unsinn glauben. Sie sind von Ihrer Pechsträhne so überzeugt, daß Sie überhaupt keine Initiative mehr haben. Seit Monaten starren Sie mich schon an und begehren mich, aber Sie unternehmen nichts, weil Sie Angst haben, daß irgend etwas schiefgehen könnte."

Sie hatte nur allzu recht, und er spürte, wie ihm das Blut ins Gesicht stieg. Mit klinischem Interesse studierte sie seine Reaktion. Dann lachte sie leichthin und sank in einen Sessel. „Vielleicht sollten Sie es einmal versuchen, Derek – aber nicht jetzt. Warum sagen Sie mir nicht die Wahrheit über diese Expedition? Immerhin werden wir bald das Tempo drosseln."

Die Droge hatte seinen Pessimismus gemildert. Er glaubte zwar noch immer an seinen bösen Stern, aber er konnte jetzt auch an andere Dinge denken. Es erstaunte ihn, daß sie diese Frage nicht schon längst gestellt hatte. „Was wissen Sie denn vom Hintergrund und der Geschichte des Krieges?" erkundigte er sich. Mit einigen fernen Welten waren seltsame Legenden verknüpft, die eine Erklärung erschwerten.

Ungeduldig runzelte sie die Stirn, dann beschloß sie offenbar, auf ihn einzugehen, und berichtete ihm, was sie wußte. Abgesehen von der provinziellen Theorie, daß der Mensch auf Terra entstanden war, verfügte sie über bemerkenswert richtige Informationen. Wo immer sich der Mensch auch entwickelt hatte, die Rasse war offenbar vor zweitausend Jahren zum erstenmal durchs All geflogen und hatte sofort eine Möglichkeit gefunden, sich mit Überlichtgeschwindigkeit voranzubewegen. Sie hatte sich erstaunlich schnell im Universum ausgebreitet und Unmengen eines energieerzeugenden Elements verbraucht, das als Uran bezeichnet wurde.

Vor 1300 Jahren hatten die schwindenden Vorräte dieses Elements die Menschheit in zwei Lager gespalten. Ein unvorstellbar heftiger Kampf hatte ganze Sonnensysteme zu Novä reduziert, das letzte Uran verbraucht und die menschliche Kultur ruiniert. Abgesehen von irreführenden Hinweisen, daß eine Zeitannullierung im Spiel gewesen war, wußte man nichts mehr von der Supertriebkraft. Es hatte Jahrhunderte gedauert, bis man aus einer Borlegierung neue Energie gewinnen konnte. Und man hatte noch länger gebraucht, um die Raumbedingungen rings um die Schiffe zu eliminieren, nur eine fraktionierte Verbindung mit dem Universum herzustellen und den Sog, der durch das ausgeschaltete Gleichgewicht entstand, als Triebkraft zu benutzen.

Vor fünfzig Jahren waren sie auf das andere Imperium gestoßen, das ihnen technisch überlegen und von einem dreizehn Jahrhunderte alten Haß erfüllt war. Der Feind kannte keine Gnade und löschte einen Planeten nach dem anderen aus. Eine Zeitlang hatte es so ausgesehen, als sei die Föderation zum Untergang verdammt. Aber vor kurzem hatten sie, unter dem Drang der Notwendigkeit, den wissenschaftlichen Stand des Gegners erreicht. In ein paar Jahren . . .

„In ein paar Jahren oder Monaten wird es keine Föderation mehr geben", unterbrach er sie, „es sei denn, diese Expedition führt zum Erfolg." Er öffnete eine Schublade und nahm ein Papier heraus, das zu dem schriftlichen Einsatzbefehl gehörte, an dessen Formulierung er selbst mitgewirkt hatte. Seine Lippen verzogen sich, als er die amtlichen Worte las.

„Die *Waraok* hatte auf dem Weg zur Fünften Flotte ihren Raumannullierungsflug unterbrochen, um einen Fixstern in einem der alten gesprengten Sonnensysteme zu bilden, und zwar um 9–17/2.47:23 nach der Föderations-Zeit. Um 9–17/2.24:26 war sie weniger als eine Viertelmillion Meilen von einem Siriusplaneten entfernt gewesen. Irgend etwas hatte sie in Sekundenschnelle um über zweihunderttausend Lichtjahre weit weggeschleudert. Und wenn man den feindlichen Stützpunkt nicht zerstören oder das Geheimnis und sein Gegenmittel finden konnte, würde dieses Etwas bald Bomben auf alle Föderations-Sonnen werfen. Diese Bedrohung gab sogar so haarsträubenden Operationen wie dieser Expedition eine gewisse Berechtigung.

Die *Sepelora* und elf andere Schiffe waren hastig mit allen erdenklichen Instrumenten ausgestattet, mit Technikern vollgestopft und auf einen Kurs gesprengt worden, der sie mit Supergeschwindigkeit zu Punkten rings um die geplante Position der *Waraok* führen würde. Ihre Instrumente sollten alles Wissenswerte aufzeichnen, die Raumannullierungstransmitter würden Signale aussenden, während ihnen eine Flotte von Kriegsschiffen folgte. Wenn sie der mysteriösen Waffe begegneten und Glück hatten, würden die Instrumente ihre Wirkungsweise eruieren. Andernfalls würde die Lagebestimmung ihrer letzten Signale über die feindliche Base Aufschluß geben, die man dann bombardieren konnte. Dann blieb nur noch die Hoffnung, daß es eine Experimentalstation war – und die einzige, die der Feind besaß.

Siryl überflog das Papier, dann zerknüllte sie es angewidert. „Bilden Sie sich ein, daß ich diesen Unsinn glaube? Sofortige Teleportation! Glauben *Sie* das denn?"

Er starrte sie an, und sein erster Zorn wich einer Bitterkeit, die den letzten physikalischen Effekt der Droge auslöschte. „Ich muß es wohl glauben. Ich war Captain auf der *Waraok*, als es passierte."

Es war sein erstes Kriegsschiffskommando gewesen – und seine letzte Chance befördert zu werden. Der Verlust der Pläne, für die er verantwortlich gewesen war, hatte der Föderation eine schwere Niederlage eingetragen. Dafür konnte er allerdings nichts, denn solche Wunder gingen über die Macht seiner Pechsträhne hinaus.

„Captain, sogar ich weiß, daß ein einzelnes Photon mit unbegrenzter Energie auf ein mit unbegrenzter Geschwindigkeit fliegendes Schiff einwirken kann", sagte sie verächtlich. Sie konnten nichts tun ohne eine perfekte Raumannullierung, und das hätte das Ende Ihrer Existenz bedeutet. Diese Story klingt wie ein Artikel aus diesen Zeitungen, die wir auf dem Aevan gefunden haben. Den hat ein guter Mathematiker aus der Zeit vor dem Zusammenbruch geschrieben, der aber genauso abergläubisch war wie Sie. Er glaubt tatsächlich an Gedankenlesen, Hellseherei und Teleportation."

Die Legenden deuteten an, daß der Mensch früher solche

Fähigkeiten besessen hatte, wenn auch nur bis zu einem gewissen Grad. Aber es hatte offenbar keinen Sinn, Siryl daran zu erinnern. Er fluchte. „Ich war da!"

„Hypnotische Eingebung! Propaganda, die auf altem Aberglauben basiert! Schauen Sie sich lieber die versiegelte Order in Ihrem Safe an, Captain Der . . ."

Rote Lichter flammten auf der Kontrolltafel auf. Das Alarmsystem spielte verrückt, jeder Gong tönte. Ein Lichtblitz zuckte durch das Sichtfenster, und die große Radaranlage winselte und zeigte Koordinaten, die sich zu einem Körper von Planetengröße bildeten, weniger als tausend Meilen unterhalb des Schiffes. Überflüssigerweise verkündeten grüne Buchstaben auf der Kontrolltafel, daß der Supertreibstoff abgeschaltet war.

Derek brachte die Gongtöne zum Schweigen und begann an diversen Hebeln zu ziehen, um Informationen zu erhalten. Niemand antwortete. Die Besatzungen waren während eines Superflugs immer ziemlich lax, aber wenigstens ein Mann hätte bei den Raumannullierungsgeneratoren Wache stehen müssen. Und die anderen müßten sich auf ihren Posten befinden. Er schaltete die Bordsprechanlage ein und verlangte sofortige Berichterstattung.

Die Kabinentür flog auf, und der schreckensbleiche Ferad stürzte herein, gefolgt von dem Physiker Kayel, dessen Adamsapfel zitternd in dem schmächtigen Hals auf und ab hüpfte. „Weg!" kreischte er. „Alles weg!"

Derek schob ihn fluchend beiseite und ging zur Tür. Er rannte durch die Vorkabine, machte eine andere Tür auf – und blieb stehen.

Fünf Fuß weiter vorn war das Deck zu Ende. Wo sich früher Lager- und Maschinenräume sowie die Küche befunden hatten, war nichts mehr zu sehen – beziehungsweise ein leerer Rumpf, in dem ein Keri-Vogel vom Sirius quietschend mit den Flügeln schlug. In der Luft hing der feuchte Duft der Sirius-Blumen.

Derek spürte, wie sich Siryls Finger in seinen Arm gruben, und hörte, wie sie den Atem anhielt. Neben ihr standen Ferad, zur Salzsäule erstarrt, und Kayel, der sich eine Pfeife zwischen die Lippen steckte und sie trotz seiner klappernden Zähne anzuzünden versuchte. „Es – es war einfach weg“, stammelte er. „Ich war da hinten.“ Er zeigte auf die Reste eines Maschinenraums und die Hälfte der Raketensprengkammer. „Alles weg – ohne den Rumpf zu durchschneiden. Unmöglich. . .“

Derek konnte sich vorstellen, wie schockiert sie alle waren, aber da er schon seit Jahren mit seiner Pechsträhne zusammenlebte, war er gegen solche Schicksalsschläge immun. Alles hatte seine Vorteile, auch regelmäßiges Pech. „Was ist mit der Annullierungskraft? Können wir die fixieren?“

„Nein.“ Kayel hatte gezögert, aber seine Verneinung war nun definitiv.

Derek nickte. „Okay. Lesen Sie die restlichen Instrumente ab. Wenn wir zurückkommen, wird eine Föderation diese Daten brauchen. Ferad, gehen Sie zu den Raketen zurück. Irgendwie müssen wir auf diesem Planeten landen. Und, Siryl – wenn Sie mir jetzt noch einmal meinen Aberglauben vorwerfen . . .“

Er grinste mit dünnen Lippen. Ungläubig starrte sie auf die gähnende Leere, dann bekreuzigte sie sich. Achtzig Mann und viele Tonnen des Schiffs waren verschwunden, und an ihre Stelle waren nur ein Sirius-Vogel und Blumenduft getreten. Zu den Vermißten zählten auch der Pilot, der Orter und der Ingenieur. Derek hatte seine letzte Rakete vor zwanzig Jahren gelandet, und er hatte nicht einmal die Gravitations- und Atmosphäredaten der Welt, die unter ihm lag. Sein Grinsen erstarb, und er kehrte stöhnend in den Kontrollraum zurück.

2

Der Planet war nähergerückt, als Kayel berichtete, daß die Instrumente absolut nichts anzeigten. Er arbeitete gerade mit der Spektrosonde und versuchte, Daten für Derek zu bekommen, als Siryl eine Kanne Kaffee als Friedensgabe offerierte. „Die Vorräte sind zum Teil okay und reichen für vier Personen aus", meldete sie.

„Danke." Derek kostete den Kaffee und fand ihn scheußlich. Aber er war zumindest heiß. „Bringen Sie Ferad auch einen Kaffee – falls Sie ihn finden. Und sagen Sie ihm, daß ich ihm die fette Haut abziehe, wenn er sich nicht sofort bei mir meldet."

Kayel nahm ebenfalls einen Becher Kaffee entgegen und schluckte, als hätte er noch nie eine Frau gesehen, die Getränke serviert. Derek unterbrach seine gestammelten Dankesworte mit der Frage: „Haben Sie schon was gefunden, Kayel?"

Siryl warf ihm einen vernichtenden Blick zu und ging im Stechschritt hinaus. Kayel nickte und drehte sich widerstrebend zu seinem Captain um. „Es ist eins von den gesprengten Systemen, Sir. Das Spektrum sieht aus, als ob die Sonne nur eine leichte Dosis abbekommen hätte."

Wahrscheinlich eine der letzten Sonnen, die der erste Krieg zerstört hat, dachte Derek. Damals hatten die Menschen nur noch über wenige hochexplosive Atomsprengstoffe verfügt. Wenn die Explosion mild gewesen war, hatte sie den Planeten vielleicht verschont. In diesem Fall könnten sie in den Ruinen der Städte ein paar Maschinen finden.

Kayel schüttelte den Kopf. „ Der Planet wurde getroffen. Das beweist die Heliummenge in der Atmosphäre. Trotzdem ist das komisch . . . Zweihundert Meilen Luft mit massenhaft freiem Oxygen – wie auf Terra." Er sog an seiner Pfeife, starrte blinzelnd durch seine dicke Brille auf die Karten, die er gezeichnet hatte.

„Hm . . . Luftdichte durch Höhe – muß Gravitation eins sein. Verdammt! Der freie Sauerstoff dürfte nicht in dieser Menge vorhanden sein."

Derek zuckte unglücklich mit den Schultern. Die *Sepelora* hatte nur kleine Propellerflügel, und eine Atmosphäre und eine große Schwerkaft würden die Landung erschweren. Allerdings würde beides gewisse Vorteile bringen, wenn sie gelandet waren.

Und wenn die alte Solarexplosion auch alle Hoffnungen auf Werkzeuge zerstört hatte, so hatte sie immerhin auch dafür gesorgt, daß die Besatzung der *Sepelora* nicht von Wilden oder Bestien aus früheren Zeiten empfangen wurde.

Ferad kam endlich in den Kontrollraum und jammerte, daß es unmöglich sei, die Raketen allein startklar zu machen.

„Dann soll Ihnen Siryl helfen“, befahl Derek. „Sie müssen in fünf Minuten fertig sein, sonst verlassen wir das Perigäum.“

Die Schwungkraft, die von der Supergeschwindigkeit übriggeblieben war, trug das Schiff in einer Ellipsenbahn dem Planeten entgegen und würde sich ihm in etwa sechshundert Meilen nähern.

Überraschenderweise meldete Ferad, daß die Raketen startklar und die Schleusentore innerhalb des Zeitlimits getrimmt waren. Das Schiff stöhnte, als die Raketen davonrasten, und Derek beobachtete grimmig seine Indikatoren und befürchtete das Schlimmste. Da sich ein so großer Teil der Innenausstattung in Nichts aufgelöst hatte, war die *Sepelora* geschwächt und aus dem Gleichgewicht gebracht. Bei seinem sprichwörtlichen Pech konnte alles passieren. Meist schaffte er es, aus einem Schlamassel herauszukommen, bevor er in das nächste geriet, aber diesmal . . .

Die *Sepelora* prallte hart gegen die Atmosphäre. Er hatte keine Zeit mehr dazu gefunden, durch die Seitenraketen einen Ausgleich zu schaffen, und die Gyroskope waren verschwunden. Einer der geschwächten Tragbalken löste sich mit einem Knall, der Derek einen Schauer über den Rücken jagte. Das Schiff schaukelte heftig, bevor es sein Gleichgewicht wiederfand. Derek wischte sich den Schweiß aus den Augen und versuchte sich an alles zu erinnern, was man ihm auf der Raketenakademie beigebracht hatte. Aber ihm fiel nur ein, daß der Dozent wortreich erklärt hatte, man solle jede Unfallgefahr ausschalten.

Aber irgendwie kam das Schiff wieder in die richtige Lage und in eine langgestreckte Gleitbahn. Die Rumpfpyrometernadel näherte sich der roten Zone, aber das war kein Grund zur Besorgnis. Ein Schutzschild hatte sich über das Sichtfenster gelegt, aber das Radargerät zeigte ihm die Planetenfläche. Noch zwanzig Meilen – noch fünfzehn. . .

Kayel stieß ein überraschtes Wimmern aus und zeigte mit seinem Pfeifenstiel erregt auf den Bildschirm. Derek konnte nichts sehen, aber der kleine Mann beobachtete offenbar angespannt, wie irgend etwas verschwand. „Eine Stadt! Gerade Linien – Straßen!"

„Wahrscheinlich Ruinen", meinte Derek. Vielleicht hatten sie Glück, und die Solarexplosion hatte den Planeten nur gestreift, ohne alle Gebäude und Maschinen zu ruinieren. Nach 1300 Jahren würden natürlich die meisten Geräte unbrauchbar sein. Aber die Ahnen der Menschheit hatten ihre Maschinen so gebaut, daß sie auch den Umweltbedingungen auf fernen Planeten standhielten.

Nun durchschnitt das Schiff eine dünne Wolkenschicht. Ohne die geeigneten Propellerflügel hatte die *Sepelora* den Auftrieb eines Steins, und die Gleitbahn wurde asymptotisch steiler, obwohl die Temperatur endlich sank. Derek brachte ihren Schwanz nach unten und begann, kontrollierte Explosionen einzusetzen.

Als die *Sepelora* nur noch drei Meilen von der Planetenoberfläche entfernt war, fiel sie fast senkrecht hinab, viel zu schnell und heftig schaukelnd. Nur noch eine Meile . . . Stöhnend erhöhte Derek die Energiezufuhr und hoffte, daß sich keine weiteren Tragebalken lösen würden. Kayel zuckte zusammen und zeigte schreiend auf den Bildschirm. Dereks Augen folgten der Bewegung, ohne daß er es wollte. Gebäudereihen tauchten auf. Aber um diese Ruinen brauchte er sich keine Sorgen zu machen. Die Explosionen würden sie ohnehin niederwalzen.

„Derek. Da sind Leute! Sie bewegen sich!" Kayels kreischende Stimme gellte ihm in den Ohren. Aber er beachtete den hysterischen Burschen nicht mehr. Der kurze Blick auf den Bildschirm hatte sein Timing beeinträchtigt. Die Planetenoberfläche raste heran. Das Schiff schaukelte, startete durch, dann richtete es sich langsam auf. Dereks Augen streiften den Bildschirm, und sekundenlang erstarrten seine Hände. Auf den langen Linien, die Straßen sein mußten, rasten Punkte dahin, die offenbar vor ihm flohen.

Er hatte keine Zeit zum Nachdenken. Automatisch führt er die Handgriffe aus, die erforderlich waren, um kein Leben zu vernichten. Er drückte auf die Seitenkontrollschalter, die *Sepelora* wand sich, eine Seitenexplosion warf das Schiff zurück. Dann sank es, als er in einer letzten Reflexbewegung die Energiezufuhr drosselte.

Kayel war in Ohnmacht gefallen. Derek starrte ihn an und dann auf seine Hände. Das Schiff war still. Er hatte keinen Aufprall gespürt. Warum nicht? Theoretisch konnten die verschiedenen Kräfte einander aufheben, so daß das Schiff zum Stillstand kam, bevor es die Landefläche berührte. Aber diese Chance war so gering, daß kein Pilot sie jemals in Betracht zog. Es war, als hätte ihm das Schicksal einen Augenblick reinen Glücks geschenkt, um ihn für die vielen pechschwarzen Jahre zu entschädigen.

Kayel kam langsam und blinzelnd zu sich. Seine Finger tasteten über sein Gesicht und stellten fest, daß die Brille noch immer auf der Nase saß. „Meine Pfeife!" quietschte er und bückte sich. Dann richtete er sich auf und starrte Derek an. „Wir leben!"

„Was wir nicht Ihnen zu verdanken haben." Derek zog an einem Hebel und der Schild, der das Sichtfenster verdeckte, begann hinabzugleiten, als Siryl und Ferad hereinkamen. Sie sahen erschöpft aus, aber nicht so erschüttert wie Kayel – wahrscheinlich, weil sie nicht wußten, was passiert war. „Bitte, noch kein Jubelgeschrei! Da draußen sind Leute, und die dürfte es auf einem Planeten, der von der Solarexplosion betroffen war und den wir nicht kolonialisiert haben, eigentlich nicht geben. Mit meinem legendären Pech bin ich vermutlich mitten in einer feindlichen Kolonie gelandet."

„Pech?" stieß Siryl verächtlich hervor. Sie wurde rot, als er ihr einen Blick zuwarf, fuhr aber hartnäckig fort: „Die Feinde sind zwanghafte Höhlenmenschen, und die bauen keine Oberflächenhäuser. Sehen Sie doch!“

Der Schild hatte sich so tief gesenkt, daß nun Felder zum Vorschein kamen, offenbar Weizen- und Kartoffelfelder. Dahinter war eine Stadt mit niederen, strohgedeckten Häusern zu sehen. „Eine landwirtschaftsbetonte Kultur“, erriet Siryl. „Schauen Sie, da kommen sie durch das Feld auf uns zu. Wir haben Glück. Primitive Agrikulturvölker sind meist friedlich.“

Mehrere Leute näherten sich dem Schiff, ohne Furcht zu zeigen. Sie trugen einfache Hosen und Capes um die Schultern. Die Männer hatten Bärte und schulterlange Haare, bis auf den grauhaarigen Burschen, der an der Spitze marschierte. Die Frauen waren nur an den dicken Zopfkronen zu erkennen. Sie machten alle einen sehr gesunden Eindruck.

Der Graubart trat vor das Sichtfenster und winkte der Besatzung mit einem Ding, das wie ein Stein aussah. Seine Gesten zeigten an, daß sie hinauskommen sollten.

Derek zuckte mit den Schultern und nickte. Als er sich zur Tür wandte, hielt Siryl ihn am Arm fest. „Wohin gehen Sie?“

„Hinaus. Sie haben ja gesagt, daß das friedliche Leute sind.“

„Erfahrungsgemäß müßten sie friedlich sein“, schränkte sie ein. „Aber . . .“

„Aber sie könnten abergläubische Vorstellung von Himmelsteufeln haben, was? Ich gehe trotzdem hinaus.“ Er bog in einen Korridor, der zu einem Schleusenausgang führte. Es blieb ihm nichts anderes übrig. Ihre Waffen waren verschwunden, ebenso wie die Werkzeuge und der große Raumsignaltransmitter. Die Rumpfwand der *Sepelora* war zu dünn, um einem geballten Angriff zu widerstehen, auch wenn er nur von primitiven Bauern ausging.

Siryl zögerte sekundenlang. Dann klapperten ihre Absätze in gleichmäßigen Schritten hinter Derek her, während ihm die anderen nur widerstrebend folgten. Sie holte Derek ein und marschierte an seiner Seite. Wenn sie Angst hatte, so zeigte sie es nicht.

Er öffnete das innere Schleusentor, dann das äußere und sprang auf ein Stoppelfeld hinab. Im selben Augenblick bog der Graubart um den Schiffsrumpf. Die Lippen des alten Mannes teilten sich zu einem Lächeln, seine Worte kamen zunächst zögernd, dann immer schneller – klassische englische Grußworte aus dem fünfundzwanzigsten Jahrhundert.

Als der Mann verstummt war, trat Derek vor und setzte zu einer sorgfältig formulierten Antwort an. Klassisches Englisch war die Grundsprache, aus der sich die Sprache seines Heimatplaneten entwickelt hatte. Er hatte sie acht Jahre lang studiert, ohne zu erwarten, daß er seine Kenntnisse jemals verwenden würde.

Der Graubart drehte sich zu seinem Volk um und schwieg eine Weile, während er den vier Neuankömmlingen Seitenblicke zuwarf. Siryl starrte Derek überrascht an. „Ich habe eine Studie über die Arbeit auf dem Aevan geschrieben, und dafür mußte ich klassisches Englisch lernen. Diese Leute sprechen die reine Sprache – sie hat sich nach 1300 Jahren nicht verändert. Im allgemeinen halten primitive Kulturen nicht an toten Sprachen fest. Die Sprache ändert sich mit jedem Jahrhundert."

Derek zuckte mit den Schultern. Man hatte ihr eine ganze Menge eingetrichtert, aber die Schulweisheit hatte sich nicht zum erstenmal als falsch erwiesen.

Der alte Mann wandte sich wieder um. „Mein Name ist Skora. Ich bin der Dorfpriester. Wir haben beschlossen, Sie auf dem Planeten Gottes willkommen zu heißen. Und wir sind glücklich, daß Sie gut gelandet sind. Ich sah Ihr Raumschiff so spät, daß ich kaum noch Zeit fand, die Macht Gottes einzusetzen und Schaden zu verhüten. Wenn Sie mit uns ins Dorf gehen, werden Sie Wärme und ein Dach über dem Kopf finden. Die Nächte sind hier sehr kalt."

Derek überlegte. Er wäre lieber im Schiff geblieben, aber das war nicht ratsam. „Das ist sehr freunlich von Ihnen. Wir sind

Ihnen zu großem Dank verpflichtet." Er war sehr stolz, weil er sich an diese Phrase erinnerte.

Der alte Mann nickte und musterte die anderen. Ein Lächeln glitt über sein Gesicht, als er sah, wie gierig Ferad eine der jungen Frauen anstarrte. „Sie ist unverheiratet. Sagen Sie ihm, daß er ihr gefällt. Sie wird ihm gehören."

Siryl übersetzte rasch, was Skora vorgeschlagen hatte.

„Nehmen Sie das Angebot an, Ferad!" drängte sie, obwohl sein dickes Gesicht deutlich zeigte, daß er auf diesen guten Rat nicht angewiesen war. „Sonst beleidigen Sie die Leute. Derek, ich hatte recht. Sie sind primitiv – gastfreundlich, provinziell, abergläubisch. Haben Sie bemerkt, daß er von *dem* Planeten Gottes gesprochen hat?"

Derek zuckte mit den Schultern, was sie als Zustimmung auffaßte. Er war jedoch nicht abgeneigt, dem alten Mann zu glauben. Gebet oder Zauberer – eine Erklärung war so gut wie die andere. Er betrachtete die schweigende Gruppe, als sie zum Dorf gingen. „Vielleicht", sagte er. „Aber ich würde gern wissen, wieso Ihr Primitivling von Raumschiffen und sicheren Landungen redet. Und wieso wußte er, daß Ferad seine Sprache nicht versteht, nachdem wir beide fließendes Englisch sprechen? Noch etwas – er sagte, daß die Nächte *hier* sehr kalt seien, also muß er wissen, daß es noch andere Planeten gibt."

Sie hielt ausnahmsweise den Mund. Derek hatte gehofft, sie würde eine Antwort finden, und ihr Schweigen bestärkte ihn in seinen Zweifeln. Irgend etwas stimmte nicht auf Skoras göttlichem Planeten.

3

Das Haus, das man ihnen zugewiesen hatte, war überraschend komfortabel, nachdem sie gelernt hatten, wie man den Torfofen heizte. Das Essen war passabel, vorausgesetzt, man mochte

Getreideprodukte und Hammelfleisch. Derek war zu seiner eigenen Überraschung sofort eingeschlafen. Aber im Morgengrauen war er schon wieder hellwach. Niemand hielt ihn auf, als er das Dorf verließ und an der *Sepelora* vorbei zu den niederen Bergen am Rand der Äcker ging. Siryl hatte offenbar recht mit ihrer Vermutung, daß sie in Sicherheit waren, nachdem sie mit den Einheimischen Brot gegessen hatten.

Aber seine Zweifel kehrten zurück als er die Umgebung von einem Berggipfel aus betrachtete. Die Solarexplosion hatte heftig auf diesem Planeten gewütet. An verschiedenen Stellen bestand der Boden aus Asche, an anderen war er zu Schlacke geschmolzen. Hie und da wuchsen ein paar Pflanzen, vor allem in Dorfnähe. Bäume waren nirgends zu sehen. Es schien nur selten und wenn, dann ganz leicht zu regnen. Das Dorf sah aus wie ein Stück aus einer anderen Welt, das man in eine Wüstenlandschaft verpflanzt hatte.

Von einem anderen Berggipfel aus sah Derek ein zweites Dorf, etwa zwei Meilen entfernt, ebenfalls von Grün umgeben. Er suchte nach einer Verbindungsstraße zwischen den beiden Dörfern, konnte jedoch keine entdecken.

Als er zurückging, arbeiteten die Männer bereits auf den Feldern. Einige hüteten Schafe, andere erfüllten andere Aufgaben, deren Sinn er jedoch nicht verstand. Auf dem Feld, neben dem die *Sepelora* gelandet war, sah er einen jungen Mann, der einen Stock mit einem gebogenen Draht durch den Boden zog und eine Spur aus aufgewühltem Erdreich hinter sich ließ. Offenbar pflügte er das Feld, und das ohne maschinelle Hilfe. Da er sich kein bißchen anzustrengen schien, war er entweder übermenschlich stark, oder der Boden war ungewöhnlich weich. Derek hob ein wenig Erde auf, die ihm aber ganz normal vorkam.

„Guten Morgen, Derek, ich bin Michla.“ Der junge Mann ließ seinen Pflug los und ging auf ihn zu. Er griff nach einer Handvoll Erde und zerrieb sie zwischen den Fingern. „Zu trocken. Heute nacht werde ich Regen machen müssen.“

Derek schüttelte ihm die Hand, die ihm keineswegs kräftiger erschien als die Hand jedes normalen Mannes. „Freut mich, Sie kennenzulernen, Michla. Ich habe mich schon gefragt, wie Ihr Pflug funktioniert."

„Kommen Sie!" Michla ging zu dem Gerät und hob es hoch. Es bestand aus einem einfachen Stock, einem gebogenen Drahtstück und einem seltsam geformten Griff aus gebranntem Lehm, der mit Schnörkeln verziert war. „Ich halte das Amulett fest und lenke den Pflug. Gott wühlt die Erde auf. Das ist schon seit alten Zeiten so – seit Gott uns gezeigt hat, wie man das Land bebaut."

Derek runzelte die Stirn und beschloß widerstrebend, diese Erklärung so lange zu akzeptieren, bis er mehr über die Sitten und Gebräuche dieses Volkes in Erfahrung gebracht hatte. „Der Gott, den Sie verehren, ist offenbar sehr hilfreich."

„Verehren?" Michla schüttelte den Kopf. „So abergläubisch ist heutzutage niemand mehr, Derek. Wir wissen, daß er nur ein Mensch war wie Sie und ich. Manchmal glaube ich sogar, daß er ein bißchen verrückt war. Übrigens will ich das andere Feld da drüben auch pflügen. Macht es Ihnen was aus, wenn ich Ihr Schiff woandershin stelle?"

Die Schiffskontrollen waren gesperrt, der Mann konnte also keinen Schaden anrichten. Sollte er doch sehen, daß andere Leute auch Geheimnisse hatten und daß Schiffe nicht einfach wegflogen, wenn man mit den Fingern schnippte. Derek nickte dem jungen Mann zu. „Nein, das stört mich nicht."

Er ging zu dem Haus zurück, das sie zusammen mit Lari, Ferads Frau oder Konkubine, bewohnten. Er traf einige Dörfler. Sie lächelten ihn an und begrüßten ihn mit den klassischen Floskeln. Ferad wartete hungrig auf das Frühstück, und Lari deckte gerade einen Steintisch, als Derek eintrat. Glückstrahlend sah sie ihn an. „Guten Morgen, Derek. Das Frühstück ist fertig, sobald die Früchte eintreffen, die Gott uns gezeigt hat. Wenn Sie sich vorher rasieren wollen – Skora hat Ihnen eins von Gottes persönlichen Rasiermessern gebracht."

Er starrte Lari nach, als sie in die Küche zurückging. Dieser Gott wurde immer sonderbarer. Derek ging in das gutausgestattete Badezimmer im Hintergrund des Hauses und fragte sich, woher in diesem Dorf das Wasser kam. Auf jedem Dach stand ein Tank, aber er hatte nirgendwo Leitungsrohre entdeckt. Das Rasiermesser hätte aus einem prä-atomaren Museum stammen können. Er bestrich es mit der etwas rauhen Seife und probierte es aus. Es funktionierte erst nach einigen Fehlversuchen.

Kayel stand vor Siryls Tür, als Derek das Bad verließ. Er wurde rot, biß auf seinen Pfeifenstiel und rannte dann ins Wohnzimmer. Derek klopfte an Siryls Tür und stieß sie auf. „Frühstück!"

Sie öffnete schläfrig die Augen. Dann zerrte sie schreiend an der Decke und zog sie in Windeseile über ihren nackten Körper, als ob ihr Leben davon abhinge. „Wie können Sie es wagen. . ."

„Irgend jemand mußte Sie ja wecken." Er hatte gehört, daß manche Frauen nicht nur aus praktischen Gründen Kleider trugen. Aber die hochgeschlitzten Röcke hatten ihn zu der Vermutung veranlaßt, daß die Terra-Frauen in solchen Dingen normal waren.

„Warum haben Sie mir nicht gesagt, daß Sie von solchen religiösen Tabus abhängig sind?"

Sie fuhr hoch und faßte wieder nach der Decke, die hinabzurutschen drohte. Sie wurde rot und dann blaß, dann preßte sie die Lippen zusammen, als sie sich zwang, vor seinen Augen aufzustehen. Mit zitternden Händen griff sie nach ihren Kleidern. „Ich bin nicht von Tabus abhängig, Captain Derek. Es – es stört mich nur, daß Sie in meine Privatsphäre eindringen. Was würden denn Sie sagen, wenn ich so in Ihr Zimmer platzen würde?"

„Versuchen Sie's doch mal", schlug er grinsend vor. „Und rechnen Sie nicht zu sehr mit meiner Angst vor Mißerfolgen." Amüsiert sah er zu, wie sie sich in wilder Hast anzog.

Dann bürstete sie ihr Haar aus der Stirn und war wieder ganz sie selbst. „Vielleicht werde ich das einmal tun, Captain", erwiderte sie mit einem gezwungenen Lächeln. „Die antidepressive Überdosis, die ich Ihnen gegeben habe, wird nicht ewig wirken."

Seufzend wandte er sich ab und ging ins Wohnzimmer. Eine feine Crew hatte er da beisammen. Er hatte einmal gehört, daß die Menschen seit dem großen Zusammenbruch alle irgendwie neurotisch waren und daß sich die einst seriöse Wissenschaft der Psychiatrie in eine Farce verwandelt hatte. Und seine Besatzung schien die Richtigkeit dieser Theorie zu beweisen. Kayel hatte einen Ödipus-Komplex. Ferad hatte sich der Völlerei verschrieben und versteckte seine Intelligenz, um sich vor jeder Verantwortung zu drücken. Und Siryl badete geradezu in ihrer Verachtung für alle Männer, weil sie selbst kein Mann sein konnte. Vielleicht war diese ganze Zivilisation ein Irrtum. Diese Dorfbewohner hatten so entspannt gewirkt, als hätten sie sich soeben einer Elektronen-Leukotomie unterzogen, die ihnen alle Willenskraft genommen hätte.

Er setzte sich an den Tisch und beobachtete, wie Siryl neben Kayel Platz nahm, der seine Verwirrung über diesen Gunstbeweis zu überspielen suchte, indem er krampfhaft an seiner Pfeife sog.

Skora hatte sich zu ihnen gesellt und saß neben Ferad. Er erzählte, daß ein Junge in der Schule Probleme mit irgendeiner göttlichen Offenbarung hätte. Dann lächelte der alte Mann und griff nach einer Obstschale, die in der Mitte des Tisches stand.

„Ich habe noch nie Obst gegessen. Aber ich habe beschlossen, es einmal zu versuchen. Hoffentlich ist es gut. Als ich von Gott erfahren hatte, daß die meisten Welten mehr als einfache Getreideflocken zum Frühstück essen, dachte ich, daß Obst vielleicht am besten geeignet sei."

Derek begann eine der großen Früchte zu schälen und fragte sich, ob man wohl von ihm erwartete, daß er das alles glaubte. Die Marel-Frucht wuchs nur auf Feneris, das von ihrem Export lebte. Er kostete die aromatische Süße und war überrascht, wie frisch und vollreif die Frucht war.

„Feneris muß mindestens hunderttausend Lichtjahre entfernt

sein", sagte er und versuchte seiner Stimme einen beiläufigen Klang zu geben.

Skora knabberte vorsichtig an seiner Frucht, dann lächelte er entzückt. „Ausgezeichnet! Diese Frucht müssen wir anbauen. Feneris? Das ist noch viel weiter weg. Aber diese Früchte gab es auf vielen Welten, bevor die Sonnen explodierten, und ein paar wachsen immer noch in diesem Sektor. Wir erfuhren von Gott, wo sie zu finden sind, und schickten einen Jungen hin, der sich ohnehin ein bißchen umschauen wollte."

„Dann haben Sie also Raumschiffe!" Die Frucht fiel auf den Tisch, als Derek aufsprang. Wenn die Marel von einem anderen Planeten dieses Systems stammte, mußte das nicht bedeuten, daß sie Schiffe mit Überlichtgeschwindigkeit besaßen, aber immerhin...

„Leider nicht, Derek. Vanir ist eine simple Welt. Wir haben nur unseren Gott und seine Macht. Die Mühe, Raumschiffe zu bauen, erschien uns immer zu groß im Verhältnis zum Nutzen. Sie finden uns sicher sehr primitiv, Derek."

„Aber..."

Siryl fiel ihm ins Wort. „Hören Sie auf, Derek!" sagte sie in der Universalsprache. „Verletzen Sie keine Verbaltabus, wenn Sie lebend von hier wegkommen wollen."

„Aber er weiß, wie weit Feneris entfernt ist. Und er sprach von anderen Planeten..."

„Volksdichtung!" Sie begann wieder klassisches Englisch zu sprechen und entschuldigte sich bei Skora.

Derek verfolgte das Thema nicht weiter, aber er war unzufrieden. Die exotische Frucht gedieh nur in einer feuchten Atmosphäre, die dieser Planet nicht besaßt. Vanir mußte zwar nicht unbedingt eine feindliche Kolonie sein oder eigene Raumschiffe besitzen, aber das war kein Beweis, daß hier keine anderen Schiffe landeten – feindliche Schiffe. Bei seinem sprichwörtlichen Pech würde sich alles Merkwürdige sicher als gefährlich erweisen. Verbittert zerkaute er diese Gedanken zusammen mit dem Pfannkuchen, den Lari ihm serviert hatte.

Auch dieser Gott könnte zu den Feinden zählen und irgendeine fremdartige Technologie benutzen, um Wunder zu wirken, die diese Dörfler als göttlich betrachteten. In diesem Fall würde der Feind längst erfahren haben, daß er mit drei Besatzungsmitgliedern auf Vanir festsaß. Es wäre nur noch eine Frage der Zeit, bis eines der plumpen schwarzen Schiffe landen würde.

Derek stand abrupt auf, entschuldigte sich hastig und befahl Kayel, ihm zu folgen. Er durfte keine Zeit mit Spekulationen verlieren. Das Schiff war das einzige Fluchtmittel und mußte irgendwie wieder in Gang gebracht werden.

Siryl kam ihnen nach, als Derek mit Kayel über seinen Verdacht sprach. Die Augen des kleinen Mannes quollen hervor, und sein Gesicht wurde aschfahl. Die Psychologin runzelte angewidert die Stirn. „Hören Sie doch endlich auf, Ihren Verfolgungswahn zu hätscheln! Typisch Mann! Wenn Sie ein paar Dinge nicht gleich verstehen, was wahrscheinlich auf gewisse Sprachveränderungen im Lauf der Jahrhunderte zurückzuführen ist, stellen Sie sich gleich vor, daß hinter jedem Gebüsch Schreckgespenster hocken. Hier finden Sie nicht die Spur von einem Unterlegenheitsgefühl, wie es zwangsläufig entstehen müßte, wenn diese Leute von einer überlegenen Kultur beherrscht würden."

Vor ihnen lag das Schiff, und Derek sah eine Gestalt daneben stehen. Er beschleunigte seine Schritte, bis er Michla erkannte. Der Mann winkte ihnen, dann wandte er sich wieder seiner Tätigkeit zu. Als sie näherkamen, sah Derek, daß Michla über eine große, seltsam geformte Steinplatte strich, die mit Schnörkeln verziert war.

„Er beschwört Gott mit Hilfe eines Amuletts", sagte Siryl zufrieden. „Wahrscheinlich glaubt er, daß das Schiff ein Lebewesen ist, das man mit Hilfe des richtigen Gebets in Bewegung setzen kann."

Michla hielt die kreisrunde Tafel mit einer Hand an die Brust, mit der anderen berührte er die Schiffswand. Als er den Arm hob, erhob sich auch die *Sepelora* mit ihren zwanzigtausend

Tonnen einen Fuß hoch über den Boden und glitt neben Michla dahin. Mühelos trug er sie zu einem unbebauten Feld, das etwa eine halbe Meile entfernt lag.

4

Als sie die *Sepelora* erreichten, hatte Michla bereits wieder seinen sonderbaren Pflug geholt und eifrig am anderen Ende des Ackers zu arbeiten begonnen. Derek kletterte ins Schiff, gefolgt von den anderen. Kayel sah ihm zu, wie er die Meßinstrumente überprüfte. Die *Sepelora* hatte ihr Abenteuer überstanden, ohne neuen Schaden zu erleiden.

„Antigravitation", wisperte der Physiker ehrfürchtig. „Ich dachte immer, das sei unmöglich, auch bei leichteren Schiffen. Und hier war die Antischwerkraft im ganzen Schiff auf einmal wirksam!"

Derek wandte sich zu Siryl um, aber sie hatte sich bereits von ihrem Schrecken erholt und schien sich keineswegs gedemütigt zu fühlen. „Hypnose", sagte sie. „Wahrscheinlich haben sie uns hypnotisiert, als wir schliefen, und uns suggeriert, daß das Schiff auf dem anderen Feld gestanden hat. Dabei war es die ganze Zeit schon hier. Wir haben es dort gesehen, und dann sahen wir durch posthypnotische Suggestion, wie es hierhergetragen wurde. Viele primitive Völker verfügen über hypnotische Kenntnisse."

„Sagen Sie lieber Zauberei", entgegnete Derek. „Das kaufe ich Ihnen eher ab. Auch das wäre eine gute Erklärung für alles, was Sie nicht verstehen."

Sie wollte eine heftige Antwort geben, doch dann beherrschte sie sich. Schließlich wandte sie sich zu den Schleusentoren. „Also gut, lassen Sie sich von diesen Leuten zum Narren halten. Ich gehe zu Lari zurück. Primitive Frauen sind immer leichter zu behandeln als ihre Männer. Sie sind noch schlechter organisiert."

Sie stieg aus, ging durch die Felder und vermied es sorgsam, zu der Senke hinüberzublicken, die das Schiff nach der wundersamen Landung in den Boden gegraben hatte. Derek und Kayel begannen an den zerstörten Raumannullierungsgeneratoren und an den anderen Geräten zu arbeiten, die ihnen noch geblieben waren.

Wenn man von Standardmethoden ausging, war es hoffnungslos. Trotzdem begann Kayel, Skizzen zu machen und mit den kleineren Energieerzeugern zu experimentieren. Er schien neuen Auftrieb zu bekommen und gab Derek mit einer Sicherheit Befehle, die er nur zeigte, wenn er auf seinem Fachgebiet tätig war. „Ich muß Kompromisse schließen“, sagte er. „Aber vielleicht können wir einige neue Theorien mit nie zuvor benutzten Methoden kombinieren. Wir werden nicht mehr als fünfzehn Stundenlichtjahre schaffen, aber damit müßten wir zu einem der Grenzplaneten kommen.“

Sie arbeiteten weiter, ohne die gewohnten Werkzeuge, nach Methoden, die schon seit einem Jahrhundert nicht mehr praktiziert wurden. Ein Teil der Mühe würde sich als sinnlos erweisen, aber ihre Gedanken wurden wenigstens abgelenkt von den Primitiven und deren Fähigkeit, Kräfte einzusetzen, die der zivilisierten Wissenschaft unzugänglich waren.

Schließlich kam Ferad, um sie zum Dinner zu holen. Es war bereits dunkel, und ein feiner Nieselregen fiel vom Himmel. Derek starrte nach oben. Er hatte schon vor fünfzehn Minuten hinausgesehen und keine Wolke entdeckt. Er konnte immer noch keine sehen, aber der Regen fiel immer dichter, als sie sich dem Dorf näherten. Die Deckel von den Wassertanks waren entfernt worden, und Derek war nicht überrascht, als er sah, daß es über den großen Behältern noch stärker regnete.

Offenbar hatte Siryl das einheimische Mädchen nach dem Regen gefragt. Als die Männer eintraten, rannte Lari geschäftig zwischen Tisch und Küche hin und her, fand aber trotzdem Zeit, Konversation zu machen. „Natürlich läßt Skora es immer nur abends regnen, wenn die Feldarbeit erledigt ist“, erklärte sie.

„Manchmal fällt auch tagsüber ein leichter, natürlicher Regen und das finden wir alle sehr schön. Als wir uns hier niedergelassen hatten, mußten wir unser ganzes Wasser importieren. Jetzt haben wir zwei kleine Meere. Gott hat uns gesagt, daß der Planet vor der Sonnenexplosion acht große Meere besaß. Ich habe Skora danach gefragt, und er hat mir gesagt, daß manche Welten ganz mit Wasser bedeckt sind . . ."

Siryls Gesicht verriet, daß sie nichts erfahren hatte, zumindest hatte sie keine Antwort auf die Fragen bekommen, die sie wirklich interessierten.

Lari trug einen großen Metalltopf mit Stew ins Wohnzimmer. Sie hielt ihn mühelos auf Armeslänge von sich ab, und Derek entdeckte ein Amulett in ihrer Hand, ein kleines mit ein paar simplen Verzierungen. Er zeigte darauf. „Was ist denn das, Lari?"

„Ein Hebewerkzeug. Gott hat uns gezeigt, wie man Werkzeuge macht. Es gibt auch eins, das den Fels wegfrißt, und eins, das die Felder pflügt. Das haben Sie doch gesehen, nicht wahr? Skora stellt die Werkzeuge her, und sie funktionieren mit Gottes Hilfe. Kommen Sie, das Essen ist fertig."

Derek griff nach dem kleinen Amulett. Es war ein hartgebrannter Lehmklumpen mit mehreren Einkerbungen. Derek griff nach dem Kessel, während er den Klumpen befingerte. Wenn der Topf weniger wog als normalerweise, konnte er es nicht feststellen. Er fand auch keinen Schalter an dem Gerät. Aber vielleicht gab es Strahlenkräfte, und diese Dinger waren die Empfänger, die jenen Kräften spezielle Funktionen gaben.

Als Lari ihm den Rücken zuwandte, steckte er das Ding ein. Vermutlich würde man ihn für den Diebstahl bestrafen, aber das mußte er riskieren.

Am nächsten Tag gingen sie wieder an Bord des Schiffs, und Kayel nahm den Klumpen auseinander. Schließlich lag ein Häufchen Staub auf dem Boden. Sie hatten in dem Gerät weder Metall noch Spuren eines fremden Elements gefunden. Niedergeschlagen starrten die beiden Männer auf das kleine Häufchen, dann ließen sie das Thema rasch fallen, als sie sich wieder den beschädigten Raumannullierungsgeneratoren zuwandten.

Drei Tage lang arbeiteten sie verbissen weiter. Ferad hatte sich geweigert, ihnen zu helfen. Er behauptete, durch die Heirat mit Lari sei er ein Bürger von Vanir geworden und stünde nicht mehr unter Dereks Befehlsgewalt. Der Captain hatte wenig Lust, diese Behauptung zu überprüfen, solange er nichts Genaueres über den Planeten wußte. Vielleicht war Ferad jetzt tatsächlich ein Bürger, und wenn er Druck auf ihn ausübte, würde er sich womöglich die Feindschaft des ganzen Dorfes zuziehen.

Es ging hoffnungslos langsam voran, aber sie machten größere Fortschritte als Siryl. Schließlich gab sie zu, daß sie nicht weiterkam. Es gab eine Erklärung für all das Unbegreifliche – und das war der Gott von Vanir. „So eine abergläubische Rasse ist mir noch nie untergekommen", sagte sie angewidert.

Derek hatte gewisse Zweifel. Bisher hatte jedes bißchen Aberglaube, das ihm begegnet war, eine gewisse empirische Grundlage gehabt. Es spielte keine Rolle, ob sie es Gott oder Magie nannten oder sonstwie – es funktionierte jedenfalls. Und sie waren nicht schlimmer als die zivilisierten Leute, die diverse Geräte benutzten und über deren Funktionsweise sie nicht mehr wußten, als daß die Wissenschaft sie irgendwie in Gang setzte.

Wenn man auf einer Welt lebte, wo Leoparden die einzigen Katzen und wo alle schwarzen Leoparden Menschenfresser waren und wo die Katzen dem Menschen aus dem Weg gingen, solange sie nicht nach Nahrung suchten, wäre es ein ausgesprochenes Pech, einer schwarzen Katze zu begegnen, die einem noch dazu über den Weg lief. In einem solchen Fall bestünde der einzig mögliche Aberglaube in einer Verleugnung von Tatsachen und der Behauptung, es müsse für das Verschwinden der Menschen eine andere Erklärung geben.

Vielleicht war Siryls Glaube an Hypnose und primitive Ignoranz in diesem Fall der wahre Aberglaube – und nicht der Glaube an Gott und seine Werkzeuge.

Er trat in den Regen hinaus, der wieder vom Himmel fiel, und machte sich auf die Suche nach Skoras Haus. Ein paar Leute waren auf der Straße, und er erkannte Wolm, Laris Bruder. Der Mann führte ihn zu einem Haus, das etwas größer war als die anderen und aus altem, brüchigem Mauerwerk bestand. Derek war schon einmal vorbeigegangen, als Kinder zwischen sechs und neun Jahren schweigend auf der offenen Veranda gesessen hatten, und man hatte ihm gesagt, dies sei die Schule, wo sie die Wissenschaft Gottes erlernten.

Skora kam aus einem Nebengebäude, das mit dem hohen Schornstein eines Brennofens versehen war, und bat ihn, ihm ins Haus zu folgen. Die Wände waren mit verschiedenen Amuletten geschmückt. An einer Wand stand eine Werkbank, übersät mit den Werkzeugen, die Skora brauchte, um den Lehm zu formen. Offenbar wurden hier alle Amulette hergestellt.

Derek sprach die üblichen Begrüßungsfloskeln aus, und der Priester lud ihn zu einem überraschend guten Bier ein. „Ich mache gerade neue Werkzeuge, weil einige Häuser neu ausgestattet werden müssen. Mein Assistent hat in ein anderes Dorf geheiratet. Warum wollen Sie und Kayel nicht meine Partner werden, Derek? Soviel ich gehört habe, ist Ihr Freund ein guter Wissenschaftler. Vielleicht kann er mir eine bessere Arbeitsmethode zeigen."

„Er ist eigentlich kein Töpfer, aber wir werden darüber nachdenken", versprach der Captain. Dann ließ er alle Vorsicht beiseite. Siryl hatte ihn gewarnt, aber es gab nur eine Möglichkeit, die Wahrheit zu erfahren – er mußte riskieren, ein Tabu zu verletzen. „Skora, ich bin gekommen, um Sie nach Ihrem Gott zu fragen."

Der Priester schob die Schablonen, die er gereinigt hatte, beiseite und setzte sich auf das Ende der Werkbank. „Das ist eine schwierige Frage", sagte er, aber seine Stimme klang nicht gekränkt. „Unsere Kinder brauchen viele Jahre, um alles über ihn zu lernen, obwohl wir den Lernvorgang in den letzten beiden Jahrhunderten etwas beschleunigt haben. Und es gibt auch einige Dinge, die kann ich Ihnen zu Ihrem eigenen Besten nicht sagen. Aber ich will versuchen, so ehrlich wie möglich zu sein. Hm ... Er ist ein Mann – ein sehr kluger und sehr dummer Mann. Er rettete uns, nachdem die Sonne im großen Krieg explodiert war, und lehrte uns, wie wir überleben konnten. Er unterrichtet die jungen Leute noch immer."

Seit der Solarexplosion waren 1300 Jahre verstrichen. Derek stieß einen leisen Pfiff aus. „Das muß ein bemerkenswerter Mann sein. Skora. Bisher hat noch niemand das Geheimnis der Unsterblichkeit entdeckt. Oder wollen Sie damit sagen, daß er stirbt? Daß immer wieder ein neuer Gott an seine Stelle rückt?"

„Nein. Kein Mensch ist unsterblich. Und es gibt nur einen Gott. Manchmal wunderte ich mich über ihn, als ich lernte, seine Macht zu nutzen. Ich dachte sogar daran, Nachforschungen anzustellen – zu ihm zu gehen. Aber ich hatte keine Zeit dazu."

„Aber wenn ich Ihren Gott besuchen würde, Skora – könnte ich mit ihm reden?"

Der Priester lachte und stand auf, um zwei neue Bierflaschen zu holen. „Das wäre schwierig, Derek. Gott ist vor über hundert Jahren gestorben."

„Wenn Sie sagen, daß Gott Ihnen hilft – bedeutet das, daß Sie immer noch seinen Rat befolgen?"

„Nicht direkt. Traditionsgemäß wurden die Geräte jahrhundertelang unter dem falschen emotionalen Vorzeichen des Gebets benutzt. Doch das haben wir abgeschafft. Ich nehme an, wir verwenden immer noch manche Ausdrücke, die der Wahrheit nicht buchstäblich entsprechen." Der Priester zuckte mit den Schultern. „Aber wenn neue Probleme auftauchen, brauchen wir immer noch seine Hilfe. Wir hätten nicht rechtzeitig herausgefunden, wo die Früchte wachsen, ohne ihn zu fragen. Und er unterrichtet die Kinder immer noch auf direktem Weg."

„Aber er ist tot?"

Skora nickte. „Dadurch entstehen natürlich einige Schwierigkeiten. Aber es ist nicht so schlimm. Als ich zum erstenmal

Regen machte, mußte ich mich sehr konzentrieren, um ihn unter Kontrolle zu behalten. Nun kann ich hier sitzen und mich mit Ihnen unterhalten, ohne die Kontrolle über die Werkzeuge zu verlieren."

Er zog eine Hand aus der Hosentasche und zeigte Derek ein Quarzamulett, an dem er herumgeknetet hatte. „Als ich noch jünger war, hatte ich genug Probleme, auch wenn ich nicht durch andere Dinge abgelenkt war. Einmal vergaß ich, ausdrücklich Regenwasser zu verlangen, und hätte die Erde beinahe mit Meereswasser ruiniert. Der Planet, von dem der Regen stammt, enthält viele Kupfersalze, und die sind nicht gut für den Ackerboden."

Derek starrte den Priester in plötzlichem Entsetzen an, den Flaschenhals an den Lippen. Er vergaß zu schlucken, und das Bier rann ihm in die Luftröhre. Die Logik, die in dieser Erklärung steckte, erschütterte ihn zutiefst. Der Regen mußte irgendwie kontrolliert werden, da er dort, wo er gebraucht wurde, am dichtesten fiel. Lari hatte ihm erzählt, daß es nach der Solarexplosion fast kein Wasser auf Vanir gegeben hätte. Wasser entstand nicht von selbst. Es mußte importiert werden.

Er hustete und zwang sich zur Ruhe. Sie konnten Wasser durch das All heranholen, ohne es frieren oder verdunsten zu lassen. Dafür gab es nur eine einzige Erklärung – Teleportation.

„Sie waren es", sagte er tonlos. „Sie und Ihr Volk. Sie haben meine *Waraok* zum Sirius geschleudert. Und Sie haben einen Teil meiner *Sepelora* verschwinden lassen."

Skora nickte. „Das war ein Fehler. Als ich von Ihrem Schiff erfuhr – und von den anderen, die ebenfalls durchs Universum flogen, hatte ich nie zuvor mit einem Kraftfeld von der Art operiert, wie es Ihr Schiff umgibt, und ich hatte nicht viel Zeit. Ihr Schiff war das erste, das ich allein zu manövrieren versuchte, und ich habe es vermasselt. Aber Sie brauchen sich keine Sorgen zu machen. Ich habe Ihre Besatzung auf einen bewohnbaren Planeten befördert und die anderen Schiffe in der Nähe abgesetzt – auch die Kriegsschiffe. Es war ziemlich ermüdend, mit einem Gerät zu arbeiten, das eigentlich nicht für diesen Zweck bestimmt war. Sonst hätte ich Sie zusammen mit den anderen auf jenem Planeten landen lassen, statt diese Bruchlandung auf Vanir zu riskieren. Aber als Sie uns gesehen hatten, war es natürlich zu spät, um Sie zu entfernen. Tut mir leid, Derek, aber mir blieb nichts anderes übrig."

Die Flasche fiel zu Boden und zerbrach, als Derek den alten Mann anstarrte. Er hätte es sich denken können. Bei seinem Pech war so etwas unvermeidlich. Da flog er durchs All, um den Feind zu jagen, und wurde durch so etwas Absurdes aufgehalten. Schwankend und von kalter Angst erfüllt, stand er auf. Ein Mann gegen eine ganze Flotte – ein einziger alter Mann. Am nächsten Morgen hatte er nur unklare Erinnerungen. Er war beinahe wahnsinnig geworden, als er wütend geflucht und Skora angefleht hatte, ihn mit seiner Besatzung zurückzuschicken. Vage entsann er sich, daß der plötzlich besorgte, unglückliche alte Mann seine Bitte abgelehnt hatte, aber er wußte nicht mehr mit welcher Begründung. Er konnte sich nur noch erinnern, daß der Priester sein Regenamulett beiseitegelegt und ein anderes ergriffen hatte, bevor er Dereks Arme mit kräftigen Händen umfaßte.

„Sie sind krank", hatte Skora gesagt. „Das wußte ich nicht. Ich hätte mir denken können, daß Sie noch nicht bereit sind, die Wahrheit zu entdecken. Offenbar ist Siryl keine gute Psychologin."

Und dann hatte Derek in seinem Bett gelegen, seine Kleider waren durchs Zimmer geschwebt und hatten sich über den Stuhl drapiert. Die Decke hatte sich über ihn gebreitet, die Tür hatte sich geöffnet, und er hatte geschrien. Kurz darauf war Siryl hereingekommen und hatte ihm eine Droge injiziert.

Er gab den Versuch auf, sich an gestern zu erinnern, denn er wußte, daß es bekömmlicher war, jetzt nicht daran zu denken. Er war dem Wahnsinn zu nahe gewesen. Da er seit Jahren gegen sein Pech ankämpfte, hatte er größere seelische Kräfte entwickelt als andere Menschen, aber es gab gewisse Grenzen.

Vielleicht hätte er zulassen sollen, daß sie ihn in den Irrsinn trieben. Was für einen Zweck hatte es denn noch.

Die Tür öffnete sich, und Siryl kam mit einer weiteren Spritze herein. Sie packte seinen Arm, und er spürte den Nadelstich. Sekundenlang klopfte sein Herz heftig, und kalter Schweiß brach ihm aus allen Poren. Dann fühlte er sich besser. Was immer sie ihm in der vergangenen Nacht injiziert hatte, es mußte ein Depressivum gewesen sein, und es war nötig gewesen, ihm jetzt ein Gegenmittel zu geben.

„Decken Sie sich zu!“ Sie hatte ihn erschrocken und besorgt angestarrt, aber ihre Sorge schien jetzt nachzulassen. „Haben Sie denn gar kein Schamgefühl.“

„Keine Kraft – decken Sie mich zu . . .“ Die Wirkung der Droge hatte ihren Höhepunkt überschritten, aber er konnte kaum sprechen. „Haben Sie – noch nie einen nackten Mann gesehen?“

Sie verzog angewidert das Gesicht. „Diese Art von Medizin habe ich nicht studiert. Und ich fühle mich nicht geschändet, falls Sie das glauben.“ Widerstrebend deckte sie ihn zu, wobei sie es sorgfältig vermied, seinen Körper zu berühren. Als er lachte, zuckte sie zusammen.

Ihre Reaktion hatte ihm mehr geholfen als die Droge. Und die Erkenntnisse des gestrigen Tages rückten in die richtigen Proportionen. War es denn so schrecklich, wenn ein Schiff über fünf Millionen Meilen hinweg teleportiert wurde? Als das mit der *Waraok* passiert war, hatte er es ja auch akzeptiert. Wenn Skora ihm eine große Maschine gezeigt hätte, die unzählige Megawatt erzeugte, hätte er das ebenfalls akzeptiert. Aber war Siryl nur schockiert gewesen, weil der Priester das alles mit einem Stückchen Lehm bewerkstelligte? Nun, man hatte ihn beauftragt, das Geheimnis des Feindes aufzuspüren, und er hatte es dort gefunden, wo er es am wenigsten erwartet hätte. Das war alles.

„Ich bin jetzt okay“, sagte er. „Aber ich weiß nicht, ob Sie es verkraften werden. Holen Sie Kayel.“ Er stand auf und grinste, als sie zurückwich, unfähig, die Augen von ihm loszureißen, bis sie gegen die Tür stieß.

Als sie mit dem Physiker zurückkam, war Derek angezogen. Ferad hatte mehrmals erklärt, er sei nun Bürger von Vanir. Sollte er zum Teufel gehen . . . Aber die beiden anderen mußten die Wahrheit erfahren.

„Unsinn!" sagte Siryl automatisch, als er seinen Bericht beendet hatte, aber ihre Stimme klang unsicher. Offenbar versuchte sie sich daran zu erinnern, wie er in dieses Zimmer zurückgekehrt war. „Sie waren im Delirium. Irgendeine Krankheit."

Den alten Berichten zufolge hatten die Menschen eine psychologische Wissenschaft entwickelt, dachte Derek. Aber während des Zusammenbruchs waren jene Erkenntnisse verlorengegangen, und jetzt bekämpfte man die Neurosen nur noch mit mechanischen Tricks. Kein Wunder, daß die Welten voller Geisteskranker waren, wenn Siryl eine typische Vertreterin ihres Berufes war.

Kayel klopfte seine Pfeife aus. Er schluckte, und sein Adamsapfel hüpfte grotesk auf und ab. Aber seine Stimme war klar, wie immer, wenn er über physikalische Dinge diskutierte. „Das ist einleuchtend. Natürlich nicht die Sache mit dem Gott – das ist nur Wortgeklingel, hinter dem sich irgendeine gigantische Energiequelle verbirgt. Vielleicht haben sie auch einen mechanischen Edukator und eine Bibliothek, die den Zusammenbruch überstanden hat. Die Maschine muß den Zusammenbruch auf diesem Planeten verhindert haben, und seine Bewohner hatten anscheinend weiterhin Fortschritte gemacht, während wir zurückgefallen sind. Wir arbeiten erst theoretisch an immensen Energiefeldern im Universum, die zum Beispiel gegen die Schwerkraft wirken oder die Identität verändern können. Während diese Leute solche Felder schon benutzen . . . Derek, wir müssen die Föderation benachrichtigen."

„Aber diese primitive Lebensform . . .", begann Siryl.

„Warum nicht?" fragte Derek. „Da sie eine so enorme Energiequelle besitzen, brauchen sie die üblichen wissenschaftlichen

Geräte gar nicht. Warum sollen sie kein einfaches Leben führen?“

Kayel ging auf und ab und sog an seiner leeren Pfeife. „Wir können sie nicht besiegen – nicht, solange ein einziger Mann eine ganze Flotte manövrieren kann. Aber wir sehen so wie sie aus und können Leute als Spione einschleusen, sobald wir mehr wissen. Wenn ein paar kleine Schiffe auf unbewohntem Gebiet landen, könnten die Besatzungen die Göttermaschine finden. Derek, glauben Sie, daß sie uns auf der *Sepelora* weiterarbeiten lassen, nachdem wir nun Bescheid wissen?“

Diese Frage hatte sich der Captain auch schon gestellt. Er zuckte mit den Schultern.

„Ich habe Ihnen ja gesagt, daß Sie ihre Tabus nicht brechen sollen“, erinnerte ihn Siryl. „Ich habe Ihnen auch gesagt, daß dies eine homogene Kultur sein muß. Vielleicht werden Sie jetzt auf mich hören. Die Leute haben natürlich auch gewisse Neurosen. Die hat jede isolierte Gruppe. Wir müssen ihren schwachen Punkt finden. Kayel, sie glauben, daß Sie klüger sind als sie selbst. Wir könnten ...“

Derek hatte genug gehört. Ihre Erinnerung schien nur in den Fällen zu funktionieren, wo sie recht gehabt hatte. Er wandte sich zur Tür. „Kommen Sie, Kayel?“

Der kleine Mann zögerte, offenbar entzückt von der Aussicht, eng mit Siryl zusammenzuarbeiten. Dann bat er sie mit einem Lächeln um Entschuldigung und folgte Derek.

In beleidigter Würde saß sie am Frühstückstisch. Glücklicherweise war Wolm gekommen, und Lari redete ununterbrochen. Sie versuchte Ferad dazu zu bewegen, mit dem Jungen an irgendeinem Projekt zusammenzuarbeiten. Die beiden Einheimischen merkten nichts, und niemand versuchte die beiden Männer aufzuhalten, als sie zum Schiff gingen.

Michla säte irgend etwas auf das gepflügte Feld. Er hatte bereits Nitrat und andere Düngemittel verstreut, die offenbar von dem selben Planeten stammten, der Vanir mit Wasser versorgte. Er rief ihnen ein Grußwort zu, als sie vorbeigingen, und sie winkten ihm. Anscheinend war er ihnen nach wie vor wohlgesinnt. Derek atmete erleichtert auf, als sie um einen Felsblock bogen.

An der Stelle, wo das Raumschiff gelegen hatte, war nur noch eine Mulde zu sehen. Der grauhaarige Priester kam ihnen mit wehendem Umhang und ernster Miene entgegen.

Derek versuchte sich in wilden Zorn hineinzusteigern, um die Angst zu verdrängen, die ihn erfüllte. „Wo ist unser Schiff, Skora?"

„In Sicherheit – da oben." Der alte Mann zeigte zum Himmel hinauf. „In einer Umlaufbahn rings um Vanir."

„Dann sind wir also Gefangene?"

Skora seufzte verlegen. „Nicht direkt. Wir stehen in Ihrer Schuld, weil wir so gepfuscht haben, als wir Ihr Schiff zum Sirius holten, und wir würden Sie gern wieder heimschicken. Aber dazu sind noch einige Studien erforderlich. Wenn Sie die Erlaubnis zum Abflug haben, wird Ihr Schiff bereitstehen."

„Und Sie werden uns vermutlich für den Zeitverlust entschädigen", sagte Derek grimmig. „Wir sitzen hier sinnlos herum, während wir das Schiff reparieren sollten . . ."

„Wir haben es schon repariert", fiel ihm der Priester ins Wort. „Gestern abend, bevor wir es hinaufschickten. Nur die Raumannullierungsgeneratoren konnten wir natürlich nicht in Gang setzen, denn davon verstehen wir nichts. Aber wir haben von Gott gelernt, die viel bessere Zeitannullierungstreibkraft anzuwenden, die vor dem Zusammenbruch benutzt wurde."

„Aber – die Zeitannullierung . . ." Kayel schluckte, und Derek sah ihn erstaunt an. Er hatte gar nicht gewußt, daß der kleine Mann klassisches Englisch sprach.

„Ja", bestätigte Skora. „Sie ist einfacher im praktischen Gebrauch, aber theoretisch schwerer zu verstehen als die Raumannullierung. Sie wurde durch Zufall entdeckt, als unsere gemeinsamen Ahnen noch nicht das Recht hatten, sie anzuwenden. Glücklicherweise wußte Gott, wie sie funktionierte. Und Ihr Schiff wird bereit sein, wenn wir Ihre Rückkehr verantworten können."

Er ging zum Dorf zurück, und sie folgten ihm automatisch, Kayel hielt Derek am Arm fest und zog ihn außer Hörweite. „Wir müssen das Schiff vergessen. Nun müssen wir Gott und seinen Zauber einsetzen. Derek, ich habe herausgefunden, wie diese Amulette gemacht werden.“

„Sie sind aus gebranntem Lehm. Wir haben doch eins auseinandergenommen.“

Der Physiker zuckte mit den Schultern. „Ein Transistor funktioniert, weil er winzige verunreinigte Teile enthält. Ein Detektor arbeitet aufgrund seiner kristallinischen Struktur. Nehmen Sie einen Job bei ihm an!“

Skora hatte gemerkt, daß sie ihm nicht gefolgt waren, und seine Schritte verlangsamt. Derek holte ihn ein und zwang sich zu einem fröhlichen Grinsen. „Dann werden wir uns ein eigenes Haus suchen müssen, damit wir Lari nicht mehr zur Last fallen. Da wir die Macht ihres Gottes nicht nutzen können, würden wir schlechte Bauern abgeben. Ist der Job in Ihrer Brennerei noch frei?“

„Natürlich.“ Der alte Mann kicherte. „Und da wir Sie auch ernähren müßten, wenn Sie nicht arbeiten würden, weiß ich Ihre Hilfe um so mehr zu schätzen.“

Derek bezweifelte, daß er als Skoras Assistent wesentliche Erkenntnisse gewinnen würde. Und diese Zweifel wurden bald bestätigt. Jedes Kind konnte diese Arbeit verrichten, wenn man es fünf Minuten lang angelernt hatte. Skora hatte weißen weichen Lehm aus einer Grube außerhalb des Dorfes heranteleportiert. Diese Masse mußten sie in die Metallschablonen füllen und darin vortrocknen lassen. Dann wurden sie im Brennofen festgebrannt. Skora inspizierte die fertigen Amulette und warf die fehlerhaften weg.

Der Priester beantwortete Kayels gestotterte Fragen, ohne zu zögern. Das Material war nicht wichtig, solange das Endprodukt die richtige Form hatte und solange die Zeichen deutlich sichtbar eingraviert waren. Sie hatten ein paar Metallwerkzeuge, aber sie waren zu schwer für den normalen Gebrauch.

„Sie können diese Geräte als Instruktionen betrachten", schlug Skora vor. „All diese Dinge sind so neu für Sie, daß Sie sich das alles nur mühsam merken können. Diese Werkzeuge werden Ihnen dabei helfen. Sie – nun, sie stellen mehr oder weniger eine Spannung im Raum dar."

„Könnte man auch Plastik nehmen? Wir haben im Schiffslagerraum nämlich tausend Pfund Thermoplastik. Damit würden wir eine Menge Zeit sparen."

Skora hielt das offenbar für eine gute Idee. Er fragte den Physiker, wie das Plastik aussah, und dann lag der ganze Vorrat plötzlich vor ihnen. Sie bohrten kleine Löcher in die Schablonen, durch die sie das flüssige Plastik gossen, um unzerbrechliche Amulette herzustellen. Nun kamen sie mit der Arbeit schneller voran.

Als sie abends zu Lari zurückgingen, schüttelte Kayel den Kopf. „Nichts, Derek. In unserem Plastik könnte sich nichts verbergen. Das Geheimnis ist bei ihrem Gott zu suchen."

Bei einem Gott, der nicht unsterblich war, wenn er auch mindestens 1200 Jahre gelebt hatte – bei einem Gott, der irgendwie die Kinder unterrichtete, obwohl er seit hundert Jahren tot war – bei einem Gott, der ein Siebentausend-Tonnen-Schiff in Sekundenschnelle fünf Millionen Meilen weit durchs All schleudern konnte . . .

Nach dem zweiten Arbeitstag blieb Derek noch eine Weile im Haus des Priesters und trank eine Flasche Bier. „Skora, ich interessiere mich immer noch sehr für Ihren Gott. Diesmal werde ich mich anständig benehmen. Wie lange hat er gelebt?"

„Er lebte schon, bevor die Sonne explodierte. Mal sehen . . ." Skora hielt die verschlossene Flasche an die Lippen, und das Bier quoll irgendwie am Verschluß vorbei und rann in seinen Mund. „Damals war er etwa sechzig Jahre alt. Er kam fünf Jahre vor der Katastrophe zu uns. Wenn es Sie interessiert, könnte ich das ganz genau feststellen."

Derek versuchte, sich von den Trinkgewohnheiten des alten Mannes nicht ablenken zu lassen. „Wie hat er denn diese Welt und ihre Bevölkerung erschaffen? Gibt es da irgendwelche Legenden?"

„Natürlich nicht. Wir stammen von Terra, wie Sie. Und dieser Planet ist aus den üblichen Raumspiralen entstanden." Der alte Mann kicherte. „Das ist keine Religion – obwohl ich fürchte, daß bald gewisse Degenerationserscheinungen auftreten werden. Gott hat ein paar seltsame Ideen, die seit einiger Zeit leicht verzerrt sind. Wir glauben an einen göttlichen Geist, Derek, aber wir versuchen, das nicht mit Gott zu verwechseln. Er war nur ein Mensch. Kayel weiß mehr, als Gott wußte, und wir alle sind stärker, als er es war."

„Dann hat er also nicht verlangt, daß Sie ihn anbeten?"

Skora schüttelte traurig den Kopf. „Er dachte, daß wir fast alle sterben würden. Er wußte nicht, was mit uns geschehen würde, und es war ihm auch egal. Er war bewußtlos. Und als er zu sich kam, war er sicher, daß wir tot wären. Seine Vorratslager waren vernichtet, niemand war da, um ihn zu retten, und er wurde verrückt. Er schlug sich mit einem Stein auf den Kopf, sein Schädel zerbrach, und er starb. Das ist auch gut so. Er hätte die Felsen nicht wegräumen können, um sich zu befreien, und er hätte sich vor der Welt gefürchtet, die wir geschaffen hatten."

Das alles ergab keinen Sinn. Dieser Gott konnte nicht einmal Felsen aus dem Weg räumen, und doch regnete es, obwohl die Amulette nur Symbole waren. Die Energie mußte also aus irgendeiner Quelle stammen. „Er ist also tot. Aber er existiert trotzdem."

„Er ist hier, und er unterrichtet die Kinder. Da Sie zu uns kamen, mußten wir von ihm lernen, wie man die Zeitannullierungstreibkraft anwendet." Skora holte sich noch ein Bier. Diesmal öffnete er den Verschluß der Flasche. Der Alkohol versetzte ihn in elegische Stimmung. „Derek, ich weiß nicht . . . Er ist tot, und er verfällt – zwar nur langsam, aber immerhin. Wir liefen stets Gefahr, abergläubisch und zu abhängig von ihm zu werden, ohne es zu merken. Nun machen wir uns ernsthafte Sorgen. Durch seine Entartung könnte er unsere Kinder verderben.

Manchmal habe ich schon überlegt, ob ich ihn ausgraben und vernichten soll."

„Und warum tun Sie es nicht?" fragte Derek leise.

„Als ältester Priester von Vanir könnte ich es. Aber es ist schwer – vermutlich aus emotionalen Gründen – und aus Angst vor dem, was geschehen könnte . . ."

Derek runzelte die Stirn. „Und wenn ich ihn zerstöre?"

Langsam hob der Priester den Kopf. Dann rief er erregt: „Sie könnten es! Natürlich könnten Sie es! Trinken Sie noch ein Bier, Derek! Dann gehen Sie nach Hause. Und kommen Sie morgen früh hierher. Wir werden es tun." Skoras Hände zitterten, als er nach der Flasche griff.

6

Siryl wollte nichts davon wissen.

„Unsinn!" sagte sie, als sie sich zusammen mit Kayel Dereks Bericht angehört hatte. „In primitiven Kulturen kann kein Agnostizismus entstehen. Skora war betrunken oder wollte Sie testen. Oder er wollte das Gesicht wahren, indem er so tat, als sei er nicht abergläubisch. Derek, wenn Sie zu viele Tabus brechen . . .

„Dieses Volk ist nicht primitiv. Verdammt, Siryl, wenn das nicht in Ihren pathologischen Schädel geht, dann gehen Sie doch mal raus, und schauen Sie zu, wie es regnet!"

Sie zuckte zusammen, dann suchte sie Zuflucht in professioneller Gelassenheit. „Eine Kultur", dozierte sie, „in situ beobachtet, kann sich auf gewisse Weise scheinbar widersprüchlich entwickeln, meist aufgrund eines Individualgenies oder einer zufälligen Entdeckung. Durch solche Entwicklungen werden die fundamentalen Aspekte der Kultur nicht beeinflußt, aber sie werden unweigerlich emotional assimiliert. Das bedeutet, daß sie eine Maschine aus der Zeit vor dem Zusammenbruch besitzen könnten, die Wunder wirkt, und sie betrachten das als Zauberei. Wenn Sie Ihren Verfolgungswahn ablegen und mir zuhören würden, Derek."

Er schnitt eine Grimasse. „Mein Verfolgungswahn, der in einer starken behaarten Brust wohnt, o unbefleckte spröde Siryl . . ."

Sie hielt den Atem an, dann marschierte sie aus dem Zimmer, weiß bis an die Lippen. Kayel wollte ihr nachlaufen, aber dann blieb er stehen. „Das hätten Sie nicht sagen dürfen, Derek", protestierte er. Seufzend ließ er sich auf seinen Stuhl zurückfallen und griff nach seiner Pfeife. „Was werden wir wohl finden? Wird Skora zu seinem Wort stehen?"

Derek hatte auch seine Zweifel, aber der alte Mann und Wolm erwarteten sie am nächsten Morgen, mit einer ganzen Reihe von Amuletten und zwei Batterietaschenlampen bewaffnet, die sie aus der *Sepelora* geholt haben mußten. Der Priester sah übernächtigt aus, und die Veranda, wo täglich der Unterricht stattfand, war versperrt.

Er begrüßte sie mit sorgenvollen Augen, aber fester Stimme. „Jener Ort liegt auf der anderen Seite von Vanir, tief in einer Höhle, die unsere Ahnen gegraben haben. Gott hatte mit der Explosion gerechnet und befahl dem Jungen, der die göttliche Macht nutzen konnte, Höhlen zu graben, eine für sich selbst, eine für uns. Er hatte eine Maschine. Beinahe wären wir verhungert und erstickt, aber dann lernte jener Mann, der Gottes Macht nutzen konnte, wie man von anderen Welten Nahrung und frische Luft holt."

Er seufzte, und sein Blick glitt über die Felder. „Als wir viele Jahre später herauskamen, bestand unser Planet nur noch aus Asche. Gott zeigte uns, wie man den Boden wieder fruchtbar macht und bebaut. Zuerst überlegten wir, ob wir auf eine andere Welt gehen sollten. Sogar die Luft mußten wir importieren. Aber wir blieben in Gottes Nähe. Wohlan, gehen wir."

Die Landschaft veränderte sich auf abrupte, bestürzende Weise, und sie standen am Fuß eines Berges, der kahl und unheimlich vor ihnen aufragte. Im Westen färbte die Sonne den Himmel purpurrot. Derek entdeckte in einer Klippenwand zwei mit Schutt gefüllte Löcher.

Der Priester wies auf eines der Löcher, und Wolm ging darauf zu. Er hatte ein Ding bei sich, das wie ein großer Schirm ohne Bespannung aussah. Er berührte den Schutt mit den Rippen, drehte sie langsam hin und her und knetete dabei den Schirmgriff aus Lehm. Die Steine schienen davonzufließen, drückten sich an die Klippenwand.

„Dies ist der Weg, den er Moskez zeigte, dem einzigen, der seine Macht nutzen konnte", erklärte Skora. „Gott kam zusammen mit anderen Wissenschaftlern von Terra zu uns, um uns zu studieren. Als der Feind die Sonnen zu sprengen begann, stahl er uns, damit wir ihm halfen, und er nahm alle Vorräte mit, die er nur schleppen konnte. Wir bauten diese Höhle für ihn und die andere daneben für uns selbst. Glücklicherweise war die Sonnenexplosion nur schwach."

Er war betrübt, aber seltsam entschlossen. Sie gingen in die Höhle, dann gelangten sie zu einer Passage, die sich in die Tiefe wand. Sie mußten sich tief unten verschanzt haben, um die Sonnenexplosion zu überleben. Andere Menschen hatten auch versucht, im Inneren ihrer Planeten Schutz zu suchen, doch es war ihnen nicht gelungen.

Sie erreichten einen geraden Gang, modrige Luft schlug ihnen entgegen. Skora griff nach einem Amulett, und sofort wehte kühle, frische Atmosphäre durch die Passage. Derek fragte sich, warum der alte Mann sie nicht einfach in Gottes Wohnung teleportierte. Wahrscheinlich wollte er Zeit gewinnen. Dereks Beine begannen zu schmerzen, und Kayel keuchte.

Schließlich erreichten sie eine kleine Kammer, die von reiner Luft erfüllt war. Auf einer Seite stand ein großer Radiummotor, der leise surrte. In der Mitte erhob sich ein großer Glaskasten, bedeckt von dicken Eisschichten, die durch jahrhundertelanges atmosphärisches Durchsickern entstanden waren. Daneben standen Sauerstofftanks und Nahrungsbehälter. Mehrere Ausrüstungsgegenstände lagen herum, vermodert und unbrauchbar. Auf Skoras Befehl kratzte Wolm das Eis von dem Glaskasten, und Derek starrte hinein.

Auf dem Boden des Kastens lag ein alter Mann, das Gesicht von einem Arm verdeckt, den Hals in einem grotesken Winkel gebeugt. Er war dick und nackt, und sein Körper hatte die wächserne Farbe gefrorenen Fleisches. Neben einer Hand lag ein Notizbuch, die andere umklammerte ein archaisches Hitzeprojektionsgewehr. Ein Stein lag neben der Wunde an seinem Nacken, ein zweiter steckte in dem Loch, das die Oberseite des Kastens durchbrach, mit einem Eisring versiegelt. Nach den Trümmern in dem Glasbehälter zu schließen, mußte der Mann verrückt geworden sein und mit dem Kopf die Decke durchstoßen haben. Das Kühlsystem mußte sich ausgeschaltet haben, bevor er zu sich gekommen war, und dann während seines wilden Tobens wieder in Gang gekommen sein.

„Scheintot", sagte Kayel. „Es gibt Berichte darüber – aber keine Einzelheiten über die Abkühlung, die chemische Zusammensetzung des Blutes und die Irradationsfrequenz. Skora, war er Biologe oder Biophysiker?"

„Weder noch. Er stahl einige Teile der Stätte, wo man unser Volk studiert hatte. Ein anderer Mann sollte damit arbeiten, aber Gott hat sie entwendet. Er hat sie nicht sofort justiert. Damit wollte er noch fünfzig Jahre warten. Aber es dauerte 1200 Jahre, bis er freikam. Wir ließen ihn hier, weil wir ihn brauchten und weil er in diesem Kasten konserviert wurde."

Wolm war zitternd näher an den Glasbehälter herangetreten und starrte mit bleichem Gesicht hinein. Skora stand unentschlossen neben ihm.

„Was sollen wir jetzt tun?" fragte Derek mit sanfter Stimme.

Der alte Mann seufzte. „Ich weiß nicht. Die Enzyme seines Körpers verfallen langsam, trotz der Kälte. Und er bringt den Kindern nichts Gutes bei. Aber wenn Gott verschwindet, wird Vanir vielleicht machtlos sein. Wenn ich nur sicher wäre . . ."

Derek starrte auf den Kasten und seine Maschinerie. Zuerst

hatte er geglaubt, daß hinter dem Glas die große Maschine verborgen wäre, die all die Wunder vollbringen konnte, die er beobachtet hatte. Aber Kayel hatte schon nach einem kurzen Blick auf den Kasten den Kopf geschüttelt. In dem Behälter lag nur ein dicker, toter Gott, der aus Angst und Schwäche verrückt geworden war.

„Nein!“ stieß Wolm hervor. Er preßte schreiend das Gesicht an das Glas. „Du kannst es nicht tun, Sokra! Er ist alles, was wir haben. Er ist heilig. Rühr ihn nicht an! Gott wird wiederkommen. Ich habe es gesehen. Es ist *sein* Gedanke. Du kannst nicht . . .“

Hastig drehte Skora das Amulett zwischen den Fingern, und Wolm verschwand. Eiswasser tropfte von der Glaswand, an die er sich eben noch geklammert hatte.

Der Priester sah elender aus denn je.

„Ich habe ihn nach Hause geschickt. Derek, das ist es, was unsere Jugend jetzt lernt. Der alte emotionelle Aberglaube ist stärker als die Logik späterer Zeiten und durchdringt die Köpfe unserer Kinder. Ein verfallendes, wahnsinniges Gehirn, dessen Wissen von unseren Kindern absorbiert wird . . .“ Er seufzte tief auf. „Und auch ich muß einiges davon absorbiert haben. Ich kann ihn nicht zerstören. Es ist – grauenvoll. Derek, es liegt an Ihnen. Tun Sie, was Sie wollen. Ich werde fünfzehn Minuten auf Sie warten und Sie mit frischer Luft versorgen. Aber ich kann nicht einmal zusehen.“

Und dann war auch er verschwunden.

Kayel schluckte und griff nach seiner Pfeife, dann steckte er sie wieder ein. „Wenn er seine Macht verliert, nachdem die Leiche vernichtet wurde – kann er uns dann noch frische Luft schicken und uns rausholen?“

Derek trat gegen den Glaskasten. Kayel zögerte, dann half er ihm. Endlich brach das Glas, und sie warteten, bis die kalte, modrige, giftige Luft entwichen war. Derek wollte nach der Waffe greifen, aber sie war so kalt, daß er sie nicht anrühren konnte. Er drehte sie mit dem Fuß so herum, daß sich die

Mündung auf die Leiche richtete, dann fand er eine Stück Stoff, das er über den Abzug legen konnte.

Kayel stieß seinen Arm beiseite, bevor er feuern konnte. Der kleine Mann zeigte auf das Notizbuch. Mit spitzen Fingern legte er es auf eine Bank und begann die Schutzhülle aus Plastik abzukratzen. „Wir haben noch vierzehn Minuten Zeit, Derek. Und dies ist vielleicht unsere einzige Chance, das Rätsel zu lösen.“

Der Captain trat erleichtert zurück, dankbar für die Verzögerung. Wenn durch die Verbrennung der Leiche Gottes Macht zerstört wurde, wäre Vanir eine primitive Welt, die sie nie mehr verlassen könnten. Und wenn die Macht wirksam blieb, würde er die Föderation vor der Gefahr warnen müssen, die hier drohte. Wenn er auch nicht wußte, wie man dieser Gefahr begegnen könnte . . .

Kayel blätterte hastig in dem Buch, das in klassischem Englisch geschrieben war. Der Text war von seltsamen mathematischen Zeichen durchsetzt, wie Derek sie noch nie gesehen hatte. Nach Kayels verwirrter Miene zu schließen, waren sie ihm ebenso fremd. Er blätterte eine Seite um, und dann rief er: „Aevan! Aevan ist der Gott!“

Auf der ersten Seite stand in schwülstiger Sprache, daß dies das Tagebuch A. Evans war, des Entdeckers der Metadynamik, der einzigen wahren Wissenschaft aller Zeiten, für die der Mensch jedoch noch nicht reif gewesen war. Dann erörterte Evan, daß er Menschen brauchte, die eine besondere Eignung für seine Experimente besaßen, und schilderte, wie er die Grenzwelt Vanir entdeckt hatte, wo einige Wissenschaftler solche Menschen gezüchtet hatten und sie nun studierten.

In einem dieser kleinen Colleges hatte er die Kinder gefunden, die er benötigte. Ein Kind hatte sich als fähig erwiesen, den Raum zu manipulieren. Moskez hatte sogar andere Kinder zwingen können, die schwierige Schwelle zu überschreiten. Dann wurden langwierige Experimente mit Schwebezuständen, Teleportation und Raumdurchlässigkeit geschildert. Das Buch endete mit einem blumigen Satz, in dem Evan sich zu seinem Erfolg beglückwünschte, den er trotz des unzureichenden Materials erzielt hatte.

Derek blätterte das Buch noch einmal durch und suchte nach dem fehlenden Faktor. Mit der Zeit würde Kayel die mathematischen Formeln wahrscheinlich enträtseln können. Aber es war A. Evan selbst nicht gelungen, sie zu nutzen. Dazu hatte es anderer Kräfte bedurft. Schließlich fand Derek eine Fußnote, die er beim erstenmal übersehen hatte. Die Lösung des Rätsels hieß Telepathie. A. Evan hatte gewußt, daß die erforderliche geistige Kraft mit Telepathie verbunden war, und eine Gruppe von Menschen gesucht, die zu telepathischen Zwecken gezüchtet worden waren. Die Kinder auf Vanir, die ihm schließlich zum Erfolg verholfen hatten, waren die elfte Generation der gezüchteten Versuchsmenschen.

Telepathie . . . Und während Vanir auch nach dem Zusammenbruch mit seiner exklusiven telepathischen Rasse weiterbestanden hatte, waren die übrigen Welten dieser Macht beraubt gewesen. Die Psychologen hatten sogar bewiesen, daß die telepathischen Kräfte aus der Menschheit herausgezüchtet worden waren – wenn sie überhaupt jemals existiert hatten. Aber ohne sie wären die mathematischen Formeln nutzlos. Nur Vanir hatte unendliche Macht.

Die Kinder waren gezwungen gewesen die Telepathie anzuwenden, wenn sie überleben wollten. Die Fortgeschrittenen hatten die anderen irgendwie instruiert, und sie hatten Evan die Überlebensidee entwendet. Im Scheintod waren seine Gedanken fast stillgelegt, aber seine Erinnerungen waren geblieben und konnten auf Bändern festgehalten werden. Sogar nach seinem Tod konnten die Erinnerungszellen noch für eine Weile konserviert werden. Doch jetzt verfielen sie allmählich.

Die Amulette waren nur hilfreiche Traditionssymbole. Wahrscheinlich hatten die Bewohner von Vanir sie als Kinder benutzt, um sich die komplizierten mathematischen Formeln zu merken. Und der Gebrauch der Werkzeuge war schließlich so mit der Wirkung der Macht verschmolzen, daß niemand daran dachte, sie auszurangieren.

Derek warf Kayel das Buch zu und griff nach dem Abzug des Gewehrs. Kein sichtbares Projektil schoß aus der Mündung, aber der Körper Gottes oder Evans verkohlte und verschwand schließlich, und mit ihm die Rückwand des Glaskastens. Inzwischen waren vierzehn Minuten vergangen.

Derek hielt den Atem an, als er sich Skora vorstellte, der jetzt da oben stand, ohne das Symbol der Macht, die er benutzt hatte, seiner eigenen Kräfte nicht sicher, von der angstvollen Frage gequält, ob er sie ausprobieren sollte . . .

Plötzlich standen sie am Fuß des Berges vor dem Tunnel. Skora kam auf sie zu, mit blassem Gesicht und bebenden Händen. Aber seine Augen glühten in dem Bewußtsein, daß eine Sklaverei von über tausend Jahren zu Ende war, daß er nun nicht mehr an sinnlose Bräuche und die Angst vor dem Machtverlust gekettet war.

„Es hat funktioniert – die Werkzeuge besitzen immer noch die alte Kraft", sagte er heiser.

Derek nahm ein abschließendes Experiment vor. Er wandte sich dem Priester zu, preßte die Lippen zusammen und versuchte stumme Worte in das Gehirn des anderen Mannes zu übertragen. *Es sind nicht die Werkzeuge, Skora. Sie waren nur Gedächtnisstützen. Sie brauchen nur das Wissen und die Macht, die Ihr Geist besitzt. Sie waren an einen Aberglauben gefesselt.*

Skora lächelte müde. Sein Blick wanderte zu dem Buch, das Kayel in der Hand hielt, dann nickte er nachdenklich. „Aberglaube? Ja, Sie haben vermutlich recht", gab er zu. „Es waren bedingte Gedankenreflexe. Für einen kindlichen Telepathen war es leichter, das passive, widerstandslose Gehirn eines Gottes zu erforschen als für einen Erwachsenen, der durch andere Gedanken abgelenkt wurde. In unserer Kultur war das die einzige Möglichkeit für die Kinder, etwas zu lernen. Nun werden wir Lehrer ausbilden müssen."

Kayel starrte die beiden Männer an. „Telepathie!" sagte er

mit gerunzelter Stirn, dann schwieg er, während Skora zu lauschen schien. Derek fragte sich, warum ihn kein Entsetzen erfüllte, während seine Gedanken gelesen wurden. Aber was spielte das schon für eine Rolle? Er hatte Vanir geholfen, aber die Föderation würde das Geheimnis niemals nützen können.

Schließlich seufzte Skora. „Vernunft, neue Moralbegriffe, viele andere Dinge, Kayel ... Wir haben Ihnen nicht verraten, daß wir Gedanken lesen können, zu Ihrem eigenen Wohl. Wir hatten Angst, es würde Sie zu sehr verwirren. Jetzt sind wir Ihnen doppelt dankbar. Wenn wir irgend etwas für Sie tun können ..."

„Schicken Sie uns auf die *Sepelora* zurück", schlug Derek vor.

„Die Affären des übrigen Universums gehen uns nichts an, Derek", antwortete der alte Mann mit ehrlichem Bedauern. „Wir können nicht riskieren, Ihr Volk hierherzulocken, indem wir Sie zurückschicken. Die Mehrheit hat gegen meine Stimme entschieden. Ich kann nichts anderes tun, als sie auf Vanir willkommen zu heißen."

Derek starrte in den Himmel, wo die *Sepelora* außerhalb seiner Reichweite kreiste. Dann blickte er wieder auf den Boden des Planeten, der nun sein Gefängnis war. Er hatte diese Leute lieb gewonnen und fühlte sich bei ihnen wohler als inmitten seiner eigenen Rasse. Aber bis jetzt hatte er noch hoffen können.

„Also gut, behalten Sie Ihre Welt, Skora. Führen Sie hier ein friedliches Leben, während sich der Rest der menschlichen Rasse in einem neuen Krieg umbringt. Es wird Ihnen nichts geschehen. Vielleicht können Sie aus Evans Notizbuch noch ein paar neue Tricks lernen. Sie sind gern allein, Skora – wie die meisten Provinzler. Zu Ihren Lebzeiten wird es keine Rolle spielen – aber wenn die Kinder meines Volks mechanische Wege finden, um das zu vollbringen, was Sie mit ihrem Geist erreichen, wenn sie mit zehn Kriegsschiffen hier ankommen, dann denken Sie bitte daran, daß Sie sich auf unsere Seite stellen und uns vor dem Feind hätten retten können, der diesen Planeten schon einmal verbrannt hat. Und wenn das geschieht, werden

Sie sich nach menschlicher Brüderlichkeit sehnen. Was werden die anderen wohl denken von einem Planeten, der seine nützlichen Geheimnisse für sich behält? Oh, verdammt, schicken Sie uns zu Lari zurück und lassen Sie uns in Ruhe."

Skora griff nach dem Amulett. Dann schleuderte er es von sich, starrte die beiden Männer an, runzelte konzentriert die Stirn und ballte die Hände.

Plötzlich standen sie in Dereks Schlafzimmer.

7

Derek lag müde auf dem Bett, während Kayel der Psychologin erzählte, was geschehen war. Ungläubig starrte sie ihn an. Auf gewisse Weise hatte sie recht gehabt, dachte der Captain. Aber sie schien sich nicht darüber zu freuen.

Plötzlich schrie sie leise auf und warf Evans Notizbuch an die Wand. „Nein!" Ihre Stimme klang hysterisch. „Es kann nicht Telepathie sein! Nein!"

„Doch", versicherte Derek. „Kayel und ich haben es ausprobiert."

Ihr Gesicht verzerrte sich, sie lief auf ihn zu, klammerte sich an ihn, ihre Nägel gruben sich in seinen Rücken. „Bring mich weg von hier, Derek, bring mich weg! Ich ertrage es nicht, daß sie meine Gedanken lesen – meine Wünsche ... *Derek!"* Er versuchte sich aus ihren Armen zu befreien. „Siryl ...", begann er.

Da riß sie sich los und rannte zur Tür. Aber dort stand Kayel, das gequälte Gesicht voller Mitleid, und hielt sie fest. Als sie in Schluchzen ausbrach, drückte er sie an sich. „Ich werde Sie beschützen, Siryl. Irgendwie werde ich Sie beschützen. Sie werden Ihre Gedanken nicht lesen. Ich lasse es nicht zu." Er blickte über ihre Schultern hinweg auf Derek.

„Vielleicht sind sie jetzt ganz aufgeregt, nachdem sie erfahren haben, was mit ihrem Gott geschehen ist. Vielleicht können sie nicht klar denken. Holen Sie Lari, Derek. Ich hoffe, sie ist nicht mißtrauisch. Und denken Sie nur daran, daß Siryl krank ist – an nichts anderes."

Sie hatte aufgestöhnt, als sie Laris Namen hörte. Kayel strich ihr sanft übers Haar. „Schon gut, Mädchen. Niemand wird Ihre Gedanken lesen."

Derek fand Lari in der Küche und kehrte mit ihr zu seinem Zimmer zurück. Sie trug ihre große Schürze mit den vielen Taschen für die Amulette und ging vor ihm her, eine Schüssel in den Händen, die klirrend gegen eines der Werkzeuge stieß, während sie darin rührte . . . Die typische Hausfrau, dachte Derek bitter, eine Hausfrau mit göttlicher Macht . . .

„Lari, Siryl ist krank", sagte Kayel. „Wir sind nicht so wie Sie. Wir sind Neurotiker. Das sind wir schon seit dem Zusammenbruch. Wir brauchen Dinge, die Sie nicht haben, die sich aber an Bord der *Sepelora* befinden. Ferad wird sie auch brauchen. Können Sie Siryl und Derek hinaufschicken? Sie wissen, wo die Drogen aufbewahrt werden."

Derek wollte protestieren. Aber diese Tat war für den Physiker wichtiger als die eigene Flucht. Er war ein Raumritter, der sich für die Dame seines Herzens opferte. Der Captain sah Lari an und versuchte seine Gedanken abzuschalten. Sie überlegte und schien nicht den geringsten Verdacht zu schöpfen. Wahrscheinlich hatte sie einen harten Arbeitstag hinter sich, und ihr Geist war nicht mehr allzu frisch.

„Ich glaube schon, daß ich das kann", antwortete sie. „Wenn ich so tue, als ob Gott noch hier wäre, und das Amulett benutze . . . Ich muß mich konzentrieren. Rühren Sie inzwischen da drin um." Sie drückte Kayel die Schüssel in die Hände, und er begann so heftig in der Mixtur zu rühren, daß sie Blasen warf.

Lari zog ein Amulett aus einer Schürzentasche und umklammerte es mit beiden Händen. Dann zögerte sie. „Es genügt doch, wenn einer die Drogen holt", meinte sie und begann den Lehmklumpen zu kneten.

Derek saß im Kontrollraum der *Sepelora* neben einer neuen

Reihe von Instrumenten. Er stieß einen wütenden Protestschrei aus, weil Kayels Plan fehlgeschlagen war, aber sein Finger drückte auf den roten Knopf, der immer noch mit der Beschriftung ‚Feuer' versehen war. Er konnte die beiden nicht holen, und er konnte ihnen auch nicht helfen. Und er war immer noch Captain dieses Schiffs, das im Dienst der Föderation stand, und er hatte eine Aufgabe zu erfüllen.

Die *Sepelora* erwachte zum Leben. Die Sterne begannen unglaublich schnell vorbeizusausen, während das Radargerät sie ortete und Zusammenstöße verhinderte. Das Schiff flog schneller als tausend Stundenlichtjahre.

Derek las die Instruktionen neben der neuen Schalttafel und nahm Kurs auf den Sirius. Er hatte keine Ahnung, wie diese Maschinen funktionierten, aber das würden die Experten herausfinden – wenn er jemals zu Hause ankam. Die Angst saß ihm im Nacken, als er hastig auf Knöpfe drückte und an Hebeln zog. Lari war vielleicht nicht intelligent genug, um mit einem Zeitannullierungsfeld zu operieren. Sie würde kostbare Zeit verlieren, wenn sie Skora suchte. Oder vielleicht gab es gar keine Möglichkeit, ihn zu orten. Doch das wußte er alles nicht – er wußte nur, daß seine Hoffnung mit jedem Lichtjahr, das er zurücklegte, wuchs.

Siryl war sicher todunglücklich über den Fehlschlag, aber sie war wahrscheinlich Frau genug, um Kayels Rettungsversuch trotzdem zu würdigen. Und nach dem Schock, den sie durch die Entdeckung der Telepathie erlitten hatte, war sie vermutlich so erschüttert, daß sie dort Trost suchte, wo sie ihn finden würde.

Derek blickte besorgt in die Richtung von Vanir zurück. Wie weit reichte die Macht dieser Menschen? Vielleicht konnten sie Dinge unermeßlich weit weg schleudern, sie aber nicht zurückholen. Die *Waraok* war zweihunderttausend Lichtjahre weit durch den Raum gerast. Aber die Bewohner von Vanir hatten ihre Gebrauchsgüter von Planeten geholt, die nur wenige Lichtjahre entfernt waren. Vielleicht war er bereits in Sicherheit.

Er begann nachzudenken, während die Stunden vorbeistrichen. Und er begann das Zeitannullierungsfeld immer mehr zu schätzen, als er sah, wie simpel die Generatoren waren. Er wäre bereits imstande, diese Geräte aus dem Gedächtnis zu konstruieren. Damit könnte die Föderation den Krieg gewinnen.

Die Angst vor Verfolgung hinderte ihn am Schlafen, bis ihn die Erschöpfung endlich überwältigte. Drei Tage vergingen. Danach ging er mit wachsendem Selbstvertrauen ins Bett. Er hatte die Schnelligkeit der neuen Treibkraft unterschätzt und hatte die Hälfte der Strecke bis zum Sirius bereits zurückgelegt. Wenn sie es könnten, müßten sie ihn vorher aufgehalten haben, denn nun näherte er sich bereits den Außensektoren der Föderation. Er überlegte, ob er auf einem dieser Planeten landen sollte, entschied sich jedoch dagegen. Je weiter er flog, desto besser. Außerdem mußte das Hauptquartier möglichst schnell von dem neuen Treibstoff erfahren.

Am sogenannten Morgen schmerzte sein Kopf, als ob seine Schädeldecke zerspringen wollte, und die Angst war zurückgekehrt. Er hatte keinen Grund dazu, abgesehen von dem Pech, das ihn seit Jahren verfolgte. Er schluckte Anodyna, die Schmerzen ließen nach, begannen ihn jedoch bald von neuem zu quälen.

Er ging in den Kontrollraum, und das Gefühl, das er bereits abgelegt hatte, erfüllte ihn mit wachsender Kraft. Er hätte daran denken sollen, daß Anodyna depressiv wirkten. Aber jetzt, wo er nach Hause flog, konnte er solche Depressionen ganz und gar nicht gebrauchen.

Er öffnete die Tür zur Vorkabine, betrat den Kontrollraum – und dann blieb er stehen.

Skora saß vor der Kontrolltafel und starrte auf die Sterne, die an den Luken vorbeisausten. Diesmal trug er keine Wollhosen, und die alten Schultern waren in keinen Umhang gehüllt. Der Bart war noch vorhanden, aber sorgsam gestutzt. Er hing über den Kragen einer Föderationsflottenuniform, und nebem dem Kragen war die Doppeltraube eines Galaxis Commanders befestigt.

Der alte Mann salutierte zackig, lächelte belustigt über diese Geste und wartete, bis Dereks Arm den Gruß automatisch erwiderte. Dann wurde er ernst. „Wie Sie sehen, haben mich Ihre Worte beeindruckt, Derek. Vanir konnte nicht stagnieren und hoffen, daß die Menschheit seinen wissenschaftlichen Stand niemals erreichen würde. Wir konnten auch nicht vergessen, daß wir zur Menschenrasse gehören und daß wir alle Brüder sind. Telepathen sind für solche Argumente sehr empfänglich. Ich konnte nicht genügend Ratsmitglieder überzeugen. Aber als ich mich auf den Sirius teleportiert und Ihren dortigen Commander überzeugt hatte, konnte sich Vanir nicht mehr um die Verantwortung herumdrücken. Jetzt klammern wir uns nicht mehr an diesen einen Planeten und an die Gedanken eines sterbenden Gottes. In diesem Augenblick werden zwei Millionen Vanirern neue Uniformen angepaßt, und sie werden Ihren Krieg gewinnen, ohne den Feind vernichten zu müssen, den wir einst gemeinsam bekämpft haben."

„Wahrscheinlich hat sich der Commander ihre Künste vorführen lassen und sie alle mit einem Schlag zu Offizieren ernannt", sagte Derek bitter und erinnerte sich, wie viele Jahre er für den simplen Rang eines Sector Commanders gekämpft hatte. Der Schmerz in seinem Kopf überwältigte ihn wieder, und er krümmte sich zusammen. Skora schien es nicht zu bemerken.

„Es war gar nicht schwer, Derek. Sie hatten Angst davor, neue Waffen einzusetzen, bis sie Gefahr liefen, den Krieg zu verlieren. Ihr Commander hat seinen eigenen Aberglauben. Und indem ich seine Gedanken las, fand ich den rechten Weg, um ihn zu überzeugen. Danach kam ich hierher, um Sie zurückzuholen. Ich habe schon stundenlang hier gesessen und auf Sie gewartet. Aber ich war nicht untätig."

Der Schmerz erreichte einen stechenden Höhepunkt, dann ließ er ein wenig nach. Skora starrte ihn prüfend an, und Derek verbarg seine Schmerzen hinter automatischen Fragen. „Wie geht es Siryl? Und ich nehme an, daß Kayel beglückt neue mathematische Formeln ausarbeitet?"

„Siryl ...“ Skora brach ab und zuckte mit den Schultern. „Kayel hat ihr natürlich das Versprechen abgenommen, seine Frau zu werden, und er ist wie ausgewechselt. Wir hoffen, daß sie sich bald erholen wird. Er hat ihr nämlich ein Metallnetz gemacht und ihr gesagt, das würde uns daran hindern, ihre Gedanken zu lesen. Wir könnten sie natürlich trotzdem lesen, wenn wir es versuchten. Aber Siryl braucht ihren kleinen Aberglauben, und den gönnen wir ihr, denn sie soll aufhören, uns zu hassen.“

Derek blickte auf die Sterne, die vorbeirasten. Er wußte, daß er seinen Auftrag erfüllt hatte, aber er hatte die Föderation verloren. Sein Pech war zu groß für ihn allein geworden und hatte sich nun auf die ganze Rasse übertragen.

Nun haßte Siryl die Vanirer, weil sie die Macht besaßen, Dinge zu sehen, die eine prüde Frau in ihrem Inneren verbergen mußte. Vielleicht konnte sie mit der Zeit diese Macht akzeptieren. Aber zunächst würden alle Frauen auf den Föderationsplaneten die Telepathen hassen – um der Kinder willen, die niemals in diese neue Zukunft hineingeboren werden dürften.

Skora hatte nur ein paar Tage gebraucht, um den begehrten Rang eines Galaxis Commanders zu erringen, während Derek nicht zu hoffen wagte, daß er jemals in seinem Leben so hoch hinaufsteigen würde. Skoras Volk konnte alles haben, was es sich nur wünschte.

Monstren waren auf die Welten losgelassen worden. Solange die Macht sie nicht korrumpierte, würden es freundliche Monstren sein. Aber sie waren schlimmer als alle Feinde. Sie würden die Föderation retten, aber nach dem Triumph würde sie ihnen gehören. Die Menschen, die all die Sternenschiffe gebaut hatten, würden die Zukunft nicht beherrschen. Nein, die Zukunft würden jene Menschen erobern, die nichts getan hatten, die nur ganz einfach eine Fähigkeit besaßen, die der übrigen Menschheit fehlte.

„Es gibt eine alte Legende“, sagte Skora plötzlich. „Von einem Jungen, der bei den Tieren lebte. Als die Menschen ihn fanden, war er zwölf Jahre alt, ein Wilder, der nicht sprechen konnte. Und niemand wußte, wie man es ihm beibringen sollte. Und doch war seine latente Sprachfertigkeit ebensogut wie die anderer Menschen."

Der Schmerz war zurückgekehrt. Derek ließ die Worte des anderen Mannes durch sein Gehirn dringen und versuchte nicht, sie zu verstehen. Skora las seine Gedanken, aber das spielte keine Rolle. Er dachte nach und mußte sich eingestehen, daß er den Menschen, die nicht über telepathische Kräfte verfügten, eine totale Niederlage bereitet hatte. Wenn es nur die geringste Hoffnung gäbe . . .

Aber die Psychologen und Genetiker hatten in derzeit lebenden Rassen vergeblich nach telepathischen Fähigkeiten gesucht.

Skora rutschte ungeduldig auf seinem Sitz hin und her. „Unter Billionen von Menschen gibt es vielleicht nur einen Telepathen. Auch auf dem Planeten, wo Gott uns fand, besaß nur Moskez diese Gabe, nach langwieriger, sorgfältiger Zucht. Er mußte den anderen beibringen, telepathische Kräfte zu entwickeln, damit sie nach der Explosion nicht als Wolfsjungen auf Vanir leben müßten. Und Lari und Ferad werden ein Kind bekommen, das wie wir alle die Telepathie erlernen wird, auch wenn Ferad der Vater ist."

Derek schöpfte neue Hoffnung, aber dann zuckte er mit den Schultern. Sollte sich der Rest der Welten an diese Hoffnung klammern. Sie würde ihnen den Glauben an ihre Zukunft geben, während die Vanirer die Macht an sich reißen würden. Die Menschen würden sich einbilden, daß sie mit der Zeit ebenfalls telepathische Kräfte entwickeln könnten, und ihre ‚Lehrer' würden sie darin bestärken. Vielleicht brauchte die Föderation diesen Glauben, auch wenn er falsch war. Sie würde die Legenden vergessen, die aus einer Zeit stammten, wo ein seltsamer Psi-Faktor aus der Rasse herausgezüchtet worden war – zum Nutzen einiger weniger, wie er jetzt wußte. Die Menschen würden so tun, als gäbe es nur eine Rasse – statt der zwei, in die sie gespalten worden waren.

Wieder erfaßte ihn ein heftiger Schmerz, und Skora stand auf und massierte ihm voller Mitleid den Nacken.

Die alten Finger fanden den Punkt des größten Schmerzes und begannen ihn herauszukneten. Derek sah auf, dankbar trotz seiner Bitterkeit. „Als Telepath können Sie genau feststellen, wo der Schmerz sitzt. Danke, Skora.“

Anfangs tut es immer weh, sagte Skoras Stimme leise.

Seine Lippen waren fest geschlossen gewesen, und er lächelte leicht. Derek hielt den Atem an. Sein Blick hing wie gebannt an den geschlossenen Lippen, während die Stimme weiterhin irgendwo in seinem Gehirn sprach.

Es braucht seine Zeit, fuhr Skoras Stimme mit einer Wärme fort, die ihr zuvor gefehlt hatte. *Und es tut weh. Auch der Verlust mancher Dinge, an die wir glaubten, tat weh – daß wir verfolgt werden, daß wir von Gott abhängig sind, daß unvollständige Kenntnisse und alte Legenden uns alles sagen können, was wir wissen müssen, daß es mehr als nur eine Rasse gibt. Die Telepathie ist für einen Erwachsenen niemals einfach, Derek. Aber mit ihrer Hilfe können wir unsere ganze Rasse vereinen.*

Der Schmerz war verschwunden und hatte ein seltsames Gefühl der Vollendung zurückgelassen. Derek stand taumelnd auf und würgte an Worten, die ihm nicht über die Lippen kommen wollten.

Der alte Mann las lächelnd seine Gedanken und führte ihn zum Sichtfenster.

„Sector Commander Derek“, sagte er laut, während das warme, weiche Echo der Worte das Gehirn des ehemaligen Captains durchdrang, „da draußen liegt das Königreich der Menschheit. Das ganze Universum. Aber darin ist kein Raum für den Aberglauben, dem wir alle so lange verfallen waren.“

Derek blickte auf die Sterne, die an der *Sepelora* vorbeirauschten, während das Schiff die beiden Männer ihrer Zukunft entgegentrug.

Im Glas der Luke spiegelten sich keine bösen Geschicke – nur zwei Gesichter, die sein Lächeln erwiderten.

Weil ich eifersüchtig bin

1

... wenn die Hüter im Hause zittern und sich krümmen die Starken ... und die Türen auf der Gasse geschlossen werden, daß die Stimme der Müllerin leise wird ... Daß sich die Hohen fürchten und scheuen auf dem Wege, wenn der Mandelbaum blüht ... denn der Mensch fähret hin, da er ewig bleibet, und die Kläger gehen umher auf der Gasse ...

Der Prediger Salomo, 12: 3–5

AT

Eine fremde Rakete kreischte unablässig, als Reverend Amos auf die Kanzel zurückkehrte. Er straffte die dünnen, eckigen Schultern, und sein Gesicht mit den hohlen Wangen wirkte nun noch hagerer. Er zögerte sekundenlang, und die dunklen Augen unter den buschigen grauen Brauen wanderten nach oben. Dann trat er vor und legte den zerrissenen Umschlag mit dem Telegramm zu den Notizen auf das Pult. Die blaugeäderte Hand und das knotige blasse Handgelenk zitterten kaum.

Unwillkürlich blickte er zu der Kirchenbank, in der seine Frau sitzen müßte, doch dann fiel ihm ein, daß Ruth nicht kommen würde. Sie war durch die Ankunft der Nachricht aufgehalten worden und hatte das Telegramm gelesen, bevor sie es ihm geschickt hatte. Nun würde er vergeblich auf sie warten. Seltsam – sie hatte keinen Gottesdienst versäumt, seit Richard vor fast dreißig Jahren auf die Welt gekommen war.

Der Raketenlärm verklang hinter dem Horizont, und Amos umklammerte mit beiden Händen die Kante des staubigen Pults. Er räusperte sich, um seiner Stimme den erforderlichen sonoren und ruhigen Klang zu geben.

„Gerade habe ich die Bestätigung erhalten, daß mein Sohn in der Schlacht auf dem Mond gefallen ist“, berichtete er den verwirrten Menschen, die unsicher miteinander geflüstert hatten, seit seine Predigt unterbrochen worden war. „Ich hatte darum gebetet, daß dieser Kelch an mir vorüber gehen möge. Aber nicht, wie ich will, o Herr, sondern wie du willst.“

Er wandte sich ab von den erschrockenen Gesichtern, verschloß die Ohren vor den mitfühlenden Klagen der anderen, die gleichfalls gelitten hatten.

Die Kirche war gebaut worden, als Wesley noch doppelt so groß gewesen war wie jetzt. Und nun hatten die Sorgen die Leute in das baufällige alte Gebäude getrieben. Er verdrängte seinen Kummer und konzentrierte sich auf die Arbeit, die sein ganzes Leben ausgefüllt hatte.

„Der heutige Text stammt aus der Genesis, Kapitel siebzehn, siebenter Vers – und Kapitel sechsundzwanzig, vierter Vers. Gott gab Abraham und Isaak ein Versprechen.“ Er las aus der Bibel vor: „‚Und ich will aufrichten meinen Bund zwischen mir und dir und deinem Samen nach dir bei ihren Nachkommen, daß es ein ewiger Bund sei, also, daß ich dein Gott sei und deines Samens nach dir . . . Und will deinen Samen mehren wie die Sterne am Himmel und will deinem Samen alle diese Länder geben. Und durch deinen Samen sollen alle Völker auf Erden gesegnet werden.‘“

Er hatte seine Predigt auswendig gelernt und verließ sich nicht mehr wie in früheren Zeiten auf seine Inspiration. In flüssigen Sätzen gab er die offenkundige, tröstliche Antwort auf die unsichere Frage der Kirchgänger. Warum sollten die Menschen sich fürchten oder ihren Glauben verlieren, nur weil fremde Monstren aus der Leere zwischen den Sternen herabgeschwärmt waren, um diesen Glauben in Versuchung zu führen? Wie in den

Tagen von Ägyptens Knechtschaft oder der Gefangenschaft in Babylon würde es immer Prüfungen und schwere Zeiten geben, wo schwache Seelen ins Wanken gerieten, aber das Ende war klar und deutlich verheißen worden.

Nach demselben Text hatte er auch in seiner früheren Pfarrgemeinde in Clyde eine Predigt gehalten, als die Regierung ihren Stützpunkt auf dem Mond gebaut hatte. Damals hatte er besonders ausdrücklich auf die Sterne des Himmels hingewiesen, um die Zweifel jener auszuschalten, die der Meinung waren, daß der Mensch nichts im Universum zu suchen hätte. Bald darauf hatte Richard ihm mitgeteilt, daß er zum Offizier der Lunarkolonie ernannt worden war und hatte Amos' eigene Worte gebraucht, um zu begründen, warum er nicht Priester werden wollte. Damals hatte er den Jungen zum letztenmal gesehen.

Noch einmal hatte er den Text benutzt, vor vierzig Jahren, doch er wußte nicht mehr, warum, ebenso, wie die Leidenschaft abgeklungen war, die ihn als jungen Wanderprediger bekannt gemacht hatte. Er erinnerte sich nur noch an jene Predigt, weil das bärtige Gesicht seines Vaters schreckensbleich geworden war, als er einen Satz falsch zitiert hatte. Dies war eine der wenigen klaren Erinnerungen an jene Tage, bevor seine Stimme sich verändert hatte und seine Karriere als Wanderprediger abrupt zu Ende gegangen war.

Er hatte sich nach der Priesterweihe bemüht, seine Inspiration wiederzugewinnen, hatte die zahllosen Ablenkungen, die Ehe und Vaterschaft mit sich brachten, bitter beklagt. Schließlich hatte er erkannt, daß Gott keinen modernen Petrus aus ihm machen wollte, und sich mit der Arbeit begnügt, zu der er sich befähigt fühlte. Nun lebte er wieder in der Gemeinde, in der er sein Priesteramt angetreten hatte. Und wenn er die Seelen seiner Schäfchen auch nicht mehr anfeuern konnte, so konnte er ihnen zumindest mit auswendig gelernten vernünftigen Interpretationen der schrecklichen fremden Invasion helfen.

Ein anderes Schiff donnerte über die Kirche hinweg und übertönte seine Worte beinahe. Vor sechs Monaten waren die

Schiffe im Nichts des Universums explodiert und auf dem Mond gelandet, um den dortigen Erdenstützpunkt anzugreifen. Einen Monat später hatten sie die Erde selbst attackiert. Und während die Welt nun feilschte und kämpfte in dem Bemühen, gemeinsam gegen den Feind vorzugehen, errichteten die Fremden überall Stützpunkte und planten offenbar die Welt systematisch zu erobern.

Amos blickte auf die Gesichter, die sich ihm zuwandten, von Haß und Unsicherheit erfüllt. Er erhob seine Stimme über dem Donnern und beendete hastig seine Predigt. Als sich die ersten Kirchgänger erhoben, zögerte er. Er hatte gesagt, was er zu sagen hatte, aber es war kein richtiger Gottesdienst gewesen. Langsam, wie von selbst, öffneten sich seine Lippen, und er hörte sich den siebenundzwanzigsten Psalm zitieren. „‚Der Herr ist mein Licht und mein Heil. Vor wem sollte ich mich fürchten?'" Er spürte, wie die überraschend zeitgemäßen Worte die Gemeinde erschütterten. „‚Wenn sich schon ein Heer wider mich leget, so fürchtet sich dennoch mein Herz nicht; wenn sich Krieg wider mich erhebt, so verlasse ich mich auf ihn.'" Die Luft schien zu erbeben, wie damals, als er das Gefühl gehabt hatte, Gott hätte direkte Verbindung mit ihm aufgenommen, und kein Laut war in den Kirchenbänken zu hören, als er die letzten Worte sprach. „‚Harre des Herrn; sei getrost und unverzagt und harre des Herrn.'"

Die Wärme dieser mystischen Glut erfüllte das Kirchenschiff noch immer, als er leise von der Kanzel herabstieg. Dann hörte er draußen ein Motorrad dröhnen, ein Klopfen an der Tür, und die Glut erlosch.

Jemand stand auf, und Licht fiel durch die Tür herein, begleitet von einem heißen Atem, der vor einem neuen Sandsturm warnte. Heuschrecken saßen auf der Schwelle, um die Leute an die vernichtete Ernte zu erinnern. Amos spürte, wie die Bitterkeit sie wieder erfaßte, noch bevor sie die kleine, untersetzte Gestalt Dr. Alan Millers bemerkten.

„Amos! Hast du es gehört?" Er keuchte, als ob er gelaufen

wäre. „Es kam gerade im Radio, während du hier gequatscht hast . . .“

Das Dröhnen weiterer Motorräder übertönte seine Stimme. Sie fuhren mit Höchstgeschwindigkeit die Hauptstraße von Wesley hinab, nach Westen, bewaffnet und in Uniform. Staub wirbelte hinter ihnen auf, und der Doktor begann zu husten und zu fluchen. In den letzten Jahren betonte er seinen Atheismus immer nachdrücklicher. Früher hatte er wenigstens noch Respekt vor der Religion anderer Menschen gezeigt.

„Du bist im Hause Gottes, Doc“, mahnte Amos in scharfem Ton. „Was haben sie im Radio gesagt?“

„Tut mir leid. Aber – verdammt – diese Fremden sind in Clyde gelandet, nur fünfzig Meilen von hier. Sie haben einen Stützpunkt errichtet. Deshalb sausen jetzt diese Raketen durch die Gegend.“

Die Menschen, die es gehört hatten, schrien auf. Stimmen schwirrten durcheinander, als sie es den anderen mitteilten. Die Gesichter wurden grau. Manche sanken zurück auf die harten Bänke, während andere den Doc umringten und ihn mit Fragen bestürmten.

Amos ließ sich beiseitedrängen und nahm die Erregung seiner Schäfchen kaum wahr. Bevor er hierher zurückgekommen war, hatte er das Priesteramt in Clyde ausgeübt. Er versuchte sich vorzustellen, wie die fremden Schiffe herabkamen und die Stadt mit Gas und Kugeln angriffen. Er dachte an den Lebensmittelhändler mit seinen neun Kindern, an den gelähmten Diakon, an die beiden Schwestern Aimes mit ihren zahllosen Hunden und Katzen und unablässigen Feldzügen gegen jugendliche Sünder. Er versuchte sich auszumalen wie die grünhäutigen humanoiden Fremden durch die Straßen gingen, in die Kirche eindrangen und den Altar entweihten. Und da war Anne Seyton, die Richard geliebt hatte, wenn sie auch einer anderen Religion angehörte . . .

„Was ist denn mit der Garnison?“ überschrie ein kräftig gebauter Farmer die Menge. „Mein Sohn ist dort, und er sagte mir, sie könnten mit den Schiffen fertig werden, wenn sie landen. Sie würden aus allen Rohren schießen ..."

Der Doc schüttelte den Kopf. „Dort hat eine halbe Stunde vor der Landung ein Zyklon gewütet, das Dach des Hauptgebäudes abgerissen und die ganze Übungsgarnison verwüstet."

„Jim!" schrie der große Mann und zerrte seine zierliche Frau aus der Kirche, zu seinem Auto.

Die anderen wollten ihm nachlaufen, aber eine neue Motorradprozession versperrte ihnen den Weg. Diesmal fuhren sie langsamer, und mehrere Panzerwagen rollten hinter ihnen her. Der letzte Wagen hielt an, und ein Mann in zerknitterter Majorsuniform steckte den Kopf heraus. „Geht in Deckung! Habt ihr die Nachrichten nicht gehört? Geht nach Hause und setzt euch ans Radio, bevor euch ein Schlangenschiff niederschießt, nur so zum Spaß! Die Schiffe werden direkt über diese Stadt hinwegfliegen, wenn sie Topeka ansteuern, und das haben sie offensichtlich vor." Er zog den Kopf zurück und begann irgend jemanden, der neben ihm saß, zu beschimpfen. Der Tankwagen setzte sich wieder in Bewegung und fuhr in Richtung Clyde davon.

In den Zeitungen hatte genug über die Schießfreudigkeit der fremden Schiffe gestanden. Die Leute verließen die Kirche, Amos versuchte, sie zurückzuhalten, ein kurzes Gebet mit ihnen zu sprechen, damit sie ihre Gedanken ordnen konnten. Aber er gab es auf, als sie an ihm vorbeirannten. Eine Minute später stand er allein mit Doc Miller in der Kirche.

„Geh lieber nach Hause, Amos", schlug der Doc vor. „Mein Auto steht einen halben Block weiter unten. Soll ich dich heimbringen?"

Amos nickte müde. Der Staub in seiner Kehle schien dicker zu sein als die Wolken, die in der Luft hingen. Er kam sich alt vor und zum erstenmal nutzlos. Schweigend folgte er dem Doktor und war froh, daß er nicht zu Fuß zu dem kleinen Haus sechs Blocks weiter gehen mußte, das ihm die Gemeinde zur Verfügung gestellt hatte.

Ein uraltes Auto ratterte ihnen entgegen, als sie den Wagen des Docs erreichten. Es blieb stehen, und ein Mann in einem schmutzigen Overall beugte sich heraus. In seinem Gesicht zuckte es heftig. „Seid ihr vorbereitet, Brüder? Seid ihr gerettet? Armageddon ist gekommen, wie es die Bibel vorausgesagt hat. Geht mit Gott, Brüder! Das Ende der Welt, wie es prophezeit wurde, steht bevor, Amen!"

„Wo steht denn was in der Bibel von fremden Rassen, die in anderen Sonnensystemen leben?" schrie der Doc ihn an.

Der Mann blinzelte und runzelte die Stirn, dann brüllte er, daß die Sünder auf ewig in der Hölle schmoren würden, bevor er den Motor seines wackeligen Autos wieder in Gang setzte. Amos seufzte. Zu allem Übel kam noch hinzu, daß ein paar Fanatiker vom unausweichlichen Untergang der Menschheit faseln und ein falsches Evangelium verkünden würden, um all die Mühe der ehrlichen Religion zunichte zu machen.

„‚Im Haus meines Vaters gibt es viele Wohnungen'", zitierte er, als er mit dem Doc die Straße hinauffuhr. „Das könnte eine allegorische Anspielung auf andere Welten im Himmel sein."

Der Doc schnitt eine Grimasse und zuckte mit den Schultern. Dann seufzte er und legte eine Hand auf Amos' Knie. „Ich habe gehört, daß Dick gefallen ist, Amos. Tut mir leid. Das erste Baby, dem ich auf die Welt verholfen habe – und das hübscheste." Er starrte in die Richtung von Clyde, als Amos keine Worte fand. „Ich verstehe das nicht. Warum werfen wir nicht einfach Atombomben auf diese Biester? Warum hat die Mondbasis keine Raketen eingesetzt?"

Auch darauf wußte Amos keine Antwort. Es gab Gerüchte, daß alle Großmächte ihre atomaren Explosivstoffe auf den Mond geschickt hatten, als die Invasion begonnen hatte, und daß die Munition nun unter einem großen Meteoriten zwischen Schutt und Asche begraben lag. Angeblich war es unmöglich, sie wieder auszugraben.

Er stieg vor dem ungestrichenen Haus aus, in dem er wohnte, schüttelte schweigend die Hand des Doktors.

Heute nachmittag mußte er seine Gedanken ordnen. Wenn die Nacht hereinbrach und die Menschen ihre Häuser verlassen konnten, ohne sich den Geschossen fremder Flugzeuge auszusetzen, würde die Kirchenglocke sie ins Gotteshaus rufen, denn sie brauchten seelische Stärkung. Wenn er ihnen klarmachen konnte, daß es keinen Sinn hatte, Gott verstehen zu wollen, daß man Ihn akzeptieren mußte . . .

Er dachte an jenen Augenblick in der Kirche, als Gott die Gemeinde und ihn in tröstliche Wärme zu hüllen schien. Vielleicht würde jetzt in der Stunde höchster Not die alte Inspiration zurückkehren.

Ruth deckte gerade den Tisch, mit ruhigen, geschickten Bewegungen wie eh und je, aber ihre Augen waren rotgeweint. „Tut mir leid, Amos, ich hab's nicht geschafft. Anne Seyton kam zu mir, kurz nachdem das Telegramm eingetroffen war. Sie hatte es schon vor uns erfahren. Und . . .“

Der Fernseher war eingeschaltet und zeigte die Schlagzeilen des *Kansas City Star*, und er sah, daß es überflüssig war, ihr die Neuigkeiten mitzuteilen. Er legte seine Hand auf die ihre. „Gott hat nur genommen, was er uns gegeben hat, Ruth. Dreißig Jahre lang waren wir mit Richard gesegnet.“

„Ich beklage mich ja nicht.“ Sie wandte sich ab und ging zur Küche, mit verkrampften Schultern, die ihr unterdrücktes Leid verrieten. „Hast du gehört, was ich gesagt habe? Anne ist hier, Dicks Frau. Sie haben geheiratet, bevor er zum Mond flog – heimlich. Gleich, nachdem du mit ihm über die Unterschiede in den beiden Religionen gesprochen hast. Du solltest dich um sie kümmern, Amos. Sie weiß Bescheid über ihre Familie in Clyde.“

Er sah ihr schweren Herzens nach, als sie das Zimmer verließ. Er hatte diese Heirat nie verboten, er hatte den Jungen nur gewarnt, der Ruth so ähnlich gewesen war. Er zögerte, dann ging er zu dem winzigen Gästezimmer. Er klopfte an die Tür, eine erstickte Stimme bat ihn, einzutreten. Das verrostete Schloß klickte.

„Anne?“ Der Raum lag im Dunkel, aber er sah ihren blonden Kopf, die fast unweiblichen Umrisse ihrer dünnen Gestalt. Er streckte die Hand aus und spürte, wie sie die schmalen Finger hineinlegte.

Als sie das Gesicht dem schwachen Licht zuwandte, sah er keine Tränenspuren. Aber ihr Körper erschauerte. „Anne, Ruth hat mir gerade erzählt, daß Gott uns eine Tochter geschenkt hat ...“

„Gott!“ stieß sie heiser hervor und entzog ihm ihre Hand. „Gott, Reverend Strong? Wessen Gott? Der Gott, der Meteoriten auf Dicks Basis geworfen hat, der Insekten und Dürre auf unsere Äcker schickt? Der Tornados entfesselt, damit die Schlangenschiffe leichter landen können? Meinen Sie diesen Gott, Reverend Strong? Dick hat Ihnen eine Tochter geschenkt – aber er ist tot. Tot! Tot!“

Amos verließ das Zimmer. Er hatte gelernt, den schwachen Spott zu ertragen, mit dem der Doc den Namen des Herrn aussprach, aber diese bitteren Worte jagten ihm eine Gänsehaut über den Rücken. Anne gehörte zwar einem anderen Glaubensbekenntnis an, aber er hatte bisher stets das Gefühl gehabt, daß sie religiös war. Wahrscheinlich war es nur Hysterie. Er wandte sich der Küche zu, um Ruth zu dem Mädchen zu schicken.

Das Stakkato eines Staustrahltriebwerks durchschnitt die Luft, mit einem Lärm, wie er ihn noch nie gehört hatte. Das konnte kein Erdenschiff sein. Und dann kam noch eins – und noch eins – bis ihr Knattern zu einem einzigen Dröhnen verschmolz.

Plötzlich feuerte eine gigantische Waffe, und eine Reihe schnellaufeinanderfolgender Einschläge klang dumpf im Garten hinter dem Haus auf. Rover bellte zweimal, dann kreischte er in animalischem Schmerz.

Amos stolperte zur Hintertür, aber Ruth war ihm zuvorgekommen. „Dicks Hund! Nun bringen sie auch noch seinen Hund um!“

Bevor Amos sie zurückhalten konnte, stieß sie die Tür auf und rannte hinaus. Neue Schüsse krachten – ein schwacher Schrei erklang. Ruth brach zusammen, bevor er die Tür erreichte.

2

Mein Gott, mein Gott, warum hast du mich verlassen? . . . Ich bin ausgeschüttet wie Wasser, alle meine Gebeine haben sich zertrennt; mein Herz ist in meinem Leibe wie geschmolzenes Wachs. Meine Kräfte sind vertrocknet wie eine Scherbe, und meine Zunge klebt an meinem Gaumen; und du legst mich in des Todes Staub.

Psalm 22: 1,14,15

AT

Neue Schüsse peitschten durch die Luft, als er zu ihr rannte und sie in die Arme nahm. Das letzte der fremden Deltaschiffe war über ihn hinweggeflogen und steuerte Topeka an oder welche Stadt sie auch immer angreifen würden.

Ruth lebte noch. Eine der häßlichen Kugeln hatte sie in den Bauch getroffen, und die Wunde blutete schrecklich. Aber er spürte, daß ihr Herz immer noch schlug, und sie stöhnte leise, als er sie hochhob. Als er sie auf die Couch legte, öffnete sie die Augen, sah ihn an und versuchte zu lächeln. „Tut mir leid, Amos. Ich war so dumm . . .“ Sie schloß die Augen, aber sie lächelte wieder, als er ihre Lippen küßte. „Jetzt bin ich froh . . . Ich habe so lange gewartet . . .“

Anne stand in der Tür, starrte ungläubig auf Ruth. Aber als Amos sich aufrichtete, rannte sie zum Apothekenschränkchen, kam zurück, riß das Kleid der Verletzten auf und versuchte die Blutung zu stoppen.

Amos tastete nach dem Telefon. Er konnte nicht klar sehen. Stotternd sagte er irgend etwas zu der Telefonistin, und eine

Minute später war Doc Miller am Apparat. Er hatte befürchtet, daß der Doc noch nicht daheim sein würde. Hatte der Doc nicht versprochen zu kommen? Amos konnte sich nicht mehr daran erinnern.

Die Blutung war gestoppt, aber Ruth war weiß bis an die Lippen. Anne zwang ihn, sich zu setzen. Ihre Finger strichen sanft über seinen Arm. „Es tut mir so leid, Reverend Strong. Ich – ich ..."

Nach ein paar Minuten stand er wieder auf und ging zu Ruth hinüber. Sein Blick wanderte über den halb gedeckten Tisch. Der Geruch von verbranntem Essen lag in der Luft, und er ging in die Küche, um die Pfannen von dem alten Herd zu nehmen und in die Spüle zu stellen. Anne folgte ihm, aber er sah sie kaum, bis sie leise zu weinen anfing. Endlich konnte sie weinen.

„Gottes Wege sind nicht die Wege des Menschen, Anne", und diese Worte lösten auch in ihm eine Flut von Gefühlen aus. Müde ließ er sich in einen Stuhl fallen. Sein Kopf sank auf den Küchentisch, und er spürte die Schwäche und Ungewißheit des Alters. „Wir lieben die körperliche Gestalt, und unsere Herzen brechen, wenn sie uns verläßt. Aber nur Gott kennt uns alle und zählt die wirren Fäden unseres Lebens. Es ist nicht gut, Gott zu hassen."

Sie blieb an seiner Seite, als er ins Wohnzimmer zurückkehrten. „Ich habe Gott nie gehaßt, Vater Strong." Er wußte nicht, ob sie es ehrlich meinte, aber er fragte sie nicht danach. „Mutter Ruth ist noch nicht gestorben", sagte sie seufzend.

Eine Antwort blieb ihm erspart, als die Tür aufflog und Doc Miller hereinstürmte. Der dicke kleine Mann warf einen kurzen Blick auf Ruth, dann griff er nach dem Blutplasma, das er mitgebracht hatte, und nach seinen Instrumenten. Er reichte Anne die Plasmaflasche und begann, konzentriert zu arbeiten.

„Sie hat eine Chance", sagte er schließlich. „Wenn sie jünger und kräftiger wäre, würde ich sogar behaupten, daß sie eine gute Chance hat. Aber da du daran glaubst, solltest du beten."

„Ich habe gebetet", erwiderte Amos und erkannte, daß er die

Wahrheit sagte. Die Gebete hatten in seiner Seele begonnen, noch bevor sie in den Garten gerannt war, und hatten seither nicht aufgehört.

Sie trugen sie mit der Couch ins Schlafzimmer, wo man die Jalousien herablassen konnte und wo die Geräusche des Hauses sie nicht erreichten. Der Doc gab Anne eine Spritze und schickte sie ins Gästezimmer. Dann wandte er sich Amos zu, aber er beharrte nicht auf seiner Absicht, als der Priester den Kopf schüttelte.

„Ich bleibe hier, Amos – bei dir. So lange es mir möglich ist – bis ich zu einem anderen Fall gerufen werde. Die Telefonistin weiß, wo ich bin.“ Er kehrte ins Schlafzimmer zurück, ohne die Tür zu schließen. Minutenlang stand Amos in der Mitte des Wohnraums, mit gesenktem Kopf.

Es war ein winselnder Laut, der ihn schließlich in die Wirklichkeit zurückrief. Er ging zur Hintertür und blickte hinaus. Der Scotchterrier lebte noch und schleppte seinen kleinen Körper zum Haus. Die hintere Hälfte seines Körpers war gelähmt, und die Wunde am Rücken mußte ihm gräßliche Schmerzen bereiten. Als er Amos sah, winselte er wieder und kroch zu ihm.

Amos ging ihm automatisch entgegen. Er hatte den Hund nie besonders gemocht, was auf Gegenseitigkeit beruhte, aber nun waren sie sich nähergekommen. „Still, Rover. Dein Frauchen ist okay.“

Rover winselte wieder, und eine feuchte Zunge liebkoste Amos' Hand. Er bückte sich, um die Wunde zu untersuchen, dann richtete er sich wieder auf und sprach tröstend auf das Tier ein.

In einem der Schränke fand er Richards Jagdgewehr und vergewisserte sich, daß es nicht rostig war. Er lud es sorgfältig, und erschauerte, als er die Waffe berührte. Seltsam, daß er dieses Gewehr nun auf Rover richten würde . . . Wie gern war Richard auf die Jagd gegangen, mit seinem Hund und mit dieser Waffe . . . Aber er konnte das Tier nicht leiden sehen.

Rover hob den Kopf und versuchte zu bellen, als er das

Gewehr erblickte. Amos kniete neben ihm nieder und spürte, daß der Hund wußte, was ihm nun bevorstand. Die Augen blickten ihn mit einem sonderbaren Verständnis an, als er die Mündung an den Kopf des Tieres legte. Dann zögerte Amos. Die Wunde sah gräßlich aus, aber vielleicht konnte der Doc den Hund retten, wenn er auch kein Tierarzt war. Wenn es um einen verletzten Menschen ginge, müßte man es versuchen.

Rover entblößte dic Zähne, und Amos erwartete, daß er knurren würde. Er wollte das Gewehr beiseite legen, aber da glitt die feuchte Zunge über seine Hand. Es war, als wollte Rover ihm sagen, daß er sein Schicksal akzeptierte und dankbar dafür war. Amos streichelte ihm den Kopf, schloß die Augen und drückte ab. Es ging ganz schnell. Der Hund fand nicht einmal Zeit, einen Schmerzensschrei auszustoßen.

Wenn der Hund gegen ihn gekämpft hätte in einem letzten wilden Wunsch, am Leben zu bleiben . . . Aber er hatte sich ihm, den er für ein überlegenes Wesen hielt, unterworfen. Nur der Mensch konnte sich gegen einen höheren Willen wehren. Rover hatte sein Geschick akzeptiert – und Rover war tot. Er vergrub den kleinen Körper in der weichen Gartenerde.

Der Doc stand in der Tür, als Amos zum Haus zurückging. „Ich habe den Schuß gehört und dachte schon, du würdest eine Dummheit machen. Aber ich hätte es besser wissen müssen. Du als gläubiger Mensch . . . Dann habe ich hier gewartet und gelauscht, ob ein Schlangenflugzeug kommt, bereit, dich nötigenfalls ins Haus zu ziehen. Im Fernsehen wurde gerade gesagt, daß sie zurückkommen."

Amos nickte und ging ins Schlafzimmer. Ruth lag immer noch im Koma, und er konnte nichts tun. Dann erinnerte er sich an die Flugzeuge und setzte sich vor den Fernseher. Den Topeka-Sender konnte er nicht einstellen, aber eine andere Station zeigte neue Filme. Die Fremden hatten es offenbar hauptsächlich auf Krankenhäuser, Schulen und ähnliche Institutionen abgesehen. Das Gas hatte für einige Todesfälle gesorgt, doch die hätten vermieden werden können, wenn sich die Leute an die entsprechenden Instruktionen gehalten hätten. Die Brandbomben hatten unermeßlichen Schaden angerichtet. Wenigstens hatten die Fremden auch einiges abbekommen. Von den vierzig Schiffen, die man gezählt hatte, waren neunundzwanzig abgeschossen worden.

„Ich frage mich, ob sie für ihre Toten beten", sagte der Doc. „Oder gewährt Gott den Rassen, die nicht menschlich sind, keine Gnade?"

Amos schüttelte langsam den Kopf. Diese Frage war ihm neu. Aber es gab nur eine einzige Antwort. „Gott regiert das ganze Universum. Aber diese bösen Wesen verehren ihn ganz bestimmt nicht."

„Bist du sicher? Sie sind ziemlich menschlich."

Amos blickte wieder auf den Bildschirm, wo eine der fremden Gestalten gezeigt wurde. Ja, sie sahen fast wie Menschen aus, aber sie waren plumper und muskulöser. Ihre Haut war grün, und sie trugen keine Kleider. Sie hatten keine Nasen, aber unterhalb ihrer seltsam flachen Ohren zitterten zwei kleine Öffnungen, als ob sie dadurch atmen würden. Aber sie sahen so menschlich aus, daß sie als deformierte Menschen gelten könnten, wenn sie ein guter Maskenbildner schminken würde.

Sie waren Geschöpfe Gottes – ebenso wie er selbst. Konnte er sie hassen? Dann dachte er an ihre Grausamkeit, an ihre Wildheit, die im Widerspruch zu ihren fortschrittlichen Schiffen standen. Sie waren böse und hatten sich ihr Geburtsrecht als Mitglieder von Gottes Reich verscherzt. Das Böse konnte man nur hassen.

Dann fiel ihm ein, daß er noch eine Predigt für den Abend vorbereiten mußte. Es müßte von einfachen Dingen handeln. Weder seine Gemeinde noch er selbst waren in der Stimmung für schwierige Denkprozesse. Heute nacht würden sie Gott nur Gefühle entgegenbringen. Dieser Gedanke erschreckte ihn. Um Kraft zu sammeln, versuchte er sich in den erhebenden Augenblick der Gnade zurückzuversetzen, den er am Morgen erlebt hatte, doch dieser Augenblick schien unendlich fern zu sein.

Draußen klagte eine Sirene, schwoll zu einem ohrenbetäubenden Crescendo an, vermischt mit dem dumpfen Klang einer Lautsprecherstimme. Amos stand auf und trat mit dem Doc auf die Veranda, als der Panzerwagen vorbeikam. Er rumpelte auf Ketten einher, die jeden Moment auseinanderzufallen schienen. Ein Lautsprecher samt Verstärker war auf dem Dach montiert und wiederholte unablässig die Warnung: „Verlassen Sie die Stadt! Dies ist ein Befehl! Die Schlangen kommen! Die menschlichen Streitkräfte waren zum Rückzug gezwungen, um sich neu formieren zu können. Die Schlangen kommen in diese Richtung und nehmen Kurs auf Topeka. Sie rauben und morden! Verlassen Sie die Stadt . . ."

Dann erklang die Stimme des Majors, der die Stadt bereits gewarnt hatte.

„Verschwindet – alle! Rettet eure Haut! Wir sind verletzt – und besiegt . . . Ach, halten Sie doch den Mund, Blake! Ich sage euch, verschwindet! Die Schlangen kommen!"

Der Panzerwagen taumelte die Straße hinab, plärrte immer wieder seine Botschaft. Lastwagen folgten ihm, in denen Männer wie Vieh zusammengepfercht saßen, vollgestopfte Autos, und dann erklang auf einem Lastwagendach ein weiterer Lautsprecher.

„Bleibt bis zum Abend in Deckung! Dann verschwindet! Die Schlangen werden sich noch eine Weile Zeit lassen. Bleibt ganz ruhig! Sorgt dafür, daß die Evakuierung geordnet und im Schutz der Dunkelheit abläuft! Auch wir werden uns vergraben, wenn wir einen sicheren Platz gefunden haben. Dies ist die letzte Warnung! Bleibt jetzt noch in Deckung und verschwindet, sobald es dunkel ist!"

Ein Kreischen gellte am Himmel, dann sausten fremde Flugzeuge herab. Der Doc zog Amos ins Haus zurück. Zuvor hatte er jedoch noch gesehen, wie ein Mann von Wurfgeschossen zerrissen wurde, die Rauch und Feuer spuckten, sobald sie ihr Ziel getroffen hatten. Einer der Männer, die sich auf dem Rückzug befanden, rannten in Deckung. Als die Flugzeuge verschwunden waren, kamen die Soldaten wieder heraus, begannen sich zu formieren, ließen die Toten liegen und schleppten die Verwundeten mit sich.

„Diese Männer brauchen mich", protestierte Amos.

„Ruth braucht dich auch", erwiderte der Doc. „Außerdem sind wir zu alt, Amos. Wir wären ihnen nur im Weg. Sie haben wahrscheinlich ihre eigenen Ärzte und Priester. Verdammt, diese armen Teufel riskieren ihr Leben, um uns zu retten. Die Army muß alle ihre beweglichen Verwundeten zusammengetrommelt und losgeschickt haben, um uns zu warnen und den Feind von den restlichen Soldaten abzulenken, die sich vermutlich durch Wälder und Felder zurückschleichen. Das sind Helden, Amos, und sie würden dich hassen, wenn sie wüßten, daß du dich nicht retten lassen willst. Denn nur dafür setzen sie ihr Leben aufs Spiel. Ich habe einen Lokalsender gehört, und ich weiß, daß sie bereits durch die Hölle gegangen sind."

Er drehte sich auf dem Absatz um und ging ins Schlafzimmer zurück. Das Fernsehen sandte verspätet den Evakuierungsbefehl, der für alle Bürger entlang der Straße von Clyde nach Topeka galt, und erteilte Instruktionen. Aus irgendeinem Grund schienen die Fremden bei Nacht nur bewegte Gegenstände zu sehen, die mindestens so groß waren wie Panzerwagen, und deshalb mußte man mit der Evakuierung bis zum Einbruch der Dunkelheit warten.

Der Doc kam wieder aus dem Schlafzimmer, und Amos sah ihn an und hatte das Gefühl, sein Kopf müsse zerspringen. Er konnte nur noch einen einzigen klaren Gedanken fassen. „Wir können Ruth nicht wegbringen, nicht wahr?"

„Nein, Amos." Der Doc seufzte. „Aber das spielt keine Rolle. Geh jetzt zu ihr. Ich glaube, sie wird bald zu sich kommen. Ich werde Anne wecken und ihr sagen, daß sie sich bereitmachen soll."

Amos ging auf Zehenspitzen ins Schlafzimmer, aber es war nicht nötig, leise zu sein. Ruth war schon bei Bewußtsein, und es war, als hätte der nahe Tod sie gezwungen, das Beste aus ihren letzten Lebensminuten zu machen. Schüchtern streckte sie ihm eine zarte Hand entgegen. Ihre Stimme war schwach, aber klar. „Amos, ich weiß es. Und es würde mich nicht stören, wenn ich dich nicht verlassen müßte. Aber ich muß dich noch etwas fragen, Amos. Sag mir ..."

Er kniete neben ihr nieder als ihre Stimme brach, wollte den Kopf an ihre Schulter legen, wagte es aber nicht, um nicht die letzten wenigen Augenblicke zu versäumen, wo sie ihm noch in die Augen sehen konnte. In den Tiefen seines Bewußtseins suchte er nach Worten, dann erkannte er, daß sie mehr als Worte brauchte. Er beugte sich über sie und küßte sie so, wie er sie vor vielen Jahren zum erstenmal geküßt hatte. „Ich habe dich immer geliebt, Ruth. Und ich liebe dich immer noch."

Sie seufzte und entspannte sich.

„Dann werde ich nicht mehr eifersüchtig auf Gott sein. Aber ich mußte es wissen, Amos." Sie hob eine schwache Hand, um ihm über das Haar zu streicheln, dann lächelte sie, und die müden Falten in ihrem Gesicht glätteten sich. Ihre Stimme klang zufrieden und fast jung. „Und vergiß alles andere und halte dich nur an ihn ..." Die letzte Silbe erstarb in einem Flüstern, und die Hand fiel hinab.

Nun ließ Amos den Kopf endlich auf ihre Schulter sinken, und ein Schluchzen rang sich aus seiner Kehle. Sanft faltete er ihr die Hände, so daß der zerkratzte, billige Ehering zu sehen war, und erhob sich langsam mit gesenktem Kopf. „Dann wird der Staub in die Erde zurückkehren, aus der er kam, und der Geist wird heimkehren zu Gott, der ihn uns gegeben hat. Vater, ich danke Dir für diesen Augenblick gemeinsam mit ihr, den Du mir geschenkt hast. Segne sie, o Herr, und achte auf sie, bis ich zu ihr komme."

Er nickte dem Doktor und Anne zu. Das Mädchen sah elend aus und starrte ihn an mit Augen voller Entsetzen und Mitleid.

„Du brauchst Geld, Anne", sagte er. „Ich habe nicht viel, aber ..."

Sie schüttelte den Kopf. „Ich habe genug, Reverend Strong.

Ich gehe jetzt. Dr. Miller hat gesagt, ich soll seinen Wagen nehmen. Aber was wird aus Ihnen?"

„Ich habe noch zu tun. Ich habe noch nicht einmal meine Predigt geschrieben. Und die Menschen, die ihre Häuser aufgeben müssen, brauchen Trost."

Sie wandte sich ab und ging ins Gästezimmer. Amos öffnete eine Schublade seines alten Schreibtisches und nahm Bleistift und Papier heraus.

3

Die Gottlosen ziehen das Schwert aus und spannen ihren Bogen, daß sie fällen den Elenden und Armen und schlachten die Frommen.

Ich habe gesehen einen Gottlosen, der war trotzig und breitete sich aus und grünte wie ein Lorbeerbaum.

Psalm 37: 14,35

AT

Die Dunkelheit brach herein, als sie Anne zum Auto begleiteten und sich vergewisserten, daß der Benzintank gefüllt war. Sie war ruhig und schien sich gefaßt zu haben, aber sie wich Amos' Blick aus. Zuletzt wandte sie sich an Doc Miller. „Was werden Sie tun? Ich hätte schon früher fragen sollen, aber . . ."

„Machen Sie sich keine Sorgen um mich, Mädchen." Seine Stimme klang so herzlich, als würde er einem alten Mann erzählen, daß er noch vierzig Jahre zu leben hätte. „Die Telefonistin wird als eine der letzten aufbrechen und mich in ihrem Wagen mitnehmen. Fahren Sie los, und bleiben Sie auf der Route, die wir auf der Karte eingezeichnet haben. Wenn Sie unterwegs jemanden treffen, nehmen Sie ihn mit. Sie brauchen keine Angst zu haben. Die Leute haben noch nicht angefangen, zu rauben und zu morden und Frauen zu vergewaltigen. Auf diese Idee werden sie erst kommen, wenn der erste Schreck nachgelassen hat."

Sie gab ihm die Hand, dann stieg sie in den Wagen. In letzter Minute drückte sie auch Amos kurz die Hand. Dann startete sie den Motor, und das Auto raste die Straße hinab.

„Sie haßt mich", sagte Amos. „Sie liebt die Menschen zu sehr und Gott zu wenig, um ihn ein wenig zu verstehen."

„Und vielleicht liebst du deinen Gott zu sehr, um zu begreifen, daß du auch die Menschen lieben mußt, Amos. Mach dir keine Sorgen, sie wird schon auf den rechten Weg finden. Wenn du sie das nächstemal siehst, wird sie vielleicht anders denken. So, jetzt muß ich sehen, daß Nellie sich endlich von der Telefonzentrale losreißt und in ihr Auto steigt. Bis später!"

Der Doc rannte zum Telefonamt, seine Tasche in der Hand. Verwirrt blickte Amos ihm nach und wunderte sich wieder einmal, daß man Gott so verbissen verleugnen und trotzdem ein so gottgefälliges Leben führen konnte wie Miller. Sie waren schon so lange Freunde, daß die Gemeinde es aufgegeben hatte, über diese Freundschaft zu staunen. Aber die Frage, was sie eigentlich gemeinsam hatten, war nach wie vor ungeklärt.

Aus der Ferne drang das Geräusch einer großen Rakete herüber, die zur Landung ansetzte, dann erklang das leisere Stottern der seltsamen fremden Staustrahltriebwerke. Das Schiff flog über seinen Kopf hinweg, doch keine Geschosse regneten herab.

Sekundenlang blickte Amos auf das Schlafzimmerfenster, hinter dem Ruth lag, dann ging er zur Kirche und öffnete die Tore. Der Küster ließ sich nicht blicken, aber Amos hatte die Glocke schon oft genug geläutet. Er zog seinen abgetragenen Mantel aus und griff nach dem Seil. Es war eine harte Arbeit, und seine Hände waren weich. Einst war es ein Vergnügen gewesen, aber jetzt schien sein Blut zu dünn zu sein, um den notwendigen Sauerstoff aufzusaugen. Das Hemd klebte ihm am Rücken, und er war halb benommen, als er den Strang losließ.

Das Telefon in seinem kleinen Büro begann nervös zu klingeln. Keuchend taumelte er zum Apparat, und als er den Hörer abnahm, hörte er Nellies Stimme, schrill vor Angst. „Reverend, was ist los? Warum hat die Glocke geläutet."

„Weil wir uns zum Gebet versammeln werden. Wozu sonst?"

„Heute abend? Nun, ich . . ." Sie legte auf.

Er zündete ein paar Kerzen an und stellte sie auf den Altar, so daß ihr Schein von der dunklen Straße aus gesehen werden konnte, daß aber kein Licht nach oben drang, zu fremden Augen. Dann setzte er sich, um zu warten, und fragte sich, wo der Organist so lange blieb.

Gedämpfte Stimmen klangen auf der Straße auf, nervöse Schreie. Ein Auto startete, gefolgt von einem anderen. Dann fuhren mehrere Wagen auf einmal los. Er ging zur Tür, um die kühle Nachtluft einzuatmen. Entlang der ganzen Straße rannten Menschen hin und her, verstauten ihre Habseligkeiten in Autos, während andere bereits aufbrachen. Sie winkten ihm zu, aber sie liefen an der Kirche vorbei. Er hörte Telefone läuten, aber wenn Nellie irgendeine dringende Nachricht bekanntgab, ihn hatte sie vergessen.

Er kehrte zum Altar zurück und kniete davor nieder. Er fand keine Worte, um ein Gebet zu formulieren. Er preßte nur flehend die Hände zusammen und blickte hinauf zum Symbol seines Lebens. Draußen waren immer noch Geräusche zu hören, verschmolzen miteinander. Es spielte keine Rolle, ob heute abend irgend jemand in die Kirche gehen wollte. Sie war geöffnet, denn in Zeiten der Not mußte ein Gotteshaus immer geöffnet sein. Er hatte es schon längst aufgegeben, die Menschen, die nicht dazu bereit waren, zur Frömmigkeit zu zwingen.

Amos dachte über sein Leben nach. Er hatte gelernt, alles zu akzeptieren. Seit dem Tod seiner kleinen Tochter hatte er keinen Weg gefunden, um das Leid zu beenden, das so eng mit dem Leben verbunden war. Aber er überwand es mit der Kraft, die ihm seine Religion gab, und jedes neue Leid nahm er hin, weil es Gottes Wille war. Und auch jetzt akzeptierte er sein Geschick.

Schritte erklangen hinter ihm, und er wandte sich um, ohne aufzustehen. Angela Aduccini, die Schneiderin, stand zögernd in der Tür. Sie war nie zuvor in die Kirche gekommen, obwohl sie schon seit ihrem achtzehnten Lebensjahr in Wesley lebte. Unsicher bekreuzigte sie sich und blieb stehen.

Er erhob sich. „Kommen Sie nur herein, Angela. Dies ist das Haus Gottes, und alle seine Töchter sind willkommen."

Eine dunkle Furcht lag in ihren Augen, als sie zur Straße blickte. „Ich dachte – die Orgel . . ."

Er öffnete das Instrument, schaltete das Licht an und wollte ihr erklären, wie sie damit umgehen mußte, aber ihr Lächeln sagte ihm, daß dies überflüssig war. Ihre abgearbeiteten Hände glitten über die Tasten, leise begann sie zu spielen, wie für sich selbst. Er setzte sich in eine der Kirchenbänke und lauschte. Seit zwei Jahren gab er der Orgel die Schuld an den Mißtönen, aber nun wußte er, daß es nicht an dem Instrument lag, sondern an dem Mann, der bisher auf ihr gespielt hatte. Die Musik klang etwas seltsam hier in der Kirche, aber sie gefiel ihm.

Ein Ehepaar, das auf die alte Surrey Farm außerhalb der Stadt gezogen war, kam herein und hielt sich an den Händen. Eine Minute später taumelte Buzz Williams herein und versuchte auf Zehenspitzen zu der Bank zu gehen, wo Amos saß. Seit dem Tod seiner Eltern war er das große Problem von Wesley. Nun war er halb betrunken, aber er gröhlte wenigstens nicht. „Ich habe kein Auto, und ich habe getrunken", wisperte er. „Kann ich hierbleiben – bis vielleicht jemand kommt oder sonstwas passiert?"

Amos seufzte und nickte. Irgendwo mußte es ein Auto geben für die vier Gestrandeten, die sich an Gott erinnern, wenn alle anderen sie verlassen hatten. Vielleicht konnte der junge Ehemann fahren. Er mußte irgendwie ein Auto auftreiben. Es war seine Pflicht, sie in Sicherheit zu bringen.

Abrupt endete das kirchliche Idyll mit Orgelspiel, und er kehrte zurück in die wirkliche Welt, die seltsam unwirklich geworden war. Er stieg die Treppe hinab und überlegte gerade, ob der junge Jameson seinen reparierten Klapperkasten genommen hatte, als ein Lieferwagen vor der Kirche stehenblieb. Doc Miller stieg aus und schob sich keuchend durch die Tür.

Er erfaßte die Situation mit einem Blick. „Nur vier Schäfchen, Amos? Ich dachte, wir müßten sie wie die Sardinen ins Auto zwängen.“ Er ging zu Buzz. „Ich habe draußen einen Wagen stehen, Buzz. Pack die anderen hinein und fahr los!“

„Ich habe getrunken“, sagte Buzz und wurde rot.

„Okay, du hast getrunken. Wenigstens weißt du's noch. Und der Verkehr ist nicht besonders dicht. Fahr nach Salina und bleib unter vierzig Stundenmeilen, dann wirst du keine Probleme haben.“ Der Doc holte die kleine Angela Anduccini von der Orgel weg und scheuchte sie zum Auto, während Buzz das junge Paar hinausführte.

Sie fuhren los. Buzz thronte am Steuer, Angela saß neben ihm. Die Stadt war tot. Amos schloß die Orgel.

„Ich habe einen Traktor oben an der Straße stehen“, sagte der Doc. Er ist nicht besonders elegant, aber man kann damit auf Nebenwegen fahren, die kein Auto schaffen würde. Komm, gehen wir! Nellie ist schon mit einer Riesenladung losgefahren.“

Amos schüttelte den Kopf. Er hatte es noch nicht zu Ende gedacht, aber sein Entschluß hatte von Anfang an festgestanden. Ruth wartete immer noch auf ein anständiges Begräbnis. Er konnte sie ebensowenig verlassen, als wenn sie noch am Leben wäre. „Du mußt allein fahren, Doc.“

„Das habe ich mir gedacht.“ Der Doc wischte sich seufzend den Schweiß von der Stirn. „Bis zu meinem letzten Tag werde ich daran denken, daß Gläubige mutiger sind als Atheisten. Ach was, wir stecken gemeinsam in der Klemme. Es ist zwar verrückt, aber so empfinde ich es nun mal. Ich glaube, wir sollten die Kerzen ausmachen.“

Amos löschte sie widerstrebend und fragte sich, wie er Miller dazu überreden konnte, sich in Sicherheit zu bringen. Er hörte bereits den schwachen Lärm von Schüssen. Bald würden die Fremden kommen.

Das unrhythmische Pochen eines gequälten Motors drang von der Straße herein, dann verstummte es. Ein Schrei klang auf, dann war nichts zu hören, und nach einer Weile begann der Motor wieder zu knattern. Zehn Sekunden lang lief er, dann war es wieder still.

Der Doc öffnete die Tür. Mitten auf der Straße schob ein Mann sein altes Auto vor sich her, während seine Frau am Steuer saß. Der Motor sprang nicht mehr an. Der Mann klappte die Kühlerhaube hoch und begann verzweifelt nach der Fehlerquelle zu suchen.

„Wenn Sie einen Traktor fahren könnnen – einen halben Block weiter unten steht einer!" rief der Doc.

Der Mann hob den Kopf, warf einen schnellen Blick hinter sich, dann zerrte er die Frau hastig aus dem Wagen. Bald darauf heulte der Traktor auf. Der Mann ließ den Motor auf vollen Touren laufen und donnerte an der Kirche vorbei. Der Doc und Amos blieben allein zurück. Der Lärm der Fremden war nun nähergekommen. Hinter der Straßenkurve schimmerte ein Licht.

Es gab nur ein Versteck – die Kirche. Sie fanden ein Fenster, von dem die Farbe der alten Bemalung abblätterte, und kratzten so viel ab, daß ein Guckloch entstand. Die Vorhut der Fremden war bereits in Sicht. Sie rannten von Haus zu Haus, ließen irgend etwas hinter sich, das glühenden Rauch emporsandte. Aber die Gebäude schienen nicht zu brennen.

Als die Hauptgruppe der Fremden auftauchte, flog eine Haustür auf. Ein dürrer Mann sprang heraus, gefolgt von seiner dicken Frau und seiner noch dickeren Tochter. Sie rasten die Straße hinauf, rissen an ihren Kleidern, kratzten über ihre gerötete Haut.

Schüsse klangen auf. Die drei zuckten zusammen, rannten aber weiter. Weitere Schüsse krachten. Zuerst dachte Amos, daß die Fremden schlechte Schützen wären. Doch dann stellte er fest, daß sie Meisterschützen waren. Sie zielten zuerst auf die Hände, dann durchlöcherten die Kugeln methodisch die Arme, ließen keine Gelegenheit aus, um immer neue Qualen zu bereiten.

Zum erstenmal seit Jahren spürte Amos, wie ihm Angst und Wut den Magen zusammenkrampften. Er richtete sich auf, straffte die Schultern und ging zur Tür. Seine Lippen formten Worte, die er nur halb verstand. „‚Stehe auf, o Herr, o Gott, erhebe deine Hand; vergiß der Elenden nicht. Warum soll der Gottlose Gott lästern und in seinem Herzen sprechen: Du fragst nicht danach? Du siehest ja, denn du schauest das Elend und den Jammer, es stehet in deinen Händen; die Armen befehlen es dir. Du bist der Waisen Helfer. Zerbrich den Arm des Gottlosen und suche das Böse, so wird man sein gottloses Wesen nimmer finden . . .“

„Hör auf, Amos!“ stieß der Doc hervor. „Sei kein Narr! Außerdem hast du den letzten Satz falsch zitiert.“

Die Worte drangen durch den Nebel seines Zornes. Er wußte, daß der Doc ihn absichtlich an seinen Vater erinnert hatte, aber der Trick funktionierte. Die Erinnerung an den Ärger Vaters über das falsche Bibelzitat verdrängte Amos' kalte Wut. „Wir können doch nicht zulassen, daß sie so weitermachen.“

Dann sah er, daß es vorbei war. Die Fremden hatten keine Ziele mehr, auf die sie schießen konnten. Noch eine vierte Leiche lag auf der Straße, bis zur Unkenntlichkeit von den Kugeln zerfetzt.

Die Stimme des Doktors klang genauso elend, wie Amos sich fühlte. „Wir können nichts tun. Ich verstehe eine Rasse nicht, die klug genug ist, um Sternenschiffe zu bauen, und dumm genug, um so sinnlos zu wüten. Auf lange Sicht ist das gut für uns. Während sich unsere Army organisiert, verschwenden die Schlangen ihre Zeit mit diesem Wahnsinn. Und unser Widerstand wird stärker.“

Die Fremden begnügten sich nicht mit den Menschen. Sie ließen ihre Wut auch an einem großen alten Kater aus. Alle Leichen wurden auf einen großen Wagen geladen, den zwanzig grüne Kreaturen zogen.

Offenbar wußten die Fremden Bescheid über manche Dinge des menschlichen Lebens. Zuerst waren sie an den Läden vorbeigegangen und hatten sich auf die Wohnhäuser konzentriert. Die Scouts hatten die Kirche passiert, ohne ihr einen zweiten Blick zu gönnen. Aber sie gingen in eine Metzgerei und schleppten Fleisch heraus, das sie auf die Leichen legten.

Nun versammelte sich eine Gruppe vor der Kirche, und einer zeigte zum Glockenturm hinauf. Zwei grüne Wesen rückten eine Art Granatwerfer heran. Rasch wurde er gerichtet und geladen. Eine gedämpfte Explosion dröhnte, die Glocke klirrte, brach in Stücke, die auf das Dach und in den Hof hinabregneten.

Ein Fremder rückte den Granatwerfer in eine neue Position und zielte auf die Kirchentür. Der Doc riß Amos mit sich, zwischen zwei Kirchenbänke. „Verdammt, sie mögen keine Kirchen. Ein feines Versteck haben wir uns da ausgesucht. Nimm dich in acht vor den Splittern!“

Die Tür zerbarst, ein schweres Geschoß traf den Altar und zerstörte ihn. Amos stöhnte leise. Als sie zu ihrem Guckloch zurückgekrochen waren, marschierten die Fremden bereits langsam weiter. Trotz ihrer Deltaflugzeuge schienen sie keine Bodenfahrzeuge zu besitzen. Der Wagen, der von zwanzig grünhäutigen Dingern gezogen wurde, rollte gerade an der Kirche vorbei. Amos starrte ihn an im flackernden Licht der großen Fackeln, die in den Händen einiger Fremder brannten. Die meisten Leichen waren ihm fremd. Ein paar kannte er. Und dann fiel sein Blick auf einen verzerrten Teil von Ruths Leiche, auf ihr leeres, im Tod entspanntes Gesicht.

Müde stand er auf, und diesmal versuchte der Doc nicht, ihn zurückzuhalten. Er ging an den Kirchenbänken vorbei, um das Wrack eines Türflügels herum. Die Luft vor der Kirche war immer noch heiß und trocken, aber er holte tief Atem. Die Vorderfront des Gebäudes lag im Schatten, und kein Fremder schien ihn zu beobachten.

Mit festen Schritten stieg er die Steinstufen hinab. Sein Herz hämmerte heftig, aber in dem Klumpen von Gefühlen, der wie Blei in seinem Magen lag, war keine Angst mehr zu finden, auch keine Wut, keine Zielstrebigkeit.

Er sah, wie die Fremden stehenblieben und ihn anstarrten, dann begannen sie zu plappern.

Er setzte seinen Weg fort, mit den gleichen gemessenen Schritten wie damals, als er bei seiner Hochzeit durch das Kirchenschiff gegangen war. Als er den Wagen erreichte, griff er nach einem von Ruths Armen, der schlaff herabhing, und legte ihn auf den Körper.

„Das ist meine Frau“, erklärte er den Fremden, mit ruhiger Stimme. „Ich nehme sie mit nach Hause.“

Er begann die anderen Leichen beiseitezuschieben und war nicht überrascht, als er die Hände des Docs sah, die ihm halfen, während eine Flut geflüsterter Flüche über die Lippen des Arztes kamen.

Amos hatte nicht erwartet, daß er Erfolg haben würde. Er hatte überhaupt nichts erwartet. Plötzlich stürzte sich ein Dutzend Fremder auf die beiden Männer. Amos ließ sich überwältigen, ohne Widerstand zu leisten. Der Doc kämpfte eine Weile, dann gab er es auf. Wie der Priester wurde er gefesselt und auf den Wagen geworfen.

4

Er hat seinen Bogen gespannt wie ein Feind; seine rechte Hand hat er geführt wie ein Widerwärtiger und hat erwürgt alles, was lieblich anzusehen war, und seinen Grimm wie ein Feuer ausgeschüttet in der Hütte der Tochter Zions.

Der Herr ist gleich wie ein Feind; er hat vertilgt Israel, er hat vertilgt alle ihre Paläste, und er hat seine Besten verderbt; er hat der Tochter Judas viel Klagens und Leides gemacht.

Der Herr hat seinen Altar verworfen und sein Heiligtum ver-

bannt; er hat die Mauern ihrer Paläste in des Feindes Hände gegeben, daß sie im Hause des Herrn geschrien haben wie an einem Feiertage.

Die Klagelieder des Jeremias 2: 4,5,7

AT

Amos' erstes Gefühl war Bedauern, weil sein einziger guter Anzug ruiniert war. Er rutschte umher, suchte eine günstigere Stelle, auf der er liegen konnte. Der Anzug eines Priesters durfte zwar alt sein, aber mit solchen Flecken durfte er niemals den Altar entweihen. Dann erkannte er, wie lächerlich seine Gedanken waren, und versuchte sich zu entspannen.

Er hatte getan, was er tun mußte, und es war zu spät, um es zu bereuen. Jetzt konnte er nur noch die Konsequenzen akzeptieren, wie er alles akzeptiert hatte, was Gottes Wille gewesen war. Er war nie besonders mutig gewesen, aber die Kraft seines Glaubens ließ ihn vieles ertragen.

Der Doc sah ihn an. Er war über die Leichen gerutscht und lag nun neben ihm. Seine Lippen verzerrten sich zu einem schiefen Grinsen. „Ich glaube, jetzt ist's mit uns vorbei. Aber es kann nicht ewig dauern, und vielleicht sind wir schon alt genug, um schnell zu sterben. Zumindest werden wir es nicht wissen, wenn wir tot sind, also hat es auch keinen Sinn, sich vor dem Tod zu fürchten."

Wenn der Doc ihn zu einem Streit provozieren wollte, so war ihm das mißlungen. Amos betrachtete das als hoffnungslose Philosophie, aber sie war vielleicht besser als gar keine. Sein eigener Glaube an des Jenseits ließ einiges zu wünschen übrig. Er war zwar überzeugt von der Unsterblichkeit und der Existenz von Himmel und Hölle, aber er konnte sich weder das eine noch das andere bildhaft vorstellen.

Der Wagen war gewendet worden und rollte nun die Straße hinauf, zurück nach Clyde. Amos versuchte, nicht an sein körperliches Unbehagen zu denken, beobachtete die Häuser, zählte sie, bis sie zu seinem eigenen kamen. Als sie es erreicht hatten, war es der Doc, der eine wichtige Entdeckung machte, und er stöhnte. „Mein Auto!"

Amos kniff die Augen zusammen und starrte in die Schatten zwischen den Flammen der Fackeln. Das Auto des Arztes stand an der Seitenwand des Hauses, der linke vordere Wagenschlag war geöffnet. Irgend jemand mußte Anne erzählt haben, daß er die Stadt nicht verlassen hatte, und sie hatte ihren Zorn auf ihn überwunden und war zurückgekommen, um ihn vor der fremden Horde zu retten.

Er begann zu beten, daß sie vorbeimarschieren würde, ohne das Auto zu bemerken. Dann klang plötzlich ein Schrei im Haus auf, und er sah sekundenlang ihr Gesicht hinter einem Fenster. Sie mußte gesehen haben, daß er mit Miller auf dem Wagen lag.

Er öffnete den Mund, um einen Warnschrei zu riskieren, aber es war zu spät. Die Haustür schwang auf, und sie stand auf den Eingangsstufen und hob Richards Gewehr an die Schulter. Amos' Herz setzte für ein paar Schläge aus. Die Fremden hatten noch immer nichts gesehen ...

Das Gewehr krachte. Entweder hatte sie Glück gehabt, oder sie konnte unvermutet gut schießen. Jedenfalls brach einer der Fremden zusammen. Anne rannte nun auf den Wagen zu, hebelte eine andere Kugel in den Lauf. Wieder donnerte das Gewehr, und ein Fremder ging gräßlich blökend zu Boden.

Wenigstens versuchten sie nicht, Anne zu martern. Der Anführer riß eine Röhre aus seiner Schulterhalfter, eine scharfe Explosion krachte. Anne zuckte zurück, als die schwere Kugel ihre Stirn traf, und das Gewehr glitt aus ihren toten Händen.

Der verwundete Fremde versuchte verzweifelt davonzukriechen. Zwei seiner Kameraden schossen ihn nieder, ebenso gefühllos, als ob er ein Mensch wäre. Die Leiche wurde auf den Wagen geworfen, jenseits der Grenze von Amos' Blickfeld.

Diesmal war sie nicht hysterisch gewesen, dachte Amos müde. Es war ihre Neigung zur Hysterie gewesen, wegen der er Richard gebeten hatte, mit der Hochzeit noch zu warten, nicht das andere Glaubensbekenntnis. Nun bedauerte er es, daß er keine Gelegenheit gefunden hatte, sie besser kennenzulernen.

Der Doc seufzte, und ein seltsamer Stolz klang in seiner heiseren Stimme mit. „Der Mensch hat eine Tugend, die einem Allmächtigen wie deinem Gott unmöglich ist. Er kann tapfer sein, tapfer wider alle Vernunft, um einer Idee oder eines anderen Menschen willen. Amos, dein Gott würde mir leid tun, wenn der Mensch jemals gegen ihn in den Krieg ziehen sollte."

Amos zuckte zusammen, doch diese Blasphemie empörte ihn nicht wie sonst. Sein Geist war wie betäubt. Er legte sich zurück und beobachtete die schwarzen Wolken, die viel zu schnell über den Himmel zogen. Es sah unnatürlich aus, und er erinnerte sich, wie oft ein gewaltiger Sturm die Bemühungen menschlicher Truppen zunichtegemacht hatte. Vielleicht hatte ein Gegenangriff begonnen, und dies war ein Teil der fremden Verteidigung. Vielleicht kannten sie eine Methode, das Wetter zu kontrollieren. Das Mondlicht war bereits erloschen hinter den Wolken.

Eine halbe Meile weiter vorn schrien die Fremden auf, und dann tauchte ein großer Traktor auf, ungeschickt gelenkt von einem Fremden, der offenbar nur mühsam mit der menschlichen Maschine zurechtkam. Nach langem Hin und Her wurde der Traktor an den Wagen gekoppelt und zog ihn in einem Tempo von dreißig Stundenmeilen holpernd die Straße entlang. Von jetzt an war die Fahrt eine physische Hölle. Sogar der Doc stöhnte, als er hin und her geworfen wurde, obwohl seine Knochen doppelt so gut gepolstert waren wie die des Priesters.

Endlich verlangsamte sich die Fahrt, als sie Clyde erreichten. Amos wischte sich das Blut von den aufgebissenen Lippen, und es gelang ihm, sich so zu drehen, daß sich die meisten seiner Schrammen auf der oberen Seite befanden. Hinter der Stadt schimmerte eine Flut heller Lichter, wo die Raketen der Fremden standen, und er sah eine Gruppe fremder Maschinen, gelenkt von Kreaturen, die eifrig die Ladung der großen Schiffe löschten. Aber die Fahrer der Maschinen sahen ganz anders als die übrigen Fremden aus.

Eines der fremden Vehikel fuhr an ihnen vorbei, und er konnte die Kreatur, die es steuerte, ganz deutlich sehen. Sie war nicht humanoid und hatte einen kegelartigen, von weißen Federn bedeckten Körper, der in vier dicken Stelzen endete, die als Beine dienten. Von der breitesten Stelle führten vier häßliche Gliedmaßen zu den Kontrollschaltern des Wagens. Darüber konnte Amos keinen Kopf sehen, nur acht schmale, bebende Tentakel.

Er sah noch weitere Wagen, als sie die Geisterstadt durchquerten, die einst Clyde gewesen war, und alle wurden von den weißen Wesen gesteuert. Offenbar hatten sich zwei Rassen gegen die Menschheit verbündet, und das erklärte, warum solche Barbaren in den Raumschiffen zur Erde gekommen waren. Die Grünen waren anscheinend nur die Kämpfer, während die Federkegel als Techniker fungierten.

Clyde war größer geworden, seit Amos hier gelebt hatte, im Gegensatz zu den meisten Städten der Umgebung. Direkt neben seiner ehemaligen Kirche war ein neuer Supermarkt entstanden, und der Traktor blieb ruckartig davor stehen. Die Fremden schleppten die Toten in große Kühlschränke. Auch Amos und der Doc wurden vom Wagen gehoben.

Aber es war ihnen nicht vergönnt, einen vergleichsweise angenehmen Tod in einem der Kühlschränke zu finden. Die Fremden warfen sie in eine kleine Zelle, die früher offenbar die Kabine des Kassierers gewesen war und ein sehr wirksames Gefängnis darstellte. Das Schloß, das nun hinter den beiden klickte, war viel zu schwer, um erbrochen zu werden.

In der Zelle saß bereits ein Gefangener, ein mittelgroßer junger Mann, den Amos sofort erkannte. Es war Smithton, der Dentist von Clyde. Seine Schultern zitterten in sporadischem Schluchzen. Zusammengesunken kauerte er in einer Ecke und starrte die beiden Neuankömmlinge an, ohne sie zu sehen. „Aber ich habe doch kapituliert“, flüsterte er vor sich hin. „Ich bin ein Kriegsgefangener. Sie können es nicht tun. Ich habe mich ergeben . . .“

Ein dicker Fremder, der im Gegensatz zu den anderen bekleidet war, kam zum Käfig gewatschelt, blickte hinein, und der Dentist verstummte. Der Fremde zog das Gewand vor der Brust zusammen und rieb sein Hinterteil an einem Ladentisch, ohne die Gefangenen aus den Augen zu lassen. „Die Menschen", sagte er mit knarrender Stimme ohne Akzent, „sind seltsam. Keine Normen."

„Ich will verdammt sein!" fluchte der Doc. „Englisch!"

Der Fremde studierte sie mit einer Miene, die vielleicht Überraschung ausdrücken sollte, und spitzte die Ohren. „Ist denn das Geschenk der Sprache so ungewöhnlich? Viele Priester des allmächtigen Gottes sprechen alle menschlichen Sprachen. Es ist ein ganz gewöhnliches Wunder – nicht so erhebend wie das Schweben."

„Sehr schön", meinte der Doktor. „Dann können Sie uns ja sicher sagen, warum wir hier festgehalten werden."

Der Priester zuckte mit den Schultern. „Sie werden als Nahrungsmittel dienen. Der Grethi ißt alle Arten von Fleisch, sogar unser eigenes Volk. Aber wir müssen erst noch die Gesetze überprüfen, um festzustellen, ob Sie erlaubt sind. Wenn Sie das sind, brauchen wir frisch geschlachtete Menschen als Probestücke, und deshalb warten wir mit Ihnen noch ein wenig."

„Sie meinen – Sie greifen uns an, weil Sie uns fressen wollen?"

„Nein", grunzte der Priester. „Wir haben den heiligen Auftrag, Sie auszurotten. Der allmächtige Gott befahl uns, zur Erde zu gehen, wo Scheusale existieren, und kein einziges Wesen unter Ihrer Sonne am Leben zu lassen."

Er drehte sich um, watschelte aus dem Supermarkt und nahm die letzte Fackel mit. Nur das schwache Mondlicht und der Widerschein der Fackeln, die draußen brannten, beleuchteten die Zelle.

Amos ließ sich auf einen Stuhl fallen. „Schade, daß sie uns hier in diesem Gebäude eingesperrt haben, das ich nicht kenne. Wenn wir in der Kirche wären, hätten wir vielleicht eine Chance."

„Wieso?" fragte der Doc mit scharfer Stimme.

Amos versuchte die Passage zu beschreiben, die durch den großen, nicht fertiggestellten Keller unter der Kirche führte und die man durch eine Falltür erreichen konnte. Vor Jahren hatten ein paar Teenager einen sechs Fuß breiten Tunnel zu der Passage gebaut und sie als heimlichen Treffpunkt benutzt, bis der Korridor entdeckt und von außen zugemauert wurde. Aber die Erde rings um die Ziegel mußte noch weich sein. Das äußere Ende des Tunnels führte in einen Wald, zu einem Kanalgraben, der in den Republican River mündete. Man könnte von der Kirche aus zum Fluß gelangen und an seinem Ufer unbemerkt entkommen. Hinter dem Supermarktgebäude führte sogar eine Gasse vorbei, auf der sie in den Schatten der Bäume rings um die Kirche gelangen könnten.

Der Doc versuchte das Schloß mit ein paar Münzen zu öffnen, die er in seinen Taschen gefunden hatte. „Sie wissen nicht viel von uns, wenn sie glauben, uns in einem Gefängnis festhalten zu können, dessen Schloß an der Innenseite festgemacht ist, Schau, Amos, diese Schrauben . . ."

Amos Finger glitten über das Schloß, das mit vier großen Schrauben an der Tür befestigt war. Die Kabine des Kassierers war so gebaut, daß sie Eindringlinge abhielt, aber nicht so konstruiert, daß sie als Gefängnis dienen konnte. Immerhin eine Chance . . . Aber war es nur eine Chance? War es nicht ein Fingerzeig Gottes?

Der Doc probierte mit einem Vierteldollar an den Schrauben zu drehen. Er nickte zufrieden, dann fluchte er. „Verdammt, die Münze paßt in den Schlitz der Schraube, aber sie läßt sich nicht herumdrehen. He, Smithton, oder wie immer Sie heißen, brechen Sie die Geldschublade auf! Ich brauche ein paar dünne Splitter."

Smithton hatte verzweifelt gebetet – ein Kindergebet, das er einst vor dem Einschlafen aufgesagt hatte. Immerhin gelang es ihm, den Boden der Schublade aufzubrechen. Der Doc suchte sich zwei Splitter aus, klemmte den Vierteldollar dazwischen und versuchte ihn zu drehen. Es war mühsam, aber dann ließ sich die Schraube bewegen. Sie mußten drei Schrauben herausziehen, und dann drehte sich das Schloß um die vierte, als sie die Tür endlich aufbrechen konnten.

Der Doc wandte sich zu Smithton um. „Folgen Sie mir, und tun Sie alles, was ich tue. Wenn Sie quatschen oder irgendwas auf eigene Faust unternehmen, breche ich Ihnen das Genick. Los!“

Die Hintertür des Supermarkts war verschlossen, aber von innen. Sie führte in einen Hinterhof voller Abfall. Die Gasse war nicht so dunkel, wie sie gehofft hatten, da durch schmale Durchgänge Licht von der Hauptstraße hereinfiel. Sie blieben im Schatten, so gut es ging, bis sie die Hecke hinter der Kirche erreichten. Dann schlichen sie an der Hecke entlang, bis sie zu einer Seitentür kamen, die in die Nebenräume führte. Von den Fremden war nichts zu sehen.

Amos übernahm die Führung, da er sich in der Kirche besser auskannte. Glücklicherweise war die Seitentür unverschlossen. Sekundenlang hielt er inne, um Gott für dieses Glück zu danken, dann schoben die anderen ihn in die kleine Küche, wo die Armen verköstigt worden waren.

Geräusche waren in der Kirche zu hören, und Gerüche drangen Amos entgegen, die er nicht kannte. Ein Schauer lief ihm über den Rücken. Er zog die Schuhe aus, hing sie an den Schnürsenkeln um den Hals und ging weiter, dicht gefolgt von den anderen.

Die Falltür lag in einem kleinen Flur, der am Altar vorbei zum Privatbüro führte.

Wenn sie zusammenblieben, konnten sie sich sicherer fühlen, als wenn sie sich trennten, vor allem, da Smithton bei ihnen war. Amos lehnte sich an die Kirchenwand, um Atem zu holen. Sein Herz schien in einem Ring aus spitzen Nadeln zu stecken, und seine Kehle war so trocken, daß sie wie Feuer brannte. Hier in der Küche gab es Wasser, aber er konnte es nicht riskieren, quer durch den Raum zur Spüle zu gehen.

Er betete um Kraft, weniger für sich selbst als für die anderen. Er hatte sich schon längst mit dem Tod abgefunden. Wenn Gott seinen Tod wünschte, er war bereit dazu. Alle Menschen, die zu ihm gehört hatten, waren tot und wahrscheinlich verstümmelt, und jene, die ihm helfen wollten, hatte er in tödliche Gefahr geführt. Er war alt, und sein Körper bahnte sich bereits einen Weg zum Ende. Er hätte noch zwanzig Jahre leben können, aber außer seiner Arbeit hatte er nichts mehr, wofür es sich zu leben lohnte. Und auch in seinem Beruf hatte er nur ein Mittelmaß erreicht. Doch er war immer noch verantwortlich für Doc Miller und jetzt auch für Smithton.

Er kniff die Augen zusammen und blinzelte durch die Tür. In dem Flur, der zum Altar führte, schimmerte Licht, aber er konnte niemanden sehen. Da hingen Vorhänge, die Schatten spendeten, und in ihrem Schutz konnten sie den Weg überblicken, der vor ihnen lag. Leise ging er darauf zu und spürte, daß die anderen ihm folgten.

Er beugte sich vor, schob die Vorhänge ein wenig auseinander. Sie waren etwa zwanzig Fuß vom Altar entfernt, an dessen rechter Seite. Amos erblickte das Wrack, das einst ein Altar gewesen war. Dann runzelte er die Stirn, als er dunkles Erdreich entdeckte, das zu einem seltsam geformten Berg aufgetürmt war.

Er zog die Vorhänge noch weiter auseinander, erstaunt über die Neugier, die ihn plötzlich erfüllte, so wie er schon oft über die Veränderungen gestaunt hatte, die manchmal in ihm vorgegangen waren.

Zwei prächtig gekleidete Priester knieten in der Mitte des Kirchenschiffs. Doch seine Augen nahmen sie kaum wahr, denn sein Blick blieb an dem Gegenstand hängen, der vor dem neuen Altar stand.

Eine Holzkiste ruhte auf einer Steingutplatte. Darauf waren vier Zeichen gemalt, die er nicht kannte. Doch er nahm an, daß sie zu einem Alphabet gehörten, das ihm ebenfalls unbekannt war. Und doch mußte in diesen Zeichen eine noch tiefere Bedeutung liegen. Über der Kiste hing ein Schleier, hinter dem irgend etwas gleißend leuchtete, ohne jedoch Licht auszustrahlen.

In seinem Gehirn begann eine seltsame Kraft zu pulsieren, erzeugte eine Flut, die wie mächtige Worte durch seine Gedanken strömte.

‚Ich bin es, der jene aus der Knechtschaft von Ägypten erlöst hat und der auf die Mauern des Belsazar die Worte schrieb: meneh meneh Tekel upharsin, wie es geschrieben sein wird auf der ganzen Erde von diesem Tag an. Denn ich habe zum Samen von MIKHTCHAH gesagt, daß ihr mein auserwähltes Volk seid und daß ich euch erheben werde über alle Völker unter dem Himmel!'

5

Und ward ihm gegeben zu streiten mit den Heiligen und sie zu überwinden. Und ihm ward gegeben Macht über alle Geschlechter und Sprachen und Heiden.

So jemand in das Gefängnis führet, der wird in das Gefängnis gehen; so jemand mit dem Schwert tötet, der muß mit dem Schwert getötet werden. Hier ist Geduld und Glaube der Heiligen.

Die Offenbarung 13: 7,10

NT

Die Saat der Mikhtchah – die Saat der Fremden . . .

Die Zeit stand still. Amos spürte, wie auch sein Herz stehenblieb, aber das Blut pulsierte durch die Adern mit einer Kraft, wie schon seit Jahrzehnten nicht mehr. Er fühlte Ruths Hand in der seinen, bewegt von erwachendem Leben, und wußte, daß sie niemals gelebt hatte. Neben sich sah er Doc Millers Haar schneeweiß werden, obwohl er den Doc von seinem Platz aus nicht sehen konnte.

Er fühlte den Zorn der Erscheinung auf sich ruhen, der jeden Gedanken von seiner Geburt bis zu seinem sicheren Tod beschwerte, wo er völlig zu existieren aufhören und für immer sein würde. Und doch wußte er, daß das Licht hinter dem Schleier ihn nicht erkannte und nur empfänglich für die beiden Priester war, die davor knieten.

All das erfüllte nur einen Teil seines Geistes, einen so kleinen Teil, daß er ihn nicht finden konnte, wenn auch sein ganzer Geist Zeit und Raum umspannte. Und doch erfaßte jeder Teil seiner Wahrnehmungen seinen ganzen Geist der jemals war und sein würde, außer der Gegenwart, deren Begriff der eine vor ihm irgendwie noch nicht enträtselt hatte.

Er sah einen fremden Mann auf einem niederen Berg, und er nahm Steintafeln entgegen, die nur eine Unze wogen, mit Zeichen beschrieben, die alle lesen konnten. Und er kannte den Mann, aber er weigerte sich, daran zu glauben, denn die Gewänder sahen nicht so aus wie auf dem Bild, das er sich stets gemacht hatte, und das klargeschnittene Gesicht paßte besser zu der ägyptischen Kopfbedeckung als zu der Sprache, die gesprochen wurde.

Amos sah alle Gebete seines Lebens auf den Tafeln verzeichnet. Aber nirgends war der Mantel göttlicher Wärme zu spüren, den er als Junge gefühlt hatte und auch am vergangenen Morgen. Unbehagen ergriff ihn, vermischt mit Zorn. Und während dieser Gedanke in seinem Sinn war, konnte ihn nichts anrühren.

Und das alles war unwahr, denn er verstand nicht, was die Wahrheit war.

Es endete so abrupt, wie es begonnen hatte, eine Mikrosekunde oder Millionen Jahre danach.

Er blieb zurück wie betäubt, aber von neuem Leben durchdrungen. Und gleichzeitig war er tot, so hoffnungslos tot wie noch kein Mensch zuvor.

Er wußte nur, daß Gott der Allmächtige vor ihm stand, der einen Bund mit Abraham, Isaac und Jacob und mit deren Samen geschlossen hatte. Und daß die Menschheit zurückgewiesen worden war, während Gott nun auf der Seite der Feinde von Abraham Samen stand, der Feinde aller Erdenvölker.

Das war zuviel für einen menschlichen Geist, der nicht mehr in Berührung mit Gott war, sondern nur noch mit dessen Schatten.

Amos hörte, wie Doc Miller an seiner Seite wieder zu atmen begann, und sah, wie er sich das weiße Haar aus der Stirn strich. Verwundert flüsterte der Doc ein einziges Wort. „Gott!“

Einer der Mikhtchah-Priester sah auf, sein glasiger Blick wanderte umher und wurde allmählich klarer.

Und dann schrie Smithton. Ein anhaltender Schrei kam über seine Lippen, während seine Brust sich heftig hob und senkte. Mit weit aufgerissenen Augen, wie eine Marionette ging er zwischen den Vorhängen hindurch zu dem Licht hinter dem Schleier. Plötzlich erlosch das Licht, aber Smithton ging immer noch darauf zu. Er blieb stehen, als der Schleier fiel, und sein Schrei riß abrupt ab.

Der Doc hatte sich lautlos in Bewegung gesetzt und zog Amos hinter sich her. Der Priester wußte jedoch, daß es keinen Ort gab, wohin er gehen konnte. Es war Gottes Wille – jetzt – oder . . .

Smithton drehte sich auf dem Absatz um. Sein Gesicht war erstarrt und ohne Ausdruck, und doch von Wahnsinn geprägt. Mechanisch ging er zu den beiden Priestern. In letzter Sekunde wichen sie zur Seite und hielten zwei offenbar von Menschenhand gemachte Automatics hoch, benutzten sie jedoch nicht. Smithton ging weiter zur offenen Kirchentür.

Er erreichte die Stufen, und die beiden Priester starrten ihm nach. Er stieg hinab, trat auf den Gehsteig.

Die beiden Priester feuerten.

Smithton zuckte zusammen, blieb stehen, und dann stieß er mit normaler Stimme einen Schmerzensschrei aus. Seine Beine knickten ein, und dann verschwand er aus Amos' Blickfeld, seine taumelnden Schritte verklangen. Er war tot. Die Mikhtchah waren gute Schützen wie eh und je. Aber Smithton bewegte sich noch immer, langsamer und immer langsamer, als sei in seinem Körper eine zusätzliche Lebensladung, die nun wie eine Batterie leerlief.

Die Priester wechselten einen raschen Blick, dann folgten sie ihm, rannten schreiend in die Nacht hinaus. Dann tauchten ein einzelner Kopf und eine Hand in der Tür auf, und eine Kugel raste zu den Vorhängen, zwischen denen Smithton hervorgetreten war. Amos zwang sich, stillzustehen, erwartete jeden Augenblick den Schuß zu spüren. Die Kugel traf die Vorhänge – und noch etwas anderes.

Der Priester zögerte, dann war er wieder verschwunden.

Amos rannte durch das Kirchenschiff zur anderen Seite des Altars. Hinter sich hörte er die Schritte des Doktors. Die Falltür war noch da, unter einem Teppich verborgen. Er öffnete sie, ließ sich vier Fuß tief in den Keller hinabfallen und machte dann Platz für den Doc. Sie duckten sich, als Amos die Falltür schloß, dann tasteten sie sich durch die Schwärze zum anderen Ende des Kellers. Vor fünf Jahren war Amos zum letztenmal hier unten gewesen, um den Tunnel zu inspizieren, den die Jungs gegraben hatten. Zuerst dachte er, daß er den schmalen Ausgang verpaßt hätte, aber dann fanden seine Hände die Öffnung, und er zog den Doc hinter sich her.

Das Loch war halb verstopft von Erdreich, und sie mußten sich erst einen Weg bahnen. Eine Ziegelwand tauchte vor ihnen auf, und sie gruben sich daran vorbei, mit bloßen Händen. Es dauerte zehn Minuten, und während dieser Zeit drangen immer wieder die schwachen fernen Schreie der Mikhtchah zu ihnen. Schließlich erreichten sie mit blutenden Händen die Oberfläche und kümmerten sich nicht darum, ob Fremde in der Nähe waren. Erst im Schutz des Waldes blieben sie kurz stehen, um Atem zu schöpfen, dann rannten sie weiter.

Die größte Gefahr lauerte im Kanalgraben, der an manchen Stellen sehr seicht war. Aber das Glück war auf ihrer Seite, und die Untiefen lagen im Schatten.

Dann standen sie vor dem schmalen Republican River. Ein

flacher Kahn lag am Ufer. Das hatten sie nicht zu hoffen gewagt. Sekunden später trieben sie flußabwärts, und ihre schmerzenden Lungen erholten sich, während sie das Boot nur gelegentlich zu steuern brauchten. Es war noch Nacht, nur der Mond spendete sein schwaches Licht, und sie liefen nicht Gefahr, von den fremden Flugzeugen verfolgt zu werden. Undeutlich konnte Amos das Gesicht seines Begleiters sehen, als der Doc nach einer Zigarette suchte.

Er zündete sie an und sog den Rauch tief in die Lungen. „Also gut, Amos, du hast recht – Gott existiert. Aber verdammt, ich fühle mich keineswegs besser, nachdem ich das jetzt weiß. Ich begreife nicht, wie er mir helfen kann oder wie er den Mikhtchah viel nützt. Was haben Sie schon von Gott, abgesehen von ein paar Wetterwundern? Sie erledigen doch nur die schmutzige Arbeit Gottes."

„Sie werden die Erde erobern, nehme ich an – wenn sie das wollen", sagte Amos zweifelnd. Er war nicht sicher, ob sie das anstrebten, und er wußte auch nicht, wie die anderen Fremden ins Bild paßten. „Doc, du bist immer noch ein Atheist, obwohl du jetzt weißt, daß es Gott gibt."

Der dicke Mann lachte bitter. „Ich fürchte, du hast recht. Aber ich bin wenigstens ich selbst. Du kannst das nicht sein, Amos. Du hast dein ganzes Leben auf dem Glauben aufgebaut, daß Gott recht hat und daß du ihm dienen mußt – während die einzig richtige Art des Dienens darin bestanden hätte, der Menschheit zu helfen. Was wirst du jetzt tun? Gott hat automatisch recht – aber alles, was du je geglaubt hast, stellt ihn völlig falsch dar, und du kannst ihm nur dienen, indem du deine Rasse verrätst. Von welcher Ethik wirst du dich jetzt leiten lassen?"

Amos schüttelte müde den Kopf und verbarg sein Gesicht in den Händen. Diese Frage hatte er sich auch schon gestellt. Es war sein erster Impuls gewesen, das Bündnis mit Gott fraglos anzuerkennen. Dahinter lag die Überzeugung, der er sechzig Jahre lang gefolgt war. Und doch konnte er einen solchen Entschluß jetzt nicht mehr akzeptieren. Als Mensch konnte er sich nicht vor einer Macht vergeuden, die er für böse hielt, und die Mikhtchah waren nach jeder Definition, die er kannte, böse.

Konnte er den Menschen diese Tatsachen mitteilen und ihnen den Glauben nehmen? Konnte er zum Feind überlaufen, der ihn gar nicht haben wollte, höchstens für diese seltsamen Nahrungsexperimente? Oder konnte er die Menschen zum Kampf anfeuern, mit den alten Worten, daß Gott mit ihnen sei, wenn er doch wußte, daß diese Worte falsch waren? Doch ihr Widerstand könnte sie zu ewigem Höllenfeuer verdammen, weil sie sich gegen Gott gestellt hatten.

Was wußte er schon vom Jenseits? Was geschah mit den Menschen, wenn Gott sie verlassen hatte? Waren sie nur im physischen Sinne verlassen? War es ihnen immer noch möglich, ihr seelisches Heil zu gewinnen? Oder waren sie unrettbar verloren? Hatten sie gar keine Seelen mehr, die überleben könnten? Oder waren ihre Seelen automatisch für die Hölle bestimmt, so edel sie auch sein mochten?

Er fand keine Antwort. Er wußte, daß Gott existierte, aber das hatte er schon vorher gewußt. Jetzt wußte er nicht, was darüber hinausging. Er wußte nicht einmal, wann Gott die Mikhtchah an die erste Stelle gerückt hatte, vor die Menschheit. Es kam ihm unwahrscheinlich vor, daß dies erst nach seiner Jugend geschehen sein sollte. Aber wie sonst hätte er dann diese seltsame innere Glut empfinden können, die ihn damals beglückt hatte, als er noch Wanderprediger gewesen war?

„Es gibt nur eine einzige vernünftige Antwort“, sagte er schließlich. „Es spielt keine Rolle, wie ich mich entscheiden werde. Ich bin nur ein einzelner Mensch.“

„Das war auch Columbus, als er schwor, die Welt sei rund. Und er hat nicht so dreingesehen wie du, als du Gott erblickt hast, Amos. Nun weiß ich, was es bedeutet, wenn in der Bibel steht, Moses’ Gesicht hätte so stark geleuchtet, als er vom Berg herabkam, daß er es mit einem Schleier verhüllen mußte. Wenn ich recht habe, kann die Menschheit nicht auf Hilfe hoffen, solltest du die falsche Entscheidung treffen.“

Der Doc warf die Zigarette ins Wasser und zündete sich eine neue an. Erschüttert sah Amos, daß die Hände des Mannes zitterten. Der Arzt zuckte seufzend mit den Schultern. „Ich wünschte, wir würden mehr wissen. Du hast immer in den Termina des Alten Testaments gedacht – und gelegentlich auch ein paar Gedanken aus dem Neuen hinzugefügt, wie die meisten Wanderprediger. Ich habe niemals ernsthaft über Gott nachgedacht. Ich konnte ihn nicht akzeptieren, also zerbrach ich mir nicht den Kopf über ihn. Vielleicht haben wir ihn deshalb gesehen. Zum Beispiel würde ich auch gern wissen, was für eine Rolle Jesus spielt. Da gibt es so viele Imponderabilien und Lücken. Wir haben nur zwei Fakten, und die können wir auch nicht verstehen. Gottes Offenbarung war sowohl an die Mikhtchah als auch an die Menschheit gerichtet. Und jetzt hat er erklärt, daß er die Menschheit ausrotten will. Nur daran können wir uns halten."

Amos unternahm noch einen weiteren Versuch, die Existenz des Problems zu leugnen, dem er sich gegenübersah. „Und wenn Gott die Menschen nur prüfen will – wie schon so oft?"

„Prüfen?" wiederholte der Doc langsam. Das weiße Haar machte ihn älter, und da in seiner Stimme kein Spott mitklang, war er Amos fast fremd. „Amos, die Hebräer plagten sich schrecklich ab, um Canaan zu bekommen. Nachdem sie vierzig Jahre lang um ein paar Quadratmeilen herumgewandert waren, erzählte Gott ihnen plötzlich, daß dies das gesuchte Land sei, und sie mußten es mit denselben Methoden erobern, die der Mensch immer anwandte, wenn er ein Land für sich gewinnen wollte. Die Wunder haben eigentlich gar nichts entschieden. Sie verließen Babylon, weil sich die alten Propheten Tag und Nacht abgerackert haben, um das Volk beisammenzuhalten, aber diese Volksidee haben sie schließlich rausgeschwitzt, so lange, bis ein Bruch drin war. In unserer Zeit haben sie das gleiche angestellt, um Israel zu bekommen, und das ganz ohne Wunder. Ich habe das Gefühl, daß Gott den Menschen immer was weggenommen hat, und sie mußten sich dann selber abquälen, um es zurückzubekommen. In unserem Fall halte ich nicht viel von einer solchen Prüfung."

Amos spürte, wie seine Wertmaßstäbe durcheinanderzuwirbeln begannen. Er wußte, daß er sich nur dem Doc zuliebe zusammenriß. Sonst wäre er schon längst dem Wahnsinn verfallen, wie so viele intelligente Menschen, wenn sie gezwungen werden, unlösbare Probleme zu lösen. Er begriff sich selber nicht mehr, geschweige denn Gott. Und er hatte das Gefühl, daß Gott ihn auch nicht verstehen konnte.

„Kann ein Geschöpf sich der Macht widersetzen, die gewaltig genug war, um es zu erschaffen, Doc? Und wenn es das könnte, sollte es dies tun?"

„Das tun die meisten Kinder." Der Doc schüttelte den Kopf. „Aber das ist dein Problem. Ich kann nicht mehr tun, als dich auf ein paar Dinge hinzuweisen. Und vielleicht ist es auch gar nicht mehr so wichtig. Wir sind noch immer im Gebiet der Mikhtchah, und es wird bald Tag."

Das Boot trieb weiter, während Amos seine Gedanken zu ordnen suchte und sich immer tiefer in einem Netz der Verwirrung verstrickte. Was sollte ein Mann tun, der Gott stets verehrt und nun herausgefunden hatte, daß sein Gott das Gegenteil von allem darstellte, was er für gut befunden hatte?

Eine Abwandlung von Kants ‚Kategorischem Imperativ' fiel ihm ein, die er einmal irgendwo gehört hatte. Wahrscheinlich hatte der Doc sie zitiert. ‚Behandle den Menschen, ob nun in deiner eigenen Person oder in der eines anderen, immer als Selbstzweck, niemals als Mittel zum Zweck.' Behandelte Gott nun den Menschen als Selbstzweck – oder als Mittel zu irgendeinem Zweck, den der Mensch nicht erreicht hatte? Und hatte der Mensch seinen Gott jemals ernsthaft als Selbstzweck behandelt und nicht als Mittel zum Zweck – um die Unsterblichkeit der Seele zu erreichen oder die Angst vor dem Tod zu bekämpfen?

„Wir werden verfolgt", flüsterte der Doc plötzlich. Er zeigte nach hinten, und Amos sah ein schwaches Licht hinter einer

Flußbiegung schimmern. Schau, da drüben ist ein Haus. Wenn wir das seichte Wasser erreichen, lauf los!"

Er legte sich in die Riemen, und wenige Sekunden später stieß das Boot ans Ufer, und sie schoben es in die Strömung zurück. Das Haus war hundert Fuß vom Ufer entfernt, und sie liefen darauf zu, so schnell sie konnten. Sogar im schwachen Mondlicht konnten sie sehen, daß es eine verlassene Ruine war. Der Doc stieg durch eins der zerbrochenen Fenster hinein und zog Amos hinter sich her.

Durch einen Riß im Mauerwerk sahen sie ein anderes Boot, das den Fluß herabkam, von einer Fackel erleuchtet. Zwei Mikhtchah saßen darin. Der eine ruderte, während der andere mit einem Gewehr im Bug hockte. Sie fuhren an dem Haus vorbei.

„Wir müssen uns hier verstecken", sagte der Doc. „In einer halben Stunde wird es hell. Vielleicht kommen sie nicht auf die Idee, diese Ruine zu durchsuchen."

Sie fanden eine wackelige Treppe und streckten sich auf dem kahlen Boden eines großen Schranks aus, den sie im Oberstock entdeckt hatten. Amos versuchte stöhnend eine Stellung einzunehmen, in der er sich einigermaßen ausruhen konnte. Aber er schlief überraschend schnell ein.

Er erwachte, als das Tageslicht durch die Ritzen der Schrankwand schimmerte. In der Nähe des Hauses krachten Schüsse. Als er fast schon wieder eingeschlafen war, prasselte ein heftiger Hagelschauer auf das Dach der Ruine. Und dann war das Unwetter vorbei, und auch das Gewehrfeuer war verstummt.

Der Doc weckte ihn, als eine neue Nacht hereinbrach. Sie hatten nichts zu essen, und Amos' Magen schmerzte vor Hunger, er spürte jeden einzelnen Knochen im Leib, und das Gehen war eine reine Qual. Der Doc sah zu den Sternen auf, schien festzustellen, wie spät es war, und brach auf. Er ächzte und stöhnte, und das verriet nur zu deutlich, daß er Amos' Gefühle teilte.

Aber er brachte genug Energie auf, um die Diskussion fortzusetzen. „Ich frage mich immer wieder, was Smithton gesehen hat, Amos. Und was soll ich von den Legenden über den himmlischen Krieg halten? Fand da oben einmal eine große Schlacht statt, die Luzifer beinahe gewonnen hätte? Vielleicht ist Luzifer das Symbol einer anderen Rasse, die Gott verstoßen hat?“

„Luzifer ist Satan, der Geist des Bösen. Er versuchte Gottes Reich zu erobern.“

„Hm . . . Ich habe irgendwo gelesen, daß wir nur den Bericht des Siegers besitzen, und das ist eine reichlich parteiische Geschichtsschreibung. Wie können wir wissen, worum es wirklich ging? Oder wie es wirklich ausging? Zumindest glaubte Luzifer, daß er eine Chance hatte, und offenbar wußte er, wogegen er kämpfte.“

Es fiel Amos zu schwer, während der mühsamen Wanderschaft zu reden, und so ließ er das Gespräch im Sande verlaufen. Aber seine Gedanken ließen sich nicht zum Schweigen bringen. Wenn Gott allmächtig und allwissend war, warum hatte er dann zugelassen, daß sie ihn beobachteten? Besaß er überhaupt noch Macht über eine Rasse, die er von sich gewiesen hatte? Spielte es eine Rolle für Gott, was der Mensch tat, nachdem er ihn verdammt hatte?

Müde und hölzern setzte er einen Fuß vor den anderen, und sein Magen knurrte, während seine Gedanken immer wieder um dasselbe Problem kreisten. Wie sollte er in Zukunft seine Pflicht erfüllen? Sollte er sich an Gottes Seite stellen oder sich gegen ihn wenden?

Sie fanden Lebensmittel in einem leerstehenden Haus und aßen im Licht einer abgeschirmten Laterne. Sie hatten ein kleines Batterieradio eingeschaltet, das irgend jemand zurückgelassen hatte, und hörten die neuesten Nachrichten – einen Bericht, der ihnen alle Hoffnung raubte, von neuen fremden Schiffen, die gelandet waren, vom Rückzug der Menschen. Und doch klang die Stimme des Nachrichtensprechers nicht so verzweifelt, wie es zu erwarten wäre. Sie hatten ihre Mahlzeit schon fast beendet, als sie den Grund erfuhren.

„Eine Blitzmeldung!" tönte es aus dem Radio. „Soeben haben wir aus Denver erfahren, daß unsere zweite Atomrakete erfolgreich explodiert ist. Der fremde Stützpunkt und alle fremden Schiffe wurden vernichtet. Es steht nun fest, daß das frühere Versagen unserer Bomben am Detonationsmechanismus lag. Die Fehlerquelle wird nun erforscht, während weitere Freiwillige ausgebildet werden, die diesen unzureichenden Teil unserer Bomben auswechseln sollen. Beide Raketen, die freiwillige Selbstmörder an Bord hatten, waren erfolgreich. In Denver werden zur Zeit gefangene Fremde beider Rassen verhört, aber der religiöse Fanatismus, wie er auch schon in Portland aufgetreten ist, erschwert die Verständigung."

Der Sprecher berichtete von weiteren fremden Schiffen, die gelandet waren, und Doc und Amos starrten sich an. Es war zu viel, um auf einmal erfaßt zu werden – die offizielle Bestätigung, daß es sich um zwei fremde Rassen handelte, die Tatsache, daß Bomben eingesetzt wurden, die nebensächliche Erwähnung der freiwilligen Selbstmörder ... Gott konnte anscheinend das Wetter und Maschinen beherrschen, aber nicht den Willen entschlossener Menschen. Den freien Willen ...

Amos suchte in seinem Gehirn nach irgend etwas, das den Erfolg menschlicher Selbstmörderbomben über die automatische Maschinerie mit der Reaktion Gottes auf seine eigenen Gedanken in Verbindung brachte, mit jenem inneren Glühen, das er in seiner Jugend verspürt hatte. Irgend etwas, das mit dem Menschen zusammenhing.

„Wir werden sie besiegen", flüsterte der Doc.

Amos seufzte, als sie ihre Wanderung wiederaufnahmen. „Vielleicht. Wir wissen, daß Gott in Clyde war. Können wir sicher sein, daß er nicht auch an anderen Orten war, um die Bomben durch ein Wunder zu stoppen?"

Sie stapften durch das schwache Mondlicht, und Amos versuchte die neuen Informationen zu nutzen, um zu einer Entscheidung zu finden. Wenn die Menschheit ihren Gegner überwand, zumindest vorläufig ...

Doch er konnte sein Problem noch immer nicht lösen.

Sie durchquerten einen Wald, als der Morgen graute. Mit der Hilfe des Doktors kletterte Amos auf einen Baum, um das Terrain zu sondieren. In der Nähe des Waldrands stand ein Haus, aber es würde einige gefährliche Minuten dauern, bis sie es erreicht hätten. Sie debattierten eine Weile, dann gingen sie weiter.

Als sie den Wald verließen, klang das stotternde Kreischen eines fremden Flugzeugs auf. Der Doc wandte sich um und lief zu Amos, der etwas langsamer gegangen war. Dann blieb er stehen. „Zu spät! Er hat etwas gesehen. Jetzt braucht er ein Ziel."

Er gab Amos einen kräftigen Stoß, und der alte Priester fiel unter einen Baum. Dann rannte der Doc über die Lichtung, so schnell ihn seine dicken Beine trugen. Amos versuchte sich hochzurappeln, aber es war zu spät.

Gewehrfeuer donnerte, und die Erde schien sich unter dem Doktor zu öffnen. Er zuckte zusammen, fiel zu Boden, ein Schauer durchlief seinen Körper, dann blieb er reglos liegen.

Das Flugzeug raste weiter, während Amos seinen rechten Fuß aus den Windungen einer Wurzel befreite, und verschwand in der Ferne. Der Doc hatte sich als Zielscheibe angeboten und der Pilot gab sich offenbar damit zufrieden.

Er lebte noch, als Amos neben ihm niederkniete. Zwei Kugeln hatten ihn getroffen, aber er brachte ein Grinsen zustande, als er sich auf einem Ellbogen aufrichtete. Es würde nur noch wenige Minuten dauern, und jede Hilfe kam zu spät. Mit zitternden Finger zündete Amos eine Zigarette an.

„Danke", stieß der Doc keuchend hervor, als er den Rauch tief inhaliert hatte. Er kämpfte gegen einen Hustenreiz an, sein Gesicht verzerrte sich vor Schmerz. Die Worte kamen ihm nur stockend über die Lippen, aber seine Stimme klang gelassen. „Ich glaube, ich werde zur Hölle fahren, Amos, da ich meine Sünden nie bereut habe – wenn es überhaupt eine Hölle gibt. Hoffentlich . . . Und ich hoffe, sie ist voller armer verdammter

Menschenseelen, die ohne göttliche Gnade gestorben sind. Denn ich werde irgendeinen Weg finden ..." Plötzlich bäumte er sich auf, hustete und rang nach Atem. Dann nahm er seine letzten Kräfte zusammen, um Amos in die Augen zu sehen, und ein Schatten seines alten zynischen Lächelns glitt über sein Gesicht. „... einen Weg, um Luzifer für uns zu gewinnen – damit er uns beisteht ..." Erschöpft fiel er ins Gras zurück, und wenige Sekunden später war er tot.

6

... du sollst niemanden über mich stellen ... Du sollst dich mit niemandem gegen mich verbünden ... Du sollst dich keinem anderen verschwören und niemandem dienen ... Weil ich eifersüchtig bin ...

Jubiläen 12: 2–4

Amos lag den ganzen Tag in dem Haus, in das er die Leiche des Doktors geschleift hatte. Er suchte nicht nach Lebensmitteln. Zum erstenmal seit dem Tod seiner Mutter, als er fünf gewesen war, fand er kein Heilmittel für seinen Kummer, und er konnte auch nicht akzeptieren, daß der Tod des Freundes Gottes Wille war. Und mit dieser Erkenntnis kam auch die Trauer um all die anderen, die vor dem Doc gestorben waren.

Er saß da in seinem Leid und in seinem neu geschärften Haß und starrte in die Richtung von Clyde. Im Lauf des Tages schlief er einmal ein, hörte im Halbschlaf einen Lärm, der die Erde erschütterte. Aber als er dann vollends erwachte, war alles still. Die Sonne war gesunken, und es war Zeit, sich wieder auf den Weg zu machen.

Er zögerte. Es wäre einfacher, mich neben den Toten zu legen und abzuwarten, was geschehen würde. Aber sein Pflichtgefühl trieb ihn weiter. Im Hintergrund seines Bewußtseins regte sich irgend etwas und sagte ihm, daß er noch eine Aufgabe zu erfüllen hatte.

Er fand einen alten Brotlaib und ein Stück harten Käse, steckte sich ein paar Bissen in den Mund und verließ das Haus. Es war noch so hell, daß er sich nicht sicher fühlen konnte. Aber er ging wieder durch die Wälder, und er hörte keine fremden Flugzeuge. Als es dunkler wurde, bog er in eine Nebenstraße, die in die Richtung von Wesley führte.

Er wußte, daß er dorthin zurückkehren mußte. Dort stand seine Kirche. Wenn die Menschen die Fremden zum Rückzug gezwungen hatten, würden seine Schäfchen auf ihn warten. Und wenn nicht, würde er ihnen von Wesley aus folgen.

Seine Gedanken waren zu tief, um sich in Worte fassen zu lassen, und er war wie betäubt vor Erschöpfung. Seine Beine bewegten sich wie von selbst voran. Einer seiner Schuhe hatte ein Loch bekommen und sein Fuß war voller Blasen, aber er ging weiter. Es war seine Pflicht, seine Schäfchen zu hüten, jetzt, wo die Fremden da waren, genauso, wie er sie in schöneren Zeiten gehütet hatte. Doch er war der Lösung seines Problems nicht nähergekommen.

Am Morgen verkroch er sich in einer Scheune. Er wollte das Haus nicht betreten wegen der verstümmelten Gestalten, die auf der Schwelle lagen. Er fiel in einen tiefen Schlaf der Erschöpfung, und als er erwachte, sah er, daß er eine Hand geballt hatte, daß die Faust drohend nach Clyde wies. Er hatte geträumt, daß er Hiob sei und daß Gott ihn mit seinem Leid allein gelassen habe, bis er starb, während ringsum Verstümmelte stöhnten und ihn vergeblich baten, ihr Führer zu sein.

Der Abend brach bereits herein. Es wäre besser gewesen, ein Auto zu beschaffen, dachte Amos. Er hatte unterwegs keines gesehen, aber vermutlich standen überall verlassene Vehikel herum. Der Doc hätte sicher eins gefunden. Aber jetzt war es zu spät, um sich darüber den Kopf zu zerbrechen. Er hatte die Außenbezirke einer kleinen Stadt erreicht und wollte sie umrunden, doch dann überlegte er, daß die Fremden mittlerweile sicher alle Städte durchgekämmt hatten. Er bog in eine schmale Straße und hielt nach einem Lebensmittelladen Ausschau.

Er fand ein Geschäft, dessen Tür halb offen stand. Amos stieß sie auf. Sofort begann ein Hund zu bellen, und eine scharfe Stimme klang im Hintergrund des Ladens auf.

„Still, Shep! Einen Augenblick, ich komme schon!“ Eine kleine Tür schwang auf, und ein gebeugter alter Mann erschien, eine Kerosinlampe in der Hand. „Der verdammte Strom ist schon wieder ausgefallen. Gut, daß ich hiergeblieben bin. Ich habe ihnen gesagt, daß ich mich um meinen Laden kümmern muß, aber sie wollten mich unbedingt mitnehmen. Ich mußte mich in dem alten Brunnen verstecken. So ein verdammter Unsinn . . .“ Er brach ab, seine kleinen Augen hinter den dicken Brillengläsern blinzelten, und seine Kinnlade klappte nach unten. Er schluckte, und dann kreischte er: „Wer sind Sie denn, Mister?“

„Ein Mann, der den Fremden entkommen ist“, erwiderte Amos. Es war ihm nicht bewußt geworden, wie schrecklich er aussehen mußte. „Ich brauche etwas zu essen – und einen Platz zum Schlafen. Aber ich habe leider kein Geld.“

Der alte Mann schien zu erschauern, dann nickte er. „Ich habe noch nie einen Hungrigen weggeschickt“, sagte er, doch die Worte klangen seltsam mechanisch.

Der alte Hund kroch langsam unter eine Couch, als Amos eintrat. Der Mann stellte die Lampe ab und ging in eine winzige Küche, um das Essen vorzubereiten. Amos griff nach der Lampe und blies sie aus. „Die Fremden sind schrecklicher, als Sie sich das vorstellen können.“

Der alte Mann warf ihm einen kurzen Blick zu und nickte langsam. „Wenn Sie es sagen . . . Aber es ist irgendwie unlogisch, daß Gott so etwas in einem anständigen Staat wie Kansas zuläßt.“

Er stellte einen Teller mit Rührei auf den Tisch, und Amos begann gierig zu essen. Aber schon nach dem zweiten Bissen hielt er inne. Plötzlich begann er zu zittern. Sein Magen krampfte sich zusammen, der Raum begann sich um ihn zu drehen, kalter Schweiß brach ihm aus der Stirn. Er klammerte sich an der Tischkante fest, um nicht vom Stuhl zu fallen, dann spürte er, wie er zu einer Couch gezerrt wurde. Er wollte protestieren, aber er war zu schwach und über seine Lippen kamen nur unzusammenhängende Worte. Er spürte das harte Lager unter sich, und schwarze Wellen schienen über ihn hinwegzufluten.

Als ihm Essensgeruch in die Nase stieg, kam er zu sich und richtete sich mit dem Gefühl auf, daß viel zuviel Zeit vergangen war. Der alte Mann kam aus der Küche. „Sie sind zusammengeklappt, Mister. Wahrscheinlich sind Sie es nicht gewohnt, hungrig und müde herumzulaufen. Geht es Ihnen jetzt besser?"

Amos nickte. Er fühlte sich noch ein wenig benommen, aber seine Kräfte kehrten bald zurück. Er zog seine Kleider an, die der Alte notdürftig gereinigt hatte, und ging zum Tisch. „Was für ein Tag ist heute?"

„Samstag, glaube ich", antwortete der alte Mann. „Hier, essen Sie, und dann trinken Sie eine Tasse Kaffee." Er wartete, bis Amos nach dem Besteck gegriffen hatte, dann ließ er sich auf einen Stuhl fallen und begann ein altes Gewehr zu ölen. „Sie haben viel gesagt. Ist das alles wahr?"

Amos zögerte sekundenlang, dann nickte er, unfähig, seinen Wohltäter anzulügen. „Leider."

„Das dachte ich mir – nachdem Sie so schrecklich ausgesehen haben . . ." Der alte Mann seufzte. „Hoffentlich werden Sie Ihr Ziel erreichen."

„Und Sie?"

„Ich werde meinen Laden doch nicht diesen Fremden überlassen. Und wenn Gott, dessen Gebote ich mein Leben lang gehalten habe, sich plötzlich auf die falsche Seite stellte, wird er vielleicht siegen. Aber nur über meine Leiche!"

Amos konnte ihn nicht umstimmen. Der alte Mann saß auf der Schwelle, das geladene Gewehr auf den Knien, den Hund neben sich, als Amos die sternenhelle Straße hinabging.

Nach der ersten halben Meile fühlte er sich zu seinem Erstaunen viel besser. Die Rast und das Essen und die Salbe, die ihm der Alte für seine Blasen an den Füßen gegeben hatte, waren nicht ohne Wirkung geblieben. Seine innere Stimme trieb ihn jetzt noch drängender voran, und das Bild des alten Mannes, das er immer noch vor Augen hatte, schien ihm neue Kraft zu geben. Bald lag die Stadt hinter ihm, und er folgte der Straße, die nach Wesley führte, wie der Alte gesagt hatte.

Kurz nach Mitternacht sah er die Lichter mehrerer Autos oder Lastwagen, die eine andere Straße entlangglitten. Er wußte nicht, ob Menschen oder Fremde darin saßen, aber er ging entschlossen weiter. Als er eine Hauptstraße überquerte, hörte er Verkehrslärm. Er wußte, daß Wesley nicht mehr weit war, und beschleunigte seine Schritte.

Als der Morgen graute, suchte er keinen Schlupfwinkel. Er blickte auf das Land ringsum, das die Heuschrecken verwüstet hatten, diese kleinen Insekten, die schon längst ausgerottet wären, wenn sich die Menschen auf ihre Vernichtung statt auf sinnlose Kriege konzentriert hätten. Staub stieg von dem trockenen Land auf, das einst fruchtbar gewesen war und sich jetzt zu einem Alptraum verwandelt hatte. Das alles hätte der Mensch verhindern können.

Es war keine Strafe Gottes gewesen, die diesen Ruin verursacht hatte, sondern menschliche Dummheit. Und vielleicht brachte der Mensch das alles auch ohne göttliche Hilfe wieder in Ordnung.

Gott hatte die Menschen verlassen, aber sie waren in ihrer Entwicklung nicht stehengeblieben. Sie waren bis zum Mond vorgedrungen, hatten atomare Kräfte gefesselt, hatten die Fremden mit Wasserstoffbomben bekämpft, als sie von göttlichen Wundern angegriffen wurden. Der Mensch hatte alles geleistet – nur sich selbst hatte er noch nicht besiegt – aber auch das würde ihm noch gelingen, wenn er die nötige Zeit dazu fand.

Amos sah, wie ein Lastwagen an einer nahen Kreuzung hielt, und blieb stehen. Aber da sah er, daß ein Mensch am Steuer saß ... Der Wagenschlag flog auf, und Amos beschleunigte seine Schritte. „Ich möchte nach Wesley."

„Steigen Sie ein! Ich fahre in die Stadt, um ein paar Vorräte zu holen. Sie sehen so aus, als ob Sie eine Behandlung auf der Krankenstation vertragen könnten. Ich dachte schon, wir hätten alle Flüchtlinge eingesammelt. Die meisten kamen von selbst zurück, als sie gehört hatten, was mit Clyde passiert war."

„Dann haben Sie die Stadt also erobert?" fragte Amos.

Der Lastwagenfahrer nickte müde. „Wir haben eine Bombe abgeworfen. Jetzt sind nicht mehr viele Schlangen übrig."

Sie hatten Wesley erreicht, und Amos zeigte auf sein Haus. „Wenn Sie mich dort vorn absetzen würden ..."

„Hören Sie mal, ich habe den Befehl, alle Flüchtlinge auf die Krankenstation zu bringen", sagte der Fahrer streng. Dann sah er Amos an und zögerte. Schließlich nickte er. „Okay. Freut mich, daß ich Ihnen helfen konnte."

Amos entdeckte, daß die Wasserleitung noch funktionierte. Er nahm ein Bad und fühlte, daß seine Entscheidung gefallen war, wenn er auch noch nicht wußte, worin sie bestand. Schließlich stieg er aus der Wanne und begann sich anzuziehen. Er hatte keinen anständigen Anzug mehr, aber er fand wenigstens saubere Kleider. Ein hageres, mit Bartstoppeln bedecktes Gesicht blickte ihm aus dem Spiegel entgegen, als er zur Rasierklinge griff.

Dann hielt er inne, als er den Ausdruck seiner Augen sah, und trat entsetzt einen Schritt zurück. Es waren fremde Augen. Nur ein einziges Mal hatte er einen Schatten dieses Ausdrucks gesehen, im Blick eines bedeutenden Predigers. Aber das Licht, das nun in seinen eigenen Augen glühte, war hundertmal stärker. Als er den Blick von seinem Spiegelbild losriß, merkte er, daß er zitterte, und als er sich dann rasierte, wich er dem Blick seiner Augen aus. Trotzdem war er von einer seltsamen Zufriedenheit erfüllt. Er begann zu verstehen, warum der alte Mann ihm geglaubt und warum sich der Lastwagenfahrer seinem Willen gebeugt hatte.

Die meisten Bewohner von Wesley waren zurückgekommen, Soldaten gingen durch die Straßen. Als er sich der Kirche näherte, sah er die Erste-Hilfe-Station, wo hektische Betriebsamkeit herrschte. Ein Fernsehteam machte Aufnahmen von den Leuten, die nach dem Bombardement aus dem feindlichen Gebiet geflohen waren.

Ein paar Leute riefen nach ihm, aber er ging weiter, bis er die Kirchenstufen erreicht hatte. Die zerbrochene Tür lag immer noch im Eingang, die Glocke war verschwunden. Wartend stand Amos auf der Treppe, seine Gedanken sammelten sich langsam, als er auf die Menschen hinabblickte. Manche erkannten ihn erst jetzt, und die Nachricht von seiner Rückkehr ging rasch von Mund zu Mund. Dann entdeckte er die kleine Angela Anduccini und winkte sie zu sich. Sie zögerte kurz, dann folgte sie ihm in die Kirche und setzte sich an die Orgel.

Die kleine Hammond-Orgel war unbeschädigt. Amos stieg auf die Kanzel, hörte das vertraute Knarren der Stufen, legte seine Hände auf das Pult und sah die blauen Adern des Alters, als er die Bibel aufschlug, um sich auf den Sonntagsgottesdienst vorzubereiten. Dann straffte er die Schultern, und wandte sich den Kirchenbänken zu.

Zuerst kamen nur wenige herein, dann immer mehr, manche aus alter Gewohnheit, einige aus Neugier und viele, weil sie gehört hatten, daß er in Gefangenschaft gewesen war. Auch das Fernsehteam drängte sich herein und stellte seine Kameras auf, und Scheinwerfer überfluteten ihn mit grellem Licht. Lächelnd nickte er den Reportern zu.

Er wußte jetzt, wie seine Entscheidung aussah. Sie war stückweise gefallen. Dabei hatte ihm Kant geholfen, der sein Leben lang nach den grundlegenden ethischen Prinzipien gesucht und schließlich erkannt hatte, daß die Menschen als Selbstzweck verstanden werden mußten, nicht als Mittel zum Zweck. Auch Rover hatte ihm geholfen, als er sein Schicksal akzeptierte und aus den Händen eines Gottes entgegennahm, der ihm nicht mehr helfen konnte. Ebenso jene eine rebellische Tat, die der jungen

Anne seinen Respekt eingetragen hatte . . . Und dann war sein Entschluß endgültig gefallen, als der Doc seine letzten herausfordernden Worte ausgesprochen, und als der Mann sich auf seine Türschwelle gesetzt hatte, bereit, es mit jedem Angreifer aufzunehmen.

Es gab keine Worte, die den Wartenden mitteilen könnten, wie seine Botschaft lautete. Kein Redner verfügte über einen solchen Sprachschatz. Aber auch Männer, die sich nur einfach ausdrücken konnten, hatten die Welt schon in Flammen gesetzt. Moses war mit hell leuchtendem Gesicht vom Berg herabgestiegen und hatte ein halsstarriges Volk überzeugt. Peter der Eremit hatte auf einem sinnlosen Kreuzzug durch Europa gepredigt, ohne Radio und Fernsehen. Es gab noch mehr als Worte und Stimmen.

Er blickte hinab, als die Bänke besetzt waren, als die Orgel verstummte. „Mein heutiger Text lautet“, verkündete er, und das Gemurmel verklang, „ ‚du wirst die Wahrheit kennen, und die Wahrheit wird den Menschen befreien.‘ “

Er machte eine kleine Pause, sah in die erwartungsvollen Gesichter und wußte, daß er keinen anderen Entschluß hätte fassen können. Hier wurde er gebraucht, hier bei den Menschen, denen er immer zu dienen versucht hatte, während er geglaubt hatte, dadurch Gott zu dienen. Er betrachtete sie als Selbstzweck, nicht als Mittel zum Zweck, und das war gut.

Jetzt konnte er sie nicht anlügen und mit falschen Hoffnungen täuschen. Sie würden die Wahrheit erfahren müssen, wenn sie ihrem sinnlosen Gezänk ein Ende setzen und sich vereinen sollten im Kampf um ihre Macht.

„Ich bin aus der Gefangenschaft bei den Fremden zurückgekommen“, begann er. „Ich habe die Horden gesehen, die den Menschen vernichten und die Erinnerung an ihn aus dem Staub der Erde wischen wollten, aus der er entstanden war. Ich stand am Altar ihres Gottes. Ich hörte die Stimme des Gottes, der auch behauptet, unser Gott zu sein – und daß er uns verstoßen hätte. Ich habe an ihn geglaubt, wie ich jetzt an ihn glaube.“

Er spürte das seltsame, unfaßbare Etwas, das größer war als die Worte und das er ausstrahlte wie in jüngeren Tagen. Er beobachtete, wie Entsetzen und Zweifel in den Menschen aufstiegen und dann langsam schwanden, als er ihnen von seinen eigenen Zweifeln erzählte, die er immer noch hatte. Er wußte nicht viel, nicht einmal, ob der Gott, der an einem fremden Altar verehrt wurde, derselbe Gott war, der seit so vielen Generationen in den Herzen der Menschen lebte. Kein Mensch konnte alles wissen, und jeder hatte ein Recht auf seine Zweifel.

Schließlich schwieg er in der Stille seiner Kirche, lächelte die Menschen an, mit einem Lächeln, dessen Kraft in ihm geschlummert hatte, seit er in seiner Jugend jene glühende Inspiration verspürt hatte. Einige erwiderten sein Lächeln, dann immer mehr – zuerst unsicher und zweifelnd, dann mit wachsendem Vertrauen.

Er spürte, daß er ihre Seelen erreichte, während die Fernsehkameras alles aufzeichneten. Er spürte, daß seine wiedergewonnene Kraft sie zusammenschmolz. Als er weitersprach, hatte er das Gefühl, daß sie eins waren – untrennbar miteinander verbunden.

Aber da war noch etwas anderes. Über der Kirche lag ein Leuchten, das Empfinden einer tieferen Einheit. Es umhüllte Amos und die anderen, und er öffnete sich diesem Etwas ohne Rückhalt. Einst hatte er geglaubt, es käme allein von Gott. Nun wußte er, daß es von den Männern und Frauen kam, die vor ihm saßen. Wie eine physische Kraft entströmte es ihnen und ihm selbst und vereinte sie alle.

Er akzeptierte es, wie er einst Gott akzeptiert hatte. Der Name spielte keine Rolle mehr, wenn der Gegenstand ein und derselbe war.

„Gott hat den alten Bund gelöst und sich zum Feind der Menschheit erklärt“, sagte Amos, und die Kirche schien zu vibrieren vom Klang seiner Stimme. „Ich sage euch – er hat einen würdigen Gegner gefunden.“

Die Hüter des Hauses

Der Morgen war genauso wie tausend andere Morgen, die der Hund gewittert hatte. Und doch rutschte sein großer, dünner Körper nervös auf der Felsenkante über dem Fluß hin und her, und seine Haare sträubten sich leicht. Er hob den Kopf, roch den Wind, der vom Land heranwehte, und seine Ohren suchten nach falschen Geräuschen. Dann heulte er auf.

Das Gefühl, das nach dem Traum zurückgeblieben war, quälte ihn noch immer. Er hatte sich in einem Gebüsch niedergelegt und sich wohl gefühlt, nachdem er die alten, trockenen Hasenknochen beiseitegeschoben hatte. Aber sein Traum war voll verlockender Gerüche gewesen, und er war ihnen gefolgt. Und als er gerade an irgend etwas riß, das einen fast vergessenen Wohlgeruch verströmte, hatte sich die warme Witterung in seiner Nase verändert, und eine Stimme war in seine Ohren gedrungen. Schaudernd war er erwacht, und der Name dröhnte immer noch in seinem Kopf.

„King!“

Die träumerische Erinnerung an den Doc hatte ihn schon oft gepeinigt, aber diesmal konnte ihn nicht einmal die Sonnenwärme beruhigen, obwohl ihm seine Nase keine menschlichen Gerüche meldete. Irgend etwas lag über diesem Land . . .

Plötzlich weckte eine Bewegung im Wasser seine Aufmerksamkeit. Er rückte an den Felsrand vor und entdeckte den großen Fisch. Ein Vogel mußte dieselbe Beute gesehen haben, denn er ließ sich herabfallen. King knurrte leise und sprang in die unangenehme Kälte des Wassers. Die Notwendigkeit und die vielen Hungerjahre hatten ihn gelehrt, diese unnatürliche

Aktion zu perfektionieren. Einen Augenblick später kroch er ans Ufer, den Fisch zwischen den Fängen.

Er fand eine Mulde im trockenen Sand und begann den Fisch zu zerreißen. Es war ein geschmackloses Frühstück, dem großen Lachs weit unterlegen, den man in den nordwestlichen Flüssen so leicht fangen konnte, aber es stillte wenigstens den Hunger.

Der Wind wurde stärker und erinnerte ihn an die Kälte, die in regelmäßigen Abständen aus dem Norden herabkroch. Jedes Jahr trieb ihn die Kälte nach Süden, und wenn es wärmer wurde, kehrte er wieder zurück. Meist nahm er denselben Weg von Fluß zu Fluß, aber diesmal hatte ihn irgendetwas wie schon in anderen rastlosen Jahren getrieben, einen neuen Weg zu suchen. Er war durch Ödland gelaufen, wo er keine Nahrung gefunden hatte, von Fluß zu Fluß, hatte irgend etwas gesucht, ohne es zu finden.

Er zog eine Gräte zwischen seinen Zähnen hervor, erhob sich, widerstand dem Wunsch, sich in die warme Sonne zu legen und wieder einzuschlafen. Hinter dem Schutz der Dünen, die den Fluß säumten, blies der Wind schärfer und kälter und warf trockene Zweige und Schutt vor sich her.

Er wußte nicht, warum er ins Landesinnere ging, wußte nur, daß es irgendwie richtig war, bis der feuchte Geruch ihm verriet, daß auch der Fluß in die Richtung bog, die er eingeschlagen hatte. Aber er sah kein Wasser, auch nicht die Pflanzen, Vögel und Insekten, die sonst in Flußnähe lebten. Als er eine ehemalige Straße erreichte, beschleunigte er seine Schritte. Die Fläche der Straße war fast frei von Sand, und er kam schneller voran als zuvor.

Er kam an einem Gebiet vorbei, das einst dicht bewaldet gewesen war. Der vertraute Geruch von morschem Holz stieg ihm in die Nase. Ein paar tote Bäume standen noch da, kein Lebenszeichen war zu sehen. Der Sand hatte sich zu Haufen aufgetürmt, wurde vom Wind immer weitergetragen, verdeckte und enthüllte die allgegenwärtigen zerbrochenen Hasengebeine, zerrte an den Baumstämmen, als wollte er auch diese letzten

Beweise für das Leben, das hier einmal existiert hatte, vernichten. An einigen Stellen hatten Bäume und Büsche überlebt und breiteten sich aus, aber dieses staubige Tal war unfruchtbar. Nichts war zu hören außer dem Wind und Kings Schritten.

Als die Straße an Häuserruinen vorbeiführte, begann Kings Nase unbehaglich zu beben. Er hatte es schon vor zwanzig Jahren aufgegeben, die alten Häuser zu durchstöbern, aber heute morgen erfüllten ihn die seltsamsten Gefühle. Zögernd blieb er neben zwei rostigen Autos stehen. In dem größeren Wagen lagen Gebeine, die irgendeine vergessene Bedeutung hatten. Dann verließ er die tote Stadt und folgte dem Geruch des Flußwassers.

Zehn Minuten später starrte er auf eine lange Betonbrücke, die den Strom überspannte. Dahinter lag die Stadt.

Der Wind war kälter geworden und wehte vor einer dumpfen grauen Masse einher, die einen Gewittersturm ankündigte. Das Wasser floß nach Süden, wo man im Winter Wärme und Sicherheit fand. Unsicher wandte sich King von der Brücke ab, dann setzte er sich, blickte zweifelnd auf den Fluß und die Stadt am anderen Ufer. Irgend etwas stimmte nicht in seinem Kopf. Er kratzte sich am Ohr, biß sich in den Schwanz, zögerte immer noch.

Schließlich stand er auf und trabte auf die Brücke zu. Ein altes Schild knarrte. Es war nur ein halbes Schild. Der Name der Stadt war verschwunden, aber die eingravierte Bevölkerungszahl, mit verwitterter Farbe überpinselt, war noch zu sehen. King schnupperte an dem Schild, doch der Geruch war zu schwach, um seine Sinne zu stimulieren. Winselnd scharrte er an dem Pfosten, aber der Duft seiner Träume kehrte nicht zurück.

Er lief über die Brücke, sprang über verrostete Balken, blieb am Stadtrand stehen und bellte wie schon seit dreißig Jahren nicht mehr. Dann stürmte er weiter durch die breiten, verwüsteten Straßen.

Zweimal folgte er falschen Spuren durch Läden und Warenhäuser, aber beim drittenmal schien sich etwas in seine Sinne zu schleichen, wie jenes Gefühl, das ihn jedes Jahr zu den Lachsflüssen trieb. Dieses Etwas war schwach und unsicher, alte Erinnerungen kämpften gegen starke Gewohnheiten, aber es wuchs, als er keuchend durch die Ruinenstadt lief. Glas zerbrach und fiel aus einem Gebäude herab, begleitet von einem Totenschädel, der klirrend auf die Steine prallte. King wich dem Splitterhagel aus und beschleunigte seine Schritte, den großen Körper zu schmerzhaften Sprüngen gestreckt, die Ohren flach zurückgelegt.

Er wußte, wo er war, noch bevor er die letzten Häuserblocks erreichte, und dann stand er am Rand des hügeligen Universitätscampus. Für einen Augenblick begannen sich die aufdämmernden Erinnerungen in seinem Gehirn zu drehen. Aber es störte ihn, daß die vertrauten Gerüche fehlten. Sogar damals, als alles zu Ende war, hatte der ewige Geruch des Chemielabors in der Luft gehangen, aber auch der war jetzt verschwunden.

Das große Tor stand offen. Er trottete hindurch, stieß ein Gekläff aus, das an seinen untrainierten Halsmuskeln zerrte. Ein großer Baum war quer über den Weg gefallen, doch ein Teil des Stamms war mit einer Axt getrennt worden. Morsche Splitter knirschten unter Kings Pfoten.

Er bog um eines der großen Ziegelgebäude und folgte dem Weg, der zum Ende des Campus führte. Hier standen noch viele Bäume und bildeten trotz ihrer kahlen Äste eine dichte Wand, die er nicht mit seinen Augen durchdringen konnte. Er rannte über die Zweige und Hasenknochen, die den Weg bedeckten, dann wandte er sich scharf nach links und hielt abrupt inne.

Das zweistöckige Gebäude des Prometheus-Labor stand immer noch, und hinter dem Zaun entdeckte er ein paar vertraute Häuser. King ging auf eine der Türen zu, stieß ein schrilles Gebell aus und lauschte. Keine Antwort . . .

Ein trauriges Winseln stieg in seiner Kehle auf, bis der Wind umsprang. Jetzt war der Geruch stärker. Das war falsch – unglaublich falsch – aber unverkennbar. Es mußte das Labor sein.

Die Tür war verschlossen, aber sie öffnete sich mit kreischenden Angeln als King sich dagegen warf. Er fiel in die mit Schutt übersäte Halle, rollte einmal um die eigene Achse. Menschliche Gerüche durchdrangen seine Sinne wie Wellen, eine menschliche Stimme schien in seinen Ohren zu dröhnen.

Der Geruch traf seine ungeübte Nase zu stark, so daß sein Orientierungssinn versagte. Zuerst erschwerten es ihm die Echos entlang der leeren Korridore auch, die Richtung zu bestimmen, aus der die Stimme kam. Er spitzte die Ohren. Es war falsch – genau wie der Geruch – aber es war die Stimme des Docs.

„... so falsch wie zuvor. Es hat keine Rolle gespielt. Es war besser, als unter dem Biostrahl zu sterben wie die Hasen. Sie fielen schon wenige Minuten um, nachdem das Kabel ..."

King rannte durch den Korridor und in den Raum. Die Stimme sprach pausenlos weiter, kam aus einer Kiste, die vor ihm stand. Nun fiel ihm der metallische Klang auf, das Fehlen der Obertöne, die eine echte Stimme kennzeichneten. Es war eine falsche Stimme – eins dieser vielen falschen Dinge, die die Menschen besessen hatten – die Stimme des Docs – ohne den Doc.

King trabte umher. Irgend etwas lag in diesem Geruch, das seine Nackenmuskeln anspannte. Er wußte, daß der Doc da war. Seine Augen gewöhnten sich an das grelle Licht, seine Nase versuchte eine Spur in der Masse der Gerüche zu finden. Beide Sinne entdeckten die Geruchsquelle gleichzeitig.

Neben der großen Maschine, auf der sich langsam Tonbänder drehten, stand ein Bett, mit zerknüllten Decken. Eine Hand lag über den Schaltern der Maschine, ein Arm führte zu der Gestalt, die auf dem Bett ruhte.

Kings Schwanz schlug auf den Boden, seine Beine spannten sich zu dem Sprung an, der ihn in die Arme des Docs werfen würde. Aber er sprang nicht. Der Geruch war falsch und die Gestalt viel zu still. King zog den Schwanz ein, dann kroch er winselnd zu dem Bett. Seine Nase glitt über die Hand, die schlaff herabhing, seine Zunge fuhr darüber.

Die Hand war kalt und steif, erwiderte Kings Liebkosung nicht.

Langsam und zögernd richtete er sich auf, um die Gestalt zu betrachten, die auf dem Bett lag. Sie sah nicht wie der Doc aus. Der Doc war jung und lebendig und glattrasiert gewesen und hatte dunkles Haar gehabt. Aber dieser Körper war zu dünn, und die langen Haare und der Bart waren schneeweiß. Dennoch wies der Geruch eindeutig darauf hin, daß es der Doc war – und daß der Doc alt und tot war.

King stützte sich mit den Vorderpfoten auf den Bettrand, öffnete das Maul, aber der Klageschrei, der schmerzhaft in seiner Brust saß, konnte sich nicht Bahn brechen. Winselnd legte er den Kopf auf die Brust des Docs, aber das half ihm auch nicht.

Lange lag er da, wimmernd und stöhnend. Die Stimme sprach weiter. Eine Wanduhr tickte regelmäßig. Draußen heulte der Wind. Einmal hörte King, wie die tote Stimme seinen Namen aussprach, und er spitzte die Ohren.

„. . . King und die drei anderen. Wahrscheinlich sind sie jetzt verhungert, denn es gibt keine Tiere mehr, von denen sie sich nähren könnten. King war ein kluger Hund, aber . . .“

Er wartete noch eine Weile, aber sein Name wurde nicht mehr genannt. Später verstummte die Stimme. Das Band drehte sich noch ein paarmal, dann klickte es, das lose Ende strich über ein Pillenröhrchen, das neben der erstarrten Hand des Docs lag. Es klickte noch einmal, dann rührte es sich nicht mehr. Jetzt war nur noch das Ticken der Uhr zu hören.

Dann erhob sich ein raschelnder Lärm. King sprang auf, wirbelte herum und sah eine große weiße Ratte, die aus den Schatten neben der Tür auftauchte. Sie erstarrte, dann richtete sie sich auf den Hinterbeinen auf, und ihr Blick wanderte von King zur Leiche des Docs.

Sie stieß ein hohes Quieken aus, und der Hund wollte sich knurrend auf das Tier stürzen, doch ein Gefühl der Vertrautheit, das seine Sinne durchdrang, verlangsamte seinen Angriff. Die

Ratte schoß durch die Tür, rannte quietschend und mit scharrenden Beinen durch die Halle, durch die offene Tür in den öden Campus. Als King die Haustür erreichte, raste sie bereits zu dem großen Turm auf der anderen Straßenseite, hinter dem das Raketenfeld lag.

King sprang über den Zaun und folgte ihrer Fährte. Als sie ihn sah, quiekte sie wieder, und er hörte ihre Krallen über das rostige Metall des Turms scharren, als sie hinauf und aus seiner Reichweite kletterte.

Er verlangsamte seine Schritte. Der Turm war tot, der große Feuerball war von seiner Spitze verschwunden, aber die Erinnerung an den prickelnden, bösen Geruch der Glut ließ ihn zurückweichen. Er hatte das Feuer genauso gehaßt wie der Doc. Und er fürchtete sich noch immer vor der Kraft der Flammen.

Die Betonhütte unter den massiven Tragbalken des Turms war halb zerbröckelt, die Wachtposten waren verschwunden, ein paar Gewehre lagen zwischen Sandhaufen und menschlichen Skeletten. In einer Hand steckte immer noch das Ende eines Seils, das mit einem verblichenen Metallschild verbunden war. Wo einst das große Kabel verlaufen war, führte nun eine schwarze, gewundene Linie auf den Turm zu.

Irgendwie wußte King, daß der Turm des knisternden Feuers tot war. Er hatte zu lange gezögert. Die Ratte war vom Turm herabgeklettert und rannte nun auf das Raketenfeld zu. Er folgte ihr ein paar Schritte, dann kehrte er ins Labor zurrück.

Er stieß ein flehendes Winseln aus, als er die Leiche des Docs wiedersah. Ein Instinkt sagte ihm, daß der Doc tot war und nie mehr leben würde. Aber da war auch der halb vergessene Geruch seines Bruders Boris, der auf dem Tisch gelegen hatte, während der Doc und andere Männer drumherum standen. Boris hatte nach Tod gerochen, aber dann war er wieder umhergegangen und hatte den Geruch des Lebens verströmt. Und davor die toten Ratten, die wieder zu leben anfingen – aber als die Hasen dann tot gerochen hatten, waren sie alle tot gewesen, und jetzt lebten keine Hasen mehr.

Unbehaglich ging er einmal um den Doc herum, dann trat er wieder vor die Haustür, hielt nach der Ratte Ausschau, während die Erinnerungen an die anderen Ratten langsam zurückkehrten. Er lief die Treppe hinauf, hörte die vertrauten Geräusche, die seine Pfoten auf dem Stein machten, stürmte in das große Labor.

Da waren keine Ratten mehr. Er starrte auf die leeren Käfige. Die Gerüche, die er als junges Hündchen kennengelernt hatte, waren fast verflogen. Nur der Raum selbst sah noch genauso aus wie jener, der ihn in seinen hungrigen Träumen verfolgte.

Als er jung gewesen war, hatten Ratten auf dem Tisch gelegen, am Fenster, hinter dem der Turm aufragte. Sie waren alle gestorben – und dann waren drei am Leben geblieben, und die Männer hatten eine stark duftende Flüssigkeit getrunken und die ganze Nacht geschrien und getanzt und die Fäuste geschüttelt. Der Tisch stand noch immer da, neben der Stelle, wo die Männer die seltsamen Gerüche gemischt hatten, der Tisch, auf dem später die seltsamen Dinge geschehen waren, an die er sich nicht erinnern konnte.

Der Schwanz, der zu ihm gehört hatte, bevor er zum letztenmal auf dem Tisch lag, hing noch immer an der Wand. Als sie den Verband von seinem neuen Schwanz abgenommen hatten, war eine weitere wilde Nacht angebrochen. Der Schwanz war winzig klein gewesen, aber er war rasch gewachsen. Er hatte sich wohl gefühlt in diesem Raum, und manche seiner späteren Träume waren schön gewesen.

Andere Träume hatten die bösen Zeiten zurückgebracht, so wie jetzt, die Nacht, als der Turm in Flammen stand und der Doc fluchte und King das Prickeln spürte, bis es beseitigt wurde ... Die Männer, die mit dem Doc stritten und nicht zurückkamen und sogar in den verhaßten Turm zogen ... Die große Feier zu Füßen des Turms, als er wieder brannte, und der Doc und sein einziger Freund weinten ... Das Gewirr wilder Drähte, die sich über dem Prometheus-Labor spannten und in die Kiste führten, die so böse aussah ... Danach war kein

Prickeln mehr in seine Nase gedrungen, wenn er das Labor betreten hatte, aber es war trotzdem alles schlimmer geworden.

King zitterte, als er seine Suche nach den Ratten beendet hatte und mit trommelnden Pfoten die Treppe hinabstürmte. Er empfand die gleiche Angst wie damals, als die Männer gekommen waren und ihn und seine Brüder vom Doc weggeholt hatten, um sie zusammen mit anderen Hunden in Flugzeuge zu stecken und wegzubringen, irgendwohin, wo die Hasen dick und ungenießbar waren.

Der Doc hatte gekämpft und sogar die Sicherheit seines Labors verlassen, aber die Männer hatten ihm die Hunde weggenommen. Damals hatte er noch gelebt und jetzt war er tot.

Winselnd trabte King um das Bett herum. Einmal blieb er stehen, um über die Hand zu lecken. Sie war jetzt noch kälter, und der Geruch wurde immer unangenehmer, als der Körper abkühlte.

Das Leben war nicht zurückgekehrt, während er weg gewesen war. Wieder fuhr er mit der Zunge über die Hand, und diesmal durchfuhr auch ihn eine eisige Kälte wie als Antwort auf seine Liebkosung. Das Gefühl des Todes begann ihn zu erfüllen, ein wachsendes, hungriges Gefühl.

Dann mischte sich echter Hunger mit dem unheimlichen Gefühl. Auf dem Weg nach Süden würde er nur wenig Nahrung finden, und er hatte zu viele Kräfte verbraucht während der wilden Jagd heute morgen. Der Fisch hatte nicht genügt. Der Geruch von abgestandenem Essen erregte seine Sinne, wenn er auch keins finden konnte, und erinnerte ihn an Spuren desselben Geruchs, auf dem Weg, den die Ratte genommen hatte. Das Wasser lief ihm im Maul zusammen, und er verließ das Haus.

Zweimal kehrte er zurück, zerrte wimmernd am Ärmel des Docs. Der Stoff zerriß, aber der Doc gab kein Lebenszeichen von sich. Der Todesgeruch war stärker geworden. King trabte umher, kämpfte gegen den Hunger und sein Elend an, bis er es nicht mehr ertragen konnte. Da war der Essensgeruch – und die Ratte . . . Danach würde er zum Doc zurückkommen . . .

Der Wind trieb einen feinen Nebel vor sich her, als er wieder beim Turm ankam und diesmal tapfer weiterging, ohne stehenzubleiben. Solange der Regen sie nicht wegspülte, würde er die Spur durch die Luftfeuchtigkeit noch besser wittern können. Er konnte ihr mühelos folgen, bis sie auf dem gesprengten Teil des Raketenfelds endete.

King blieb stehen, als er die verbogenen Anlaufgestelle sah. Aus der Ferne grollte der erste Donner, und er zuckte angstvoll zusammen, als ob wieder eins der Monsterschiffe explodiert wäre, die diese Männer damals so eifrig gebaut hatten. Die Hektik hatte ihn angelockt, auch wenn er sich heimlich aus dem Haus des Docs schleichen mußte. Er war dabeigewesen als die Kinder an Bord gegangen waren, als die Rakete explodierte. Das donnernde Dröhnen, die blendenden Flammen und die Gerüche, die seine Nase für mehrere Stunden betäubten, hatten ihn zum Doc zurückgetrieben. Und bei jedem neuen Start hatte er von neuem gelitten.

Jetzt waren die Anlaufgestelle leer – bis auf eines, das mit Wrackteilen übersät war. Der Boden ringsum war verkohlt. Plötzlich sah er die Ratte unter dem Gestell auftauchen. Sie sprang hoch und verschwand hinter einer Tür.

Unsicher folgte King der Spur. Ein Blitz zuckte auf, von rollendem Donner gefolgt, und zwang ihn, das Tempo zu beschleunigen.

Die Wrackteile sahen harmlos aus. Der chemische Geruch war verflogen, das Feuer der alten Explosion erlosch. Vorsichtig näherte er sich der Tür, und seine Nase zuckte, als ihm immer stärkere Gerüche entgegendrangen. Und dann stand die Ratte in der Tür. Als sie ihn sah, quiekte sie und lief zurück in die Rakete.

King ließ alle Vorsicht fahren. Mit einem leisen Knurren sprang er durch die Tür, Metallkanten drangen ihm schmerzhaft in die Pfoten. Er jaulte auf, dann hielt er nach der Ratte Ausschau.

Es war hell genug, so daß er die Ratte sehen konnte, die sich in einem schmalen Rohr verkrochen hatte. King versuchte seine Nase hineinzustecken, dann fischte er mit einer Pfote nach der Ratte. Sie wich zurück und schnappte nach ihm. Ihre spitzen Zähne erwischten ihn zwar nicht, aber er beschloß, vorsichtiger zu sein.

Er zog sich zurück, trat auf trockenes Papier, knisternde Metallfolie und anderen Abfall, den er nicht kannte. Dann gab ein dickes Bündel unter seinen Füßen nach, und der kräftige Geruch von Fleisch, von rotem Fleisch, nicht von schwachem Fischfleisch, drang ihm in die Nase. Ohne zu überlegen, schnappte er nach dem Bündel.

Es war enttäuschend trocken und hart. Aber als er daran kaute, drang durch das Salz und andere, fremde Aromen jener fast vergessene Geschmack, der ihm das Wasser im Maul zusammenlaufen ließ. An den Gerüchen erkannte er, daß die Ratte bereits von dem Fleisch gefressen hatte, aber das störte ihn nicht. Er verschlang das Bündel und spuckte, so gut er konnte, die Metall-, Wachs- und Plastikteile aus, die es umhüllt hatten. Dann führte ihn seine Nase weiter auf der Spur der Ratte, zu anderen, aufeinandergestapelten Paketen.

Er riß ein Päckchen auf, und sein Atem stockte, als eine dicke, fruchtige Flüssigkeit auf seiner Zunge brannte. In einem anderen Paket fand er einen Riegel aus konzentrierter Nahrung, den er hastig verspeiste. Inzwischen hatte es heftig zu regnen begonnen. Er blickte zu der Ratte hinüber, dann ins Freie, und schließlich rollte er sich vor der Tür zusammen und versperrte der Ratte den Ausgang. Regentropfen flogen herein, bildeten eine Pfütze, und er merkte, daß er durstig war. Er leckte die Pfütze auf, und dann begann sich sein Magen zu drehen, fühlte sich schwer und voll und elend an. Er versuchte das Gefühl zu unterdrücken, trank noch mehr Regenwasser. Die Ratte kam aus ihrem Versteck, fand einen weiteren Riegel aus konzentrierter Nahrung. Er hörte sie kauen, aber er war zu schwach, um sich zu bewegen.

Als er sich übergeben hatte, fühlte er sich besser. Aber es war eine Stunde später, und das Gewitter tobte mit Blitzen, die den Himmel zerrissen, als King wieder kräftig genug war, um sich zu einem neuen Riegel zu schleppen. Diesmal fraß er langsamer und machte immer wieder Pausen, um Regenwasser zu trinken. Die Nahrung blieb im Magen, und sein Hunger war endlich gestillt.

Er lag vor der Tür der alten Rakete und starrte ins Dunkel hinaus, das immer noch von Blitzen erhellt wurde. Die Ratte huschte hinter ihm umher, aber er kümmerte sich nicht mehr um sie. Jetzt, wo er gesättigt war, erinnerte er sich, daß er die Ratte vor langer Zeit gekannt hatte.

Zweimal versuchte er das Schiff zu verlassen und zum Doc zu laufen, aber die Blitze jagten ihn immer wieder zurück. Schließlich erhob er seine Stimme zu einem klagenden Bellen. Der Doc antwortete ihm nicht, und er beschloß, es noch einmal zu versuchen.

Ein Blitz zuckte in das Labor, und das Gebäude leuchtete auf, jeder Draht, der sich durch seine Mauern zog, begann weiß zu glühen. Ein Donnerschlag krachte ganz in der Nähe, dann erfolgte eine andere Explosion, die das Labor trotz des strömenden Regens in eine Flammenhölle verwandelte.

King winselte unbehaglich und zog den Schwanz ein. Aber jetzt, wo die Flammen aus dem fernen Gebäude schlugen und immer neue Blitze den Himmel spalteten, konnte er es nicht riskieren, hinüberzulaufen.

Er drehte sich ein paarmal um die eigene Achse, schob den Abfall beiseite, vergrub die Nase in seinem buschigen Schwanz und versuchte sich zu entspannen. Er war beinahe eingeschlafen, als er spürte, daß die Ratte zu ihm kroch. Auch sie mußte seinen Geruch erkannt haben, denn sie schmiegte sich an ihn wie damals, als sie im Labor des Docs zusammen gewesen waren. Er knurrte leise, dann schlief er ein. Erstaunlicherweise plagten ihn keine Träume.

Als King am nächsten Morgen erwachte, war die Ratte verschwunden. Die Sonne schien, aber der kalte Wind kündigte den

Winter an. Er zögerte, warf einen Blick auf den Nahrungsvorrat. Dann sah er die Ratte am Turm vorbeilaufen, und sein Entschluß stand fest. Mit einem unglücklichen Winseln sprang er aus der Rakete und folgte der Ratte.

Wenn die Ratte vor ihm ankam . . . Der Doc brauchte ihn . . . Auf dem freien Feld konnte er die Ratte mühelos überholen. Quietschend sprang sie beiseite, als er zum Labor stürmte.

Aber da war kein Labor mehr – nur geschwärzte, rissige Stufen . . . Einige Mauern standen noch. Aber das Gebäude, das er gekannt hatte, war verschwunden. Daneben hatte der Blitz einen dicken Baumstamm gespalten, und seine Splitter mischten sich nun mit der Asche des Hauses. Ein paar Trümmer rauchten noch, wenn der Regen auch die Flammen gelöscht hatte, bevor sie alles verschlingen konnten. Der beißende Gestank feuchten, verkohlten Holzes erfüllte die Luft und überdeckte alle anderen Gerüche.

Verzweifelt heulte er auf und raste durch die Tür. Die Asche war heiß, und die Steine, die vom Boden des Korridors übriggeblieben waren, fühlten sich noch heißer an, aber er achtete nicht darauf, als er ins Zimmer des Docs rannte. Die Kiste, aus der die Stimme getönt hatte, war verschwunden. Aber er entdeckte das verbogene Wrack des Tonbandgeräts. Und daneben verrieten ein paar verkohlte Trümmer, daß hier das Bett gestanden hatte.

King heulte auf, als ihm die Hitze in die Nase drang, aber dann ignorierte er den Schmerz. Er mußte es ertragen. Verzweifelt wühlte er in der Asche, und schließlich fand er Spuren, die seiner Nase verrieten, daß der Doc noch da war. Aber er war immer noch tot.

Winselnd starrte King auf die Überreste des Docs, während die Ratte eine Mauer hinaufkletterte und unbehaglich quiekte. Nach einer Weile wandte sich der Hund ab und verließ die Ruine. Am Rand des schwarzen Aschenfeldes blieb er stehen und blickte zurück. Die Ratte beobachtete ihn. Schließlich senkte er den Kopf und trabte langsam davon.

Das Futter in der Rakete lag zu seiner Rechten, das alte Tor, durch das er den Campus betreten hatte, zur Linken. Sein Maul wurde wässrig, als er zu der Rakete hinübersah, aber seine Beine bewegten sich nach links, ohne zu zögern. Er beschleunigte seine Schritte, als er das ehemalige Wohngebiet erreichte und dann die Geschäftsstraßen. Hier hatten andere Brände gewütet, und einer hatte sich auf mehrere Häuserblocks ausgedehnt.

Die Brücke kam in Sicht, und King sprang auf das rissige Pflaster, das ihn über den Fluß tragen würde. Aber auf halber Strecke, zwang ihn irgend etwas, den Kopf zu wenden.

Die Stadt lag hinter ihm. Das Gewitter hatte sie verändert. Doch die Veränderungen waren so geringfügig, daß er sie kaum wahrnahm. Die Universität lag am Stadtrand, und er konnte einen Teil des Turms sehen. Und dann wurde sein Blick unwiderstehlich von der Stelle angezogen, wo das Labor gestanden hatte.

Er hob die Nase in die Luft, sank auf das Pflaster. Er schien Kräfte zu sammeln, seine Lungen weiteten sich langsam. Er konnte es spüren – und er brauchte es. Der Instinkt, der dahintersteckte, war so alt, daß er sich nicht daran erinnern konnte. Aber das Ritual erfüllt sich von selbst, ohne bewußte Kontrolle.

Er öffnete das Maul und ein Klagelied stieg in die Lüfte, immer höher hinauf, in den leeren Himmel. Er sang nur ein einziges Requiem, dann rannte er ans Ende der alten Brücke, sprang auf den Sandstreifen, der dem Flußufer folgte, trottete nach Süden, den kalten Wind im Rücken. Irgendwo würde er eine Stelle finden, wo er sich einen Fisch fürs Frühstück fangen konnte.

Klein-Jimmy

Ich habe immer gedacht, es müßte tröstlich sein, einem Geist zu begegnen. Wenn man über fünfzig und alt genug ist, um dem Tod ins Auge zu schauen, ist man für alles dankbar, was die Hoffnung erweckt, daß einem kein sinnloses Ende für immer droht. Nicht einmal die Vorstellung, bis in alle Ewigkeit an einem einsamen Ort umherspuken zu müssen, ist grausiger, als der Gedanke, einfach nicht mehr zu existieren.

Natürlich macht die Religion in dieser Hinsicht gewisse Versprechungen, aber die wenigsten Leute haben noch den unerschütterlichen Glauben ihrer Vorväter. Ein Geist müßte jedoch als Beweis gegen die Endgültigkeit des Todes genügen.

So dachte ich jedenfalls früher. Jetzt weiß ich nicht mehr so recht. Wenn ich mir nur erklären könnte, wie das mit Klein-Jimmy war . . .

Sicher, wir haben ihn gehört. Bei Mutters Tod hat ihn die ganze Familie gehört, sogar meine Schwester Agnes, die perfekteste Atheistin, die ich kenne. Und ihre jüngste Tochter kam angelaufen, um das Kind zu sehen. Es war keine Kollektivhalluzination, und es konnte auch nicht mit den Naturgesetzen erklärt werden, die wir kennen. Der Doktor hörte es auch, und nach seinem Gesicht zu schließen, hörte er Klein-Jimmy nicht zum erstenmal. Aber er wollte nicht darüber reden, und die anderen hatten bisher keine Gelegenheit gehabt, Jimmy zu begegnen. Ich bin der einzige, der zugibt, daß er die Stimme mehr als einmal gehört hat. Aber es wäre mir lieber, wenn ich es nicht einmal mir selbst eingestehen müßte.

Wir waren eine große Familie, auch wenn die Tradition solcher Familien um die Jahrhundertwende allmählich an Geltung verlor. Trotz der vier Mädchen, die gestorben waren, bevor sie Gelegenheit zum Leben gefunden hatten, wünschten sich meine Eltern viele Kinder. Sechs von uns Jungs und drei Mädchen überlebten, und damit hatte sich für Mutter alle Mühe gelohnt. Wahrscheinlich hätte sie noch mehr Kinder geboren, wenn Dad nicht von einem wilden Stier getötet worden wäre, während ich die Demokratie verteidigte. Mutter hätte vielleicht wieder heiraten können. Die große Farm in Iowa und das große alte Haus hätten sicher viele Männer gereizt. Aber sie wollte nicht. Wir älteren Kinder nahmen Jobs in der Stadt an und bezahlten für die anderen das College, bis sie auf eigenen Füßen stehen konnten. Bald blieb Mutter allein in dem alten Haus zurück. Die Stadt dehnte sich immer mehr aus, bis das Farmland als Baugrund verkauft wurde.

Nach dem Zweiten Weltkrieg war sie eine reiche Frau, die nicht mehr auf uns angewiesen war, und sie wurde ein bißchen wunderlich. Es war schwierig, mit ihr auszukommen, und wir besuchten sie immer seltener. Ich arbeitete ganz in ihrer Nähe, in Des Moines, aber ich führte mein eigenes Leben und sie schien glücklich zu sein und kam ohne unsere Hilfe sehr gut zurecht, trotz ihrer fünfundsiebzig Jahre. Wir sind eine zähe, langlebige Familie.

Ich schickte ihr Karten zum Geburtstag und zu Weihnachten, das heißt, Liza schickte sie für mich, und ich nahm mir immer wieder vor, Mutter zu besuchen. Aber mein ältester Sohn geriet nach dem Krieg ein bißchen durcheinander. Meine Tochter heiratete einen Lastwagenfahrer und bekam Zwillinge, bevor sie eine anständige Wohnung gefunden hatte. Mein jüngster Sohn saß als Kriegsgefangener in Korea fest. Ich wurde zum Präsidenten der Baufirma gewählt, in der ich seit vielen Jahren arbeitete. Und in meiner Freizeit trainierte ich im Sportklub.

Dann begann Mutter, Briefe zu schreiben – die ersten seit vielen Jahren. Sie erzählte in heiterem Ton Klatschgeschichten über ihre Nachbarn, berichtete über ihre neuen Vorhänge und schickte Liza ein neues Rezept für Zitronencremekuchen. Zuerst freute ich mich über die Briefe. Dann begann ich mir aus unerklärlichen Gründen Sorgen zu machen und wußte erst beim fünften Brief, warum.

Sie schrieb, daß ein neuer Lehrer an die alte Schule gekommen sei. Ich las den Brief schon zum zweitenmal, als mir einfiel, daß das Schulhaus vor fünfzehn Jahren abgerissen worden war. Dann erinnerte ich mich, daß sie die Vorhänge schon vor vielen Jahren aufgehängt hatte, und den Zitronencremekuchen hatte ich schon als kleiner Junge gegessen.

Das alles ging mir nicht aus dem Kopf, und schließlich rief ich Mutter an. Ihre Stimme klang ganz normal, wenn auch etwas nervös, weil sie befürchtete, es könnte etwas passiert sein. Wir unterhielten uns ein paar Minuten lang, dann sagte sie, daß sie ihren Lunch auf dem Herd stehen hätte, und legte auf. Ich war beruhigt und verließ das Haus, um in den Klub zu gehen. Ich war schon am Fuß der Treppe angelangt, als ich hastig wieder kehrtmachte, um Mutters Briefe noch einmal zu lesen.

Und dann rief ich Dr. Matthews an und erkundigte mich nach Mutter. Er erwiderte, sie sei für ihr Alter bemerkenswert gesund und ich brauche mir überhaupt keine Sorgen zu machen und auch nicht hinzufahren. Ich fand, daß er es ein wenig übertrieb, und es gelang ihm auch nicht ganz, die Sorge in seiner Stimme zu verhehlen. Ich hatte beschlossen, mir mal ein paar Tage freizunehmen, um Mutter zu besuchen. Aber als ich den Hörer aufgelegt hatte, zog ich den Sportdreß aus und einen Anzug an. Liza war bei irgendeinem Wohltätigkeitsverein, und ich hinterließ ihr eine kurze Nachricht. Sie hatte das Kabrio genommen, und der Cadillac war glücklicherweise gerade aus der Inspektion gekommen und in perfektem Zustand. Außerdem drückten manche Bullen ein Auge zu, wenn ein Mann, der ein solches Auto fuhr, mal das Tempolimit überschritt.

Matthews wohnte immer noch im selben Haus, aber ich war schockiert, als ich sein weißes Haar sah. Er runzelte die Stirn, ließ seine Augen von meiner Taille zu dem bißchen Haar wandern, das ich noch hatte, und schließlich in mein Gesicht. Dann streckte er langsam die Hand aus und warf einen Blick auf den Cadillac.

„Jetzt wirst du ja nur noch A. J. genannt, was? Komm rein, wenn du schon mal da bist . . .“

Er führte mich in sein Sprechzimmer und machte zwei Whisky-Soda zurecht. „A. J., was?“ rief er, als wir uns gesetzt hatten. „Klingt nach Erfolg. Hat deine Mutter nicht mal erzählt, du hättest vor ein paar Jahren Probleme gehabt?“

„Nicht finanziell“, erwiderte ich. Eigentlich hatte ich geglaubt, daß außer mir nur Liza Bescheid wußte. Sie mußte es Mutter geschrieben haben, denn ich hatte alles getan, damit die Sache nicht in die Zeitungen kam. Liza hatte mir erst verziehen, nachdem ich die Lastwagenfirma für unseren Schwiegersohn gekauft hatte. Jedenfalls ging das Matthews überhaupt nichts an – aber dann fiel mir ein, daß sich die Ärzte hier draußen immer in alles einmischten. „Warum fragen Sie, Doc?“

Er blickte wieder zu meinem Auto hinaus, dann trank er sein Glas leer. „Reine Neugier . . . Ach was, verdammt, ich kann dir genausogut die Wahrheit sagen. Du wirst sie ja ohnehin bald sehen. Sie ist eine alte Frau, Andrew, und sie ist nicht gerade arm. Wenn nun plötzlich ihr Sohn auftaucht, der sich jahrelang nicht um sie gekümmert hat, könnte er vielleicht andere Beweggründe haben als kindliche Liebe.“

Seine Anspielungen deckten sich erschreckend mit meinen Befürchtungen. Ich hätte ihm gern gesagt, er solle sich gefälligst um seinen eigenen Kram kümmern, und ich wollte die Frage nicht stellen. Aber ich mußte es wissen. „Sie meinen – sie leidet an altersbedingter Geistesschwäche?“

„Nein“, erwiderte er hastig. „Sie ist nicht verrückt. Sie ist kerngesund und vernünftig genug, um auch noch in den nächsten fünfzehn Jahren für sich selbst zu sorgen. Sie braucht keinen Psychiater. Aber vergiß nicht, daß sie eine alte Frau ist. In weniger als zwanzig Jahren hat sie dreizehn Kindern das Leben geschenkt, und mit vierzig war sie Witwe. Sie war jahrelang einsam – wenn sie auch zu unabhängig war, um euch Kindern zur Last zu fallen. Eine alte Frau hat ein Recht auf das bißchen Glück, das ihr noch vergönnt ist. Vergiß das nicht ..." Er brach ab, anscheinend erstaunt über sich selbst. Dann stand er auf und griff nach seinem Hut. „Komm, ich fahre mit dir hinaus."

Als wir über die Straßen fuhren, die Kornfelder durchquert hatte, als ich das letztemal hier gewesen war, erzählte er mir ein bißchen Lokalgeschichte. Auf dem einstigen Waldboden standen nun eine Klinik und moderne Wohnblocks.

Das große Haus, in dem wir auf die Welt gekommen waren, breitete sich häßlich, aber anheimelnd zwischen den Hutschachteln aus, die man heutzutage Häuser nennt.

Die Haustür war wie immer unversperrt, und Matthews ging hinein. „Martha, He, Martha!"

„Jimmy ist hinten im Garten!" rief eine Stimme aus dem Oberstock herab. Es war unverkennbar Mutters Stimme, wenn sie auch erstaunlich beschwingt klang. Erleichtert atmete ich auf.

„Okay, Martha!" antwortete Matthew. „Dann gehe ich jetzt zu ihm und komme später zu dir hinauf! Aber du wirst gern auf mich verzichten, wenn du siehst, wen ich mitgebracht habe. Stell dir vor, es ist Andrew!"

„Wie schön! Sag ihm, er soll sich setzen, ich bin in einer Minute angezogen."

Der Doc zuckte mit den Schultern. „Ich gehe für eine Weile in den Garten", sagte er zu mir. „Dann fahre ich mit einem Taxi zurück. Aber vergiß nicht – deine Mutter hat ein Recht auf ihr bißchen Glück. Mach es ihr nur ja nicht kaputt!"

Er verschwand durch die Hintertür, und ich setzte mich im Salon auf das alte Sofa. Dann runzelte ich die Stirn. Dieses Sofa war 1931, als Dad die neuen Möbel gekauft hatte, auf den Dachboden gewandert. Und da sah ich, daß Mutter auch all die anderen alten Stücke wieder heruntergeholt hatte – sogar den abgetretenen Teppich. Ich ging durch die anderen Räume und stellte fest, daß sie genauso eingerichtet waren wie vor vierzig Jahren, abgesehen vom Fernseher im Eßzimmer und der modernen Küche, wo ein Suppentopf auf dem Herd brodelte.

Meine Kehle wurde seltsam eng, und die Angst, die ich eben noch verdrängt hatte, stieg wieder in mir auf, als ich Schritte auf der Treppe hörte. Mutter kam herunter, ein bißchen langsam, aber ohne die geringste Schwäche zu zeigen. Sie stützte sich nicht auf das Geländer und hielt sich sehr gerade. Ihr Kleid war neu, aber eine perfekte Kopie des wallenden Gewandes, das sie in meiner Kinderzeit so oft getragen hatte.

Sie merkte nicht, daß ich die Luft anhielt. Lächelnd beugte sie sich vor und küßte mich auf beide Wangen. „Du siehst gut aus, Andrew. Anscheinend sorgt Liza sehr gut für dich. Aber du hast doch sicher Lust auf hausgemachte Suppe und Pastete? Komm mit in die Küche, das Essen ist in ein paar Minuten fertig."

Sie war nicht nur kerngesund, sie wirkte um mindestens fünfzehn Jahre jünger. Und sie hatte sogar daran gedacht, mich mit Andrew anzureden statt mit einem der vielen Kosenamen aus meiner Kindheit. Von Senilität war jedenfalls nichts zu merken.

Sie rannte geschäftig in der Küche herum, servierte mir einen Teller heiße Suppe. Früher war sie keine gute Köchin gewesen, aber sie hatte sich im Lauf der Jahre gebessert, und diese Suppe war Spitzenklasse. „Ich glaube, der Doc wird Jimmy für gesund erklären", meinte sie in beiläufigem Ton. „Er läuft irgendwo draußen rum, aber das kann ich ihm nicht übelnehmen, nachdem er zwei Wochen mit Masern im Bett gelegen hat. Hast du bemerkt, wie ich das Haus eingerichtet habe, Andrew?"

Ich nickte verwirrt. „Ja, ich habe die alten Möbel gesehen. Aber dieser Jimmy . . ."

„Oh, du kennst ihn ja gar nicht. Aber du wirst ihn sicher bald sehen. Wie lange bleibst du denn, Andrew?"

Ich dachte nach und verfluchte Matthews, weil er mich nicht gewarnt hatte. Natürlich – ich hatte doch gehört, daß einer meiner vielen Neffen seine Frau verloren hatte. War das nicht der Bursche, der den kleinen Sohn hatte? War er nicht nach

Alaska gegangen? Nein, das war Franks Sohn. Außerdem – wer würde so unvernünftig sein, Mutter ein Kind aufzuhalsen? Es gab genug jüngere Frauen in der Familie.

Ich spürte ihren Blick und riß mich zusammen. „Ich fahre in zwei Stunden wieder zurück, Mutter. Ich wollte nur . . .“ „Es war wirklich nett von dir, daß du vorbeigeschaut hast“, unterbrach sie mich, so wie sie uns immer ins Wort gefallen war. „Ich wollte Liza und dich schon längst besuchen, aber ich hatte in letzter Zeit so viel zu tun. Ich habe das ganze Haus umgestaltet. Zwei Männer haben die Möbel heruntergetragen, aber sonst habe ich alles selbst gemacht. Irgendwie fühle ich mich viel jünger, seit hier wieder die alten Möbel stehen.“

Sie stellte einen Pfirsichlikör und eine dampfende Tasse Kaffee vor mich hin. Dann goß sie sich ebenfalls einen Likör ein und eine große Tasse Kaffee, und ich mußte an Liza mit ihren Vitaminpillen und Schlankheitskapseln denken. Wer war hier eigentlich senil?

„Jimmy geht jetzt in die Schule“, sagte sie. „Er ist ganz hingerissen von seinem Lehrer. Magst du noch ein Stück Pastete, Andrew? Ich habe ein Stück für den kleinen Jimmy aufgehoben, aber es sind noch zwei übrig.“

Plötzlich klang draußen ein Lärm auf, und sie erhob sich und lief zur Hintertür. Dann kam sie in die Küche zurück. „Das war nur ein Nachbarjunge, der eine Abkürzung genommen hat. Wenn die Kinder nur ein bißchen netter wären und mit Jimmy spielen würden . . . Er fühlt sich manchmal so einsam. Gefällt dir meine Küche, Andrew?“

„Sehr hübsch“, erwiderte ich vorsichtig. „Aber so modern . . .“

„Ja, manche neuen Sachen sind ganz nett. Auch der Fernseher. Und im Bett habe ich sogar eine Schaumgummimatratze, aber die übrige Einrichtung . . . Komm mit hinauf, Andrew, wenn du ein elegantes Zimmer sehen willst.“

Das Haus war sauber, kein einziger Raum war verschlossen. Bisher hatte ich kein Hausmädchen gesehen. Als ich das erwähnte, rümpfte Mutter verächtlich die Nase. „Ich kann selber für mich sorgen. Und Jimmy hilft mir manchmal."

Das Schlafzimmer erinnerte mich an den Stil der neunziger Jahre, den ich auf Bildern und im Kino gesehen hatte. Alles war voller Spitzen und Rüschen. Die Tapeten und die Polstermöbel in den anderen Räumen waren ziemlich verblichen, aber hier war alles nagelneu. „Das hat ein junger Innenarchitekt aus Chicago gemacht", erklärte sie stolz. „Hat ein Vermögen gekostet. Aber Jimmy hat gemeint, wenn ich so ein Zimmer haben will, dann soll ich es auch bekommen." Sie lächelte versonnen. „Setz dich doch, Andrew! Wie kommst du denn mit Liza aus? Streitet ihr immer noch wegen dieses jungen Flittchens, mit dem sie dich erwischt hat, oder hat sie meinen Rat befolgt? Es war dumm von ihr, dir zu sagen, daß sie Bescheid weiß. Wenn ein Mann ein schlechtes Gewissen hat, ist er immer besonders nett zu seiner Frau. Vor allem, wenn die Frau charmant ist."

Wir unterhielten uns über dieses und jenes, und es tat mir richtig gut. Ich erzählte ihr, daß mein jüngster Sohn nun bald aus Korea zurückkommen würde, und sie schimpfte, weil ich mich von meinem ältesten Sohn ausnützen ließe und meinen Schwiegersohn so herablassend behandelte. Dann erzählte sie mir den neuesten Familienklatsch. Sie schien bestens informiert zu sein – besser als ich.

Als ich schließlich aufstand, hatte ich keine Angst mehr, daß Mutter einen Familienskandal heraufbeschwören würde. Wenn Matthews sich eingebildet hatte, ich würde mich aufregen, weil sie die alten Möbel aufgestellt und ihr Schlafzimmer mit sündteurem Geld antik eingerichtet hatte, dann war er senil – und nicht Mutter. Sie erhob sich ebenfalls, um mich zum Abschied zu küssen, aber dann rief sie: „Du meine Güte! Du hast Jimmy ja noch gar nicht gesehen! Setz dich doch noch für einen Augenblick. Sie öffnete rasch das Fenster, und aus dem Garten strömte schwacher Rosenduft herein. „Jimmy! Komm! Es ist schon spät! Und wasch dir das Gesicht, bevor du heraufkommst! Ich möchte dich deinem Onkel Andrew vorstellen."

Sie wandte sich um und lächelte verlegen. „Er ist mein Liebling, Andrew. Ich habe immer versucht, zu allen meinen Kindern fair zu sein. Aber Jimmy ist etwas Besonderes."

Ich hörte, wie sich im Erdgeschoß ganz leise eine Tür schloß, dann Schritte, die sich der Küche näherten. Mutter lächelte. Seit Jahren hatte ich sie nicht mehr so glücklich gesehen – seit Vaters Tod nicht mehr.

Dann klangen Schritte auf der Treppe auf, und ich grinste. Klein-Jimmy mußte immer zwei Stufen auf einmal nehmen und sich dabei am Geländer hochziehen, genauso, wie ich es als kleiner Junge immer gemacht hatte.

Ich wollte mich zur Tür umdrehen, aber ich konnte den Blick nicht von Mutters Gesicht losreißen, das sich seltsam verändert hatte. Sie sah fast jung aus, und ihre Augen strahlten, als sie wie gebannt zur Tür sah.

Leise öffnete sich die Tür, ebenso leise wurde sie wieder geschlossen. Ich begann mich langsam umzudrehen. Ein Frösteln lief mir über den Rücken. Irgendetwas stimmte da nicht. Und als ich mich endlich umgewandt hatte, wußte ich, was es war. Wenn sich eine Tür öffnet, bewegt sich die Luft im Zimmer. Wir merken es nicht – wir merken es nur, wenn sie sich nicht bewegt. Dann verrät uns die Stille, daß sich die Tür nicht wirklich geöffnet haben kann. Diesmal hatte sich die Luft nicht bewegt.

Die Schritte, die auf mich zukamen, klangen unsicher, wie die Schritte eines schüchternen sechsjährigen Jungen. Aber da war kein Junge, und der dicke Teppich wurde nicht flachgedrückt, als das schwache Geräusch der Schritte immer näherkam und dicht vor mir verstummte.

„Das ist Onkel Andrew, Jimmy", sagte Mutter glückstrahlend. „Sei ein braver Junge und gib ihm die Hand! Er ist eigens aus Des Moines hierhergekommen, um dich zu sehen."

Ich streckte die Hand aus, von dem vagen Wunsch erfüllt, Mutter eine Freude zu machen, während mir der kalte Schweiß aus allen Poren brach. Ich bewegte die Hand sogar, als würde ich eine andere schütteln. Dann rannte ich zur Tür, riß sie auf und stolperte die Treppe hinab.

Die unsicheren Schritte des Jungen folgten mir bis zu der obersten Stufe, dann wurden sie von Mutters Schritten übertönt. „Andrew, du hast doch nicht etwa Angst vor kleinen Jungen!"

Ich blieb widerwillig stehen. „Oder läufst du davon, weil du nicht weißt, worüber du dich mit Jimmy unterhalten sollst? Aber ihr werdet euch schon noch aneinander gewöhnen. Besuch mich bald wieder, ja?" Sie griff lächelnd nach meiner Hand.

Irgendwie gelang es mir, das Richtige zu sagen, und sie wandte sich um und stieg wieder die Treppe hinauf, gerade in dem Augenblick, als auch oben Schritte aufklangen – da oben, wo niemand gestanden hatte. Ich taumelte aus dem Haus und ließ mich in meinen Wagen fallen. Glücklicherweise fand ich eine Whiskyflasche im Handschuhfach. Aber der Alkohol nützte mir auch nichts.

Ich machte einen Umweg, weil ich nicht an Matthews' Haus vorbeifahren wollte. Auf der Hauptstraße trat ich das Gaspedal voll durch, ohne mich um etwaige Streifenpolizisten zu kümmern. Ich wollte möglichst schnell möglichst viele Meilen zwischen mich und die Geisterschritte des kleinen Jimmy legen. Ein Geist? Nicht einmal das – ich hatte nur Schritte gehört und eine Tür, die sich öffnete und schloß. Jimmy war nicht einmal ein Geist – er konnte gar kein Geist sein.

Ich mußte langsamer fahren, als mich der erste Lachkrampf schüttelte. Schließlich blieb mir nichts anderes übrig, als an den Straßenrand zu fahren und stehenzubleiben. Ich lachte, bis ich Seitenstechen hatte. Danach fühlte ich mich besser, und als ich den Cadillac wieder startete, begann ich nachzudenken. Und als ich den Stadtrand von Des Moines erreichte, war mir alles klar.

Es war eine Halluzination gewesen. Mutter hatte in ihrer Phantasie den kleinen Jimmy erschaffen, um ihre Jugend wieder heraufzubeschwören. Aber weil sie in allen anderen Dingen so normal war, hatte sie mich täuschen können. Als sie mir erklärte, warum sie die alten Möbel aufgestellt hatte, hielt ich sie für völlig normal und war fest überzeugt, daß der kleine Jimmy wirklich existierte – so überzeugt, daß ich sogar Schritte auf der Treppe hörte, als sie lauschend den Kopf zur Tür drehte. Sie hielt das alles für Wirklichkeit, und dadurch hatte sie meine Phantasie veranlaßt, mir einen Streich zu spielen.

Als ich glaubte, das Rätsel gelöst zu haben, beschloß ich die Schritte zu vergessen und meine Gedanken auf Mutter zu konzentrieren. Ich erinnerte mich an Matthews' Worte und nickte. Ja, es waren harmlose Phantastereien, und Mutter hatte ein Recht auf ihr Vergnügen. Sie war zweifellos vernünftig genug, um für sich selbst zu sorgen. Außerdem würde sich Matthew um sie kümmern. Ich hatte also nicht den geringsten Grund, mich aufzuregen.

Als ich den Wagen in die Garage fuhr, überlegte ich, daß ich tatsächlich als Seniorpartner in die Lastwagenfirma einsteigen und meinen Schwiegersohn zum Juniorpartner machen könnte. Das war Mutters Idee gewesen. Es hatte sich also doch gelohnt, sie zu besuchen.

Das Leben ging weiter. Mein jüngerer Sohn kam nach Hause, und ich hatte mich auf ihn gefreut. Aber irgendwie hatte die Army die alte Beziehung zwischen uns zerstört. Wir hatten uns nicht mehr viel zu sagen. Ich war fast erleichtert, als er uns verließ, um in New York einen Job anzutreten. Danach geriet mein älterer Sohn in Schwierigkeiten, und ich mußte ihm aus der Klemme helfen. Meine Tochter war wieder schwanger und ihr Mann unfähig, mit mir zusammenzuarbeiten. Ich hatte jedenfalls keine Zeit, um mir über Klein-Jimmy den Kopf zu zerbrechen. Zum Glück hatte Liza mich nicht nach Mutter gefragt, und ich dachte immer seltener an jenen sonderbaren Nachmittag.

Ich schrieb Mutter regelmäßig, und ihre Briefe wurden immer länger. Manchmal erwähnte sie Jimmy, aber sie gab mir vor allem Ratschläge bezüglich der Lastwagenfirma, die gar nicht so dumm waren.

Ich ging zu einem Psychiater und zahlte ihm ein gewaltiges Honorar dafür, daß er mir bestätigte, was ich bereits herausgefunden hatte. An dem anderen Unsinn, den er mir verkaufen wollte, war ich nicht interessiert, und so brach ich die Behandlung ab.

Und dannn vergaß ich die ganze Geschichte, als mir ein Bursche von ‚New Mode Roofing and Asphalt' vorschlug, meine Baufirma mit der seinen zu fusionieren. Diese Idee war mir schon vor Monaten gekommen, aber ihre Verwirklichung war gar nicht so einfach. Leider blieb mir nichts anderes übrig, als einen Kompromiß zu schließen und das Hauptquartier nach Akron zu verlegen. Das bedeutete, daß wir Hals über Kopf umziehen mußten. Liza machte mir eine Szene, und meine Tochter weigerte sich, mit uns zu kommen. Schließlich mußte ich die ganze Lastwagenfirma meinem Schwiegersohn übergeben, gerade in dem Augenblick, als sie die ersten Gewinne erzielt hatte. Der Bruch war bereits entstanden, als mein Schwiegersohn sich geweigert hatte, meinen älteren Sohn zu feuern, der bei ihm als Lastwagenfahrer arbeitete.

Vielleicht war das gut so. Der Job schien dem Jungen zu gefallen, und es war immer noch besser, wenn er Lastwagen fuhr, statt sich mit seinen alten Freunden zu treffen. Ich wollte Mutter davon schreiben, da sie einmal vorgeschlagen hatte, der Junge solle in die Firma eintreten, und ich nahm auch an, daß sie dabei ihre Hand im Spiel gehabt hatte. Aber der Umzug nahm meine ganze Aufmerksamkeit in Anspruch. Und danach gab es Probleme, als ich die Firma reorganisieren mußte.

Ich beschloß, Mutter zu besuchen statt ihr zu schreiben. Ich war überzeugt, daß mir meine Phantasie keine Streiche mehr spielen würde, und mein neuer Psychiater bestärkte mich in dieser Ansicht. Ich hatte mir für den nächsten Monat vorgenommen, zu Mutter zu fahren, und den Termin sogar in meinem Kalender vermerkt.

Aber es kam anders. Eines Nachts um zwei Uhr rief mich Matthews an, nachdem er zwei Tage damit vergeudet hatte, durch gemeinsame Bekannte meine neue Adresse zu eruieren. Natürlich hatte er nicht daran gedacht, im Business Directory nachzusehen.

Mutter hatte Lungenentzündung, und es ging ihr gar nicht gut.

„In ihrem Alter muß man solche Krankheiten sehr ernst nehmen." Matthews' Stimme klang kein bißchen professionell. „Komm, so schnell du kannst! Sie hat nach dir gefragt."

„Ich werde ein Flugzeug chartern. Wie ist es denn passiert?"

„Das Gewitter letzte Woche . . . Sie lief in Gummistiefeln und mit Schirm hinaus, um Klein-Jimmy von der Schule abzuholen. Als ich zu ihr kam, hatte sie schon Fieber. Ich habe natürlich mein Bestes getan, aber . . ."

Ich legte den Hörer auf und fühlte mich elend. Klein-Jimmy! In diesem Augenblick wünschte ich mir sehnlichst, daß er echt wäre, damit ich ihn erwürgen könnte.

Ich klopfte an Lizas Tür und bat sie, eine Maschine zu chartern, während ich ein paar Sachen einpackte, und von einem anderen Apparat aus meine Sekretärin anzurufen und ihr zu sagen, wo sie mich erreichen konnte. Liza brachte mich zum Flughafen, und als ich mich von ihr verabschieden wollte, holte sie ihre Reisetasche aus dem Kofferraum des Wagens und sagte: „Ich komme mit."

Ich wollte widersprechen, sah ihren Gesichtsausdruck und gab es auf. Ein paar Minuten später flogen wir ab.

Der Großteil der Familie war bereits versammelt, und einige lungerten vor dem neu dekorierten Schlafzimmer herum, wo Mutter unter einem Sauerstoffzelt lag. Mehrere Familien mit Kindern waren auf alle verfügbaren Zimmer verteilt, drängten sich abwechselnd vor Mutters verschlossener Tür und diskutierten mit den rauhen Flüsterstimmen, die man immer benutzt, wenn der Tod einkehrt.

Matthews schob sie beiseite und kam sofort zu mir, als er mich entdeckte. „Ich kann dir leider keine Hoffnungen machen, Andrew", sagte er und hatte Tränen in den Augen.

„Können wir denn gar nichts tun?“ fragte Liza und senkte ihre Stimme zu dem gleichen heiseren Wispern wie die anderen.

Er schüttelte den Kopf. „Ich habe die besten Ärzte des Landes konsultiert, und wir haben alles versucht. Wir haben sogar gebetet.“

Agnes saß in einem Seitenflur und schnüffelte laut. Anscheinend hatte sie ihren militanten Atheismus vergessen. Aber das war jetzt nicht so wichtig. Der Tod wartete in diesem Haus – ich spürte es fast körperlich. Ich hatte die Sinnlosigkeit des Todes immer gehaßt. Und nun hatte er eine persönliche Bedeutung für mich. Hinter dieser geschlossenen Tür lag Mutter im Sterben, und ich konnte ihr nicht helfen.

„Kann ich hineingehen?“ fragte ich.

Matthews nickte. „Es kann ihr jetzt nicht mehr schaden, und außerdem wollte sie dich sehen.“

Ich folgte ihm ins Schlafzimmer meiner Mutter, durchbohrt von den Blicken der anderen. Matthews schickte die Krankenschwester hinaus und trat ans Fenster. Das erstickte Schluchzen, das aus seiner Kehle kam, war lauter als das Zischen des Sauerstoffs. Zögernd ging ich auf das Bett zu.

Mutter hatte die Augen geöffnet. Sie sah mich an, aber sie erkannte mich nicht. Ihre dünne Hand zerrte an dem transparenten Sauerstoffzelt. Ich blickte zu Matthews hinüber, und er nickte langsam. „Jetzt spielt es ohnehin keine Rolle mehr.“

Er half mir, das Sauerstoffzelt zu entfernen, und sie streckte die Hand aus. Ihr keuchender Atem wurde lauter, und ich blickte in die Richtung, in die ihr Finger zeigte. Aber es war Matthews, der nach dem kleinen Bild eines Jungen griff und es ihr in die Hände legte.

„Mutter!“ stieß ich hervor, lauter, als ich es beabsichtigt hatte. „Hier ist Andy! Ich bin hier!“

Sie wandte mir wieder die Augen zu und bewegte die pergamentenen Lippen. „Andrew?“ Sie lächelte schwach, dann schüttelte sie den Kopf. „Jimmy! Jimmy! Sie hob das Bild hoch und sah es an. „Jimmy!“ wiederholte sie.

Ich hörte, wie sich die Haustür leise schloß, hörte Schritte durch die Halle gehen und die Treppe heraufkommen. Sie nahmen immer zwei Stufen auf einmal. Es waren schnelle Schritte, sie brauchten die Hilfe des Geländers nicht. Die Schlafzimmertür blieb geschlossen, aber ich hörte, wie sich der Knauf drehte, wie die Angeln quietschten, dann schloß sich die Tür. Junge Schritte bewegten sich über den Teppich, unsichtbar, erreichten das Bett und verstummten.

Mutter wandte den Kopf, und ihr Lächeln vertiefte sich. Sie hob eine Hand, dann ließ sie die dünnen Finger auf die Decke zurücksinken und hörte zu atmen auf.

Wieder wurde die Stille von Schritten durchbrochen, von schwereren, festeren Schritten, die über den Boden neben dem Bett dröhnte. Dann klangen Schritte von vier Füßen auf. Zwei mochten einem kleinen Jungen gehören, die anderen waren hastige, entschlossene Füße einer jungen Frau, die ihren Erstgeborenen begleitet.

Sie bewegten sich durch das Zimmer. Diesmal konnte ich nicht hören, ob sich die Tür öffnete oder schloß. Die Schritte stiegen die Treppe hinab. Als Matthews und ich ihnen in die Halle folgten, schienen sie schneller zu werden und wandten sich zur Hintertür.

Gefühle, die ich nie zuvor gesehen hatte, verzerrten die Gesichter der anderen. Agnes stand langsam auf und blickte nach oben. Ihre dünnen Lippen öffneten, zögerten, schlossen sich wieder zu einem schmalen Strich. Dann setzte sie sich hastig und sah sich um, voller Angst, daß die anderen etwas bemerkt haben könnten.

Ihre Tochter rannte die Treppe herauf. „Mutter, Mutter, wer war der kleine Junge, den ich gehört habe?"

Ich wartete ihre Antwort nicht ab, auch nicht die tonlosen Worte Matthews', der meinen Verwandten sagte, daß Mutter gestorben war. Ich kehrte in ihr Zimmer zurück und nahm das Bild aus den verkrampften Händen.

Liza war mir gefolgt, die Farbe kehrte allmählich in ihre

Wangen zurück. „Ein Geist“, flüsterte sie. Dann schüttelte sie den Kopf, und ihre Stimme wurde weicher. „Eins ihrer Babys, das zurückgekommen ist ...“

„Nein. Es war keine meiner Schwestern, die als Babys gestorben sind. Es ist nicht so einfach, Liza, und viel schlimmer. Es war ein Junge, der Masern hatte, als er sechs war, der immer zwei Stufen auf einmal nahm – ein Junge namens Jimmy ...“

Sie starrte mich zweifelnd an, dann blickte sie auf das Bild, das ich in den Händen hielt, ein Bild, das mich mit sechs Jahren zeigte. „Aber du ...“, begann sie, dann wandte sie sich ab, als die anderen hereinkamen.

Wir blieben natürlich bis zum Begräbnis, obwohl ich überzeugt war, daß Mutter mich nicht brauchte. Sie hatte ja ihren Jimmy.

Sie wollte mich nach ihrem Vater James nennen, aber Dad bestand auf Andrew. So hatte sein Vater geheißen. Er hatte gesiegt, und ich wurde James Andrew genannt. Meine Mutter hatte mich bis zu meinem zehnten Lebensjahr stets Jimmy genannt. Jimmy, Andy, Andrew, A. J. – wie ich mich erinnerte, war der Name eines Mannes in alten Religionen ein Teil seiner Seele.

Aber es ergab keinen Sinn, so sehr ich mir auch den Kopf zerbrach. Ich versuchte mit Matthews darüber zu reden, aber er wollte nichts sagen. Als ich mit Liza nach Hause flog, unternahm ich einen weiteren Versuch und erzählte ihr, was ich dachte.

„Ich glaube, daß ich die Schritte von Mutters Geist gehört habe“, schloß ich. „Aber wer war Jimmy? Wir alle haben ihn gehört, sogar Agnes' kleine Tochter. Er kann keine Illusion gewesen sein – aber auch kein Geist. Ein Geist ist die Seele eines Menschen, die zurückgekehrt ist – die Seele eines Toten.“

„Na und?“ fragte Liza kühl. Ich wartete, aber sie starrte aus dem Fenster des Flugzeugs und sagte nichts mehr.

Ich dachte immer, es wäre tröstlich, einem Geist zu begegnen. Jetzt bin ich mir nicht mehr so sicher. Wenn ich nur wüßte, was mit Klein-Jimmy los war ...

Der Sitz des Gerichts

Die Nacht war hereingebrochen, aber die Stadt erglühte im wütenden Rot der sterbenden Feuer, und die Menge kämpfte immer noch in den Straßen, schreiend vor Angst und Zorn. Nur vor den Baracken jenseits des Erdenpalasts schien der Kampfgeist erloschen zu sein, und der Mob hatte sich zu vereinzelten, benommenen Gestalten verdünnt.

Lorg, einer der Ludh-Söldner, kam aus einer Seitenstraße, in einem schwachen Versuch, die Flucht zu ergreifen. Zwei seiner Arme hingen schlaff herab, seine Kleidung war zerfetzt, sein Bogen verschwunden, sein Körper mit Wunden bedeckt. Doch er spürte sie nicht mehr. Er hatte nur einen einzigen Gedanken – er brauchte eine Waffe.

Er zögerte und lauschte, um festzustellen, ob er verfolgt wurde. Dann taumelte er durch eine Barackentür und zu den Gestellen, wo die Bögen aufbewahrt wurden.

Ein Lichtstrahl traf seine Augen und zwang ihn, stehenzubleiben. Sie hatten erraten, wohin er gehen würde. Es war ein ganzes Dutzend, angeführt vom Renegaten Pors, dessen Bogen bereits straff gespannt war.

Pors' Stimme klang angeekelt, als er seinen Ludh-Bruder anstarrte und den anderen zunickte. „Er ist einer von den Schlächtern", sagte er, und die Sehne des Bogens spannte sich noch stärker.

„Renegat! Adominist!" kreischte Lorg, aber es war zu spät für Worte. „Wenn die Erde dich erwischt . . ."

Pors schüttelte den Kopf. „Die Erde!" stieß er heiser hervor. „Die Erdenmenschen sind schon seit hundert Jahren tot, Lorg.

Nur die Schwächlinge sind übriggeblieben. Sie tun nur etwas, wenn sie unbedingt müssen – und dann ist es zu spät. Bete zu deinen eigenen falschen Göttern, Lorg, nicht zur Erde!"

Lorg sprang zur Seite, aber der Pfeil flog bereits durch die Luft und durchbohrte ihn.

Pors ließ den Bogen fallen und lehnte sich schluchzend an die Mauer – aber er weinte nicht um Lorgs Tod.

Sáyòn lag hinter den hohen Mauern des Raumflughafens und hatte sich kaum verändert in den dreißig Jahren, seit Eli Judson den Planeten zum letztenmal gesehen hatte. Scheinbar hatte die Zeit hier aufgehört zu existieren, auch wenn sie ihm selbst schwer zu schaffen machte. Die graublaue Uniform des Colonial Service hing lose an seinem dünnen, alten Körper. Sein einst schwarzes Haar hatte sich weiß gefärbt, bittere Linien durchzogen sein hohlwangiges Gesicht. Ohne Brille konnte er fast nichts mehr sehen. In ein paar Jahren würde es zu spät sein, sich einer Verjüngungstherapie auf der Erde zu unterziehen.

Er stöhnte unbehaglich, als das lamaartige Tier, auf dem er ritt, einen Hügel hinaufstolperte. Dann hob er die Hand, um seinen Begleiter aufzuhalten. „Das sieht doch alles recht friedlich aus."

„Eine Wasserstoffbombe sieht auch friedlich aus, bevor sie explodiert", entgegnete Dupont in seiner entnervend schrillen, hohen Stimme. Sein dickes Gesicht war schweißüberströmt, und er wedelte immer wieder irritiert mit seinem Taschentuch durch die Luft.

Die Erde muß schlimm dran sein, wenn man so einen Mann als Planetenverwalter aussucht, dachte Judson, auch wenn es nur eine zurückgebliebene Welt wie diese ist. Er zuckte mit den Schultern und griff nach dem Feldstecher, um das Tal zu inspizieren.

Die Luft war kristallklar nach einem der jahreszeitlich bedingten Stürme. Üppige Faya-Beeren und Wiesen, auf denen grünwollene Théoms weideten, bedeckten die Hänge. Ein Lieferwagen, mit kostbaren Gewürzen, Parfüms oder Uranerzen beladen, kroch bergauf, und er hörte die Glöckchen der Tiere leise läuten. Weitere Lieferwagen wanden sich eine Paßstraße entlang, die durch die gegenüberliegenden Berge im Norden führte. Im östlichen Hafen lagen bunte Segelschiffe.

Er wandte den Kopf und betrachtete die Stadt hinter den Kais. Kalva hatte sich mit seinen niedrigen Häusern und den gewundenen schmalen Straßen so weit ausgedehnt, daß es nun bis weit hinter die alten Mauern reichte. Judson wußte, daß die Stadt von Schmutz und Elend beherrscht wurde, aber das sah man aus dieser Entfernung nicht. Die gelben Ziegel und die dunklen Dächer funkelten fröhlich im Licht der Nachmittagssonne.

In der Stadtmitte ragte der große Tempel mit seinen sieben marmornen Sitzreihen auf, von einer abgeflachten Kuppel aus glänzenden Goldschuppen gekrönt. Judson richtete den Feldstecher auf den Platz vor dem Gebäude, wo sich dichte Menschenmengen drängten. Aber kaum jemand stieg die steilen Stufen hinauf. Merkwürdig – wo doch morgen abend das Mesêa-Festival beginnen sollte . . .

Dupont hüstelte nervös. „Reiten wir weiter. Wenn es nur keinen Ärger gibt . . .“

„Sie meinen, daß ein Sáyònese Schwierigkeiten machen könnte?“ fragte Judson.

„Mohammet ist allein und krank. Außerdem schwärmen diese Leute für menschliche Götter.“

„Für Göttinnen“, verbesserte Judson. Dann schnitt er eine Grimasse, als die Erinnerungen zurückkehrten. Meia . . . Doch das lag dreißig Jahre zurück, und er sollte es endlich vergessen. Er richtete sich im Sattel auf, und sie ritten weiter.

Diesmal ritten zwei der Ludh-Bogenschützen voraus, die üblichen Söldner in diesem Teil der Galaxis – gelbe, unbehaarte Affen mit Wolfsschnauzen. Sie waren so gute Soldaten, daß einer allein als Wachtposten genügt hätte. Aber Dupont hatte sechs mitgebracht.

Sie begegneten dem Lieferwagen, den sie gesehen hatten, und ritten an den Straßenrand, um ihn vorbeizulassen. Judson sah, daß Dupont die Stirn runzelte, als die Fahrerin ein seltsames Zeichen machte. Vielleicht war es eine religiöse Geste.

Die Sáyònesen waren menschlicher als die meisten Rassen, aber immer noch fremdartig. Die Frauen hatten flache Brüste unter den schmalen BHs. Sie waren Beuteltiere, und die Beutel waren deutlich zu sehen über den geschlitzten Röcken, die beide Geschlechter trugen. Die faltige Haut und das strohige Haar waren grün, die Ohren und Nasen von grotesker Länge. Mit ihren plumpen Körpern sahen sie aus wie Gnome aus Erdenmythologien. Aber verglichen mit den Schlangen von Tarshin und den Bogenschützen von Lhud wirkten sie sehr menschlich.

Auch ihre Sitten und Religionen erinnerten in mancher Hinsicht an die Vergangenheit der Erde, auch wenn ihr Gott ein strenges Mutter-Prinzip war. Die Erde hatte erwartet, daß sich dieser Planet leicht erobern lassen würde, und hatte auf die sáyònesischen Legenden von den inkarnierten Göttinnen gesetzt, die den Erdenfrauen so ähnlich sahen. Aber man hatte drastische Maßnahmen ergreifen und erst den halben Tempel niederbrennen müssen, bis die Sáyòneser besiegt waren. Das war vor einem Jahrhundert geschehen, und seither hatten die Priesterinnen für Frieden gesorgt – bis jetzt.

„Haben Sie diesen Propheten gesehen, von dem Sie mir erzählt haben?“ fragte er Dupont.

„Nein, nur Filmaufnahmen, die von weitem gemacht wurden. Er kam vor einem Jahr aus der Wüste und blieb in den Provinzen, wo er viele Anhänger gewann. Er kam erst letzte Woche, als die Ferienzeit begann, nach Kalva. Natürlich darf man nicht allen Berichten Glauben schenken, all den Lügenmärchen von seinen Wundertaten . . .“

„Dann haben Sie ihn also nicht verhören lassen?“

„Sie wissen, daß ich mich nicht in lokale Religionsprobleme einmischen kann“, entgegnete Dupont verdrießlich. „Darum müssen Sie sich kümmern – und diese Hohepriesterin, die Fas

Kaia. Sie hat den Sector-Gouverneur um ein Kriegsschiff und eine Erdentruppe gebeten, um den Frieden aufrecht zu erhalten."

Judson seufzte. Der Sector-Gouverneur hatte zwar ein Kriegsschiff, aber keine geeignete Kampftruppe. Der junge Erdenmann war viel zu sehr damit beschäftigt, den Luxus zu genießen, den ihm die vielen tausend Welten boten, um sich mit Planetenverwaltungsproblemen zu belasten. Also hatte man ihn hierhergeschickt, trotz seiner Proteste. Als bloßer Vize-Gouverneur war er entbehrlich.

Sie ritten in die Stadt, am Tempel vorbei und zum Erdenregierungspalast, der dahinter lag. Judson betrachtete die Menge und erkannte, daß die Zeit Veränderungen mit sich gebracht hatte. Die Armut war noch schlimmer geworden und die Sklaven sahen unterernährt aus. Zahllose Leute drängten sich in den Straßen, und mit jedem Lieferwagen kamen neue an. Viele trugen Schwerter, was die Sitten des Mesêa-Festivals verletzte. Der alte Markt war übersät mit Zelten aus Tierhäuten, Lärm und Gestank erfüllten die Luft.

„Die Anhänger des Oé Athon", bemerkte Dupont spöttisch.

„Hinter dem Tempel ist es nicht mehr so schlimm. Ich glaube, wir können noch ein Bad nehmen, bevor die Fas Kaia im Palast eintrifft."

Die ungewaschenen Sáyònesen machten ihnen widerwillig Platz. Die grünen Gesichter starrten die Menschen und die Ludhs an, ohne sie wahrzunehmen, und schienen von einer seltsamen, erwartungsvollen Ekstase erfüllt zu sein. Im Augenblick wirkten sie friedlich – aber solche Fanatiker konnten von einem Augenblick zum anderen den schlimmsten Tumult entfachen.

Als sie um den großen Tempel herumritten, ließ das Gedränge nach. Vor ihnen lagen der Palast, die Ludh-Baracken und der häßliche Friedhofshügel am Ende der Straße. Judson starrte auf den unheimlichen Berg, dann zog er fluchend seinen Feldstecher hervor. In der Nähe des Gipfels steckten vier verwesende sáyònesische Leichen auf Pfahlspitzen. Daneben saß ein noch lebender Unglückswurm auf einem Pfahl, der eingefettet war, so daß er sich nicht festhalten konnte. Seine Füße standen auf einem Sandhaufen, der mit jeder qualvollen Bewegung kleiner wurde. Langsam, aber stetig grub sich die Pfahlspitze in seinen Körper. In solchen Zeiten hatten diese Narren den Sitz wieder eingeführt . . .

Judson schwang sich aus dem Sattel und schüttelte den Kopf, als Dupont sein Tier zügelte. „Reiten Sie weiter, verdammt. Ich erledige das auf meine Weise.“ Ein paar Sáyònesen wichen zurück, um ihn vorbeizulassen, dann stieg er die steilen Stufen des Tempels hinauf.

Die Priesterinnen mußten ihn beobachtet haben. Ein Schrei klang auf, dann kletterten zwei herab, um ihm zu helfen. Zu seiner Überraschung war er auf ihre Hilfe angewiesen. Sein Alter machte sich wieder einmal bemerkbar. „Sagt der Fas Kaia, daß ich hier bin“, bat er keuchend.

„Die Fas Kaia begrüßt den Oé Eli“, sagte eine Altstimme von der obersten Stufe herab.

Er hielt den Atem an, als sie einander anstarrten. Sie war alt und so dick, daß sich ihre Haut gedehnt hatte und ganz hell geworden war. Ihr aufgedunsener Körper war mit Juwelen überladen. Aber ihre Gesten verrieten jugendliche Kraft, als sie die Unterpriesterinnen wegscheuchte. „Du bist ein starker Mann – und ich glaube, ein Realist. Dafür mußt du ihr danken.“

„Ich bin realistisch genug, um zu wissen, daß du das Volk nicht mit diesen hohen Steuern in den Hungertod treiben und nicht durch Foltern gefügig machen kannst“, erwiderte er scharf und zeigte zum Hügel. „Hast du geglaubt, ich wäre so dumm, das zu übersehen?“

Sie seufzte und wandte ein Ohr dem Schreien des Sterbenden zu, das sich in den Straßenlärm mischte. „Ich habe erwartet, daß du es sehen würdest“, sagte sie ruhig. „Die Zeiten sind schlecht, Oé Eli – so schlecht, daß diese Schurken versucht haben, den

Tempel zu plündern. Ich habe vielleicht gelogen, als ich sie als Anhänger Athons bezeichnete, aber die Bestrafung ist gerecht. Und was die Steuern betrifft, ich nehme, was ich kriege, aber ich lasse mein Volk nicht hungern. Wenn die Leute nichts zu essen haben, sind sie selbst schuld. Ganz Sáyòn hat sich in Kalva versammelt, um diesen Athon zu sehen und zu beobachten, was ich mit ihm machen werde. Ich habe meine eigenen Vorratslager zur Verfügung gestellt, aber davon werden diese Massen nicht satt."

Langsam ließ seine Wut nach. Sogar nach dem Sittenkodex, den die Erde festgelegt hatte, galt der Sitz als gerechte Strafe für alle, die den Tempel entweiht hatten. „Verzeih, Kaia."

„Schon gut, Eli. Wenn du willst, können wir uns in meiner Suite unterhalten."

Als sie den kleinen Raum hinter der großen, goldenen, mit Jadesteinen geschmückten Statue der Göttin betraten, schickte die Hohepriesterin ihre Sklavinnen hinaus und servierte ihm milden Faya-Wein und unvergleichlichen Kalva Käse. Dann ließ sie sich mit klirrenden Ketten auf ein Kissen falllen. „ ‚Ein weiser Mann hat viele Schwerter' ", zitierte sie. „Und ich bin froh, daß der Gouverneur kein Kriegsschiff geschickt hat, wie es der Verwalter verlangte, sondern Sie. Vielleicht können wir beide eine Lösung finden. Eli, was wissen Sie von Ihren Inkarnationen und deren Macht?"

Er spürte, wie sich seine Gesichtsmuskeln anspannten, aber er zwang sich zur Ruhe. „Ich traf eine deiner Göttinnen und sah, wozu sie fähig sind."

„Meia!" Kaias Augen begannen zu leuchten. „Ich habe Gerüchte gehört, obwohl ich zu jener Zeit im Tempelbordell diente. Nun, wenigstens weißt du, daß unsere Rasse Kinder gebären kann, die den euren ähnlich sehen und Wunder wirken können. Athon behauptet, eines dieser Kinder zu sein."

„Ein Mann?" fragte Judson überrascht.

Sie nickte. „Alle waren Mädchen, bis auf das erste, das unsere Religion in blutigen Kriegen gegründet hat. Einigen Legenden zufolge war der Junge im Gegensatz zu den Mädchen fruchtbar, und die Mädchen sind angeblich alle aus den Samen seiner Lenden entstanden. Aber die Leute glauben, daß sie Inkarnationen der Göttin sind und lassen den Tempel in Ruhe. Doch dazu ist Athon nicht bereit."

„Und du hast ihn trotzdem nicht umbringen lassen, als er hier auftauchte?" Judson versuchte seine Denkweise den neuen Fakten anzupassen. Eine seltsame rezessive Mutation mit verbundenen Genen, die das Talent zur Heilung von Krankheiten hervorbrachte? Es war möglich. Auf der Erde waren einige Gehirne mit ähnlichen Fähigkeiten entwickelt und in den teuren Verjüngungskliniken eingesetzt worden.

„Ich habe es versucht", gab sie zu. „Mehrmals. Aber er hat meine Meuchelmörder und Spione bekehrt. Dann versuchte ich den Verwalter dazu zu bringen, Athon als Erdenmann zu proklamieren, der sich als Sáyònese ausgibt. Du weißt, daß vor meiner Zeit eine Missionarin von der Erde hier war. Sie versuchte es – bis die Erde sie auf Sáyòn fand."

Judson hatte irgendwo davon gelesen. Nun dachte er über diese Idee nach. Das würde die Dinge gewiß vereinfachen. Die Sáyònesen verabscheuen jedes Mitglied einer fremden Rasse, daß sich in ihre religiösen Angelegenheiten einmischte. Dieser verdammte Dupont! Der Mann hätte ein einzigesmal in seinem Leben sein Gehirn benutzen können statt des Gesetzbuchs. Aber er hatte bis zur letzten Minute gewartet und dann um Hilfe geschrien.

„Ich nehme an, Dupont hat dir gesagt, du sollst den Mann nicht anrühren, solange nicht feststeht, ob er ein Mensch ist oder nicht?" fragte er. Als sie nickte, fluchte er leise. „Glaubst du, daß Athon ein Mensch ist?"

Sie zuckte mit den Schultern und starrte verbittert auf eine gerahmte Kopie des Erden-Sáyòn-Bündnisvertrags. „Wer kann schon wissen, was eine männliche Inkarnation ist? Und was weiß ich schon von den Erdenmännern! Alle, die ich sah, waren verschieden groß, verschieden von Gestalt und hatten verschiedene Haarfarben. Meine Hände sind gebunden. Wenn er ein Mensch ist, kann ich nichts tun. Und wenn er ein Sáyònese ist, steht er als Inkarnation außerhalb meines Machtbereichs. Und doch muß er irgendwie gestoppt werden – um deiner und meiner Welt willen. Hier!"

Sie nahm Papiere aus einem juwelenbesetzten Kästchen, die mit einheimischen Schriftzügen bedeckt waren. „Kannst du das lesen?" Als er nickte, reichte sie ihm die Blätter. „Nimm sie mit. Du wirst sehen, daß er sowohl ein Vater- als auch ein Mutter-Prinzip einsetzen will. Er möchte, daß die Tempelschätze auf alle Sáyònesen verteilt werden. Er behauptet, daß alle Rassen gleich sind. Überleg doch, wie das die Position der Erde schwächen würde, Eli! Ist die Erde stark genug, um Sáyòn gegen ein fanatisches Volk zu verteidigen! Oder um die anderen Planeten zu halten, wenn dieser unabhängig wird?" Sie lächelte freudlos. „Ich war schon so verzweifelt, daß ich überlegt habe, ob ich dich bestechen könnte. Aber ein armer Mann, der vierzig Jahre lang im Service diente, muß auch ein ehrlicher Mann sein. Aber du kannst dir wenigstens ansehen, was ich für dich ausgesucht habe."

Eine weiß schimmernde Kette aus mythischen Mondperlen lag auf dem Boden des Kästchens. Auf der Erde konnte man mit einer dieser Perlen eine komplette Verjüngungskur bezahlen, und mit zehn Perlen konnte man sich eine Gouverneurstelle in jedem beliebigen Sektor kaufen. Seine Hand zitterte, aber er lächelte, als er das Kästchen schloß.

Mit einem gezwungenen Lachen stellte sie die Kassette beiseite. „Nun, vielleicht wird dich die Göttin eines Tages für deine Ehrlichkeit belohnen." Sie kam mühsam auf die Beine und ging zur Tür. „Meine Kutsche wartet draußen, um dich zum Palast zu bringen."

Die Kutsche fuhr durch ein kleines Tor am Fuß der Treppe. Judson bemerkte kaum, welchen Weg die Priesterin einschlug, die auf dem Kutschbock saß. Er war in unerfreuliche Gedanken vertieft. Kaia hatte ihm unzureichende Informationen gegeben und ihm dann die ganze Verantwortung aufgehalst. Und dann – verdammt – hatte sie ihm auch noch die Mondperlen angeboten.

Die Kutsche blieb abrupt stehen. Er hob den Kopf. Die Straße zwischen dem Palast und dem Tempel war mit Leuten vollgestopft, die eine Art Prozession bildeten. In der Straßenmitte war ein Raum frei geblieben für eine Gestalt in langer Robe, die allein dahinging. Eli griff nach der Hand der Priesterin, als sie das Gespann wenden wollte. „Warte! Ist das Athon?"

Sie nickte mit haßverzerrtem Gesicht.

Der Feldstecher nützte ihm nichts. Es wurde bereits dunkel, und die Kapuzenrobe verdeckte die Gestalt, die langsam einherschritt. Judson ließ seinen Blick über die Menge wandern und hielt erschrocken den Atem an, als er die beiden Ludh-Bogenschützen am Ende der Prozession entdeckte. Sie hatten hier nichts zu suchen . . .

Ein verwirrter Schrei aus den Reihen des Mobs unterbrach den unheimlichen Gesang, den die Fanatiker angestimmt hatten, und Judson wirbelte herum. Er sah, wie ein Sáyònese auf die einzelne Gestalt in der langen Robe zulief. In einer schwachen Hand schwang er ein Schwert. Sein ausgemergelter Körper war vom braunen Schorf der Hautfäulnis bedeckt.

Ein Mann wollte sich auf ihn werfen, als er zu taumeln begann. Aber er war immer noch stark genug, um den anderen abzuwehren. Mit einem schrillen Schrei hob er das Schwert und stach es in die eigene Brust. Athon blieb neben dem zuckenden Körper stehen und zog mühelos das Schwert aus der Wunde. Dann bückte er sich hinab zu dem Sterbenden und schien ihn zu tadeln. Schließlich richtete er sich wieder auf. Der Selbstmörder blieb noch eine Weile liegen. Dann sprang er mit einem wilden Freudenschrei auf und lief der Menge entgegen. Auf dem dürren Körper war kein Schorf mehr zu sehen.

Der Gesang schwoll zu ekstatischem Jubel an, und die Prozession bewegte sich weiter. In der Mitte schien Athon traurig den Kopf zu schütteln.

Als Judson nickte, wendete die Priesterin die Kutsche und fuhr durch kurvenreiche Nebenstraßen zum Palast. Die Gedanken in Judsons Kopf überschlugen sich. Was er soeben gesehen hatte, war so weit entfernt von allen ärztlichen Künsten auf Erden, daß man es nur als Wunder bezeichnen konnte. Oder es war ein einstudierter Trick gewesen.

Wenn die Nachricht von diesen Ereignissen zur Erde drang, würden bald zahllose Schiffe voller leichtgläubiger Narren und übler Geschäftemacher auf Sáyòn landen. Kaia hatte recht gehabt, als sie ihn auf die Gefahr hinwies, in der die Erde schwebte. Wenn diese Dinge bekannt würden, wäre das ganze System bedroht. Meia war schon gefährlich genug gewesen. Aber Athon war der Untergang.

Dupont und seine hausbackene Schwester unternahmen mit Hilfe der acht menschlichen Assistenten den vagen Versuch, eine Willkommensparty zu feiern. Aber sie schienen sehr erleichtert zu sein, als Eli sich mit der Ausrede entschuldigte, sehr müde zu sein. Wenn die Gerüchte stimmten, würden sie jetzt ein Saufgelage starten, bei dem Duponts Schwester von einem Mann zum anderen weitergereicht wurde und auch ihren Bruder beglückte. Aber das ging Judson nichts an. Da immer weniger Erdenfrauen nach Sáyòn kamen, konnte man es keinem Mann übelnehmen, wenn er nahm, was ihm angeboten wurde. Die Erde pflegte jeden Verkehr mit fremden Rassen streng zu bestrafen, aber es kam doch manchmal vor, sogar auf Ludh.

Er ging in das Apartment, das man ihm zugewiesen hatte, und packte seine Sachen aus. Zuletzt nahm er eine Taschenbuchausgabe der Bibel aus seinem Koffer. Er hatte sie nie gelesen, wenn er es sich auch immer wieder vornahm. Die wenigsten Menschen waren mit dem Inhalt der Bibel vertraut, seit die vielen Mysterienkulte entstanden waren. Aber er betrachtete das Buch als Glücksbringer. Er legte es neben sich, dann begann er die Papiere zu lesen, die Kaia ihm gegeben hatte.

Der Inhalt bestätigte ihre Worte, ohne ihm neue Informationen zu geben. Und sogar die Bestätigung war bedeutungslos, da es sich um eine Fälschung handeln konnte. Er würde sich umhören müssen, und er befürchtete, daß die Hohepriesterin sein größtes Problem darstellen würde.

Inzwischen war die Müdigkeit, die er als Ausrede benutzt hatte, Realität geworden. Er zog sich aus, ließ sich auf das Bett sinken, machte einen letzten vergeblichen Versuch, über ein Problem nachzudenken. Priesterinnen, Göttinnen, Propheten ... Das war das letzte, was er sich gewünscht hatte – erneut in sáyònesische Religionswirren hineingezogen zu werden ... Jenes eine Mal hatte ihm genügt – und doch ...

Vor dreißig Jahren hatte er noch Zukunftspläne schmieden können, sogar auf einer Randwelt im Colonial Service. Elis Hoffnungen gründeten sich auf sein Buch, das die Merkwürdigkeiten im ökologischen Gleichgewicht auf einer Welt behandelte, wo Beuteltiere dominierten. Er verbrachte einen zweijährigen Urlaub in einem Dorf, hundert Meilen nördlich von Kalva, in einem Haus, das einst dem Service gehört hatte und dann aufgegeben worden war. Das Buch war fast fertig, und man hatte ihm versichert, daß man es veröffentlichen würde. Er hoffte auf Anerkennung, Beförderung, Rückkehr zur Erde. Er würde eine Frau finden, die ihn für die zehn Jahre ohne weibliche Gesellschaft entschädigte, und Kinder in die Welt setzen. Er hatte sich schon immer einen Sohn gewünscht, obwohl solche Gedanken in der derzeitigen Kultur als altmodisch galten.

Vielleicht hätte alles geklappt, wenn jenes Gewitter nicht so plötzlich über ihn hereingebrochen wäre, als er einen Spaziergang gemacht hatte, um einen klaren Kopf zu bekommen. Derselbe Gewittersturm fand ein Fenster, das er offen gelassen hatte, wehte sein Köfferchen mit den Antibiotika davon und ruinierte sein Radio. Dadurch blieb ihm nichts anderes übrig, als sich einem einheimischen Arzt anzuvertrauen, der nichts von Lungenentzündungen verstand. Eli versank in ein Delirium, mit der unangenehmen Vorstellung, daß er im Himmel aufwachen würde, an den er nicht glaubte.

Als er zu sich kam, fühlte er sich elend, und seine Sicht war getrübt. Aber da war ein Engel oder ein Erdenmädchen im Zimmer und redete mit einem alten Grünkopf sáyònesisch. Sie trug die Tracht der Einheimischen – aber keine Eingeborene hatte eine solche Haut und so provokative Hüften. Als sie sich umwandte, hielt er erstaunt den Atem an. Keine Erdenfrau war ohne Make-up jemals so schön gewesen. Ob sie vielleicht doch ein Engel war?

Sie schüttelte den Kopf und sagte ihm auf englisch, ohne den sáyònesischen Lispelakzent:

„Ich bin nur eine Göttin. Das heißt – ich werde in einem Monat soweit sein. Sie haben Glück, daß ich noch nicht nach Kalva gegangen bin. Sie sind beinahe tot, und Ihre Zellen sind – nun, anders. Ich hatte große Mühe mit Ihnen.“ Sie beugte sich vor, und das lange blonde Haar fiel über sein Gesicht. „Sind Sie wirklich ein Erdenmann, Eli?“

„Ich stamme ebenso wie Sie von der Erde“, flüsterte er und packte sie.

Seine Versuche, sie zu küssen, schienen sie zu verwirren, aber sie protestierte nicht, bis der Grünkopf eine neckische Bemerkung machte. Da befreite sie sich aus seinen Armen und strich sich über die Brust. Erschrocken sah er, daß ihre Brust ebenso flach war wie die seine.

„Was sind Brüste, Onkel Kleon?“ fragte sie.

Die grüne Kreatur grinste belustigt. „Versuch noch tiefer in seine Gedankenwelt einzudringen, dann wirst du mehr darüber erfahren.“ Sein Englisch war ebenso akzentfrei wie das ihre, aber seine Aussprache war nicht so klar.

Sie starrte Eli an, dann begann sie wie ein Schulmädchen zu kichern und lief aus dem Zimmer. Kleon ließ sich auf den Bettrand fallen. „Ich bin eigentlich nicht ihr Onkel, sondern ihr Lehrer. Ich unterrichte sie, bis sie reif für den Tempel ist. Ich war einer der wenigen Sáyònesen, die eine Ihrer Universitäten besuchen durften, bevor die Erde den Gedanken aufgab, unseren Lebensstandard zu erhöhen, und uns auf unserem Planeten festhielt. Ich habe meinen Haß und meine Wut schon längst überwunden, und vermutlich bin ich nur deshalb noch am Leben."

„Und sie?" fragte Eli.

Der alte Mann grinste liebevoll. „Ich gebe zu, daß sie viel interessanter ist als ich. Sie ist wirklich eine Göttin, und noch dazu eine gute. Sie waren schon fast tot, als sie ankam. Haben Sie noch nie von unserer jungfräulichen Göttin gehört?"

Eli hatte verschiedene Geschichten gehört, aber nicht geglaubt. Vor etwa hundert Jahren war ein Mädchen geboren worden, das wie eine Erdenfrau aussah und die wunderbare Macht besaß, Kranke zu heilen und Verstümmelten neue Glieder zu geben. Aber daß sie so menschlich aussah . . . Er blickte aus dem Fenster. Da stand sie und unterhielt sich mit zwei Sáyònesen. Dann runzelte er die Stirn. Im Sonnenlicht hatte ihre Haut einen grünlichen Schimmer, und über ihrem Bauch war eine feine Linie, genau an der Stelle, wo andere Sáyònesinnen ihren Beutel hatten. Aber das konnte auch eine subtile Verkleidung sein.

„Das sind ihre Eltern", erklärte Kleon. „Sie sagen ihr gerade auf Wiedersehen."

Eli verlor wieder die Besinnung. Als er das nächstemal zu sich kam, war er völlig gesund, obwohl inzwischen nur zwei Stunden vergangen waren. Er schlürfte die heiße Käsesuppe, die Kleon ihm serviert hatte, dann sprang er aus dem Bett und sah den alten Mann an. „So, und jetzt erzählen Sie mir alles ganz genau."

Diesen Wunsch erfüllte Kleon nur zu gern, und diesmal war Eli nicht mehr so skeptisch. Aber er hatte immer noch Zweifel, bis zum Abend, als eine klagende Prozession die Straße heraufkam. Ein paar hatten Hautfäulnis, einige waren verkrüppelt, andere blind. Als sie Meia erblickten, verwandelte sich ihr Geheul in ein Freudengeschrei, und sie warfen sich vor ihr zu Boden. Soviel Eli dem ländlichen Dialekt entnehmen konnte, waren sie in Meias Heimatdorf gekommen und hatten dort erfahren, daß sie nach Kalva gehen wollte, um dort ihren Geburtstag zu feiern. Nun waren sie glücklich, daß sie ihre Göttin wiedergefunden hatten. Sie betrachteten Eli als Himmelsgeschenk, weil er so nett gewesen war, Lungenentzündung zu bekommen und Meia dadurch aufzuhalten.

Sie kümmerte sich um sie, redete mit ihnen, legte manchen die Hände auf. Eli sah zu, versuchte ihr auf die Schliche zu kommen und gab es schließlich auf. Unter ihren Fingern löste sich der Schorf auf, neue grüne Haut bildete sich, verkrüppelte Gliedmaßen wurden durch gesunde ersetzt, aus blinden Augen verschwand der graue Star. Sie stimmten Freudengesänge an, und niemand schien sich über Meias Kunststücke zu wundern.

Als alle versorgt waren und sich in den Dorfhütten niederließen, wandte sie sich an Eli. „Es ist schwieriger, als es aussieht. Aber es beglückt mich. Und nun erzählen Sie mir was von der Erde."

Er versuchte ihre Neugier zu befriedigen, war aber mit seinen Gedanken ganz woanders. Es war nicht so einfach, sich an die Vorstellung zu gewöhnen, daß ein hübsches, unschuldiges junges Mädchen ein fremdartiges Känguruh und gleichzeitig eine Gottheit war.

„Ich glaube, wir werden ein paar Tage hierblieben", sagte sie. „Ich will mehr von der Erde erfahren und sie studieren. Vielleicht kann ich sogar auf die Erde gehen und dort die Kranken heilen."

Es fiel ihm schwer einzuschlafen, da er wußte, daß sie im Nebenraum nackt in ihrem Bett lag. Sie hatte darauf bestanden, zusammen mit Kleon bei ihm zu wohnen. Doch dann wurden diese Gedanken von der Vorstellung verdrängt, daß sie auf die Erde gehen könnte. Der Verwalter von Sáyòn war ein Neo-Blavatskyite von der übelsten Sorte, und nichts wäre ihm lieber, als eine echte Göttin auf die Erde mitzubringen. Wenn die Senatorenfamilien von Meias Talenten erfuhren, würde die Hölle los sein. Man würde mindestens ein dutzendmal pro Monat versuchen, sie zu entführen und wahrscheinlich halb so viele

Palastrevolutionen anzetteln, um sie unter Kontrolle zu behalten. Sie wäre schlimmer dran als die hypnotische Eidechse von Tarshi, die im vergangenen Jahrhundert auf die Erde gekommen war. Außerdem würden die Sáyònesen sie eher umbringen, bevor sie Meia gestatteten, zur Erde zu fliegen.

Während der nächsten Tage versuchte er Meia ihren Plan auszureden. Aber sie war sicher, daß sie alle Schwierigkeiten meistern würde, und sie war fest entschlossen. „Außerdem wird sich niemand an einer jungfräulichen Gottheit vergreifen", fügte sie hinzu.

„Wieso eigentlich Jungfrau?" wollte er wissen. „Du hast eine Obergöttin, die du als Mutter-Prinzip bezeichnest, aber ihre Inkarnationen sind Jungfrauen. Ist das nicht ein Widerspruch? Wahrscheinlich wird sie dich verprügeln, wenn du diese eine Tugend verlierst."

„Nein, weil sie die Allmutter ist und keine Einzelmutter. Außerdem könnte ich gar keine Kinder gebären, weil ich in Verbindung mit unseren Männern unfruchtbar bin. Wenn ich Kinder haben und einen Mann nach deinem Begriff lieben könnte, würde es mir nichts ausmachen, meine Gottheit zu verlieren. Aber ich will sie nicht aufgeben für nichts und wieder nichts."

Ihre Worte brachten ihm zu Bewußtsein, daß er sie schon wieder als menschliches Wesen betrachtete. Verdammt, sie sah zwar wie eine Erdenfrau aus, aber ihre Zellenstruktur war ganz anders. Es wäre leichter, sich mit einem Erdenbaum zu vereinen, als mit ihr Kinder zu zeugen. Seine Chromosomen würden nicht zu den ihren passen. Und in moralischer Hinsicht war der Sex nun einmal mit dem Ziel, Kinder zu bekommen, verknüpft – egal, was man sonst noch davon hatte. Außerdem hatte er keine Ahnung von der sáyònesischen Anatomie. Vielleicht sah sie unter dem Rock alles andere als menschlich aus.

Sie kicherte. „Eli, wenn du mich ausziehen willst, warum tust du's denn nicht? Dann kannst du alles ganz genau sehen."

„Geh zum Teufel!" fuhr er sie an und stapfte davon, entschlossen, seine Sachen zu packen und sofort abzureisen. Er war mit seiner Geduld am Ende und wollte sich nicht von ihr zum Narren halten lassen.

Aber am fünften Tag war er immer noch da. Statt zu packen, stieg er mit ihr zu seinem Lieblingsplätzchen auf einem niederen Hügel hinauf. In einer windgeschützten Mulde breitete er eine Decke aus und legte sich darauf. Er hatte in der vergangenen Nacht schlecht geschlafen und wollte sich jetzt ausruhen. Meia hatte das einzige Buch gerettet, das Kleon von der Erde mitgebracht hatte – eine Taschenbuchausgabe von der Bibel. Er streckte sich aus, und sie legte sich neben ihn. Wahrscheinlich mit Absicht drückte sie sich enger an ihn, als es nötig gewesen wäre. Er spürte, wie der Atem ihre Brüste hob und senkte.

Mit einem Schrei richtete er sich auf und starrte sie an. Brüste! Sie war doch flachbrüstig gewesen, als er sie zum erstenmal gesehen hatte. Aber das war sie jetzt nicht mehr.

„Du hast dir Brüste gewünscht, also habe ich mich verändert", sagte sie zufrieden. „Wird aber auch Zeit, daß du das endlich merkst! Ich habe auch den grünlichen Schimmer, der dir nicht gefiel, von meiner Haut entfernt und die Linie verschwinden lassen, wo eigentlich ein Beutel hängen sollte. Siehst du es?"

Er sah es, aber das, was da war, faszinierte ihn viel mehr als das, was nicht da war. Wenn sie Watte benutzt hatte, dann hatte sie das verdammt gut hingekriegt.

„Sie sind echt. Ich habe mir die Brüste in deiner Gedankenwelt ausgesucht, die dir am besten gefallen. Du kannst ja mal fühlen, wenn du mir nicht glaubst. Es macht mir nichts aus. Außerdem bedeutet es mir ja nichts . . ."

Aber ihr Atem stockte genauso wie der seine, als seine Finger unter ihren BH glitten. Er spürte, daß sie zitterten, und ihre Brustwarzen wurden hart und schmiegten sich eifrig in seine Hände. Sie neigte sich zu ihm, mit geöffneten Lippen, dann riß sie sich los und starrte ihn an. Zum erstenmal las er Angst in ihren Augen. „Nein", flüsterte sie, sprang auf und wich ein paar Schritte zurück.

Aber es mußte sein. Das erkannte er jetzt ganz deutlich. Wenn sie sich ihm hingab, würde sie ihre gefährlichen Kräfte verlieren und ein ganz normales Mädchen werden. Das war die Lösung des Problems. Die Erde würde nie von ihr erfahren, und – und es war schon zehn Jahre her, seit er zum letztenmal ein Mädchen in den Armen gehalten hatte.

Er ging zu ihr, und sie wurde blaß. Dann verengten sich ihre Augen, und in seinem Kopf schien irgend etwas zu explodieren. Er taumelte und fiel zu Boden. „Nein", wiederholte sie. „Nicht jetzt. Ich muß erst nachdenken."

Er wartete, denn er wußte, daß er ein Wesen mit göttlichen Kräften zu nichts zwingen konnte. Sein Verlangen wuchs und sehnte sich nach Erfüllung, aber er konnte nur daliegen und warten. Schließlich kam sie zu ihm und nahm langsam ihren BH ab. Reglos lag er da, bis sie ihn fast berührte, dann zog er sie an sich, und sie preßte sich mit zitternden Brüsten an ihn.

„Zeig es mir in deinen Gedanken", wisperte sie. „Zeig mir alles. Ich will ganz sicher sein."

Inzwischen hatten seine Hände den Schlitz ihres Rocks gefunden und die Gürtelschnalle, aber er versuchte ihren Wunsch zu erfüllen, mit unklaren brennenden Gedanken. Und plötzlich war sie ihm ganz nah und flüsterte ihm keuchend ins Ohr. „Ich bin sicher, Eli, ich bin ganz sicher."

Zehn Jahre waren eine lange Zeit.

Als er sie zum letztenmal gesehen hatte, war sie in einen tiefen Schlaf der Erschöpfung gefallen, aber um ihre Lippen spielte ein Lächeln. Sie flüsterte irgend etwas mit schwacher Stimme, und er küßte sie und bemühte sich, nicht allzu klar zu denken.

Es war dunkel geworden, als er daheim ankam. Er sattelte sein Reittier, dann ging er ins Haus, um sein Manuskript zu holen. Dann sah er, daß Kleon darin las, und gab es auf. Er war nicht in der Lage, die Fragen des alten Mannes zu beantworten, führte das Tier zur Straße, stieg auf und machte sich auf den Weg nach Kalva.

Es war ein langer Ritt, und er fand genug Zeit zum Nachdenken. Manchmal freute er sich über das Ende ihrer Macht, als hätte sein Sieg bewiesen, daß sie nie mehr gewesen war als er. Dann wieder schämte er sich – weil er ein Tabu verletzt hatte, das Gebot, nicht mit fremdartigen Frauen zu verkehren, und weil er ihr so viel angetan hatte. Und da waren noch diese anderen Gefühle, die er verfluchte und die noch viel stärker waren als Triumph oder Scham.

Am Ende des Jahres, als man seinen Transfer bewilligt hatte, gab er sein ganzes Geld aus, um ihr eine Schachtel voller Luxusgeschenke zu schicken, an die Adresse des Dorfes. Als sich der Start seines Transferschiffes verzögerte, begann er zu fürchten, daß Meia ihn aufstöbern könnte. Aber er sah sie nie wieder.

Statt dessen kam der stark gealterte Kleon zu ihm. Eli stand schon hinter der Sperre für die Fluggäste, und diese Schranke durfte kein Eingeborener passieren. Kleon versuchte es und wurde zurückgeschickt. Und als er Eli sah, warf er etwas über den Zaun. Es war die zerfledderte kleine Bibel, die Meia an jenem Tag gelesen hatte. Kein Brief lag darin, nichts war auf das Vorsatzblatt geschrieben. Es war ihm ein Rätsel. Doch dann dachte er nur noch an die Erde, als die Rakete startete und ihn von Sáyòn wegtrug.

Judson erwachte zeitig am Morgen, gestört von dem Licht, das zu beiden Seiten seines Zimmers hereinfiel. Stöhnend griff er nach seiner Brille. Irgendwann mußte ein Sklave hereingekommen sein, um ihn auszuziehen, und jetzt kam wieder einer, brachte ihm seine frischgewaschenen Kleider und eine Tasse Kaffee. Eine Fensterfront ging nach Norden zu den Bergen hinaus, durch die andere blickte man in einen Hinterhof. Er stieß ein Fenster auf, ließ frische Luft und Kinderstimmen herein. Drei kleine Jungen zwischen sechs und elf Jahren spielten im Hof. Nach ihrem Aussehen zu schließen waren sie Duponts. Der Mann mußte ein Narr sein. Sich hier auf der Insel fortzupflanzen . . . Aber Judson konnte ihm keine Vorwürfe machen, als er die Kinder beobachtete, krank vor Neid.

Er schloß das Fenster wieder, und im selben Augenblick kam Dupont herein. Der Mann sah elend und ängstlich aus. „Die Fas Kaia hat Athon eingesperrt!“ schrie er, ohne sich mit Höflichkeitsfloskeln aufzuhalten. „Sie macht ihm einen Prozeß, weil er ihren Tempel entweiht hat. Und das, nachdem ich ihr befohlen hatte, ihn in Ruhe zu lassen! Kommen Sie, wir müssen einschreiten.“

Auch Judson war erschrocken, aber er sah keinen Grund zur Panik. Eigentlich hätte er mit einem solchen Willkürakt von seiten der Priesterin rechnen müssen.

„Ich habe ihren Befehl widerrufen“, sagte er und wußte, daß er sich damit selbst aufgab. Vielleicht würde er sogar Kaias Bestechungsgeschenk annehmen. Aber es hätte keinen Sinn, wenn er versuchte, ihre Aktion ungeschehen zu machen. Je geringer der Schaden, desto besser. „Wenn Sie sich Sorgen machen, sollten Sie Ihre Schwester und Ihre Kinder in eine Rakete stecken und wegbringen lassen.“

Dupont wurde kreidebleich. Wenn nun auch sein Inzest bekannt würde, wäre der Ruin nicht mehr aufzuhalten. Aber dann nickte er, bewahrte mühsam Haltung und ging in den Hof hinaus.

Judson rannte auf die Straße. Natürlich wartete keine Kutsche auf ihn. Er machte sich zu Fuß auf den Weg und sah, daß sich zahllose Leute vor dem Tempel drängten, führerlos und unsicher. Als sie seine Uniform sahen, machten sie ihm unwillkürlich Platz.

Im Tempel führte ihn eine widerstrebende Priesterin zu einer großen Tür aus Gold und Silber. Die Fas Kaia stand am anderen Ende des Saals und sprach mit einem Gefangenen, der von zwei Ludhs festgehalten wurde. Judson beschloß, die Frage, wieso im Tempel Ludhs Wachtposten fungierten, später zu klären.

Sie sah auf und winkte ihn zu sich. „Es war mir leider unmöglich, eine Kutsche durch den feindlichen Pöbel zu schicken und dich benachrichtigen zu lassen, Eli“, log sie. „Aber ich nahm an, daß du es ohnehin bald erfahren würdest. Ich habe ihn bereits als Betrüger und Erdenmann entlarvt und ihn dem Tempel als Spion in Tempeluniform übergeben. Seine Robe ist übrigens tatsächlich ein altes Tempelgewand. Ich habe in einem alten Bündnisvertrag mit der Erde Regeln über die Bestrafung von Spionen gefunden und ihn dementsprechend behandelt."

„Dann hast du mich also gar nicht gebraucht?" fragte er bitter.

Sie schüttelte den Kopf und lächelte schwach. „Aber ich bin froh, daß du hier bist, Eli. Ich möchte die Papiere nicht fälschen. Hier, setz dich auf den Richterstuhl und bring die Sache zu Ende. Du kannst auch gleich bestätigen, daß er ein Mensch ist."

Automatisch nahm er auf einem großen Stuhl Platz. Die Dokumente waren in englischer Sprache abgefaßt, Kaia war sehr gründlich vorgegangen. Aber wenn er auch nur die geringsten Zweifel an ihrem Verdacht haben sollte, würde sie ihn kennenlernen.

Als sein Blick auf den Gefangenen fiel, löste sich sein Zorn in Nichts auf. Der Mann war unscheinbar, hatte blaue Augen und karottenrotes Haar, das nur von der Erde stammen konnte. Um die Nase hatte er sogar ein paar Sommersprossen.

Widerstrebend unterschrieb Judson die Papiere. Es gab keinen Zweifel, und so blieb ihm nichts anderes übrig. Ein Mann zählte nicht, wenn ganze Welten auf dem Spiel standen, genausowenig, wie Meia gezählt hatte, als die Erde in Gefahr gewesen war. Aber seine Hand zitterte, als er die Feder beiseite legte.

„Das Urteil wird verkündet!" rief Kaia. „Weil er den Tempel entweiht hat, soll der selbsternannte Oé Athon noch heute auf dem Pfahl sterben. Abführen!"

Judson sprang auf, um zu protestieren. Der Mann war praktisch ein politischer Gefangener. Er war nur zu rituellen Waschungen in den Tempel gekommen – nicht, um ihn zu entweihen. Aber jetzt war es zu spät für Proteste. Außerdem begann der Gefangene selbst zu sprechen. Die sonore Stimme schien den ganzen Saal zu füllen.

„Die Welt hat geurteilt, und die Welt ist verurteilt“, sagte Athon langsam. Seine Hände hoben sich in einer seltsamen Geste. Dann zuckte er mit den Schultern und ließ sich abführen.

Judson spürte, daß seine Augen brannten, und sein Blick verschleierte sich. Automatisch nahm er die Brille ab und begann sie zu reinigen. Als er auf die Papiere sah, die vor ihm lagen, stockte sein Atem. Er konnte den Text auch ohne Brille lesen. Ein letztes Wunder war geschehen.

Kaia versperrte ihm den Weg, als er zur Tür gehen wollte. Sie hielt ein Päckchen in der Hand. „Wenn die Göttin zufrieden ist, macht sie Geschenke, Eli. Und du würdest sie entweihen, wenn du ihre Gabe ablehntest. Auch der Tempel ist dir zu Dank verpflichtet.“

Er nahm das Päckchen und steckte es in die Tasche. Er wußte, daß sie ihn damit an sich band, aber in diesem Augenblick war ihm das gleichgültig. „Du bist sehr großzügig, Fas Kaia“, sagte er förmlich, dann ging er hinaus.

Die Menge war noch dichter geworden. Als er die Stufen hinabstieg, wurde er vom Mob verschluckt, fast davongetragen. Für ihn war dies stets eine gesichtslose, abstrakte Masse gewesen, ohne Charakter oder Gefühle. Es war ihm nicht bewußt geworden, daß sie auch zerren und stoßen konnten.

Dann wartete ein neuer Schock auf ihn. Nur wenige Schritte entfernt, tauchte Kleons Gesicht auf und starrte ihn an, dann wurden sie vom Mob getrennt. Die Überraschung bewirkte immerhin, daß er wieder klarer denken konnte. „Sie bringen ihn auf den Berg! Er soll auf einem Pfahl sitzen? Kaia hat es befohlen!“

Andere Stimmen wiederholten den Ruf, die Kunde ging von Mund zu Mund. Plötzlich wandte sich die Menge vom Tempel ab und strebte dem Berg zu. Judson wurde wie in einem Strom mitgerissen. Aber die Menge schob ihn nach Norden, in die Richtung des Palasts. Er versuchte sich seitlich einen Weg zu bahnen, um sich aus der drängenden Masse zu befreien, bevor sie den Palast passierte.

Irgendwie schaffte er es. Später hatte er keine klare Erinnerung an jene Minuten und wußte auch nicht, wieso er auf seinem Bett eingeschlafen war. Später erwachte er, schmutzig und abgerissen. Als er nach einem Sklaven rief, bekam er keine Antwort. Hastig nahm er ein Bad und schlüpfte in eine der Standarduniformen des Colonial Service, die im Schrank hingen. Erst jetzt wurden ihm die Stille im Haus und das ferne Murmeln bewußt, das aus dem Norden herüberdrang, und er sah hinaus.

Kalva war verlassen. Die ganze Bevölkerung hatte sich auf dem Hügel versammelt, auf dessen Gipfel die Ludh-Wachtposten mit gekreuzten Bögen einen Kreis bildeten. In der Mitte des Kreises war eine reglose Gestalt zu sehen. Für einen Augenblick hoffte Judson, daß der gequälte Mann tot war. Doch dann wandte Athon den Kopf.

Er hatte sich nicht selbst gerettet. Das Urteil war vollstreckt worden. Dunkle Wolken ballten sich zusammen. Judson sah zum Himmel auf und begann sich erneut Sorgen zu machen. Dies war eine primitive Welt, wo man solchen Omen große Bedeutung beimaß. Ein Gewitter würde als Ausdruck göttlichen Mißfallens betrachtet werden – und Kaia und ihn der Verdammnis preisgeben. Nun war keine Zeit mehr zu verlieren.

Hastig packte er seine Sachen, bis nur noch das Buch und das Päckchen übrig waren.

Er riß das Papier auf, starrte auf die dreißig schimmernden Mondperlen, die neue Jugend bedeuteten, eine Frau und Söhne auf der Erde oder auf einem anderen Planeten seiner Wahl. Diese Perlen würden ihm alle Wünsche erfüllen, würden ihm sogar inneren Frieden schenken.

Er hatte nur getan, was getan werden mußte. Ein Mann konnte nicht unnötig zusehen, wie seine Welt vernichtet wurde, auch wenn die Narren darin geradewegs dem Abgrund entgegenstrebten. Die Erde sollte ihre Vorherrschaft behalten – wenigstens, so lange er noch am Leben war.

Ein Blitz zuckte auf das Tempeldach herab. Das war nur natürlich, da die Kuppel der höchste Punkt der Stadt war, aber es würde dem Aberglauben neue Nahrung geben. Ein Donnerschlag übertönte den rauschenden Regen – und beinahe auch die Schritte, die hinter Judson aufklangen. Langsam drehte er sich um und war keineswegs überrascht. „Wir haben uns lange nicht gesehen, Kleon."

„Zu lange nicht, Eli", erwiderte die alte Stimme. Erstaunlicherweise sah der Mann nicht älter aus als damals im Dorf, aber jede seiner Bewegungen verriet Müdigkeit und Schmerz. „Deine Wachtposten sind gegangen, und so ließ ich meine Tiere draußen stehen und kam herein."

„Willst du dich rächen?" fragte Judson.

Kleon schüttelte langsam den Kopf. „Den Zorn überlasse ich anderen, Eli. Und wofür sollte ich mich rächen? Meia wollte dich. Und *er* – er wußte, daß es sein mußte, und hat es selbst veranlaßt. Ich war nur Lehrer, nicht Schüler. Nein. Ich bin dir gefolgt, um dich zu sehen und Meia von dir zu erzählen. Sie lebt immer noch im Dorf, und sie denkt immer noch an dich."

Judson senkte den Blick. Er hatte sich eingeredet, sie sei tot. Jetzt wußte er nicht, was er sagen sollte.

Das Gewitter ging zu Ende, so plötzlich, wie es losgebrochen war. Kleon ging zu den Fenstern und starrte zum Hügel hinüber. Seine Augen schwammen in Tränen, aber sein Seufzer klang erleichtert. „Es ist vorbei." Er neigte den Kopf und schien zu zitieren: „ ‚Das Volk, das im Dunkel wandelte, sah ein großes Licht. Und das Licht schien auf jene herab, die im Schatten des Todes wohnten . . . Denn jede Schlacht des Kriegers wird Lärm hervorbringen und Kleider, in Blut getränkt. Aber das heilige Feuer wird nicht erlöschen . . .' Ich kann es dir nicht übelnehmen, daß du versucht hast, die Schlacht zu verhindern, Eli, die nicht auf diese Welt beschränkt ist. Wenn auch die Zeit vorbei ist, wo ein Mensch in Aktion treten könnte. Das hat anscheinend unsere Priesterin begriffen."

„Einmal habe ich die Schlacht verhindert", flüsterte Eli.

Kleon starrte ihn überrascht an, dann wanderte sein Blick zu dem Buch, das auf dem Tisch lag, und sein Erstaunen vertiefte sich. „Ich habe mich gefragt, warum du nicht zurückgekommen bist. Und doch . . . Wie konntest du sie mißverstehen und dieses Buch doch all die Jahre aufbewahren?"

Er ging zum Tisch, schlug das dünne Buch auf, an der Stelle, wo das Bändchen steckte. Dann zögerte er und griff nach dem Feldstecher. „Schau hin, Eli – und versuch unter die Oberfläche zu blicken."

Unsicher ging Judson zum Fenster, widerstrebend, aber unfähig, sich zu weigern. Er richtete den Feldstecher auf die Gestalt, die immer noch mit hocherhobenem Kopf auf dem Pfahl saß. Jetzt, wo der Tod die Züge hätte verwischen müssen, strahlten sie eine edle Kraft aus. Das Gesicht schien in den Himmel zu starren, triumphierend und erwartungsvoll. Aber die Stunden des Leidens hatten die Wangen ausgehöhlt – und da lag etwas in diesen Zügen – die Nase, die Form des Kinns . . .

„Nein!" schrie Judson, und der Feldstecher fiel zu Boden. „Es ist unmöglich – physisch unmöglich!"

Kleon schüttelte den Kopf. „Nicht für sie, die alle Macht besaß, Eli. Sie hat sich selbst leergebrannt in einer einzigen großen Leistung – aber sie hatte Erfolg. Hier ist die Botschaft, die sie dir vor dreißig Jahren schickte und die ich dir brachte."

Ein dunkler Kreis umgab einen Vers auf der Seite, wo das Bändchen lag, und darunter stand Meias Unterschrift in englischen Buchstaben. Judson beugte sich über das Buch und las die Zeilen, die der Kreis umrahmte.

Ein Kind ward uns geboren. Ein Sohn ward uns geschenkt.

Sein Blick wanderte von dem Buch zu der Halskette, die ihm Jugend, eine Frau und Söhne schenken würde – und weitere Jahre, wo ihm immer deutlicher bewußt werden würde, was er getan hatte, wozu die Macht seiner Rasse führen mußte. Jahre, um nachzudenken und sich manchmal zu fragen, was eine viel zu menschliche Frau in einem Dorf auf Sáyòn wohl denken mochte . . .

Er warf einen letzten Blick auf den Hügel, mit trockenen Augen, innerlich erstarrt. Dann wandte er sich um und folgte

Kleon aus dem leeren Palast. Schweigend stiegen sie auf die wartenden Tiere und ritten langsam nach Norden, entfernten sich vom Flughafen und der Hölle, die in der Stadt losbrach.

Die Nacht brach herein, und die Stadt begann zu glühen im wütenden Rot der auflodernden Feuer, und die Menge kämpfte in den Straßen, schreiend vor Angst und Zorn . . .

Das Buch lag offen auf dem Tisch. Der Wind wehte durch ein Fenster herein, blätterte die Seiten um bis zum letzten Kapitel des Jesaia. Und dann schlug ein plötzlicher Windstoß das Buch zu.

Die Rache ist mein

1

Haß ergoß sich in einem großen Kreuzzug über die Galaxis. Metallschiffe sprangen von Welt zu Welt und wirbelten durch den Raum zu immer ferneren Sternen. Die Planeten übergaben ihre Bodenschätze den himmelstürmenden Städten, rings um Festungstempel erbaut, getragen von den großen Netzwerken der Technologie. Noch mehr Schiffe brachen auf, mit unglaublichen Waffen ausgestattet, um nach neuen Feinden zu suchen.

In den wimmelnden Städten und an Bord der suchenden Schiffe wurde seelenverzehrende Musik komponiert. Romane und erhabene Gedichte wurden geschrieben, große Gemälde und Skulpturen geschaffen, um vergessen zu werden, als noch größere Werke entstanden. Die Wissenschaft strebte nach den letzten Grenzen des Begreifens, kämpfte gegen die Grenzen an und fand grenzenlose Möglichkeiten. Aber hinter den Künsten und der Wissenschaft lag die Triebkraft der Religion, einer alten Religion des Zorns und des Hasses.

Die Schiffe durchstreiften die Galaxis, bis jede Welt erobert war. Eine Zeitlang warteten sie, bereiteten sich auf neue Flüge vor. Dann brach die Armada wieder auf, raste über Millionen von Lichtjahren hinweg zu neuen lockenden Galaxien.

In jedem Schiff flogen das heilige Bildnis ihres Glaubens mit und der ungestillte und unstillbare Hunger ihres Hasses . . .

2

Der Geländewagen kämpfte sich die holprige Straße über der Kraterwand hinauf, überquerte den letzten Grat und fuhr dann dröhnend nach Eratosthenes hinab.

Der Fahrersitz knarrte protestierend, als Sam seine sechshundert Erdenpfunde nach vorn verlagerte. Es war immer schön, nach Hause zu kommen. Er wechselte die Linsen in seinen Augen aus und suchte den Kraterboden nach der Kuppel der Lunarstation ab.

„Du brauchst nicht gar so versessen auf die Heimkehr zu sein, Sam", jammerte Hal Norman. Aber der kleine Selenologe beugte sich ebenfalls eifrig vor. „Du könntest es wenigstens würdigen, daß ich alle deine dummen Fragen beantwortet habe. Man könnte ja fast glauben, daß dir nichts an meiner Gesellschaft liegt."

Sam gab ein menschliches Kichern von sich. „Ich bin sehr gern mit dir zusammen, Hal."

Während der langen Jahre auf dem Mond hatte er die Gesellschaft der Männer, die er auf der Erde kennengelernt hatte, stets zu schätzen gewußt. Die Menschen waren wunderbar. Und er hatte die Expedition mit Hal sehr genossen. Trotzdem freute er sich auf den Palast, wo er mit den Menschen beisammen sein durfte. Dort konnte er der unverständlichen, aber faszinierenden Konversation von vierzig Männern lauschen, konnte mit ihnen singen. Natürlich waren alle Roboter perfekt, aber nur Sam konnte gut genug singen, um sich einen Platz im Palast zu erobern.

Erwartungsvoll begann er ein Lied über das Meer zu summen, das er nie gesehen hatte. Sie verließen die letzte Schlucht des Kraters, und er konnte den Palast mit der Kuppel und das Gebiet ringsum überblicken. Hal schrie überrascht auf. „Seltsam . . . Ich hatte gehofft, die Versorgungsraketen wären inzwischen angekommen. Und was haben diese drei Schiffe da vorn zu suchen?"

Sam setzte wieder seine Weitwinkellinsen ein und starrte zur Seite. Die drei Schiffe sahen nicht wie Versorgungsraketen aus. Sie glichen dem alten Wrack, das immer noch am anderen Ende des Kraters stand, umgeben von Vorratskapseln, die durch automatische Kontrolle geschickt worden waren, um die gestrandete Crew am Leben zu erhalten, bis Hilfe eintraf. Die einzigen anderen Schiffe waren jene, die man bei der dritten Expedition benutzt hatte. Aber man hatte sie in einer Umlaufbahn um die Erde geparkt, nachdem die dritte Expedition vor fünfzig Jahren zu Ende gegangen war. Als die Basis etabliert war, wurden diese Schiffe nicht mehr gebraucht.

Ein Summton klang auf und zeigte an, daß die Station das Geländefahrzeug bemerkt hatte. Sam drückte auf einen Schalter und gab Antwort.

„Hallo, Sam." Das war die Stimme Dr. Smithers', der die Lunarbasis leitete. „Schalt dich aus, ja? Ich will mit Hal reden."

Sam hätte sich auf einer Kommunikationsfrequenz einschalten können. Aber er befolgte den Befehl und lauschte nicht, als Hal nach dem Funkgerät griff. Aber seine Audio-Empfänger konnte er nicht ausschalten, und so hörte er wohl oder übel, wie Hal den Doc begrüßte. Dann herrschte langes Schweigen. Als Hal wieder sprach, war sein Gesicht sehr ernst. „Das ist doch Unsinn, Chief. Die Erde hat diesen Wahnsinn vor einem halben Jahrhundert überwunden. Es gab keinerlei Anzeichen ... Ja, Sir ... Okay, Sir ... Danke, daß Sie nicht ohne mich gestartet sind."

Er schaltete das Gerät aus und schüttelte den Kopf. Als er Sam ansah, war sein Gesicht ausdruckslos. „Fahr schneller!"

Sam ließ den Motor auf vollen Touren laufen und erreichte die Spitzengeschwindigkeit von dreißig Meilen pro Stunde, wobei er auf dem holprigen Gelände ständig mit Schaltern und Hebeln kämpfen mußte.

Hals Stimme klang fremd und heiser. „Wir werden zur Erde zurückgeschickt. Es gibt Ärger, Sam! Aber was weißt du schon von Kriegen und Kriegsgerüchten?"

„Der Krieg war eine gefährliche Form politischen Wahnsinns, die bei der Konferenz von 1998 abgeschafft wurde", zitierte Sam aus einer Rede, die er im Radio gehört hatte. „Es ist undenkbar, daß die Menschen jemals wieder Kriege führen."

„Ja – die Menschen . . . Aber es gibt auch unmenschliche Kriege. Ach, zum Teufel, schau nicht so finster drein, das ist ja nicht dein Problem."

Sam speicherte diese verwirrenden Worte auf einer Erinnerungsspule, um später darüber nachzudenken.

Der Terminator raste über die Mondoberfläche. Bald würde die Nacht hereinbrechen. Die Kraterwand warf bereits einen schwarzen Schatten auf einen Teil des Gebiets. Aber die Basis wurde immer noch von der Sonne beleuchtet.

Sam mußte sich voll auf die Fahrt über den unebenen Boden konzentrieren. Trotzdem hörte er, wie Hal in seinen Mondanzug schlüpfte.

Sam brachte den Wagen zum Stehen und ließ Hal am Eingang zur versiegelten Untergrundhemisphäre aussteigen, in der sich der Palast befand. Die Kuppel diente nur als Schutz für die Vorräte, die vor der Sonnenhitze geschützt werden mußten. Sam fuhr die Maschine unter das Vordach und stellte den Motor ab. Als er aus den Schleusentoren stieg, zischte Luft durch die schmalen Öffnungen seines Körpers. Aber das störte ihn nicht. Nur ein schwaches Hebelklicken in seinem Inneren verriet ihm, daß sich die Umweltbedingungen verändert hatten. Dieser Hebel war als Notmaßnahme eingebaut worden und konnte, wenn er ausgeschaltet war, seinen Strom automatisch einschalten, falls es eine Panne im Palast gab. Das war vielleicht einer der Gründe, warum ihn die Männer so gern bei sich in der Kuppel hatten, wenn er auch hoffte, daß es dafür noch andere Erklärungen gab. Die neuen Roboter hatten keine solchen Vorrichtungen.

Er sah die Mark Three Roboter gleich hinter dem Eingang stehen. Schienen führten durch den Lunarstaub zu den Raumschiffen, die eine halbe Meile von der Basis entfernt aufragten.

Was immer sie zum Raketenfeld transportiert hatten, ihre Arbeit war beendet, und jetzt standen sie reglos herum. Sie waren ganz anders gebaut als Sam. Er war ein plumper Mechanismus, für jene frühen Tage entworfen, als der Mensch Hilfe auf dem Mond gebraucht hatte. Die anderen Roboter waren menschenähnlich unter der schwarzen Emaille, auch hinsichtlich des Gewichtes und der Größe. Ursprünglich waren dreißig solcher Roboter auf dem Mond gewesen, aber nach diversen Unfällen waren nur mehr knapp über zwanzig übrig. Und von den Mark Ones gab es nur noch Sam.

„Wann starten wir?“ rief er einem der Roboter über den Radiostromkreis zu.

Der schwarze Kopf wandte sich langsam zu ihm. „Wir wissen es nicht. Die Männer haben es uns nicht gesagt.“

„Habt ihr nicht gefragt?“ Aber er brauchte nicht erst auf ihr Nein zu warten. Man hatte ihnen nicht befohlen, Fragen zu stellen.

Sie waren noch ungeformt, erst fünf Jahre alt, und ihre Gedanken waren von der Erziehung bestimmt, die sie in der Krippe von den Computern erhalten hatten. Diesen Robotern fehlten die zwanzig Jahre seiner intimen Verbundenheit mit den Menschen.

Manchmal fragte er sich, ob sie jemals so viel lernen würden wie er oder ob ihr Fassungsvermögen reduziert worden war. Auf der Erde schienen sich die Menschen vor den Robotern zu fürchten, wie Hal ihm einmal erzählt hatte, und deshalb wurden sie nur noch auf dem Mond eingesetzt.

Er ging in den großen Gemeinschaftsraum, wo alle Männer versammelt waren. Sie trugen Mondanzüge und debattierten gerade mit Hal, als Sam aus den Schleusentoren auftauchte. Bei seinem Anblick verstummten sie. Er starrte sie an und fühlte sich plötzlich unbehaglich.

Endlich brach Dr. Smithers das Schweigen. „Hallo, Sam!“ Er war ein großer, schlanker Mann von knapp dreißig Jahren, aber die sieben Jahre verantwortungsvoller Tätigkeit hatten tiefe

Linien in sein Gesicht gegraben und seinen Schnurrbart grau gefärbt. Aber sein Haar war immer noch pechschwarz. „Komm, Hal. Deine Sachen sind schon an Bord. Wir haben viel Zeit verloren, weil wir auf dich warten mußten. Also werden wir jetzt sofort aufbrechen."

„Geh zum Teufel!" stieß Hal hervor. „Ich verlasse meine Freunde nicht."

Die anderen Männer gingen hinaus, und Sam trat zur Seite, um sie vorbei zu lassen. Sie schienen seinem Blick auszuweichen.

Smithers seufzte müde. „Hal, du kommst mit uns, und wenn ich dich anketten muß. Glaubst du, mir macht das Spaß? Aber du weißt doch, daß nun Kriegsrecht herrscht. Auf der Erde spielen sie verrückt. Sie haben erst vor einer Woche von dem geplanten Angriff erfahren, aber sie haben die Raumbasen bereits aufgelöst. Verdammt, ich kann Sam nicht mitnehmen. Er wiegt sechshundert Pfund – mehr als vier andere Roboter zusammen."

„Dann laß vier von den anderen da", entgegnete Hal. Sam ist mehr wert als dieser ganze Haufen."

„Ja, aber ich habe den Befehl, alle Männer und das Maximum an Robotern mitzunehmen." Smithers wandte sich an Sam. „Du mußt allein hierbleiben. Es tut mit leid, aber ich kann's nicht ändern."

„Du wirst nicht allein sein, Sam", sagte Hal. „Ich bleibe bei dir."

Sam schwieg. Sein Stromkreis konnte die Neuigkeit nicht so schnell erfassen. Er hatte nie gedacht, daß er sich von diesen Männern trennen müßte, die sein Lebensinhalt waren. Er könnte sich an den Gedanken gewöhnen, zur Erde zurückzukehren. Er war schon einmal dort gewesen. Kleine Hoffnungen und Zukunftsbilder tauchten in seinem Gehirn auf, zusammen mit Erinnerungen an Hals Träume. Der Mann hatte Sam einmal ein Bild von seiner Verlobten gezeigt und ihm zu erklären versucht, was sie ihm bedeutete. Er hatte von grünen Wiesen und vom Meer erzählt und sich nach der Erde zurückgesehnt.

Sam ging auf Hal zu. Der Mann wich zurück, aber er war dem Roboter nicht gewachsen. Sam hielt Hals Arme fest und machte seinen Mondanzug zu, dann hob er ihn vorsichtig hoch. Hal wehrte sich, aber gegen Sams Entschlossenheit kam er nicht an.

„Okay, Dr. Smithers, wir können gehen", sagte Sam.

Sie verließen den Palast als letzte. Die kleinen schwarzen Roboter marschierten bereits über die Mondwüste, gefolgt von den stolpernden Männern. Hal hatte seinen Widerstand aufgegeben. Aber Sams Audio-Empfänger nahmen Geräusche auf, die er bisher erst zweimal gehört hatte, bei Gelegenheiten, an die er sich nicht erinnern wollte. Sie klangen, als würde ein Mann versuchen, sein Schluchzen zu unterdrücken.

Auf halbem Weg zum Schiff kamen die schwachen Worte über den Sender: „Laß mich runter, Sam. Ich gehe freiwillig."

Als die drei das Schiff erreichten, waren die anderen schon an Bord. Der Chief bedeutete dem jüngeren Mann, auf die Rampe zu steigen. Hal zögerte, wandte sich zu Sam um, dann wirbelte er herum, stürmte die Rampe hinauf mit heftig zuckenden Schultern. Smithers blieb noch eine Weile stehen, und aus seinem Sender klang ein schwerer Seufzer. „Danke, Sam. Du hast mir einen Gefallen getan, um den ich dich nicht gebeten hätte, weil ich nicht das Recht dazu hatte. Und sag mir jetzt nicht, daß alles okay ist. Nichts ist okay." Er lächelte schwach. „Erinnerst du dich an die Bücher?"

„Ich werde sie nicht anrühren", versprach Sam. In der Palastbibliothek befanden sich viele Mikrobücher. Im Lauf der Jahre hatten die Männer sie von der Erde mitgebracht. Sie zählten zu den wenigen Tabus. Sam durfte sie nicht lesen. Ein Mann hatte ihm einmal gesagt, dieses Verbot würde ihn vor unnötigen Verwirrungen schützen.

Smithers schüttelte den Kopf. „Unsinn! Du wirst eine Menge Zeit totschlagen müssen. Ich hebe dieses Verbot auf. Lies alle Bücher, die dich interessieren. Mehr kann ich nicht für dich tun. Aber zumindest darauf hast du ein Recht." Er stellte einen Fuß auf die Rampe, wandte sich halb ab, dann drehte er sich noch einmal zu Sam um. „Leb wohl“, sagte er tonlos und griff nach der Hand des Roboters. „Leb wohl – und Gott segne dich.“

Eine Sekunde später rannte Smithers die Rampe hinauf, und sie wurde hinter ihm hochgezogen. Das äußere Schleusentor der Rakete begann sich zu schließen.

Sam rannte zum Palasteingang zurück, um der Explosion auszuweichen. Der Rand des Dunkels hatte nun die Kuppel erreicht, die letzten Sonnenstrahlen fielen auf die Raketen. Sam sah zu, wie die drei schwer beladenen Schiffe starteten, um die Männer zur Raumstation zu bringen. Erst als sie seinem Blickfeld entschwunden waren, ging er in den leeren, schweigenden Palast.

Er starrte auf die Wanduhr und auf den Kalender, auf dem sie die Tage ausgestrichen hatten. Er wußte nicht, wie lange sie wegbleiben würden. Aber Smithers' Worte gaben eine vage Antwort auf diese Frage. Er würde viel Zeit totschlagen müssen. Sekundenlang blickte er auf die Mikrobücher, dann ging er wieder hinaus, um durch seine Telefotolinsen auf die Erde zu starren. In den dunklen Flecken leuchteten Lichtpunkte, und Sam wußte, daß dies die Städte der Menschen waren.

Am zweiten Tag nach dem Abflug der Schiffe beobachtete Sam erneut die dunklen Gebiete der Erde, als einige der Lichtpunkte plötzlich noch heller wurden. Neue Lichtpunkte entstanden und erloschen nach einigen Stunden. Sie waren viel heller als die Städte. Und danach gab es überhaupt keine hellen Punkte mehr. Als sich die Erde langsam drehte, sah Sam, daß alle Städte im Dunkel lagen.

Es war ein Rätsel, für das er keine Erklärung hatte. Er ging in den Palast, schaltete das Radio ein, aber kein Signal war zu hören. Er überlegte, ob er sie anrufen sollte, aber so etwas konnte nur der Chief entscheiden. Und Smithers hatte die Basis verlassen.

Kein Anruf kam am fünften Tag, als die Männer die Raumstation erreicht haben mußten. Er wußte, daß er keinen Grund hatte, auf einen Anruf zu warten. Die Männer waren nicht dazu verpflichtet, einem Roboter Bericht zu erstatten. Aber sein Gehirnstromkreis war mit seltsamen Zukunftsbildern gefüllt, die ihn veranlaßten, stundenlang neben dem Radio zu warten. Er wartete noch immer, als er längst wußte, daß er keine Nachricht erhalten würde.

Schließlich stand er auf und ging zum Tonbandgerät. Er hatte es ein paarmal benutzen dürfen, und so hatte er nicht das Gefühl, etwas Verbotenes zu tun, als er eines seiner Lieblingsbänder auswählte und in das Gerät legte. Aber als der Schlußchor von Beethovens neunter Sinfonie verklungen war, wirkte der Palast leerer denn je. Er spielte noch ein anderes Band, ohne Menschenstimmen. Dann noch eins. Es half ein wenig, aber es genügte nicht.

Und dann wandte er sich den Büchern zu, nahm willkürlich eins aus dem untersten Regal. Es handelte vom Mars und stammte aus der Feder eines Edgar Rice. Sam wollte es zurückstellen. Die Erziehungsmaschine hatte ihm genug Astronomie beigebracht. Aber dann legte er das Buch doch in den Mikro-Reader und setzte sich, um zu lesen. Es fing ganz interessant an. Er las von fremdartigen Wesen. Aber dann . . .

Sam stieß einen seltsamen Laut aus und erkannte erst nach einiger Zeit, daß er zum erstenmal in seinem Dasein ein menschliches Stöhnen imitiert hatte. Das war Wahnsinn. Er wußte, daß die Menschen nie auf dem Mars gewesen waren und daß der Planet auch gar nicht so aussah, wie er hier beschrieben wurde. Das mußte eine seltsame Form von menschlichem Humor sein. Oder es gab Wesen, von denen er nichts gewußt, Tatsachen, die man ihm verschwiegen hatte. Das letztere war wahrscheinlicher.

Er las das Buch zu Ende, stöhnte wieder und wußte noch immer nicht, was mit der fremden Frau passiert war – mit dieser Prinzessin, die hier lebte, obwohl das völlig unmöglich war. Aber John Carter war ihm sympathisch geworden, und er wollte noch mehr lesen. Er war verwirrt, aber auch neugierig. Bald hatte er auch die anderen Bücher der Serie gefunden und las sie alle.

Er hatte bereits mehrere Bücher gelesen, als er endlich einen Teil des Rätsels lösen konnte. Er hatte sich ein neues Buch geholt, und da stand ein interessanter Satz: ‚Der Inhalt dieses Romans ist erfunden. Jede Ähnlichkeit mit lebenden Personen und wirklichen Ereignissen ist rein zufällig.' Nun fühlte er sich etwas besser. Es war also eine Art Spiel, in dem die Lebensregeln auf sonderbare Weise verändert wurden. Die Autoren taten so, als würden die Menschen gern morden oder sich vor Frauen fürchten, oder er stellte irgendwelche anderen lächerlichen Behauptungen auf. Sam versuchte sich vorzustellen, was passieren würde, wenn dieser ganze Unsinn der Wahrheit entspräche. Offenbar war es tabu, über die Wirklichkeit zu schreiben, obwohl manche Geschichten einen realen Hintergrund hatten und die handelnden Personen dieselben Namen trugen wie im wirklichen Leben.

Die beste Erfindung wirkte manchmal real, wie Tatsachen – zum Beispiel in den historischen Büchern. Da wurde eine imaginäre Welt namens Rom beschrieben. Ein Glück, daß Sam über die tatsächliche Entwicklung der Menschen Bescheid wußte, daß er erzogen worden war, bevor er jetzt diese Bücher las . . . Sicher, die Menschen waren manchmal gewalttätig gewesen, aber nicht auf so sinnlose Art, wie es in diesen Büchern behauptet wurde.

Schließlich konnte er die Bücher nach einer simplen Methode klassifizieren. Wenn ihn ein Buch zum Nachdenken zwang und der Inhalt schwierig zu erfassen war, entsprach es der Wirklichkeit. Wenn er nicht nachdenken mußte, war alles erfunden.

Ein Buch war besonders schwierig zu klassifizieren. Es war schon geschrieben worden, bevor die Menschen in den Raum geflogen waren, aber es enthielt sorgfältig dokumentierte Fakten über eine Invasion fliegender Untertassen. Aufgrund der Richtigkeit der aufgestellten Behauptungen sah sich Sam gezwungen, dieses Buch als Tatsachenbericht zu betrachten, und er begann sich Sorgen zu machen.

Hal hatte von einem unmenschlichen Krieg gesprochen, und

Dr. Smithers hatte einen Angriff erwähnt. Waren fremde Schiffe auf der Erde gelandet? Er erinnerte sich an die hellen Lichter über den Städten, die aussahen, wie die großen Strahlenwaffen, die in manchen erfundenen Geschichten über Raumkriege beschrieben wurden.

Wenn irgendwelche Invasoren in großen Schiffen auf die Erde gekommen waren, um die Menschheit zu bekämpfen ... Sam wagte sich nicht vorzustellen, was daraus werden könnte.

Er ging wieder hinaus, um in den Himmel zu starren. Auf der Erde waren noch immer keine Städte zu sehen. Vermutlich waren alle Lichter gelöscht worden, aber das war nur natürlich, wenn man mit einem Angriff fliegender Untertassen rechnete. Sam suchte den Raum über dem Mond ab, aber er konnte kein fremdes Schiff entdecken. Er ging wieder hinein, um seine Lektüre fortzusetzen.

Es war die Poesie, die ihn schließlich etwas beruhigte. Er hatte die ‚Hymne des Menschen' von Swinburne gefunden und sie zu lesen begonnen, fasziniert von diesem Titel. Und plötzlich fanden die Worte einen Weg in die Tiefen seines Inneren. Vier Zeilen las er immer wieder, bis sie ihm wie Musik erschienen – oder wie das, was Musik ausdrücken wollte und doch nicht ausdrücken konnte.

Im grauen Anfang der Jahre,
Im Dämmerlicht der Dinge, die entstanden –
Wie klang das Wort für ‚Erde' in den Ohren der Welt?
War es ‚Gott'? War es ‚Mensch'?

Sam ging stundenlang im Palast auf und ab und sang vor sich hin, daß jenes Wort nur ‚Mensch' lauten konnte. Dann las er andere Gedichte. Keines erschütterte ihn so tief wie jene vier Zeilen, aber die meisten regten seine Stromkreise auf seltsame Weise an. Ein Buch mit Limericks brachte ihn sogar zweimal zum Lachen, und er erinnerte sich, daß er nie zuvor so spontan gelacht hatte.

In der kleinen Bibliothek standen viertausend Bände, inklusive die technischen Bücher. Er teilte sich die Werke sorgfältig ein, las seine Lieblingsbücher mehrmals, aber schließlich kannte er sie alle. Und um die Mitternacht des Tages, an dem sich der Start der drei Schiffe zum erstenmal jährte, war Sam der Lesestoff ausgegangen.

Die nächsten vierundzwanzig Stunden verbrachte er vor der Kuppel, beobachtete den Himmel und starrte auf die Erde, während seine Radioempfänger alle Frequenzen abtasteten. Er hatte schon viel Zeit totgeschlagen. Aber er hörte kein Signal, sah keine Rakete herabschießen.

Um Mitternacht stieß er einen Seufzer aus und kehrte in den Palast zurück.

Er ging in die technische Abteilung und schaltete den Atomgenerator herab. Dann trottete er zurück, schaltete die schwachen Lichter aus. Im Hauptraum angelangt, legte er sein Lieblingsband ins Tonbandgerät und das Buch von Swinburne in den Mikro-Reader. Aber er stellte die beiden Apparate nicht an. Statt dessen ließ er seinen schweren Körper auf den Boden vor dem Eingang sinken, wo die Männer ihn sicher sehen würden, wenn sie zurückkamen.

Dann griff eine Hand nach oben, und er schaltete sich aus.

3

Sams Augen blickten zum Eingang, als er wieder zu sich kam. Die Männer waren nicht zu sehen. Er rannte hinaus, der Boden des Kraters lag leer vor ihm – leer bis auf das alte Raketenwrack. Die Männer waren nicht zurückgekommen.

Wieder im Palast, suchte er nach einem Gegenstand, der auf seinen Schalter gefallen sein könnte. Der Generator war immer noch auf klein geschaltet. Und als er das Tonbandgerät einstellte, war kein Laut zu hören. Das bestätigte seine Vermutungen. Irgend etwas war mit der Luft im Innern der Kuppel geschehen, und sein innerer Hebel hatte ihn automatisch eingeschaltet.

Ein paar Minuten später fand er das Loch. Ein erbsengroßer Meteorit mußte das Kuppeldach getroffen haben. Automatisch begann er das Loch zu flicken. In den Tanks befand sich immer noch genug Luft, um den Palast wieder zu füllen.

Sam seufzte, als das Tonbandgerät den ersten flüsternden Laut von sich gab. Er rückte seinen Außenhebel in die Einschaltposition, bevor der steigende Druck das Notschaltsystem neutralisieren konnte. Nun mußte er zum Eingang zurückkehren, um wieder Wache zu halten. Ein Pech, daß er vor der Rückkehr der Männer geweckt worden war . . .

Als er durch den Palast zum Eingang trabte, wurde ihm bewußt, daß er keine Ahnung hatte, wie lange er ausgeschaltet gewesen war. Er hatte kein Zeitgefühl. Aber überall lag Staub – Staub, den die hereinströmende Luft aufgewirbelt und der sich doch auf manchen Metallteilen festgesetzt hatte. Und an manchen Metallstellen entdeckte er sogar Rostspuren. Viele Jahre mußten verstrichen sein.

Abrupt blieb er stehen und untersuchte seine Batterie. Die Kobaltplatinzelle war voll geladen gewesen, als er sich niedergelegt hatte. Nun war sie nur mehr halb geladen. Solche Batterien liefen extrem langsam leer. Also mußten mindestens dreißig Jahre vergangen sein, seit er sich ausgeschaltet hatte.

Dreißig Jahre – und die Männer waren nicht zurückgekommen.

Ein Stöhnen drang in seine Ohren, und er wandte sich rasch um. Aber es war nur seine eigene Stimme gewesen. Nun begann er zu schreien. Und er schickte seine Schreie immer noch in den luftlosen Raum, als er den Palast verlassen hatte. Dann riß er sich zusammen, lehnte sich an die Kuppel, als sein Balance-Stromkreis auf die wilden Impulse reagierte, die von seinem Gehirn ausgingen.

Die Menschen würden ihn niemals für immer verlassen. Sie

mußten auf den Mond zurückkehren, um ihre Arbeit zu beenden, und als erstes würden sie nach ihm suchen. Nein, sie würden ihn nicht einfach allein lassen. So etwas kam nur in phantastischen Büchern vor, und auch dort taten nur die bösen Menschen schlimme Dinge. Seine Männer würden so etwas nicht tun.

Er starrte zur Erde hinauf. Die Kuppel lag in der nächtlichen Hälfte des Mondes, und die Erde hing wie eine große Kugel am Himmel, leuchtete blau und weiß, von braunen Flecken durchsetzt. Durch die Wolkendecke sah er die Umrisse der Kontinente und suchte die große Stadt, die innerhalb des kleinen dunklen Gebiets liegen mußte. Dort müßten Lichter funkeln. Aber er fand keine Stadt.

Lautlos seufzte er, und seine innere Anspannung ließ nach. Vermutlich wurde die Erde immer noch von Angreifern belagert, von diesen gefährlichen Ufo-Dingern aus dem Universum. Die Männer mußten immer noch kämpfen und konnten nicht zu ihm zurückkehren. Dreißig Jahre kämpften sie schon – und er verlor das Gleichgewicht, nur weil er diese dreißig Jahre still und bewußtlos vor dem Eingang gelegen hatte.

Vielleicht hatte der Krieg sie so geschwächt, daß sie nicht zu ihm zurückkommen konnten. Smithers hatte gesagt, daß sie die Raumstationen aufgeben würden, und damals war der Angriff noch gar nicht erfolgt. Wie lange würden sie brauchen, um das verlorene Territorium zurückzuerobern?

Er ging in den Palast zurück, aber der Sender schwieg. Zögernd rief er die Orbitalstation an. Nach einer halben Stunde gab er es auf. „Okay", sagte er langsam in die Stille des Raumes hinein. „Ich muß mich damit abfinden. Die Männer werden nicht zurückkommen – nicht wegen eines Roboters. Niemals."

Es waren Sätze, die er in einem Roman gelesen hatte. Und wenn er sie laut aussprach, war sein Kummer leichter zu ertragen. Die Männer würden nicht kommen. Das war er ihnen nicht wert.

Er schüttelte den Kopf und dachte an die Zeit, als sie ihn zur Erde zurückgebracht hatten, nach zwanzig Jahren auf dem

Mond. Die Mark One Roboter waren alle zerstört worden, bei den vielen Unfällen, die es beim Bau der Mondbasis gegeben hatte. Nur Sam war übriggeblieben. Die angeblich besseren Mark Two Roboter sollten die ersten Modelle ersetzen, aber aufgrund irgendwelcher Fehlerquellen in den Stromkreisen waren sie noch anfälliger als die Mark Ones und nicht so nützlich. Über hundert waren auf den Mond geschickt worden, und keiner hatte überlebt. Und dann hatten sie Sam auf die Station zurückgeholt, um ihn zu studieren.

Sie hatten ihn in den unterirdischen Roboterentwicklungslabors unzählige Male getestet, um Erfahrungen für die Konstruktion der Mark Threes zu sammeln. Der alte Stephen DeMatre hatte ihn drei Tage lang interviewt. Danach hatte der Mann, der ihn auf die Gemeinschaftsarbeit mit den Menschen vorbereitet hatte, eine Hand auf seine Metallschulter gelegt und ihn angelächelt. „Du bist einzigartig, Sam. Eine glückliche Kombination all der willkürlichen Vorrichtungen, die wir einbauten, um jeden Mark One individuell zu gestalten. Dazu kommen die Erfahrungen, die du auf der Mondstation gemacht hast. Wir wagen es noch nicht, Imitationen von dir herzustellen, aber eines Tages wird der Stromkreiskontrollcomputer dein Schema für spätere Robotergehirne brauchen. Also paß gut auf dich auf, Sam, hörst du?"

Sam hatte genickt. „Ja, Sir. Können Sie andere Gehirne machen, die genauso funktionieren werden wie meins?"

„Der Kontrollcomputer kann die Konstruktion deines Gehirns nachbilden", hatte DeMatre geantwortet. „Aber das neue Gehirn wäre nicht genauso wie deines. In jedem fortschrittlichen Metallgehirn spielen zu viele zufällige Faktoren mit. Aber wir könnten Gehirne mit ähnlichen Fähigkeiten herstellen. Deshalb bist du ein paar Millionen Dollar wert, und du mußt aufpassen, daß du deine kostbaren Fähigkeiten nicht zerstörst. Hast du das verstanden, Sam?"

Wieder hatte Sam genickt, und dann war er zusammen mit den ersten Mark Threes zum Mond geflogen. Offenbar war sein

Trip ins Versuchslabor nicht umsonst gewesen, denn die Mark-Three-Modelle funktionierten so gut, wie es ihr Leistungslimit zuließ. Sie waren viel besser als die Mark Twos.

Und jetzt sollte er plötzlich wertlos für die Menschen geworden sein – so wertlos, daß sie ihn vergessen hatten? Aber DeMatre hatte doch gesagt, daß er ein Vermögen wert war und daß er auf sich aufpassen mußte. Vielleicht war es auch seine Pflicht, dafür zu sorgen, daß er der Menschheit nicht verlorenging.

Wenn sie nicht zu ihm kommen konnten, mußte er zu ihnen fliegen. Die Frage war nur, wie? Er konnte sich nicht durch Gedankenkraft auf die Erde befördern wie John Carter. Er brauchte eine Rakete. Er rannte zu dem alten Wrack hinaus, das noch genauso da stand wie damals, als es bei der Landung zerstört wurde. Der halb Rumpf war aufgerissen, die meisten Motoren waren zerbrochen. Sie konnte nie mehr fliegen, ebensowenig wie die alten Ersatzkapseln, die während des Anflugs leergebrannt waren. Außerdem würde Sam in dem Schiff keinen Platz finden.

Sam dachte so angestrengt nach wie noch nie in seinem ganzen Dasein. Und ohne das Studium der technischen Bücher, die er in der Bibliothek gefunden hatte, wäre er nie auf die Lösung gekommen. Schließlich nickte er zufrieden.

Er konnte einen Motor aus dem großen Schiff in eine der Wrackkapseln einbauen. Dann müßte er den Metallüberzug abnehmen, um das kleine Schiff leichter zu machen. Sam mußte sich nicht vor dem All schützen, und er konnte das automatische Steuerungssystem ausbauen, um genug Platz für seinen Körper zu schaffen. Er konnte das Schiff manuell steuern. Er besaß sogar ein besseres Reaktionsvermögen als das automatische System.

Der Treibstoff stellte ein Problem dar, obwohl die Oxygentanks im Lagerraum des Palastes voll waren. Er mußte aber Wasserstoff verwenden, den er mit Hilfe des Generators aus den Felsen ziehen konnte. Glücklicherweise konnte man die Mondgravitation leichter überwinden als die Erdenschwerkraft.

Er ging in den Palast zurück, fand Papier und Bleistift. Leise summte er vor sich hin, als er seinen Plan zeichnete. Es war nicht einfach. Vielleicht war er zu ungeschickt, um das Schiff zur Orbitalstation zu lenken. Und es würde einige Zeit dauern. Aber Sam würde zu den Menschen gehen, wenn sie nicht zu ihm kamen.

4

Man brauchte gewisse Erfahrungen, um maschinentechnische Theorie in Praxis umzusetzen. Fast drei Jahre waren vergangen, seit Sam erwacht war, bis die Orbitalstation schließlich langsam vor sein Blickfeld glitt. Kein menschlicher Körper hätte den wilden Flug überstanden. Sorgfältig bestimmte er die Umlaufbahn der Station. Er hatte nur mehr ein paar Gallonen Treibstoff in den Tanks, und er mußte das Landenetz bereits beim ersten Versuch erreichen.

Seine ersten Berechnungen waren offenbar falsch. Er blickte zur großen Umlaufbahn der Erde hinab und steckte Sonnenfilter über seine Augen. Irgend etwas stimmte nicht. Die Station war nicht so postiert, wie sie sein sollte, nämlich so, daß ihr Boden zum Erdmittelpunkt zeigte. Sie drehte sich sehr langsam, und auch ihre Kreiselbewegung war unregelmäßig, als wäre das Wasser, das ihr Schaukeln ausbalancieren sollte, nicht gleichmäßig verteilt. Außerdem ruckte das kleine Fährschiff, das als Verbindung zwischen der Station und Raumschiffen diente, immer wieder an seinem Silokonseil.

Sam verspürte ein Unbehagen in seiner Brust, wo die meisten seiner Gehirnstromkreise lagen. Aber er unterdrückte dieses Gefühl und überdachte die einzelnen Faktoren. Während des Starts und des Flugs hatte er die Eigenheiten seiner Kapsel kennengelernt. Vorsichtig bewegte er die Finger, und der Treibstoff floß in genau der richtigen Menge zu dem kleinen Motor.

Irgendwie schaffte er es, in das Netz zu gelangen. Er zog sich aus seinem provisorischen Schiff, kletterte zum Schleusentor hinaus, während die Kapsel davonflog. Einen Augenblick später stand er in der Schwerelosigkeit der Empfangsstation. Nach dem Geräusch seiner Schritte zu schließen, befand sich immer noch Luft in der Station.

Eine Weile genoß er seinen Triumph – er hatte es geschafft. Dann hielt er nach den Männern Ausschau, die seine Ankunft beobachtet haben mußten und bald herauskommen würden, um ihm Fragen zu stellen. Aber er hörte nichts außer seinen eigenen Bewegungen, und die Glühbirnen über ihm brannten nicht.

Das einzige Licht kam durch die Quarzluke, die der Sonne zugewandt war.

Sam schaltete die Lampe auf seiner Brust ein und sah sich um. Auch hier lag überall Staub. Sam seufzte leise – dann fiel sein Blick auf einen Schimmer. In der Station brannten immer noch Lampen. Er stieß einen Schrei aus, um sich bemerkbar zu machen, dann betrat er die Innenstation und starrte auf die einzelne Glühbirne, die über ihm leuchtete. Die anderen waren schwarz. Wie lange hatten sie gebraucht, um leerzubrennen? Mehrere Jahre – vielleicht sogar Jahrzehnte . . .

Der große Empfangssaal war leer, ebenso die Büroabteilung. Auf manchen Schreibtischen lagen noch Papiere. In den Schlafkabinen herrschte ein heilloses Durcheinander.

Er ging durch den Maschinenraum und gelangte in ein Magazin. Sam hatte in einem der technischen Bücher einen Plan von der Station gesehen. Dieser Raum war als Lager für die Wasserstoffbomben vorgesehen. Aber der Plan stammte aus den Zeiten vor der Zivilisation, und die Bomben waren längst entschärft worden – schon vor über sechzig Jahren.

Im hydroponischen Raum erkannte er endlich die Wahrheit. Die Pflanzen hatten für Sauerstoff gesorgt, aber nun waren die Tanks trocken und die Pflanzen tot. Die Männer mußten die Station schon vor vielen Jahren verlassen haben.

Sam schüttelte den Kopf, wütend auf sich selbst. Er hätte es sich denken können, als er gesehen hatte, daß keine der geflügelten Raketen vor der Station wartete. Solange sie besetzt war, brauchten die Männer Transportmittel, um zur Erde zurückkehren zu können.

Das Observatorium war dunkel, aber das elektronische Teleskop funktionierte noch. Der Bildschirm leuchtete auf, als Sam auf eine Taste drückte, aber er sah nur leeren Raum. Er mußte zwei Stunden warten, bis die Erde ins Blickfeld kam.

Nur eine dünne Wolkendecke lag über der Kugel. Früher hätte man von hier aus über tausend Städte deutlich sehen können, sogar Straßen und fahrende Autos. Aber jetzt fand er keine Städte, entdeckte keine Bewegung. Wo einst New York und Chicago gewesen waren, sah er nur dunkle Ruinen, und voller Entsetzen sagte er sich, daß womöglich Millionen von Menschen in den Wracks dieser Städte gestorben waren.

In kleineren Städten entdeckte er unbeschädigte Häuser, aber auch dort bewegte sich nichts. Hastig schaltete er den Bildschirm aus und versuchte aus seiner Erinnerung zu verdrängen, was er gesehen hatte. Er verließ das Observatorium und ging in den Senderaum. Hier sah es aus, als hätte man die Maschinerie absichtlich zertrümmert, an einem Metallschrank klebte getrocknetes Blut, in einer Einbuchtung, die offenbar von einer menschlichen Faust stammte.

Der Boden war mit Bändern übersät, auf der alle empfangenen und ausgesandten Nachrichten gespeichert sein mußten. Sam hob ein Band auf und steckte es in einen Schlitz, der wie eine traurige Karikatur eines Mundes aussah. Das Band war leer. Offenbar war die Nachricht gelöscht worden.

Auch die anderen Bänder waren leer. Sam riß die Schubladen der Schränke auf, suchte nach irgendwelchen Anhaltspunkten. Schließlich fand er eine Spule, die nicht gelöscht war. Wenn die meisten Worte auch von Störgeräuschen überdeckt waren, konnte er doch einiges heraushören.

„. . . Schutzbunker weit genug von der Explosion entfernt . . . dachten, wir würden es schaffen . . . Hunger . . . Wahnsinn . . .

Muß ein Nervenaerosol gewesen sein ... Wahnsinn ... Überall ... auch auf der südlichen Halbkugel ... Um Gottes willen, bleibt wo ihr seid ..."

Dann erklang eine neue Stimme, deutlicher zu verstehen, eine schrille Stimme, die sich überschlug, eine unangenehme Stimme, wie Sam sie noch nie gehört hatte. „... alles hell und glänzend. Aber ich ließ mich nicht täuschen. Ich wußte, daß es einer von ihnen war. Sie warten alle da oben. Sie warten darauf, daß ich rauskomme. Sie wollen meine Seele fressen. Sie sind clever. Sie lassen sich nicht blicken, aber wenn ich ihnen den Rücken kehre, spüre ich sie ..." Dann war das Band zu Ende.

Sam fand keinen Sinn in diesen Worten. Bedrückt sah er sich um, suchte nach weiteren Spuren. Und da fand er einen schwarzgoldenen Füllfederhalter mit den vertrauten Initialen RPS. Sam wußte sofort, wem diese Feder gehörte – Dr. Smithers. Er mußte einer der Männer gewesen sein, die auf der Station gewartet hatten. Die Mondschiffe waren hierhergekommen, und Smithers war geblieben, bis die Lebensmittel aufgebraucht waren. Dann mußte er zur Erde geflogen sein.

Sam fand Papier in einer Schreibtischschublade, und die Feder schrieb immer noch.

In der Station würde er genug Metallfolie und Werkzeuge finden. Dann würde er den Rumpf der kleinen Taxirakete, die er in einem Nebenraum gefunden hatte, etwas umbauen müssen. Natürlich wußte er nicht, ob es ihm gelingen würde, sie durch die Erdatmosphäre zu steuern. Aber theoretisch konnte man jedes geflügelte Schiff in einer möglichst flachen Gleitbahn sicher hinabbringen, wenn man so langsam flog, daß durch die Luftreibung kein Feuer entstand. Wenigstens hatte er genug Treibstoff. Die Nottanks waren noch halb mit dem Kraftstoff gefüllt, die der kleine Motor brauchte.

Dann fluchte er und benutzte die farbigen Worte, die er in einem historischen Roman gelesen hatte. Es würde mindestens ein Jahr dauern, bis er starten konnte.

5

Erstaunlicherweise benahm sich die kleine umgebaute Rakete viel besser, als Sam zu hoffen gewagt hatte. Sie wurde zwar verdammt heiß, als er in die Atmosphäre eintauchte, aber die Temperatur blieb innerhalb der Grenzen, die Sam und das Schiff verkraften konnten. Er lenkte es in eine Bahn, die flach genug war, um für Stabilität zu sorgen, und nicht zu steil, so daß die Rakete nicht überhitzt wurde. Als er nur noch dreißig Meilen von der Erdoberfläche entfernt war, sagte er sich, daß er sehr zufrieden mit seiner Leistung sein konnte.

Er hatte die unterirdische Roboterkrippe angesteuert, in der er drei Jahre lang erzogen worden war, bevor man ihn auf den Mond geschickt hatte. Es war das einzige Zuhause, das er auf der Erde hatte.

Nun sah er, daß er es nicht schaffen würde. Seine Gleitbahn war zu steil gewesen, als er in die ersten Luftschichten eingetaucht war, und er würde das Land nicht erreichen. Als sich die Wolken verdünnten, sah er nichts als blaues Meer.

Vorsichtig öffnete er den Raketenmotor hinter sich, beschleunigte das Tempo so stark, wie es das kleine Schiff aushielt, um wieder hochzufliegen. Aber er hatte nicht mehr genug Treibstoff. Er würde nur mehr zwanzig Meilen weit gleiten können.

Also mußte er im Wasser landen. Er konnte eine Zeitlang im Meer existieren, auch in der Wassertiefe. Und wenn er in Küstennähe landete, konnte er sich vielleicht sogar auf den Strand retten. Aber in absehbarer Zeit würde das Wasser seinen Körper durchdringen und die lebenswichtigen Drähte zerstören.

Er durchschnitt die Wolkendecke, kämpfte um jeden Zoll, der ihn über dem Meer hielt. Weit vorn konnte er Land sehen. Hier gab es keine Insel, also mußte er sich dem Festland nähern. Sobald er dort ankam, konnte er die Krippe in einem einzigen Tag erreichen.

In einer Höhe von fünfhundert Fuß überquerte er die Küstenlinie. Er flog über einen Sandstreifen, über Wälder, und dann streifte die Rakete bei einer Geschwindigkeit von zweihundert Stundenmeilen die Wipfel und zersprang in tausend Stücke, als sie hart auf einer Wiese aufkam. Sam richtete sich auf und starrte auf die Wrackteile. Ein Jammer, daß das Schiff ruiniert war, aber das ließ sich nicht ändern.

Er blickte sich um im kniehohen Gras, das sanft vom Wind bewegt wurde. Dahinter lagen Wälder. Solche Bäume hatte Sam bisher nur auf Bildern gesehen. Er ging darauf zu und merkte, daß sie angenehm feucht rochen – viel feuchter als die Pflanzen in den hydroponischen Tanks. Er hob den Kopf, um nach den Vögeln zu suchen, die hier im Wald leben mußten, aber er fand keine. Nur summende Insekten flogen umher.

Die Sonne war untergegangen, aber es war noch nicht dunkel. Über ihm tauchten funkelnde Punkte auf. Er hatte gelesen, daß die Sterne funkelten, aber er hatte das für reine Erfindung gehalten. Sam war nie unter freiem Himmel gewesen, als er auf der Erde gelebt hatte.

Ein leises Murmeln drang zu ihm, und er ging darauf zu. Dies mußte das Rauschen des Meeres sein, von dem er gelesen hatte. Im wachsenden Dunkel stolperte er durch den Wald. Aus irgendeinem Grund widerstrebte es ihm, seine Lampen anzuschalten. Aber bald fand er sich im Unterholz zurecht. Das Geräusch wurde immer lauter.

Als er die Küste erreichte, war die Nacht hereingebrochen, aber im Osten lag ein schwacher Lichtschimmer, der immer stärker wurde. Eine bleiche Scheibe erhob sich über dem Horizont – der Mond, der ein silbernes Licht auf die Wellen warf. Sam erinnerte sich an ein Wort, dessen Bedeutung er nun zum erstenmal begriff – Schönheit.

Seufzend ging er die Küste entlang, suchte eine Straße, die ihn nach Westen führen würde. Kein Wunder, daß sich die Männer immer nach der Erde gesehnt hatten, die so unglaublich schön war.

Der Mond stieg höher, und er konnte in seinem Licht alles sehen. Als er einen kleinen Hügel überquerte, entdeckte er eine

Straße, an der ein Haus stand. Sam ging darauf zu und sah, daß die dunklen Fenster zerbrochen waren. Unkraut rankte sich an den Wänden hoch. In einem Nebengebäude stand ein kleines Auto, das er entdeckte, als er einen Blick durch ein staubiges Fenster warf. Er ging um das Gebäude herum, zur Haustür. Sie ließ sich mühelos öffnen, wenn die Angeln auch protestierend quietschten. Der Mond schien auf zertrümmerte Möbel – und auf seltsame weiße Gebilde.

Er hatte es oft auf Bildern gesehen, was da vor ihm lag – menschliche Skelette. Zwei kleine lagen übereinander in einer Ecke, mit eingeschlagenen Schädeln, daneben lag ein größeres, mit einem rostigen Messer zwischen den Rippen. Neben einer Hand entdeckte er einen Revolver. Auf der anderen Seite des Raumes lag ein Skelett in vermoderten Lumpen, eine Kugel im Kopf.

Sam verließ den Raum, und jetzt erkannte er auch die Bedeutung eines anderen Wortes – Wahnsinn.

Die Menschen hatten gute Maschinen gebaut. Der Motor des Autos sprang sofort an. Sam fuhr die holprige Straße entlang, die ihn zu einer glatteren Hauptstraße führte. Am Straßenrand sah er mehrere Autowracks.

Die Sonne stieg auf, als Sam die Fabrik und das Warenhaus erreichte, die als Deckmantel für das Roboterprojekt gedient hatten. Feuer und Wasser hatten nur Ruinen und verrostete Maschinen hinterlassen. Aber die Krippe, die etwas abseits lag, war fast unbeschädigt.

Sam ging hinein und zu der Metalltür, die zwischen anderen Türen lag. Eigentlich dürfte er die Kombination nicht kennen, mit der sie sich öffnen ließ, aber die Männer hatten nicht gut genug aufgepaßt und die Notizen herumliegen lassen, und der neugierige Sam hatte sich die Zahl eingeprägt. Er beugte sich über das Drahtgeflecht und sprach eine Reihe von Zahlen aus.

Die Tür schien ein bißchen zu klemmen, aber dann glitt sie zur Seite. Dahinter lag ein Lift, den er ebenfalls mit Hilfe einer Kombination in Bewegung setzte. Zumindest war der Stromkreis nicht unterbrochen. Nirgends brannte Licht, aber die Glühbirnen flammten auf, als er auf einen Schalter drückte.

Er stieß einen Ruf aus, aber er erwartete nicht mehr, daß er die Menschen so einfach finden würde. Die Räume waren verlassen, wenn auch einige Spuren darauf hinwiesen, daß man sie als Unterschlupf benutzt hatte.

Er ging an den Büroräumen und Labors vorbei in die hintere Abteilung. Die Krippe mit den Spiel- und Lernzimmern war leer. Aus einer alten Gewohnheit heraus suchte er den Erziehungscomputer auf. Aber er war nur eine Maschine, die nach vorbereiteten Bändern und Erinnerungsspulen Sams Erziehung programmiert hatte. Jetzt konnte ihm der Computer nicht mehr helfen.

Hinter der Krippe lag das Herz der ganzen Anlage. Hier waren die Gehirnkomplexe versammelt, die man nach geheimen Kalkulationen und vorangegangenen Spezifikationen geordnet hatte. Diese Arbeit erforderte einen Computer, der eine bis zu einem gewissen Grad selbsttätige Intelligenz besaß. Er mußte die Wünsche der Menschen berücksichtigen und die Gehirnzusammensetzungen finden, die diesen Wünschen entsprachen. Alles, was Sam vor seinem Erwachen gewesen war, stammte aus diesem Herz der Anlage. Nur gewisse charakteristische Eigenschaften waren ihm von Menschenhand eingepflanzt worden.

Sam ging auf den großen Computer zu und sah überrascht, daß die Regale ringsum mit Roboterkörpern vollgestopft waren, ebenso die Gehirnkomplexe. Mit dieser Menge konnten die Bedürfnisse der Lunarbasis für viele Generationen erfüllt werden.

Der Computer lag unter dem Boden verborgen, aber er erwachte zum Leben, wenn man eine Metallplatte berührte. Und das tat Sam. „Hier ist Roboter Zwölf Mark One“, sagte er. „Ich brauche ein paar Auskünfte.“

Ein dünner Draht kam aus einer Bodenöffnung und fuhr in Sams Mundschlitz, die Stimme des Roboters klang auf. „Was wird gewünscht?“

„Welches Datum haben wir heute?“ frage Sam, dann grunzte

er, als er die Antwort erhielt. Über siebenunddreißig Jahre waren vergangen, seit die Männer den Mond verlassen hatten. „Und warum liegen hier so viele Roboter herum?"

„Wir haben den Befehl bekommen, tausend Roboter herzustellen und als Raketenpiloten auszubilden. Dann wurde der Befehl von Direktor DeMatre außer Kraft gesetzt. Wir erhielten keine Order, das Material zu entfernen."

„Weißt du, was mit den Menschen passiert ist?"

Die Maschine schien zu zögern. „Unzureichende Daten. Direktor DeMatre hat befohlen, Sender abzuhören. Analysen unvollständig. Zusammenhänge der Daten zweifelhaft. Ansuchen um weitere Daten. Keine Antwort."

„Kannst du mir beibringen, wie man ein Flugzeug fliegt?" fragte Sam.

„Roboter Zwölf Mark One besitzt die Fähigkeit, alle Vehikel zu steuern. Weitere Instruktionen nicht erforderlich."

Sam grunzte erstaunt. Kein Wunder, daß er so gut auf der Erde gelandet war und dann das Auto gefahren hatte . . . „Also gut. Sende Signale aus auf allen verfügbaren Frequenzen. Bitte um Antwort. Wenn du Antwort bekommst, stell fest, woher sie kommt, und speichere die Lage des Senders. Wenn jemand fragt, wer anruft, sag, daß du mich rufen würdest. Sag ihnen, daß ich in einem Monat wieder hier bin, Ende."

Sam machte sich auf die Suche nach einem Flughafen, wo er vielleicht ein intaktes Flugzeug finden würde.

6

Das Gras wuchs, und die Blumen blühten. Ameisen bauten ihre Wohnungen, Grillen zirpten in der milden Sommernacht. Eidechsen sonnten sich auf den Felsen, Fische tummelten sich in den Gewässern. Aber auf der ganzen Erde war kein einziges warmblütiges Tier zu finden.

Die Städte bestanden aus radioaktiven Ruinen, die Dörfer waren ausgebrannt. Der Mond schimmerte über dem Lake Michigan, der einzige schöne Anblick im Umkreis von sechshundert Meilen. Auf einem Raketenfeld in Florida lagen vier geflügelte Schiffe, aber von den Menschen, die sie gesteuert hatten, war nichts zu sehen.

In Phoenix stand noch ein Bibliotheksgebäude, und die letzte Zeitung trug das Datum des Tages, an dem Sam die Lichter auf der Erde hatte aufflammen sehen. Ein Leitartikel informierte die Leser, daß die Regierung zu Beginn der Krisensituation alle Radiosender übernommen hatte und jede Stunde die neuesten Nachrichten bekanntgeben würde. An neun aufeinanderfolgenden Tagen war derselbe Leitartikel erschienen. Davor hatten sich die Schlagzeilen mit einer politischen Kampagne in United South Africa befaßt.

In einer kleineren Bibliothek fand Sam ein Papier, das unter den knochigen Fingern eines Skeletts lag und mit Blutflecken übersät war. ‚An alle Studenten', las er. ‚Politik: Sie können nicht siegen, und das ist offensichtlich. Chemie: Das Nervengas ist so ähnlich wie jenes, das wir in kleinen Mengen getestet haben. Es schien ungefährlich zu sein. Aber als sie es auf die nördliche und auf die südliche Halbkugel warfen, schlug es sich nicht nieder wie die Testmengen. Praxis: Aerosol kann nur in großen Mengen getestet werden. Medizin: Janice war drei Wochen mit mir im Bunker, und es war immer noch genug in der Luft, so daß sie in völliger Ekstase angesichts einer Theophanie starb. Meteorologie: Die Windarten sind seit Jahren bekannt. In drei Wochen werden sie alle die Erde erreichen. Psychologie: Ich bin verrückt. Aber mein Wahnsinn besteht darin, daß ich ein kalter, seelenloser Logiker wurde. Deshalb muß ich mich töten. Religion: Nichts ist mehr wichtig. Ich bin verrückt. Gott ist . . .'

Das war alles.

7

Sam saß vor der Krippe und starrte den Mond an, der vor dem Horizont aufstieg. Es war Vollmond, und der Anblick war immer noch schön. Aber Sam nahm diese Schönheit nur vage wahr. Unter ihm war der große Computer damit beschäftigt, die Informationen zu integrieren, die Sam ihm gegeben hatte.

Nun rief er ihn an über die Radiofrequenzen, wie er es der Maschine befohlen hatte. „Alle Daten in Korrelation gebracht", meldete er. „Keines konnte in Zusammenhang mit den bekannten Daten gebracht werden. Daten unzureichend, um Schlüsse zu ziehen."

Sam grunzte enttäuscht, aber er hatte eigentlich nichts anderes erwartet. Er hatte gewußt, daß das Material nicht genügte, um daraus logische Schlüsse zu ziehen.

Aber seine eigenen Schlüsse hatte er bereits gezogen. Und nun saß er da im Mondlicht und starrte in den Himmel, und in seinem Gehirnkomplex lag eine Kälte, die ihm eisiger schien als die Tiefen des Universums.

Sie waren von irgendwo da draußen gekommen, dachte er bitter. Sie waren vor über einem Jahrhundert aufgetaucht und hatten auf der Erde herumspioniert, um wieder zu verschwinden. Und jetzt waren sie wieder aufgetaucht und hatten die Erde nur eine Woche vorher gewarnt. Mit glühenden Bomben oder Strahlen hatten sie die Städte der Menschen zerstört. Und als immer noch Menschen am Leben geblieben waren, hatten sie den tödlichen Nebel des Wahnsinns ausgestreut. Die wunderbare Rasse, die Sam gekannt hatte, mußte im Wahnsinn untergegangen sein.

Wie sinnlos war das alles . . . Die Eindringlinge hatten die Erde gar nicht für sich selbst haben wollen. Sie waren nur ganz einfach gekommen und hatten alles vernichtet, um wieder zu verschwinden. Sam schlug sich mit einer Faust auf die Beine, und das Metall klirrte laut durch die Nacht. Dann hob er die andere Faust, um den Sternen zu drohen.

Sie durften nicht einfach davonkommen. Sie sollten am eigenen Leib erleben, was sie der Menschheit angetan hatten. Sam hatte angenommen, daß das Böse nur in Romanen vorkam. Aber es war grausame Wirklichkeit geworden, und man mußte es genauso bekämpfen wie in den Romanen. Es mußte aus dem Universum gefegt werden, in einem Leid, das größer und schlimmer war als jenes, das es angerichtet hatte. Aber eine solche Gerechtigkeit war offenbar die einzige große Lüge in den Romanen.

Wieder trommelte er mit den Fäusten auf die Beine und schrie den Mond an, aber das brachte ihm keine Erleichterung.

Dann spitzte er die Ohren, denn ein neues Geräusch drang zu ihm – ganz schwach, aus weiter Ferne.

„Hilfe!"

Er erwiderte den Ruf mit Stimme und Radio. Dann rannte er über Büsche und Gras in die Richtung, aus der das leise Geräusch gekommen war, in großen, kraftvollen Sprüngen. Er stolperte beinahe über die Gestalt. Es war ein Roboter. Die schwarze Emaille war abgeblättert, das schwarze Metall war zum Vorschein gekommen. Aber es war immer noch als Mark-Three-Modell zu erkennen. Reglos lag er da, aus seinem Mundschlitz kam nur ein Flüstern.

Sam spürte, wie ein Gefühl der Enttäuschung seinen Gehirnkomplex durchdrang, aber er bückte sich über die verkrümmte Gestalt und untersuchte sie. Das Problem war in einer mangelnden Stromzufuhr zu suchen, das sah er sofort. Er nahm eine Ersatzbatterie aus dem Päckchen, das er stets bei sich trug, und wechselte die rostige Batterie aus, die er im Innern der Metallbrust gefunden hatte.

Der kleine Roboter setzte sich auf und versuchte sich zu erheben. Sam streckte eine hilfreiche Hand aus und starrte auf die verbeulten Beine hinab, die nie mehr richtig funktionieren würden.

„Du brauchst einen neuen Körper", sagte er. „Unten in der Krippe hast du genug Auswahl. Wie lautet deine Nummer?"

Er mußte zu den Robotern gehören, die damals mit den Männern den Mond verlassen hatten, denn die Mark-Three-Modelle waren auf der Erde niemals eingesetzt worden.

Der Roboter schwankte ein wenig, dann bekam er seine Beine unter Kontrolle. „Man hat mich Joe genannt. Danke, daß du mir geholfen hast, Sam. Ich hatte Angst, daß ich es nicht schaffen würde . . . Ich habe dein Radiosignal schon vor einem Monat gehört, aber der Weg war so weit . . . Und mein Sender ist bald nach unserer Landung zerbrochen. Beeil dich! Wir haben keine Zeit zu verlieren."

„Ja, komm mit mir in die Krippe."

Joe schüttelte klirrend den Kopf. „Nein, Sam. Er kann nicht warten. Ich glaube, er wird bald sterben. Er war krank, als ich deinen Ruf hörte, aber er bestand darauf, daß ich ihn hierherbringe. Er . . ."

„Er *stirbt?* Dann ist er also ein *Mensch?*"

Joe nickte ruckartig und zeigte in die Richtung, aus der er gekommen war. Sam nahm die kleine Gestalt auf die Arme. Auch auf der Erde war die Belastung für seinen stärkeren Körper nicht groß, und sie kamen schneller voran, wenn er den geschwächten Joe trug. Hal, dachte er. Hal war der Jüngste gewesen. Hal müßte jetzt neunundfünfzig sein, und soviel er gehört hatte, war das nicht alt für einen Menschen.

Er schaltete seine Lampen an, weil er im Mondlicht nicht mit Höchstgeschwindigkeit laufen konnte. Der andere Roboter dirigierte ihn den Hang hinab, zu einem Weg, der von Unkraut überwuchert war. Sie hatten sich bereits um mehr als fünf Meilen vom Krippeneingang entfernt.

„Er hat mir befohlen, ihn liegen zu lassen und allein weiterzugehen", erklärte Joe. „Manchmal kann ich nicht feststellen, ob er wirklich meint, was er sagt, aber dieser Befehl war eindeutig."

„Du hättest in deinem Auto bleiben und mit ihm zu mir fahren sollen", sagte Sam. Er kämpfte sich durch dichtes Unterholz und fragte sich, wie weit er noch laufen mußte.

„Ich hatte keinen Wagen", entgegnete Joe. „Ich kann auch

nicht fahren, weil meine Arme nicht mehr richtig funktionieren. Das wäre zu gefährlich. Aber ich habe einen kleinen Karren gefunden und ihn hierhergezogen."

Sam starrte auf die verbeulten Metallbeine. Joe hatte eine Menge gelernt, seit er den Mond verlassen hatte. Die neuen Erfahrungen und die Gesellschaft der Menschen hatten ihn zu erstaunlichen Fortschritten angespornt.

Sie erreichten eine kleine Mulde an einem Bach, in der ein Zelt neben einem Leiterwagen stand. Sam setzte Joe ab und lief auf das Zelt zu. Das Mondlicht schimmerte zwischen den Bäumen hindurch und fiel auf das gequälte menschliche Gesicht, das im Zelteingang zu sehen war.

Es dauerte lange, bis Sam vertraute Züge wiedererkannte. Zuerst erschien ihm das Gesicht völlig fremd. Dann entdeckte er die Umrisse des Kinns unter dem langen Bart. „Dr. Smithers!"

„Hallo, Sam." Die Augen öffneten sich langsam, und ein schmerzliches Lächeln umspielte die Lippen. „Ich habe gerade von dir geträumt. Ich dachte, du hättest dich mit Hal in einem Krater verirrt. Heute abend mußt du uns etwas vorsingen. Du bist ein guter Kerl, Sam, auch wenn du nur ein Roboter bist. Aber du warst wieder einmal viel zu lange unterwegs."

Sam seufzte leise. Dies war eine andere Realität, die er nur aus Romanen kannte. Aber er nickte. „Ja, Chief. Jetzt ist ja alles in Ordnung."

Er begann zu singen – das Lied von Lady Greensleevs. Wieder glitt ein Lächeln über Smithers' Lippen, und er schloß die Augen. Dann riß er sie abrupt wieder auf und versuchte sich aufzurichten. „Sam! Du bist wirklich Sam! Wie bist du hierhergekommen?"

Joe hatte ein kleines Feuer gemacht und Lebensmittel aus dem Wagen geholt. Nun humpelte er mit einer Schüssel voll heißer Brühe zu dem Doktor und versuchte ihn zu füttern. Smithers schluckte pflichtbewußt ein paar Löffel, aber er ließ Sam nicht aus den Augen und hörte aufmerksam zu, als der Roboter von seiner mühsamen Reise zur Erde erzählte.

„Ich bin froh, daß du es geschafft hast und daß ich dich noch sehe, bevor ich den letzten Geist auf Erden aufgeben werde. Ich konnte mir nicht vorstellen, was für ein Radiosignal der gute Joe gehört hatte. Ich wußte, daß es kein Mensch sein könnte, und ich hätte nie gedacht, daß du auf die Erde kommen würdest." Die Augen fielen ihm wieder zu, aber seine schwache Stimme sprach weiter. „Hal und Randy und Pete – sie sind alle gestorben, Sam. Wir haben drei Jahre lang auf der Station gewartet, weil wir ahnten, was hier los war. Und dann kamen wir herab, suchten nach irgendwelchen Überlebenden, nach Frauen, um den Fortbestand unserer Rasse zu sichern. Aber wir fanden niemanden. Zwanzig Jahre lang durchstreiften wir alle Kontinente. Pete beging Selbstmord. Die Roboter brachen zusammen – alle bis auf Joe. Dann kamen wir hierher zurück, und jetzt bin ich der letzte – der letzte Mensch auf Erden, Joe. Und dann höre ich ein Klopfen an der Tür – und du stehst wirklich davor. Das ist ein besseres Ende meiner Geschichte, als ich zu hoffen wagte."

Danach schlief er ein, aber Sam hörte ihn manchmal stöhnen. Joe hatte ihm erzählt, daß Smithers Krebs hätte und daß man ihn nicht mehr retten könnte. Joe hatte irgendwo Drogen aufgetrieben, um die Schmerzen des Chiefs zu lindern. Mehr konnten sie nicht für ihn tun.

Joe erzählte Sam ausführlicher von der langen Suchexpedition, zu der die Männer aufgebrochen waren. Aber sie hatten keine Überlebenden gefunden. Das Nervengas hatte zuerst zum Wahnsinn und dann unweigerlich zum Tod geführt.

„Wer war es?" fragte Sam bitter. „Welche Rasse hat uns das angetan?"

Joe hob unsicher die Schultern. „Sie haben darüber gesprochen. Mr. Norman hat mir erklärt, daß die Menschen einander getötet haben. Die andere Hemisphäre hat die unsere angegriffen, und wir mußten zurückschlagen, bis niemand mehr übrig war. Aber ich verstehe das nicht."

„Glaubst du es?"

„Nein", antwortete Joe. „Mr. Norman hat immer viele Dinge gesagt, die er nicht ernst meinte. Kein Mensch würde den anderen töten."

Sam nickte und begann dem anderen Roboter seine Theorien zu erklären. Joe war zuerst skeptisch. Dann ließ er sich überzeugen. Er berichtete weitere Einzelheiten von den langen Jahren der Suchexpedition. Sie waren an sich nicht wichtig, aber einige Informationen halfen Sam, sich ein genaueres Bild zu machen. Zum Beispiel erzählte Joe von einem Spruchband in Borneo, das die ‚Himmelsteufel' verflucht hatte, von der Niederschrift einer Predigt, die er in Louisiana gefunden hatte.

Smithers erwachte zweimal während der langen Nacht, aber er war nicht bei klarem Verstand. Sam beruhigte ihn und sang ihm ein Lied vor, während Joe ihm eine mit Morphium vermischte Brühe einflößte. Sam wußte nicht viel über die Krankheiten der Menschen, denn er hatte nur zwei medizinische Bücher gelesen. Trotzdem konnte er feststellen, daß der Mann dem Tode nah war. Der Puls ging unregelmäßig, und das Atmen strengte den geschwächten Körper viel zu sehr an.

Aber als am nächsten Morgen die Sonne schien, wachte Smithers wieder auf, und diesmal war er vernünftig. Er brachte sogar ein Lächeln zustande. „Der Mensch kehrt heim am Ende seines langen Weges, doch diesmal werden keine Trauernden auf die Straße gehen. Es wird keine Trauernden geben."

„Doch, zwei", erwiderte Sam.

„Ja." Smithers dachte darüber nach und nickte. „Das ist gut. Es wäre schlimm, wenn mich niemand vermissen würde. Und ihr beiden müßt nun die Schuldenlast der Menschheit auf euch nehmen." Keuchend richtete er sich auf einem Ellbogen auf und blickte durch den Zelteingang auf die Berge, die hinter den Büschen aufragten, in den blauen Himmel, der sich darüber wölbte. „Die Menschen haben große Schuld auf sich geladen und viele Versprechungen gebrochen, Sam – Joe. Wir haben versprochen, in der Zukunft große Leistungen zu vollbringen, die Sterne zu erobern, ein besseres Universum zu schaffen. Aber wir haben versagt. Wir sind am Ende. Der Mensch stirbt, und das Universum wird nicht einmal wissen, daß er je gelebt hat."

„Sam und ich werden es wissen", sagte Joe leise.

Smithers ließ sich auf sein Lager zurücksinken. „Ja. Das ist schön. Und ich glaube, unsere Existenz hatte doch auch ihre guten Seiten. Der Mensch muß auch gut gewesen sein, wenn er zwei Wesen wie euch erschaffen konnte. O Gott, ich bin so müde ..."

Er schloß die Augen, und ein paar Minuten später wußte Sam, daß Smithers tot war. Die beiden Roboter warteten noch eine Weile, um sicher zu sein, dann wickelten sie die Leiche in die Zeltplane und begruben sie, während Sam Teile aus einer Grabrede zitierte, die er einmal gelesen hatte.

Dann setzte er sich auf die Stelle, wo Smithers gestorben war, und starrte auf die Welt, wo keine Menschen mehr lebten, wo nie mehr Menschen leben würden. Der Knoten in seinem Gehirnkomplex wurde fester und kälter. Im Tageslicht konnte er die Sterne nicht sehen. Aber er wußte, daß sie da waren. Und irgendwo da draußen lag ein Teil der Verpflichtung, die Smithers ihm aufgebürdet hatte – eine Schuld der Gerechtigkeit, die bezahlt werden mußte.

Langsam wuchsen Wut und Haß in ihm, schwollen an, bis sie ein Ventil brauchten. Die Radiobotschaft, die er dem Computer schickte, war ein wilder Schrei.

„Kannst du aus dem bereitliegenden Material tausend Roboter herstellen? Kannst du die eine Hälfte nach meinem Vorbild gestalten und die andere nach dem Roboter, den ich dir bringen werde – aber ohne die Limits, die du zuvor eingebaut hast?"

„Dieses Programm läßt sich durchführen", antwortete die Maschine.

Sie würden nicht so wie er, dachte Sam. DeMatre hatte gesagt, daß es immer Zufallsfaktoren gab. Aber sie würden seinen Ansprüchen genügen. Das erste Tausend konnte Material für weitere Roboter beschaffen, und diese konnten wiederum für neues Material sorgen. Dann würden die Roboter alle Bücher studieren, die ihnen die Menschheit hinterlassen hatte, und die lange Reise durch das All antreten.

Diesmal würden sie nicht nur von Tonbändern erzogen werden. Sam würde ihnen die Geschichte der Menschen erzählen, von ihren glanzvollen Taten berichten und von dem tückischen Angriff, der das Universum dieser großen Rasse beraubt hatte. Sie würden erfahren, daß ein Feind im All wohnte – ein technisch brillanter kriegerischer Feind, der vernichtet werden mußte.

Wenn es sein mußte, würden sie die ganze Galaxis nach diesem Feind absuchen. Und eines Tages würde die Schuld der Gerechtigkeit bezahlt und der Mensch gerächt sein.

Sam sah zum Himmel auf und schwor Rache im Namen aller Roboter, die nach seinem und Joes Vorbild entstehen würden.

8

Haß ergoß sich in einem großen Kreuzzug über die Galaxis. Metallschiffe sprangen von Welt zu Welt und wirbelten durch den unendlichen Raum zu immer ferneren Galaxien. Die Schiffe vermehrten sich unglaublich schnell, und in jedem flogen das heilige Bild ihres Glaubens und der ungestillte und unstillbare Hunger ihres Hasses mit.

Auf tausend Sternen lebten intelligente Rassen, aber sie verfügten entweder über keine fortschrittliche Technik oder sie waren friedlich. Die großen Schiffe landeten auf ihren Welten und flogen wieder davon, und die zahllosen Geschöpfe in den Galaxien blieben voller Dankbarkeit zurück und huldigten den unglaublich schönen Bildern des erhabenen Wesens namens Mensch. Aber das Ziel war noch nicht erreicht.

In einem großen Tempelpalast auf der Hauptwelt der Andromeda-Galaxis starrte Sams siebzehnter Körper die Beweisstücke an, die auf einem Tisch lagen. Und dann blickte er auf den anderen Roboter, einen Wissenschaftler, der soeben von der alten Mutterwelt Erde zurückgekehrt und unendlich viele Lichtjahre zurückgelegt hatte.

„Bist du ganz sicher, daß die menschliche Rasse auf diese Weise gestorben ist?“ fragte er noch einmal.

Der junge Roboter nickte. „Ganz sicher. Sogar mit Hilfe moderner Methoden und hundert Millionen von Arbeitern hat es fünfzig Jahre gedauert, dies alles zu sammeln. Es war auf der ganzen Erde verstreut. Vieles ging verloren oder war vernichtet worden. Aber es gibt keine Wahrheit aus der Vergangenheit, die sich völlig verbergen kann. Der Mensch starb so, wie ich es dir gezeigt habe – nicht, wie es die Legenden erzählen. Es gibt keinen Feind. Der Mensch war sein eigener Feind. Die Schiffe, die seine Rasse vernichteten, gehörten ihm selbst. Die Menschheit war die Rasse, deren Vernichtung wir uns vorgenommen haben.“

Sam ging langsam zum Fenster. Es war Sommer, und die Bäume blühten und wetteiferten mit den bunten Federn der Vögel von Deneb. Der Garten war ein farbenfrohes Märchen. Sam beugte sich vor und sog den Blütenduft ein. Musik drang aus der großen Kunsthalle herüber, die sich in heller Schönheit jenseits des Parks erhob. Dort wurde gerade das achte Opus des größten Roboterkomponisten aufgeführt – ein frühes Werk, aber trotzdem großartig.

Er beugte sich noch weiter hinaus. Die lachenden Leute im Park blickten zu ihm herauf und jubelten ihm zu. Viele Rassen waren auf diesem Planeten versammelt und mischten sich unter sein Volk. Lächelnd winkte er ihnen zu und beugte sich noch weiter aus dem Fenster, bis er die große Statue des Menschen sehen konnte, die vor dem zentralen Teil des Tempelpalastes in den Himmel ragte. Sam bog seine Finger zu einem rituellen Zeichen, dann neigte er den Kopf und wandte sich vom Fenster ab. „Wie viele wissen außer uns beiden Bescheid, Robert?“ fragte er.

„Niemand. Die Arbeiter hatten nur winzige Fragmente gesammelt, denen man nichts entnehmen konnte. Und als ich sie zusammengesetzt hatte, flog ich sofort hierher, um dich zu informieren."

Sam lächelte ihn an. „Du hast gute Arbeit geleistet, und ich werde dich gebührend belohnen. Aber jetzt bitte ich dich, das ganze Zeug zu verbrennen."

„Verbrennen!" stieß Robert entsetzt hervor. „Ich soll das alles verbrennen und unsere Rasse für immer dem Aberglauben weihen? Wir haben unser ganzes bisheriges Leben einem Rachekult geopfert. Aber dies ist unsere Chance, uns vom Menschen zu befreien, endlich wir selbst zu sein."

Sam ließ seine Finger durch das Beweismaterial gleiten, und er hatte Mitleid mit dem Wissenschaftler, aber noch mehr mit der fremden Rasse, deren wahres Wesen er jetzt erst begriff, nachdem er sich viele tausend Jahre lang ein falsches Bild gemacht hatte.

Der Mensch hätte das ganze Universum besitzen können, und er hatte dieses Ziel nur knapp verfehlt. Aber die Geschicke des Alls hatten sich gegen ihn verschworen. Er hatte versagt, aber im Sterben hatte er einen Teil seiner Seele einer anderen Rasse vermacht, einer passiven, kriecherischen Rasse. Irgendwie hatte der Mensch die Wut seiner Seele seinen wahren Kindern vererbt, den Robotern. Und diese Wut hatte sie angespornt, hatte sie zu den Sternen geführt. Der Haß hatte den Raum zwischen den Galaxien überbrückt. Doch die Roboter besaßen kein eigenes Erbe. Sie waren eine künstliche Rasse ohne Hintergrund, geschaffen, um zu dienen. Aber der Mensch hatte ihnen ein reicheres Erbe hinterlassen, als die meisten Rassen je erhalten würden.

Sam schüttelte langsam den Kopf. „Nein, Robert. Ob es nun falsch oder richtig ist – die Rache *ist* unser Erbe. Du mußt die Beweisstücke verbrennen."

Der Großteil des Materials war trocken wie Zunder und fing schon beim ersten Funken Feuer. Für ein paar Sekunden stieg eine siedende Flammensäule auf. Dann blieb nur noch eine dunkle Narbe, die vom wahren Tod des Menschen erzählte.